MOOIE MEISJES

KARIN SLAUGHTER BIJ UITGEVERIJ CARGO

*Nachtschade*
*Zoenoffer*
*Een lichte koude huivering*
*Vervloekt geluk* (red.)
*Onzichtbaar*
*Trouweloos*
*Triptiek*
*Onaantastbaar*
*Onbegrepen*
*Versplinterd*
*Genesis*
*Verbroken*
*Ongezien*
*Gevallen*
*Doorn in mijn vlees*
*Kwijt* (e-book)
*Genadeloos*
*Gepakt* (e-book)
*Stille zonde*
*Koud hart* (e-book)
*Veroordeeld*
*Diep* (e-book)

KARIN SLAUGHTER

# *Mooie meisjes*

Vertaald door Ineke Lenting

CARGO

2016
Amsterdam

Regels uit 'Closer to Fine' van Indigo Girls, tekst en muziek van Emily Saliers en Amy Ray, uitgekomen bij Universal/MCA Music Ltd; regels uit 'Justify My Love' van Madonna, geschreven door Lenny Kravitz, Ingrid Chavez, met aanvullende tekst van Madonna, uitgekomen bij Universal Music Publishing Group, REACH MUSIC PUBLISHING, Warner/Chappell Music, Inc.; regels uit 'We Are Never Ever Getting Back Together' van Taylor Swift, geschreven door Taylor Swift, Max Martin en Shellback, uitgekomen bij Sony/ATV Music Publishing UK Ltd.

Cargo is een imprint van Uitgeverij De Bezige Bij,
Amsterdam | Antwerpen


Eerste druk juni 2015
Tweede druk augustus 2015
Derde druk november 2015
Vierde druk januari 2016
Vijfde druk maart 2016
Zesde druk augustus 2016
Zevende druk oktober 2016
Oorspronkelijke titel *Pretty Girls*
Oorspronkelijke uitgever Century/Random House, Londen
Omslagontwerp Marry van Baar
Omslagbeeld © Arsenii Gerasymenko
Foto auteur Alison Rosa
Vormgeving binnenwerk Peter Verwey, Heemstede
Druk Koninklijke Wöhrmann, Zutphen
ISBN 978 90 234 9421 8
NUR 305

karinslaughter.com
uitgeverijcargo.nl

VOOR DEBRA

‘Een beeldschone vrouw is een bron van verschrikking.’

— CARL JUNG

# I

Toen je pas was verdwenen, zei je moeder dat het erger zou zijn om te ontdekken wat er precies was gebeurd dan om het nooit te weten. We hadden hier voortdurend ruzie over, want ruzie was het enige wat ons destijds nog bond.

'Het wordt echt niet gemakkelijker wanneer je de bijzonderheden weet,' waarschuwde ze. 'Je gaat kapot aan de bijzonderheden.'

Ik was wetenschapper. Ik had behoefte aan feiten. Of ik het wilde of niet, mijn brein bleef hypothesen ophoesten. Ontvoerd. Verkracht. Onteerd.

Opstandig.

Dat was de theorie die de sheriff aanhing, of het was in elk geval het excuus waarmee hij kwam als we aandrongen op antwoorden die hij niet kon geven. Je moeder en ik zijn er heimelijk altijd trots op geweest dat je zo eigenzinnig en vol vuur was als het om zaken ging die je na aan het hart lagen. Toen je weg was, begrepen we dat het eigenschappen waren waardoor jongemannen als slim en ambitieus worden afgeschilderd, en jonge vrouwen als lastig.

'Meiden lopen de hele tijd weg.' De sheriff had zijn schouders opgehaald, alsof je zomaar een meisje was, alsof je na een week, een maand of misschien een jaar weer in ons leven zou opduiken met het slappe smoesje dat je met een jongen was meegegaan of dat je met een vriendin naar het buitenland was vertrokken.

Je was negentien. Volgens de wet behoorde je ons niet meer toe. Je behoorde jezelf toe. Je behoorde de wereld toe.

Niettemin zetten we zoekacties op touw. We belden ziekenhuizen, politiebureaus en daklozencentra. We verspreidden flyers door de hele stad. We klopten op deuren. We spraken met je vrienden. We doorzochten leegstaande en uitgebrande panden in het slechte deel van de stad. We huurden een privédetective in die de helft van ons spaargeld opstreek en een helderziende die de rest inpikte. We deden een beroep op de pers, hoewel die alle belangstelling verloor toen er geen pikante details bleken te zijn waarvan hijgerig verslag kon worden gedaan.

We wisten het volgende. Je was in een bar. Je dronk niet meer dan anders. Je zei tegen je vrienden dat je je niet lekker voelde en dat je lopend naar huis ging, en sindsdien ben je niet meer gesignaleerd.

In de loop van de jaren zijn veel valse bekentenissen binnengekomen. Sadisten stortten zich op je mysterieuze verdwijning. Ze kwamen met details die niet bewezen konden worden, met aanwijzingen die niet nagetrokken konden worden. Wel waren ze eerlijk als ze door de mand vielen. De helderzienden verweten me altijd dat ik niet goed genoeg zocht.

Want ik ben altijd blijven zoeken.

Ik snap waarom je moeder het heeft opgegeven. Of in elk geval die indruk moet wekken. Ze moest weer een leven opbouwen, misschien niet voor zichzelf, maar voor wat er over was van haar gezin. Je jongste zusje woonde nog thuis. Ze was stil en stiekem en ze ging om met meiden die haar overhaalden dingen te doen die ze beter kon laten. Zoals een bar binnengaan om naar muziek te luisteren en dan nooit meer thuis te komen.

Op de dag dat we onze echtscheidingspapieren ondertekenden, zei je moeder dat ze alleen nog hoopte dat we ooit je lichaam zouden vinden. Daar klampte ze zich aan vast, aan de gedachte dat we je uiteindelijk naar je laatste rustplaats zouden kunnen brengen.

Ik antwoordde dat we je evengoed in Chicago konden vinden, in Santa Fe of in Portland of in een of andere kunstenaarskolonie waarin je verzeild was geraakt, want je bent altijd een vrije geest geweest.

Je moeder keek er niet van op toen ik dat zei. In die tijd slingerde onze pendule van hoop nog heen en weer, kroop je moeder op sommige dagen met haar verdriet in bed terwijl ze op andere dagen thuiskwam met een shirt of een trui of een spijkerbroek die ze had gekocht om aan jou te geven wanneer je thuis zou komen.

Ik kan me de dag dat ik alle hoop verloor nog goed herinneren. Ik werkte in de dierenartspraktijk in het centrum. Iemand bracht een in de steek gelaten hond binnen. Het beest zag er erbarmelijk uit en was duidelijk mishandeld. Het was een kruising die nog het meest op een gele labrador leek, hoewel de elementen zijn vacht grauw hadden gekleurd. Doorns klitten aan zijn dijen. Hij zat onder de ontstoken kale plekken, omdat hij zich te veel had gekrabd of gelikt of gedrag had vertoond dat je ziet bij honden die aan hun lot zijn overgelaten en zichzelf moeten troosten.

Ik ging een tijdje bij hem zitten om hem te laten weten dat hij veilig was. Ik liet hem aan mijn hand likken. Ik liet hem aan mijn geur wennen. Toen hij gekalmeerd was, onderzocht ik hem. Hij was al wat ouder, maar tot vrij recent was zijn gebit goed onderhouden. Aan een chirurgisch litteken zag ik dat een gewonde knie ooit zorgvuldig en voor veel geld was gerepareerd. De mishandelingen die het dier had ondergaan, waren nog niet tot zijn spiergeheugen doorgedrongen. Als ik mijn hand naar zijn snuit bracht, liet hij zijn kop met het volle gewicht op mijn handpalm rusten.

Ik keek in de dieptreurige ogen van de hond en in gedachten vulde ik de bijzonderheden in van wat het arme dier allemaal had doorstaan. Ik kon de waarheid niet achterhalen, maar in mijn hart begreep ik dat het als volgt moest zijn gegaan: hij was niet in de steek gelaten. Hij was verdwaald of ertussenuit geknepen. Zijn baasjes waren boodschappen gaan doen of ze waren op vakantie en op de een of andere manier – door een hek dat toevallig openstond, een schutting waar hij overheen was gesprongen, een deur die een nietsvermoedende oppas op een kier had laten staan – had dit dier opeens op straat gelopen zonder enig idee welke kant het op moest om weer thuis te komen. Een groepje kinderen, een afschuwelijk monster of een combinatie van beide had deze hond ergens aangetroffen en een geliefd huisdier in een opgejaagd beest veranderd.

Net als mijn vader heb ik mijn leven gewijd aan het behandelen van dieren, maar dat was de eerste keer dat ik het verband zag tussen de vreselijke dingen die mensen dieren aandoen en de nog gruwelijker dingen die ze hun medemens aandoen.

Hier had een ketting de huid opengereten. Daar hadden schoppende voeten en maaiende vuisten hun sporen achtergelaten. Zo zagen mensen eruit die een wereld in waren getrokken die hen niet koesterde, die niet van hen hield, die niet wilde dat ze ooit nog thuiskwamen.

Je moeder had gelijk.

Ik ging kapot aan de bijzonderheden.

# EEN

Het restaurant in het centrum van Atlanta was leeg, op een eenzame zakenman in een hoekzitje na en een barkeeper die kennelijk dacht dat hij de kunst van het flirten beheerste. De drukte voorafgaand aan het diner nam geleidelijk toe. Uit de keuken klonk gekletter van bestek en serviesgoed. De chef-kok brulde iets. Een ober lachte snuivend. De tv boven de bar bracht een zachte, gestage stroom slecht nieuws.

Claire Scott zat aan de bar van haar tweede glas mineraalwater te nippen en probeerde het onophoudelijke lawaai te negeren. Paul was tien minuten te laat. Hij was nooit te laat. Meestal was hij tien minuten te vroeg. Het was een van de dingen waarmee ze hem plaagde, maar waar ze in werkelijkheid op bouwde.

'Nog een?'

'Doe maar.' Claire glimlachte beleefd naar de barman. Vanaf het moment dat ze was gaan zitten, had hij haar aandacht proberen te trekken. Hij was jong en knap, wat vleiend had moeten zijn, maar ze voelde zich alleen maar oud; niet omdat ze echt oud was, maar omdat het haar was opgevallen dat ze zich steeds meer aan twintigers ging ergeren naarmate ze dichter bij de veertig kwam. In hun aanwezigheid drongen zich voortdurend zinnen aan haar op die begonnen met 'toen ik zo oud was als jij'.

'De derde.' Zijn stem had iets plagerigs terwijl hij mineraalwater in haar glas schonk. 'Je weet hem goed te raken.'

'O?'

Hij knipoogde. 'Zeg het maar als je naar huis gebracht moet worden.'

Claire lachte, want dat kostte minder moeite dan zeggen dat

hij zijn haar uit zijn ogen moest vegen en terug moest naar de collegebanken. Weer keek ze op haar mobiel om te zien hoe laat het was. Paul was nu twaalf minuten te laat. Ze begon al aan rampen te denken: carjacking, overreden door een bus, geraakt door een stuk vliegtuigromp, ontvoerd door een gek.

De voordeur ging open, maar het was een groep mensen en Paul was er niet bij. Iedereen droeg *business casual*, waarschijnlijk werkten ze in de omringende kantoorgebouwen en wilden ze nog even iets drinken voor ze naar de buitenwijken en de souterrains van hun ouders vertrokken.

'Volg je dit?' De barman knikte naar de tv.

'Niet echt,' zei Claire, hoewel ze het verhaal uiteraard had gevolgd. Je kon de tv niet aanzetten of het ging over het vermiste tienermeisje. Zestien jaar. Blank. Uit een goed milieu. Heel mooi. Het leek mensen minder te raken wanneer een lelijke vrouw werd vermist.

'Tragisch,' zei hij. 'Ze is beeldschoon.'

Claire keek weer op haar mobiel. Hij was nu dertien minuten te laat. Uitgerekend vandaag. Hij was architect, geen hersenchirurg. Geen noodgeval was zo dringend dat hij geen twee seconden vrij kon maken om een sms'je te sturen of te bellen.

Ze draaide aan haar trouwring, een nerveuze gewoonte waarvan ze zich pas bewust was geworden toen Paul haar erop wees. Ze hadden geruzied over iets wat destijds blijkbaar buitengewoon belangrijk was voor Claire, maar nu wist ze niet eens meer waarover het ging of wanneer die ruzie was geweest. Vorige week? Vorige maand? Ze kende Paul nu achttien jaar, en was al bijna even lang met hem getrouwd. Er was niet veel meer waarover ze nog met passie ruzie konden maken.

'Ik kan je zeker niks stevigers aanbieden?' De barman hield een fles wodka omhoog, maar het was duidelijk dat hij iets anders bedoelde.

Claire lachte wat moeizaam. Ze kende zijn type maar al te goed. Groot, donker en knap, met twinkelende ogen en een sensuele mond. Op haar twaalfde zou ze haar hele wiskundeschrift met zijn naam hebben volgekrabbeld. Op haar zestiende zou hij onder haar truitje hebben mogen voelen. Op haar twintigste zou ze hem aan alles hebben laten voelen waar hij zin in had. Maar nu, op haar achtendertigste, wilde ze alleen met rust gelaten worden.

'Nee, bedankt,' zei ze. 'Mijn reclasseringsambtenaar heeft me aangeraden niet te drinken tenzij ik de hele avond thuis ben.'

Aan zijn lachje merkte ze dat hij de grap niet helemaal meekreeg. 'Stoute meid. Dat mag ik wel.'

'Dan had je me met mijn enkelband moeten zien.' Ze knipoogde. 'Zwart is het nieuwe oranje.'

De buitendeur ging open. Paul. Claire voelde een golf van opluchting toen hij op haar af stapte.

'Wat ben je laat,' zei ze.

Paul kuste haar op haar wang. 'Sorry. Geen excuus. Ik had moeten bellen. Of een berichtje moeten sturen.'

'Ja, dat had je zeker moeten doen.'

'Glenfiddich,' zei hij tegen de barman. 'Single, puur.'

Claire keek toe terwijl de jongeman met een nog niet vertoond professionalisme Pauls whisky inschonk. Haar trouwring, de vriendelijke manier waarop ze hem op afstand had gehouden en haar onomwonden afwijzing waren slechts kleine obstakels geweest vergeleken met het grote stopteken dat verscheen toen een andere man haar op de wang kuste.

'Meneer.' Hij zette het drankje voor Paul neer en liep naar het andere eind van de bar.

Claire dempte haar stem. 'Hij heeft me een lift naar huis aangeboden.'

Voor het eerst sinds hij binnen was, keek Paul naar de man. 'Zal ik hem op z'n bek slaan?'

'Ja!'

'Breng jij me naar het ziekenhuis als hij terugmept?'

'Ja.'

Paul glimlachte, maar alleen omdat zij dat ook deed. 'En, hoe voelt het om niet meer aan de ketting te liggen?'

Claire keek naar haar blote enkel en verwachtte half en half een blauwe plek of een afdruk van de lompe zwarte enkelband te zien. Ze had een halfjaar geen rok gedragen in het openbaar, zo lang als ze van de rechter het elektronische controleapparaat om had moeten houden. 'Vrij, zo voelt het.'

Hij legde het rietje naast haar glas recht zodat het evenwijdig aan het servetje lag. 'Je wordt constant gevolgd via je telefoon en de gps in je auto.'

'Toch kunnen ze me niet opsluiten telkens als ik mijn telefoontje wegleg of uit de auto stap.'

Paul haalde zijn schouders op, hoewel ze vond dat ze een goed punt had. 'En het uitgaansverbod?'

'Dat is opgeheven. Als ik een jaar lang niet in de problemen kom, wordt mijn strafblad gewist en is het alsof het nooit is gebeurd.'

'Tovenarij.'

'Of een dure advocaat.'

Hij grijnsde. 'Goedkoper dan die Cartierarmband die je wilde hebben.'

'Helemaal als je de oorbellen erbij optelt.' Eigenlijk moesten ze hier geen grapjes over maken, maar het had ook geen zin om het te serieus te nemen. 'Weet je wat raar is?' zei ze. 'Ik weet dat de enkelband er niet meer zit, maar ik voel hem nog steeds.'

'De signaaldetectietheorie.' Hij legde het rietje nog rechter. 'Je waarnemingssysteem wordt beïnvloed door het gevoel van de monitor tegen je huid. Mensen ervaren dit vaker met hun telefoon. Ze voelen hem trillen, ook als hij niet trilt.'

Dat kreeg je ervan als je met een nerd was getrouwd.

Paul keek naar het tv-scherm. 'Denk je dat ze gevonden wordt?'

Claire antwoordde niet. Ze wierp een blik op het glas in Pauls hand. Ze had whisky nooit lekker gevonden, maar nu ze niet mocht drinken, zou ze wel een week aan de boemel willen.

Uit wanhoop omdat ze niks kon bedenken, had Claire die middag tegen haar door de rechtbank aangewezen psychiater gezegd dat ze het afschuwelijk vond als haar de wet werd voorgeschreven. 'Tja, wie niet?' had het slonzige mens op lichtelijk ongelovige toon geantwoord. Claire had het bloed naar haar wangen voelen stijgen, maar ze was zo verstandig geweest niet te zeggen dat zij er wel heel slecht tegen kon, dat ze om die reden in een door de rechtbank opgelegde therapie was beland. De voldoening van een doorbraak gunde ze de vrouw niet.

Bovendien was Claire op eigen kracht tot die conclusie gekomen op het moment dat de handboeien rond haar polsen werden geklikt.

'Idioot,' had ze in zichzelf gemompeld toen de agente haar achter in de politiewagen duwde.

'Dat komt in mijn rapport,' had de vrouw haar kortaf meegedeeld.

Die dag waren het allemaal vrouwen geweest, politieagentes in alle vormen en maten, met een dikke leren riem om hun stevige taille en voorzien van een keur aan dodelijk gereedschap. Claire had het gevoel dat het een stuk beter zou zijn gegaan als minstens een van hen een man was geweest, maar helaas was dat niet het geval. Dat had het feminisme haar dus opgeleverd: dat ze in de boeien op de plakkerige achterbank van een patrouillewagen zat, met het rokje van haar tennistenue rond haar dijen.

In de gevangenis waren Claires trouwring, horloge en de veters van haar tennisschoenen geconfisqueerd door een forse vrouw met een moedervlek tussen haar harige wenkbrauwen. Uiterlijk deed ze Claire nog het meest aan een stinkwants denken. Er staken geen haren uit de moedervlek en Claire wilde de vrouw al vragen waarom ze wel haar moedervlek maar niet haar wenkbrauwen plukte, toen ze door een tweede vrouw, lang en mager als een bidsprinkhaan, naar de volgende kamer werd gebracht.

Het afnemen van haar vingerafdrukken ging heel anders dan op tv. In plaats van in inkt moest Claire haar vingers op een vuile glazen plaat drukken zodat de lijnen digitaal konden worden geregistreerd. Haar lijnen waren blijkbaar erg vaag. Het moest een aantal keer over.

'Nog een geluk dat ik geen bank heb beroofd,' zei Claire en ze voegde er snel 'ha ha' aan toe om te benadrukken dat het een grapje was.

'Gelijkmatig drukken,' zei de bidsprinkhaan terwijl ze de vleugels van een vlieg afbeet.

Claires boevenfoto werd genomen tegen een witte achtergrond, met een liniaal die centimeters afweek. Ze vroeg zich hardop af waarom ze geen bordje hoefde vast te houden met haar naam en gevangenennummer.

'Photoshopsjabloon,' zei de bidsprinkhaan op verveelde toon, want blijkbaar kreeg ze die vraag vaker te horen.

Het was de enige foto die ooit van Claire was gemaakt zonder dat iemand zei dat ze moest lachen.

Een derde agente, die brak met de trend en een neus had als de snavel van een wilde eend, had Claire meegenomen naar de cel, waar ze tot haar verbazing niet de enige vrouw in tennistenue was.

'Waarvoor ben jij opgepakt?' had de andere in tenniskleding gestoken arrestante gevraagd. Ze zag er hard en afgeleefd uit en was blijkbaar opgepakt terwijl ze met een ander soort ballen had gespeeld.

'Moord,' had Claire gezegd, want ze had al besloten dat ze dit niet serieus ging nemen.

'Hé.' Paul had zijn scotch op en wenkte de barman om meer. 'Waar zit je met je gedachten?'

Ze slaakte een diepe zucht. 'Ik dacht net dat je als je een tweede glas bestelt waarschijnlijk een nog rottiger dag hebt gehad dan ik.' Paul dronk zelden. Dat hadden ze gemeen. Ze vonden het geen van beiden prettig om de controle te verliezen, en alleen al daardoor was de politiecel een echte afknapper geweest.

'Alles goed?' vroeg ze.

'Nu wel.' Hij wreef over haar rug. 'Wat zei de psych?'

Claire wachtte tot de barman zich weer in zijn hoek had teruggetrokken. 'Ze zei dat ik niet open ben over mijn gevoelens.'

'Dat ben je juist wel.'

Ze glimlachten beiden. Weer zo'n oud meningsverschil dat er nu niet meer toe deed.

'Ik vind het niet prettig om geanalyseerd te worden,' zei Claire, en in gedachten zag ze haar analytica al met een overdreven schoudergebaar 'tja, wie wel?' zeggen.

'Weet je wat ik vandaag besefte?' Paul pakte haar hand. Zijn handpalm voelde ruw. Hij had het hele weekend in de garage gewerkt. 'Dat ik vreselijk veel van je hou.'

'Grappig dat een man dat tegen zijn vrouw zegt.'

'Maar het is waar.' Paul bracht haar hand naar zijn lippen. 'Ik kan me niet voorstellen hoe mijn leven er zonder jou zou uitzien.'

'Netter,' zei ze, want Paul was degene die alle rondslingerende schoenen opruimde en de losse kledingstukken in de wasmand stopte die op de een of andere manier op de vloer voor de wastafel waren beland.

'Ik weet dat je het nu moeilijk hebt,' zei hij. 'Vooral met...' Hij wees met een schuin hoofd naar de tv, waarop een nieuwe foto van het vermiste zestienjarige meisje werd vertoond.

Claire keek naar het scherm. Het meisje was inderdaad mooi. Atletisch en slank, met donker, golvend haar.

'Zolang je maar weet dat ik er altijd voor je ben. Wat er ook gebeurt.'

Claire voelde haar keel dichtsnoeren. Soms beschouwde ze hem als zo vanzelfsprekend dat ze er niet bij stilstond. Dat was de luxe van een lang huwelijk. Maar ze wist dat ze van hem hield. Ze kon niet zonder hem. Hij was het anker dat voorkwam dat ze op drift raakte.

'Je weet dat je de enige vrouw bent van wie ik ooit heb gehouden,' zei hij.

'Laat Ava Guilford het niet horen,' zei ze, verwijzend naar haar voorgangster op de universiteit.

'Even serieus. Ik meen het.' Hij boog zich zo dicht naar haar toe dat zijn voorhoofd het hare bijna raakte. 'Jij bent de liefde van mijn leven, Claire Scott. Je betekent alles voor me.'

'Ondanks mijn strafblad?'

Hij kuste haar. Een echte kus. Ze proefde whisky en een zweempje pepermunt, en een golf van genot trok door haar heen toen zijn vingers de binnenkant van haar dij streelden.

Toen ze stopten om adem te halen zei ze: 'Kom, we gaan naar huis.'

Paul sloeg zijn glas in één keer achterover en wierp wat geld op de bar. Bij het verlaten van het restaurant liet hij zijn hand op Claires rug rusten. Een koude windvlaag plukte aan de zoom van haar rok. Paul wreef over haar arm om haar te verwarmen. Hij liep zo dicht tegen haar aan dat ze zijn adem in haar hals voelde. 'Waar staat je auto?'

'In de parkeergarage,' zei ze.

'Die van mij staat op straat.' Hij gaf haar zijn sleutels. 'Neem jij de mijne maar.'

'Laten we samen gaan.'

'Kom, hiernaartoe.' Hij trok haar een steegje in en drukte haar met haar rug tegen de muur.

Claire deed haar mond al open, maar voor ze kon vragen wat hem bezielde, begon hij haar te kussen. Zijn hand gleed onder haar rok. Claire hapte naar adem, niet van verrukking, maar omdat het niet donker was in de steeg en omdat de straat niet verlaten was. Ze zag mannen in pak langslopen; ze draaiden hun hoofd om en volgden het tafereel tot op het laatste moment. Zo belandde je op internet.

'Paul.' Ze legde haar hand op zijn borst en vroeg zich af wat er was gebeurd met haar saaie man, die het al kinky vond als ze het in de logeerkamer deden. 'Mensen kijken naar ons.'

'Hierheen.' Hij pakte haar hand en voerde haar dieper het steegje in.

Claire volgde hem over een kerkhof van sigarettenpeuken. Het steegje liep op een T-splitsing uit, op een soort bevoorradingslaan voor de aangrenzende restaurants en winkels. Het was nauwelijks een verbetering. In haar verbeelding zag ze koks in deuropeningen, met een sigaret in hun mond en een iPhone in hun hand. Zelfs zonder publiek kon ze allerlei redenen bedenken om dit niet te doen. Maar aan de andere kant vond niemand het prettig om de wet voorgeschreven te krijgen.

Paul trok haar de hoek om. Claire kon nog net de verlaten omgeving in zich opnemen voor haar rug tegen een andere muur werd gedrukt. Hij kuste haar vol op haar mond. Zijn handen grepen haar kont. Zijn verlangen was zo hevig dat ze er zelf ook opgewonden van raakte. Ze sloot haar ogen en gaf zich over. Hun kussen werden intenser. Hij rukte haar slipje naar beneden. Ze hielp hem, huiverend van de kou en omdat het gevaarlijk was, maar ze wilde nu zo graag dat het haar niets meer kon schelen.

'Claire...' fluisterde hij in haar oor. 'Zeg dat jij dit ook wilt.'

'Ik wil dit ook.'

'Zeg het nog eens.'

'Ik wil dit ook.'

Opeens draaide hij haar met een ruk om. Claires wang schampte het steen. Hij zette haar klem tegen de muur. Ze duwde terug. Hij kreunde, in de veronderstelling dat ze van opwinding meebewoog, maar ze kreeg amper lucht.

'Paul...'

'Verroer je niet.'

Claire begreep de woorden, maar het duurde ettelijke seconden voordat haar brein het feit had verwerkt dat ze niet van haar man afkomstig waren.

'Omdraaien.'

Paul wilde al gehoorzamen.

'Jij niet, eikel.'

Zij. Hij bedoelde haar. Claire kon zich niet verroeren. Haar benen trilden. Ze kon nauwelijks overeind blijven staan.

'Omdraaien, zei ik, godverdomme.'

Voorzichtig sloeg Paul zijn handen om Claires armen. Ze struikelde toen hij haar langzaam omdraaide.

Recht achter Paul stond een man. Hij droeg een zwarte capuchontrui, die tot vlak onder zijn dikke, getatoeëerde hals was dichtgeritst. Een vervaarlijk uitziende ratelslang kronkelde om zijn adamsappel, met zijn giftanden ontbloot in een boosaardige grijns.

'Handen omhoog.' De slangenbek wipte op en neer toen de man sprak.

'We willen geen moeilijkheden.' Paul had zijn handen in de lucht gestoken. Roerloos stond hij daar. Claire keek naar hem. Hij gaf een knikje, alsof hij wilde zeggen dat alles goed kwam terwijl dat duidelijk niet het geval was. 'Mijn portefeuille zit in mijn achterzak.'

Met één hand wurmde de man de portefeuille uit zijn zak. Claire ging ervan uit dat hij in zijn andere hand een pistool had. In gedachten zag ze het voor zich: zwart en glanzend, met de loop in Pauls rug.

'Hier.' Paul deed zijn trouwring af, zijn schoolring en zijn horloge. Een Patek Philippe. Dat had ze vijf jaar geleden voor hem gekocht. Zijn initialen stonden op de achterkant.

'Claire.' Paul klonk gespannen. 'Geef hem je portefeuille.'

Claire staarde haar man aan. Ze voelde het gestage kloppen van haar halsslagader. Paul had een pistool in zijn rug. Ze werden beroofd. Dat was er aan de hand. Dit was echt. Dit gebeurde echt. Ze liet haar blik naar haar hand gaan, heel langzaam, want ze verkeerde in shock, was doodsbang en wist niet wat ze moest doen. Haar vingers zaten nog om Pauls sleutels geklemd. Die hield ze de hele tijd al vast. Hoe had ze seks met hem kunnen hebben als ze nog steeds zijn sleutels vasthield?

'Claire,' herhaalde Paul, 'pak je portefeuille.'

Ze liet de sleutels in haar handtas vallen. Ze haalde haar portefeuille tevoorschijn en gaf die aan de man.

Hij propte hem in zijn zak en stak zijn hand weer uit. 'Telefoon.'

Claire diepte haar iPhone op. Al haar contacten. Haar vakantiefoto's van de afgelopen paar jaar. Sint Maarten. Londen. Parijs. München.

'Ook de ring.' De man keek snel het steegje in. Claire deed hetzelfde. Er was niemand. Zelfs de zijstraatjes waren verlaten. Ze stond nog steeds met haar rug tegen de muur. De hoek die op de hoofdstraat uitkwam, was op een armlengte afstand. Er waren mensen op straat. Heel veel mensen.

De man las haar gedachten. 'Vergeet het maar. Af die ring.'

Claire deed haar trouwring af. Ze kon wel zonder. Ze waren verzekerd. Het was niet eens haar oorspronkelijke ring. Ze hadden hem jaren geleden uitgekozen, toen Paul eindelijk zijn studie had voltooid en tot het architectenregister was toegelaten.

'Oorbellen,' beval de man. 'Kom op, bitch, opschieten.'

Claire reikte naar haar oorlelletje. Haar handen waren gaan trillen. Ze kon zich niet meer herinneren dat ze de diamanten knopjes die ochtend had ingedaan, maar nu zag ze zichzelf weer voor haar sieradenkistje staan.

Was dit haar leven dat aan haar voorbijtrok: onbenullige herinneringen aan díngen?

'Opschieten.' Met zijn vrije hand spoorde de man haar aan.

Claire frunnikte aan de achterkantjes van de diamanten knopjes. Door het getril voelden haar vingers dik en nutteloos. Ze zag zichzelf weer bij Tiffany toen ze de knopjes uitkoos. Haar tweeendertigste verjaardag. Paul die haar aankeek alsof hij wilde zeggen: 'Niet te geloven dat we dit doen, hè?' terwijl de verkoopster hun voorging naar de geheime kamer waar peperdure aankopen werden afgehandeld.

Claire liet haar oorbellen in de open hand van de man vallen. Ze beefde. Haar hart ging als een trommel tekeer.

'Dat is alles.' Paul draaide zich om. Nu stond hij met zijn rug tegen Claire aan. Hij onttrok haar aan het zicht. Hij beschermde haar. Hij had zijn handen nog steeds in de lucht. 'Je hebt nu alles.'

Claire kon de man zien als ze over Pauls schouder keek. Hij had geen pistool in zijn hand, maar een mes. Een lang, scherp mes met een kartelrand en een punt met een haak, zo'n ding waarmee een jager een dier schoonmaakte.

'We hebben niks meer,' zei Paul. 'Ga nu maar.'

De man ging niet. Hij keek naar Claire alsof hij een nog kostbaarder buit had gevonden dan haar oorbellen van zesendertigduizend dollar. Zijn lippen vertrokken zich tot een grijns. Zijn ene voortand had een gouden kroon. Ze besefte dat de ratelslangtatoeage een bijpassende gouden giftand had.

En toen besefte ze dat dit niet zomaar een beroving was.

Paul kwam tot dezelfde conclusie. 'Ik heb geld,' zei hij.

'Echt waar, joh?' De man ramde zijn vuist in Pauls borst. Claire voelde de dreun in haar eigen lijf, en zijn schouderbladen schaafden over haar jukbeenderen. Zijn hoofd klapte tegen haar gezicht. Haar achterhoofd sloeg tegen de muur.

Heel even was Claire verdoofd. Sterren explodeerden voor haar ogen. Ze proefde bloed. Ze knipperde met haar ogen. Ze keek naar beneden en zag Paul kronkelend op de grond liggen.

'Paul...' Ze strekte haar armen naar hem uit, maar een withete pijn sneed door haar schedel. De man had haar haar vastgegrepen. Hij sleepte haar mee het steegje in. Claire struikelde. Haar knie schuurde over het wegdek. De man liep door, bijna op een drafje. Ze moest vooroverbuigen om de helse pijn wat te verlichten. Een van haar hakken brak af. Ze probeerde achterom te kijken. Paul klemde zijn arm vast alsof hij een hartaanval kreeg.

'Nee,' fluisterde ze en tegelijkertijd vroeg ze zich af waarom ze het niet uitschreeuwde. 'Nee-nee-nee!'

De man sleurde haar mee. Claire hoorde zichzelf piepend ademhalen. Haar longen hadden zich met zand gevuld. Hij nam haar mee het zijstraatje in. Er stond een zwart busje dat haar niet eerder was opgevallen. Claire sloeg haar nagels in zijn pols. Hij gaf een ruk aan haar hoofd. Weer struikelde ze. Weer gaf hij een ruk. De pijn was ondraaglijk, maar was niets vergeleken met haar angst. Ze wilde gillen. Ze moest gillen. Maar haar keel zat dicht, want ze wist wat haar te wachten stond. Hij zou haar ergens mee naartoe nemen in dat busje. Naar een stille plek. Naar een verschrikkelijke plek waar ze misschien nooit meer wegkwam.

'Nee...' smeekte ze. 'Alstublieft... nee... nee...'

De man liet Claire los, maar niet omdat ze het gevraagd had. Hij tolde rond en hield het mes voor zich uit. Paul was overeind gekrabbeld. Hij rende op de man af en met een rauwe kreet stortte hij zich op hem.

Het gebeurde allemaal heel snel. Te snel. De tijd werd niet vertraagd om Claire getuige te laten zijn van elke milliseconde van Pauls strijd.

Op de loopband zou Paul de man te snel af zijn geweest, hij zou een vergelijking hebben opgelost nog voor die vent zijn potlood had geslepen, maar zijn tegenstander had één ding op Paul Scott voor dat niet op de universiteit werd onderwezen: hij wist hoe hij een mes moest hanteren.

Er klonk alleen gefluit toen het lemmet door de lucht zwiepte. Claire had meer geluiden verwacht: een plotselinge klets toen de punt van het mes in Pauls huid drong. Geknerp toen de kartelrand door zijn ribben zaagde. Geschraap toen het lemmet pees en kraakbeen van elkaar scheidde.

Paul greep naar zijn buik. Het parelmoeren heft van het mes stak tussen zijn vingers uit. Hij wankelde achterwaarts tegen de muur, met open mond en bijna komisch opengesperde ogen. Hij droeg zijn marineblauwe Tom Fordpak dat te strak om zijn schouders zat. Claire had zich voorgenomen om de naden te laten uitnemen, maar nu was het te laat, want het jasje was doordrenkt met bloed.

Paul keek naar zijn handen. Het lemmet was tot aan het heft verdwenen, ergens halverwege zijn navel en zijn hart. Bloed verspreidde zich over zijn blauwe overhemd. Hij keek alsof hij in shock was. Ze waren allebei in shock. Ze zouden vroeg uit eten gaan vanavond, ze zouden vieren dat Claire zich met succes door het strafrechtsysteem had weten te manoeuvreren, maar doodbloeden in een koude, vochtige steeg hoorde daar niet bij.

Voetstappen naderden. De Slangenman rende weg en hun ringen en sieraden rinkelden in zijn zakken.

'Help,' zei Claire, maar het klonk als gefluister, zo zacht dat ze haar eigen stem nauwelijks hoorde. 'H-help,' stamelde ze. Maar wie kon hen helpen? Paul was altijd degene die uitkomst bood. Paul was degene die overal voor zorgde.

Tot op dit moment.

Hij gleed langs de muur naar beneden en smakte op de grond. Claire knielde naast hem neer. Ze stak haar handen naar hem uit, maar ze wist niet waar ze hem kon aanraken. Achttien jaar lang had ze van hem gehouden. Achttien jaar lang hadden ze het bed gedeeld. Ze had haar hand op zijn voorhoofd gelegd om te voelen of hij koorts had, ze had zijn gezicht gebet als hij ziek was, zijn lippen gekust, zijn wangen, zijn oogleden, ze had hem zelfs een keer in woede een klap verkocht, maar nu wist ze niet waar ze hem kon aanraken.

'Claire.'

Pauls stem. Ze kende zijn stem. Claire boog zich over haar man. Ze sloeg haar armen en benen om hem heen. Ze trok hem tegen haar borst. Ze drukte haar lippen op de zijkant van zijn hoofd. Ze voelde de warmte uit zijn lijf trekken. 'Paul, alsjeblieft. Het komt goed, hè? Zeg dat het goed komt.'

'Het komt goed,' zei Paul, en het leek waar te zijn tot het niet langer waar was. De tremor begon in zijn benen en ging over in hevig geschud tegen de tijd dat deze de rest van zijn lijf had bereikt. Zijn tanden klapperden. Zijn oogleden trilden.

'Ik hou van je,' zei hij.

'Alsjeblieft,' fluisterde ze en ze begroef haar gezicht in zijn hals. Ze rook zijn aftershave. Ze voelde het ruwe stukje baard dat hij die ochtend bij het scheren had overgeslagen. Overal waar ze hem aanraakte was zijn huid ijs- en ijskoud. 'Niet bij me weggaan, alsjeblieft, Paul. Alsjeblieft.'

'Ik ga niet weg,' beloofde hij.

Maar toen deed hij het toch.

# TWEE

Lydia Delgado liet haar blik over de zee van tienercheerleaders in de sporthal gaan en sprak stilletjes een dankgebedje uit omdat haar dochter er niet bij hoorde. Niet dat ze iets tegen cheerleaders had. Ze was eenenveertig. De tijd dat ze de pest aan ze had was allang voorbij. Nee, ze had de pest aan hun moeders.

'Lydia Delgado!' Mindy Parker begroette iedereen altijd bij voor- en achternaam, en dat ging gepaard met een triomfantelijke uitschieter aan het eind: kijk eens hoe slim ik ben omdat ik van iedereen de volledige naam weet!

'Mindy Parker,' zei Lydia, verscheidene octaven lager. Ze kon het niet helpen. Ze was altijd al tegendraads geweest.

'De eerste wedstrijd van het seizoen! Volgens mij maken onze meiden dit jaar echt kans.'

'Absoluut,' beaamde Lydia, hoewel iedereen wist dat het op een slachtpartij zou uitlopen.

'Hoe dan ook.' Mindy strekte haar linkerbeen, stak haar armen in de lucht en raakte haar tenen aan. 'Ik heb een ondertekend verlofbriefje voor Dee nodig.'

Lydia wilde al vragen om wat voor verlofbriefje het ging, maar ze hield zich net op tijd in. 'Ik zorg dat je het morgen hebt.'

'Fantastisch!' Met een overdreven krachtige stoot lucht kwam Mindy uit strekhouding overeind. Door haar tuitlippen en geprononceerde onderkaak deed ze Lydia aan een gefrustreerde Franse buldog denken. 'We willen niet dat Dee zich buitengesloten voelt, dat weet je. We zijn heel trots op onze beursleerlingen.'

'Dank je, Mindy.' Lydia plakte een glimlach op haar gezicht.

‘Alleen treurig dat ze slim moest zijn in plaats van rijk om op Westerly Academy te worden toegelaten.’

Nu was het Mindy’s beurt om een glimlach op haar gezicht te plakken. ‘Oké, tja, nou, te gek. Dan zie ik dat briefje morgenochtend wel.’ Ze kneep in Lydia’s schouder en snelde de tribune op naar de andere moeders. Of Moeders, zoals Lydia ze in gedachten noemde, want ze deed haar uiterste best het woord motherfucker niet meer in de mond te nemen.

Lydia tuurde het basketbalveld af naar haar dochter. Even versnelde haar hart van paniek, maar toen zag ze Dee in de hoek staan. Ze praatte met haar beste vriendin, Bella Wilson, en ondertussen stuiterden ze een basketbal heen en weer.

Was deze jonge vrouw echt haar dochter? Een oogwenk geleden had Lydia haar luier nog verschoond en toen ze even knipperde en opnieuw keek, was Dee opeens zeventien. Over een krappe tien maanden ging ze naar de universiteit. Tot Lydia’s afschuw was ze al aan het inpakken. De koffer in Dee’s kast zat zo vol dat de rits niet meer dicht kon.

Lydia knipperde haar tranen weg, want het was niet normaal dat een volwassen vrouw om een koffer huilde. Daarom dacht ze snel aan het verlofbriefje dat Dee haar niet gegeven had. Waarschijnlijk had het team een speciaal etentje georganiseerd en was Dee bang dat Lydia het niet kon betalen. Haar dochter begreep niet dat ze niet arm waren. Weliswaar was het in het begin sappelen geweest toen Lydia haar hondentrimsalon van de grond probeerde te krijgen, maar inmiddels waren ze stevig in de middle class verankerd, iets wat de meeste mensen niet konden zeggen.

Ze waren simpelweg niet Westerly-rijk. De meeste ouders van leerlingen op Westerly Academy telden moeiteloos dertigduizend dollar per jaar neer om hun kind naar de particuliere school te kunnen sturen. Met kerst gingen ze skiën bij Lake Tahoe of vlogen ze met een gehuurd privévliegtuig naar de Caraïben, maar ook al zou Lydia dat soort dingen nooit aan Dee kunnen geven, haar dochter kon godverdorie nog wel een steak bij Chops bestellen.

Uiteraard zou ze dat op een minder vijandige manier aan haar kind duidelijk maken.

Lydia haalde een zak chips uit haar tas tevoorschijn. Het zout en het vet boden onmiddellijke troost, als een paar smeltende Xanaxtabletten onder haar tong. Toen ze die ochtend haar trainingsbroek aantrok, had ze zich voorgenomen naar de sportschool te gaan, en ze was inderdaad in de buurt van de sportschool geweest, maar alleen omdat er een Starbucks bij het parkeerterrein was. Het was bijna Thanksgiving. Buiten was het ijskoud. Lydia had een vrije dag genomen, wat zelden gebeurde. Die mocht ze inluiden met een Pumpkin Caramel Spice Latte, dat had ze verdiend. Bovendien kon ze niet zonder de cafeïne. Ze moest nog een gigantische hoeveelheid shit afwerken voor Dee's wedstrijd begon. De supermarkt, de dierenwinkel, de Target, de apotheek, de bank, dan naar huis om alles uit te laden en rond de middag naar de kapper, want Lydia was te oud om haar haar alleen maar te laten knippen en kon er niet langer omheen het grijs in haar blonde lokken te laten wegverven als ze niet op het zielige nichtje van Cruella De Ville wilde lijken. Over de andere nieuwe haren die onderhoud behoefden zweeg ze liever.

Lydia's hand vloog naar haar bovenlip. Het zout van de chips brandde op haar rauwe huid.

'Jezus christus,' mompelde ze, want ze was vergeten dat ze die dag haar snor had laten waxen en dat de schoonheidsspecialiste een nieuwe reinigingslotion had gebruikt waardoor er een vurige uitslag op Lydia's bovenlip was verschenen, zodat ze nu in plaats van een paar overtollige haartjes een forse, rode krulsnor had.

Ze hoorde het Mindy Parker al tegen de Moeders zeggen: 'Lydia Delgado! Snoruitslag!'

Lydia propte weer een handvol chips in haar mond. Ze kauwde hoorbaar en zonder zich druk te maken om de kruimels op haar shirt of om de Moeders, die haar koolhydraten zagen bunkeren. Ooit had ze beter haar best gedaan. Maar toen was ze nog geen veertig.

Sapkuren. Sapvasten. Het saploze dieet. Het fruitdieet. Het ei-dieet. Fitness. De Bootcamp Club. Vijfminutencardio. Drieminutencardio. Het South Beachdieet. Het Atkinsdieet. Het Paleodieet. Jazzercise. Lydia's kledingkast bevatte een ware eBay-voorraad aan mislukkingen: zumbaschoenen, cross-schoenen, wandelschoenen, buikdanscimbalen, een string die de paaldanscursus waar een van haar cliënten bij zwoer nooit helemaal had gehaald.

Lydia wist dat ze te dik was, maar was ze echt moddervet? Of alleen maar Westerly-vet? Mager was ze in elk geval niet. Op een kort intermezzo rond haar twintigste na had ze haar hele leven met haar gewicht geworsteld.

Dat was de duistere waarheid achter Lydia's pesthekel aan de Moeders: ze kon ze niet uitstaan omdat ze anders was. Ze hield van chips. Ze was dol op brood. Ze deed een moord voor een lekkere cupcake of drie. Ze had geen tijd om met een trainer aan de slag te gaan of een hele reeks pilateslessen te nemen. Ze moest een zaak runnen. Ze was een alleenstaande moeder. Ze had een vriend die soms een onderhoudsbeurt nodig had. En niet alleen dat, maar ze werkte met dieren. Het was moeilijk er betoverend uit te zien als je zojuist de anaalklieren van een voddige teckel had uitgeknepen.

Lydia's vingers stuitten op de lege bodem van de chipszak. Ze voelde zich ellendig. Ze had die chips helemaal niet gewild. Na de eerste hap proefde ze ze eigenlijk niet eens meer.

Achter haar barstten de Moeders in gejuich uit. Een van de meiden deed de handstand overslag over de hele vloer van de sportzaal. Haar bewegingen waren vloeiend, perfect en heel indrukwekkend, maar toen ze aan het eind haar handen in de lucht wierp besefte Lydia dat ze geen cheerleader was, maar de moeder van een cheerleader.

Een Cheerleader-Moeder.

'Penelope Ward!' brulde Mindy Parker. 'Goed gedaan, meid!'

Kreunend zocht Lydia in haar tas naar meer etenswaar. Penelope koerste recht op haar af. Lydia sloeg de kruimels van haar shirt en probeerde iets te bedenken dat niet van scheldwoorden aan elkaar hing.

Gelukkig werd Penelope staande gehouden door coach Henley.

Lydia slaakte een diepe zucht van opluchting. Ze haalde haar telefoontje uit haar tas. Ze had zestien mailtjes van het schoolmededelingenbord, de meeste betroffen een recente uitbraak van hoofdluis die om zich heen greep in de basisschoolklassen. Terwijl Lydia haar berichten doornam dook er weer een op, een dringende oproep van de directeur, die schreef dat onmogelijk kon worden nagegaan bij wie de luizenplaag was begonnen en dat de ouders verzocht werd niet langer te vragen welk kind de schuldige was.

Lydia verwijderde ze allemaal. Ze beantwoordde een paar berichten van klanten die een afspraak wilden maken. Ze ging naar haar spambox om te kijken of Dee's verlofbriefje daar niet per ongeluk in verzeild was geraakt. Dat was niet het geval. Ze mailde het meisje dat ze had ingehuurd om haar met de administratie te helpen en vroeg weer of ze haar urenrooster wilde opsturen, wat toch niet zo moeilijk was, want ze werd op basis daarvan uitbetaald, maar het kind was met alle denkbare zorg door een dominante moeder opgevoed en vergat zelfs haar veters te strikken tenzij er een Post-it-briefje op haar schoen zat met daarop een smiley en de woorden VETERS STRIKKEN. LIEFS MAM. PS: IK BEN HEEL TROTS OP JE.

Dat was niet aardig. Lydia had zelf ook een handje van Post-it-moederen. Als verzachtende omstandigheid kon worden aangevoerd dat haar bemoeizucht er vooral op gericht was dat Dee voor zichzelf leerde zorgen. ALS JE DE VUILNIS NOU NIET BUITEN ZET VERMOORD IK JE. LIEFS, MAM. Had iemand haar maar gewaarschuwd dat het aanleren van dat soort zelfstandigheid geheel eigen problemen met zich meebracht, bijvoorbeeld dat je een volgestouwde koffer in je dochters kast aantrof terwijl ze pas over tien maanden naar de universiteit vertrok.

Lydia liet haar telefoontje weer in haar tas vallen. Ze zag Dee de bal doorspelen naar Rebecca Thistlewaite, een bleek Brits meisje dat nog niet kon scoren als je haar hoofd door de basket duwde.

Lydia glimlachte om haar dochters ruimhartigheid. Toen Lydia zo oud was, was ze leadzangeres van een vreselijk rebels meidenbandje en dreigde ze voortijdig van school te gaan. Dee zat in het debatingteam. Ze deed vrijwilligerswerk voor de YMCA. Ze had een lief karakter, was gul, en slim als de pest. Haar opmerkingsgave was verbluffend, maar ook hoogst irritant als ze ruzie hadden. Al toen ze klein was kon Dee alles wat ze hoorde griezelig goed imiteren, vooral als het uit Lydia's mond kwam. Daarom werd ze ook Dee genoemd in plaats van de prachtige naam die Lydia op haar geboorteakte had laten zetten.

'Deedus krissus!' riep haar lieve kleine meisje terwijl ze zwaaiend en trappelend met haar armpjes en beentjes op de kinderstoel zat. 'Dee-dus krissus! Dee-dus krissus!'

Achteraf gezien besefte Lydia dat ze beter niet had kunnen laten merken hoe grappig het was.

'Lydia?' Penelope Ward stak een vinger op om aan te geven dat Lydia even moest wachten. Meteen keek Lydia naar de deuren. Achter zich hoorde ze de Moeders onderdrukt giechelen en ze wist dat ze geen kant op kon.

Penelope was een soort beroemdheid op Westerly. Haar man was advocaat, wat niet uitzonderlijk was voor een Westerly-pa, maar hij was ook staatssenator en had onlangs aangekondigd dat hij zich kandidaat wilde stellen voor het nationale Huis van Afgevaardigden. Van alle vaders op school was Branch Ward waarschijnlijk de knapste, maar dat kwam vooral doordat hij nog geen zestig was en nog steeds zijn eigen voeten kon zien.

Penelope was de volmaakte vrouw voor een politicus. Op alle promotiefilmpjes van haar man zag je haar naar Branch opkijken met de van aanbidding uitpuilende ogen van een bordercollie. Ze was aantrekkelijk, maar niet zo dat het afleidde. Ze was slank, maar niet anorectisch. Ze had haar baan als partner op een gerenommeerd advocatenkantoor opgegeven om vijf prachtige Arische kinderen te baren. Ze was voorzitter van de ouderassociatie op Westerly, een pretentieus en volkomen overbodig synoniem voor ouderraad. Ze heerste met ijzeren vuist over de organisatie.

Al haar memo's waren perfect in punten opgedeeld, zo beknopt en kernachtig dat zelfs de lagere Moeders het konden volgen. Ze sprak ook puntsgewijs. 'Oké, dames!' zei ze dan, en ze klapte in haar handen – de Moeders waren geweldige klappers: 'Hapjes en drankjes! Feestartikelen! Ballonnen! Tafelaankleding! Bestek!'

'Lydia, eindelijk heb ik je te pakken!' riep Penelope. Haar knieen en ellebogen bewogen als zuigers op en neer toen ze de tribune op draafde om zich naast Lydia op de bank te laten ploffen. 'Jammie!' Ze wees naar de lege chipszak. 'Ik wou dat ik die kon eten!'

'Dat heb ik zo voor elkaar, wedden?'

'O, Lydia, wat heb je toch een heerlijke droge humor.' Penelope draaide haar bovenlijf naar Lydia toe en keek haar aan met de blik van een nerveuze Perzische kat. 'Ik snap niet hoe je het doet. Je hebt een eigen bedrijf. Je hebt je huis op orde. Je hebt een fantastische dochter grootgebracht.' Ze legde haar hand op haar borst. 'Je bent mijn held.'

Lydia's tanden knarsten.

'En Dee is zo'n getalenteerde jongedame.' Penelopes stem zakte een octaaf. 'Ze heeft toch bij dat vermiste meisje in de brugklas gezeten?'

'Geen idee,' loog Lydia. Anna Kilpatrick had één klas lager gezeten dan Dee. Wel hadden ze samen gym gehad, maar ze hadden niet dezelfde vriendinnen.

'Wat een tragedie,' verzuchtte Penelope.

'Ze vinden haar wel. Het is nog maar een week geleden.'

'Maar wat kan er allemaal gebeuren in een week?' zei Penelope met een geforceerde huivering. 'Je moet er niet aan denken.'

'Denk er dan ook maar niet aan.'

'Wat een fantastisch advies weer.' Het klonk opgelucht en neerbuigend tegelijk. 'Zeg, waar is Rick eigenlijk? We kunnen hier niet zonder Rick. Ons broodnodige shot testosteron.'

'Hij is op het parkeerterrein.' Lydia had geen idee waar Rick uithing. Ze hadden die ochtend hooglopende ruzie gehad. Ze wist bijna zeker dat hij haar nooit meer wilde zien.

Nee, dat was niet zo. Rick zou voor Dee komen. Wel zou hij vanwege Lydia waarschijnlijk aan de andere kant van de sporthal gaan zitten.

'Rebound! Rebound' schreeuwde Penelope, hoewel de meiden nog steeds met hun warming-up bezig waren. 'Jeetje, het is me nooit eerder opgevallen, maar Dee lijkt sprekend op jou.'

Lydia glimlachte afgemeten. Het was niet voor het eerst dat ze erop gewezen werd. Dee had Lydia's bleke huid en violetblauwe ogen. Hun gezichten hadden dezelfde vorm. Ze hadden dezelfde lach. Ze waren allebei van nature blond, en dat hadden ze voor op alle andere blondines in de sporthal. In Dee's zandloperfiguurtje zag je slechts vaag afgetekend wat er kon gebeuren als ze later in trainingsbroeken rondhing en chips binnenharkte. Op die leeftijd was Lydia ook beeldschoon geweest en even slank. Helaas was er allejezus veel cocaïne voor nodig geweest om het zo te houden.

'Goed.' Penelope sloeg met haar handen op haar dijen en keerde zich weer naar Lydia toe. 'Ik vroeg me af of jij me zou kunnen helpen.'

'Okeee...' Lydia rekte het woord om aan te geven hoe groot haar schroom was. Zo werd je door Penelope naar binnen gezogen. Ze zei niet dat je iets moest doen, ze zei dat ze je hulp nodig had.

'Het is in verband met het Internationale Festival van volgende maand.'

'Het Internationale Festival?' herhaalde Lydia, alsof ze nog nooit had gehoord van de geldinzamelingsweek, waarin de blankste in Dolce & Gabbana gestoken mannen en vrouwen van Noord-Atlanta zich *pierogi* en Zweedse gehaktballetjes lieten smaken die bereid waren door de nanny's van hun kinderen.

'Ik zal alle mailtjes naar je doorsturen,' zei Penelope. 'Zou jij trouwens wat Spaanse gerechten mee kunnen nemen? *Arroz negre. Tortilla de patatas. Cuchifritos.*' Ze sprak elk woord uit met een zelfverzekerd Spaans accent dat ze waarschijnlijk had opgepikt van de jongen die haar zwembad schoonmaakte. 'Mijn man en ik hebben *escalivada* gegeten toen we vorig jaar in *Catalunya* waren. Ver-rukkelijk.'

Lydia had er vier jaar op gewacht, maar nu kon ze het eindelijk zeggen: 'Ik ben niet Spaans.'

'O nee?' Penelope liet zich niet uit het veld slaan. 'Taco's dan? Of burrito's. Misschien wat *arroz con pollo* of *barbacoa*?'

'Ik kom ook niet uit Me-hi-co.'

'O, nou ja, Rick is natuurlijk niet je man, maar ik dacht dat Dee's vader, omdat je dus Delgado heet…'

'Penelope, vind jij Dee er als een latino uitzien?'

Met haar schelle lach had ze kristal kunnen breken. 'Wat bedoel je eigenlijk? "…als een latino…" Wat ben je toch grappig, Lydia.'

Lydia moest ook lachen, maar om heel andere redenen.

'Lieve help.' Voorzichtig veegde Penelope onzichtbare tranen uit haar ogen. 'Maar vertel eens, hoe zit het nou?'

'Hoe zit wat nou?'

'O, kom op! Je doet altijd zo geheimzinnig over de vader van Dee. En over jezelf. We weten nauwelijks iets van je.' Ze boog zich te dicht naar Lydia toe. 'Vertel op. Ik zal het niemand vertellen.'

In gedachten nam Lydia snel de winst-en-verliesrekening door: de winst van Dee's onbestemde afkomst, waardoor de Moeders ineenkrompen van schrik telkens als ze zich vaag racistisch uitlieten, tegenover het verlies, namelijk dat ze mee moest doen aan een geldinzamelingsactie van de ouderraad.

Het was een moeilijke keuze. Hun gematigd racisme was legendarisch.

Penelope voelde haar aarzeling. 'Kom op,' zei ze.

'Goed dan.' Lydia ademde diep in om zich voor te bereiden op het larielied van haar levensgeschiedenis: waar ze de waarheid zou vertellen, waar ze een leugen zou inzetten en waar ze het verhaal mooier zou maken dan het was.

'Ik kom uit Athens, Georgia.' *Hoewel mijn Juan Valdez-snor je misschien op het verkeerde been heeft gezet.* 'De vader van Dee,

Lloyd, kwam uit South Dakota.' *Eigenlijk uit Mississippi, maar Dakota klinkt minder ordinair.* 'Hij werd geadopteerd door zijn stiefvader.' *Die alleen met zijn moeder trouwde om te zorgen dat ze niet tegen hem kon getuigen.* 'Lloyds stiefvader stierf.' *In de gevangenis.* 'Lloyd was op weg naar Mexico om zijn grootouders in te lichten.' *Om twintig kilo cocaïne op te pikken.* 'Zijn auto werd door een vrachtwagen geschept.' *Hij werd dood aangetroffen op een truckersparkeerterrein nadat hij een halve kilo coke had proberen te snuiven.* 'Het is heel snel gegaan.' *Hij is in zijn eigen kots gestikt.* 'Dee heeft hem nooit gekend.' *En dat is het mooiste geschenk dat ik mijn dochter ooit heb gegeven.* 'Einde verhaal.'

'Lydia.' Penelope had haar hand voor haar mond geslagen. 'Ik had geen idee.'

Lydia was benieuwd hoe lang het zou duren voor het verhaal de ronde deed. 'Lydia Delgado! Tragische weduwe!'

'En Lloyds moeder?'

'Kanker.' *Door haar pooier door het hoofd geschoten.* 'Aan die kant van de familie is er niemand meer over.' *Die niet in de bak zit.*

'Arme meiden.' Penelope klopte op haar hart. 'Dee heeft daar nooit iets over gezegd.'

'Ze is van het hele verhaal op de hoogte.' *Behalve van de gedeelten die haar nachtmerries zouden bezorgen.*

Penelope keek naar het basketbalveld. 'Geen wonder dat je haar zo beschermd opvoedt. Ze is het enige wat je nog hebt van haar vader.'

'Klopt.' *Tenzij je de herpes meetelt.* 'Ik was zwanger van Dee toen hij stierf.' *Worstelend om af te kicken, want ik wist dat ze weggehaald zou worden als er drugs in mijn bloed werden aangetroffen.* 'Ik was heel blij met haar.' *Dee heeft mijn leven gered.*

'O, schat.' Penelope pakte Lydia's hand, en de moed zonk Lydia in de schoenen toen ze besefte dat het allemaal voor niets was geweest. Het verhaal had Penelope duidelijk geraakt, of in elk geval geboeid, maar ze was gekomen om een taak uit te delen en dat ging ze doen ook. 'Maar hoor eens, het is ergens toch deel van Dee's afkomst, niet? Stieffamilie is per slot van rekening ook familie. Eenendertig kinderen hier op school zijn geadopteerd, maar toch horen ze erbij!'

Het duurde een fractie van een seconde voor Lydia haar opmerking had verwerkt. 'Eenendertig? Bedoel je op de kop af eenendertig?'

'Ja, vertel mij wat.' Penelope schonk geen aandacht aan Lydia's geschokte blik. 'De Harris-tweeling is net in de peuterklas begonnen. Aangenomen via een christelijk adoptiebureau.' Ze dempte haar stem. 'Met luizen en al, als je de geruchten moet geloven.'

Lydia deed haar mond open en meteen weer dicht.

'Maar goed.' Penelope knalde er weer een glimlach uit en stond op. 'Laat de recepten wel eerst aan mij zien, oké? Ik weet dat je Dee graag aan praktische-vaardigheidsprojecten wilt laten meedoen. Bof jij even. Moeder en dochter die samen in de keuken aan het werk zijn. Ge-zel-lie!'

Lydia zweeg. Het enige wat Dee en zij samen in de keuken deden was ruziën over wanneer een mayonaisepot leeg genoeg was om te kunnen worden weggegooid.

'Fijn dat je meedoet!' Penelope draafde de tribune op en met de energie van een olympisch atleet liet ze haar armen heen en weer zwaaien.

Lydia vroeg zich af hoe lang het zou duren voor Penelope de andere Moeders over de tragische dood van Lloyd Delgado had verteld. Haar vader zei altijd dat je als je naar roddels luisterde met gelijke munt werd terugbetaald: dan werd er over jou geroddeld. Leefde hij nog maar, zodat ze hem over de Moeders kon vertellen. Hij zou zich hebben bescheurd.

Coach Henley blies op zijn fluitje ten teken dat de meiden hun warming-upoefeningen moesten afronden. De uitdrukking 'praktische-vaardigheidsprojecten' bleef door Lydia's hoofd spoken. Nu wist ze dus zeker dat het de Moeders was opgevallen.

Lydia weigerde zich schuldig te voelen omdat ze haar dochter een cursus auto-onderhoud liet volgen zodat ze een lekke band kon wisselen. Ook had ze er geen spijt van dat ze Dee had opgegeven voor een zomercursus zelfverdediging, al liep ze daardoor het basketbalkamp mis. Of dat ze er bij Dee op had aangedrongen schreeuwoefeningen te doen voor als ze bang was, want Dee was dan geneigd helemaal dicht te klappen, en zwijgen was het ergste wat je kon doen met een man tegenover je die kwaad in de zin had.

Lydia durfde te wedden dat de moeder van Anna Kilpatrick op ditzelfde moment wenste dat ze haar dochter had geleerd hoe ze een band moest wisselen. De auto van het meisje was op het parkeerterrein bij het winkelcentrum aangetroffen, met een spijker in een van de voorbanden. Er was niet veel verbeelding voor nodig om te concluderen dat degene die de spijker erin had geslagen dezelfde was die haar had ontvoerd.

Coach Henley blies twee keer kort op zijn fluitje om het team in beweging te krijgen. De Westerly-vrouwen liepen op hun dooie gemak naar hem toe en vormden een halve kring. De Moeders op de tribune stampten met hun voeten in een poging de spanning op te voeren voor een wedstrijd die zich met evenveel drama zou ontvouwen als een slakkenbegrafenis. De tegenpartij had niet eens aan warming-up gedaan. De kleinste van het team was een meter tachtig en had handen als kolenschoppen.

De deuren van de sporthal gingen open. Lydia zag Rick de tribune afspeuren. Zijn blik viel op haar. Vervolgens keek hij naar de lege banken aan de overkant. Ze hield haar adem in terwijl hij zijn opties afwoog en liet de lucht met een diepe zucht ontsnappen toen hij op haar af stapte. Langzaam besteeg hij de tribune. Mensen die werkten voor hun geld spurtten meestal geen trappen op.

Kreunend ging hij naast Lydia zitten.

'Hoi,' zei ze.

Rick raapte de lege chipszak op, wierp zijn hoofd achterover en schudde de kruimels in zijn mond. De meeste verdwenen in de boord van zijn shirt.

Lydia lachte, want aan iemand die lachte kon je moeilijk de pest hebben.

Hij keek haar wantrouwend aan. Hij kende haar kunstjes.

Rick Butler leek in niets op de Westerly-vaders. Ten eerste werkte hij met zijn handen. Hij was monteur bij een tankstation waar sommige oudere klanten nog altijd persoonlijk werden bediend als ze kwamen tanken. Zijn gespierde armen en borst waren het gevolg van alle banden die hij op velgen zette. De paardenstaart op zijn rug hing er ondanks de twee vrouwen in zijn leven, die hem smeekten het ding af te knippen. Hij was een boer of een hippie, afhankelijk van zijn stemming. Dat ze in beide incarnaties van hem hield was de grootste verrassing van Lydia Delgado's leven.

Hij overhandigde haar de lege zak weer. In zijn baard zaten chipskruimels. 'Lekker snorretje.'

Ze raakte haar ruwe bovenlip even aan. 'Hebben we nog ruzie?'

'Ben je nog chagrijnig?'

'Mijn intuïtie zegt ja,' gaf ze toe. 'Maar ik haat het als we ruzie hebben. Dan is het alsof mijn hele wereld op z'n kop staat.'

De zoemer klonk. Ze krompen allebei ineen toen de wedstrijd van start ging en hoopten met heel hun hart dat de vernedering kortstondig zou zijn. Wonderbaarlijk genoeg was de sprongbal voor de Westerly-vrouwen. Nog wonderbaarlijker was dat Dee met de bal over het veld dribbelde.

'Zet 'm op, Delgado!' riep Rick.

Dee zag duidelijk de schaduwen van de drie reuzinnen achter zich. Er was niemand in de buurt die ze de bal kon toespelen. Op goed geluk smeet ze hem naar de basket, maar hij stuiterde tegen de rand en kwam op de lege tribune aan de overkant van de sporthal terecht.

Lydia voelde Ricks pink over die van haar strelen.

'Hoe komt ze zo goed?' vroeg hij.

'Cornflakes.' Lydia kreeg het woord er met moeite uit. Haar hart zwol altijd als ze zag hoeveel Rick van haar dochter hield. Alleen al daarom vergaf ze hem de paardenstaart. 'Sorry dat ik de laatste tijd zo'n bitch ben.' Ze corrigeerde zichzelf: 'De laatste tien jaar, bedoel ik.'

'Ik weet zeker dat je voor die tijd ook al een bitch was.'

'Maar toen was ik veel leuker.'

Hij trok zijn wenkbrauw op. Ze hadden elkaar dertien jaar geleden leren kennen tijdens een twaalfstappenprogramma voor verslaafden. Destijds waren ze geen van beiden erg leuk geweest.

Ze deed een nieuwe poging: 'Ik was slanker.'

'Ja hoor, alsof het daarom gaat.' Rick hield zijn blik op de wedstrijd gericht. 'Wat heb je toch, schat? Ik kan de laatste tijd mijn mond niet opendoen of je jankt als een gevild konijn.'

'Ben je niet blij dat we niet samenwonen?'

'Gaan we het daar weer over hebben?'

Ze zou het nog bijna doen ook. 'Maar waarom moeten we samenwonen als we pal naast elkaar wonen?' lag op het puntje van haar tong.

Haar inspanning was niet onopgemerkt gebleven. 'Fijn dat je je mond kunt houden als je je best doet.' Hij floot toen Dee voor een driepunter ging. De bal ging naast de basket, maar toch stak hij zijn duimen op toen ze zijn kant op keek.

Lydia had bijna gezegd dat Dee geen snars om zijn goedkeuring zou geven als ze samenwoonden, maar ze besloot die opmerking achter de hand te houden voor de volgende keer dat ze bonje hadden.

Rick zuchtte toen de tegenstander de bal in bezit kreeg. 'O god, daar gaan we.'

Het kolenschopmeisje blokkeerde Dee. Ze bracht niet eens het fatsoen op haar armen in de lucht te steken.

Rick leunde achterover. Zijn werkschoenen rustten op de bank voor hem. Er zaten olievlekken op het gebarsten bruine leer. Zijn spijkerbroek was bezaaid met vetvlekken. Hij rook vaag naar uitlaatgassen. Hij had vriendelijke ogen. Hij hield van haar dochter. Hij hield van dieren. Zelfs van eekhoorns. Hij had elk boek gelezen dat Danielle Steele ooit had geschreven; daar was hij in de afkickkliniek verslaafd aan geraakt. Hij vond het niet erg dat bijna al Lydia's kleren onder de hondenharen zaten of dat het enige wat er volgens haar aan hun seksleven mankeerde was dat ze het niet in een boerka kon doen.

'Wat moet ik dan?' vroeg ze.

'Zeggen wat er in die gestoorde kop van je omgaat.'

'Dat wil ik wel, maar dan zou ik je daarna moeten vermoorden.'

Dat liet hij even bezinken. 'Oké. Zolang je mijn gezicht maar heel laat.'

Lydia keek naar het scorebord. 10-0. Ze knipperde met haar ogen. 12-0. 'Ik wou alleen...' Ze moest iets zeggen, maar ze wist niet hoe. 'De hele geschiedenis spoelt weer over me heen.'

'Dat klinkt als een countrysong.' Hij keek haar recht in de ogen. 'Anna Kilpatrick.'

Lydia beet op haar lip. Hij stelde geen vraag. Hij gaf antwoord. Hij had alle knipsels gezien die ze bewaarde over de verdwijning van Anna Kilpatrick, hij had gezien hoe Lydia's ogen zich vulden met tranen telkens als de ouders van het meisje op het nieuws verschenen.

'Ik heb gehoord dat de politie nieuwe aanwijzingen heeft,' zei hij.

'Ze kunnen alleen nog maar hopen dat ze het lichaam vinden.'

'Misschien leeft ze nog.'

'Optimisme is als een glasscherf in je hart.'

'Is dat ook uit een song?'

'Dat zei mijn vader altijd.'

Hij keek haar glimlachend aan. Ze hield van de rimpeltjes die samentrokken rond zijn ogen. 'Schat, ik weet dat ik je gevraagd heb niet naar het nieuws te kijken, maar er is iets wat je moet weten.'

Rick lachte niet meer. Haar hart sloeg over.

'Is ze dood?' Lydia greep naar haar keel. 'Hebben ze Anna gevonden?'

'Nee, dan zou ik het meteen hebben verteld. Dat weet je.'

Dat wist ze inderdaad, maar haar hart ging nog steeds tekeer.

'Ik heb het vanochtend op het politienieuws gezien.' Ze zag

Rick aarzelen, maar hij ging door. 'Het is drie dagen geleden gebeurd. Paul Scott, architect, getrouwd met Claire Scott. Ze waren in het centrum. Werden beroofd. Paul kreeg de verkeerde kant van een mes te pakken. Toen hij in het ziekenhuis aankwam, was hij al dood. Morgen is de begrafenis.'

De Moeders barstten los in hernieuwd gejuich en geklap. Dee was er weer in geslaagd de bal te pakken. Lydia zag haar dochter over het veld sprinten. Kolenschop griste de bal weg. Dee liet het er niet bij zitten. Ze joeg achter de meid aan. Ze was onverschrokken. In alle opzichten was ze trouwens onverschrokken. En waarom niet? Ze had nog nooit een trap na gehad. Het leven had de kans nog niet gekregen haar pijn te doen. Ze was nog nooit iemand kwijtgeraakt. Ze had nooit het verdriet van verlies gekend.

'Zeg je nog iets?' vroeg Rick.

Er was veel wat Lydia kon zeggen, maar ze was niet van plan Rick die kant van zichzelf te tonen, de woedende, harde kant die ze had verdoofd met coke, en die ze toen de coke te krachtig werd had verdrongen met eten.

'Liddie?'

Ze schudde haar hoofd. Tranen stroomden over haar gezicht. 'Ik hoop alleen dat hij geleden heeft.'

# II

Vandaag is het je verjaardag, de vierde verjaardag zonder jou. Zoals gewoonlijk heb ik tijd vrijgemaakt om onze familiefoto's te bekijken en me in herinneringen onder te dompelen. Slechts één keer per jaar sta ik mezelf dat genoegen toe, want door deze dierbare herinneringen spaarzaam tot me te nemen weet ik me door de ontelbare, eindeloze dagen zonder jou heen te slaan.

Mijn lievelingsfoto is op je eerste verjaardag genomen. Je moeder en ik vonden het veel spannender dan jij, ook al was je over het algemeen een vrolijke baby. Voor jou was deze verjaardag net als alle andere dagen. Er was niets bijzonders aan, behalve misschien de taart, die je meteen met je knuistjes kapotsloeg. Op de gastenlijst stonden alleen onze namen. Je moeder vond het dwaas om een gebeurtenis groots te vieren die je je nooit zou kunnen herinneren. Ik was het meteen met haar eens, want ik was egoïstisch en ik was het gelukkigst als ik mijn meiden voor mezelf alleen had.

De herinneringen kwamen en gingen, en onderwijl lette ik goed op de tijd. Twee uur. Niet meer. Niet minder. Ik legde de foto's voorzichtig terug in de doos, deed het deksel erop en zette de doos weer op de plank, voor volgend jaar.

Daarna liep ik gewoontegetrouw naar het bureau van de sheriff. Al heel lang beantwoordt hij mijn telefoontjes niet meer. De ontzetting in zijn ogen ontging me niet toen hij me achter de glazen scheidingswand ontwaarde.

Ik ben zijn uitdager. Ik ben zijn mislukking. Ik ben zijn sneue lastpost die maar niet wil accepteren dat zijn dochter is weggelopen.

Op de eerste verjaardag zonder jou ben ik naar het bureau

van de sheriff gegaan en heb op kalme toon gevraagd of ik alle dossiers mocht inzien die betrekking hadden op jouw zaak. Hij weigerde. Ik dreigde de krant te bellen. Ga uw gang, zei hij. Ik liep naar de telefooncel in de hal. Ik gooide een munt in de gleuf. Hij liep naar me toe, legde de hoorn op de haak en zei dat ik hem moest volgen naar de briefingruimte.

Jaar in jaar uit voerden we ditzelfde toneelstukje op tot hij dit jaar eindelijk de strijd staakte. Een hulpsheriff ging me voor naar een kleine verhoorkamer achter in het gebouw, waar kopieën klaarlagen van alle dossiers die betrekking hadden op jouw zaak. Hij bood me een glas water aan, maar ik wees naar mijn broodtrommel en thermoskan en zei dat ik me wel redde.

Een politieverslag heeft geen duidelijk verhaal. Jouw dossier heeft geen begin, midden en eind. Er zijn samenvattingen van getuigenverklaringen (de meeste namen zijn vervelend genoeg zwart gemaakt), handgeschreven briefjes van rechercheurs die zich van een taal bedienen die ik me nog niet eigen heb gemaakt, verklaringen die vals bleken te zijn en andere die vermoedelijk vals waren (weer: zwart gemaakt), verklaringen die waar bleken te zijn (iedereen liegt in zekere mate als hij door de politie ondervraagd wordt) en aantekeningen van verhoren met een schamel lijstje verdachten (inderdaad, ook hun namen zijn allemaal zwart gemaakt).

Twee verschillende kaarten zijn aan elkaar geplakt, de ene is van het centrum en de andere van de campus, zodat je laatste stappen, voor zover bekend, dwars door de stad nagetrokken kunnen worden.

Er zijn ook foto's: van je kamer in het studentenhuis. Lievelingskleren zijn zomaar weg, toiletartikelen zijn op mysterieuze wijze verdwenen, studieboeken zijn achtergelaten, verslagen half afgemaakt en je fiets wordt vermist (hoewel die later is teruggevonden).

Het eerste vel papier in je dossier is hetzelfde dat ik zag op je eerste verjaardag na je vermissing, toen op de tweede en de derde, en nu op de vierde.

ZAAK HANGENDE IN AFWACHTING VAN NADERDE AANWIJZINGEN.

Je moeder zou met een rode pen het woord 'naderde' hebben verbeterd, maar ik schep er een verwerpelijk genoegen in dat ze vanaf de allereerste bladzijde in de fout gaan.

Het weer van maandag 4 maart 1991:

Maximumtemperatuur 10° Celsius. Minimumtemperatuur 2,5° Celsius. Onbewolkt. Geen neerslag. Dauwpunt 1° Celsius. Noordwestenwind, vijfentwintig kilometer per uur. Er was twaalf uur en drieëntwintig minuten waarneembaar daglicht.

De volgende onderwerpen waren die week in het nieuws:

Het moordproces tegen Pamela Smart begon.

Rodney King werd in elkaar geslagen door leden van het Los Angeles Police Department.

Een toestel van United Airlines stortte neer bij Colorado Springs.

President Bush verklaarde dat de oorlog in Irak voorbij was.

Jij verdween.

Dit zijn de verklaringen die de sheriff gaf voor zijn theorie dat je bij ons bent weggelopen:

Je was kwaad op ons omdat je buiten de campus wilde wonen en wij dat niet goed vonden.

Je was woedend omdat we je niet naar Atlanta lieten rijden voor een concert.

Je had ruziegemaakt met je zusje over de herkomst van een strohoed.

Je praatte niet meer met je grootmoeder omdat ze had gesuggereerd dat je was aangekomen.

De sheriff heeft zelf geen kinderen. Hij snapt niet dat dit soort hoogoplopende gevoelens simpelweg een bijproduct zijn van het leven van een negentien jaar jonge vrouw. Dergelijke onenigheden waren zulke onbelangrijke oprispingen in het ecosysteem van ons gezin dat we ze aan het begin van het onderzoek niet eens noemden.

Wat volgens hem betekende dat we iets probeerden te verbergen.

In alle eerlijkheid: je was geen onbekende van de politie. Je was twee keer gearresteerd. De eerste keer werd je opgepakt in een beveiligd laboratorium op de universiteit tijdens een protestactie tegen onderzoek naar genetisch gemodificeerde organismen. De tweede keer werd je betrapt toen je wiet rookte achter in Wuxtry, de platenwinkel waar je vriendin Sally werkte.

Dit zijn de zogenaamde aanwijzingen die volgens de sheriff zijn weglooptheorie onderbouwen:

Je tandenborstel en haarborstel waren verdwenen (of misschien had je ze per ongeluk in de gemeenschappelijke badkamer laten liggen). In de kast van je kamergenote ontbrak een leren tasje (of misschien had ze het aan een vriendin uitgeleend voor de voorjaarsvakantie). Blijkbaar ontbraken er bepaalde kleren van je (of iemand had ze zonder jouw toestemming geleend).

Het meest belastend van allemaal was een onvoltooide liefdesbrief op je bureau...

*Kiss you in Paris... hold your hand in Rome...*

En dat, zei de sheriff, bewees dat je van plan was geweest weg te lopen.

En dat, zei je zus, bewees dat je een muziekrecensie schreef over Madonna's 'Justify My Love'.

Er was een jongen in het spel, hoewel elke vader van een tienerdochter je kan vertellen dat er altijd een jongen in het spel is. Hij had warrig haar, hij rolde zelf zijn sigaretten en ik vond dat hij veel te veel over zijn gevoelens praatte. Je was in hem geïnteresseerd, wat betekende dat je nog niet echt iets met hem had. Briefjes werden uitgewisseld. Uit telefoongegevens bleek dat er laat op de avond nog was gebeld. Mixtapes met gevoelige muziek werden thuis afgeleverd. Jullie waren allebei heel jong. Het was het begin van iets wat tot alles kon leiden of tot helemaal niets.

Het antwoord op de voor de hand liggende vraag luidt: de jongen was met zijn familie aan het kamperen toen je werd ontvoerd. Hij had een waterdicht alibi. Een parkwachter had hem gezien met het gezin. De man was bij hun tent langsgegaan om te waarschuwen voor een coyote die in het gebied was waargenomen. Hij had een tijdje met het gezin bij het kampvuur gezeten en met de vader over American football gepraat, waar de jongen niet in geïnteresseerd was.

Hier hield de bijdrage van de parkwachter aan het onderzoek niet op. Hij bood de sheriff een mogelijke verklaring, een verklaring die later door de sheriff als feit werd gepresenteerd.

Diezelfde week was de parkwachter op een stelletje ongeregeld gestuit dat in het bos bivakkeerde. Ze zwierven al een tijdje door de staat. Ze droegen donkere kleren. Ze kookten hun eten op open vuur. Ze liepen over landwegen met hun handen op hun rug en hun blik op de grond. Er was sprake van drugs, want met dat soort figuren is er altijd sprake van drugs.

Sommigen noemden hen een sekte. Anderen zeiden dat het zwervers waren. Volgens de meesten waren ze op de vlucht. Ze werden lastpakken genoemd. Volgens veel van je vrienden, lieve meid, sprak jij vol begrip over vrije geesten, en daarom ging de sheriff er bij gebrek aan andere aanwijzingen van uit dat je was weggelopen om je bij hen aan te sluiten.

Je deed vrijwilligerswerk in de daklozenopvang, je dronk alcohol ook al was je nog minderjarig en je was betrapt op het roken van wiet, dus het klopte allemaal als een bus.

Tegen de tijd dat de weglooptheorie zich in het brein van de sheriff had vastgezet was de groep zwervers, de sekte, de verzameling vrije geesten of hoe ze ook genoemd werden, alweer verder getrokken. Uiteindelijk werden ze in North Carolina gesignaleerd, te stoned en alweer te zeer uiteengevallen om te kunnen zeggen wie zich ooit bij hen had aangesloten.

'Ze ziet er heel bekend uit,' had een van de overgebleven oorspronkelijke leden in zijn verklaring geschreven. 'Maar we hebben allemaal ogen, een neus en tanden, dus wil dat niet zeggen dat iedereen er bekend uitziet?'

We weten dat je bent ontvoerd, en wel om de volgende redenen:

Je was kwaad op je moeder, maar de vorige dag kwam je toch

thuis en maakte je in de keuken een praatje met haar terwijl je je was deed.

Je was laaiend op je zus, maar ze mocht wel je gele sjaal lenen.

Je moest niks van je grootmoeder hebben, maar je liet wel een kaart achter die de volgende week gepost moest worden omdat ze dan jarig was.

Hoewel het niet geheel uitgesloten is dat je het bos in bent getrokken om je bij een groep doelloze, zwervende schooiers aan te sluiten is het absoluut onmogelijk dat je ooit zoiets zou doen zonder het eerst aan ons te vertellen.

We weten dat je het volgende hebt gedaan op de dag dat je werd meegenomen:

's Morgens om halfacht op maandag 4 maart ging je met een paar vrienden van de daklozenopvang naar Hot Corner om eten en dekens uit te delen. Om 9.48 uur noteerde Carleen Loper, de dienstdoende baliemedewerker van Lipscomb Hall, het tijdstip waarop je terugkeerde naar het studentenhuis. Je kamergenote, Nancy Griggs, ging om 10.15 uur naar het pottenbakkersatelier. Ze zei dat je moe was en dat je weer naar bed was gegaan. Je docent Engels herinnert zich dat je aan zijn middagworkshop hebt meegedaan. Hij deed een paar redactionele suggesties voor je paper over Spenser. Hij weet nog dat het tot een levendige discussie leidde.

(Hij werd later uitgesloten als verdachte omdat hij die avond aan de andere kant van de campus college had gegeven.)

Rond één uur 's middags ging je naar het Tate Student Center, waar je met Veronica Voorhees een gegrilde kaassandwich en een salade deelde.

Wat volgt is minder duidelijk, maar de sheriff slaagde erin een lijst op te stellen met activiteiten die je mogelijk ondernomen had, en daarbij baseerde hij zich op verhoren. Op zeker moment bezocht je de redactie van *The Red & Black*, het studentenblad, waar je je verhaal afleverde over de pogingen van de University of Georgia om de maaltijdvoorziening te privatiseren. Je keerde terug naar het Student Center en speelde een potje pool met een jongen genaamd Ezekiel Mann. Je hebt enige tijd met een andere jongen, een zekere David Conford, op een van de met tweed beklede banken in de gemeenschappelijke zitkamer gezeten. Hij zei dat hij gehoord had dat Michael Stipe, de leadzanger van REM, die avond in het Manhattan Café zou optreden. Vrienden die dit hadden opgevangen beweren dat Conford vroeg of je met hem meeging, maar hij zegt nadrukkelijk dat het niet als date was bedoeld.

'We waren gewoon bevriend,' zei hij in zijn verklaring. De hulpsheriff die hem verhoorde tekende aan dat de jongen duidelijk op meer uit was geweest.

(Volgens getuigenverklaringen was zowel Mann als Conford later op de avond in het Student Center.)

Rond halfvijf die middag verliet je het Tate Student Center. Je bent lopend naar huis gegaan en hebt je fiets bij het Center achtergelaten, waarschijnlijk omdat het kouder werd en je niet wilde bevriezen wanneer je Baxter Hill af reed. (Twee weken later werd je fiets gevonden, hij zat met een ketting vast aan het fietsenrek bij het Center.)

Volgens de baliemedewerker was je om vijf uur weer op je kamer in het studentenhuis. Je kamergenote, Nancy, weet nog hoe opgewonden je was toen je zei dat Michael Stipe naar het Manhattan Café kwam. Jullie besloten een groepje bij elkaar te krijgen om die avond mee naar het café te gaan. Jullie waren allemaal minderjarig, maar John MacCallister, een jongen uit de stad, stond als portier bij de ingang, en die kende je nog van de middelbare school. Nancy belde een aantal vrienden. Afgesproken werd elkaar om halftien te treffen.

Je docent psychologie had vlak voor de voorjaarsvakantie een examen ingeroosterd, en Nancy en jij gingen naar de North Library om te studeren. Rond halfnegen werden jullie gesignaleerd bij de Taco Stand, een eethuisje schuin tegenover de zwarte ijzeren poort die bij de hoofdingang naar de campus staat. Jullie namen het eten mee terug naar Lipscomb Hall. Jullie gingen binnen via de openstaande achterdeur en daardoor kon de baliemedewerker van die avond, Beth Tindall, niet noteren dat jullie weer in het studentenhuis waren.

Boven namen Nancy en jij allebei een douche en trokken uitgaanskleren aan. Je droeg zadelleren loafers, een zwarte spijkerbroek, een wit herenoverhemd en een met zilver- en gouddraad geborduurd vest. Je had zilveren armbanden om je pols en om je hals droeg je een medaillon van je zusje.

Later kon Nancy zich niet herinneren of je het draadijzeren mandje met je toiletspullen mee terug had genomen uit de gemeenschappelijke douches (ze werden niet op je kamer aangetroffen). Nancy merkt in een van haar verklaringen op dat voorwerpen die in de badkamers werden achtergelaten meestal werden ingepikt of weggegooid.

Om halftien troffen jullie je vrienden bij het Manhattan Cafe, waar jullie te horen kregen dat het gerucht over Michael Stipe vals was. Iemand zei dat de band op tournee was in Azië. Iemand anders zei dat ze in Californië waren.

De teleurstelling was tastbaar, maar jullie besloten toch te blijven en iets te drinken. Het was maandagavond. Jij was de enige die de volgende dag geen college had, iets wat later in je nadeel werkte, want Nancy ging ervan uit dat je naar huis was gegaan om de overgebleven was te doen en wij dachten dat je college had.

Het eerste rondje was Pabst Blue Ribbon, dat in het Manhattan een dollar per glas kostte. Iets later werd je gezien met een Moscow Mule, een cocktail van vier dollar vijftig, met wodka, gingerbeer en limoen. Nancy Griggs wees erop dat het dure drankje ongetwijfeld door een man was gekocht, want als een man betaalde, was dat meestal de favoriete cocktail bij de meeste meiden.

Uit de jukebox klonk een nummer dat je mooi vond. Je begon te dansen. Iemand zei dat het van C+C Music Factory was. Anderen zeiden dat het Lisa Lisa was. Hoe dan ook, je enthousiasme was aanstekelijk. Algauw hadden dansers het kleine beetje vloerruimte in de club in beslag genomen.

Die avond had je geen speciale jongen op het oog. Al je vrienden zeiden tegen de sheriff dat je danste omdat je gek op dansen was, niet omdat je mannen probeerde te versieren. (Je was dus geen boze verleidster, hoewel de sheriff zijn best deed om dat in je verhaal te verweven.)

Om 22.38 uur zei je tegen Nancy dat je hoofdpijn had en terugging naar het studentenhuis. Ze kan zich het exacte moment nog herinneren omdat ze op haar horloge keek. Ze vroeg of je tot elf uur wilde blijven, want dan konden jullie samen teruglopen. Je zei dat je niet zo lang kon wachten en je vroeg haar om stil te zijn als ze de kamer binnenkwam.

De sheriff zal Nancy wel gevraagd hebben hoe dronken je was, want hij tekent aan dat je volgens haar niet erg aangeschoten was, maar dat je wel de hele tijd gaapte en een wat wazige indruk maakte.

De laatste zin in Nancy's ondertekende verklaring luidt simpelweg: Na 22.38 uur heb ik haar nooit meer gezien.

Niemand heeft je daarna nog gezien. In elk geval niemand die geen kwaad in de zin had.

Nancy's laatste zin staat op de laatste bladzijde van je dossier. Verder gaat onze kennis niet. We hebben geen naderde aanwijzingen, zoals de sheriff zou zeggen.

Er is één ding dat de sheriff niet weet en dat je moeder weigert te geloven: ik weet nog dat ik die avond op mijn horloge keek. Het was enkele minuten later, dichter bij elf uur, hoogstwaarschijnlijk het moment waarop je werd gepakt.

We zaten nog laat te dineren bij Harry Bissett's Grill aan Broad Street, zo'n vijf straten verwijderd van het Manhattan. Je moeder was even naar beneden, naar het toilet. De ober vroeg of hij de rekening kon brengen. Ik keek op mijn horloge en zo wist ik het exacte tijdstip. Je zusje was thuis en maakte huiswerk met een vriendin, maar ze was oud genoeg om zelf naar bed te gaan, en ik besloot je moeders lievelingstoetje te bestellen.

Ik weet nog dat ik haar de trap op zag komen. De glimlach week niet van mijn gezicht, want je moeder was buitengewoon mooi die avond. Ze had haar haar naar achteren opgebonden. Ze droeg een witte katoenen jurk die om haar heupen welfde. Haar huid gloeide. Haar ogen stonden vol leven. Toen ze naar me lachte, was het alsof mijn hart explodeerde. Op dat moment hield ik zielsveel van haar, meer zou niet mogelijk zijn geweest: mijn vrouw, mijn vriendin, de vrouw die me zulke lieve, attente, prachtige kinderen had geschonken.

Ze ging tegenover me zitten. Ik nam haar handen in de mijne.

'Waarom lach je?' vroeg ze.

Ik kuste de binnenkant van haar polsen en antwoordde met wat ik op dat moment als de absolute waarheid ervoer: 'Omdat alles volmaakt is.'

Eén ding weet ik zeker:

Ik ben een dwaas.

# DRIE

Ze had zojuist haar man begraven.

In gedachten herhaalde Claire de woorden alsof ze een verhaal vertelde in plaats van het in het echt te hebben beleefd.

*Claire Scott had zojuist haar man begraven.*

Er was meer, want het was een lange dienst geweest, met veel ontroerende details die Claire zich met haar koele vertellersblik nog goed herinnerde.

*De kist was staalgrijs en het gesloten deksel ging schuil onder een deken van witte lelies. Er hing een doordringende geur van vochtige aarde toen het apparaat zijn lichaam in het graf liet zakken. Claires knieën knikten. Haar grootmoeder streek over haar rug. Haar moeder bood haar een arm. Claire schudde haar hoofd. Ze dacht aan sterke dingen: ijzer. Staal. Paul. Pas toen ze achter in de zwarte limousine stapten drong het echt tot Claire door dat ze haar man nooit meer zou zien.*

Ze ging naar huis, ze ging terug naar hun huis, het huis waar ze samen hadden gewoond. Ze zou daar mensen treffen, die hun auto's langs de slingerende oprijlaan en bij gebrek aan plek op straat zouden parkeren. Ze zouden toosten. Ze zouden verhalen vertellen. In zijn testament had Paul om een wake verzocht, maar Claire was helemaal vastgelopen in de herkomst van het woord en bracht het niet op het zo te noemen. Een wake? vroeg ze zich af. Zou Paul weer ontwaken? Of was het van wak, een gat in het ijs?

Dat laatste sprak Claire het meest aan. Er was een gat geslagen. Ze werd het ijskoude water in gezogen. Ze zwom tegen haar verdriet in. Ze verdronk in medeleven.

Er waren eindeloos veel telefoontjes geweest, kaarten, bloemstukken en aangekondigde donaties in Pauls naam. Architectuur voor de mensheid. Habitat voor de mensheid. De Amerikaanse kankerstichting, hoewel Paul niet aan kanker was gestorven.

Was er ook een stichting voor moordslachtoffers? Daar had Claire zich eigenlijk in moeten verdiepen. Was het te laat? Er waren vier dagen verstreken sinds die vreselijke avond. De begrafenis was voorbij. Mensen van wie ze jarenlang niets had gehoord, hadden hun medeleven betuigd. Ze benadrukten dat ze aan haar dachten, dat Paul een goed mens was, dat ze er altijd voor haar waren.

Claire knikte als ze dat zeiden – op het politiebureau, in het ziekenhuis, in de rouwkamer, bij het graf tijdens de dienst – hoewel ze zich afvroeg waar dat 'er' zich bevond.

'Gaat het wel?' vroegen ze. 'Hoe voel je je?'

Uitgetreden.

Dat woord beschreef nog het best hoe Claire zich voelde. Ze had de betekenis gisteravond op haar iPad opgezocht om er zeker van te zijn dat ze het goed had.

Buiten het lichaam getreden.

Los van een fysieke basis.

Weer was de tweede definitie het meest toepasselijk, want Paul was haar fysieke basis geweest. Hij had haar leven gewicht gegeven, haar aan de wereld verankerd terwijl ze altijd geneigd was boven alles uit te zweven, alsof het iemand anders overkwam.

Dat intense gevoel van uittreding had ze al vier dagen, vanaf het moment dat de Slangenman had gezegd dat ze zich om moesten draaien. En toen kwam de politie en had de begrafenisondernemer gevraagd of ze het lichaam nog één keer wilde zien, en Claire was wit weggetrokken bij het woord 'lichaam', had als een kind gesnikt, want elke seconde sinds Paul uit haar armen werd weggenomen had ze geprobeerd het beeld van haar levenloze, vermoorde man uit haar gedachten te bannen.

Claire Scott wilde haar mán weer zien.

Niet zijn líchaam.

Ze staarde door het autoraampje. Ze kropen voort in de verkeersdrukte van Atlanta. De rouwstoet was twee stoplichten geleden in tweeën gedeeld. Hun limo lag een heel eind op de anderen voor. Dit was anders dan op het platteland, waar onbekenden respectvol hun auto aan de kant zetten om een rouwstoet te laten passeren. Hier werden de motoragenten genegeerd die de stoet voorafgingen. De gele vlaggetjes met UITVAART die aan de rouwauto's waren bevestigd werden genegeerd. Iedereen werd genegeerd, behalve Claire, die het gevoel had dat de hele wereld naar binnen keek om een glimp van haar verdriet op te vangen.

Het kostte haar moeite zich te herinneren wanneer ze voor het laatst in een stretchlimo had gezeten. Het was in elk geval tientallen jaren geleden dat ze met zowel haar moeder als haar grootmoeder in een auto had gezeten. Dat laatste limoritje moest die keer zijn geweest dat ze met Paul naar het vliegveld ging. Het taxibedrijf had een iets mooier model gestuurd dan de gebruikelijke personenwagen.

'Gaan we soms naar het schoolbal?' had Paul gevraagd.

Ze waren op weg geweest naar München voor een architectuurconferentie. Paul had een kamer geboekt in het Kempinskihotel. Zes zalige dagen lang trok Claire baantjes in het zwembad, liet zich masseren en haar gezicht behandelen, bestelde roomservice en ging shoppen te midden van welgestelde echtgenotes uit het Midden-Oosten van wie de mannen voor hun gezondheid in Duitsland waren. Aan het eind van de dag nam Paul haar mee uit eten en 's avonds laat slenterden ze over de Maximilianstrasse.

Als ze zich concentreerde wist ze nog hoe het voelde om zijn hand vast te houden terwijl ze langs de verduisterde etalages van de gesloten winkels liepen.

Ze zou nooit meer zijn hand vasthouden. Ze zou zich nooit meer omdraaien in bed en haar hoofd op zijn borst leggen. Ze zou hem nooit meer de trap af zien komen voor het ontbijt in die godsgruwelijke fluwelen onderbroek waar ze zo de pest aan had. Ze zou nooit meer 's zaterdags samen met hem op de bank liggen lezen terwijl hij naar een footballwedstrijd keek, ze zou nooit meer het zoveelste zakendiner of golftoernooi of de zoveelste wijnproeverij bijwonen, en als ze dat wel deed, wat zou het voor zin hebben zonder Paul, zonder er samen om te kunnen lachen?

Claire hapte naar lucht. Het was alsof ze stikte in de gesloten limo. Ze deed het raampje naar beneden en zoog de koude lucht op.

'We zijn er bijna,' zei haar moeder. Ze zat tegenover Claire en had haar hand om de decanteerflessen in het zijpaneel geslagen omdat het geluid van het rinkelende glas even erg was als de spreekwoordelijke nagel over een schoolbord.

Haar grootmoeder Ginny knoopte haar jas dicht, maar ze zei niets over de kou.

Claire deed het raampje weer omhoog. Ze zweette. Het was alsof haar longen bibberden. Ze kon niet verder dan een paar uur vooruitdenken. Er zouden ruim honderd mensen naar hun huis komen. Pauls partner van het architectenbureau, Adam Quinn, had van de gastenlijst voor de wake een bedrijfsmanifestatie van Quinn + Scott gemaakt. Een Congreslid, verscheidene topfiguren uit het bedrijfsleven met hun prijswijven, een handvol managers van beleggingsfondsen, bankiers, restaurateurs en projectontwikkelaars, en talloze blaaskaken die Claire nog nooit had ontmoet en die ze eerlijk gezegd ook nooit had willen ontmoeten, zouden binnen afzienbare tijd door het huis struinen.

Door hun huis.

Ze woonden in Dunwoody, een buitenwijk aan de rand van Atlanta. Het terrein helde licht; op de top van de heuvel had een huisje gestaan met een bandschommel in de achtertuin, die de bulldozers op de eerste bouwdag met de grond gelijk hadden gemaakt. Paul had het huis van de grond af zelf ontworpen. Hij wist elke spijker en schroef te zitten. Hij kon je vertellen waar elke afzonderlijke elektriciteitsdraad heen leidde en wat die bediende.

Claires bijdrage aan de infrastructuur was het etiketteerapparaat geweest dat ze Paul had gegeven, want hij vond het heerlijk om dingen van etiketten te voorzien. Hij was net Paultje met zijn paarse krijtje. Op het modem stond MODEM. Op de router stond ROUTER. Aan de hoofdkraan van de waterleiding hing een gigantisch label met etiket. Elk apparaat had een etiket met de datum van installatie. Voor alles was een geplastificeerde checklist: voor het winterklaar maken van de buitenkranen tot het nakijken van het audiovisuele systeem, dat nog het meest op een bedieningspaneel van de NASA leek.

Het runnen van het huis zou je een parttimebaan kunnen noemen. Elk jaar in januari kreeg Claire van Paul een lijst met aannemers zodat ze de jaarlijkse afspraken kon maken voor het onderhoud van de generator, de geothermische eenheid, de garagedeuren, de koperen goten, de composiet dakplaten, het irrigatiesysteem, de put voor het irrigatiesysteem, de buitenverlichting, de lift, de sporttoestellen, de zwembadinstallatie en het beveiligingssysteem.

En dat waren alleen maar de taken die ze uit het hoofd kon opzeggen. Over nog geen twee maanden was het weer januari. Wie moest ze in godsnaam bellen? Claire gooide de lijst altijd weg als de laatste werkman zijn hielen had gelicht. Bewaarde Paul dat bestand ergens? En zou ze het kunnen vinden?

Haar handen trilden. Haar ogen vulden zich met tranen. Ze werd overweldigd door alle dingen waarvan ze niet wist dat ze ze moest doen.

'Claire?' zei haar moeder.

Claire veegde haar tranen weg. Ze probeerde de paniek met logica te bezweren. Januari was pas volgend jaar. Nu was de wake. Je hoefde Claire niet te vertellen hoe je een feestje moest organiseren. Als het goed was, was de catering al een uur geleden gearriveerd. De wijn en sterkedrank waren die ochtend afgeleverd. Terwijl Claire zich had aangekleed voor de begrafenis waren de tuiniers al met hun bladblazers in de weer geweest. Het zwembad was de vorige dag schoongemaakt terwijl de tafels en stoelen werden uitgeladen. Er waren twee barmannen en zes obers en serveersters. Kousenbandcake met garnalen. Courgette-met-maisbeignets. Met koriander gekruide runderbeignets. Risottotaartjes met bietjes in rode wijn. In citroensap gemarineerde kip met ingemaakte komkommer. Worstenbroodjes met mosterd, die Claire er altijd voor de grap bij deed, maar die onveranderlijk als eerste op waren, want iedereen was dol op minihotdogs.

Bij de gedachte aan al dat eten steeg het gal naar haar keel. Ze staarde met een wezenloze blik naar de drankflessen in de limo. Haar moeders hand rustte licht op de kurken. Haar ring met de gele saffier was een geschenk van haar tweede echtgenoot, een vriendelijke man die stilletjes aan een hartaanval was gestorven twee dagen nadat hij zich had teruggetrokken uit zijn tandartspraktijk. Helen Reid was tweeënzestig, maar ze leek eerder van Claires leeftijd. Helen beweerde dat ze haar mooie huid had te danken aan haar veertig jaar als bibliothecaresse, een baan die haar voor de zon had behoed. In haar jeugd had Claire geleden onder het feit dat ze vaak voor zussen werden aangezien.

'Had je een borrel gewild?' vroeg Helen.

Claires mond plooide zich al tot een automatisch nee, maar ze zei ja.

Helen pakte de whisky. 'Ginny?'

Claires grootmoeder glimlachte. 'Nee, dank je, lieverd.'

Helen schonk een flinke dubbele whisky in. Claires hand beefde toen ze het glas aannam. Ze had die ochtend een valiumtablet geslikt, en toen die niet leek te werken, had ze een paar tramadolletjes genomen die ze nog overhad van een wortelkanaalbehandeling. Het was waarschijnlijk geen goed idee om boven op die pillen alcohol te drinken, maar er waren wel meer dingen die Claire die week beter niet had kunnen doen.

Ze sloeg de drank achterover. Ze zag Paul voor zich terwijl hij vier avonden geleden in het restaurant zijn whisky achteroversloeg. Ze kokhalsde toen de vloeistof in haar maag belandde en brandend weer naar haar keel steeg.

'Lieve hemel.' Ginny klopte op Claires rug. 'Gaat het, lieverd?'

Claire slikte en kromp ineen. Een pijnscheut trok door haar wang. Op de plek waar haar gezicht de stenen muur in het steegje had geschampt was de huid weggeschraapt en zat er wat uitslag. Iedereen ging ervan uit dat ze het wondje tijdens de overval had opgelopen, niet daarvoor.

'Toen je klein was, gaf ik je altijd whisky met een beetje suiker als je moest hoesten. Weet je dat nog?' vroeg Ginny.

'Ja, dat weet ik nog.'

Ze keek Claire glimlachend en met oprechte genegenheid aan, en daar kon Claire maar moeilijk aan wennen. Vorig jaar was bij de oude vrouw zogenoemde milde dementie geconstateerd, wat betekende dat ze alle denkbeeldige krenkingen en neurotische obsessies die haar de eerste acht decennia van haar leven tot zo'n vervelend kreng hadden gemaakt, was vergeten. Door de verandering was iedereen op zijn hoede. Ze wachtten voortdurend op het moment dat de oude Ginny uit haar as verrees en hen allemaal opnieuw zou verzengen.

'Wat aardig dat je tennisteam kwam opdagen,' zei Helen tegen Claire.

'Inderdaad.' Claire was geschokt geweest toen ze hun opwachting maakten. De laatste keer dat ze hen had gezien, werd ze op de achterbank van een politiewagen geduwd.

'Ze waren onberispelijk gekleed,' zei Ginny. 'Wat heb je toch leuke vriendinnen.'

'Dank je,' zei Claire, hoewel ze niet wist of ze bij Pauls begrafenis aanwezig waren geweest omdat ze nog steeds haar vriendinnen waren of omdat ze een smeuïge sociale gebeurtenis niet aan zich voorbij wilden laten gaan. Uit hun gedrag op de begraafplaats had ze het niet kunnen afleiden. Ze hadden Claire op haar wang gekust, haar omhelsd en gezegd hoe erg ze het vonden, en toen waren ze doorgelopen terwijl Claire andere begrafenisgasten begroette. Ze hoorde niet wat ze zeiden, maar ze wist wat ze deden: kritiek leveren op wat iedereen aanhad, roddelen over wie met wie naar bed ging, wie het had ontdekt en hoeveel de scheiding ging kosten.

Claire had bijna een gevoel van uittreding ervaren, het was alsof ze boven hun hoofden zweefde en ze hoorde fluisteren: 'Ik heb gehoord dat Paul aan de drank was. Wat deden ze daar in dat steegje? Wat hadden ze te zoeken in dat deel van de stad?' En je kon er gif op innemen dat iemand het volgende afgezaagde grapje maakte: 'Hoe noem je een vrouw in een zwart tennisjurkje? Een weduwe uit Dunwoody.'

Claire was haar hele leven bevriend geweest met dat soort valse wijven. Ze was mooi genoeg om het leiderschap te kunnen opeisen, maar het had haar ontbroken aan de onverschrokken loyaliteit die nodig was om een meute wolvinnen aan te voeren. Ze was eerder het stille meisje dat om alle grapjes lachte, zich in de achterhoede ophield als ze naar het winkelcentrum gingen, op de middenhobbel in de achterbank van de auto zat en nooit, echt nooit liet doorschemeren dat ze stiekem met hun vriendjes neukte.

'Wie heb je volgens de aanklacht aangevallen?' wilde Ginny weten.

Claire schudde haar hoofd om weer helder te worden. 'Die was er niet bij. En het was geen aanval, het was aanstootgevend gedrag. Dat is een belangrijk verschil volgens de wet.'

Ginny glimlachte toegevend. 'Nou ja, ze stuurt vast wel een kaart. Iedereen was dol op Paul.'

Claire wisselde een blik met haar moeder.

Ginny had Paul niet kunnen uitstaan. En Paul in combinatie met Claire had ze al helemaal niet kunnen uitstaan. Als jonge weduwe had Ginny Claires vader opgevoed van het schamele inkomen dat ze als secretaresse verdiende. Ze droeg haar harde lot met trots. Claires designerkleren en sieraden, de grote huizen, dure auto's en luxe vakanties werden als een persoonlijke belediging opgevat door de vrouw die de crisis van de jaren dertig, een wereldoorlog, de dood van haar man, het verlies van twee kinderen en ontelbare andere ontberingen had overleefd.

Claire kon zich nog goed herinneren dat ze een keer met rode Louboutins aan haar voeten bij haar grootmoeder op bezoek kwam.

'Rode schoenen zijn voor peuters en hoeren,' had Ginny geschamperd.

Later, toen Claire Paul over de opmerking vertelde, had hij grappend gezegd: 'Is het eng dat ik beide wel lekker vind?'

Claire zette haar lege glas weer in het zijpaneel. Ze staarde uit het raampje. Ze voelde zich zo buiten tijd en ruimte geplaatst dat ze haar omgeving heel even niet herkende. En toen besefte ze dat ze bijna thuis waren.

Thuis.

Het woord leek niet meer van toepassing. Wat was thuis zonder Paul? Die eerste avond, toen ze van het politiebureau kwam en het huis binnenging, leek het opeens te groot, te leeg voor maar één persoon.

Paul had altijd meer gewild. De tweede keer dat ze uitgingen, was hij over kinderen begonnen, en ook de derde keer en talloze keren daarna. Hij had Claire over zijn ouders verteld, dat het zulke fantastische mensen waren, dat hij kapot was geweest toen ze stierven. Paul was zestien toen de Scotts in een plotselinge ijzelbui verongelukten. Hij was enig kind. Het enige overgebleven familielid was een oom, die overleed toen Paul nog op school zat.

Haar man had er geen misverstand over laten bestaan dat hij een groot gezin wilde. Hij wilde heel veel kinderen om zich te wapenen tegen verlies, en Claire had alle mogelijke moeite gedaan tot ze er eindelijk mee had ingestemd een vruchtbaarheidsdeskundige te raadplegen, die haar had verteld dat ze geen kinderen kon krijgen omdat ze een spiraaltje inhad en anticonceptiepillen slikte.

Uiteraard had Claire dit niet aan Paul opgebiecht. Ze had gezegd dat de arts de diagnose 'ongastvrije baarmoeder' had gesteld, en dat klopte, want wat was ongastvrijer dan een pijpenrager in je baarmoeder?

'We zijn er bijna,' zei Helen. Ze boog zich opzij en raakte Claires knie aan. 'We slaan ons er wel doorheen, schat.'

Claire greep haar moeders hand. Ze hadden allebei tranen in hun ogen. Ze wendden allebei hun blik af zonder aan hun tranen toe te geven.

'Het is mooi dat je een graf hebt om te bezoeken.' Met een vriendelijk lachje keek Ginny uit het raam. Haar geest liet zich niet meer peilen. 'Toen je vader was gestorven weet ik nog dat ik bij zijn graf stond en dacht: dit is de plek waar ik mijn verdriet kan achterlaten. Dat gebeurde natuurlijk niet meteen, maar ik kon ergens naartoe, en telkens als ik de begraafplaats had bezocht en weer in mijn auto stapte was het alsof er een klein beetje verdriet verdwenen was.'

Helen sloeg een onzichtbaar pluisje van haar rok.

Claire probeerde goede herinneringen aan haar vader op te roepen. Ze studeerde toen haar moeder belde met het bericht dat hij dood was. Aan het eind van zijn leven was haar vader een dieptreurige, geknakte man geweest. Niemand was verbaasd geweest toen hij zelfmoord pleegde.

'Hoe heet dat vermiste meisje ook alweer?' vroeg Ginny.

'Anna Kilpatrick.'

De limo minderde vaart en draaide met een grote boog de oprit in. Helen ging verzitten om door de voorruit te kunnen kijken. 'Hoort het hek open te staan?'

'Dat zullen de cateraars...' Claire maakte haar zin niet af. Achter het cateringbusje stonden drie politiewagens geparkeerd. 'O, god. Wat nu weer?'

Een agente dirigeerde de limo naar de parkeerplaats naast het hoofdgebouw.

Helen wendde zich tot Claire. 'Heb je soms iets uitgespookt?'

'Wat?' Claire kon niet geloven dat ze het goed had verstaan, maar toen dacht ze aan de valium en de tramadol en de whisky, en aan haar harteloze reclasseringsambtenaar die had gezegd dat Claire met haar grote bek op een dag wel weer in de problemen zou komen, waarop Claire had gezegd dat die dag al geweest was, anders had ze geen reclasseringsambtenaar gehad.

Zou hij haar echt een drugstest afnemen op de dag dat haar man was begraven?

'Goeie genade.' Helen schoof naar het portier. 'Claire, veeg die uitdrukking van je gezicht. Je kijkt hartstikke schuldig.'

'Ik heb niks gedaan,' zei Claire op een janktoontje dat ze sinds de derde klas niet meer had ingezet.

'Laat mij het maar afhandelen.' Helen duwde het portier open. 'Zijn er problemen, agente?' Ze had haar bibliothecaressenstem opgezet, zacht, afgemeten en uiterst geërgerd.

De politievrouw stak haar hand op. 'Naar achteren, dame.'

'Dit is privéterrein. Ik ken mijn rechten.'

'Sorry.' Claire drong voor haar moeder. Geen wonder dat ze een autoriteitsprobleem had. 'Ik ben Claire Scott. Dit is mijn huis.'

'Kunt u zich identificeren?'

Stampvoetend zei Helen: 'O, godallemachtig. Zijn jullie echt met drie politiewagens gekomen om mijn dochter te arresteren op de dag dat ze haar man heeft begraven?' Ze gebaarde naar Claire. 'Ziet ze er soms uit als een misdadigster?'

'Mam, rustig.' Claire wees er maar niet op dat ze theoretisch wel degelijk een misdadigster was. Als onderdeel van haar voorwaardelijke vrijlating mocht de politie zich op elk willekeurig moment op haar terrein begeven. Ze maakte haar tas open om haar portefeuille te pakken. En toen bedacht ze dat de Slangenman die had meegenomen.

Claire zag de tatoeage weer voor zich, de voortand met de gouden kroon. De Slangenman was blank geweest, een detail waarvan Claire was geschrokken toen ze het op het politiebureau aan de rechercheur vertelde. Was het racistisch om ervan uit te gaan dat rijke blanken uitsluitend werden beroofd door zwarte of latino bendeleden of had Claire te veel rapmuziek gehoord tijdens haar spinninglessen? Het was dezelfde gedachtekronkel die haar een glanzend zwart pistool deed zien, terwijl er in werkelijkheid een mes tegen Pauls rug werd gehouden. Een mes dat er niet eens echt uitzag, maar waarmee wel haar man was vermoord.

De grond begon te trillen. Claire voelde de vibraties vanuit haar voeten naar haar benen trekken.

'Claire?' zei Helen.

Een paar jaar geleden waren ze in Napa geweest toen de stad door een aardbeving werd getroffen. Claire was uit bed geworpen, met Paul boven op zich. Ze hadden weinig meer dan hun schoenen meegegrist op hun vlucht langs gebarsten waterleidingen en verbrijzeld glas.

'Onvoldoende afschuifwapening,' had Paul gezegd, terwijl hij in zijn boxershort en hemd midden op de drukke, opengereten straat stond. 'Een nieuwer gebouw zou schokdempers hebben gehad, of een aardbevingsbestendige verankerde ringbalk als bescherming tegen het afschuiven.'

Hij bleef doorzeuren over seismische belasting, maar het was het enige geweest waardoor ze zich had laten kalmeren.

'Claire?'

Claire knipperde haar ogen open. Ze keek op naar haar moeder, en vroeg zich af waarom haar gezicht zo vlak bij het hare was.

'Je bent flauwgevallen.'

'Echt niet,' protesteerde Claire, hoewel alle tekenen op het tegendeel wezen. Ze lag op haar rug op haar eigen oprit. De agente stond over haar heen gebogen. Claire probeerde vergeefs een insect te bedenken waarop de vrouw leek, maar in alle eerlijkheid maakte ze vooral een overwerkte, vermoeide indruk.

De agente zei: 'Blijft u liggen, mevrouw. De ambulance kan hier over tien minuten zijn.'

Claire verdrong het beeld van de ambulancebroeders die met hun brancard de steeg in waren gerend en al binnen een minuut het hoofd hadden geschud nadat ze Paul hadden onderzocht.

Had iemand inderdaad 'Hij is er niet meer' gezegd of had Claire die woorden zelf uitgesproken? Ze had de woorden gehoord. Gevoeld. Ze had gezien hoe haar man van een mens in een lijk veranderde.

'Help me eens overeind,' zei Claire tegen haar moeder.

'Niet gaan zitten, mevrouw,' beval de agente.

Met Helens hulp ging ze zitten. 'Heb je gehoord wat de agente zei?'

'Jij hebt me overeind geholpen.'

'Dat bedoel ik niet. Er is ingebroken.'

'Ingebroken?' zei Claire, want dat sloeg nergens op. 'Waarom?'

'Ik denk om dingen te stelen.' Helen klonk rustig, maar Claire merkte dat het bericht haar had aangegrepen. 'De cateraars hebben de inbrekers betrapt.'

Inbrekers. Het woord klonk ouderwets uit haar moeders mond.

'Er is gevochten,' vervolgde Helen. 'De barman is ernstig gewond.'

'Tim?' vroeg Claire, want als ze bijzonderheden wist, drong het misschien tot haar door dat het echt was.

Helen schudde haar hoofd. 'Ik weet niet hoe hij heet.'

Claire keek op naar het huis. Ze voelde zich weer uitgetreden, ze zweefde het wak in en uit dat Pauls afwezigheid had geslagen.

En toen dacht ze aan de Slangenman en was ze weer terug in het heden.

'Was er meer dan één inbreker?' vroeg ze aan de agente.

'Ze waren met z'n drieën. Afro-Amerikaans, normaal postuur, midden twintig. Ze droegen allemaal een masker en handschoenen.'

Helen had nooit veel vertrouwen in de politie gehad. 'Met dat signalement hebt u ze vast in no time te pakken.'

'Mam,' zei Claire, want hier schoten ze niets mee op.

'Ze reden in een zilverkleurige vierdeurs, nieuw model.' De agente klemde het handvat van de wapenstok aan haar riem vast, en zo te zien zou ze hem graag gebruiken. 'We hebben in de hele staat een BOLO voor de wagen doen uitgaan.'

'Jongedame, voor mij is een bolo een opzichtige touwtjesdas.' Helen was weer op en top de bibliothecaresse en nu ze haar angstgevoelens niet op Claire kon afreageren, moest de agente het ontgelden. 'Zou u mij het genoegen willen doen gewone taal te gebruiken?'

'Een opsporingsbericht,' merkte Ginny op. 'Dat is toch zo?' Ze lachte liefjes naar de agente. 'Ik heb kleuren-tv in mijn zitkamer.'

'Ik kan niet de hele tijd op de oprit blijven zitten,' zei Claire.

Helen pakte haar arm en hees haar overeind. Wat zou Paul doen als hij hier was? Hij zou de regie overnemen. Claire kon dat niet. Ze kon amper op haar benen staan. 'Hebben de inbrekers iets meegenomen?'

'We denken van niet, mevrouw,' zei de agente, 'maar we willen graag dat u met de rechercheurs door het huis loopt om te kijken.' Ze wees naar het groepje mannen bij de deur naar de bijkeuken. Ze droegen allemaal een Columbo-achtige trenchcoat. Een van hen klemde zelfs een sigaar tussen zijn tanden. 'U krijgt van hen een checklist voor de inventarisatie. U zult een volledig rapport bij uw verzekering moeten indienen.'

Claire voelde zich zo overdonderd dat ze bijna moest lachen. Het mens had haar net zo goed kunnen vragen het Smithsonian Museum te catalogiseren. 'Er kunnen elk moment gasten komen. Ik moet zorgen dat de tafels gedekt zijn. De cateraar...'

'Mevrouw,' onderbrak de agente haar. 'Niemand mag het huis in tot de plaats delict is vrijgegeven.'

Claire duwde haar vuist tegen haar mond om niet tegen dat klotewijf te zeggen dat ze haar niet de hele tijd 'mevrouw' moest noemen.

'Mevrouw?' zei de agente.

Claire liet haar vuist zakken. Aan het begin van de oprit stopte een auto. Een grijze Mercedes. Met de koplampen aan. Een gele vlag met UITVAART hing uit het raampje. Erachter kwam een tweede Mercedes tot stilstand. De rouwstoet was eindelijk gearriveerd. Wat moest ze nu? Zich weer op de grond laten vallen leek de gemakkelijkste oplossing. En dan? De ambulance. Het ziekenhuis. De kalmerende middelen. Uiteindelijk zou ze weer naar huis worden gestuurd. Uiteindelijk zou ze weer op dezelfde plek staan, met de rechercheurs, de inventarislijst, de verzekering en de hele bullshit. Het was allemaal Pauls schuld. Hij had hier moeten zijn. Hij had dit alles moeten afhandelen. Dat was zijn taak.

*Claire Scott was woedend op haar dode man omdat hij er niet was om haar problemen op te lossen.*

'Schat?' zei Helen.

'Niks aan de hand.' Heel lang geleden had Claire beseft dat je als je maar overtuigend genoeg loog jezelf voor de gek kon houden. Ze hoefde alleen maar een actielijst op te stellen. Dat zou Paul hebben gedaan. Hij had altijd gezegd dat een lijst de oplossing was voor alle problemen. Wie de details beheerst, beheerst het probleem. 'Ik loop wel met de rechercheurs door het huis. We moeten de wake afgelasten.' Ze wendde zich tot de chauffeur van de limo, die discreet een paar stappen terug had gedaan. 'Zou u mijn grootmoeder weer naar het tehuis willen brengen?' Tegen de agente zei ze: 'Zeg die ambulance maar af. Ik red me wel. Er zijn ruim honderd mensen op weg hiernaartoe. Als u niet wilt dat ze binnenkomen, moet u iemand naar het begin van de oprit sturen om ze tegen te houden.'

'Komt voor elkaar.' De agente leek blij dat ze weg mocht. Ze rende praktisch de oprit af.

Claire voelde haar overmoed alweer vervliegen. Ze keek naar haar moeder. 'Ik weet niet of ik dit kan.'

'Je doet het al.' Helen haakte haar hand door Claires arm en liep samen met haar naar de mannen in hun trenchcoats. 'Heb je je hoofd bezeerd toen je flauwviel?'

'Nee.' Claire betastte haar achterhoofd. De kneuzingen die ze in het steegje had opgelopen waren nog gevoelig. Een buil meer of minder zou niet veel uitmaken. 'Ben ik wel eens eerder flauwgevallen?'

'Niet dat ik weet. Als je het nog eens doet, doe het dan op het gras. Ik dacht echt dat je een barst in je kop had.'

Ze kneep in haar moeders arm. 'Je hoeft hier niet te blijven.'

'Ik ga pas weg als ik weet dat ik je veilig kan achterlaten.'

Claire perste haar lippen op elkaar. Er was een tijd geweest dat haar moeder niet in staat was haar ook maar ergens bij te steunen. 'Zeg, ik weet hoe je over de politie denkt, maar je moet je echt koest houden.'

'Koddebeiers,' mompelde Helen, haar naam voor onbekwame politieagenten. 'Weet je wat ik bedacht? Ik ben zo ongeveer de enige van de hele familie die nog nooit in de gevangenis heeft gezeten.'

'In de cel, mam. Naar de gevangenis ga je nadat je veroordeeld bent.'

'Godzijdank heb ik het goede woord gebruikt bij mijn boekenclub.'

'Mevrouw Scott.' Een van de trenchcoatmannen stapte met zijn penning in zijn hand op haar af. Hij stonk naar sigarenrook, alsof zijn trenchcoat niet cliché genoeg was. 'Ik ben commandant Mayhew, politie van Dunwoody.'

'Commandant?' zei Claire. De man met wie ze na de moord op Paul had gesproken, was maar een gewone rechercheur geweest. Was inbraak belangrijker dan moord, of waren moorden zo algemeen in Atlanta dat die aan rechercheurs werden overgelaten?

'Gecondoleerd met uw verlies.' Mayhew stopte de penning weer in zijn jaszak. Hij had een borstelige, ruige snor. Uit zijn neusgaten staken haren. 'Het Congreslid heeft me gevraagd dit persoonlijk af te handelen.'

Claire wist wie het Congreslid was. Johnny Jackson was praktisch vanaf het begin Pauls weldoener geweest en had hem overheidscontracten toegespeeld die eigenlijk naar ervarener architecten hadden moeten gaan. Wat de man in het begin in Paul had geïnvesteerd, had zich in de loop van de jaren terugbetaald. Telkens als Quinn + Scott een nieuw overheidsproject binnensleepte, barstte het op Pauls persoonlijke creditcardafschriften van de afboekingen voor chartervluchten die hij nooit had genomen en vijfsterrenhotels waar hij nooit had geslapen.

Ze ademde diep in en zei: 'Sorry, commandant, ik ben wat in de war, maar zou u me willen vertellen wat er gebeurd is, vanaf het begin?'

'Ja, ik kan me voorstellen dat u met de begrafenis en zo niet op iets dergelijks zit te wachten. Gecondoleerd, zoals ik al zei.' Mayhew ademde op zijn beurt diep in, maar bij hem klonk het een stuk rasperiger. 'We weten zo ongeveer hoe het gegaan is, maar er zijn nog wat leemtes die ingevuld moeten worden. U bent niet de eerste in het district die iets dergelijks overkomt. We vermoeden dat het een bende jongemannen betreft die de overlijdensberichten lezen, noteren wanneer de begrafenis is, dan met Google Earth het huis verkennen en nagaan of het de moeite van een inbraak waard is.'

'Mijn god,' zei Helen. 'Dat slaat echt alles.'

Mayhew was al even verontwaardigd. 'We denken dat de inbrekers hooguit een minuut binnen waren toen het cateringbusje voor het huis stopte. De cateraars zagen de gebroken ruit in de zijdeur.' Hij wees naar de scherven, die nog steeds over de hardstenen treden verspreid lagen. 'De barman ging naar binnen, wat hij beter niet had kunnen doen. Hij werd in elkaar geslagen, maar dankzij hem heeft de bende uw huis niet leeggehaald.'

Claire keek weer naar het huis. Al vanaf zijn studententijd had Paul allerlei variaties op het bouwplan getekend. Het enige wat er sindsdien was veranderd, was de hoeveelheid geld die ze konden investeren. Ze kwamen geen van beiden uit een rijk milieu. Claires vader had aan de universiteit gewerkt. De ouders van Paul hadden een boerderij gehad. Hij vond het heerlijk om geld te hebben, want dat gaf hem een gevoel van veiligheid. Claire vond het ook heerlijk, want als je voor iets had betaald, kon het je nooit meer worden afgepakt.

Had ze niet genoeg betaald voor Paul? Had ze niet hard genoeg gewerkt, hem niet diep genoeg bemind, was ze niet genoeg geweest? Was ze hem daardoor kwijtgeraakt?

'Mevrouw Scott?'

'Sorry.' Claire wist niet waarom ze de hele tijd 'sorry' zei. Paul zou zich dit meer hebben aangetrokken. Hij zou woedend zijn geweest om een dergelijke schending van hun eigendom. Hun ruit kapot! Inbrekers die in hun spullen rommelden! Een van hun werknemers aangevallen! Claire zou al even woedend zijn geweest, maar zonder Paul kon ze zichzelf er nauwelijks toe zetten de schijn op te houden.

'Weet u hoe het met de barman is?' vroeg Helen. 'Tim, zo heet hij toch?'

'Ja, Tim.' Mayhew knikte en haalde tegelijkertijd zijn schouders op. 'Hij heeft hoofdzakelijk oppervlakkige wonden. Hij is naar het ziekenhuis gebracht, want hij moest gehecht worden.'

Inmiddels begon de gruwel enigszins tot Claire door te dringen. Tim had al jaren als barman voor hen gewerkt. Hij had een zoon die autist was en een ex-vrouw die hij probeerde terug te winnen, en nu was hij in het ziekenhuis, waar zijn wonden werden gehecht vanwege iets vreselijks dat in haar huis was gebeurd.

'Moet Claire dan nog steeds het hele huis door lopen om te zien of de inbrekers iets hebben meegenomen?' vroeg Helen.

'Ja, dat komt straks. Ik weet dat het heel slecht uitkomt, maar eerst willen we van mevrouw Scott weten vanwaar de beveiligingscamera's worden bediend.' Hij wees naar de zwarte bol op de hoek van het huis. 'Een ervan heeft vast geregistreerd dat ze het huis binnengingen en weer verlieten.'

'Ik zal het u laten zien.' Claire verroerde zich niet. Ze keken haar allemaal afwachtend aan. Er was nog iets wat ze moest doen. Er was nog heel veel.

De lijst. Ze voelde haar brein weer in actie komen, alsof er een schakelaar was overgehaald.

Claire wendde zich tot haar moeder. 'Zou jij de cateraars willen vragen het eten aan de daklozenopvang te geven? En laat Tim maar weten dat wij de ziekenhuisrekening betalen. Ik weet zeker dat die gedekt wordt door onze allriskverzekering.' Waar lagen de papieren? Claire wist niet eens wie hun verzekeringsagent was.

'Mevrouw Scott?' Naast commandant Mayhew was een tweede man opgedoken. Hij was iets groter en iets beter gekleed dan de rest van de groep. Zijn trenchcoat was mooier, zijn pak zat beter en hij was gladgeschoren. Zijn ontspannen houding had Claire gerust moeten stellen, maar hij had iets zeer alarmerends over zich, wat nog werd versterkt door een lelijk blauw oog.

De man wees er grinnikend naar: 'Moeder de vrouw vindt het niet leuk als ik haar tegenspreek.'

'Huiselijk geweld is vreselijk grappig,' zei Helen. Ze ving Claires waarschuwende blik op. 'Ik ben in de keuken als je me nodig hebt.'

De man met het blauwe oog hernam zich. 'Sorry, mevrouw Scott. Ik ben Fred Nolan. Kunnen we een babbeltje maken terwijl u ons naar het hart van het beveiligingssysteem brengt?'

Hij stond zo dichtbij dat Claire zich genoodzaakt voelde een stap naar achteren te doen. 'Deze kant op.' Ze liep naar de garage.

'Wacht even.' Nolan legde zijn hand op haar arm. Zijn duim drukte tegen de zachte onderkant van haar pols. 'Is het controlepaneel van het beveiligingssysteem in de garage?'

Claire had nog nooit zo'n onmiddellijke, instinctieve afkeer gevoeld voor een ander mens. Ze keek naar zijn hand alsof ze die tot op het bot wilde bevriezen.

Nolan begreep het. Hij liet haar arm los.

'Deze kant op, zoals ik al zei.'

Claire liep door, een huivering onderdrukkend. Mayhew liep naast haar. Nolan volgde dicht op haar hielen. Te dicht. De man had niet alleen iets alarmerends, hij was ronduit eng. Hij leek eerder een gangster dan een politieman, maar blijkbaar verstond hij zijn vak. Claire had niets op haar kerfstok – de laatste tijd niet in elk geval – toch was hij erin geslaagd haar een schuldig gevoel te bezorgen.

'Meestal bevindt de hele beveiligingstoestand zich in het hoofdgebouw,' zei Nolan.

'Fascinerend,' mompelde Claire. Hoofdpijn drong via haar slapen naar binnen. Misschien was die inbraak een geluk bij een ongeluk. In plaats van de komende vier uur Pauls rouwgasten te moeten onderhouden, zou ze een halfuur met deze eikel doorbrengen en ze dan allemaal de deur uit schoppen en met een handvol valium naar bed gaan.

Om ingewikkelde redenen die Paul had proberen uit te leggen bevonden alle mainframes voor de beveiliging zich in de garage, een losstaand gebouw van twee verdiepingen dat in dezelfde stijl als het huis was opgetrokken. Pauls kantoor op de bovenverdieping bevatte een kitchenette, twee inloopkasten en een complete badkamer. Ze hadden er grapjes over gemaakt, dat het mooier was dan een hotel voor het geval ze hem ooit de deur uit schopte.

'Mevrouw Scott, mag ik u vragen waarom het alarm niet aanstond?' Dat was Mayhew. Hij had een notitieboekje en een pen tevoorschijn gehaald. Hij had zijn schouders opgetrokken, alsof hij een personage uit een roman van Raymond Chandler moest voorstellen.

'Ik laat het alarm altijd uit voor de cateraars,' zei Claire. 'Het hek zat op slot.'

Zijn snor trilde. 'Hebben de cateraars de code van het voorste hek?'

'En een sleutel van het huis.'

'Zijn er meer mensen die een sleutel hebben?'

Ze vond het een rare vraag, of misschien was ze geïrriteerd omdat Fred Nolan nog steeds in haar nek ademde. 'Waarom zouden de inbrekers het glas in de deur kapotslaan als ze een sleutel hadden?'

Mayhew keek op van zijn notitieboekje. 'Het is een routinevraag. We moeten iedereen spreken die toegang heeft tot het huis.'

Claire voelde iets kriebelen achter in haar keel. Ze kreeg het weer benauwd. Dit soort dingen zou Paul hebben geweten. Toch deed ze een poging: 'De schoonmakers, onze klusjesman, Pauls assistent, zijn partner, mijn moeder. Ik wil de namen en telefoonnummers wel opzoeken.'

'Uw moeder,' zei Nolan. 'Dat is me er eentje.'

Claire toetste de code in op het paneel naast de garage, die ruimte bood aan vier auto's. De zware houten deur gleed geruisloos langs de geleiders naar boven. Ze zag de mannen het traanplaten beschot en de dito bergkasten in zich opnemen. De vloer bestond uit zwarte en witte rubberen tegels, in racebaanmotief. Voor alles was een klamp: handgereedschap, verlengsnoeren, tennisrackets, golfclubs, basketballen, zonnebrillen, schoenen. Pauls op maat gemaakte werkbank besloeg een hele muur. Hij had een oplaadstation, een minikoelkast, een flatscreen-tv en een airco voor zomerse dagen.

En uiteraard stonden daar Claires BMW en Pauls Porsche Carrera en Tesla Model S.

'Krijg nou wat,' zei Nolan vol eerbied. Claire had mannen geiler zien worden van Pauls garage dan ooit van een vrouw.

'Deze kant op.' Op een tweede paneel voerde Claire een viercijferige code in en daarna ging ze hun voor naar het souterrain. Ze had het altijd heerlijk gevonden dat Paul zo van zijn garage genoot. Hij bracht er uren in door als hij zijn modellen bouwde. Claire had soms plagerig gezegd dat de enige reden waarom hij ze thuis maakte in plaats van op zijn werk was dat hij hier zijn eigen troep mocht opruimen.

'Een soort netheidsfreak,' zei Nolan, alsof hij haar gedachten kon lezen.

'Heb ik even geboft,' zei Claire. Pauls milde dwangneurose had nooit inbreuk gemaakt op hun leven en had hem nooit merkwaardige dingen laten doen, zoals twaalf keer achter elkaar een deurknop aanraken. Zijn dwanghandelingen uitten zich juist in daden die elke vrouw zou kunnen waarderen: de wc-bril terugzetten, alle kleren vouwen, elke avond de keuken schoonmaken.

Onder aan de trap toetste Claire weer een code van vier cijfers op het deurpaneel in. Het slot klikte open.

'Zo'n souterrain heb ik nog nooit onder een garage gezien,' zei Mayhew.

'Doet een beetje aan *Silence of the Lambs* denken,' vond Nolan.

Claire deed de lampen aan. De kleine, betonnen ruimte tekende zich haarscherp af in het licht. Paul had het vertrek zo ontworpen dat het ook als tornadoschuilplaats dienst kon doen. Op metalen schappen stonden eten en voorraden. Er was een kleine tv, een weerradio, een paar kampeerbedden en heel veel junkfood, want Claire had Paul duidelijk gemaakt dat als de wereld verging ze bergen chocola en chips nodig zou hebben.

Ze was blij dat ze haar jas nog aanhad. De temperatuur werd

laag gehouden vanwege alle computers. Alles werd vanuit deze kamer bestuurd, niet alleen de beveiligingscamera's, maar ook alle audiovisuele systemen, de geautomatiseerde luiken en toestellen en al het andere waardoor het hele huis op magie leek te draaien. Er waren rijen toestellen met knipperende lampjes en een klein bureau met vier flatscreens op bewegende standaards.

'Werkte uw man soms heimelijk voor de NASA?' vroeg Nolan.

'Ja.' Claire had genoeg van zijn vragen, die extra irritant waren door zijn vlakke, midwesterse accent. Als ze slim was, gaf ze hun wat ze hebben wilden zodat ze weer zouden ophoepelen.

Ze trok een bureaula open en trof er de geplastificeerde checklist aan waarop stond hoe de beveiligingscamera's werkten. Paul had geprobeerd het haar stapsgewijs uit te leggen, maar Claires blik was wazig geworden en ze was bang geweest dat ze een toeval kreeg.

Ze tikte het toetsenbord van de computer aan en voerde de toegangscode voor het systeem in.

'Je moet hier heel wat wachtwoorden onthouden.' Nolan stond weer te dichtbij.

Claire schoof bij hem vandaan. Ze gaf de lijst aan Mayhew. 'Hier zult u het moeten overnemen.'

'Zijn al jullie huizen zo?' vroeg Nolan.

'We hebben maar één huis.'

'"Máár één huis."' Nolan lachte.

Claire had het helemaal gehad met hem. 'Mijn man is dood en nu is er ook nog bij me ingebroken. Valt er soms iets te lachen?'

'Hoho.' Nolan stak zijn handen in de lucht alsof ze zijn ogen had willen uitkrabben. 'Niet beledigend bedoeld, dame.'

Mayhews snor trilde weer. 'Als jij je bek nou eens houdt, kun je ook niemand beledigen,' zei hij.

Claire keek Nolan even aan voor ze zich van hem afwendde. Ze wist hoe ze een man de mond moest snoeren. Hij liep niet weg, maar deed wel een paar stappen naar achteren ten teken dat de boodschap was overgekomen.

Ze keek naar de schermen terwijl Mayhew Pauls checklist afwerkte. Het beeld was opgedeeld zodat elk scherm vier verschillende invalshoeken toonde van zestien verschillende camera's. Iedere ingang, elke rij ramen, het zwembadgedeelte en verschillende stukken oprit waren in beeld. Claire zag de cateraars hun busje keren op het parkeergedeelte voor het huis. Helens zilverkleurige Ford stond aan de andere kant van de garage. Zelf stond ze bij de deur naar de bijkeuken met een van de rechercheurs te praten. Ze had haar handen in haar zij. Claire was blij dat hier geen geluid bij was.

Mayhew bladerde zijn aantekenboekje door. 'Oké. We hebben het tijdsbestek van de inbraak in grote lijnen te pakken, uitgaande van het moment waarop de cateraars 911 hebben gebeld.' Hij tikte een paar toetsen aan en Helen verdween van het scherm. Het cateringbusje maakte niet langer een scherpe bocht, maar reed het parkeerterrein op. Mayhew spoelde de opname terug tot hij gevonden had wat hij zocht. Drie personen aan het begin van de oprit. Ze waren te ver weg om ze goed te kunnen onderscheiden, en je zag slechts donkere, dreigende vegen die op het huis af stapten.

Claires nekharen gingen rechtovereind staan. Dit was echt gebeurd in haar huis.

Ze zag het tijdstip op de video. Terwijl de inbrekers langs het parkeergedeelte voor het huis liepen, had Claire bij de kleine, algemene kapel op de begraafplaats gestaan en zich afgevraagd waarom ze niet samen met haar man in dat steegje was gestorven.

'Komt-ie,' zei Mayhew.

Een pijnscheut trok door Claires borst toen de vegen in mannen veranderden. Nu ze het zag, werd het echt, iets wat ze moest verwerken. Het was precies zoals ze te horen had gekregen: drie Afro-Amerikaanse mannen met skimaskers op en handschoenen aan naderden op een drafje over de oprit. Ze waren alle drie in het zwart. Hun hoofden bewogen gecoördineerd van links naar rechts en omgekeerd. Een van hen had een koevoet in zijn hand. Een tweede had een pistool.

'Ziet er behoorlijk professioneel uit,' zei Nolan.

Mayhew beaamde het. 'Dat hebben ze vaker bij de hand gehad.'

Claire bekeek de mannen aandachtig terwijl ze vol zelfvertrouwen naar de deur van haar bijkeuken liepen. Paul had alle deuren en ramen uit België laten komen. Ze waren van massief mahoniehout met vierpuntsloten, maar daar wisten de inbrekers wel raad mee: de koevoet sloeg door het glas-in-lood en een van de inbrekers stak zijn hand door het raampje en draaide het slot om.

Haar mond werd droog. Tranen sprongen haar in de ogen. Dat was haar bijkeuken. Dat was haar deur, dezelfde deur die ze ontelbare keren per dag gebruikte. Dezelfde deur waardoor Paul naar binnen ging als hij thuiskwam van zijn werk.

Waar hij vroeger door naar binnen was gekomen.

'Ik ben boven als jullie me nodig hebben,' zei ze.

Claire liep de trap op. Ze veegde haar ogen droog. Haar mond ging open. Ze dwong zichzelf lucht op te zuigen, weer uit te ademen, tegen de hysterie te vechten die diep in haar maag op de loer lag.

Pauls trap. Pauls werkbank. Pauls auto's.

Ze liep de garage door. Ze koerste op de trap achterin af en beklom die zo snel als haar hakken het toestonden. Ze besefte pas waar ze naartoe ging toen ze midden in Pauls kantoor stond.

Daar was de bank waarop hij zijn dutjes deed. De stoel waarop hij zat als hij las of tv-keek. Het schilderij dat ze hem had gegeven toen ze drie jaar getrouwd waren. Zijn tekentafel. Zijn bureau, dat hij zo had ontworpen dat er geen snoeren naar beneden hingen. Het vloeiblad was smetteloos schoon. In het bakje met uitgaande post lag een keurig stapeltje in Pauls hoekige handschrift. Zijn computer. Zijn potlodenset. Ook was er een ingelijste foto van Claire, van langer geleden dan ze zich kon herinneren. Paul had hem gemaakt met de Nikon die van zijn moeder was geweest.

Claire pakte de foto. Hij was tijdens een footballwedstrijd genomen. Pauls jack hing om haar schouders. Ze wist nog hoe warm het had gevoeld, hoe geruststellend. De camera had haar betrapt toen ze lachte, met open mond en haar hoofd schuin naar achteren. Ze was extatisch, eindeloos gelukkig.

Ze hadden allebei aan Auburn University in Alabama gestudeerd, Paul omdat die een van de beste architectuuropleidingen van het land had, en Claire omdat het ver genoeg van huis verwijderd was. Dat ze uiteindelijk een vriend kreeg die op nog geen dertig kilometer van haar ouderlijk huis was opgegroeid, bewees maar weer eens dat het niet uitmaakte hoe ver weg je ging, want je eindigde altijd waar je was begonnen.

Paul was een verademing geweest na de andere jongens met wie Claire tijdens haar studie had gedate. Hij was zo zeker van zichzelf, zo zeker van wat hij wilde en van zijn ambities. Voor zijn bachelor had Paul een volledige beurs gekregen en zijn master kon hij betalen van het geld dat hij erfde toen zijn ouders stierven. Een kleine levensverzekering, de opbrengst van de verkoop van de boerderij en de financiële regeling die buiten de rechter om was getroffen met het vervoersbedrijf waartoe de achttienwieler behoorde die de Scotts had doodgereden, waren meer dan genoeg geweest voor collegegeld en levensonderhoud.

Niettemin had Paul zijn gehele studietijd gewerkt. Hij was op een boerderij opgegroeid, waar van hem verwacht werd dat hij bij het krieken van de dag opstond om zijn taken te doen. In de derde klas van de middelbare school had hij een beurs gekregen voor een militaire kostschool in het zuidoosten van Alabama, en in de periode tussen het leven in zijn ouderlijk huis en de universiteit was hem daar routine bijgebracht. Luieren ging hem slecht af. Een van zijn baantjes tijdens zijn studie was bij Tiger Rags, de universitaire boekhandel. Het andere was als studiebegeleider in het wiskundelab.

Claire was afgestudeerd in kunstgeschiedenis. Ze was nooit goed in wiskunde geweest. Of in elk geval had ze nooit haar best gedaan, wat op hetzelfde neerkwam. Ze kon zich nog levendig de eerste keer herinneren dat ze met behulp van Paul een van haar opdrachten had gemaakt.

'Iedereen weet dat je mooi bent,' had hij gezegd. 'Maar niemand weet dat je ook intelligent bent.'

Intelligent.

Iedereen kon slim zijn. Maar alleen een bijzonder iemand was intelligent.

Claire zette de foto terug. Ze ging aan Pauls bureau zitten. Ze legde haar armen waar hij zijn armen had laten rusten. Ze sloot haar ogen en probeerde een zweempje van zijn geur op te snuiven. Ze ademde diep in, tot haar longen pijn deden, en ademde langzaam weer uit. Ze was bijna veertig. Ze had geen kinderen. Haar man was dood. Haar beste vriendinnen zaten nu waarschijnlijk margarita's te drinken in de bar verderop in de straat, roddelend over Claire en hoe uitgeblust ze er tijdens de begrafenis had uitgezien.

Claire schudde haar hoofd. Ze kon de rest van haar leven nog stilstaan bij hoe eenzaam ze was. Nu moest ze de dag zien door te komen. Of in elk geval het komende uur.

Ze belde Adam Quinn op zijn mobiel. Paul had Adam nog langer gekend dan Claire. Ze waren kamergenoten geweest tijdens hun eerste jaar aan Auburn University. Ze waren samen afgestudeerd in de architectuur. Adam was Pauls getuige geweest op hun huwelijk. Maar wat nog belangrijker was: Adam en Paul gebruikten doorgaans dezelfde mensen om hun zaakjes te regelen.

Hij nam meteen op. 'Claire? Gaat het?'

'Ja hoor,' zei ze, maar pas nu ze iets concreets te doen had, ging het ook werkelijk goed. 'Zeg, sorry dat ik je lastigval, maar weet jij wie onze verzekeringsagent is?'

'O. Ja. Oké.' Hij klonk verward, want hij had waarschijnlijk een heel andere vraag van Claire verwacht op de dag dat ze haar man had begraven. 'Ze heet Pia Lorite.' Hij spelde de achternaam. 'Ik sms haar gegevens wel even.'

'Ik heb geen mobiel,' besefte Claire. 'Die heeft de Slangenman. Ik bedoel, de vent die...'

'Dan zet ik ze op de mail.'

Claire wilde net zeggen dat ze ook niet bij haar e-mail kon komen, maar toen dacht ze aan haar iPad. Het was een ouder model. Paul had voortdurend gedreigd dat hij het apparaat door een laptop ging vervangen, waarop zij dan zei dat ze er heel tevreden mee was, en nu zou ze het ding over dertig jaar waarschijnlijk meenemen naar het verzorgingshuis.

'Claire?' Adams stem klonk gedempt. Ze concludeerde dat hij een andere ruimte binnenging. Hoeveel telefoontjes hadden ze uitgewisseld waarvoor Adam zich in een andere kamer moest terugtrekken? Een stuk of vijf?

Zo zinloos. Zo dom.

'Hoor eens, ik vind het vreselijk voor je,' zei hij.

'Dank je.' Ze voelde de tranen weer komen en haatte zichzelf, want Adam was de laatste aan wie ze haar tranen wilde tonen.

'Als je iets nodig hebt...' Zijn stem stierf weg. Ze hoorde gekrab en vermoedde dat hij met zijn vingers over zijn gezicht streek. Adam was zo'n man met een baard die altijd doorschemerde, zelfs vlak nadat hij zich had geschoren. Claire had harige mannen nooit echt aantrekkelijk gevonden, maar dat had haar er niet van weerhouden met Adam naar bed te gaan.

Zelfs de gedachte dat dat alweer heel lang geleden was, bood weinig troost.

'Claire?'

'Ik ben er nog.'

'Sorry dat ik er nu mee aankom, maar volgens mij heeft Paul een bestand op zijn computer met lopende projecten. Zou je dat aan me willen mailen? Ik vind het vervelend om het te vragen, maar we hebben maandagochtend een heel belangrijke presentatie en het zou me uren kosten om Pauls werk over te doen.'

'Geeft niet. Ik snap het.' Ze stak haar hand onder Pauls bureau en trok het toetsenbord tevoorschijn. 'Ik stuur het wel vanaf zijn mailadres.'

'Heb je zijn wachtwoord?'

'Ja. Hij vertrouwde me.' Claire wist net als Adam dat hij dat beter niet had kunnen doen.

Het was een stomme, onnodige vergissing geweest.

'Over een paar minuten heb je het,' zei ze.

Claire verbrak de verbinding. Ze dacht aan de uren die ze met Adam Quinn had doorgebracht. Uren die ze met haar man had moeten doorbrengen. Ze zou er een moord voor doen om die uren terug te halen.

Maar er viel niks terug te halen. Ze moest verder.

Het scherm van Pauls iMac was leeg en blauw, met het dock aan de onderkant. Behalve de icoontjes met Pauls applicaties waren er drie mappen: Werk, Persoonlijk, Huis. Ze klikte op Huis en had meteen de actielijst voor januari te pakken. Ze zag ook een bestand met de titel 'verzekering', waarin ze niet alleen de naam van de verzekeringsagent aantrof, maar ook een pdf met beschrijvingen, foto's en serienummers van alles wat zich in het huis bevond. Claire zond alle 508 pagina's naar de printer.

Vervolgens opende ze de map Werk. Deze was veel ingewikkelder en verwarrender. Er was geen map met 'lopende projecten', alleen een lange lijst bestanden met nummers in plaats van namen. Claire ging ervan uit dat het projectnummers waren, maar ze wist het niet zeker. Ze klikte op het datumveld om ze in een chronologische lijst te zetten. Er waren vijftien recente bestanden waaraan hij de afgelopen twee weken had gewerkt. Het laatste was geopend op de avond voor Paul stierf.

Claire klikte op het bestand. Ze verwachtte een diagram te zien verschijnen of een werkbeschrijving, maar het enige wat er gebeurde was dat het iMovie-icoontje in het dock begon te dansen.

'O,' zei ze, want eerst snapte ze niet wat ze zag. En toen glimlachte ze voor het eerst sinds de Slangenman had gezegd dat ze zich niet mochten verroeren.

Paul had porno gekeken op zijn computer.

En niet zomaar porno.

Kinky porno.

Een jonge vrouw in een leren bustier was vastgeketend aan een muur van betonblokken. Ze had een hondenhalsband met sierspijkers om. Haar armen en benen waren gespreid, wat een zwaar beroep deed op haar kruisloze leren slip. Ze maakte schrille, bange geluidjes, die eerder jarenzeventiggeil klonken dan hedendaags bang.

Claire wierp een schuldige blik op de deuropening. Ze zette het volume zachter, maar liet de film aanstaan.

De vrouw bevond zich in een smerige kamer, waardoor het des te schokkender was dat Paul het spannend had gevonden. Ze was jong, maar niet opzienbarend jong. Haar donkerbruine haar was in een chique bob geknipt. Dikke mascara omrandde haar ogen. Door de felrode lippenstift leken haar lippen groter dan ze waren. Haar borsten waren klein, maar ze had fantastische benen. Paul had Claires benen altijd mooi gevonden, ook toen ze een enkelband droeg.

Hij had die enkelband zelfs geweldig gevonden, wat voor zijn doen wel heel erg kinky was, afgezien van zijn onverklaarbaar ruige gedrag in dat steegje.

En dit natuurlijk, want de film was behoorlijk heftig.

Opeens vulde het hoofd van een man het scherm. Hij droeg een leren skimasker met open ritsen bij de mond en de ogen. Hij lachte naar de camera. Het was buitengewoon sinister zoals zijn rode lippen zich aftekenden tegen de metalen tanden van de rits, hoewel Claire betwijfelde of Paul naar de man had gekeken.

Het beeld werd wazig en toen weer scherp. De glimlach verdween. De man stapte op het meisje af. Claire zag zijn stijve penis uit zijn strakke leren slip steken. Hij had een kapmes in zijn hand. Het lange lemmet blonk in het plafondlicht. De man bleef op een paar passen van het meisje staan.

Het kapmes beschreef een boog door de lucht.

Claire hapte naar adem.

Het mes daalde neer op de hals van de vrouw.

Weer hapte Claire naar adem.

De man wrong het lemmet los. Bloed spoot alle kanten op: op de muren, op de man, op de camera.

Claire leunde naar voren, niet in staat om weg te kijken.

*Was dit echt?*

Het lichaam van de vrouw verkrampte, haar armen en benen rukten aan de ketenen, haar hoofd schokte. Bloed stroomde over haar borst naar beneden en vormde een plas aan haar voeten.

De man begon haar te neuken.

'Mevrouw Scott?'

Claire schoot met zo'n vaart naar achteren dat de stoel tegen de muur knalde.

'Bent u boven?' Fred Nolan kwam de trap op.

Claire ramde op het toetsenbord, zocht in het wilde weg naar een manier om de film stop te zetten.

'Hallo?' Nolans voetstappen kwamen dichterbij. 'Mevrouw Scott?'

Ze drukte de controletoets in en ramde verwoed op de Q om het programma te verlaten. Er verschenen allerlei foutmeldingen. Claire greep de muis en klikte ze een voor een weg. Het kleurenwieltje begon te draaien. 'Shit,' siste ze.

'Mevrouw Scott?' Fred Nolan stond in de deuropening. 'Is er iets?'

Claire keek weer naar de computer. Godzijdank. Het scherm was leeg. Ze probeerde zo kalm mogelijk te klinken. 'Wat is er?'

'Ik wou alleen even zeggen dat het me spijt van daarnet.'

Claire knikte. Ze vertrouwde haar stem niet.

Nolan liet zijn blik door de kamer gaan. 'Mooi kantoor.'

Ze probeerde niet met haar ogen te knipperen, want telkens als ze dat deed, zag ze de vrouw voor zich. De man. Het bloed.

'Goed.' Hij stak zijn handen in zijn zakken. 'Ik wilde even zeggen dat ik met rechercheur Rayman over de zaak van uw man heb gesproken.'

Ze moest een paar keer kuchen voor ze er een gesmoord 'Wat?' uit kreeg.

'Rechercheur Rayman van het Atlanta Police Department? U

hebt met hem gesproken op de avond dat uw man werd vermoord.'

Ze hield de lucht een tijdje vast in een poging haar ademhaling tot bedaren te brengen. 'O ja.'

'U moet weten dat we alle mogelijke verbanden hebben nagetrokken, maar er is geen enkele link tussen wat uw man is overkomen en wat er vandaag is gebeurd.'

Claire knikte. Er trok een pijnscheut door haar kaak, zo hard klemde ze haar kiezen op elkaar.

Weer keek Nolan op zijn gemak het kantoor rond. 'Uw man was heel netjes.'

Claire antwoordde niet.

'Een soort controlfreak?'

Ze haalde haar schouders op. Paul had nooit een poging gedaan haar onder controle te krijgen. Behalve toen hij in dat steegje haar gezicht tegen de muur ramde.

Nolan wees naar het digitale slot op de deur. 'Zo, dat is behoorlijk goed beveiligd.'

Ze herhaalde wat Paul vaak tegen haar had gezegd: 'Eigenlijk stelt het niks voor als je het alarm niet inschakelt.'

Weer verscheen dat uiterst verontrustende lachje om Nolans lippen. Deze keer stond hij niet vlak bij haar, maar zo voelde het wel. 'We zullen hier toch een team naartoe moeten sturen.'

Haar hart stond stil. De computer. De bestanden. De film. 'Dat hoeft niet.'

'Je kunt beter het zekere voor het onzekere nemen.'

Claire probeerde een goed tegenargument te bedenken. 'Hebben de beveiligingscamera's vastgelegd dat de mannen in de garage probeerden in te breken?'

'Je kunt nooit zeker genoeg zijn.'

Ze gaf een slechte imitatie van haar moeders bibliothecaressenstem weg. 'Ik zou zeggen dat zestien camera's zekerheid genoeg bieden.'

Nolan haalde zijn schouders op. Weer dat lachje.

'Om nog maar te zwijgen van een half miljoen aan auto's die nog steeds in de garage staan.'

Het lachje week niet van zijn gezicht, en Claire besefte dat ze te veel praatte. Het zweet stond in haar handen. Ze klemde de armleuningen van de stoel vast.

'Is er soms iets wat we niet mogen zien?' vroeg Nolan.

Claire dwong zichzelf niet naar de computer te kijken. Ze keek naar zijn mond en probeerde niet aan de rode, vochtige lippen achter het opengeritste masker te denken.

'Nog iets wat ik graag wil weten, mevrouw Scott,' zei hij. 'Heeft uw man iets tegen u gezegd voor hij vermoord werd?'

Ze dacht weer aan het steegje, aan de ruwe structuur van het steen, het brandende gevoel toen het vel van haar wang werd geschraapt. Vond Paul dat soort dingen opeens lekker? Had hij daarom die film op zijn computer?

'Mevrouw Scott?' Nolan zag haar zwijgen voor gêne aan. 'Maakt u zich maar geen zorgen. Rechercheur Rayman heeft me verteld wat u en uw man in dat steegje deden. Van mij zult u geen oordeel horen, ik wil alleen graag weten wat uw man heeft gezegd.'

Weer kuchte ze. 'Hij bezwoer me dat hij niet zou sterven.'

'Was dat alles?'

'Ik heb dit allemaal al aan rechercheur Rayman verteld.'

'Ja, maar dat was een paar dagen geleden. Soms is er enige afstand voor nodig om het geheugen op te frissen.' Hij bleef aandringen. 'Slaap helpt daar vaak bij. Ik heb met heel wat slachtoffers van geweldsmisdrijven te maken gehad. Eerst is er een adrenalinestoot die hen door het ergste heen sleept, dan moeten ze hun verhaal aan zo'n ouwe smeris als ik vertellen. Ze gaan naar huis, ze zijn weer alleen, en dan storten ze in omdat de adrenaline is verbruikt en de vaart eruit is. Ze vallen in een diepe slaap en opeens worden ze zwetend wakker omdat ze zich iets herinnerd hebben.'

Claire slikte. Het was een perfecte beschrijving van haar eerste nacht alleen, maar de enige openbaring die ze had gehad toen ze wakker werd in haar met zweet doordrenkte lakens, was dat Paul er niet was om haar te troosten.

Troost.

Hoe kon de man die naar zulke ranzige smeerlapperij keek dezelfde lieverd zijn die haar achttien jaar lang had getroost?

'En?' zei Nolan. 'Kon u zich iets herinneren? Het hoeft helemaal niet belangrijk te lijken. Gewoon een losse opmerking die hij gemaakt heeft, of iets ongebruikelijks wat hij deed. Voor of na de aanval. Wat u ook maar te binnen schiet. Misschien niet eens iets wat hij heeft gezegd, maar zijn manier van doen.'

Claires hand ging naar haar dijbeen. Ze voelde bijna waar Paul met zijn vingers het vel van haar been had gekrabd. Hij had haar nog nooit zo toegetakeld. Zou hij dat wel hebben gewild? Had hij zich al die jaren ingehouden?

'Zijn algehele manier van doen,' drong Nolan aan. 'Iets wat hij gezegd heeft.'

'Hij was in shock. We waren allebei in shock.' Claire sloeg haar handen op het bureau ineen om te voorkomen dat ze ze samenwrong. 'Het heet het Masters of the Universe-complex.' Nu klonk ze net als Paul, en de uitdrukking was dan ook van hem afkomstig. 'Dat is als mensen denken dat status en geld hen tegen rampspoed beschermen.'

'Denkt u dat dat waar is?' vroeg Nolan. 'Blijkbaar hebt u meer rampspoed ondergaan dan de meesten.'

'Scherp speurwerk.' Claire dwong zichzelf in het heden te blijven. 'Bent u rechercheur? Want toen ik u voor het eerst zag op de oprit hebt u uw rang niet genoemd en u hebt zich ook niet gelegitimeerd.'

'Dat klopt.'

Hij gaf haar de gewenste informatie niet en daarom zei ze: 'Ik wil graag uw identificatiebewijs zien.'

Nolan leek onbewogen. Hij stak zijn hand in zijn jaszak en stapte op haar af. Zijn portefeuille was een goedkoop dubbelgevouwen geval. In plaats van een rechercheurspenning zag ze twee geplastificeerde kaartjes in kunststof vakjes. Het bovenste kaartje was met goudinkt bedrukt: de woorden Federal Bureau of Investigation, de blinde Vrouwe Justitia en de Amerikaanse zeearend. Het onderste kaartje was met blauwe inkt bedrukt. Fred Nolans naam en een kleurenfoto stonden erop en dat hij FBI-agent was op het bureau in Atlanta, aan West Peachtree Road.

De FBI. Wat moest de FBI hier?

Ze dacht aan het bestand op Pauls computer. Was de FBI de download op het spoor gekomen? Was Fred Nolan hier omdat Paul op iets gestuit was wat hij beter met rust had kunnen laten? Wat Claire had gezien kon niet waar zijn. Het was maar een film, bedoeld om aan een zieke fetisj te appelleren.

Een zieke fetisj waar haar man toevallig op gestuit was of die hij de afgelopen achttien jaar voor haar verborgen had gehouden.

'Tevreden?' Nolan hield haar nog steeds zijn portefeuille voor. Hij glimlachte nog steeds. Hij deed nog steeds alsof dit zomaar een gesprekje was.

Claire keek weer naar het ID-kaartje. Op de foto was Nolan minder grijs. 'Is het de gewoonte dat de FBI verijdelde inbraken onderzoekt?'

'Ik doe dit werk nu lang genoeg om te weten dat niets uit gewoonte gebeurt.' Hij klapte de portefeuille dicht. 'De bende die hier heeft ingebroken heeft districtsgrenzen overschreden. We helpen met de coördinatie van de verschillende politiekorpsen.'

'Dat is toch de taak van het Georgia Bureau of Investigation?'

'U bent zeer goed op de hoogte van de hiërarchie binnen de wetshandhaving.'

Claire moest hiermee stoppen voor ze alles verried. 'Ik bedacht net dat u nooit antwoord geeft op mijn vragen, agent Nolan, dus misschien moet ik die van u ook maar niet meer beantwoorden.'

Nolan grinnikte. 'Ik vergat even dat u al met de wet in aanraking bent geweest.'

'Ik wil graag dat u nu weggaat.'

'Doe ik.' Hij wees naar de deur. 'Open of dicht?'

Toen ze geen antwoord gaf, deed hij de deur toch maar achter zich dicht.

Claire rende naar de badkamer en kotste haar maag leeg.

# VIER

Lydia, die haar dochter naar een uitwedstrijd bracht, probeerde zich op de weg te concentreren. Pas na vierentwintig uur was de dood van Paul Scott in alle hevigheid tot haar doorgedrongen. De kater van de ineenstorting die erop volgde, was ronduit gruwelijk. Ze had zich de hele dag huilerig en uitgeput gevoeld. Haar hoofd bonkte bij elke hartslag. Van de koffie die ze die ochtend tegen de hoofdpijn naar binnen had gegoten, werd ze onrustig. Ze haatte het gevoel van bedwelming en wat ze nog meer haatte was haar eerste gedachte bij het ontwaken, namelijk dat een lijntje coke alles weer recht zou zetten.

Ze was niet van plan om voor die klootzak zeventienenhalf jaar van onthouding weg te gooien. Ze sprong nog eerder van een brug dan dat ze zoiets stoms deed.

Evengoed had ze de pest in omdat ze ook maar aan drugs had gedacht. En evengoed had ze de vorige avond als een baby gejankt.

Ze had ruim een uur in Ricks armen uitgehuild. Hij was heel lief voor haar geweest, hij had haar haren gestreeld en gezegd dat ze het volste recht had om overstuur te zijn. In plaats van haar te dwingen erover te praten of haar naar een twaalfstappenbijeenkomst te rijden, had hij John Coltrane opgezet en kip gebraden. De kip was heerlijk. Het gezelschap was nog beter. Ze waren gaan ruziën over welke solo van Coltrane de beste was, 'Crescent' of 'Blue in Green', en midden in het gekibbel was Dee haar kamer uit gekomen en had Lydia het mooiste geschenk gegeven dat een moeder van haar puberdochter kon krijgen: ze was het met haar eens.

De saamhorigheid was van korte duur.

Op dit moment zat Dee onderuitgezakt op de passagiersstoel van het minibusje in wat Lydia haar Autotelefoonhouding noemde. Haar gympen steunden op het dashboard. Haar ellebogen en onderarmen lagen plat op de zitting, als de poten van een kangoeroe. Ze hield haar iPhone op vijf centimeter van haar neus. Als ze een ongeluk kregen, werd ze waarschijnlijk onthoofd door de autogordel.

'OMG!' zou Dee ge-sms't hebben terwijl ze op de ambulance wachtten. 'Ongeluk kop eraf!'

Lydia dacht aan alle keren dat haar eigen moeder had gezegd dat ze rechtop moest lopen, haar schouders niet moest laten hangen, het boek een eind van haar gezicht moest houden, vochtinbrengende crème moest gebruiken, in bed een bh moest dragen, haar buik altijd in moest houden en nooit mocht liften, en ze kon zichzelf wel voor de kop slaan omdat ze niet ieder onnozel advies had opgevolgd dat ooit over haar moeders lippen was gerold.

Daar was het nu te laat voor.

Regendruppels spatten tegen de voorruit. Lydia zette de ruitenwissers aan. Het rubber van de bladen stuiterde over het glas. Vorige week had Rick nog gezegd dat ze naar het pompstation moest komen om de bladen te laten vervangen. Hij had gezegd dat er slecht weer op komst was, en Lydia had gelachen omdat niemand het weer kon voorspellen.

Metaal schraapte over de ruit en de flarden rubber wapperden in de wind.

Dee kreunde. 'Waarom heb je die niet door Rick laten vervangen?'

'Hij zei dat hij het te druk had.'

Dee keek haar schuins aan.

Lydia zette de radio harder, haar remedie tegen vreemde autogeluiden toen ze nog geen relatie met een monteur had. Ze ging verzitten in een poging een prettige houding aan te nemen. De gordel bleef volhardend tegen haar buik duwen. De dikke vetrollen deden haar denken aan een opengebarsten blik koekjesdeeg. Die ochtend had Rick voorzichtig geopperd dat ze weer eens naar een bijeenkomst moest gaan. Lydia had het ook een goed idee gevonden, maar uiteindelijk was ze in het Waffle House beland.

Ze maakte zichzelf wijs dat ze er nog niet aan toe was om haar gevoelens te delen, want ze had nog geen tijd gehad de dood van Paul Scott te verwerken. En toen had ze tegen zichzelf gezegd dat ze een kei in ontkenning was, een miskend talent. Er was behoorlijk veel zelfbedrog voor nodig om een cokeverslaving van driehonderd dollar per dag in stand te houden. Bovendien verkeerde ze in de kortzichtige overtuiging dat ze nooit schuld droeg aan de gevolgen van haar eigen daden.

Het credo van de verslaafde: het is altijd de schuld van een ander.

Een tijdlang had Lydia de schuld op Paul Scott afgeschoven. Het was haar toetssteen. Haar mantra. Elke smoes begon met: 'Als Paul niet...'

En toen was Dee op het toneel verschenen. Lydia had haar leven weer op de rails gekregen, ze had Rick ontmoet, en de gedachte aan Paul Scott werd verdrongen, zoals ze alle vreselijke dingen uit wat ze De Slechte Jaren noemde had verdrongen. Zoals de vele keren dat ze in de politiecel was beland. Of de keer dat ze in het gezelschap van twee ongure kerels in een Motel 8 wakker was geworden en zichzelf had wijsgemaakt dat seks voor drugs niet hetzelfde was als seks voor geld.

Die ochtend in het Waffle House had ze bijna niet opgenomen toen Rick haar op haar mobiel belde.

'Heb je de neiging om weer te gebruiken?' had hij gevraagd.

'Nee,' had ze gezegd, want tegen die tijd had ze het verlangen gesmoord met een hoge stapel wafels. 'Ik heb zin om Pauls lijk op te graven en hem voor de tweede keer te vermoorden.'

De laatste keer dat Lydia Paul Scott had gezien, wist ze niet waar ze het zoeken moest van de ontwenningsverschijnselen. Ze zaten in die stomme Miata van hem die hij elk weekend met katoenen luiers en een tandenborstel schoonmaakte. Het was bijna middernacht en buiten was het donker. Hall & Oates waren op de radio. ‘Private Eyes’. Paul zong mee. Hij had een vreselijke stem, hoewel ieder geluid een ijspriem in haar oor was. Hij leek Lydia’s onbehagen te voelen. Hij lachte naar haar en boog zich opzij om de radio uit te doen. En toen legde hij zijn hand op haar knie.

‘Mam?’

Lydia keek haar dochter aan. Ze knipperde en keek nog eens. ‘Sorry, maar ben jij Dee? Ik herkende je helemaal niet zonder een telefoontje voor je snoet.’

Dee rolde met haar ogen. ‘Dat je niet naar de wedstrijd komt is omdat we zo bereslecht zijn, hè, niet omdat je nog steeds kwaad bent vanwege dat verlofbriefje?’

Lydia vond het vreselijk dat haar dochter zoiets ook maar dacht. ‘Schat, het komt alleen door jullie waardeloze spel. Het is te pijnlijk om aan te zien.’

‘Oké, zolang dat het maar is.’

‘Zeker weten. Jullie zijn afgrijselijk slecht.’

‘Oké, duidelijk,’ zei Dee. ‘Maar nu we elkaar de keiharde waarheid vertellen, wil ik nog iets zeggen.’

Meer slecht nieuws kon Lydia niet aan. Met haar blik op de weg dacht ze *zwanger, een één voor biologie, gokschulden, aan de speed, genitale wratten.*

‘Ik wil geen dokter meer worden,’ zei Dee.

Lydia’s hart stond stil. Dokters hadden geld. Ze waren altijd van werk verzekerd. Ze hadden een pensioenfonds en een ziekteverzekering. ‘Je hoeft nu nog niets te beslissen.’

‘Maar toch doe ik het, vanwege de bachelor die ik moet kiezen.’ Dee schoof haar telefoon in haar zak. Dit was serieus. ‘Ik wil niet dat je doorslaat of zo…’

Lydia sloeg door. *Schaapherderin, boerin, actrice, exotische danseres.*

‘Ik had dus bedacht dat ik dierenarts wil worden.’

Lydia barstte in tranen uit.

'Deedus krissus,' mompelde Dee.

Lydia keek door het zijraampje naar buiten. De hele dag had ze tegen haar tranen gevochten, maar deze keer was het niet omdat ze overstuur was. 'Mijn vader was dierenarts. Ik wilde ook dierenarts worden, maar...' Haar stem stierf weg, zoals dat gebeurde als je op het punt stond je dochter te vertellen dat je met een drugsveroordeling in geen enkele staat een vergunning tot praktiseren kreeg. 'Ik ben trots op je, Dee. Je wordt vast een fantastische dierenarts. Je bent vreselijk goed met dieren.'

'Dank je.' Dee wachtte tot Lydia haar neus had gesnoten. 'En dan nog iets: als ik ga studeren wil ik mijn echte naam gebruiken.'

Lydia had dit verwacht, maar toch stemde het haar verdrietig. Dee ging een nieuw leven beginnen. Daar hoorde een nieuwe naam bij. 'Ik werd altijd "Pepper" genoemd, tot ik naar een andere middelbare school ging,' zei ze.

'Pepper?' Dee moest lachen. 'Van Salt-N-Pepa?'

'Was dat maar waar. Mijn vader zei dat het van mijn grootmoeder kwam. De eerste keer dat ze op me paste, zei ze: "Dat kind heeft peper in d'r reet."' Lydia zag dat dit om nadere toelichting vroeg. 'Ik was een lastpak.'

'Wauw, dan ben je echt veel veranderd.'

Lydia gaf haar een por in haar ribben. 'Julia begon me als eerste Pepper te noemen.'

'Je zus?' Dee had als een schildpad haar hoofd ingetrokken. Ze klonk aarzelend.

'Je mag best over haar praten, hoor.' Lydia wrong haar lippen tot een glimlach, want het viel haar altijd moeilijk om over Julia te praten. 'Wil je iets over haar weten?'

Het was duidelijk dat Dee meer wilde weten dan Lydia kon vertellen, maar ze vroeg: 'Denk je dat je haar ooit terugvindt?'

'Ik weet het niet, schat. Het is zo lang geleden.' Lydia liet haar hoofd op haar hand rusten. 'Destijds werd er nog niet aan DNA-onderzoek gedaan, er was nog geen vierentwintiguursnieuws, of internet. Een van de dingen die nooit zijn gevonden was haar pager.'

'Wat is een pager?'

'Iets om mee te sms'en, maar je kunt alleen je telefoonnummer achterlaten.'

'Wat stom.'

'Tja.' Misschien was het stom voor iemand die een handcomputertje met toegang tot alle kennis van de wereld tot haar beschikking had. 'Je lijkt op haar. Wist je dat?'

'Julia was mooi.' Er klonk twijfel door in haar stem. 'Echt mooi.'

'Jij bent ook echt mooi, lieverd.'

'Zal wel.' Dee kapte het gesprek af door haar mobiel tevoorschijn te halen. Langzaam liet ze zich weer in de Autohouding zakken.

Lydia keek naar de ruitenwissers, die dapper streden tegen de regen. Ze moest weer huilen, maar het was niet het vernederende, snotterende gejank waar ze de hele ochtend tegen gevochten had. Eerst Paul Scott en nu Julia. Vandaag was blijkbaar zo'n dag dat Lydia zich door oude herinneringen liet overspoelen. Hoewel ze moest toegeven dat Julia nooit echt uit haar gedachten was.

Vierentwintig jaar geleden was Julia Carroll een negentienjarige eerstejaars aan de University of Georgia geweest. Ze studeerde journalistiek, want in 1991 kon je nog een carrière als journalist opbouwen. Julia was met een groep vrienden naar een bar gegaan. Niemand kon zich herinneren dat één bepaalde man meer aandacht aan haar had geschonken dan de rest, maar er moest in ieder geval één man zijn geweest, want die avond in de bar was de laatste keer dat Julia Carroll werd gesignaleerd.

De allerlaatste keer. Zelfs haar lichaam werd nooit gevonden.

Daarom had Lydia een kind opgevoed dat in drie minuten een klapband kon verwisselen en wist dat je je helemaal nooit door een ontvoerder naar een andere locatie moest laten meenemen, want Lydia had van heel dichtbij meegemaakt wat er met tienermeiden gebeurt die denken dat je niets ergers kan overkomen dan niet voor het schoolbal te worden gevraagd.

'Mam, je hebt de afslag gemist.'

Lydia tikte de rem aan. Ze keek in de spiegels en reed achteruit. Een auto zwenkte luid toeterend om haar heen.

Dee's duimen vlogen in een waas over de onderkant van haar telefoon. 'Je krijgt nog eens een dodelijk ongeluk, en dan ben ik wees.'

Dat soort overdreven gedoe had Lydia puur aan zichzelf te danken.

Ze reed om de school heen en parkeerde de auto aan de achterkant. Waar het Westerly Intramural Sporting Complex een waar walhalla was, leek de sportzaal achter de Booker T. Washington High School in het centrum van Atlanta meer op een fabriekshal met zijn rode jarentwintigbaksteen.

Lydia liet haar blik over het parkeerterrein gaan, zoals altijd voor ze de portieren ontsloot.

'Ik rij met Bella terug.' Dee griste haar sporttas van de achterbank. 'Tot vanavond.'

'Ik ga ook naar binnen.'

Dee keek ontzet. 'Mam, je hebt gezegd...'

'Ik moet even naar de wc.'

Dee stapte uit. 'Jij moet ook altijd pissen.'

'Je wordt bedankt.' Na een bevalling die tweeëndertig uur had geduurd en met het spook van de overgang in het vooruitzicht mocht Lydia blij zijn dat haar blaas niet als een koeienuier tussen haar knieën zwabberde.

Ze draaide zich om en pakte haar tas van de achterbank. Ze bleef nog even zitten, want ze wilde Dee het gebouw zien binnengaan. Op dat moment hoorde ze de klik waarmee het portier aan de bestuurderskant opengingm. Intuïtief zwaaide Lydia met haar vuisten door de lucht. 'Nee!' riep ze.

'Lydia!' Penelope Ward hield haar armen beschermend voor haar hoofd. 'Ik ben het!'

Lydia vroeg zich af of het te laat was om haar een dreun te verkopen.

'Jeetje, ik wilde je niet laten schrikken,' zei Penelope.

'Niks aan de hand,' loog Lydia. De moed zonk haar in de schoenen. 'Ik heb alleen Dee afgezet. Ik heb nu geen tijd om te praten. Ik moet naar een begrafenis.'

'O, nee toch? Van wie?'

Zo ver vooruit had Lydia nog niet gedacht. 'Van een vriendin. Een oude lerares. Mevrouw Clavel.' Ze praatte echt veel te veel. 'Dat is alles. Meer niet.'

'Oké, heel snel dan.' Penelope hield nog steeds het openstaande portier tegen. 'Weet je nog dat ik je over het Internationale Festival heb verteld?'

Lydia ramde de versnelling in zijn achteruit. 'Stuur me maar een recept, maakt niet uit wat, dan...'

'Fantastisch! Je hebt het voor drie uur vanmiddag.' Penelope was heel goed in het vaststellen van haar eigen deadlines. 'Maar, hoor eens, heb je nog contact met de band?'

Lydia schoof haar voet naar het gaspedaal.

'Ik moest er opeens aan denken toen je zei dat je in Athens bent opgegroeid. Ik heb aan de UGA gestudeerd.'

Lydia had het kunnen zien aan de pastelkleurige twinsetjes en het getuite pijpmondje.

'Ik heb jullie wel duizend keer zien optreden. Liddie and the Spoons, toch? God, wat een tijd was dat. Wat is er van die meiden geworden? Waarschijnlijk getrouwd en een hele sleep kinderen, of niet?'

'Jep.' *Als je de bak bedoelt, vier keer gescheiden en met een knipkaart op zak van het vrouwengezondheidscentrum omdat de tiende abortus gratis is.* 'We zijn gewoon een stel oude dametjes geworden.'

'Goed.' Penelope hield nog steeds het portier open. 'Je vraagt ze, hè? Dee gaat vast helemaal uit haar dak als ze haar moeder op het podium ziet.'

'O, dat vindt ze te gek. Ik mail je erover, oké?' Lydia moest hier weg, al leverde het haar een kapot portier op. Langzaam haalde ze haar voet van de rem. Penelope liep met haar mee. 'Ik moet ervandoor.' Lydia gebaarde dat ze aan de kant moest gaan. 'Het portier gaat dicht.' Ze drukte het gaspedaal in.

Uiteindelijk deed Penelope een stap terug om niet aangereden te worden. 'Ik kijk uit naar je mailtje!'

Het minibusje schoot met een ruk naar voren, zo hard trapte Lydia het gaspedaal in. God, dit moest haar weer overkomen, zo'n dag waarop haar ranzige verleden werd opgedregd en als een hoop koeienstront voor haar voeten werd gedumpt. Ze zou maar wat graag Penelope Ward aan de band voorstellen. Ze zouden haar levend verslinden. Letterlijk. De laatste keer dat Liddie and the Spoons samen in één zaal waren geweest waren twee leden met ernstige bijtwonden in het ziekenhuis beland.

Was dat de eerste keer dat Lydia gearresteerd werd? Het was in elk geval de eerste keer dat haar vader had gedokt om haar op borgtocht vrij te krijgen. Voor Sam Carroll was het vernederend en hartverscheurend tegelijk geweest. Maar op dat punt in zijn leven had hij nog maar weinig stukken hart over die groot genoeg waren om verscheurd te kunnen worden. Julia was tegen die tijd al vijf jaar weg. Voor haar vader waren het vijf jaar vol slapeloze nachten. Vijf jaar van uitgesteld verdriet. Vijf jaar waarin zijn hoofd zich had gevuld met alle verschrikkelijke dingen die zijn oudste dochter mogelijk waren aangedaan.

'Papa,' verzuchtte Lydia. Had hij maar lang genoeg geleefd om te zien dat Lydia het rechte pad weer had gekozen. Had hij Dee maar gekend. Hij zou haar droge gevoel voor humor geweldig hebben gevonden. En als hij Dee had gekend, als hij zijn kleindochter in zijn armen had kunnen houden, zou zijn arme, gebroken hart het misschien een paar jaar langer hebben volgehouden.

Lydia stopte voor rood. Rechts was een McDonald's. Lydia moest nog steeds naar de wc, maar ze wist dat ze als ze naar binnen ging het hele menu zou bestellen. Ze staarde naar het stoplicht tot het versprong. Haar voet ging naar het gaspedaal.

Een kwartier later reed ze het terrein van Magnolia Hills Memorial Gardens op. Ze had tegen Penelope Ward gezegd dat ze naar een begrafenis moest, maar ze had eerder het gevoel dat ze naar een verjaarsfeestje ging. Haar eigen feestje. De Lydia die niet meer bang hoefde te zijn voor Paul Scott was officieel vier dagen oud.

Had ze nu maar een hoedje meegenomen.

Zodra Lydia uit het busje stapte, ging het harder regenen. Ze drukte de kofferbak open en zocht een paraplu die nog heel was. De zoom van haar jurk zoog regenwater op. Ze liet haar blik over de begraafplaats gaan, die op een tuin leek, glooiend en met heel veel magnolia's, precies als in de advertentie. Ze haalde een papier uit haar handtas. Lydia was gek op internet: ze googelde de huizen van de Moeders, zocht op hoeveel ze voor hun idiote designerkleren hadden betaald en – heel handig voor de taak die ze zich vandaag had gesteld – ze had de kaart uitgeprint die haar de weg naar Paul Scotts graf wees.

Het was verder lopen dan ze verwacht had en natuurlijk ging het steeds harder regenen naarmate ze verder van haar busje verwijderd raakte. Nadat Lydia tien minuten haar uiteindelijk zeer onnauwkeurige kaart had gevolgd, besefte ze dat ze verdwaald was. Ze pakte haar mobiel en googelde de informatie opnieuw. Ze probeerde haar locatie in kaart te brengen. Volgens het blauwe stipje moest ze naar het noorden. Lydia liep naar het noorden. Na een paar meter moest ze volgens het blauwe stipje naar het zuiden.

'Kutzooi,' mompelde Lydia, maar toen viel haar blik op een grafsteen twee rijen verderop.

SCOTT.

Paul was net buiten de grenzen van Athens opgegroeid, maar de familie van zijn vader kwam uit Atlanta. Zijn ouders lagen begraven naast verscheidene generaties Scott. Hij had Lydia ooit verteld dat de Scotts in de Burgeroorlog zelfs aan beide zijden hadden gevochten.

Hij was dus op eerlijke wijze aan zijn dubbelhartigheid gekomen.

Op Pauls graf stond een merkteken dat deed denken aan de stokjes waarmee een moestuin wordt ingedeeld. Sugarsnaps. Kool. Sadistische Zak.

Lydia vermoedde dat zijn steen al besteld was. Iets groots en opzichtigs, van het fijnste marmer en in de vorm van een fallus, want zelfs dood kon iemand nog een enorme lul zijn.

Toen Lydia de vorige avond met Rick voor de tv had gezeten, was ze weggedroomd en had zichzelf bij Pauls graf zien staan. Met de regen had ze geen rekening gehouden, in haar verbeelding stond de zon vrolijk aan de hemel en zaten er zanglijsters op haar schouder. Ook had ze niet kunnen vermoeden dat de vers gedolven rode klei van Georgia bedekt zou zijn met kunstgras. Het was het soort nepgras dat je op een minigolfbaan zag of op het balkon van een goedkoop motel. Paul zou het vreselijk hebben gevonden, en ze kon een lach niet onderdrukken.

'Oké,' zei Lydia, want ze was hier niet gekomen om eens lekker te lachen. Ze ademde diep in en liet de lucht langzaam ontsnappen. Ze legde haar hand op haar borst om haar hart tot bedaren te brengen. En toen begon ze te praten.

'Je hebt je vergist,' zei ze tegen Paul, een betweterige eikel die dacht dat hij altijd gelijk had. 'Volgens jou had ik inmiddels dood in een goot moeten liggen. Je zei dat ik waardeloos was. Je zei dat niemand me ooit zou geloven, omdat ik er niet toe deed.'

Lydia keek op naar de donkere hemel. Regendruppels tikten volhardend tegen de paraplu.

'En jarenlang heb ik je geloofd, omdat ik dacht dat ik iets verkeerds had gedaan.'

Dácht, herhaalde ze in stilte, want ze wist dat niemand haar zo wreed kon straffen als zijzelf.

'Ik heb niet gelogen. Ik heb het niet verzonnen. Maar ik maakte mezelf wijs dat je het deed omdat ik erom vroeg. Dat ik de verkeerde signalen had afgegeven. Dat je me alleen aanrandde omdat je dacht dat ik dat wilde.' Lydia veegde de tranen uit haar ogen. Pauls avances waren wel het laatste waar ze ooit behoefte aan had gehad. 'En eindelijk besefte ik dat wat jij deed niet mijn schuld was. Dat je gewoon een kille, psychotische motherfucker was, en dat je de perfecte manier had gevonden om me van mijn eigen familie te vervreemden.' Met de rug van haar hand veegde ze haar neus af. 'En zal ik jou eens wat vertellen? Krijg de klere, Paul. Jij en je stomme kut-Miata en je verrekte masterdiploma en je bloedgeld van het auto-ongeluk van je ouders en moet je nou eens kijken wie hier staat, eikel. Moet je kijken wie er in een steegje als een vuil varken aan het mes is geregen en moet je kijken wie er nu op je graf danst!'

Lydia was praktisch buiten adem nu ze het er eindelijk allemaal uit had gegooid. Haar hart bonkte in haar borst. Ze voelde zich hol, maar niet door haar uitbarsting. Er moest nog iets zijn. Jarenlang had ze ervan gedroomd met Paul af te rekenen, hem te vernederen, hem met haar vuisten te bewerken of te schoppen of hem met een roestig mes neer te steken. Woorden schoten tekort. Ze moest tot meer in staat zijn dan alleen een beetje schreeuwen bij zijn graf. Ze keek uit over de begraafplaats alsof een idee haar als een bliksemflits zou kunnen treffen. De regen kwam zo hard naar beneden dat de lucht in witte nevel was veranderd. De grond was doordrenkt.

Lydia liet haar paraplu vallen.

De grond kon nog wel meer water gebruiken.

Ze had nog steeds een volle blaas. Ze zou met het grootste genoegen op Pauls graf pissen. Ze rukte het groene tapijt weg. Ze sjorde haar jurk omhoog en boog zich voorover om haar slip naar beneden te trekken.

En toen stopte ze, want ze was niet alleen.

Lydia zag de schoenen het eerst. Zwarte Louboutins, bij benadering vijfduizend dollar. Doorschijnende panty, maar wie droeg er in godsnaam nog panty's? Zwart jurkje, waarschijnlijk Armani of Gaultier, minstens zesduizend dollar. De vrouw had geen ringen aan haar elegante vingers en evenmin een smaakvolle tennisarmband om haar dunne vogelpols. Haar schouders waren recht, evenals haar houding, en Lydia constateerde dat in elk geval een van Helens dochters haar moeders vermaningen niet in de wind had geslagen.

'Kijk aan.' Claire kruiste haar armen voor haar buik. 'Over gênant gesproken.'

'Zeg dat.' Lydia had haar jongere zus al achttien jaar niet gezien, maar in haar wildste dromen had ze niet kunnen vermoeden dat Claire in een Moeder was veranderd.

'Hier.' Claire klikte haar Prada-enveloptasje van tweeduizend dollar open en haalde er een handvol papieren zakdoekjes uit. Die wierp ze in Lydia's richting.

Elegantie was hier niet aan de orde. Lydia's slip hing om haar knieën. 'Zou je je om willen draaien?'

'Natuurlijk. Waar zijn mijn manieren?' Claire draaide zich om. Het zwarte maatjurkje sloot om haar volmaakte figuur. Haar schouderbladen staken uit als geslepen glas. Haar armen waren gespierde stokjes. Waarschijnlijk ging ze elke ochtend hardlopen met haar trainer en speelde ze elke middag tennis, en voor haar man 's avonds thuiskwam, baadde ze zich in rozenwater dat uit een magische eenhoorn was gemolken.

Niet dat Paul Scott ooit nog thuiskwam.

Lydia stond op en trok haar slip omhoog. Ze snoot haar neus in een zakdoekje en liet het op Pauls graf vallen. Als een kat op een kattenbak schopte ze het kunstgras weer op zijn plaats.

'Dat was leuk.' Lydia pakte haar paraplu en wilde vertrekken. 'Dat kunnen we maar beter nooit meer doen.'

Claire draaide zich met een ruk om. 'Waag het niet je uit de voeten te maken.'

'Me uit de vóéten te maken?' De woorden waren de lont bij het kruitvat. 'Denk je echt dat ik me voor jóú uit de voeten maak?'

'Ik heb létterlijk voorkomen dat je op het graf van mijn man piste.'

Lydia liet de klemtonen verder achterwege. 'Wees blij dat ik er niet op gescheten heb.'

'God, wat ben jij grof.'

'En wat ben jij een fucking bitch.' Lydia maakte rechtsomkeert en liep in de richting van haar busje.

'Niet weglopen!'

Lydia liep tussen de graven door in de wetenschap dat Claires hakken zouden wegzakken in het natte gras.

'Kom terug.' Claire hield gelijke tred met haar. Ze had haar schoenen uitgetrokken. 'Lydia, blijf staan, godverdomme.'

'Wat nou?' Lydia draaide zich zo snel om dat de paraplu tegen Claires hoofd sloeg. 'Wat wil je van me, Claire? Jij hebt je keuze gemaakt, jij en mama allebei. Je kunt niet van me verwachten dat ik je zomaar vergeef nu hij dood is. Dat verandert er geen moer aan.'

'Míj vergeven?' Claires stem sloeg over van woede. 'Denk je dat ík op vergeving zit te wachten?'

'Ik heb tegen je gezegd dat je man me probeerde te verkrachten, waarop jij zei dat ik als de sodemieter moest opkrassen uit je huis of je zou de politie bellen.'

'Mama geloofde je ook niet.'

'"Mama geloofde je ook niet,"' bauwde Lydia haar na. 'Mama dacht dat je nog maagd was toen je in de brugklas zat.'

'Je weet geen fuck over me.'

'Ik weet dat je koos voor een vent met wie je twee seconden geneukt had in plaats van voor je eigen zus.'

'Was dat voor of nadat je al het geld uit mijn portefeuille had gepikt? Of onder mijn matras vandaan? Of uit mijn sieradenkistje? Of nadat je gelogen had dat je mijn auto had geleend? Of nadat je me had verteld dat je papa's stethoscoop niet verpatst had, maar toen werd mama door de lommerd gebeld omdat ze zijn naam hadden herkend, nou?' Claire veegde de regen uit haar ogen. 'Ik weet wel dat het nog vóór die keer was dat je mijn creditcard stal en dertienduizend dollar aan schulden maakte. Hoe was het in Amsterdam, Lydia? Was het leuk in al die coffeeshops?'

'Het was inderdaad leuk.' Lydia had nog steeds het souvenirgrachtenhuisje dat de KLM-stewardess haar had gegeven toen ze eersteklas vloog. 'Vond je het leuk om de enige zus die je nog had te laten stikken?'

Claire trok haar mond tot een dunne streep. Haar ogen kregen een verhitte glans.

'Jezus, sprekend mama als je dat doet.'

'Bek houden.'

'Nee, dát is volwassen.' Lydia hoorde hoe onvolwassen ze zelf klonk. 'Dit is idioot. We ruziën nog steeds over dezelfde dingen als achttien jaar geleden, alleen doen we het deze keer in de regen.'

Claire sloeg haar blik neer. Voor het eerst toonde ze twijfel. 'Je hebt me de hele tijd over alles voorgelogen.'

'Denk je echt dat ik dáárover zou liegen?'

'Je was zo stoned als een aap toen hij je met de auto naar huis bracht.'

'Heeft Paul dat gezegd? Want hij pikte me op uit de cel. Meestal raak je niet stoned in een cel. Dat is daar verboden, als je het nog niet wist.'

'Ik heb ook in de cel gezeten, Lydia. Als iemand stoned wil worden, vindt hij wel een manier.'

Lydia lachte snuivend. Als haar brave zusje in de cel had gezeten, had Lydia op de maan gestaan.

'Hij vond jou niet eens aantrekkelijk,' zei Claire.

Lydia keek haar onderzoekend aan. Het was een oud argument, maar Claire bracht het nu met minder overtuiging. 'Je twijfelt aan hem.'

'Nee, echt niet.' Claire veegde haar natte haar uit haar gezicht. 'Je hoort alleen maar wat je wilt horen. Zoals altijd.'

Claire loog. Lydia voelde het in haar botten. Ze stond daar drijfnat te worden in de regen en ze loog. 'Heeft Paul je pijn gedaan? Gaat het daarover? Je kon het niet zeggen toen hij nog leefde, maar nu...'

'Hij heeft me nooit pijn gedaan. Hij was een goede echtgenoot. Een goede man. Hij heeft altijd voor me gezorgd. Hij gaf me een veilig gevoel. Hij hield van me.'

Lydia antwoordde niet. Ze liet de stilte voortduren. Ze geloofde haar zus nog steeds niet. Claire was nog even doorzichtig als toen ze klein was. Er zat haar iets dwars, en het had duidelijk met Paul te maken. Haar wenkbrauwen stonden in een rare kronkel, net als die van Helen als ze overstuur was.

Ze hadden elkaar bijna twintig jaar niet gesproken, maar Lydia wist dat Claire altijd haar hakken in het zand zette als ze ergens mee geconfronteerd werd. Ze gooide het over een andere boeg. 'Volg jij dat van Anna Kilpatrick?'

Claire snoof, alsof het een domme vraag was. 'Natuurlijk volg ik dat. Mama ook.'

'Mama ook?' Lydia was oprecht verbaasd. 'Heeft ze dat gezegd?'

'Nee, maar ik weet dat ze het volgt.' Claire ademde diep in en liet de lucht weer ontsnappen. Ze keek op naar de hemel. Het regende niet meer. 'Ze heeft ook gevoel, Lydia. Ze had haar eigen manier om ermee om te gaan.' Ze maakte haar uitspraak niet af. *Papa had ook zijn eigen manier om ermee om te gaan.*

Lydia had het opeens heel druk met het dichtklappen van haar paraplu. Het scherm was wit met allerlei verschillende honden die om de dop heen dansten. Haar vader had ook zo'n soort paraplu gehad toen hij nog in staat was college te geven aan studenten diergeneeskunde aan de UGA.

'Ik ben nu even oud als mama,' zei Claire.

Lydia keek op naar haar zus.

'Achtendertig. Even oud als mama toen Julia verdween. En Julia zou nu...'

'Ze zou drieënveertig zijn geweest.' Elk jaar stond Lydia stil bij Julia's verjaardag. En bij die van Helen. En van Claire. En bij de dag dat Julia verdween.

Weer liet Claire een huiverende zucht ontsnappen. Lydia bedwong de neiging om haar voorbeeld te volgen. Paul had haar al die jaren geleden niet alleen van Claire beroofd. Hij had haar ook van de band beroofd waardoor je maar in iemands ogen hoefde te kijken om te weten dat ze precies begreep wat je voelde.

'Heb je kinderen?' vroeg Claire.

'Nee,' loog Lydia. 'En jij?'

'Paul wilde graag, maar ik was doodsbang dat...'

Ze hoefde haar angst niet te benoemen. Als Lydia toen ze een twintiger was in staat was geweest aan geboorteregeling te doen, zou ze met geen mogelijkheid nu Dee hebben gehad. Ze had gezien hoe het verlies van een kind haar ouders uiteen had gedreven – niet alleen uiteen had gedreven, maar ook kapot had gemaakt – en dat was waarschuwing genoeg geweest.

'Oma Ginny is dement,' zei Claire. 'Alle valsigheid is eruit verdwenen.'

'Weet je nog wat ze op papa's begrafenis tegen me zei?'

Claire schudde haar hoofd.

'"Je bent weer dik. Dat zal wel betekenen dat je niet meer aan de drugs bent."'

Claire liet haar blik langs Lydia's lijf gaan, maar de voor de hand liggende vraag bleef uit.

'Zeventienenhalf jaar clean.'

'Goed zo.' Haar stem haperde. Ze huilde. Opeens besefte Lydia dat haar zus er ondanks de designerkleding belabberd uitzag. Ze had duidelijk in haar jurk geslapen. Er liep een snee over haar wang. Onder haar oor zat een blauwe plek. Haar neus was felrood. Ze was doornat van de regen. Ze rilde van de kou.

'Claire...'

'Ik moet ervandoor.' Claire stapte op haar auto af. 'Hou je taai, Pepper.'

Ze was al weg voor Lydia een reden kon bedenken om haar tegen te houden.

## III

De sheriff heeft me vandaag gearresteerd. Hij zei dat ik zijn onderzoek belemmerde. Mijn verweer – dat ik iets wat niet bestond niet kon belemmeren – deed hem niets.

Jaren geleden heb ik me tijdens een inzamelingsactie voor het plaatselijke dierenasiel zogenaamd laten arresteren op de jaarmarkt. Terwijl jij en je kleine zusje skeeball speelden (Pepper had huisarrest omdat ze een grote mond had opgezet tegen een leraar) werden wij schurken gevangen gehouden in een met touw afgezette hoek van de markt, waar we wachtten tot onze wederhelften ons met een borgsom vrijkochten.

Ook deze keer, net als toen we deden alsof, kocht je moeder me vrij.

'Sam,' zei ze. 'Hier kun je niet mee doorgaan.'

Als ze gestrest is, draait je moeder aan haar nieuwe trouwring, en telkens als ik dat zie denk ik onwillekeurig dat ze hem af wil rukken.

Heb ik je ooit verteld hoeveel ik van je moeder hou? Ik heb nog nooit zo'n bijzondere vrouw ontmoet. Je grootmoeder dacht dat ze op mijn geld uit was, hoewel ik amper een cent verdiende toen we elkaar leerden kennen. Ik vond alles wat ze zei en deed geweldig. Ik vond de boeken die ze las geweldig. Ik vond haar manier van denken geweldig. Ik vond het geweldig dat ze als ze naar me keek iets in me zag waarvan ik zelf nooit meer dan een glimp had opgevangen.

Zonder haar zou ik het hebben opgegeven, niet jou, jou geef ik nooit op, maar wel mezelf. Ik kan het nu wel bekennen: ik ben nooit een erg goede student geweest. Ik was niet slim genoeg om het te redden zonder er iets voor te doen. Tijdens college kon ik me niet concentreren. Ik slaagde zelden voor examens. Ik leverde opdrachten niet in. Ik kreeg voortdurend de wacht aangezegd. Niet dat je grootmoeder het ooit heeft geweten, maar ik overwoog te doen waar jij later van beschuldigd werd: al mijn spullen verkopen, mijn duim opsteken en naar Californië liften om me als drop-out bij de hippies te voegen.

Alles veranderde toen ik je moeder ontmoette. Door haar ging ik naar dingen verlangen waarover ik nooit had kunnen dromen: een vaste baan, een degelijke auto, een eigen huis, een gezin. Je hebt al heel vroeg ontdekt dat je je zwerflust van mij hebt geërfd. Ik zal je vertellen wat er gebeurt als je degene ontmoet met wie je de rest van je leven wilt delen: alle rusteloosheid verdwijnt als sneeuw voor de zon.

Wat ik het allertreurigst vind is dat je dat nooit zelf zult ontdekken.

Weet ook dat je moeder je niet is vergeten. 's Ochtends als ze wakker wordt, gaan haar gedachten allereerst naar jou. Ze viert je verjaardag op haar eigen manier. Elk jaar op 4 maart, op de dag dat je bent verdwenen, loopt ze dezelfde route die jij waarschijnlijk hebt afgelegd toen je die avond het Manhattan Cafe verliet. Ze laat een nachtlampje branden in je oude kamer. Ze weigert het huis aan Boulevard te verkopen, want ook al beweert ze van niet, ze hoopt nog steeds tegen beter weten in dat je er op een dag aan komt lopen, op weg naar huis.

'Ik wil me weer normaal voelen,' heeft ze me ooit toevertrouwd. 'Als ik maar lang genoeg doe alsof, gebeurt het misschien.'

Je moeder is een van de sterkste, slimste vrouwen die ik ken, maar het verlies van jou heeft haar in tweeën gespleten. De levendige, scherpe, grappige, tegendraadse vrouw met wie ik trouwde heeft zich afgesplitst en zwijgt. Zij zou vast tegen je zeggen dat ze zich te lang aan haar rouw heeft overgegeven, dat ze zich door medelijden en zelfhaat in het zwarte gat heeft laten sleuren waar ik nog steeds in rondkruip. Als ze daar al geweest is, was haar verblijf van tijdelijke aard. Op de een of andere manier is ze erin geslaagd een stuk van haar vroegere zelf uit de grond los te wrikken. Ze zegt dat het andere, ongelukkige deel, het afgekapte, afgestoten deel, nog steeds op respectabele afstand volgt, klaar om het over te nemen zodra haar tweede ik struikelt.

Alleen door pure wilskracht lukt het haar nooit te struikelen.

Toen je moeder vertelde dat ze met een ander ging trouwen, zei ze: 'Ik kan de twee dochters die ik nog heb niet opofferen voor de dochter die ik nooit meer zal zien.'

Ze zei niet dat ze van die andere man hield. Ze zei niet dat hij haar raakte of dat ze hem nodig had. Ze zei dat ze nodig had wat hij haar kon bieden: stabiliteit, kameraadschap, een glas wijn 's avonds zonder te verdrinken in verdriet.

Ik neem het die ander niet kwalijk dat hij mijn plaats heeft ingenomen. Ik heb geen hekel aan hem, want ik wil niet dat je zussen een hekel aan hem hebben. Het is opvallend gemakkelijk voor een gescheiden ouder om de overgang naar een nieuw huwelijk soepel te laten verlopen voor zijn of haar kinderen. Je zwijgt simpelweg en maakt duidelijk dat alles goed komt.

En ik heb echt het gevoel dat het goed zal komen, in elk geval voor het resterende deel van mijn gezin.

Je moeder heeft altijd veel mensenkennis gehad. De man die ze heeft gekozen is goed voor je zussen. Hij gaat naar Peppers woeste, krankzinnige concerten en besteedt aandacht aan Claire. Ik kan het hem niet kwalijk nemen dat hij naar ouderraadsvergaderingen gaat, pompoenen uitsnijdt en kerstbomen opzet. Eén keer per maand bezoeken ze je zussen, die aan Auburn University studeren (ik weet het, schat, maar ze wilden niet naar de UGA omdat ze dan te veel aan jou moesten denken). Ik kan het je moeder niet kwalijk nemen dat ze haar leven weer heeft opgepakt, terwijl ik in het verleden ben blijven steken. Ik heb haar tot mijn weduwe gemaakt. Vragen of ze bij me wil blijven zou net zoiets zijn als vragen of ze samen met mij in mijn graf komt liggen.

Ik denk dat de sheriff haar heeft gebeld met het verzoek de

borgsom te betalen omdat ik als het aan mij had gelegen in de cel zou zijn gebleven tot hij me moest aanklagen of vrijlaten. Ik wilde iets bewijzen. Je moeder stemde toe, als het mijn bedoeling was te bewijzen dat ik een koppige sukkel ben.

Jij weet als geen ander dat dit betekent dat ze nog steeds van me houdt.

Maar ze heeft er geen misverstand over laten bestaan dat ze hier de streep trekt. Ze wil niet langer over mijn hopeloze pogingen of mijn idiote zoektochten horen, dat ik afspreek met onbekenden in donkere hoeken en jonge vrouwen ondervraag die je destijds hebben gekend, maar die nu getrouwd zijn, een goede baan hebben en een gezin willen stichten.

Moet ik haar dat verwijten? Moet ik het haar kwalijk nemen dat ze niet langer in mijn windmolens gelooft?

Ik zal je vertellen waarom ik gearresteerd ben.

Er werkt een man in de Taco Stand. Tegenwoordig is hij de manager, maar op de dag dat je verdween, werkte hij in de bediening. De mannen van de sheriff onderzochten zijn alibi en verklaarden hem onschuldig, maar een van je vriendinnen, Kerry Lascala, vertelde me dat ze de man op een feestje had horen zeggen dat hij je op straat had gezien op de avond van 4 maart 1991.

Elke vader zou deze man hebben opgezocht. Elke vader zou hem op straat zijn gevolgd om hem te laten weten hoe het voelt als er iemand achter je loopt die sterker is, agressief, en die een plan heeft, namelijk om jou naar een afgelegen plek te brengen.

Het klinkt als intimidatie, maar het voelt als een misdaadonderzoek.

Je moeder wees me erop dat de Tacoman een advocaat in de arm kon nemen. Dat als de koddebeiers de volgende keer komen, ze misschien een aanhoudingsbevel bij zich hebben.

Koddebeiers.

Dat is ook zo'n woord van je moeder. In de derde week van het onderzoek gaf ze die bijnaam aan sheriff Carl Huckabee, en na drie maanden gold de naam voor iedereen in uniform. Misschien herinner je je de sheriff nog van die dag op de kermis. Hij is het prototype van de sullige politieman met zijn stijve snor die hij in een rechte lijn knipt en zijn bakkebaarden die hij zo vaak fatsoeneert dat je de tandensporen van zijn kam kunt zien.

Koddebeier gelooft het volgende: dat de Tacoman bij zijn grootmoeder in het verpleeghuis op bezoek was op het moment dat jij verdween.

Er lag geen bezoekersboek bij de balie. Geen logboek. Er waren geen camera's. Geen andere getuigen dan zijn grootmoeder en een verpleegster die rond elf uur 's avonds de katheter van de oude dame kwam controleren.

Je bent voor het laatst gezien om 22.38 uur.

Volgens de verpleegster zat de Tacoman te slapen in de stoel naast het bed van zijn grootmoeder toen je werd ontvoerd.

Niettemin beweert Kerry Lascala dat ze hem iets heel anders heeft horen zeggen.

Je moeder zou zeggen dat ik mezelf gek maak met dat soort gedachten, en misschien heeft ze gelijk. Ik vertel je zussen niet meer over de aanwijzingen die ik volg. De Tacoman, de vuilnisman die werd gearresteerd omdat hij zijn pik liet zien aan een basisschoolleerling, de glurende tuinman, de avondmanager van de 7-Eleven die zijn nichtje molesteerde, ze kennen ze geen van allen. Ik heb mijn verzameling aanwijzingen naar de slaapkamer verplaatst zodat ze die niet zien als ze op bezoek komen.

Niet dat ze vaak op bezoek komen, hoewel ik ze dat niet kwalijk neem. Het zijn nu jonge vrouwen. Ze bouwen een eigen leven op. Claire is ongeveer even oud als jij toen je uit ons leven verdween. Pepper is ouder, maar niet wijzer. Ik zie haar de ene vergissing op de andere stapelen (drugs, onverschillige en onbereikbare vriendjes, de fel oplaaiende woede waarmee ze een hele stad zou kunnen verlichten), maar het ontbreekt me aan het gezag om haar tegen te houden.

Je moeder zegt dat we niet meer kunnen doen dan er voor Pepper zijn als ze ten val komt. Misschien heeft ze gelijk. En misschien heeft ze ook gelijk als ze zich zorgen maakt om de nieuwe man in Claires leven. Hij doet te hard zijn best. Hij is te aardig. Is het aan ons om dat tegen haar te zeggen? Of komt ze er zelf wel achter? (Of hij? Ze kijkt graag naar andere mannen, net als je oma Ginny.)

Vreemd dat je moeder en ik alleen goed met elkaar kunnen praten als het over het leven van je zussen gaat. We zijn allebei te gewond om over ons eigen leven te kunnen praten. Ons hart is een open zweer die gaat etteren als we te lang bij elkaar zijn. Als je moeder naar me kijkt ziet ze de speelhuisjes die ik heb gebouwd, de wedstrijdjes *touch-football* die ik heb gespeeld, het huiswerk waarmee ik heb geholpen en de ontelbare keren dat ik je heb opgetild en je als een pop heb rondgezwierd.

En als ik naar haar kijk zie ik haar opzwellende buik, de zachte blik in haar ogen als ze je in slaap wiegde, de paniek toen je hoge koorts had en je amandelen eruit moesten, en de geërgerde trek om haar mond als ze besefte dat je haar onder tafel had gepraat.

Ik weet dat je moeder nu een ander toebehoort, dat ze mijn kinderen een stabiel leven heeft bezorgd, dat het haar gelukt is haar eigen leven weer op te pakken, maar als ik haar kus, verzet ze zich niet. En als ik haar omhels, omhelst ze me terug. En als we vrijen, fluistert ze mijn naam.

Op zo'n moment kunnen we eindelijk aan alle goede dingen denken die we samen hebben gehad in plaats van aan alles wat we kwijt zijn geraakt.

# VIJF

Claire was nog steeds drijfnat na haar ontmoeting met Lydia bij het graf. Rillend zat ze midden in de garage met een kapot tennisracket in haar hand. Haar voorkeurswapen. Het was het vierde dat ze in evenzoveel minuten kapot had geslagen. Er was geen kast, geen stuk gereedschap en geen auto in de garage waar de harde rand van het grafietracket niet mee in aanraking was geweest. Een Bosworth Tennis Tour 96s, speciaal ontworpen voor Claires slag. Vierhonderd dollar per stuk.

Ze draaide haar pols heen en weer. Die kon wel wat ijs gebruiken. Er verscheen al een blauwe plek op haar hand. Ze had haar keel rauw geschreeuwd. Ze zag zichzelf in de zijspiegel die aan Pauls Porsche bungelde. Haar natte haar plakte om haar schedel. Ze droeg nog dezelfde jurk die ze de vorige middag naar de begrafenis aan had gehad. Haar waterproof mascara had het eindelijk laten afweten. Haar lippenstift was allang weggebeten. Ze zag vaalbleek.

Claire kon zich niet herinneren wanneer ze zich voor het laatst zo had laten gaan. Zelfs de dag dat ze in de cel was beland, was ze niet zo door het lint gegaan.

Ze sloot haar ogen en ademde de stilte van de grote ruimte in. De motor van de BMW was aan het afkoelen. Ze hoorde hem tikken. Bij elke tik sloeg haar hart een paar slagen over. Met haar hand op haar borst vroeg ze zich af of een hart uit elkaar kon barsten.

De vorige avond was Claire naar bed gegaan in de veronderstelling dat ze door nachtmerries geteisterd zou worden, maar in plaats van te dromen dat ze zat vastgeketend aan een betonnen muur en dat de gemaskerde man op haar afkwam, schotelde haar brein haar iets veel ergers voor: een film met de tederste momenten die ze met Paul had beleefd.

Die keer dat ze haar enkel had verzwikt op St. Maarten en hij het hele eiland over was gereden op zoek naar een dokter. Die keer dat hij haar had opgetild met de bedoeling haar de trap op te dragen, maar vanwege zijn slechte rug hadden ze uiteindelijk seks gehad op het tussenbordes. Die keer dat ze na een knieoperatie uit de narcose ontwaakte en een getekende smiley aantrof op het verband om haar been.

Kon de man die na bijna twintig jaar huwelijk nog altijd briefjes op haar koffiebeker legde met een hartje en hun initialen in het midden dezelfde man zijn die dat filmpje had gedownload?

Claire keek naar het gebroken racket. Zo'n duur ding, maar treurig genoeg had ze liever een Wilson van zestig dollar.

Toen zij en Paul nog studeerden, stelden ze altijd lijstjes op wanneer ze zich verveelden. Paul pakte dan een liniaal en trok een streep over het midden van het blaadje. Aan de ene kant schreven ze alle redenen op om iets te doen, te kopen of te proberen, en aan de andere kant alle redenen om het niet te doen.

Claire hees zichzelf overeind. Ze smeet het racket op de motorkap van de Porsche. Paul had een notitieblok en een pen op zijn werkbank liggen. Ze trok een streep over het midden van een lege bladzij. Paul zou het Spaans benauwd hebben gekregen van haar streep, die aan de onderkant naar links zwalkte. De pen was van het papier gegleden waardoor de rand was omgekruld.

Claire tikte met de pen op de zijkant van de werkbank. Ze staarde naar de twee lege rijen. Er waren geen voors en tegens. Dit was een lijst voor vragen en antwoorden.

De eerste vraag luidde of Paul de film echt had gedownload. Daar ging Claire wel van uit. Bestanden met virussen en spyware downloaden was typisch iets voor Claire. Paul was veel te voorzichtig om per ongeluk iets aan te klikken. En in het onwaarschijnlijke geval dat hij de film onbedoeld had gedownload, zou hij het bestand hebben gewist in plaats van het in zijn Werkmap op te slaan. En hij zou Claire erover verteld hebben, want dat was het soort relatie dat ze hadden.

Tenminste, ze had altijd gedacht dat ze zo'n relatie hadden.

In de ene kolom schreef ze 'Per ongeluk?' en in de andere 'Nee'.

Weer tikte Claire met haar pen. Had Paul de film misschien gedownload vanwege het sadomasochistische karakter, om pas aan het eind te beseffen dat het om meer ging?

Ze schudde haar hoofd. Paul was zo preuts dat hij zijn hemd in zijn boxershort stopte voor hij 's avonds naar bed ging. Als iemand haar de vorige week had verteld dat haar man van sm hield, zou ze zich eerst hebben doodgelachen en er vervolgens van zijn uitgegaan dat Paul onderdanig was. Niet dat hij passief was in hun seksleven, Claire was meestal de onderliggende partij. Maar seksuele fantasieën waren projecties van tegengestelden. Paul had altijd alles onder controle, dus in zijn fantasie liet hij de regie aan iemand anders over. Zelf fantaseerde Claire wel eens dat ze was vastgebonden en door een onbekende werd verkracht, maar in het nuchtere daglicht was dat soort dingen angstaanjagend.

Trouwens, toen ze Paul een paar jaar geleden passages uit *Vijftig tinten grijs* had voorgelezen, hadden ze als een stel pubers zitten giechelen.

'De grootste fantasie in dat boek is dat hij uiteindelijk verandert, voor haar,' had Paul gezegd.

Claire had zichzelf nooit als deskundige op het gebied van mannelijk gedrag beschouwd, maar ergens had Paul gelijk, en niet alleen wat mannen betrof. Mensen konden hun ware persoonlijkheid nooit fundamenteel veranderen. Hun waardenstelsel bleef doorgaans hetzelfde. Evenals hun manier van doen. Hun wereldbeeld en hun politieke overtuiging. Je hoefde maar naar een schoolreünie te gaan om dat vast te stellen.

Dat alles in aanmerking genomen klopte het gewoonweg niet dat de man die had gehuild toen hun kat afgemaakt moest worden, die nooit naar enge films wilde kijken, die bij wijze van grap had gezegd dat Claire er alleen voor stond als een gek met een bijl ooit het huis binnendrong, dat dat dezelfde man was die seksueel aan zijn gerief kwam door naar gruwelijke, onbeschrijflijke handelingen te kijken.

Claire tuurde naar haar notitieblok. 'Meer bestanden?' schreef ze. Want dat was de duistere gedachte die in haar achterhoofd op de loer lag. De bestandsnaam was een reeks cijfers geweest, en alle bestanden die ze in de Werkmap had gezien, waren op dezelfde manier genummerd. Had Paul nog meer ranzige films gedownload? Bracht hij zo zijn tijd door als hij tegen Claire zei dat hij nog tot laat bleef werken?

Claire was niet van gisteren wat dat betrof. Ze wist dat mannen naar porno keken. Zelf was Claire ook niet vies van wat softcore seks op de kabel. Het punt was dat hun seksleven niet echt spannend was geweest. Ze hadden allerlei standjes en variaties op thema's uitgeprobeerd, maar na achttien jaar wisten ze wat werkte en hadden ze het bij het oude vertrouwde gehouden. Wat waarschijnlijk de reden was dat Claire uiteindelijk was ingegaan op het voorstel dat Adam Quinn haar vorig jaar tijdens het bedrijfskerstfeest had gedaan.

Claire hield van haar man, maar soms smachtte ze naar variatie.

Gold dat ook voor Paul? Ze had nooit met de mogelijkheid rekening gehouden dat hij niet genoeg had aan haar. Hij was altijd zo gek op haar geweest. Paul was degene die haar hand pakte in de auto. Hij was degene die altijd naast haar zat tijdens etentjes, die in de bioscoop zijn arm om haar heen sloeg en die naar haar keek als ze op een feest door de zaal liep. Zelfs in bed was hij pas tevreden als zij dat was. Hij vroeg Claire zelden om hem te pijpen, en hij deed er nooit moeilijk over. Vroeger, toen ze nog vriendinnen had, hadden ze haar afgunstig geplaagd met Pauls toewijding.

Was dat allemaal voor de show geweest? Had Paul al die jaren dat ze een schijnbaar gelukkig huwelijk hadden naar meer verlangd? En had hij dat gevonden in de walgelijke inhoud van dat filmpje?

Claire schreef een nieuwe vraag op. 'Is het echt?'

De productie had iets amateuristisch, maar dat kon opzet zijn geweest. Computers waren tot verbluffende dingen in staat. Als ze Michael Jackson over een podium konden laten dansen, konden ze ook de moord op een vrouw echt doen lijken.

Ze tikte weer met haar pen, hij stuiterde tussen haar vingers. Het blad van de werkbank was van bamboe. Het stomme ding bleek onverwoestbaar te zijn. Ze had bijna Lydia's voorbeeld gevolgd en eroverheen gepist.

Lydia.

God, wat een onverwachte klap in haar gezicht was het geweest om haar zus na al die jaren terug te zien. Ze ging het niet tegen haar moeder zeggen, want Helen had al genoeg om over te piekeren na de moord op Paul en de inbraak. Bovendien was de ironie Claire niet ontgaan dat Lydia nog geen jaar nadat haar familie alle banden met haar had verbroken er eindelijk in geslaagd was clean te worden. De zoektocht naar Julia en de kosten van borgsommen, advocaten en afkickklinieken om Lydia uit de nesten te helpen hadden Sam Carroll naar het randje van het bankroet gedreven tegen de tijd dat hij zichzelf van het leven beroofde.

Alleen al daarom had Claire met haar zus moeten breken, maar toen had ze Paul van een poging tot verkrachting beschuldigd, en dat was de laatste druppel geweest.

'*Heeft Paul je pijn gedaan?*' had Lydia gevraagd, op nog geen tien meter van Pauls graf. '*Gaat het daarover?*'

Claire wist waarover het ging. Het ging over twijfel. Ze twijfelde aan haar man na wat ze op zijn computer had aangetroffen. In gedachten had ze de link gelegd tussen Paul die naar geweld keek en Paul die zelf geweld pleegde, wat stom was, want miljoenen jonge mannen speelden gewelddadige videogames, maar slechts een handvol sloeg aan het moorden.

Aan de andere kant had Paul ooit gezegd dat toeval niet bestond. 'Volgens de wet van de grote getallen slaat het bizarre altijd wel een keer toe, als de steekproef maar groot genoeg is.'

Claire keek naar de drie punten op haar lijst:

*Per ongeluk?*

*Meer bestanden?*

*Is het echt?*

Op dat moment kon maar één van die bizarre vragen beantwoord worden.

Voor ze het goed en wel besefte, liep Claire de trap al op. Ze toetste de code in om de deur naar Pauls kantoor te openen. Agent Nolan had iets gezegd over de vele codes die je nodig had in dit huis, maar Paul had het Claire gemakkelijk gemaakt door van alle deurcodes een variant op hun verjaardagen te maken.

Het kantoor zag er nog net zo uit als de vorige dag. Claire ging aan het bureau zitten. Aarzelend stak ze haar hand naar het toetsenbord uit. Nu moest ze kiezen: de rode pil of de blauwe pil. Wilde ze echt weten of er meer bestanden waren? Paul was dood. Wat had het nog voor zin?

Ze tikte de spatiebalk aan. Ze moest het weten, luidde het antwoord.

Met verbazend vaste hand bewoog ze de muis over het dock en klikte op de Werkmap.

Het kleurenwieltje draaide rond, maar in plaats van een lijst met bestanden dook er een wit vakje op.

VERBINDEN MET GLADIATOR?

Eronder stonden een JA- en een NEE-knop. Claire vroeg zich af waarom ze de vorige dag geen inlogverzoek had gekregen. Ze herinnerde zich vaag dat ze toen allerlei berichten had dichtgeklikt omdat agent Nolan de trap op kwam sluipen. Blijkbaar had ze ook de verbinding met de een of andere Gladiator afgesloten.

Met haar ellebogen op het bureau staarde ze naar de woorden. Was dit een teken dat ze moest stoppen? Paul had haar volledig vertrouwd; hij was zelfs te goed van vertrouwen geweest als je op haar affaires afging, want Adam Quinn was uiteraard niet de eerste geweest. Of de laatste, nu ze toch voor de snoeiharde waarheid ging: het was niet zonder reden dat barman Tim van zijn vrouw was vervreemd.

Ze probeerde het verpletterende schuldgevoel van de vorige

dag weer op te roepen, maar het berouw was weggeschuurd door de rauwe beelden die ze op de computer van haar man had aangetroffen.

'Gladiator,' zei Claire. Ze wist niet waarom de naam haar zo bekend voorkwam.

Ze klikte op de JA-knop.

Het scherm versprong. Er verscheen een nieuw bericht: WACHTWOORD?

'Kut.' Hoe moeilijk ging dit worden? Tikkend op de muis staarde ze naar de prompt.

Alle systeemwachtwoorden waren een combinatie van geheugensteuntjes en datums. Ze toetste JKNPC111176 in, oftewel 'Je Kijkt Naar Pauls Computer' gevolgd door zijn geboortedatum.

Een zwart driehoekje met een uitroepteken in het midden meldde dat het wachtwoord niet juist was.

Claire probeerde nog een paar varianten, met haar eigen geboortedag, hun trouwdag, de dag dat ze elkaar hadden ontmoet in het computerlab, de dag dat ze voor het eerst een date hadden gehad, wat dezelfde dag was geweest waarop ze voor het eerst seks hadden gehad, want Claire deed niet moeilijk als ze eenmaal een besluit had genomen.

Niets werkte.

Ze keek Pauls kantoor rond en vroeg zich af of ze iets over het hoofd zag.

'Je Kijkt Naar De Stoel Waarop Paul Leest,' probeerde ze. 'Je Kijkt Naar De Bank Waarop Paul Zijn Dutje Doet.' Niks. 'Je Kijkt Naar De Computer Waarachter Paul Zich Afrukt.'

Claire zakte onderuit op de stoel. Pal tegenover Pauls bureau hing het schilderij dat ze hem had gegeven toen ze drie jaar getrouwd waren. Claire had het zelf geschilderd, naar een foto van het huis waarin hij was opgegroeid. Pauls moeder had de foto vanuit de achtertuin genomen. De picknicktafel was gedekt voor een verjaardag. Claire was niet goed in gezichten, en een kleine vlek moest dat van de jonge Paul voorstellen, aan tafel.

Hij had gezegd dat de boer die het land van de Scotts had gekocht het huis en alle omringende gebouwen tegen de grond had gegooid. Claire kon het de man niet kwalijk nemen. Het huis leek door een amateur gebouwd, met houten gevelplanken die van boven naar beneden liepen in plaats van gewoon van links naar rechts. Achter het huis verrees de schuur, dreigend als in *The Amityville Horror*. Hij wierp zo'n donkere schaduw over de picknicktafel en het oude puthuisje dat Claire de kleuren had moeten raden. Paul had gezegd dat ze precies goed had gegokt, hoewel ze ervan overtuigd was dat het bouwseltje boven de put groen had moeten zijn in plaats van zwart.

Claire typte al gokkend door, hardop denkend zodat ze de eerste letter van elk woord in de juiste volgorde invoerde. 'Je Kijkt Naar Claires Schilderij.' 'Je Kijkt Naar Het Huis Waar Paul Opgroeide.' Je Kijkt Naar Een Oud Puthuisje Dat Groen Hoort Te Zijn.'

Met een klap schoof Claire het toetsenbord weer onder het bureaublad. Ze had niet gedacht dat ze zo kwaad zou zijn. Op het moment waarop ze zich bewust werd van haar woede, wist ze waar ze de naam GLADIATOR van kende.

'Stomkop,' fluisterde ze. Aan de zijkant van Pauls werkbank zat een groot metalen logo met daarop GLADIATOR, het bedrijf dat de bank op maat had gemaakt. 'Je Kijkt Naar Pauls Werkbank.'

Claire voegde er Pauls geboortedatum aan toe en drukte op ENTER.

De drive maakte verbinding. De Werkbestanden verschenen.

Claires hand rustte roerloos op de muis.

Helen had ooit gezegd dat het niet altijd goed was om de waarheid te weten. Ze had het over Julia gehad, want in die tijd was dat het enige onderwerp waarover haar moeder kon praten. Ze bleef wel eens dagen in bed, soms maanden, en rouwde dan om de onopgehelderde verdwijning van haar oudste kind. Lydia had een tijdlang de zorg voor het gezin op zich genomen, en toen Lydia er de brui aan gaf, was oma Ginny bij hen ingetrokken en had hen weer allemaal in het gareel gedwongen.

Zou Helen inmiddels willen weten waar Julia was? Als Claire haar moeder een envelop gaf met daarin het hele verhaal over wat er precies met Julia was gebeurd, zou ze die dan openmaken?

Zelf zou Claire het zeker doen.

Ze klikte op het tweede bestand in de Werkmap, dat Paul volgens de datum op dezelfde avond had bekeken als het eerste. Dezelfde vrouw als uit het eerste filmpje was op dezelfde manier aan dezelfde muur vastgeketend. Claire nam de details van de ruimte in zich op. Het was duidelijk een wat oudere kelder, die in niets leek op Pauls droomsouterrain met zijn gladde muren. De sintelblokken achter de vrouw zagen er klam en vochtig uit. Op de betonnen vloer lag een matras vol vlekken. Overal lag troep, afkomstig van afhaaltentjes. Oude bedrading en gegalvaniseerde buizen hingen van de plafondbalken.

Claire zette het geluid weer aan, maar nu zacht. De vrouw jammerde. Een man liep het beeld in. Claire herkende in hem de man van het vorige filmpje. Hetzelfde masker. Dezelfde strakleren slip. Zijn pik was nog niet stijf. In plaats van een kapmes had hij een elektrische veeprikker in zijn hand. Pas toen hij op het punt stond het ding te gebruiken, zette Claire het filmpje op pauze.

Ze leunde achterover. Het beeld van de man stond stil. Hij had zijn arm uitgestrekt. De vrouw kromp ineen. Ze wist wat er kwam.

Claire sloot het filmpje af. Ze keerde terug naar de bestanden en opende het derde vanboven. Dezelfde vrouw. Dezelfde setting. Dezelfde man. Claire bestudeerde zijn blote rug. Ze durfde pas te bekennen waarom toen ze had geconstateerd dat er geen constellatie van moedervlekken onder zijn linkerschouderblad zat, wat betekende dat het Paul niet kon zijn.

De opluchting was zo groot dat ze haar ogen een paar minuten moest sluiten en alleen maar kon ademen.

Claire deed haar ogen weer open en sloot het filmpje. De bestandsnamen waren op volgorde, waaruit ze concludeerde dat er nog tien bestanden waren met de vrouw in uiteenlopende martelscenario's vóór het filmpje waarin ze vermoord werd. Volgens de datumaanduiding had Paul ze allemaal bekeken op de avond voor zijn dood. Ze waren allemaal zo'n vijf minuten lang, wat betekende dat hij bijna een uur naar de walgelijke beelden had gekeken.

'Echt niet,' mompelde Claire. Ze mocht altijd blij zijn als Paul het langer dan tien minuten volhield. Keek hij naar die filmpjes om een andere reden dan de seksuele kick?

Ze scrolde naar beneden, naar de volgende reeks bestanden. Deze bevatte maar vijf filmpjes. Paul had het eerste tien dagen geleden bekeken, de volgende negen dagen geleden enzovoort, tot de avond voor hij stierf. Ze klikte het recentste filmpje open. Een ander meisje. Dit kind was nog jonger. Haar lange, donkere haar hing voor haar gezicht. Claire boog zich naar het scherm toe. Het meisje trok aan de kettingen. Ze draaide haar hoofd weg. Haar haren vielen opzij. Doodsbang sperde ze haar ogen open.

Claire zette het beeld stil. Ze wilde die man niet meer zien.

Er hoorde nog een vraag op het lijstje thuis: Is dit legaal?

Dat hing er uiteraard helemaal van af of het echt was of niet. Als je gearresteerd kon worden omdat je naar nepvuiligheid keek, zou elke bioscoop in Amerika het doelwit worden van een undercoveroperatie.

Maar stel dat Pauls filmpjes echt waren?

FBI-agenten doken niet zomaar bij inbraken op. Toen Julia pas vermist werd, hadden Helen en Sam hemel en aarde bewogen om de FBI erbij te betrekken, maar ze kregen te horen dat een staatsinstelling eerst om federale hulp moest vragen voor de federale agenten de zaak konden onderzoeken. De sheriff was ervan uitgegaan dat Julia in een opstandige bui was weggelopen, en daarom was er geen verzoek naar hogerhand uitgegaan.

Claire opende de browser en zocht de homepage van de FBI op. Ze ging naar de FAQ's. Ze scrolde door vragen over de verschillende soorten misdaden waarnaar het bureau onderzoek deed, tot ze gevonden had wat ze zocht.

*Computercriminaliteit: Op het gebied van nationale veiligheid onderzoekt de FBI criminele zaken die betrekking hebben op het gecomputeriseerde bank- en financiële systeem van de natie. Voorbeelden van criminele handelingen zijn het gebruik van een computer om fraude te plegen of om internet te gebruiken voor de verspreiding van obsceen materiaal.*

Er was geen twijfel aan dat deze filmpjes obsceen waren. Misschien klopte het wat ze de vorige avond had gedacht in verband met agent Nolan. De FBI had de gedownloade bestanden naar Pauls computer getraceerd. Claire had een nieuwsprogramma gezien waarin een klokkenluider die voor de overheid had gewerkt zei dat als je verbinding maakte met internet je net zo goed meteen op de NSA kon inpluggen. Ze wisten waarschijnlijk dat Paul naar de filmpjes had gekeken.

Wat betekende dat ze wisten dat Claire er ook naar keek.

'Jezus!' De Mac was permanent aan internet gekoppeld. Ze greep de snoeren aan de achterkant van de computer. Ze rukte zo hard aan de kabels dat het scherm ronddraaide. Dunne snoertjes schoten los uit de plastic stekker, waardoor de internetverbinding werd verbroken. Claire viel bijna flauw van opluchting. Haar hart klopte zo krachtig dat ze het in haar hals kon voelen.

Haar reclasseringsambtenaar had er geen misverstand over laten bestaan dat hij haar voor het kleinste vergrijp weer de bak in zou jagen. Was het illegaal om naar dergelijke filmpjes te kijken? Had Claire onbewust de wet overtreden?

Of had ze weer eens idioot overdreven gereageerd?

Ze zette het scherm recht. Alle webpagina's meldden dat ze niet met internet was verbonden. De filmpjes stonden nog steeds op pauze. Er was een nieuwe foutmelding opgedoken.

WAARSCHUWING! SCHIJF 'GLADIATOR' NIET CORRECT VERWIJDERD. ER KUNNEN BESTANDEN VERLOREN ZIJN GEGAAN.

Claire keek naar alle kabels die ze had losgetrokken. Ze wist wel degelijk iets over computers. Ze wist dat filmbestanden groot waren en veel opslagruimte vereisten. Ze wist dat het bliksemsymbooltje aan de achterkant van de computer bestemd was voor een Thunderbolt-verbinding, die data twee keer zo snel overbracht als via de USB-poort.

En ze kende haar man.

Claire knielde op de vloer neer. Paul had zijn bureau zo ontworpen dat alle kabels aan de binnenkant zaten, uit het zicht. Alle elektrische apparaten, van de computer tot de bureaulamp, waren verbonden met een back-upaccu die in het bureau was weggestopt. Ze wist dat de grote zwarte doos de back-upaccu was, want Paul had er een etiket met BACK-UPACCU op geplakt.

Ze trok aan de laden en controleerde de binnenkant en de achterkant. Zo te zien was er geen externe harde schijf in het bureau verborgen. Het snoer voor de accu was weggestopt in de rechtervoorpoot van het bureau. De stekker stak er aan de onderkant uit en was verbonden met een vloercontactdoos.

Nergens zag ze een etiket met GLADIATOR.

Claire duwde tegen het bureau. In plaats van dat het ding recht naar achteren rolde, maakte hij een scheve zwaai, als een opgewonden hond die met zijn hele kont kwispelt. Er liep een tweede kabel door een andere poot. Die was wit en dun, net als de Thunderboltkabel die ze uit de achterkant van de computer had gerukt. Dat uiteinde lag nog op het bureau. Het andere uiteinde verdween in een gat dat in de hardhouten vloer was geboord.

Ze daalde de trap af naar de garage. Pauls Gladiatorwerkbank besloeg een hele muur. Aan weerskanten stonden kleinere ladekasten op wieltjes, met ongeveer drie meter tussenruimte. Claire trok alle kasten naar voren. Er hingen geen losse kabels uit de achterkant van de laden. Ze keek onder de werkbank. Claire had de garage duizenden keren bezocht, maar het was haar nooit opgevallen dat het traanplaten beschot achter de bank anders was dan dat op de muur. Ze drukte tegen het metaal en de plaat boog door onder haar hand.

Claire stond op. Dankzij haar tennisracket lagen Pauls 3D-printer en zijn CAD-lasercutter in stukken over het bamboe werkblad verspreid. Met haar arm veegde ze die op de vloer. Ze deed de lampen uit. Ze boog zich over de werkbank en tuurde door de nauwe spleet tussen de bank en de muur. Eerst de linkerkant. Precies in het midden zag ze achter de werkbank een groen lampje opflitsen.

Ze deed het licht weer aan. In een van de rolkastjes vond ze een zaklantaarn. De werkbank was te zwaar om te verplaatsen, en bovendien zat hij met bouten aan de vloer bevestigd. Weer leunde ze over de werkbank en toen zag ze dat het flitsende groene lampje bij een grote externe harde schijf hoorde.

Niets van dat alles was toeval. Claire kon geen enkel goed excuus verzinnen. Deze installatie was ontworpen en aangebracht toen het huis acht jaar geleden werd gebouwd. Paul had niet alleen naar die filmpjes gekeken. Hij had ze verzameld. En hij had zich grote moeite getroost om te zorgen dat niemand ze vond.

Haar ogen vulden zich met tranen. Waren de filmpjes echt? Zou ze echt bewijs in handen hebben dat misschien wel tientallen vrouwen waren gemarteld en vermoord?

De vorige dag had Fred Nolan naar Pauls gedrag gevraagd voor hij stierf. Voor het eerst sinds het gebeurd was, stond Claire zichzelf toe over haar eigen gedrag na te denken. Ze was geschokt geweest toen Paul haar dat steegje in trok. Ze was opgewonden geworden toen duidelijk werd wat hij van haar verlangde. Ze was in vervoering geraakt toen ze zijn kracht voelde, zo sexy en zo onverwacht.

En daarna?

Claire wist dat ze doodsbang was geweest toen ze besefte dat ze beroofd werden. Was ze daarvóór al bang geweest? Op het moment dat Paul haar met een ruk omdraaide en plat tegen de muur drukte, was ze toen niet een heel klein beetje bang geweest? Of was ze haar herinneringen aan het bewerken omdat de manier waarop hij haar benen uit elkaar had geschopt en haar polsen tegen de muur had geklemd haar merkwaardig genoeg deed denken aan de jonge meiden die met hun armen en benen wijd op de filmpjes stonden?

Die arme kinderen. Als de filmpjes echt waren, was Claire het aan hun families verplicht alles op alles te zetten om te zorgen dat ze wisten wat er met hen gebeurd was. Of wat er kon gebeuren, want er bestond een kleine kans dat het meisje uit het tweede filmpje nog leefde.

Claire ging snel te werk, want ze wist dat ze de verkeerde beslissing zou nemen als ze erover na ging denken.

Paul kocht altijd alles in tweevoud voor de computers. In het garagesouterrain was een extra harde schijf van twintig terabyte. Claire hees de zware doos van de plank en sleepte hem de trap op naar het kantoor. Ze volgde de richtlijnen om de schijf aan de computer te koppelen, en stak de Gladiatorkabel er toen in. Ze selecteerde alle bestanden en sleepte ze naar de nieuwe schijf.

WIL JE GLADIATOR NAAR LACIE 5BIG KOPIËREN?

Claire klikte op JA.

Het kleurenwieltje begon te draaien terwijl de computer berekende hoeveel tijd het zou kosten om alle bestanden over te zetten. Vierenvijftig minuten. Ze ging aan Pauls bureau zitten en keek naar het voortgangsbalkje dat over het scherm kroop.

Claire keek nog eens naar het schilderij dat ze Paul op hun trouwdag had gegeven. Ze zag hem voor zich als kind. Ze had foto's gezien: zijn innemende lach met de vooruitstekende tanden, zijn oren die uit zijn grote hoofd staken toen hij zes en zeven was, en hoe alles op zijn plek viel toen de puberteit intrad. Hij was niet echt aantrekkelijk of opvallend, maar wel knap toen ze hem eenmaal contactlenzen en mooie pakken had aangepraat. En hij was grappig. En charmant. En zo verrekte slim dat ze er simpelweg van uitging dat hij overal het antwoord op wist.

Was hij er nu maar om haar vragen te beantwoorden.

Er trok een waas voor Claires ogen. Ze huilde weer. Ze bleef huilen tot het bericht verscheen dat alle bestanden met succes waren gekopieerd.

Een omgevallen kast lag voor haar BMW. Ze nam Pauls Tesla, want het werd donker en de koplampen van de Porsche had ze ingeslagen. Claire stond pas stil bij wat ze aan het doen was toen ze het parkeerterrein voor het politiebureau van Dunwoody op reed. De harde schijf was met de gordel aan de passagiersstoel vastgemaakt. De witte aluminium doos woog minstens tien kilo. De airbag bij de passagiersstoel was automatisch uitgeschakeld omdat de sensoren dachten dat er een peuter op de stoel zat.

Claire keek op naar het politiebureau, dat aan een kantoorartikelenwinkel uit de jaren vijftig deed denken. Eigenlijk zou ze het hele zaakje aan Fred Nolan moeten geven, maar hij had zich de vorige dag als een hufter gedragen en Mayhew had hem met zoveel woorden te verstaan gegeven dat hij zijn bek moest houden, en daarom zou ze het aan commandant Mayhew overdragen.

Kon ze ervan op aan dat hij dit serieus nam? Anders dan bij Fred Nolan had ze niet duidelijk iets gevoeld bij commandant Mayhew, behalve dan dat ze hem op een smeris van een castingbureau vond lijken. Zijn snor had haar op het verkeerde been gezet, want sheriff Carl Huckabee, de oorspronkelijke Koddebeier, had een slap snorretje gehad dat hij in een rechte lijn schoor in plaats van de natuurlijke welving van zijn bovenlip te volgen. Claire was dertien geweest toen ze de man voor het eerst zag. Ze wist nog dat ze naar de vreemde borstel boven zijn mond had gekeken en zich had afgevraagd of die nep was.

Wat er in haar huidige situatie totaal niet toe deed, want gezichtsbeharing was geen universeel teken van onbekwaamheid.

Ze keek naar de harde schijf op de stoel naast haar.

Rode pil/blauwe pil.

Het ging niet om Mayhew. Het ging om Claire. Het ging om Pauls reputatie. Anonimiteit bestond tegenwoordig niet meer. Dit zou naar buiten komen. Iedereen zou weten waar haar man op kickte. Veel mensen wisten het al.

En misschien waren de filmpjes echt, wat betekende dat het meisje in het tweede filmpje wellicht nog leefde.

Claire moest zichzelf dwingen om uit te stappen. De harde schijf leek zwaarder dan eerst. Het werd snel donker. In de verte rommelde onweer. De lantaarns gingen aan toen Claire over het parkeerterrein liep. Haar begrafenisjurk was opgedroogd, maar voelde stijf en ruw. Haar kaak deed pijn, zo hard klemde ze haar kiezen op elkaar. De laatste keer dat ze op het politiebureau van Dunwoody was geweest, had ze een tennisjurkje aangehad en was ze door de achterdeur binnengeleid.

Deze keer bevond ze zich in een buitengewoon krap wachtkamertje. Een kogelwerende glasplaat scheidde de bezoekers van het kantoorgedeelte. Achter de balie zat een potige man in uniform, die niet eens opkeek toen Claire binnenkwam.

Ze zette de harde schijf op een lege stoel en ging voor het glas staan.

De potige politieman maakte zich met tegenzin los van zijn computer. 'Voor wie komt u?'

'Voor commandant Mayhew.'

Meteen trok de man zijn wenkbrauwen in een frons. 'Hij is bezet, mevrouw.'

Daar had Claire niet op gerekend. 'Ik moet dit voor hem afgeven.' Ze wees naar de harde schijf, en vroeg zich af of het ding aan een bom deed denken. Zo voelde het wel. 'Misschien kan ik een briefje schrijven waarin ik uitleg...'

'Lee, ik neem het wel over.' Commandant Mayhew stond achter het glas. Hij wenkte Claire naar een zijdeur. Er klonk gezoem en de deur ging open. In plaats van alleen met Mayhew stond ze oog in oog met Mayhew en Adam Quinn.

'Claire.' Adam maakte een gespannen indruk. 'Ik heb die mail nog niet ontvangen.'

'Sorry.' Claire had geen idee waar hij het over had. 'Welke mail?'

'Dat bestand met lopende projecten van Pauls laptop.'

Pauls laptop. God mocht weten wat hij op de MacBook had staan. 'Ik weet niet...'

'Zorg nou maar dat ik het krijg.' Adam liep langs haar en verliet het gebouw.

Ze staarde hem nog steeds na, ook toen hij allang verdwenen was. Ze begreep niet waarom hij zo kwaad was.

'Blijkbaar vindt hij het niet leuk op een politiebureau,' zei Mayhew.

Claire onderdrukte de eerste reactie die bij haar opkwam: jezus, wie wel?

'We praten met iedereen die een sleutel van uw huis heeft,' zei Mayhew.

Claire was vergeten dat Adam ook op de lijst stond. Hij en zijn vrouw Sheila woonden vijf straten verderop. Hij hield een oogje in het zeil als Claire en Paul het land uit waren.

'Wat kan ik voor u betekenen, mevrouw Scott?' vroeg Mayhew.

'Ik moet u iets laten zien.' Ze wilde de harde schijf al optillen.

'Laat mij maar.' Kennelijk had hij niet verwacht dat de doos zo zwaar zou zijn, want hij liet hem bijna vallen. 'Hola. Wat is dat voor ding?'

'Het is een harde schijf.' Claire voelde de zenuwen toeslaan. 'Die was van mijn man. Ik bedoel, mijn man...'

'Kom, dan gaan we naar mijn kamer.'

Claire probeerde weer greep op zichzelf te krijgen terwijl ze hem volgde door een lange gang met aan weerszijden gesloten deuren. Ze herkende de open ruimte waar arrestanten werden geregistreerd. Daarachter lag een tweede lange gang die naar een open kantoorruimte voerde. Hier waren geen werkplekken, alleen vijf bureaus met vijf mannen die over hun toetsenborden zaten gebogen. Twee whiteboards op wieltjes stonden voorin. Ze hingen allebei vol met foto's en neergekrabbelde aantekeningen, maar ze bevonden zich te ver weg en Claire kon het niet lezen.

Mayhew bleef bij de deur naar zijn kamer staan. 'Na u.'

Claire ging zitten. Mayhew zette de harde schijf op zijn bureau en nam ook plaats.

Ze keek hem aan. Of om precies te zijn keek ze naar zijn snor zodat ze niet in zijn ogen hoefde te kijken.

'Wilt u iets drinken?' vroeg hij. 'Water? Cola?'

'Nee, bedankt.' Claire had lang genoeg gewacht. 'Er staan op die schijf filmpjes van vrouwen die worden gemarteld en vermoord.'

Mayhew zweeg even. Langzaam leunde hij achterover. Hij plaatste zijn ellebogen op de armleuningen van zijn stoel en vouwde zijn handen samen voor zijn buik. 'Oké.'

'Ik heb ze op de computer van mijn man gevonden. Of liever gezegd, ze waren verbonden met de computer van mijn man. Via een externe harde schijf die ik heb gevonden...' Ze zweeg even om adem te halen. Hij hoefde niet te weten hoeveel moeite Paul zich had getroost om de filmpjes te verbergen. Hij hoefde alleen maar te weten dat ze bestonden. Claire wees naar de harde schijf. 'Daar staan filmpjes op waar mijn man naar heeft gekeken, filmpjes waarop twee verschillende vrouwen worden gemarteld en vermoord.'

Haar woorden bleven in de ruimte hangen. Claire hoorde hoe vreselijk ze klonken.

'Sorry,' zei ze. 'Ik heb ze net gevonden. Ik ben nog steeds...' Ze wist niet wat ze nog steeds was. Geschokt? Verdrietig? Woedend? Doodsbang? Eenzaam?

'Momentje.' Mayhew pakte de telefoon en toetste een intern nummer in. 'Harve, kun je even hier komen?'

Claire had haar mond nog niet geopend of een man kwam de kamer binnen. Hij was een kleinere, bredere uitvoering van Mayhew, maar met dezelfde ruige snor.

'Rechercheur Harvey Falke,' zei Mayhew. 'Dit is mevrouw Claire Scott.'

Harvey knikte naar Claire.

'Sluit dat eens aan als je wilt,' zei Mayhew.

Harvey bekeek de achterkant van de schijf en vervolgens de achterkant van Mayhews computer. Hij trok een bureaula open. Er lag een wirwar van kabels in, waar hij de juiste uit opviste.

'Weet u zeker dat u geen water wilt?' vroeg Mayhew aan Claire. 'Of koffie misschien?'

Claire schudde haar hoofd. Ze was bang niet serieus te worden genomen. Tegelijkertijd was ze bang wel serieus te worden genomen. De eerste stap was gezet. Terug kon ze niet.

Harvey bracht de verbinding snel tot stand. Hij boog voor Mayhew langs en begon op het toetsenbord te typen.

Claire keek om zich heen. Ze zag de verplichte ingelijste foto's van Mayhew die de hand schudde van allerlei stadsbestuurders. Een golftrofee van de politiecompetitie. Rugnummers van verschillende marathons. Ze keek naar het plaatje op zijn bureau. Zijn voornaam luidde Jacob. Commandant Jacob Mayhew.

'Gefikst,' zei Harvey.

'Bedankt.'

Harvey verliet de kamer en Mayhew draaide het toetsenbord weer naar zich toe. Hij legde de muis recht en klikte op een van de bestanden. 'Eens kijken wat we hier hebben.'

Dat wist Claire maar al te goed. Ze wendde haar blik af terwijl hij een paar filmpjes opende en bekeek. Het geluid van zijn computer stond uit. Het enige wat ze hoorde was Mayhews gestage ademhaling. Ze veronderstelde dat je het niet tot commandant schopte door versteld te staan van al het schoons wat de mensheid te bieden had.

Minuten verstreken. Ten slotte haalde Mayhew zijn hand van de muis. Hij leunde weer achterover. Hij trok aan zijn snor. 'Tja, kon ik maar zeggen dat ik dit soort troep nog nooit onder ogen heb gehad. Eerlijk gezegd heb ik veel erger gezien.'

'Dat geloof ik...' Claire kon niet onder woorden brengen wat ze allemaal niet geloofde.

'Hoor eens, mevrouw, ik weet dat het schokkend is. Neem dat maar van mij aan. De eerste keer dat ik dat soort dingen zag, kon ik weken niet slapen, ook al wist ik dat het nep was.'

Claires hart schoot in haar keel. 'Is het nep?'

'Eh, ja.' Zijn lachje was van korte duur. 'Het heet snuff-porno. Het is niet echt.'

'Weet u dat zeker?'

Hij draaide de monitor naar haar toe. Een van de filmpjes stond op pauze. Hij wees. 'Ziet u die schaduw hier? Dat is de verbinding naar het bloedzakje. Weet u wat dat is?'

Claire schudde haar hoofd.

'Dat gebruiken ze in Hollywood. Het is een soort plastic blaasje gevuld met nepbloed. Het wordt onder je kleren verstopt of op je rug geplakt. Dan komt de schurk en die schiet je zogenaamd dood, of in dit geval ritst hij je met een kapmes open; buiten beeld drukt iemand anders op een knopje, het zakje explodeert en het bloed stroomt eruit.' Hij bewoog zijn vinger over een schaduw langs de zij van de vrouw. 'Deze donkere streep is de draad die aan het zakje is verbonden. Tegenwoordig werken die dingen op afstandsbediening, dus ik vermoed dat dit low budget was, maar...'

'Ik snap het niet.'

'Het is nep. Niet eens goeie nep.'

'Maar, dat meisje...'

'Ja, ik weet wat u denkt. Ze lijkt sprekend op Anna Kilpatrick.'

Dat dacht Claire helemaal niet, maar nu hij het zei, leken ze inderdaad griezelig veel op elkaar.

'Kijk,' zei Mayhew. 'Ik weet wat er in het verleden is gebeurd. Met uw zus.'

Claire kreeg het warm over haar hele lijf.

'Als ik een zus had die zomaar verdwenen was, zou ik waarschijnlijk ook meteen dit soort verbanden zien.'

'Dat wilde ik niet...' Claire zweeg. Ze moest kalm blijven. 'Dit heeft niets met mijn zus te maken.'

'Als u dat meisje in de film ziet, denkt u: bruin haar, bruine ogen, jong, mooi. Het is Anna Kilpatrick.'

Claires blik ging naar het verstarde beeld op het scherm. Dat ze dat niet eerder had gezien. Telkens als hij de naam van het meisje noemde, werd de overeenkomst duidelijker.

'Mevrouw Scott, ik ga open kaart met u spelen, want ik heb met u te doen.' Hij klopte op zijn bureau. 'Ik heb echt met u te doen.'

Claire knikte om aan te geven dat hij door kon gaan.

'Dit blijft onder ons, oké? U mag het tegen niemand zeggen.'

Weer knikte ze.

'Dat meisje Kilpatrick...' Langzaam schudde hij zijn hoofd. 'Er is bloed in haar auto aangetroffen. Heel veel bloed. Snapt u? Het soort bloed waar je niet zonder kunt als je in leven wilt blijven.'

‘Is ze dood?’ Claires borst werd samengeperst. Ze besefte dat ze ergens had gehoopt dat het meisje nog leefde.

‘Mevrouw Scott, u hebt een groot verlies geleden. En ik vind het heel erg dat u deze kant van uw man moest zien. Mannen zijn beesten, vindt u niet? Neem dat maar aan van een beest dat weet waar hij het over heeft.’ Hij probeerde te glimlachen. ‘Mannen kijken soms naar echte hardcore shit, excusez le mot, maar dat betekent nog niet dat ze daarop kicken of het zelf willen doen. Internet staat vol met dit soort troep. En zolang het geen kinderen betreft, is het legaal. En het is walgelijk. Maar dat is nou eenmaal internet, niet?’

‘Maar...’ Claire zocht wanhopig naar woorden. Hoe langer ze erover nadacht, hoe meer het meisje op Anna Kilpatrick ging lijken. ‘Vindt u het geen merkwaardig toeval?’

‘Helemaal niet,’ zei Mayhew. ‘Er bestaat een wet van de grote getallen. Als de steekproef maar groot genoeg is, gebeuren er bizarre dingen.’

Claire zette grote ogen op en haar mond viel open, als in een schoolvoorbeeld van shock.

‘Is er iets?’

Claire deed haar best zo normaal mogelijk te kijken. Het leek wel of hij Paul citeerde, en de onvermijdelijke vraag diende zich aan of hij Paul ooit had ontmoet.

‘Mevrouw Scott?’

‘Neem me niet kwalijk.’ Claire dwong haar stem tot kalmte. ‘Gewoon, zoals u het zei. Zo had ik het niet bekeken, maar nu ik het hoor, klopt het wel.’ Ze kuchte voor ze doorging. ‘Waar hebt u dat gehoord, dat van de wet van de grote getallen?’

Weer glimlachte hij. ‘Geen idee. Waarschijnlijk heb ik het van een gelukskoekje.’

Ze had zichzelf nauwelijks in de hand. Elke vezel in haar lijf zei dat er iets niet klopte. Loog Mayhew? Of probeerde hij haar te beschermen tegen iets nog gevaarlijkers?

‘Kunt u me vertellen waarom agent Nolan gisteren bij mij thuis was?’ vroeg ze.

Mayhew zuchtte even. 'Zal ik weer open kaart met u spelen? Ik heb geen idee. Die FBI-jongens komen als vliegen op onze zaken af. Zodra het ernaar uitziet dat we iets goeds te pakken hebben, snaaien zij het weg en gaan er mooi weer mee spelen.'

'Kunnen ze zomaar een zaak van u afpakken? Hoeven ze daar niet voor gevraagd te worden?'

'Nee hoor. Die komen gewoon binnenwandelen en nemen de boel over.' Hij ontkoppelde de harde schijf. 'Bedankt voor het brengen. Uiteraard zal ik er door mijn mensen naar laten kijken, maar zoals ik al zei: ik heb dit soort dingen eerder gezien.'

Claire besefte dat het gesprek beëindigd was. Ze stond op. 'Dank u.'

Mayhew stond ook op. 'Het beste wat u kunt doen is dit alles vergeten. Uw man was een goede vent. U had een degelijk huwelijk. Na bijna twintig jaar hield u nog steeds van elkaar. Daar moet u zich maar aan vastklampen.'

Claire knikte. Ze was weer misselijk.

Mayhew legde zijn hand op de harde schijf. 'Kennelijk hebt u dit rechtstreeks van zijn computer gehaald.'

'Sorry?'

'De harde schijf. Die was toch rechtstreeks met zijn computer verbonden?'

'Ja,' zei Claire zonder aarzelen.

'Mooi.' Mayhew legde zijn hand op haar rug en voerde haar zijn kamer uit. 'Het is beter als er geen kopieën rondzwerven. Was er bijvoorbeeld een back-up? Of een andere computer?'

'Dat heb ik nagekeken. Het stond alleen op de harde schijf.'

'En zijn laptop? Zei Quinn net niet iets over Pauls laptop?'

'Daar heb ik ook al naar gekeken.' Ze had geen idee waar het stomme ding was. 'Er is verder niets.'

'Oké.' Zijn vingers plooiden zich om haar taille toen hij haar naar de laatste gang dirigeerde. 'Laat het me weten als u nog iets ontdekt. Bel maar, dan kom ik meteen naar u toe en neem het u uit handen.'

Claire knikte. 'Bedankt voor uw hulp.'

'Graag gedaan.' Hij liep met haar door de kleine wachtkamer en hield de glazen deur open.

Met haar hand op de leuning daalde Claire de trap af. De regen glinsterde in het licht van de lantaarns toen ze het parkeerterrein overstak. Al die tijd voelde ze Mayhews blik in haar rug. Bij de Tesla aangekomen keek ze pas om.

Er stond niemand in de deuropening. Mayhew was weg.

Was ze paranoïde? Claire wist niet meer wat ze moest denken. Ze opende het portier. Ze wilde net instappen toen ze het briefje op de voorruit zag.

Ze herkende het handschrift van Adam Quinn.

*Ik heb die bestanden hard nodig. Ik doe dit liever niet op de harde manier.* AQ.

# ZES

Lydia lag op de bank, met haar hoofd op Ricks schoot. Voor haar op de grond lagen twee honden, een kat had zich opgerold tegen haar zij en de hamster hield een marathon in zijn rad of anders scherpte de parkiet op Dee's kamer zijn snavel aan de zijkant van de kooi. De vissen in de negentigliterbak hielden zich heerlijk stil.

Rick streek verstrooid met zijn vingers door haar haar. Ze keken naar het nieuws van tien uur, want ze waren allebei te moe om tot elf uur op te blijven. De politie had een compositietekening vrijgegeven van een man die was gesignaleerd in de buurt van Anna Kilpatricks onklaar gemaakte auto. De tekening was lachwekkend vaag. De man had een groot of gemiddeld postuur. Zijn ogen waren blauw of groen. Zijn haar was zwart of bruin. Hij had geen tatoeages of onderscheidende kenmerken. Zijn eigen moeder zou hem waarschijnlijk niet herkennen.

De reportage schakelde over naar een van tevoren opgenomen interview met Congreslid Johnny Jackson. De familie Kilpatrick woonde in zijn district, dus hij was wettelijk verplicht om hun persoonlijke tragedie tot op het laatste grammetje politieke winst uit te melken. Hij bleef doorzeuren over law-and-order, maar toen de verslaggever Jackson probeerde te verleiden tot enige speculatie over de eventuele toestand van het meisje hulde de man zich in stilzwijgen, wat niets voor hem was. Iedereen die ooit een thriller op het vliegveld had gekocht wist dat de kans dat het vermiste meisje levend werd teruggevonden met elk uur dat verstreek kleiner werd.

Lydia sloot haar ogen om de beelden van de familie Kilpatrick buiten te sluiten. Hun gekwelde gezichten waren pijnlijk vertrouwd geworden. Ze zag dat ze geleidelijk aan accepteerden dat hun kind niet meer thuiskwam. Over niet al te lange tijd was er een jaar verstreken, dan twee jaar, en op zeker moment zou het gezin in stilte herdenken dat het tien jaar geleden was, vervolgens twintig jaar, enzovoort. Er zouden kinderen geboren worden. Kleinkinderen. Huwelijksbeloften zouden worden uitgewisseld en verbroken. En achter iedere gebeurtenis zou de schim schuilgaan van dit vermiste zestienjarige meisje.

Af en toe dook er op Lydia's computer een Google-alert op met een bericht waarin Julia's naam voorkwam. Meestal ging het om een lichaam dat in het gebied rond Athens was gevonden, en de verslaggever had de archieven uitgeplozen op zoek naar onopgeloste zaken die relevant zouden kunnen zijn. Natuurlijk bleek het lichaam na identificatie nooit dat van Julia Carroll te zijn. Of van Abigail Ellis. Of van Samantha Findlay. Of van ongeacht wie van de tientallen vrouwen die sindsdien vermist werden. Er was een deprimerend groot aantal hits voor 'vermist meisje + University of Georgia'. Als je er 'verkrachting' aan toevoegde, steeg de score naar de miljoenen.

Had Claire dit soort onderzoek ook ondernomen? Werd ze ook misselijk telkens als er een alert verscheen over een gevonden lichaam?

Lydia had nooit op internet naar haar jongere zusje gezocht. Als Claire al een Facebookpagina of een Instagram-account had, wilde ze die niet zien. Alles wat met Claire te maken had, had ook met Paul te maken. Die associatie was te pijnlijk om haar computerscherm ervoor open te stellen. En eerlijk gezegd was haar verdriet over het verlies van Claire groter dan over het verlies van Julia. Wat er met haar oudste zus was gebeurd, was een tragedie. Haar breuk met Claire was een keuze geweest.

Claires keuze.

En ook die van Helen. De laatste keer dat Lydia haar moeder had gesproken, zei ze: 'Dwing me niet te kiezen tussen jou en je zus.'

'Volgens mij heb je dat al gedaan,' had Lydia geantwoord.

Hoewel Lydia haar moeder sindsdien niet meer had gesproken, volgde ze haar doen en laten wel degelijk. De laatste keer dat ze het in het belastingarchief van Athens-Clarke County had nageslagen woonde Helen nog in hun oude huis aan Boulevard, iets ten westen van de campus. In de *Banner-Herald* had een mooi artikel over Helen gestaan toen ze na veertig dienstjaren als bibliothecaresse met pensioen ging. Haar collega's zeiden dat hun grammatica nooit meer dezelfde zou zijn. In het overlijdensbericht van Helens tweede man stond dat ze drie dochters had, wat Lydia aardig vond tot ze besefte dat iemand anders het waarschijnlijk had opgesteld. Dee had de lijst niet gehaald, want ze wisten niet van haar bestaan af. Lydia peinsde er niet over om daar verandering in aan te brengen. Het zou te vernederend zijn om haar dochter met mensen in aanraking te brengen die zo'n lage dunk van haar hadden.

Lydia vroeg zich vaak af of haar familie ooit online naar haar zocht. Ze betwijfelde of Helen van Google gebruikmaakte. Ze was altijd een overtuigd aanhangster geweest van het decimale classificatiesysteem. Lydia herinnerde zich een Helen met heel veel verschillende kanten. De jonge, vrolijke moeder die danswedstrijden organiseerde en slaapfeestjes rond *Sweet Valley High*. De alom gevreesde, cerebrale bibliothecaresse die het schoolbestuur voor schut zette toen het *Go Ask Alice* uit de schoolbibliotheek wilde verbannen. De ontredderde, ladderzatte vrouw die zichzelf midden op de dag in slaap zoop nadat haar oudste dochter was verdwenen.

En dan was er de Helen die waarschuwend zei: 'Laat me niet kiezen' terwijl ze haar keuze al gemaakt had.

Kon Lydia het haar moeder en zus kwalijk nemen dat ze haar niet geloofden wat Paul betrof? Wat Claire vandaag op de begraafplaats had gezegd, was grotendeels waar. Lydia had van hen gestolen. Ze had gelogen. Ze had hen bedrogen. Ze had misbruik gemaakt van hun emoties. Ze had hun angst om nog een kind te verliezen uitgebuit en hen feitelijk uitgeperst voor drugsgeld.

Maar dat was het 'm juist. Lydia was een junkie geweest. Al haar misdaden stonden in het teken van de volgende high. Wat een vraag zou moeten oproepen die Helen en Claire zichzelf blijkbaar nooit hadden gesteld: wat leverde het Lydia op om over Paul te liegen?

Ze hadden niet eens naar haar verhaal willen luisteren. Ze had ieder afzonderlijk over haar rit met Paul in de Miata proberen te vertellen, over het nummer op de radio en dat Paul haar knie had aangeraakt, wat er daarna was gebeurd, maar ze hadden allebei hetzelfde antwoord gegeven: 'Ik wil het niet horen.'

'Wakker worden.' Rick zette het geluid van de tv uit toen er reclame voorbijkwam. Hij schoof zijn leesbril op zijn neus en vroeg: 'Een algemenere naam voor aardnoot.'

Lydia liet zich voorzichtig op haar rug rollen om de kat niet te storen. 'Pinda.'

'Correct.' Hij schudde de Trivial Pursuit-kaartjes. Ze waren aan het blokken voor de Triviant-avond voor ouders en leraren op Westerly Academy. Lydia had nog geen twee jaar gestudeerd. Rick drie. Ze schepten er een pervers genoegen in de artsen en advocaten van het topteam van Westerly te verslaan.

'Wie ligt op een Argentijnse begraafplaats begraven onder de naam Maria Maggi?' vroeg Rick.

'Eva Perron. Doe eens iets moeilijkers.'

Rick schudde de kaarten weer. 'Waar is de hoogste berg op aarde?'

Lydia legde haar hand op haar ogen om zich beter te kunnen concentreren. 'De hoogste, zei je, niet die het verst boven zeeniveau uitsteekt, dus de Mount Everest kan het niet zijn.' Ze maakte wat denkgeluidjes waar de honden onrustig van werden. De kat begon haar buik te kneden. Ze hoorde de keukenklok tikken.

'Denk maar aan ukelele,' zei Rick ten slotte.

Ze gluurde tussen haar vingers door. 'Hawaii?'

'De Mauna Kea.'

'Wist jij het antwoord?'

'Ik zeg ja, want je komt er toch nooit achter.'

Haar hand schoot omhoog, alsof ze hem een klap op zijn wang wilde geven.

Hij beet naar haar hand. 'Vertel eens over je zus.'

Lydia had hem al verteld over haar verrassende ontmoeting met Claire die middag op de begraafplaats, hoewel ze had verzwegen dat ze heel ongepast op Pauls graf was neergehurkt. 'Ze is precies zoals ik me had voorgesteld.'

'Je kunt niet simpelweg zeggen dat ze een Moeder is en het daarbij laten.'

'Waarom niet?' Het kwam er scherper uit dan Lydia had bedoeld. De kat voelde haar spanning en sprong weg naar de armleuning van de bank. 'Ze is nog altijd slank en mooi. Ze traint natuurlijk de hele tijd. Haar kleren waren duurder dan mijn eerste auto. Ik wil wedden dat ze haar manicure onder de sneltoets heeft.'

Rick keek op haar neer. 'En dat is alles? Dat ze op de sportschool zit en designerkleren draagt?'

'Natuurlijk niet,' antwoordde Lydia bits, want Claire was nog altijd haar zus. 'Ze is best gecompliceerd. Mensen zien wel hoe mooi ze is, maar ze beseffen niet dat ze ook slim en grappig is en...' Haar stem stierf weg.

Was Claire nog altijd slim en grappig? Nadat Julia was verdwenen en toen Helen niet langer aanspreekbaar was, had Lydia de moederrol overgenomen met alle verantwoordelijkheden van dien. Zij zorgde ervoor dat Claire op tijd op school kwam, dat ze overblijfgeld en schone kleren had. Claire had haar altijd in vertrouwen genomen. Ze waren elkaars beste vriendinnen, tot Paul hen uit elkaar dreef.

'Ze is rustig,' zei ze tegen Rick. 'Ze heeft een hekel aan onenigheid. Ze loopt de halve wereld rond om ruzie te vermijden.'

'Is ze soms geadopteerd?'

Lydia gaf hem een klap op zijn arm. 'Echt, ze was ook heel stiekem. Ze deed alsof ze het met je eens was, maar dan ging ze ervandoor en deed waar ze zin in had.' Lydia verwachtte een nieuwe opmerking, maar Rick hield zijn mond. 'Vóór de breuk dacht ik altijd dat ik de enige op aarde was die haar echt begreep,' vervolgde ze.

'En nu?'

Lydia probeerde zich precies te herinneren wat Claire op de begraafplaats had gezegd. 'Ze zei dat ik helemaal niets over haar wist. En ze heeft gelijk. Ik ken de Claire van Paul niet.'

'Denk je dat ze heel erg is veranderd?'

'Wie weet,' zei Lydia. 'Ze was dertien toen Julia verdween. We zijn er allemaal op onze eigen manier mee omgegaan. Je weet wat ik heb gedaan, en wat er met mijn vader en moeder is gebeurd. Claire reageerde door zich onzichtbaar te maken. Ze was het gewoon met iedereen eens, oppervlakkig gezien tenminste. Ze veroorzaakte nooit problemen. Ze haalde mooie cijfers op school. Ze was mede-aanvoerster van het cheerleadersteam. Ze liet zich door de populaire meiden op sleeptouw nemen.'

'Niet wat je onzichtbaar noemt.'

'Dan zeg ik het verkeerd.' Lydia zocht naar een betere manier om het uit te leggen. 'Ze hield zichzelf altijd in. Ze was mede-aanvoerster, niet aanvoerster. Ze had met de quarterback kunnen uitgaan, maar ze nam genoegen met zijn broer. Ze had de beste van haar klas kunnen zijn, maar ze leverde een essay opzettelijk te laat in of miste een opdracht zodat ze dichter bij het gemiddelde zat. Ze had dat van Mauna Kea vast geweten, maar ze zou Mount Everest hebben gezegd, want met winnen trok ze te veel aandacht.'

'Hoezo?'

'Geen idee,' zei Lydia, niet omdat ze het niet wist, maar omdat ze niet wist hoe ze het op een begrijpelijke manier moest uitleggen. Niemand snapte dat je voor de tweede plaats ging. Het was on-Amerikaans. 'Ze wilde gewoon rust, denk ik. Het is toch al heel moeilijk om puber te zijn. Julia en ik hebben twee fantastische ouders gehad toen we opgroeiden. Claire heeft alleen maar onrust gekend.'

'Wat zag ze dan in Paul?' vroeg Rick. 'Hij was niet bepaald een marginaal figuur. Volgens zijn overlijdensbericht was hij behoorlijk succesvol.'

Lydia had de foto bij het overlijdensbericht gezien. Claire was er op de een of andere manier in geslaagd het spreekwoordelijke zwijn met parels te tooien. 'Toen ze hem ontmoette was hij heel anders. Zo'n vervelend studentje met dikke brillenglazen. Hij droeg zwarte sokken in zijn sandalen. Hij lachte door zijn neus. Hij was heel intelligent, misschien wel geniaal, maar waar hij een vijf was, is Claire altijd een tien geweest.'

Lydia herinnerde zich de eerste keer dat ze Paul Scott ontmoette. Het enige wat ze dacht, was dat Claire veel beter verdiende. Maar het was nou eenmaal zo dat Claire nooit beter had gewild.

'Ze flirtte altijd met de knappe, populaire jongens, maar ze kwam thuis met de nerdy types die zowat kwijlden van dankbaarheid. Ik denk dat die haar een veilig gevoel gaven.'

'Wat is er mis met een veilig gevoel?'

'Paul gaf haar een veilig gevoel door alle anderen aan de kant te schuiven. Hij was haar redder. Hij maakte haar wijs dat ze aan hem genoeg had. Ze sprak niet meer met haar vriendinnen. Ze belde me lang zo vaak niet meer. Ze kwam niet meer bij mama en papa op bezoek. Hij isoleerde haar.'

'Dat klinkt als een klassiek geval van misbruik.'

'Voor zover ik weet heeft hij haar nooit geslagen of ook maar hard toegesproken. Hij hield haar gevángen.'

'Als een vogel in een vergulde kooi?'

'Min of meer,' zei Lydia, maar het was meer. 'Hij was bezeten van haar. Hij keek naar haar door het raam als ze college had. Hij liet briefjes op haar auto achter. Als ze thuiskwam lag er een roos op de stoep.'

'Dat is toch romantisch?'

'Niet als je het elke dag doet.'

Daar had Rick geen weerwoord op.

'In het openbaar raakte hij haar altijd aan, dan streelde hij haar haar, hij hield haar hand vast of kuste haar wang. Het was niet lief. Het was eng.'

'Tja.' Rick probeerde het tactvol te benaderen. 'Misschien

hield ze van aandacht. Ze zijn toch bijna twintig jaar getrouwd geweest.'

'Het is eerder dat ze zich overgaf.'

'Aan...?'

'Aan het verkeerde type.'

'En dat is...?'

'Iemand voor wie ze nooit hartstocht kon voelen of om wie ze slapeloze nachten kon hebben of bij wie ze bang moest zijn dat hij vreemdging. Hij was veilig, want ze zou zich nooit helemaal aan hem geven.'

'Ik weet het niet, schat. Twintig jaar lijkt me heel lang om iets vol te houden met iemand die je niet aardig vindt.'

Lydia dacht weer aan Claires ontredderde aanblik op de begraafplaats. Ze leek inderdaad te treuren. Aan de andere kant was Claire er altijd goed in geweest zich precies zo voor te doen als van haar verwacht werd, niet uit dubbelhartigheid, maar uit zelfbehoud.

'Toen ik nog slank en mooi was had ik altijd jongens zoals Paul om me heen hangen,' zei ze. 'Ik stak de draak met ze. Ik plaagde ze. Ik gebruikte ze, en ze lieten zich gebruiken, want doordat ze met mij omgingen, werden ze niet voor losers aangezien.'

'Shit, liefje. Dat is hard.'

'Het is waar. Sorry dat ik zo lomp ben, maar de meeste meiden houden niet van jongens die zich als voetveeg laten gebruiken. Vooral mooie meiden niet, want er is niets spannends aan. Jongens vallen toch al de hele tijd voor hen. Ze kunnen niet over straat lopen of koffie bestellen of ergens op een hoek staan zonder dat een of andere idioot een opmerking maakt over hoe aantrekkelijk ze zijn. En de meiden maar glimlachen, want dat is makkelijker dan zeggen dat ze moeten oprotten. En minder gevaarlijk, want als een man een vrouw afwijst, gaat ze naar huis en huilt een paar dagen. Als een vrouw een man afwijst, kan hij haar verkrachten en vermoorden.'

'Ik hoop dat je Dee niet van die prachtige datingadviezen geeft.'

'Die komt er gauw genoeg zelf achter.' Lydia wist nog goed hoe het voelde in de tijd dat ze zangeres van de band was. Mannen hadden gevochten om haar van dienst te mogen zijn. Ze had nooit zelf een deur hoeven openen. Ze had nooit een drankje of een lijntje of een zakje wiet hoeven kopen. Als ze zei dat ze ergens zin in had, lag het al voor haar neus nog voor ze haar zin kon afmaken.

'De wereld staat voor je stil als je mooi bent,' zei ze. 'Daarom geven vrouwen miljoenen uit aan troep voor op hun gezicht. Hun hele leven zijn ze het middelpunt van alle aandacht. Mensen gaan met ze om omdat ze aantrekkelijk zijn. Hun grapjes zijn leuker. Hun leven is mooier. En opeens krijgen ze wallen onder hun ogen of ze worden wat dikker en niemand geeft meer om ze. Ze houden op te bestaan.'

'Nu scheer je wel heel veel mensen over één kam.'

'Heb je op de middelbare school wel eens gezien dat een jongen een kluisje in werd geduwd? Of dat iemand een dienblad met eten uit zijn handen sloeg?'

Rick zei niets, waarschijnlijk omdat hij zelf bij de pestkoppen had gehoord.

'Stel nou dat zo iemand een afspraakje heeft met de koningin van het schoolbal. Zo was het toen Paul iets met Claire kreeg. Je zag maar al te goed wat het hem opleverde, maar wat kreeg zij ervoor terug?'

Rick staarde nadenkend naar de geluidloze tv. 'Ik snap geloof ik wel wat je bedoelt, maar het gaat niet alleen om iemands uiterlijk.'

'Maar je wilt iemand pas leren kennen als je het leuk vindt wat je ziet.'

Hij keek haar glimlachend aan. 'Ik vind het leuk wat ik zie.'

Lydia vroeg zich af hoeveel onderkinnen ze had nu ze op haar rug lag en of haar uitgroei soms te zien was in de gloed van de tv. 'Wat kun jij nou helemaal zien?'

'De vrouw met wie ik de rest van mijn leven wil doorbrengen.' Rick legde zijn hand op haar buik. 'Dit buikje waar je altijd over zeurt? Hier heeft Dee de eerste negen maanden van haar leven in doorgebracht.' Hij drukte met zijn hand op haar borst. 'Dit hart is het vriendelijkste, zachtaardigste hart dat ik ooit heb gekend.' Hij liet zijn vingers naar haar hals glijden. 'En hier wordt je prachtige stem gemaakt.' Hij verminderde de druk toen hij haar lippen aanraakte. 'Dit zijn de zachtste lippen die ik ooit heb gekust.' Hij raakte haar oogleden aan. 'Deze ogen kijken dwars door al mijn bullshit heen.' Hij streek haar haar naar achteren. 'Dit hoofd zit vol gedachten die me verbazen en waarvan ik wijzer word en waar ik om moet lachen.'

Lydia trok zijn hand weer naar haar borsten. 'En deze hier?'

'Uren van genot.'

'Kus me voor ik iets stoms zeg.'

Hij boog zich voorover en kuste haar mond. Ze sloeg haar hand om zijn nek. Dee sliep die avond bij Bella. De volgende dag was het zondag. Ze konden uitslapen. En misschien nog een tweede keer vrijen.

In de andere kamer begon haar mobiel te tjilpen.

Nu Dee weg was, was Rick zo verstandig niet te zeggen dat ze de telefoon moest laten overgaan.

'Ga maar even door zonder mij,' zei ze. 'Ik haal het wel weer in.'

Zich een weg banend langs de honden en een stapel wasgoed liep Lydia naar de keuken. Haar tas lag op een stoel. Pas nadat ze er seconden lang in had rondgewroet, zag ze haar telefoon op het aanrecht liggen. Ze had een nieuw berichtje.

'Is er iets met d'r?' Rick stond in de deuropening.

'Ze zal haar wiskundeboek wel weer vergeten zijn.' Lydia veegde met haar duim over het schermpje. Ze had een bericht van een geblokkeerd nummer. Het kwam van een onbekend adres in Dunwoody.

'Wat is er?' vroeg Rick.

Lydia staarde naar het adres en vroeg zich af of het bericht per ongeluk was verzonden. Ze had een bedrijfje. Ze kon het zich niet veroorloven uit te klokken. De voicemail op haar werk vermeldde haar mobiele nummer. Het nummer van haar werk stond op de zijkant van haar busje, naast een foto van een gigantische gele labrador die haar deed denken aan de hond die haar vader had gered nadat Julia was verdwenen.

'Liddie?' zei Rick. 'Wie is dat?'

'Het is Claire,' zei Lydia, want dat voelde ze met haar hele wezen. 'Mijn zus heeft me nodig.'

# ZEVEN

Claire zat op haar werkkamer, want ze hield het niet meer uit in Pauls kantoor. Een antieke Chippendale secretaire die ze mat wit had geschilderd deed dienst als bureau. De muren waren lichtgrijs. Het kleed op de vloer had een patroon van gele rozen. De stoel en de sofa waren gestoffeerd met zachtpaars fluweel. Een eenvoudige kroonluchter hing aan het plafond, maar Claire had de kleurloze kristallen vervangen door amethisten die een prisma van paarse vlekken op de muur wierpen als de zon er op een bepaalde manier doorheen scheen.

Paul zette nooit een voet in haar ruimte. Hij bleef in de deuropening staan, bang dat zijn pik eraf zou vallen als hij iets pastelkleurigs aanraakte.

Ze keek naar het briefje dat Adam Quinn op haar auto had achtergelaten.

*Ik heb die bestanden hard nodig. Ik doe dit liever niet op de harde manier.* AQ.

Claire had zo lang naar de woorden gestaard dat ze ze met haar ogen dicht nog steeds zag.

*Op de harde manier.*

Dat was zonder meer een dreigement, wat haar verbaasde, want Adam had geen enkele reden om haar te bedreigen. Wat bedoelde hij precies met de harde manier? Stuurde hij een stel potige jongens op haar af om haar een lesje te leren? Was het een seksuele toespeling? Haar slippertjes met Adam waren soms een beetje ruw geweest, maar dat was vooral vanwege het stiekeme karakter van hun affaire. Er kwamen geen romantische hotelkamers aan te pas, maar het waren vluggertjes tegen de muur tijdens een kerstfeestje, de tweede keer tijdens een golftoernooi, en één keer op het toilet van het kantoor van Quinn + Scott. Eerlijk gezegd waren hun clandestiene telefoontjes en geheime berichtjes opwindender dan de daadwerkelijke seks.

Niettemin bleef Claire zich afvragen welke bestanden Adam bedoelde: werkbestanden of pornobestanden? Want Adam en Paul hadden alles gedeeld, van een kamer in het studentenhuis tot hun verzekeringsagent. Claire vermoedde dat zij ook op die lijst van gedeelde voorwerpen thuishoorde, maar hoe moest ze in godsnaam weten of Paul dat ontdekt had?

Aan de andere kant: wat had Claire zelf eigenlijk ontdekt?

Ze had de filmpjes weer bekeken, deze keer allemaal. Claire had Pauls laptop in de garage aangesloten, want ze wilde niet in zijn kantoor zitten. Halverwege de eerste reeks filmpjes merkte ze dat ze wat ongevoelig werd voor het geweld. Gewenning, zou Pauls verklaring zijn geweest, maar fuck Paul en zijn stomme verklaringen.

Nu ze wat afstand nam, zag Claire dat elke reeks filmpjes hetzelfde rechtlijnige verhaal vertelde. Eerst hadden de geketende meisjes hun kleren nog aan. In latere afleveringen knipte of sneed de gemaskerde man hun kledingstukken een voor een weg tot op de leren bustiers en kruisloze slips die ze gedwongen waren te dragen. Soms ging hun hoofd schuil onder een zwarte kap gemaakt van dunne stof die duidelijk liet zien hoe ze wanhopig naar adem hapten. In de loop van het scenario werd het geweld opgevoerd. Ze werden geslagen, vervolgens kregen ze met een zweep, ze werden met een mes bewerkt, gebrandmerkt en ten slotte verscheen de veeprikker.

Tegen het eind ging het masker af. Het gezicht van de eerste vrouw was op twee filmpjes te zien voor ze werd afgeslacht. Op Pauls geheime harde schijf had het meisje dat op Anna Kilpatrick leek tot in het allerlaatste filmpje een kap op.

Claire had het gezicht van het meisje nauwkeurig bestudeerd. Het was met geen mogelijkheid te zeggen of ze naar Anna Kilpatrick keek. Claire had zelfs een foto van de Facebookpagina van de familie Kilpatrick gedownload. Ze had de beelden naast elkaar gezet, maar nog steeds wist ze het niet zeker.

Toen had ze op de PLAY-knop gedrukt en het laatste filmpje tot het eind bekeken. Eerst had ze het geluid aan laten staan, maar het gegil werd haar te veel. De man kwam binnen met hetzelfde beangstigende rubberen masker voor. Hij had het kapmes in zijn hand, maar dat gebruikte hij niet om het meisje te doden. Hij gebruikte het om haar te verkrachten.

Claire had bijna weer moeten overgeven. Ze was de oprit op en neer gelopen voor wat lucht.

*Was het echt?*

Commandant Mayhew had beweerd dat er langs de zijde van het meisje een draad naar beneden liep die zorgde dat het nepbloed ging stromen. Claire had in een van Pauls laden een vergrootglas gevonden. Het enige wat ze langs de zijde van het meisje zag, waren flappen afgestroopt vel die als glasscherven uitstaken. Er liep in elk geval geen draad over de vloer, en als er al iemand met een bedieningspaneel buiten beeld stond, zou de draad daar op de een of andere manier mee verbonden moeten zijn.

Daarna had Claire op internet naar informatie over bloedzakjes gezocht, maar voor zover ze begreep werden ze allemaal op afstand bestuurd. Ze had zelfs een zoekopdracht gegeven voor snuff-pornofilmpjes, maar ze was doodsbang geweest om een van de links aan te klikken. De beschrijvingen waren onthutsend: live onthoofdingen, kannibalisme, necrofilie, iets wat met 'doodsverkrachting' werd aangeduid. Ze had Wikipedia geprobeerd, maar had begrepen dat de meeste gefilmde moorden amateuristisch en in razernij waren opgenomen, niet met zorg en volgens een vast scenario in scène gezet.

Werd daarmee Mayhews verklaring bevestigd dat de filmpjes nep waren? Of betekende het dat Paul de beste snuff-porno had gevonden, zoals hij ook altijd de beste golfclubs vond en het beste leer voor zijn op maat gemaakte bureaustoel?

Claire kon er niet meer tegen en was de garage uit gelopen. Ze was het huis binnengegaan. Daar had ze twee valiumpillen geslikt en haar hoofd onder de keukenkraan gehouden tot het koude water haar huid verdoofde.

Kon ze haar geest maar verdoven. Ondanks de pillen tolde het in haar hoofd van de complotten. Waren die vreselijke filmpjes de bestanden die Adam wilde hebben? Speelde hij onder één hoedje met de besnorde commandant Mayhew? Was Adam daarom op het politiebureau geweest? Had Mayhew zich daarom zo vreemd gedragen aan het einde van hun gesprek, toen hij per se wilde weten of er nog meer kopieën van de filmpjes waren, terwijl hij Claire net had verteld dat ze niet echt waren en dat ze zich geen zorgen hoefde te maken?

Stel dat ze inderdaad nep waren en dat het meisje niet Anna Kilpatrick was, maar een actrice, en dat Adam die avond op het politiebureau was geweest omdat hij een sleutel van het huis had en dat Mayhew dat van de wet van de grote getallen wist omdat hij daarover een special had gezien op Discovery en dat Claire een paranoïde huisvrouw was met niks beters te doen dan de reputatie van de man die elke minuut van zijn leven aan haar geluk had gewijd door het slijk sleuren.

Claire keek naar het oranje medicijnpotje op haar bureau. Percocet. Het deksel was eraf omdat ze al een pil had genomen. Pauls naam stond op het etiket. Het voorschrift luidde: INNEMEN BIJ PIJN. Reken maar dat Claire pijn had. Met haar vingertopje duwde ze het potje omver. Gele pillen rolden over haar bureaublad. Ze legde een nieuwe Percocet op haar tong en spoelde die weg met een slok wijn.

Zelfmoord was erfelijk. Dat wist ze van een college over Hemingway dat werd gegeven door een oeroude docent die zelf met één been in het graf stond. Ernest had zijn toevlucht genomen tot een geweer. Zijn vader had hetzelfde gedaan. Verder waren er een zus en een broer, een kleindochter en misschien anderen die Claire zich niet kon herinneren, maar ze wist dat ze allemaal de hand aan zichzelf hadden geslagen.

Claire keek naar de pillen die over haar bureau waren gerold. Ze schoof ze rond alsof het snoepjes waren.

Haar vader had zijn leven beëindigd met een Nembutalinjectie, een soort barbituraat waarmee dieren werden geëuthanaseerd. Dood door ademstilstand. Vóór de injectie had hij een handvol slaappillen geslikt met een glaasje wodka. Het was twee weken voor de zesde verjaardag van Julia's verdwijning. Een maand eerder had hij een lichte beroerte gehad. Zijn afscheidsbriefje stond in bibberig handschrift op een afgescheurd blaadje uit een schrijfblok: *Voor al mijn mooie meisjes: ik hou van jullie met heel mijn hart. Papa*

Claire herinnerde zich een weekend dat ze lang geleden had doorgebracht in de troosteloze vrijgezellenflat van haar vader. Overdag had Sam alle dingen gedaan die pas gescheiden vaders met hun kinderen doen: hij had kleren voor haar gekocht die hij zich niet kon veroorloven, had haar mee naar een film genomen die ze van haar moeder niet mocht zien en had haar zoveel junkfood laten eten dat ze bijna in coma lag tegen de tijd dat hij haar eindelijk terugbracht naar het zoetig roze kamertje met het roze beddengoed dat hij speciaal voor haar had ingericht.

Claire was haar roze fase allang ontgroeid. Thuis had ze een aquamarijnblauwe kamer met een veelkleurige quilt op haar bed en ze had nog maar één knuffel, die op de schommelstoel zat die van de vader van haar moeder was geweest.

Rond middernacht waren de hamburgers en het ijs godsgruwelijk de strijd met elkaar aangegaan in Claires buik. Ze rende naar de badkamer, waar ze haar vader in bad aantrof. Maar hij nam geen bad. Hij had zijn pyjama nog aan. Hij had zijn gezicht in een kussen begraven. Hij snikte zo redeloos dat het nauwelijks tot hem doordrong toen ze het licht aandeed.

'Het spijt me, Snoes.' Hij sprak zo zacht dat ze zich voorover had moeten buigen om hem te verstaan. Vreemd genoeg had Claire toen ze naast de badkuip neerknielde bedacht dat ze misschien ooit haar eigen kinderen in bad zou doen en dan ook zo zou neerknielen.

'Wat is er, papa?' had ze gevraagd.

Hij had zijn hoofd geschud. Hij weigerde haar aan te kijken.

Het was Julia's verjaardag. Hij had de hele ochtend op het bureau van de sheriff doorgebracht en haar dossier ingezien, foto's bekeken van haar kamer in het studentenhuis, van haar slaapkamer thuis, van haar fiets die nog weken na haar verdwijning aan een kettingslot buiten het studentencentrum had gestaan. 'Er zijn gewoon dingen die je niet meer van je netvlies krijgt.'

In elke ruzie tussen haar ouders kwam wel een variant voor op Helens uitspraak dat Sam zijn leven weer moest oppakken. Met een ogenschijnlijk kille moeder en een vader die een gebroken huls was, was het geen wonder dat Claire later van haar door de rechter aangewezen therapeut te horen kreeg dat ze haar gevoelens moeilijk kon delen.

Haar vader had zijn emoties niet in de hand. Je hoefde maar naast hem te staan en je kreeg al iets van het verdriet mee dat uit zijn hart leek te stromen. Niemand die naar hem keek zag een heel mens. Hij had altijd tranen in zijn ogen. Zijn lippen trilden van alle duistere gedachten. Zijn nachtelijke angsten waren zo heftig dat hij uiteindelijk uit zijn appartementencomplex werd gezet.

Toen Claire tegen het eind bij hem logeerde – of liever gezegd wanneer ze van haar moeder bij hem moest logeren – drukte ze als ze in bed lag haar hand tegen de dunne wand tussen hun slaapkamers en dan voelde ze de trillingen van de kreten die haar vader uitstootte. Uiteindelijk schrok hij eruit wakker. Dan hoorde ze hem door de kamer ijsberen. Claire vroeg hem door de wand heen of het wel goed ging en dan zei hij altijd dat alles in orde was. Ze wisten allebei dat het een leugen was, zoals ze ook allebei wisten dat ze zijn kamer niet binnen zou gaan om te kijken.

Niet dat Claire volkomen harteloos was. Vroeger was ze tientallen keren bij hem gaan kijken. Dan rende ze met bonkend hart zijn kamer in en trof hem woelend in bed aan, vastgedraaid in zijn lakens. Hij geneerde zich altijd. Zij was zich er altijd van bewust hoe weinig ze voor hem kon betekenen, dat Helen er eigenlijk hoorde te zijn, maar dat dit nu juist de reden was waarom Helen hem had verlaten.

'Als ik dat hoor, vind ik je moeder iets minder aardig,' had Paul gezegd toen Claire hem uiteindelijk had verteld hoe hun leven na Julia eruit had gezien.

Paul.

Hij was altijd Claires grote held geweest. Hij koos altijd haar kant. Zelfs op de dag dat hij haar borgsom had betaald terwijl ze alle ellende duidelijk over zichzelf had afgeroepen, had Paul gezegd: 'Geen zorgen. We nemen een advocaat.'

Achttien jaar geleden had Lydia tegen Claire gezegd dat Paul Scott haar niet als een normaal mens met tekortkomingen beschouwde, en dat dat nu juist het probleem was. Hij was blind voor haar gebreken. Hij dekte haar fouten toe. Hij ging nooit de confrontatie met haar aan, maakte haar nooit bang of woedend en wekte nooit ook maar één van de heftige emoties bij haar op die het de moeite waard maakten om alle bullshit van een man te slikken.

'Waarom doe je alsof dat slecht is?' wilde Claire weten, want ze was wanhopig eenzaam en ze had er schoon genoeg van het meisje te zijn met het verdwenen zusje, of het meisje met het verslaafde zusje, of het meisje met de vader die zich van kant had gemaakt, of het meisje dat te mooi was voor haar eigen bestwil.

Ze wilde iets anders zijn, iets waar ze zelf voor gekozen had. Ze wilde mevrouw Paul Scott zijn. Ze wilde een beschermer. Ze wilde gekoesterd worden. Ze wilde slim zijn. Ze had absoluut geen behoefte aan iemand die haar het gevoel gaf dat de grond onder haar voeten zich elk moment kon openen. Dat kende ze maar al te goed uit haar jeugd, daar bedankte ze feestelijk voor.

Niet dat Lydia een beter alternatief had gevonden. Ze gedijde op onzekerheid. Alles in haar leven had om populariteit gedraaid. Ze ging pilletjes slikken omdat de coole jongens en meiden dat deden. Ze was coke gaan snuiven omdat een vriendje had gezegd dat alle leuke meiden coke snoven. Hoe vaak had Claire niet gezien dat haar zus de aardige, normale jongens links liet liggen om zich aan de onbetrouwbaarste, knapste hufters op te dringen. Hoe meer ze haar negeerden, hoe harder ze achter hen aan liep.

Het had Claire dan ook totaal niet verbaasd toen Lydia een maand nadat ze het contact hadden verbroken met een zekere Lloyd Delgado was getrouwd. Ondanks zijn scheve tanden was hij heel knap. Hij kwam uit Zuid-Florida, was cokeverslaafd en was meermaals opgepakt voor allerlei kleinere vergrijpen. Vier maanden na hun huwelijk stierf Lloyd aan een overdosis en kreeg Lydia door de rechter een voogd toegewezen ter bescherming van hun ongeboren kind.

Acht maanden later werd Julia Cady Delgado geboren. Bijna een jaar lang woonden ze in een daklozencentrum waar een crèche aan was verbonden. Toen kreeg Lydia een baantje bij een dierenarts, bij wie ze de kooien achter in de praktijk schoonmaakte. Ze werd bevorderd tot assistent-trimster en kon zich een hotelkamer veroorloven die ze per week huurde. Dee ging naar een particuliere peuterspeelplaats terwijl Lydia de lunch en soms het avondeten oversloeg.

Na twee jaar als assistente werd Lydia bevorderd tot eerste trimster. Bijna een vol jaar later kon ze een degelijke auto kopen en een tweekamerappartement huren. Drie jaar later begon ze haar eigen trimbedrijfje. Eerst reed ze naar haar cliënten in een aftandse Dodge met rood duct tape als achterverlichting. Ze kocht een beter busje en verbouwde het tot mobiele trimsalon. Acht jaar geleden had ze haar eigen salon geopend. Ze had twee mensen in dienst. Ze had een kleine hypotheek op een kleine bungalow. Ze had een relatie met haar buurman, een zekere Rick Butler, een jongere, minder sexy uitvoering van Sam Shepard. Ze had verschillende honden en katten. Haar dochter zat op Westerly Academy, met een beurs van een anonieme donor.

Nou ja, niet echt anoniem meer, want volgens de documenten die Claire in Pauls kantoor had aangetroffen, had hij door middel van een postbusonderneming dertigduizend dollar per jaar betaald zodat Julia 'Dee' Delgado naar Westerly Academy kon gaan.

Claire was op Dee's beursaanvraag gestuit in een reeks bestanden met wel dertig andere essays van leerlingen uit de hele stad. De competitie was duidelijk doorgestoken kaart, maar Dee's opstel was opvallend helder vergeleken met de andere. Het had als onderwerp dat de staat Georgia het leven van veroordeelde drugscriminelen erg moeilijk maakte. Ze kregen geen hulp bij het zoeken naar eten en onderdak. Ze mochten niet stemmen. Ze werden gediscrimineerd op de arbeidsmarkt. Ze konden geen beurs aanvragen. Vaak hadden ze geen familie om op terug te vallen. In aanmerking genomen dat ze hun straf hadden uitgezeten, hun boetes hadden betaald, hun voorwaardelijke straf hadden uitgediend en belasting betaalden, verdienden ze toch zeker het recht op volledig burgerschap, net als iedereen?

Het betoog was overtuigend, ook zonder de foto's die Claire voor zich op haar bureau had liggen.

En dankzij de privédetectives die Paul had ingehuurd om Lydia al die jaren te volgen kon Claire uit heel veel foto's kiezen.

Een doodvermoeide Lydia met Dee op de ene arm en een tas boodschappen aan de andere. Een zichtbaar uitgeputte Lydia bij de bushalte voor de praktijk van de dierenarts. Lydia die met een troep honden over een met bomen omzoomde weg loopt, en heel even staat haar gezicht ontspannen. Wanneer ze in de gebutste Dodge stapt met de rode tape op de achterlichten. Achter het stuur van de Ford met binnenin de mobiele triminrichting. Vol trots voor de pui van haar nieuwe salon. De foto was genomen tijdens de officiële opening. Lydia knipte met een reuzenschaar een geel lint door terwijl haar dochter en hippievriendje trots toekeken.

Dee Delgado. Claire legde de foto's in de goede volgorde. Lydia's dochter leek zoveel op Julia dat Claires adem stokte.

Paul moest hetzelfde hebben gedacht toen hij de foto's zag. Hij had Julia nooit ontmoet, maar Claire had drie plakboeken vol familiefoto's. Ze twijfelde of ze ze naast elkaar zou leggen voor een vergelijking. Ze had de plakboeken al jaren niet opengeslagen en nu was ze bang om iets te vinden waaraan ze kon zien dat Paul ze ook had bekeken.

Ze kwam tot de conclusie dat hij ze wel degelijk bekeken moest hebben. Paul was zonder meer bezeten van Lydia. De afgelopen zeventienenhalf jaar had hij telkens in september een privédetective ingehuurd om haar gangen na te gaan. Hij had steeds een ander bureau ingeschakeld, maar ze hadden allemaal eenzelfde soort gedetailleerd verslag afgeleverd waarin de bijzonderheden van Lydia's leven op een rij werden gezet. Kredietrapporten. Achtergrondonderzoek. Belastingaangiften. Gerechtelijke bevelen. Reclasseringsrapporten. Rechtbankverslagen, hoewel de juridische kant van het verhaal vijftien jaar geleden was opgedroogd. Er was zelfs een apart briefje bij met de soorten dieren die ze hield en hoe ze heetten.

Claire had geen idee gehad dat hij dit deed. Ze was ervan overtuigd dat Lydia er ook niets van wist, want die zou nog liever doodgaan dan ook maar één cent van Paul aan te nemen.

Het rare was dat Paul in de loop van de jaren af en toe aan Claire had voorgesteld om weer contact met Lydia op te nemen. Hij had dan laten doorschemeren dat hij heel erg verlangde naar familie om mee te praten. Dat Helen er ook niet jonger op werd en dat het misschien goed voor Claire was om oude wonden te laten helen. Hij had zelfs een keer aangeboden om op zoek te gaan, maar Claire had geweigerd, want ze wilde er geen misverstand over laten bestaan dat ze haar zus de leugens over Paul nooit had vergeven.

'Ik laat niemand tussen ons in komen,' had Claire hem verzekerd, en haar stem had getrild van verontwaardiging om haar ten onrechte beschuldigde man.

Had Paul Claire met Lydia gemanipuleerd, zoals hij haar ook met de computerwachtwoorden en bankrekeningen had gemanipuleerd? Claire had toegang tot alles, en daarom vond ze dat ze het recht niet had om ergens naar te zoeken. Het was buitengewoon sluw van Paul geweest om al zijn wandaden open en bloot te verbergen.

Het was nu de vraag of ze nog meer wandaden zou ontdekken. Claire staarde naar de twee zware dossierdozen die ze vanuit Pauls kantoor mee naar beneden had genomen. Ze waren van melkachtig wit plastic. Op de buitenkant van beide dozen zat een etiket. PERSOONLIJK-1 en PERSOONLIJK-2.

Claire kon zich er niet toe zetten de tweede doos door te nemen. De inhoud van de eerste was al gruwelijk genoeg, meer kon ze er die dag niet bij hebben. De dossiermappen waren op kleur gecodeerd. De tabs waren keurig van vrouwennamen voorzien. Uiteraard had Claire zich verdiept in Lydia's dossier, maar ze had de tientallen andere dossiers met andere vrouwennamen weer in de doos gestopt, want de glimp die ze van Pauls persoonlijke shit had opgevangen, was voldoende geweest. Meer kon ze niet aan.

In plaats daarvan klapte ze het telefoontje open dat naast het omgevallen Percocetpotje lag. Claire had een prepaid-mobiel gekocht, een 'burner' zoals zo'n apparaat ook wel genoemd werd. Tenminste, als je *Law & Order* moest geloven.

Het nummer van Lydia's mobiel stond in Pauls verslagen. Claire had haar met de burner een bericht gestuurd. Geen tekst, alleen het adres in Dunwoody. Claire had het aan het toeval willen overlaten. Zou Lydia het adres als scam afdoen, net zoiets als het verzoek van een afgezette Nigeriaanse president om haar bankgegevens op te sturen? Of zou ze het negeren als ze besefte dat het van Claire afkomstig was?

Claire verdiende het genegeerd te worden. Haar zus had haar verteld dat haar man haar had willen verkrachten, en Claire had haar man geloofd.

Toch had Lydia vrijwel meteen een sms teruggestuurd: *Ik kom eraan.*

Sinds de inbraak had Claire het beveiligde hek open laten staan. Heimelijk hoopte ze dat de inbrekers terug zouden komen om haar te vermoorden. Of misschien niet vermoorden, want dat zou wreed zijn voor Helen. Misschien dat ze haar bewusteloos sloegen zodat ze in coma raakte en pas na een jaar wakker werd, als alle dominostenen omgevallen waren.

Dit was de eerste dominosteen: een man die naar verkrachtingsfilmpjes keek hoefde niet per se in echte verkrachtingen geïnteresseerd te zijn, maar stel dat iemand hem er ooit van had beschuldigd een poging tot verkrachting te hebben gedaan?

Tweede dominosteen: stel dat die beschuldiging van lang geleden waar was?

Derde dominosteen: de cijfers wezen uit dat een verkrachter niet slechts één keer toesloeg. Als hij ermee wegkwam, bleef hij verkrachten. Zelfs als hij er niet mee wegkwam, was het aantal recidivegevallen zo hoog dat elke gevangenis maar het beste met een draaideur kon worden uitgerust.

Hoe kwam Claire aan die gegevens? Een aantal jaren geleden had ze als vrijwilligster bij de crisishulplijn voor verkrachte vrouwen gewerkt, wat absurd ironisch geweest zou zijn als ze het verhaal op een feestje had gehoord.

En dat bracht haar bij de vierde dominosteen: wat zat er werkelijk in de dozen van Pandora met de etiketten PERSOONLIJK-1 en PERSOONLIJK-2? Met een beetje gezond verstand kon je raden dat de dossiers met vrouwennamen allemaal op Lydia's dossier leken: surveillanceverslagen, foto's, gedetailleerde lijsten met het doen en laten van de vrouwen op wie Paul het gemunt had.

De vijfde dominosteen: als Paul echt had geprobeerd Lydia te verkrachten, wat had hij dan met de andere vrouwen gedaan?

Godzijdank had ze nooit kinderen met hem gehad. Ze werd duizelig als ze eraan dacht. De hele kamer begon te tollen. De wijn en de pillen gingen niet goed samen. Claire voelde de bekende, overdonderende misselijkheid weer opkomen.

Ze sloot haar ogen. In gedachten stelde ze een lijst op, want het leek haar te gevaarlijk om dingen op te schrijven.

Jacob Mayhew: loog hij over het waarheidsgehalte van de filmpjes? Zijn image van keiharde rechercheur in aanmerking genomen, was hij misschien zo'n man die loog tegen een vrouw om haar tere gevoelens te sparen.

Adam Quinn: welke bestanden wilde hij hebben? Was hij al

even goed als Paul in het verbergen van zijn ware gevoelens, zelfs als hij seks met haar had?

Fred Nolan: wat had die engerd op de dag van de begrafenis eigenlijk bij haar thuis te zoeken? Was het vanwege de filmpjes of had hij iets ergers voor Claire in petto?

Paul Scott: verkrachter? Sadist? Echtgenoot? Vriend? Minnaar? Leugenaar? Claire was bijna haar halve leven met hem getrouwd geweest, maar had plots geen idee meer wie hij werkelijk was.

Ze deed haar ogen open. Ze keek naar de Percocetpillen die her en der verspreid lagen en overwoog er nog een te nemen. Claire begreep niet wat er zo fijn aan was om gedrogeerd te zijn. Ze had altijd gedacht dat het om de verdoving ging, maar ze voelde alles juist veel te intens. Ze kon haar gedachten niet uitschakelen. Ze was rillerig. Haar tong leek te dik voor haar mond. Misschien pakte ze het verkeerd aan. Misschien deden de twee valiumpillen die ze een uur geleden had geslikt het effect teniet. Misschien moest ze nog meer Percocet slikken. Claire pakte haar iPad uit haar bureaula. Er was vast wel een of ander instructiefilmpje te vinden dat een behulpzame drugsverslaafde op YouTube had gepost.

De burner begon te trillen. Lydia: *Ik ben er.*

Met haar handen plat op het bureaublad duwde ze zich overeind. Dat probeerde ze tenminste. De spieren in haar armen weigerden dienst. Claire dwong haar benen in actie te komen en viel bijna voorover toen de hele kamer een kwartslag naar links draaide.

De bel ging. Claire schoof alle foto's en verslagen van Lydia in haar bureaula. Ze nam een slok wijn en besloot het glas mee te nemen.

Lopen bleek een hele uitdaging. De grote open ruimten van de keuken en woonkamer boden weinig hindernissen, maar op de gang had ze het gevoel in een flipperkast te zijn beland, want ze knalde voortdurend tegen de muren op. Uiteindelijk trok ze haar hoge hakken uit, die ze met opzet aan had gehouden omdat

Paul en zij hun schoenen altijd uitdeden in huis. Alle kleden waren wit. De vloer was van gebleekt eiken. De muren waren wit. Zelfs sommige schilderijen waren zachtwit. Ze woonde niet in een huis. Ze verbleef in een sanatorium.

De knoppen van de dubbele voordeur leken zich terug te trekken. Claire zag Lydia's contouren door het matglas. Ze morste wijn toen ze een van deurknoppen vastgreep. Haar lippen glimlachten, ook al was er niks grappigs aan de situatie.

Lydia klopte op het glas. 'Ik ben er!' Eindelijk trok Claire de deur open.

'Jezus christus.' Lydia boog zich voorover en keek in Claires ogen. 'Je pupillen zijn zo groot als dollars!'

'Volgens mij kan dat niet eens,' zei Claire, want een dollar was groter dan haar hele oogbol. Of was het vijfentwintig cent?

Lydia liep zonder te vragen het huis in. Ze zette haar tas bij de voordeur neer. Ze schopte haar schoenen uit. Ze nam de hal in zich op. 'Wat is dit voor huis?'

'Ik zou het niet weten,' zei Claire, want het voelde niet meer als haar thuis. 'Heb jij iets met Paul gehad?'

Lydia's mond viel open van verbazing.

'Vertel het maar,' zei Claire, want ze wist uit Pauls verslagen dat Lydia een kind had en dat Paul de school van het meisje betaalde. Een relatie waaruit een liefdeskind was geboren was stukken aanvaardbaarder dan al die andere afschuwelijke redenen waarom Paul het leven van haar zus was binnengedrongen.

Lydia's mond hing nog steeds open.

'Nou?'

'Nooit van m'n leven.' Lydia keek bezorgd. 'Wat heb je geslikt?'

'Nembutal en Ambien met een wodka.'

'Dat is niet grappig.' Lydia griste de wijn uit haar hand. Ze zocht naar een plek in de kille hal om het glas neer te zetten en koos voor de vloer. 'Waarom vroeg je dat zonet over Paul?'

Claire bleef het antwoord schuldig.

'Ging hij vreemd?'

Zo had Claire het nog niet bekeken. Ging je man vreemd als hij iemand verkrachtte? Want voor alle duidelijkheid: dat was de richting waarin alle dominostenen omtuimelden. Als Paul inderdaad een poging had gedaan Lydia te verkrachten, had hij het waarschijnlijk ook bij iemand anders geprobeerd, met succes, en als het hem één keer gelukt was, had hij het vast vaker gedaan.

En hij had een privédetective ingehuurd om de vrouwen voor de rest van hun leven te volgen, zodat hij nog steeds macht over hen kon uitoefenen vanuit zijn hol boven de garage.

Maar was dat vreemdgaan? Van haar training bij het crisiscentrum had Claire onthouden dat verkrachting alles met macht te maken had. Paul hield graag de controle. Was vrouwen verkrachten net zoiets als alle blikken in de provisiekast met de etiketten naar voren zetten, of de afwasmachine met militaire precisie inruimen?

'Claire?' Lydia knipte hard met haar vingers. 'Kijk me aan.'

Claire deed haar best om haar zus aan te kijken. Ze had Lydia altijd de mooiste van hen drieën gevonden. Haar gezicht was nu wat voller, maar de jaren waren milder voor haar geweest dan Claire had gedacht. Ze had lachrimpeltjes bij haar ogen. Ze had een beeldschone, talentvolle dochter. Haar vriend was een afgekickte heroïnejunk die naar praatradio luisterde terwijl hij op zijn oprit aan een oude pick-up sleutelde.

Waarom moest Paul dat alles weten? Waarom moest hij überhaupt iets over Lydia weten? Was het stalken als je iemand anders inhuurde om het te doen? En iemand in de gaten houden zonder dat ze het wist, was dat ook niet een soort verkrachting?

'Claire, wat heb je geslikt?' vroeg Lydia, nu op zachtere toon. Ze streek over Claires armen. 'Snoes, zeg eens wat je geslikt hebt?'

'Valium.' Opeens kon Claire wel huilen. Ze zou niet weten wanneer ze voor het laatst Snoes was genoemd. 'En wat Percocet.'

'Hoeveel?'

Claire schudde haar hoofd, want het deed het er niet toe. Niets deed er nog toe. 'We hebben een kat gehad die Mr. Sandwich heette.'

Lydia was verbluft, niet geheel onbegrijpelijk. 'Oké,' zei ze.

'We noemden hem Hammy, naar de ham in een sandwich. Hij lag altijd tussen ons in. Op de bank. In bed. Hij begon pas te spinnen als we hem allebei aaiden.'

Lydia hield haar hoofd schuin, alsof ze een gestoorde geest probeerde te begrijpen.

'Katten hebben mensen door.' Claire wist dat haar zus dit begreep. Ze waren met dieren opgegroeid. Ze hoefden maar over een parkeerterrein te lopen of er kwam wel een zwerfhond of -kat op hen af. 'Als Paul een slecht mens was geweest, zou Hammy het geweten hebben.' Claire wist dat het een zwak argument was, maar ze kon niet stoppen. 'Dat hoor je toch altijd, dat slechte mensen een hekel hebben aan dieren?'

Beduusd schudde Lydia haar hoofd. 'Ik weet niet wat ik hierop moet zeggen, Claire. Hitler was gek op honden.'

'*Reductio ad Hitlerum.*' Claire bleef Paul maar citeren. 'Dat is als je iemand met Hitler vergelijkt om je gelijk te halen.'

'Gaat het erom wie van ons gelijk heeft?'

'Vertel eens wat er tussen jou en Paul is gebeurd.'

Weer slaakte Lydia een diepe zucht. 'Waarom?'

'Omdat ik het nog nooit heb gehoord.'

'Je wilde het niet horen. Je weigerde te luisteren.'

'Ik luister nu.'

Lydia wierp een blik om zich heen om te benadrukken dat Claire haar nog niet echt binnen had genodigd. Maar de reden was dat Claire het niet verdroeg om het kille, zielloze huis door Lydia's ogen te zien.

'Alsjeblieft,' smeekte Claire. 'Alsjeblieft, Pepper. Vertel het maar.'

Lydia maakte een handgebaar, alsof ze deze hele onderneming tijdverspilling vond. Niettemin zei ze: 'We zaten in zijn auto. In de Miata. Hij legde zijn hand op mijn knie. Die sloeg ik weg.'

Claire merkte dat ze haar adem inhield. 'En dat was alles?'

‘Denk je dat echt?’ Lydia klonk kwaad. Claire vermoedde dat ze daar alle recht toe had. ‘Hij reed door en ik dacht: oké, laten we maar vergeten dat de vriend van mijn zus, loser als hij is, zijn hand op mijn knie heeft gelegd. Maar toen nam hij een afslag die ik niet kende, en opeens waren we in het bos.’ Lydia dempte haar stem. In plaats van Claire aan te kijken, staarde ze over haar schouder. ‘Hij zette de auto aan de kant. Hij schakelde de motor uit. Ik vroeg wat er aan de hand was, en hij sloeg me met zijn vuist in mijn gezicht.’

Claire balde haar eigen vuisten. Paul had nog nooit iemand geslagen. Zelfs toen hij in dat steegje met de Slangenman vocht, had Paul hem nog geen stomp verkocht.

‘Ik was verdoofd,’ zei Lydia. ‘Hij klom boven op me. Ik probeerde terug te vechten. Weer sloeg hij me, maar deze keer draaide ik mijn hoofd weg.’ Ze draaide haar hoofd weer weg, als een actrice die het publiek probeert te overtuigen. ‘Ik greep naar de hendel van het portier. Vraag me niet hoe ik die open heb gekregen. Ik viel uit de auto. Hij stortte zich boven op me. Ik gaf hem een knietje.’ Ze zweeg even, en Claire moest aan een cursus zelfverdediging denken die ze ooit had gevolgd. De instructeur had erop gehamerd dat je er niet op moest rekenen een man met een knietje te kunnen uitschakelen, want hoogstwaarschijnlijk miste je, en dan werd hij nog kwader.

‘Ik begon te rennen,’ vervolgde Lydia. ‘Na zo’n tien, vijftien meter tackelde hij me. Ik viel plat op mijn gezicht. En hij wierp zich boven op me.’ Ze keek naar de vloer. Onwillekeurig vroeg Claire zich af of ze dat deed om kwetsbaarder te lijken. ‘Ik kreeg geen lucht meer. Hij plette me. Ik voelde mijn ribben doorbuigen, alsof ze elk moment konden breken.’ Ze legde haar hand op haar ribben. ‘En hij zei de hele tijd: “Zeg dat jij dit ook wilt.”’

Claires hart stond stil.

‘Ik heb nog altijd nachtmerries over hoe hij dat zei, hij fluisterde het, alsof het sexy was, terwijl het gewoon doodeng was.’ Lydia huiverde. ‘Soms, als ik op mijn buik in slaap val, hoor ik zijn stem in mijn oor en...’

Claire deed haar mond open om te kunnen ademen. Het was alsof ze haar eigen ribben voelde doorbuigen, zoals in het steegje toen Paul haar tegen de stenen muur duwde. *Zeg dat jij dit ook wilt*, had hij in haar oor gefluisterd. Op dat moment had ze het stom gevonden. Zoiets had Paul nog nooit tegen haar gezegd, maar hij bleef aandringen tot Claire zei wat hij wilde horen.

'Wat heb je gedaan?' vroeg ze.

Lydia haalde een schouder op. 'Ik had geen keuze. Ik zei dat ik het ook wilde. Hij rukte mijn slip naar beneden. Ik heb nog steeds littekens op mijn been waar zijn nagels het vel hebben opengehaald.'

Claire legde haar hand op haar eigen been. Ook daar had Paul het vel weggekrabd. 'En toen?'

'Hij gespte zijn riem los. Ik hoorde gefluit, luid gefluit. Het waren een stel kerels. Ze liepen in het bos en dachten dat we aan het vrijen waren. Ik begon als een gek te schreeuwen. Paul sprong op. Hij rende terug naar de auto. Een van de mannen joeg achter hem aan en de ander hielp me overeind. Ze wilden de politie bellen, maar ik zei dat ze dat niet moesten doen.'

'Waarom niet?'

'Ik was net voor de duizendste keer op borgtocht vrij. Paul was een brave student met twee bijbanen. Wie zou jij geloven?'

Ze wist wie Claire had geloofd. 'Die twee mannen...'

'Homo's op zoek naar seks in een bos in Zuid-Alabama. Dat zou de politie meteen doorhebben zodra ze hun mond openden.' Ze schudde haar hoofd om de zinloosheid van dat alles. 'En op dat moment zat ik niet echt over mezelf in. Ik wilde maar één ding: jou bij hem weghalen.'

Claire legde haar hand op haar voorhoofd. Ze voelde zich koortsig. Ze stonden nog steeds in de hal. Ze had Lydia binnen moeten nodigen. Ze had haar mee moeten nemen naar haar werkkamer, dan hadden ze daar kunnen zitten. 'Wil je iets drinken?'

'Ik zei toch dat ik van de drank af ben.'

Dat wist Claire. Pauls detectives waren aanwezig geweest bij

Lydia's sessies en hadden elk woord dat ze had gezegd opgetekend. 'Zelf kan ik wel iets gebruiken.' Claire zag haar wijnglas op de vloer staan. Ze sloeg het restje in één keer achterover. Ze sloot haar ogen en wachtte. Het bracht geen verlichting.

'Heb je problemen met drugs en alcohol?' vroeg Lydia.

Met enige moeite zette Claire het glas weer op de vloer. 'Ja. Het gekke is dat ik het niet eens erg lekker vind.'

Lydia wilde al antwoorden, maar op dat moment werd de hal verlicht door de koplampen van een auto die de oprit insloeg. 'Wie is dat?'

Claire schakelde het videopaneel bij de deur in. Op het schermpje zagen ze een zwarte Crown Victoria stilstaan aan het begin van het pad naar de voordeur.

'Wat doet een koddebeier hier?' vroeg Lydia panisch. 'Claire?'

Claire worstelde met haar eigen paniek. Het ging erom wélke koddebeier het was. Mayhew die kwam kijken of ze geen kopieën van de filmpjes had gemaakt? Nolan met zijn ongepaste opmerkingen, enge kop en irritante vragen waaruit ze niet kon opmaken wat hij in haar huis te zoeken had? Of was het haar reclasseringsambtenaar? Hij had Claire gewaarschuwd dat hij onverwacht en te allen tijde kon opduiken om haar op drugs te testen.

'Ik heb voorwaardelijk,' zei ze. 'Ze mogen geen drugs in mijn bloed vinden.' Claires gedachten renden een race tegen de valium. Ze herinnerde zich nog iets uit Pauls dossiers. Toen ze nog gebruikte, had Lydia schuld bekend aan een drugsdelict om gevangenisstraf te ontlopen. Claire probeerde haar de gang in te duwen. 'Lopen, Pepper! Ik mag niet met criminelen omgaan. Straks zit ik weer in de bak.'

Lydia verzette geen stap. Ze stond als aan de grond genageld. Haar lippen bewogen geluidloos, alsof er te veel vragen door haar hoofd spookten om er maar een uit te kunnen pikken. Ten slotte zei ze: 'Doe het licht uit.'

Claire kon niets anders verzinnen en drukte op de sfeerknop op het toetsenpaneel. Alle lichten op de begane grond werden gedimd, waardoor de staat van haar pupillen hopelijk verborgen bleef. Met hun gezichten vlak bij elkaar keken ze naar het videoschermpje. Lydia haalde al even panisch adem als Claire. Een man stapte uit de auto. Hij was lang en stevig gebouwd. Zijn bruine haar zat in een keurige zijscheiding.

'Kut,' kreunde Claire, want haar brein was op dat moment niet scherp genoeg om de confrontatie met Fred Nolan aan te gaan. 'FBI.'

'Wat?' Lydia piepte bijna van angst.

'Fred Nolan.' Alleen al bij het uitspreken van zijn naam kreeg Claire kippenvel. 'Hij is een agent van het FBI-kantoor in het centrum. Een echte eikel.'

'Wat?' Lydia keek haar ontzet aan. 'Heb je iets gedaan waar de FBI aan te pas moet komen?'

'Geen idee. Misschien.' Er was geen tijd om er nader op in te gaan. Claire schakelde het videoscherm door naar de camera bij de voordeur. Het beeld toonde de bovenkant van Nolans hoofd terwijl hij de treden beklom.

'Moet je horen.' Lydia fluisterde nog steeds. 'Volgens de wet hoef je zijn vragen niet te beantwoorden. Je hoeft niet met hem mee te gaan, tenzij hij je arresteert, en als hij je arresteert, hoef je geen woord te zeggen. Snap je, Claire? Geen gebullshit of grappige opmerkingen. Gewoon je stomme bek houden.'

'Oké.' Claire voelde haar hoofd helder worden, waarschijnlijk door de stoot adrenaline die door haar lijf trok.

Ze keken allebei afwachtend naar de voordeur.

Nolans schaduw vulde het matglas. Hij reikte naar beneden en drukte op de bel.

Ze krompen allebei ineen.

Lydia gebaarde dat Claire zich gedeisd moest houden. Ze liet Nolan wachten, wat waarschijnlijk een goed idee was. In elk geval was Claire nu in staat om haar ademhaling onder controle te krijgen.

Weer drukte Nolan op de bel.

Lydia tilde haar voeten een voor een op en maakte loopgeluiden. Ze deed de deur op een kier open en stak haar hoofd naar buiten. Claire zag haar op het videoscherm. Ze moest omhoogkijken omdat Nolan zo groot was.

'Goedenavond, mevrouw.' Nolan tikte een denkbeeldige hoed aan. 'Ik zou de vrouw des huizes graag willen spreken.'

Nog steeds met een pieperig, bang stemmetje zei Lydia: 'Ze slaapt.'

'Staat ze niet toevallig achter u?' Nolan duwde met zijn hand tegen de deur tot Lydia open moest doen of achterover zou vallen. Hij glimlachte naar Claire. Zijn blauwe oog begon geel weg te trekken. 'Weet u wat het mooie van matglas is? Je kunt er alles door zien.'

'Wat wilt u?' vroeg Lydia.

'Dat is een beladen vraag.' Nolan liet zijn hand op de deur rusten zodat Lydia hem niet dicht kon doen. Hij keek op naar de nachthemel. Er was geen afdak boven de veranda. Volgens Paul zou dat het lijnenspel van het huis verpesten.

'Zo te zien trekt de regen weg,' zei Nolan.

Claire en Lydia reageerden niet.

'Zelf hou ik wel van regen.' Nolan stapte binnen. Hij keek om zich heen. 'Dan kun je lekker een boek lezen. Of naar een film kijken. Houden jullie van films?'

Claire probeerde te slikken. Waarom had hij het over films? Had hij Mayhew gesproken? Zat er een tracker op de computers? Claire had internetverbinding met Pauls laptop gemaakt. Had Nolan al haar activiteiten gevolgd?

'Mevrouw Scott?'

Claire ademde voorzichtig in. Het kostte haar moeite hem niet te vragen of hij haar kwam arresteren.

'Is die pick-up buiten van u?'

Lydia verstijfde. Nu richtte Nolan zich tot haar.

Hij stak Lydia zijn hand toe. Hij stond zo dichtbij dat hij zijn elleboog nauwelijks hoefde te verplaatsen. 'We zijn nog niet aan elkaar voorgesteld. Agent Fred Nolan, FBI.'

Lydia weigerde zijn toegestoken hand.

'Ik kan uw reclasseringsambtenaar hier laten komen.' Nu keek hij Claire weer aan. 'Afgezien van het feit dat op het bewust en met opzet liegen tegen of het misleiden van een FBI-agent vijf jaar gevangenisstraf staat, mag u in theorie de vragen van uw reclasseringsambtenaar niet negeren. Dat zijn de voorwaarden van uw voorwaardelijke vrijlating. U hebt geen zwijgrecht.' Hij boog zich voorover en keek eens goed naar Claires ogen. 'En ook niet het recht stoned te worden.'

'Ik ben Mindy Parker,' zei Lydia. 'Die pick-up heb ik van mijn automonteur geleend. Ik ben een vriendin van Claire.'

Nolan bestudeerde Lydia van top tot teen, want ze zag er niet uit als een vriendin van Claire. Haar spijkerbroek was meer spandex dan katoen. Haar zwarte T-shirt had een bleekvlek bij de zoom en haar grijze vest rafelde bij de randen, alsof een dier erop had gekauwd. Ze kon niet eens voor de huishoudster van een van Claires vriendinnen doorgaan.

'Mindy Parker.' Met veel vertoon haalde Nolan een pen en een aantekenboekje met spiraalband tevoorschijn. Hij schreef Lydia's valse naam op. 'Vertrouw iedereen, maar controleer alles. Heeft Reagan dat niet gezegd?'

'Wat komt u hier doen?' wilde Lydia weten. 'Het is bijna middernacht. Claires man is pas overleden. Ze wil met rust worden gelaten.'

'Ze heeft nog steeds haar begrafeniskleren aan.' Nolan liet zijn blik over Claires lichaam gaan. 'Ze staan u trouwens fantastisch.'

Claire glimlachte werktuiglijk, want dat deed ze altijd als ze een compliment kreeg.

'Wat ik me afvraag, mevrouw Scott,' zei Nolan, 'heeft de zakenpartner van uw man nog contact met u opgenomen?'

Claires mond werd droog als kurk.

'Mevrouw Scott? Heeft de heer Quinn contact met u opgenomen?'

'Hij was op de begrafenis,' kreeg Claire er met moeite uit.

'Ja, ik heb hem gezien. Aardig van hem om te komen, alles welbeschouwd.' Zijn stem ging de hoogte in, in een slechte imitatie van Claire. '"Hoezo alles welbeschouwd, agent Nolan?" Noemt u me maar Fred. Vindt u het goed als ik u Claire noem? "Uiteraard, Fred."'

Claire probeerde hem zo vuil mogelijk aan te kijken.

'Ik neem aan dat u wist dat uw man bedrijfsgeld heeft verduisterd?' vroeg Nolan.

Claires mond viel open van verbazing. Ze moest Nolans woorden in gedachten herhalen om de betekenis te doorgronden. Maar nog kon ze niet geloven wat de man had gezegd. Paul was slaapverwekkend eerlijk wat geldzaken betrof. Ze had ooit een halfuur langer in de auto moeten zitten omdat hij had ontdekt dat een caissière in een *country store* hem te veel wisselgeld had gegeven.

'U liegt,' zei ze tegen Nolan.

'O?'

Claire had hem het liefst op zijn zelfingenomen smoel geslagen. Dit moest een of andere truc zijn. Nolan werkte samen met Adam en Mayhew, of hij werkte alleen, maar dit had allemaal te maken met die ellendige filmpjes. 'Wat voor spelletje u ook speelt, ik trap er niet in.'

'Vraag Adam Quinn maar als u me niet gelooft.' Nolan keek haar afwachtend aan, alsof Claire naar de telefoon zou rennen. 'Hij heeft de FBI erbij gehaald. Een van de bedrijfsaccountants vond een overschrijving van drie miljoen dollar naar een postbusbedrijf genaamd Little Ham Holdings.'

Claire klemde haar kaken op elkaar om het niet uit te schreeuwen. Little Ham was een van Mr. Sandwich' bijnamen geweest.

'Veel geld, niet?' zei Nolan tegen Lydia. 'Drie miljoen? Lui als u en ik kunnen daar stil van gaan leven.'

Claires knieën knikten. Ze stond te trillen op haar benen. Ze moest Nolan het huis zien uit te werken voor ze een zenuwinzinking kreeg. 'Ik wil graag dat u weggaat.'

'Ik wil graag dat mijn vrouw niet langer met mijn buurman neukt.' Nolan grinnikte, alsof het een leuk insidergrapje was. 'Weet je, Claire, het grappige is dat dat soort geld niks voorstelt voor een man als jouw echtgenoot.' Tegen Lydia zei hij: 'Op papier is Paul achtentwintig miljoen waard. Of zoveel wás hij waard. Hoe groot is zijn levensverzekering?' Die vraag was voor Claire bedoeld, maar ze antwoordde niet want ze had geen idee. 'Nog eens twintig miljoen,' zei Nolan. 'Wat betekent dat je op dit moment bijna vijftig miljoen dollar waard bent, weduwe Scott.' Hij zweeg om de informatie te laten bezinken, maar Claire was al zo ver heen dat ze nergens meer een touw aan vast kon knopen.

'Het was aardig van Adam Quinn om buiten de rechtbank om een schikking te treffen, anders had ik je man in de federale bak moeten opsluiten,' vervolgde Nolan. Hij schonk Claire een verlekkerde blik. 'Ik vermoed dat hij zijn eigen manier had om je man terug te pakken.'

De verhulde belediging kwam zo hard aan dat Claire uit haar verdoving ontwaakte. 'Wat geeft u het...'

'Hou je mond, Claire.' Lydia ging recht voor haar staan. Tegen Nolan zei ze: 'U kunt vertrekken.'

Nolan glimlachte vals. 'O?'

'Bent u gekomen om haar te arresteren?'

'Moet dat dan?'

'Eén: doe als de sodemieter een stap terug!'

Nolan deed een overdreven stap naar achteren. 'Ik verheug me al op nummer twee.'

'Komt-ie, eikel: als je haar wilt verhoren, moet je haar advocaat bellen om het te regelen.'

Nolan schonk haar een diabolische grijns. 'Zal ik jou eens wat vertellen, Mindy Parker? Nu ik zo naar je kijk, vind ik je verdacht veel op Claire lijken. Jullie zouden bijna zussen kunnen zijn.'

Lydia gaf geen krimp. 'Opgesodemieterd.'

Hulpeloos stak Nolan zijn handen in de lucht, maar hij gaf niet op. 'Het is gewoon vreemd, weet je. Waarom zou een vent die zoveel poen heeft drie miljoen uit zijn eigen bedrijf stelen?'

Er ging een steek door Claires borst. Ze kreeg geen lucht meer. De grond bewoog weer en ze reikte naar de muur achter zich. Gisteren, toen ze flauwviel, had ze zich precies zo gevoeld.

'Nou, dan laat ik jullie verder alleen, dames, en hoop dat jullie een prettige avond hebben.' Met die woorden stapte Nolan de veranda op en keek naar de nachthemel. 'Prachtige avond, zoveel is zeker.'

Lydia sloeg de deur dicht en schoof de grendel ervoor. Ze sloeg beide handen voor haar mond. Haar ogen waren groot van angst. Op het videoscherm zagen ze Fred Nolan de stenen trap af sloffen en op zijn dooie gemak naar de auto lopen.

Claire wendde haar blik af. Ze kon niet meer kijken, maar ze hoorde hem nog wel. De zachte klik waarmee het portier openging, de luide klap waarmee het werd dichtgeslagen. Het gebrom van de motor. Het mechanische gekreun van de stuurbekrachtiging toen hij keerde en over de oprit wegreed.

Lydia liet haar handen zakken. Ze hijgde al even hard als Claire. 'Jezus christus, Claire?' Ze staarde Claire met onverholen ontzetting aan. '*What the fuck?*'

Claire was zelf al twee dagen het spoor bijster. 'Ik weet het niet.'

'Je weet het niet?' Lydia schreeuwde bijna. Haar stem galmde over de gepolijste gietvloer van de hal en stuiterde over de wenteltrap van metaal en glas naar boven. 'Jezus, zoiets weet je toch, Claire?' Ze begon door de hal heen en weer te lopen. 'Ik kan het niet geloven. Ik kan het echt niet geloven.'

Claire kon het ook niet geloven. De filmpjes. Mayhew. Nolan. Pauls mappenverzameling: de mappen die ze had ingezien en de mappen die ze met de beste wil van de wereld niet kon lezen. Wat er met Adam Quinn aan de hand was. En nu kreeg ze te horen dat Paul een dief was. Drie miljoen dollar? Nolans inschatting van Pauls netto waarde zat er miljoenen naast. Hij had het alleen over het geld op de bank gehad. Paul geloofde niet in de aandelenmarkt. Het huis was afbetaald. De auto's waren betaald. Paul had geen enkele reden om geld te stelen.

Ze moest om zichzelf lachen, want wat kon ze anders? 'Waarom geloof ik wel dat Paul een verkrachter is, maar niet dat hij een dief is?'

Lydia wist niet wat ze hoorde. 'Dus je gelooft me.'

'Ik had je jaren geleden al moeten geloven.' Claire maakte zich los van de muur. Ze voelde zich schuldig omdat ze Lydia meesleurde in deze ellende. Ze had het recht niet haar zus in gevaar te brengen, vooral niet na alles wat er gebeurd was. 'Sorry dat ik je hiernaartoe heb laten komen. Ga nu maar.'

In plaats van te antwoorden keek Lydia naar de vloer. Haar tas was een bruin leren geval van het formaat voederzak. Claire vroeg zich af of Paul een foto had van toen ze hem kocht. Sommige foto's waren duidelijk gemaakt met een telelens, maar andere waren van zo dichtbij genomen dat je de tekst op haar supermarktbonnen kon lezen.

Lydia mocht nooit te weten komen dat Paul haar had bespioneerd. Dat was het minste wat Claire voor haar zus kon doen. Lydia had een dochter van zeventien voor wie Paul in alle anonimiteit het schoolgeld betaalde. Ze had een vriend. Ze had een hypotheek. Ze had een bedrijf met twee werknemers voor wie ze verantwoordelijk was. Ze zou kapotgaan als ze wist dat Paul bij elke stap die ze had gezet aanwezig was geweest.

'Pepper, je moet echt gaan,' zei Claire. 'Ik had je nooit mogen vragen hier te komen.'

Lydia raapte haar tas op. Ze hees de riem om haar schouder. Ze legde haar hand op de deurknop, maar zonder de deur te openen. 'Wanneer heb je je voor het laatst gedoucht?'

Claire schudde haar hoofd. Ze had zich niet meer gewassen sinds de ochtend van Pauls begrafenis.

'En eten? Heb je wel gegeten?'

Weer schudde Claire haar hoofd. 'Ik heb gewoon...' Ze wist niet hoe ze het moest uitleggen. Een paar maanden geleden hadden ze een kookcursus gevolgd en Paul had het helemaal niet slecht gedaan, maar telkens als ze nu aan haar man dacht die met een mes in zijn hand in de keuken stond, zag ze het kapmes uit de filmpjes voor zich.

'Claire?' Lydia had haar ongetwijfeld een nieuwe vraag gesteld. Haar tas stond weer op de vloer. Haar schoenen lagen nog steeds op de plek waar ze ze had uitgeschopt. ‘Ga maar douchen. Dan kook ik voor je.’

‘Je moet gaan,’ zei Claire. ‘Je mag niet betrokken raken bij deze… deze… ik weet niet eens wat het is, Liddie, maar het is erg. Het is veel erger dan je je kunt voorstellen.’

‘Dat had ik al begrepen.’

Claire zei het enige waarvan ze wist dat het absoluut waar was: ‘Ik verdien je vergeving niet.’

‘Ik vergeef je ook niet, maar je bent nog altijd mijn zus.’

# ACHT

Lydia had Rick ge-sms't dat ze over een uur thuis zou zijn. Eerst moest ze zorgen dat Claire zich waste en iets at, en ze zou pas weggaan als haar zus Helen had gebeld om te vragen of ze voor haar kwam zorgen. Lydia had de moederrol vierentwintig jaar geleden al eens op zich genomen, dat deed ze niet nog eens.

En helemaal niet nu de FBI erbij betrokken was.

Alleen al bij de gedachte aan Fred Nolan kreeg ze de rillingen. Het was duidelijk dat de man dingen over Paul wist waar Claire geen weet van had. Of misschien wist Claire het wel en kon ze heel goed toneelspelen. Zou ze in dat geval gelogen hebben toen ze zei dat ze eindelijk geloofde dat Paul Lydia had aangerand? Als ze niet loog, waarom was ze dan van gedachten veranderd? Als ze wel loog, wat was dan haar motief?

Ze kreeg er geen hoogte van. De achterbaksheid waarvan haar zus als kind blijk had gegeven, had ze als volwassene geperfectioneerd, zodat ze pal voor een naderende trein nog kon beweren dat alles goed kwam.

Hoe langer Lydia trouwens in het gezelschap van deze volwassen Claire verkeerde, hoe scherper ze zag dat ze niet in een Moeder was veranderd. Ze was in hún moeder veranderd.

In de keuken keek Lydia wezenloos om zich heen. Ze had gedacht dat koken voor Claire het makkelijkste deel van de hele onderneming zou zijn, maar net als de rest van het huis was de keuken te chic om praktisch te zijn. Alle apparaten gingen schuil achter glanzend witte gelamineerde deuren, die er zo goedkoop uitzagen dat ze ongetwijfeld een fortuin hadden gekost. De kookplaat liep naadloos over in het werkblad van gepolijst kwarts. Het geheel deed denken aan een futuristische keukenshowroom. Ze kon zich niet voorstellen dat iemand hier wilde wonen.

Niet dat je het wonen kon noemen wat Claire deed. De koelkast stond vol ongeopende wijnflessen. Het enige eten was een halfvol eierdoosje waarvan de houdbaarheid over twee dagen verliep. In een van de provisiekasten vond Lydia een redelijk vers brood. Er was ook een koffiezetapparaat, maar dat herkende Lydia alleen aan het etiket KOFFIEZETAPPARAAT, met daaronder de vermoedelijke installatiedatum.

De geplastificeerde gebruiksaanwijzing naast het apparaat was duidelijk Pauls werk. Lydia wist dat haar zus niet tot zoiets saais en stoms in staat was. Ze drukte op allerlei knoppen tot het apparaat zoemend tot leven kwam. Ze schoof een espressokop onder de tuit en keek toe terwijl die volliep.

'Ah, je hebt ontdekt hoe het werkt,' zei Claire. Ze had een lichtblauw overhemd aan en gebleekte jeans. Haar haar was glad naar achteren gekamd om te drogen. Voor het eerst zag Lydia een vrouw die ook echt op haar zus leek.

Ze reikte Claire het kopje aan. 'Drink maar. Daar word je weer wat nuchterder van.'

Claire ging aan de keukenbar zitten. Ze blies in het dampende vocht. De barkrukken waren van wit leer en glanzend chroom, met een lage rugleuning. Ze pasten bij de bank en de stoelen in de zitkamer, die op de keuken uitkwam. Een glazen pui bood zicht op de achtertuin, waar een zwembad, dat uit een enorme plaat wit marmer leek te zijn gehakt, als pronkstuk diende voor het kale landschap.

In het hele huis was geen plek die warmte uitstraalde. Achter elke keuze ging Pauls kille, berekenende hand schuil. Het beton op de vloer van de hal was gepolijst tot een donkere spiegel die rechtstreeks uit *Sneeuwwitje* kwam. De wenteltrap deed aan de kont van een robot denken. De eindeloze witte muren gaven Lydia het gevoel dat ze in een dwangbuis zat. Hoe eerder ze hier weg was, hoe beter.

Lydia vond een koekenpan in de la onder de kookplaat. Ze goot wat olie in de pan en legde er twee sneetjes brood in.

'Ga je brood-met-ei voor me maken?' vroeg Claire.

Lydia moest een lachje onderdrukken, want nu klonk Claire weer alsof ze dertien was. Brood-met-ei was Lydia's truc om geen eieren te hoeven klutsen. Ze gooide de hele zooi in een pan en liet het net zo lang op het vuur staan tot de glans eraf was.

'Ik heb voorwaardelijk omdat ik iemand heb mishandeld,' zei Claire.

Lydia liet het eierdoosje bijna vallen.

'We mogen het geen mishandeling noemen, maar dat was het wel.' Claire draaide het espressokopje rond in haar handen. 'Allison Hendrickson. Mijn tennispartner bij dubbelspel. We waren met de warming-up bezig voor een wedstrijd. Ze zei dat ze zich net een Holocaust-overlevende vlak na de oorlog voelde, want haar jongste kind ging studeren en nu was ze eindelijk vrij.'

Lydia sloeg twee eieren stuk in de pan. Ze had nu al een hekel aan het mens.

'En toen vertelde Allison over een vriendin die een dochter had die het jaar daarvoor was gaan studeren.' Claire zette het kopje neer. 'Een slimme meid, haalde altijd goede cijfers. En dan gaat ze naar de universiteit en slaat helemaal door: ze duikt met iedereen het bed in, mist colleges en drinkt te veel, gewoon al die stomme dingen die jongeren nou eenmaal doen.'

Met een spatel roerde Lydia de eieren om het brood heen. Ze was maar al te bekend met dat soort stomme dingen.

'Op een avond ging het meisje naar een corpsballenfeest. Iemand deed GHB in haar drankje. Even doorspoelen naar de volgende dag: ze wordt naakt wakker in het souterrain van het corpsballenhuis. Ze zit onder de kneuzingen en blauwe plekken, maar ze kruipt terug naar haar eigen studentenhuis, waar haar kamergenote haar een filmpje laat zien dat op YouTube is geplaatst.'

Lydia verstijfde. Elke nachtmerrie over Dee die ging studeren bevatte wel een variatie op dit thema.

‘Die corpsballen hadden alles gefilmd. Eigenlijk was het een groepsverkrachting. Allison vertelde er tot in detail over, want blijkbaar had de hele campus het filmpje bekeken. En toen zei ze: “Dat is toch niet te geloven?” Ik zei nee, maar natuurlijk geloof ik zoiets wel, want mensen zijn nou eenmaal vreselijk. En dan zegt Allison: “Die stomme meid. Wie wordt er nou dronken als er corpsballen in de buurt zijn? Eigen schuld, had ze maar niet naar dat feestje moeten gaan.”’

Lydia zag haar eigen walging weerspiegeld op Claires gezicht. Toen Julia pas was verdwenen, vroeg iedereen zich af wat ze in die kroeg te zoeken had gehad, waarom ze zo laat nog uit was gegaan en hoeveel alcohol ze precies had gedronken, want het was onmiskenbaar Julia’s eigen schuld dat ze ontvoerd en hoogstwaarschijnlijk verkracht en vermoord was.

‘Wat heb je gezegd?’ vroeg Lydia.

‘Eerst zei ik niks. Ik was te kwaad. Maar ik besefte niet dat ik kwaad was, snap je?’

Lydia schudde haar hoofd, want zij besefte het zelf altijd wel als ze kwaad was.

‘In gedachten bleef ik Allisons woorden herhalen, en ik werd steeds razender. Ik voelde de druk op mijn borst, als een ketel die aan de kook raakt.’ Claire sloeg haar handen ineen. ‘De bal kwam over het net. Hij was duidelijk aan haar kant, maar ik probeerde hem te raken. Ik weet nog dat ik mijn arm voor mijn lijf langs haalde – ik heb nog steeds een verwoestende backhand –, ik zag het racket door de lucht zwiepen en op het laatste moment dook ik een stukje naar voren en ramde de rand van het racket tegen de zijkant van haar knie.’

‘Jezus.’

‘Ze viel plat op haar bek. Ze brak haar neus en had twee kapotte tanden. Ze zat onder het bloed. Ik dacht dat ze leeg zou bloeden. Ik had haar knie ontwricht, wat heel pijnlijk blijkt te zijn. Uiteindelijk moest ze twee keer onder het mes om het zaakje weer op zijn plek te krijgen.’ Claire keek berouwvol, maar zo klonk ze niet. ‘Ik had kunnen zeggen dat het per ongeluk ging. Ik weet nog dat ik op het tennisveld stond en dat er allerlei smoezen in mijn hoofd opkwamen. Allison lag te kronkelen op de grond, ze schreeuwde het uit, en ik wilde al bijna zeggen dat het een vreselijk ongeluk was, dat ik een idioot was, dat ik niet uit mijn doppen had gekeken en dat het allemaal mijn schuld was blablabla, maar in plaats van mijn verontschuldigingen aan te bieden zei ik: "Eigen schuld, had je maar niet moeten tennissen."'

Lydia voelde de naschok van de gebeurtenis door de kille keuken dreunen.

'Zoals die andere vrouwen naar me keken...' Claire schudde haar hoofd, alsof ze het nog steeds niet geloofde. 'Zo had er nog nooit iemand naar me gekeken. Afkeer golfde over me heen. Ik voelde hun walging tot op het merg. En ik heb het nog nooit aan iemand verteld, zelfs niet aan Paul, maar wat was dat godvergeten lekker.' Dit kwam er met volle overtuiging uit. 'Je kent me, Liddie. Ik laat me nooit op die manier gaan. Meestal hou ik me in, want wat heeft het voor zin, maar die dag was er iets waardoor ik gewoon...' Berustend spreidde ze haar handen. 'Ik was gewoonweg euforisch tot op het moment dat ik werd gearresteerd.'

Lydia had niet meer aan het brood-met-ei gedacht. Snel haalde ze de walmende koekenpan van de kookpit. 'Ik kan niet geloven dat je er met voorwaardelijk af bent gekomen.'

'We hebben ons eruit gekocht,' zei Claire, met zo'n schoudergebaar dat alleen de superrijken zich kunnen veroorloven. 'Het kostte onze advocaat maanden werk en ons hopen geld om de Hendricksons om te praten, maar uiteindelijk lieten ze de openbaar aanklager weten dat ze genoegen namen met een voorwaardelijke straf en een minder zware aanklacht. Ik moest een halfjaar lang een enkelband dragen. Ik heb nog zes sessies te gaan bij een door de rechtbank aangewezen therapeut. En een jaar voorwaardelijk.'

Lydia wist niet wat ze moest zeggen. Claire was nooit een vechtersbaas geweest. Lydia was degene die zich altijd in de nesten werkte door Claire prikkeldraad te geven of haar tegen de grond te duwen en een klodder spuug boven haar oog te laten bungelen.

'Het ironische is dat de enkelband werd afgenomen op de dag dat Paul werd vermoord,' zei Claire. Ze nam het bord met brood aan. 'Of is dat stom toeval in plaats van ironie? Mama zou het wel weten.'

Lydia had het enige toeval opgepikt dat ertoe deed. 'Wanneer ben je gearresteerd?'

Naar Claires strakke lachje te oordelen was de samenhang haar evenmin ontgaan. 'In de eerste week van maart.'

Julia was op 4 maart 1991 verdwenen.

'Dus daarom heb ik voorwaardelijk.' Ze pakte het brood met beide handen en nam een hap. Claire had het verhaal van haar arrestatie verteld alsof het iets grappigs was dat haar in de supermarkt was overkomen, maar Lydia zag dat ze tranen in haar ogen had. Ze maakte een uitgeputte indruk. Erger nog, ze leek bang. Claire had iets uiterst kwetsbaars. Het was alsof ze dertig jaar terug in de tijd waren en weer in hun ouderlijk huis aan de keukentafel zaten.

'Weet je nog hoe Julia altijd danste?' vroeg Claire.

Lydia stond ervan versteld hoe scherp de herinneringen waren. Julia was gek op dansen geweest. Ze hoefde maar een flard muziek op te vangen en ze liet zich gaan. 'Jammer dat ze zo'n waardeloze muzieksmaak had.'

'Zo erg was het nou ook weer niet.'

'Eh, Menudo?'

Claire lachte verbaasd, alsof ze was vergeten hoe verliefd Julia was geweest op de boyband. 'Ze was gewoon zo vrolijk. Ze hield van zoveel dingen.'

'Vrolijk,' herhaalde Lydia, en ze proefde de lichtheid van het woord.

Toen Julia pas weg was, vond iedereen het diep tragisch dat een lief kind als zij zoiets verschrikkelijks moest overkomen. Vervolgens lanceerde de sheriff zijn theorie dat Julia gewoon was weggelopen, zich bij een hippiecommune had aangesloten of er met een jongen vandoor was, en de toon was van meelevend in beschuldigend overgegaan. Julia Carroll was niet langer het onbaatzuchtige meisje dat vrijwilligerswerk deed in het asiel en in de gaarkeuken werkte. Ze was opeens de felle politieke activiste die na een protestactie in de cel was beland. De brutale verslaggeefster die de hele redactie van de schoolkrant van zich had vervreemd. De radicale feministe die eiste dat de universiteit meer vrouwen in dienst nam. De dronken sloerie. De wietrookster. De hoer.

Het was niet genoeg dat Julia van haar familie was weggenomen. Al het goede aan haar moest hun ook ontnomen worden.

'Ik heb gelogen over waar ik was op de avond dat ze verdween,' zei Lydia. 'Ik lag bewusteloos in de Alley.'

Claire keek verbaasd op. De Alley was een smerig steegje dat de Georgia Bar met de Roadhouse verbond, twee kroegen in Athens die zich richtten op minderjarige inwoners. Lydia had de sheriff verteld dat ze had geoefend met de band in de garage van Leigh Dean op de avond dat Julia verdween, terwijl ze zich in werkelijkheid op een steenworp afstand van haar zus had bevonden.

Claire benadrukte maar niet dat Lydia wel heel dichtbij was geweest, maar zei: 'Ik heb gezegd dat ik huiswerk aan het maken was met Rhonda Flynn, maar in werkelijkheid waren we aan het zoenen.'

Lydia proestte het uit. Ze was vergeten dat choqueren Claire altijd al goed was afgegaan. 'En?'

'Ik vond haar broer leuker.' Claire nam een stukje ei tussen duim en wijsvinger, maar ze at het niet op. 'Ik heb je vanmiddag op de weg gezien. Ik stond voor de McDonald's geparkeerd. Jij moest wachten voor rood.'

Lydia's nekharen gingen overeind staan. Ze wist nog dat ze op weg naar de begraafplaats bij de McDonald's voor een stoplicht had moeten wachten. Ze had geen idee gehad dat iemand haar in de gaten hield. 'Ik heb jou niet gezien.'

'Weet ik. Ik heb je zo'n twintig minuten lang gevolgd. Ik weet niet wat er in me omging. Ik was helemaal niet verbaasd toen je uiteindelijk op de begraafplaats stopte. Het leek me passend, de cirkel was rond. Paul heeft ons uiteengedreven. Waarom zou hij ons niet weer samenbrengen?' Ze schoof het bord weg. 'Ik denk niet dat je me ooit zult vergeven. En dat hoeft ook niet, ik zou het jou ook nooit hebben vergeven.'

Lydia wist niet of vergeving in haar woordenboek stond. 'Waarom geloof je me opeens na al die tijd?'

Claire antwoordde niet. Ze staarde naar haar halflege bord. 'Ik hield van hem. Ik weet dat je het niet wilt geloven, maar ik hield van hem, met heel mijn hart, met huid en haar, met heel mijn ziel en zaligheid.'

Lydia zweeg.

'Ik ben razend op mezelf, want het gebeurde allemaal pal voor mijn neus en ik heb er nooit vraagtekens bij gezet.'

Lydia kreeg opeens het gevoel dat het gesprek een andere wending nam. Ze stelde een vraag die al een tijdje in haar achterhoofd gistte. 'Als Pauls zakenpartner een schikking met hem heeft getroffen, waarom valt de FBI je dan nog lastig? Het is geen strafzaak meer. Het is afgehandeld.'

Claires kaak trilde. Ze klemde haar kiezen op elkaar.

'Geef je nog antwoord?'

'Op dat punt wordt het gevaarlijk.' Ze zweeg even. 'Of misschien ook niet. Ik weet het niet. Maar het is bijna middernacht. Je wilt vast graag naar huis. Ik had het recht niet om te vragen of je kwam.'

'Waarom heb je het dan gedaan?'

'Omdat ik egoïstisch ben, en omdat jij nu nog de enige in mijn leven bent die ooit ergens een positieve draai aan heeft kunnen geven.'

Lydia wist dat Paul de andere was geweest. Ze kon de overeenkomst niet waarderen. 'Wat heeft hij je aangedaan, Claire?'

Claire richtte haar blik op het keukenblad. Ze had geen make-up op, maar veegde toch voorzichtig onder haar ogen, alsof ze haar mascara wilde beschermen. 'Hij keek naar bepaalde filmpjes. Geen gewone porno, maar gewelddadige porno.'

Het enige wat Lydia verbaasde was dat Claire het blijkbaar erg vond. 'Ik wil hem niet verdedigen, maar mannen kijken naar allerlei rare rotzooi.'

'Het was niet gewoon raar, Liddie. Het was extreem gewelddadig. En echt. Een vrouw wordt vermoord en een man met een leren masker verkracht haar terwijl ze sterft.'

Lydia sloeg haar hand voor haar mond. Ze was sprakeloos.

'Het gaat om twintig korte filmpjes over twee verschillende vrouwen, met een beknopte plot. Ze worden allebei gemarteld, ze krijgen elektrische schokken en worden als vee gebrandmerkt. Ik heb niet eens woorden voor de andere dingen die met ze gedaan worden. Het eerste meisje wordt vermoord.' Ze sloeg haar handen ineen. 'Het tweede meisje lijkt op Anna Kilpatrick.'

Lydia's hart trilde als een harpsnaar. 'Je moet de politie bellen.'

'Mooier nog: ik heb alle filmpjes naar het politiebureau gebracht, en daar zeiden ze dat ze nep waren, maar...' Ze keek op naar Lydia, een en al ontreddering. 'Ik geloof niet dat ze nep zijn, Liddie. Ik denk dat de eerste vrouw echt vermoord is. En dat meisje... ik weet het niet. Ik weet het gewoonweg niet meer.'

'Ik wil ze zien.'

'Nee.' Driftig schudde Claire haar hoofd. 'Je mag ze niet zien. Ze zijn vreselijk. Je krijgt ze nooit meer van je netvlies.'

De woorden deden Lydia aan haar vader denken. Tegen het einde van zijn leven had hij dat vaak over Julia gezegd, dat er dingen waren die je niet meer van je netvlies kreeg. Toch moest ze het weten. 'Ik wil het meisje zien dat op Anna Kilpatrick lijkt,' drong ze aan.

Claire probeerde ertegenin te gaan, maar ze wilde ook de mening van een ander horen. 'Je mag het filmpje niet zien. Je mag alleen haar gezicht zien.'

Lydia bepaalde zelf wel of ze dat stomme filmpje zou zien. 'Waar is het?'

Aarzelend stond Claire op van de bar. Ze ging Lydia voor naar de bijkeuken en opende de zijdeur. Er zat een houten plaat op de plek waar een ruit hoorde te zitten.

'Er is ingebroken op de dag van de begrafenis,' legde Claire uit. 'Ze hebben niks meegenomen. Ze zijn door de cateraars betrapt.'

'Zochten ze naar de filmpjes?'

Verbaasd draaide Claire zich om. 'Daar heb ik geen moment bij stilgestaan. Volgens de politie is er een bende actief die overlijdensberichten napluist op zoek naar huizen die ze tijdens de begrafenis kunnen leeghalen.'

Lydia herinnerde zich vaag dat ze iets dergelijks op het nieuws had gehoord, maar het bleef een merkwaardig toeval.

Ze liepen over het geplaveide voorterras naar de garage, die twee keer zo groot was als Lydia's huis. Een van de schuifdeuren stond al open. Het eerste wat Lydia zag was een kast die op zijn kant lag. Toen een stel gebroken golfclubs. Handgereedschap. Apparaten. Verfpotten. Tennisrackets. De hele garage lag aan gort.

'Hier heb ik mezelf even laten gaan,' zei Claire, zonder het nader toe te lichten. 'De inbrekers hebben de garage niet gehaald.'

'Heb jij dit gedaan?'

'Vreselijk, hè?' zei Claire, alsof ze het over iemand anders hadden.

Lydia keek goed waar ze liep, want haar schoenen stonden nog in het huis. Leunend op een BMW X5 stapte ze over de omgevallen kast. Er stond een prachtige antracietgrijze Porsche, die zo te zien met een hamer was bewerkt. De zilverkleurige Tesla had allemaal putjes op de motorkap. Ze wist zeker dat elke auto die hier stond zelfs in gehavende staat haar hypotheek kon dekken.

Claire dook meteen in het verhaal. 'Er liep een Thunderboltkabel naar boven. Paul had een gat in de vloer geboord zodat hij hem rechtstreeks op zijn computer kon aansluiten.'

Lydia keek naar het plafond. De gipsplaat was opengebroken.

'Ik hield het boven niet meer uit,' zei Claire. 'Pauls MacBook lag voor in de Tesla. Ik haalde hem tevoorschijn en zette hem hier neer, en toen trok ik de kabel uit de muur zodat ik hem kon aansluiten.' Ze was praktisch buiten adem, net als toen ze klein was en Lydia wilde vertellen wat er op school was gebeurd. 'Ik heb de laptop nagekeken op meer filmpjes. Ik heb niks gevonden, maar wie weet. Paul was heel goed met computers. Toch nam hij nooit de moeite iets te verbergen, want hij wist dat ik niet zou kijken. Ik vertrouwde hem,' voegde ze eraan toe.

Lydia liet haar blik over de puinzooi gaan tot ze de zilverkleurige MacBook Pro zag die op de werkbank stond. Claire had de gipsplaat met een hamer opengebroken. Dat was duidelijk, omdat de hamer nog steeds in de muur stak. Een dunne witte kabel hing naar beneden. Claire had hem op de laptop aangesloten.

'Kijk eens daarachter.' Claire wees achter de werkbank. 'Je kunt het lampje van de externe harde schijf zien.'

Lydia moest op haar tenen gaan staan om te zien wat ze bedoelde. Ze strekte haar hals. Nu zag ze het flikkerende lampje. De schijf was in de muur weggewerkt. De nis zag er professioneel uit en had zelfs een sierlijst. Als Lydia er lang genoeg naar keek zag ze het diagram bijna voor zich.

'Ik had geen idee dat dit hier zat. Dit alles...' Claire gebaarde naar de garage. 'Dit hele gebouw is ontworpen om zijn geheimen te verbergen.' Ze zweeg even en keek Lydia onderzoekend aan. 'Weet je zeker dat je het wilt zien?'

Voor het eerst werd Lydia bij de gedachte aan de filmpjes door angst bevangen. Zojuist in het huis had Claires verhaal gruwelijk geklonken, maar op de een of andere manier had Lydia zichzelf wijsgemaakt dat de filmpjes wel mee zouden vallen. Rick en Dee keken graag naar horrorfilms. Lydia was ervan uitgegaan dat de filmpjes niet erger konden zijn. Nu ze met eigen ogen zag hoe ver Pauls bedrog ging, begreep ze dat Claire waarschijnlijk gelijk had: de filmpjes waren veel erger dan Lydia zich kon voorstellen.

Toch zei ze: 'Ja.'

Claire opende de laptop. Ze draaide het scherm van Lydia weg. Met haar vinger streek ze over de touchpad tot ze had gevonden wat ze zocht. 'Dit is het beste beeld van haar gezicht.'

Lydia aarzelde even, maar keek toen naar het meisje op het scherm. Ze was aan een muur vastgeketend. Haar lichaam lag helemaal open. Beter kon je niet beschrijven wat haar was aangedaan. Haar huid lag aan flarden. Brandwonden gaapten als open zweren. Ze was gebrandmerkt. Er stond een grote X op haar buik, iets uit het midden, vlak onder haar ribben.

Lydia proefde angst. Ze kon het verschroeide vel bijna ruiken.

'Het is te veel.' Claire wilde de laptop dichtdoen.

Lydia hield haar tegen. Haar hele lijf reageerde op de tegennatuurlijke beelden. Ze was misselijk. Ze zweette. Zelfs haar ogen deden pijn. Dit leek op geen enkele horrorfilm die ze ooit had gezien. Dit gemartelde lichaam was niet bedoeld om de kijker angst aan te jagen. Het was bedoeld om te prikkelen.

'Liddie?'

'Het gaat wel,' zei ze gesmoord. Op zeker moment had ze haar hand voor haar mond geslagen. Lydia besefte dat het geweld haar zo had aangegrepen dat ze niet eens goed naar het gezicht van het meisje had gekeken. Oppervlakkig leek ze veel op Anna Kilpatrick. Lydia deed een stap dichterbij. Ze boog zich voorover en raakte bijna met haar neus het scherm aan. Naast de laptop lag een vergrootglas. Daarmee probeerde ze het nog beter te bekijken.

Ten slotte zei ze: 'Ik kan het niet zeggen. Ze lijkt inderdaad op Anna, maar veel meiden van die leeftijd lijken op elkaar.' Lydia verzweeg dat Dee's vriendinnen onderling inwisselbaar waren. Ze legde het vergrootglas weg. 'Wat zei die politieman?'

'Hij zei dat het Anna niet was. Niet dat ik dat heb gevraagd, want ik zag de overeenkomst pas toen ik op het politiebureau was. Maar nu het in mijn kop zit, krijg ik het er niet meer uit.'

'Wat bedoel je, dat je dat niet hebt gevraagd?'

'Het kwam niet bij me op dat ze op Anna Kilpatrick leek, maar dat was het eerste wat commandant Mayhew zei toen ik hem het filmpje liet zien: het is Anna Kilpatrick niet.'

'De man die de leiding heeft over de zaak-Kilpatrick heet Jacob Mayhew. Hij heeft zo'n koddebeierssnor. Ik heb hem vanavond nog op het nieuws gezien.'

'Die bedoel ik, commandant Jacob Mayhew.'

'Anna Kilpatrick is hoofdnieuws. Waarom legt degene die de leiding heeft over het onderzoek alles stil voor een inbraak?'

Claire beet op haar lip. 'Misschien ging hij ervan uit dat ik hem het filmpje liet zien omdat ik wist dat hij op de Kilpatrickzaak zat.' Ze keek Lydia recht aan. 'Hij heeft gezegd dat ze dood is.'

Lydia dacht het al, maar nu haar vermoeden werd bevestigd, was het niet minder moeilijk. Zelfs in het geval van Julia, die al zo lang weg was dat ze onmogelijk meer in leven kon zijn, hield ze nog altijd een sprankje hoop. 'Is haar lichaam gevonden?'

'Er is bloed in haar auto aangetroffen. Mayhew zei dat het veel te veel was, te veel om nog te kunnen leven.'

'Maar dat was niet op het nieuws.' Lydia wist dat ze zich aan strohalmen vastklampte. 'Haar familie smeekt nog steeds om haar veilige terugkeer.'

'Hoeveel jaren hebben papa en mama hetzelfde gedaan?'

Ze zwegen allebei, en in gedachten waren ze bij Julia. Lydia wist nog dat sheriff Huckabee tegen haar ouders zei dat als Julia niet uit vrije wil was weggelopen ze hoogstwaarschijnlijk dood was. Helen had hem in zijn gezicht geslagen. Sam had gedreigd dat hij als de sheriff ook maar overwoog het onderzoek op te schorten net zo lang tegen zijn bureau zou procederen tot er geen spaan meer van heel was.

Lydia kreeg een brok in haar keel. Met moeite kuchte ze die weg. Claire hield nog iets achter. Ze probeerde Lydia of zichzelf te beschermen. 'Vertel het hele verhaal eens vanaf het begin.'

'Weet je het zeker?'

Lydia zweeg.

Claire leunde tegen de werkbank. 'Ik denk dat het begonnen is toen we terugkwamen van de begrafenis.'

Claire liet alles de revue passeren, van de filmpjes die ze op Pauls computer had aangetroffen en Nolans opdringerige vragen tot haar besluit de hele zaak aan de politie over te dragen. Lydia liet haar nog eens over Mayhew vertellen, die opvallend nieuwsgierig was geweest naar eventuele kopieën die Claire van de filmpjes had gemaakt. Toen ze over het dreigbriefje vertelde dat Adam Quinn op haar auto had achtergelaten, kon Lydia zich niet meer inhouden.

'Welke bestanden bedoelt hij?' vroeg ze.

'Dat weet ik eigenlijk niet. Werkbestanden? Pauls geheime bestanden? Iets in verband met het geld dat Paul had gestolen?' Ze schudde haar hoofd. 'Dat laatste begrijp ik nog steeds niet. Nolan had gelijk toen hij zei dat we er warmpjes bij zaten. Waarom zou je iets stelen wat je niet nodig hebt?'

Lydia hield zich in: waarom zou je iemand willen verkrachten als je thuis een beeldschone, bereidwillige vriendin had? Wel vroeg ze: 'Heb je op Pauls laptop naar een werkmap met lopende projecten gezocht?'

Claire keek haar wezenloos aan en Lydia wist genoeg. 'Ik was alleen maar bang dat ik nog meer filmpjes zou vinden.' Ze boog zich over de MacBook en gaf een zoekopdracht. Meteen verscheen de map met lopende projecten. Ze keken allebei naar de bestandsnamen.

'Die extensies zijn van bouwkundige software,' zei Claire. 'Aan de datums kun je zien dat Paul eraan heeft gewerkt op de dag dat hij werd vermoord.'

'Wat is een extensie?'

'Dat zijn de letters na de punt in een bestandsnaam. Zo weet je wat het bestandsformat is, bijvoorbeeld .jpeg voor foto's en .pdf voor tekstdocumenten.' Ze klikte de bestanden een voor een open. Er waren tekeningen bij van een trap, een paar ramen, vooraanzichten. 'Concepttekeningen. Dat heeft allemaal met zijn werk te maken.'

Lydia woog hun opties af. 'Kopieer deze bestanden voor Adam Quinn. Als hij je verder met rust laat, weet je dat hij er niet bij betrokken is.'

De eenvoud van de oplossing leek Claire te verbazen. Ze opende het portier van de Tesla en pakte een sleutelbos die op het dashboard lag. 'Deze sleutelhanger heb ik voor Paul gekocht toen het footballteam van Auburn University naar de BCS-bowl ging. Er zit een USB-stick in.'

Lydia vroeg zich af of haar zus wist hoe luchtig ze klonk als ze het over haar leven met Paul had. Het leek wel of Claire twee verschillende personen in zich verenigde: de vrouw die van haar man hield en in hem geloofde en de vrouw die wist dat hij een monster was.

'Ik wil niet dat je alleen met Adam bent,' zei Lydia. 'Sms hem maar dat je het in de brievenbus legt.'

'Goed idee.' Claire probeerde de twee delen van de sleutelhanger met haar duimnagel los te peuteren. 'Ik heb een burnertelefoon in huis.'

Lydia vroeg niet waarom ze een burner had. Ze liep naar de laptop en klikte alle bestanden dicht. Ze keek een tijdje naar de stilgezette film op het computerscherm. Het meisje had haar ogen wijd opengesperd van angst. Haar lippen stonden uiteen, alsof ze het wilde uitschreeuwen. Ergens wilde Lydia de rest van het filmpje zien, alleen om te weten hoe erg het werd.

Ze sloot het venster.

De Gladiatorschijf stond in de verkenner. Ze bestudeerde de bestandsnamen, die uit getallen bestonden, precies zoals Claire had gezegd. 'Er moet een systeem in zitten.'

'Dat heb ik niet kunnen ontdekken. Kut!' Claire had haar nagel opengehaald aan het metaal.

'Het stikt hier toch van het gereedschap?'

Claire zocht net zo lang tot ze een schroevendraaier had gevonden. Ze nam in kleermakerszit op de vloer plaats en wrikte de sleutelhanger uit elkaar.

Lydia keek nog eens naar de bestandsnamen. Er moest een code zijn die de getallen verklaarde. In plaats van met een oplossing te komen, zei ze: 'Agent Nolan zei daarstraks iets over films kijken. Als hij op Pauls filmpjes doelde, hoe wist hij dat dan?'

Claire keek op. 'Misschien is hij er ook bij betrokken?'

'Het lijkt me wel het type,' zei Lydia, ook al was het een slag in de lucht. 'Waarom kwam hij bij een inbraak kijken?'

'Dat is de hamvraag. Niemand hier zat op hem te wachten. Mayhew kan hem niet uitstaan, dat zie je zo. Dus waar zocht Nolan naar?'

'Als Mayhew erbij betrokken is...'

'Waarom word ik dan onder druk gezet?' vroeg Claire zich geergerd af. 'Ik weet helemaal niks. Ik weet niet waarom Paul naar die filmpjes keek. Of wie er nog meer naar keek. Of wat Mayhew weet. Wat Nolan weet. Of niet weet. Het is alsof ik in kringetjes ronddraai.'

Lydia had hetzelfde gevoel, en dat terwijl ze hier nog maar een paar uur was.

'Hij flirt met me, hè?' zei Claire. 'Zoals hij vanavond naar me keek, alsof hij me aan het keuren was. Is jou dat ook opgevallen?'

'Ja.'

'Hij is eng, hè?'

Hij was meer dan eng, maar Lydia beperkte zich tot: 'Ergens wel.'

'Ha.' Claire sprong op, met de gespleten sleutelhanger triomfantelijk omhooggestoken. De plastic penning was bedrukt met het oranje-blauwe logo van Auburn University. Claire trok het ding uit elkaar, duwde de USB-stick in de laptop en klikte. Lydia zag dat de stick op de softwaremap na leeg was.

Ze slaakte een zucht van opluchting. 'Godzijdank.'

'Zeg dat.' Claire kopieerde de map met lopende projecten naar de drive. 'Ik hoop dat dit de bestanden zijn die Adam bedoelde. Ik trek het geloof ik niet als het niet zo is.'

Het viel Lydia op dat ze op dezelfde toon over Adam Quinn sprak als over Paul. Opeens herinnerde ze zich iets wat Nolan had gesuggereerd toen ze met z'n drieën bij de voordeur stonden. 'Je bent met Adam Quinn naar bed geweest.'

Met gespeelde onschuld haalde Claire haar schouders op. 'Mijn door de rechtbank aangewezen therapeut zou zeggen dat ik een gat probeerde te vullen.'

'Noem jij je vagina zo?'

Claire grinnikte besmuikt.

'Ongelooflijk,' mompelde Lydia, hoewel uit het verleden bleek dat het volkomen geloofwaardig was.

Toen Rick haar had gevraagd iets over Claire te vertellen, had ze verzwegen dat haar zus seksueel behoorlijk bevrijd was. Niet dat Claire maar een beetje aanrommelde. Met opmerkelijke handigheid wist ze iedereen in haar leven in een vakje te stoppen. Haar vrienden uit de stad kwamen nooit met haar studievrienden in aanraking. Haar cheerleadersvriendinnen mengden zich nooit met haar vriendinnen van de hardloopclub en bijna niemand wist dat ze lid was van het tennisteam. Geen van allen zou hebben kunnen denken dat ze met jan en alleman de koffer in dook. Vooral de man niet met wie ze op dat moment aan het daten was.

'Klaar.' Claire haalde de USB-stick uit de computer. 'Oké. Tenminste één ding dat geregeld is.'

Lydia was die hele Adam Quinn alweer vergeten. Ergens in haar achterhoofd was ze aan het puzzelen geslagen met Pauls code, en nu snapte ze wat hij gedaan had. 'De namen van de filmpjes. Dat zijn gecodeerde datums.' Ze keerde zich naar Claire toe. 'Stel dat een bestand 1-2-3-4-5 heet, dan is de code 1-5-2-4-3. Je neemt het eerste cijfer, dan het laatste, dan het tweede cijfer, dan het een na laatste, tot je in het midden bent aangekomen en ze allemaal een plek hebben.'

Claire knikte al. '1 november 2015 is 01-11-2015. Dan wordt de code 0-5-1-1-1-0-1-2.'

'Juist ja.'

Ze wees naar het scherm. 'Het laatste bestand op de lijst is de eerste film met het meisje dat op Anna Kilpatrick lijkt.'

Lydia vertaalde de code naar de datum. 'Die is een dag nadat ze vermist werd gemaakt.'

Claire leunde met haar hele gewicht op de werkbank. 'Zo gaat het nu al twee dagen. Telkens als ik mezelf wijsmaak dat de filmpjes niet echt zijn, duikt er iets nieuws op waardoor ik denk dat ze wel echt moeten zijn.'

Lydia voelde zich gedwongen voor advocaat van de duivel te spelen. 'Ik neem het niet voor Paul op, maar stel dat het echt is, wat dan nog? Internet staat vol rotzooi waarop mensen worden neergeschoten, onthoofd, verkracht en noem maar op. Het is walgelijk om naar te kijken, en als Paul wist dat het Anna Kilpatrick was, had hij het aan de politie moeten doorgeven, maar het is niet verboden om je mond te houden en ernaar te kijken.'

De keiharde waarheid die in Lydia's woorden besloten lag, kwam hard aan. Claire trok haar kin in, net als Dee altijd deed als ze niet over een bepaald onderwerp wilde praten.

'Claire?'

Ze schudde haar hoofd. 'Als het niet verboden is waarom komt Nolan hier dan steeds? En waarom gedroeg Mayhew zich zo eigenaardig toen hij vroeg of ik kopieën had gemaakt?'

'Misschien is Nolan gewoon een lul en kan hij het niet uitstaan dat Paul ongestraft de wet mocht overtreden.' Over de rol van commandant Mayhew moest Lydia langer nadenken. 'Misschien probeert Mayhew je te beschermen. Dat doen mannen nou eenmaal met jou. Dat hebben ze altijd al gedaan. Maar laten we ervan uitgaan dat de filmpjes echt zijn. Wat dan nog?' Nu ze die woorden voor de tweede keer uitsprak, besefte Lydia hoe vreselijk ze klonk, want de vrouwen waren echte mensen, ze hadden familie. Toch moest ze doorgaan. 'In het ergste scenario probeerde Mayhew te voorkomen dat je dacht dat je man moreel bankroet was.'

'Paul wás moreel bankroet,' zei Claire met ijzige overtuiging. 'Ik heb meer bestanden gevonden. Papieren bestanden.'

Lydia stond strak van paniek.

'Paul bewaarde ze boven op zijn kantoor. Twee grote dozen met dossiers en god mag weten wat nog meer. Ik herkende een van de namen op de etiketten.' Claire keek schuin opzij, net als toen ze klein was en iets probeerde te verbergen.

'Welke naam heb je herkend?'

Claire staarde naar haar handen. Ze peuterde aan de nagelriem van haar duim. 'De naam van de vrouw kwam me bekend voor. Ik had haar op het nieuws gezien. Een verhaal over haar, bedoel ik, niet haarzelf. Ze sprong eruit omdat het normaal niet in het nieuws wordt afgedrukt, ik bedoel, interviews...'

'Claire, wees eens duidelijk.'

Claire keek nog steeds niet op. 'Paul verzamelde informatie over allerlei vrouwen, en ik weet dat minstens een van die vrouwen verkracht is.'

'Hoe weet je dat?'

Eindelijk keek Claire haar aan. 'Ik heb haar naam op het nieuws gezien. Ik ken haar niet. Paul heeft haar naam nooit genoemd. Ze is gewoon een onbekende die verkracht is, en Paul heeft een dossier over haar bijgehouden. Hij heeft ook heel veel dossiers over andere vrouwen.'

Lydia verkilde tot op het bot. 'Wat voor informatie verzamelde hij?'

'Waar ze werken. Met wie ze een relatie hebben. Waar ze naartoe gaan. Hij huurde privédetectives in om ze te laten volgen zonder dat ze het wisten. Er zijn foto's en verslagen en achtergrondonderzoeken.' Claire voelde de kilte blijkbaar ook. Ze stak haar handen diep in haar zakken. 'Van wat ik heb gezien gaat hij één keer per jaar hun gangen na, elk jaar om dezelfde tijd, en nou vraag ik me de hele tijd af waarom hij ze laat volgen, daar moet hij een reden voor hebben, en stel dat die reden is dat hij ze allemaal verkracht heeft?'

Lydia had het gevoel dat er een kolibrie in haar keel vastzat. 'Is er ook een dossier over mij?'

'Nee.'

Lydia keek haar onderzoekend aan. Claire waakte altijd als een kat over haar geheimen. Loog ze? Kon Lydia haar vertrouwen nu het om zoiets belangrijks ging?

'Ik heb ze in mijn werkkamer.' Claire aarzelde. 'Niet dat je ze moet bekijken, hoor. Ik bedoel...' Ze haalde haar schouders op. 'Ik weet niet wat ik bedoel. Sorry. Sorry dat ik je erbij heb betrokken. Je kunt nog altijd gaan. Dat is maar beter ook.'

Lydia keek naar de oprit. Ricks pick-up stond in de bocht voor het huis geparkeerd. Hij wilde niet dat Lydia in het busje reed zolang hij de ruitenwisserbladen niet had vervangen, en ze had zijn gebaar beloond door een FBI-agent zijn kenteken te laten noteren.

Als heroïnejunk had Rick herhaaldelijk met de wet overhoopgelegen, want hij verkocht bijna evenveel als hij gebruikte. Nolan mocht er wel een paar uur voor uittrekken om zijn strafblad te lezen. En wat zou hij dan doen? Naar het tankstation gaan en Rick net zo lang lastigvallen tot zijn baas hem de laan uit moest sturen? Bij hem langsgaan om hem te verhoren en misschien navraag doen bij zijn buren en zo ontdekken dat Lydia naast hem woonde?

En dan werd Dee er ook bij betrokken, en de Moeders zouden het ontdekken, en de mensen die in Lydia's salon werkten zouden er gedonder mee krijgen, en misschien ook haar cliënten, die met slappe smoezen zouden aankomen, bijvoorbeeld dat ze hun poedel geen genitale scheerbeurt konden laten geven door een vrouw naar wie een FBI-onderzoek liep, dat het te ingewikkeld zou zijn.

'Pepper?' Claire hield haar armen gekruist om haar middel. 'Ga nou maar. Deze keer meen ik het echt. Ik mag je hier niet bij betrekken.'

'Ik zit er al tot over mijn oren in.'

'Pepper.'

Lydia zocht zich moeizaam een weg door de garage. In plaats van de oprit in te slaan, liep ze naar het huis. Ook zij had vaak genoeg met de politie te maken gehad. Het waren net haaien die bloed hadden geroken, en zo te horen had Claire twee dozen met aas op haar werkkamer waarmee ze zich agent Fred Nolan van het lijf konden houden.

# NEGEN

Claire plofte neer op de leunstoel in haar kantoor en keek toe hoe haar zus Pauls verzameling dossiers doornam. Het leek wel of Lydia nieuwe energie kreeg bij het vooruitzicht op nog meer schokkende bijzonderheden, maar Claire had het gevoel te stikken onder het gewicht van iedere nieuwe onthulling. Ze kon niet geloven dat ze pas twee dagen geleden Pauls kist in de grond had zien zakken. Ze had net zo goed samen met hem begraven kunnen worden. Haar huid voelde uitgedroogd. Ze was tot op het bot verkild. Zelfs met haar ogen knipperen was een hele toer, want de verleiding om ze dicht te laten was bijna te groot.

Ze staarde naar de burner in haar hand. Om 00.31 uur 's nachts had Adam Quinn op haar berichtje gereageerd met een kort 'Oké'.

Claire had geen idee wat dat 'oké' inhield. De USB-stick lag klaar in de brievenbus. Schortte Adam zijn oordeel op tot hij zag wat er op de stick stond?

Ze liet het telefoontje op de wandtafel vallen. Ze was doodziek van al die onbeantwoorde vragen, en kwaad omdat ze in plaats van om haar man te rouwen twijfelde aan haar eigen gezonde verstand omdat ze überhaupt van hem gehouden had.

Lydia had geen last van dergelijke bedenkingen. Ze zat op de vloer en met dezelfde blik in haar ogen als vroeger toen ze klein waren en Halloween vierden, doorzocht ze de plastic dozen. Ze had de kleurenmappen op naam gesorteerd voor zich op de vloer gelegd. Iedere kleur correspondeerde met een jaar, wat betekende dat Paul de afgelopen zes jaar achttien vrouwen had laten stalken.

Of erger.

Claire vertelde Lydia niet dat dit waarschijnlijk het topje van de ijsberg was. Toen ze in de garage waren, dacht ze opeens aan de opslagruimte in het souterrain onder het woonhuis. Claire was het vertrek helemaal vergeten, want ze was er maar één keer geweest, toen ze hier pas woonden. Lydia vond zoiets vast ongelooflijk, maar het was een gigantisch souterrain. Er was een filmzaal, een volledig uitgeruste sportzaal, een kleedruimte met sauna en stoomkamer, een massageruimte, een wijnkelder, een biljartzaal met zowel een pooltafel als een pingpongtafel, een gastensuite met een luxe uitgeruste badkamer, een professionele keuken onder bij de lift, een goed voorziene bar en een zitgedeelte dat met gemak plaats bood aan twintig mensen.

Was het verwonderlijk dat Claire een kamertje ter grootte van een politiecel helemaal was vergeten?

Paul was te georganiseerd om voor een obsessieve verzamelaar te kunnen doorgaan, maar hij bewaarde graag dingen. Claire had zijn verzameldrift altijd toegeschreven aan het feit dat hij alles kwijt was geraakt toen zijn ouders stierven, maar nu zag ze dat hij door iets grimmigers werd gedreven. Hij had beneden in de opslagruimte schappen gemaakt voor de vele plastic dozen die hij sinds zijn studie aan Auburn had gevuld. Toen ze pas in dit huis woonden, had hij Claire de dingen laten zien die hij had bewaard als aandenken aan hun eerste jaren samen: de eerste verjaardagskaart die ze hem ooit had gestuurd, een krabbeltje met daarop de eerste keer dat ze 'Ik hou van je' aan hem had geschreven.

Destijds had Claire zijn verzameling vreselijk lief gevonden, maar nu kon ze alleen maar aan de tientallen dozen denken die nog beneden stonden, en dat drie vrouwen per jaar over de laatste achttien jaar betekende dat er nog eens vierenvijftig mappen waren met vierenvijftig onbeschrijflijke beestachtigheden.

Eén dossier zou Lydia nooit te zien krijgen. Haar zus was al aangeslagen genoeg door de inhoud van deze mappen. Als ze ontdekte dat Paul hetzelfde met haar had gedaan, was het leed niet te overzien.

‘Gaat het wel?’ Lydia keek op van het verslag dat ze las. ‘Wil je niet even liggen?’

‘Nee, het gaat prima,’ zei Claire, maar haar ogen vielen zowat dicht. Haar lijf was zo moe dat haar handen trilden. Ze had ergens gelezen of gehoord dat criminelen altijd in slaap vallen nadat ze hun misdaden hebben bekend. Het verbergen van hun wandaden heeft ze zoveel energie gekost dat ze in een diepe, zalige slaap vallen zodra ze de waarheid opbiechten.

Had zij iets aan Lydia opgebiecht? Of had ze alleen een last met haar gedeeld?

Claire sloot haar ogen. Haar ademhaling werd dieper. Ze was wakker – ze hoorde hoe Lydia gretig door de pagina’s bladerde – maar tegelijkertijd sliep ze, en in die slaap voelde ze zich wegglijden in een droom. Een verhaallijn ontbrak, het waren slechts fragmenten van een doodgewone dag. Ze zat aan haar bureau om rekeningen te betalen. Ze oefende op de piano. Ze was in de keuken, waar ze een boodschappenlijst probeerde op te stellen. Ze pleegde telefoontjes om geld in te zamelen voor de kerstspeelgoedactie. Ze monsterde de schoenen in haar kledingkast voor een lunchoutfit.

Tijdens al deze bezigheden voelde ze Pauls aanwezigheid in het huis. Ze waren allebei erg onafhankelijk. Ze hadden altijd hun eigen interesses gehad, hun eigen dingen gedaan, maar Claire voelde zich gerustgesteld als Paul in de buurt was. Gloeilampen werden vervangen. Het beveiligingssysteem werd opgeschoond. De afstandsbediening werd ontcijferd. Vuilnis werd naar buiten gebracht. Kleren werden opgevouwen. Batterijen werden vervangen. Grote en kleine lepels lagen nooit door elkaar in de besteklade.

Hij was altijd zo doortastend en bekwaam. Ze vond het prettig dat hij groter was dan zij. Ze vond het prettig dat ze naar hem op moest kijken als ze dansten. Ze vond het prettig om zijn armen om haar heen te voelen. Hij was veel sterker dan Claire. Soms tilde hij haar op. Dan voelde ze haar voeten van de grond komen. Zijn borst voelde zo stevig tegen de hare. Hij plaagde haar soms met iets doms, en dan lachte ze want ze wist dat hij het heerlijk vond om haar te horen lachen, en dan zei hij: 'Zeg dat jij dit ook wilt.'

Claire schrok wakker. Haar armen vlogen omhoog alsof ze een klap wilde afweren. Haar keel kriebelde. Haar hart roffelde tegen haar ribben.

De ochtendzon stroomde haar werkkamer in. Lydia was weg. De plastic dozen waren leeg. De dossiers waren verdwenen.

Claire dook op haar bureau af. Ze trok de la open. Lydia's dossier lag er nog. Claire was zo opgelucht dat ze wel kon huilen.

Ze raakte haar wang aan. Ze huilde. Haar traanbuizen stonden voortdurend op stand-by om elk moment te kunnen lozen. In plaats van eraan toe te geven schoof Claire de la dicht. Ze veegde haar ogen droog en stond op. Ze fatsoeneerde haar overhemd en liep naar de keuken.

Ze hoorde Lydia nog voor ze haar zag. Blijkbaar was ze aan het telefoneren.

'Omdat ik wil dat je vanavond bij Rick blijft.' Lydia zweeg even. 'Omdat ik het zeg.' Weer zweeg ze even. 'Schat, ik weet dat je volwassen bent, maar volwassenen zijn net vampiers. De oudere hebben veel meer macht.'

Claire glimlachte. Ze had al die tijd geweten dat Lydia een goede moeder was. Ze klonk net als Helen vóór Julia verdween.

'Oké. Jij ook liefs.'

Nadat Lydia het gesprek had beëindigd, bleef Claire nog een hele tijd in de gang staan. Haar zus mocht niet weten dat ze werd afgeluisterd. Als Claire bleef liegen over het feit dat ze van elk detail van Lydia's leven op de hoogte was, kon ze het maar beter goed aanpakken.

Ze streek over de achterkant van haar haar en liep de keuken in. 'Hoi.'

Lydia zat aan de bar. Ze had een leesbril op, wat grappig zou zijn geweest als Claire er over een paar jaar niet zelf een nodig zou hebben. Pauls bestanden lagen over het hele kookeiland verspreid. Lydia had Claires iPad voor zich liggen. Ze nam de leesbril af en vroeg: 'Heb je lekker geslapen?'

'Sorry.' Claire wist niet waarvoor ze zich precies verontschuldigde, de keuze was te groot. 'Ik had je moeten helpen dit alles uit te zoeken.'

'Nee, je was hard aan wat slaap toe.' Lydia wilde achteroverleunen, maar wist zich nog net te herstellen voor ze over de lage rugleuning kiepte. 'Dit zijn de stomste stoelen waar ik ooit op gezeten heb.'

'Ze zijn mooi,' zei Claire, want dat was het enige wat Paul belangrijk vond. Ze liep naar het videoscherm op de keukenmuur. Het klokje gaf knipperend 06.03 uur aan. Ze schakelde over op de camera in de brievenbus. Adam was nog niet langs geweest. Claire wist niet wat ze daarvan moest denken, want ze had nog steeds geen idee welke bestanden Adam wilde hebben.

'De USB-stick ligt nog in de brievenbus,' zei ze.

'Hebben jullie een camera in jullie brievenbus?'

'Dat heeft toch iedereen?'

Lydia wierp haar een wrange blik toe. 'Hoe heette die vrouw die je op het nieuws hebt gezien?'

Claire schudde haar hoofd. Ze snapte het niet.

'In de garage zei je dat je de naam had herkend van een van de vrouwen in de dossiers, want je had haar op het nieuws gezien. Ik heb ze allemaal nagetrokken op je iPad. Er zijn er maar twee in het nieuws geweest.'

'Ze kwam uit Atlanta,' verzon Claire snel.

'Leslie Lewis?' Lydia schoof een opengeslagen dossiermap over het werkblad zodat Claire de foto van de vrouw kon zien. Ze was blond en knap en ze droeg een grote bril met zwart montuur. 'Ik heb iets over haar gevonden in het archief van de *Atlanta Journal*. Ze logeerde in een hotel tijdens de Dragon Convention. Ze dacht dat ze de deur opendeed voor roomservice, maar een man drong binnen en verkrachtte haar.'

Claire wendde haar blik van de foto af. Het kantoor van Quinn + Scott in het centrum van Atlanta was vlak bij de plek waar de sf-conventie werd gehouden. Vorig jaar had Paul haar foto's gestuurd van de barstensvolle straat, waar het stikte van dronken mensen verkleed als Darth Vader en de Green Lantern.

Lydia schoof haar een tweede dossier toe. Weer een knappe, jonge blondine. 'Pam Clayton. Er stond een verhaal over haar in de *Patch*. Ze was aan het hardlopen bij Stone Mountain Park. De belager sleepte haar het bos in. Het was na zevenen, maar het was augustus en dus nog licht.'

Pauls tennisteam had soms wedstrijden in het park.

'Kijk eens naar de datums op de dossiers. Hij huurde detectives in om ze te volgen als het een jaar geleden was dat ze waren verkracht.'

Claire geloofde haar op haar woord. Ze wilde geen bijzonderheden meer lezen. 'Heeft de belager nog iets tegen een van hen gezegd?'

'Als dat zo is, staat het niet in de artikelen. We moeten de politierapporten zien te krijgen.'

Claire vroeg zich af waarom Paul de privédetectives geen opdracht had gegeven de rapporten op te sporen. Lydia's dossier bevatte haar arrestatierapport en de hele papierwinkel die erbij hoorde. Misschien dacht Paul dat hij zich in de kaart liet kijken als hij al die verschillende detectives vroeg om de politierapporten van alle verkrachte vrouwen op te vragen. Of misschien had hij die rapporten niet nodig omdat hij precies wist wat er met hen gebeurd was.

Of misschien kreeg hij de rapporten van commandant Jacob Mayhew.

'Claire?'

Ze schudde haar hoofd, maar nu de gedachte zich had genesteld, raakte ze die niet kwijt. Waarom had ze Mayhews gezicht niet bestudeerd terwijl hij naar de filmpjes keek? Aan de andere kant: wat schoot ze daarmee op? Had ze niet genoeg van Pauls dubbelhartigheid geleerd om te beseffen dat ze niet op haar eigen oordeel kon vertrouwen?

'Claire?' Lydia wachtte op een reactie. 'Is je niks opgevallen bij die vrouwen?'

Weer schudde Claire haar hoofd.

'Ze lijken allemaal op jou.'

Claire wees er maar niet op dat dat betekende dat ze ook op Lydia leken. 'En, wat nu? We houden het leven van die vrouwen in onze handen. We weten niet of we Mayhew kunnen vertrouwen. En ook al zou dat zo zijn, dan nog heeft hij die filmpjes niet serieus genomen. Waarom zou hij de dossiers onderzoeken?'

Lydia haalde haar schouders op. 'We kunnen Nolan bellen.'

Claire geloofde haar oren niet. 'Liever deze vrouwen dan wij, bedoel je dat?'

'Zo zou ik het niet formuleren, maar nu je...'

'Ze zijn al verkracht. Nu wil je die eikel ook nog op ze afsturen?'

'Misschien geeft het ze wat rust als ze weten dat de man die ze heeft aangevallen er niet meer is,' zei Lydia schouderophalend.

'Wat een kutsmoes.' Claire liet zich niet ompraten. 'We weten zelf wat voor type die Nolan is. Waarschijnlijk gelooft hij ze niet eens. Of erger nog, flirt hij met ze zoals hij met mij flirt. Het heeft bepaald een reden dat de meeste vrouwen niet naar de politie gaan als ze verkracht zijn.'

'Wat ga je doen, een cheque voor ze uitschrijven?'

Claire verdween naar de zitkamer voor ze iets zei waarvan ze spijt zou krijgen. Een paar cheques uitschrijven was trouwens geen gek idee. Paul had die vrouwen aangevallen. Het minste wat ze kon doen was hun therapie betalen of wat ze verder nodig hadden.

Lydia zei: 'Als Paul me verkracht had en ik zou ontdekken dat hij me achttien jaar lang elke september gestalkt had en foto's van me had genomen, zou ik het liefst een pistool pakken en hem vermoorden.'

Claire keek naar de Rothko boven de haard. 'En als je ontdekte dat hij al dood was en dat je er helemaal niks meer aan kon doen?'

'Dan zou ik het nog steeds willen weten.'

Claire voelde geen enkele aandrang om de waarheid op te biechten. Lydia had altijd opgeschept over hoe stoer ze was, maar het was niet zonder reden dat ze zichzelf al op haar zestiende met drugs had verdoofd.

'Ik kan het niet,' zei Claire. 'Ik doe het niet.'

'Ik weet dat je het niet wilt horen, maar ik ben blij dat ik weet dat hij dood is. En dat ik weet hoe hij is doodgegaan, hoe rot het voor jou ook geweest moet zijn.'

'Rot,' herhaalde Claire. Ze vond het woord op het randje van beledigend. Rot was als je te laat kwam voor een film of als een fantastische parkeerplek voor je neus werd weggekaapt. Je man neergestoken zien worden en hem zien doodbloeden was godvergeten gruwelijk. 'Nee. Ik doe het niet.'

'Goed.' Lydia graaide de mappen bij elkaar en maakte er een stapel van. Ze was zichtbaar kwaad, maar Claire weigerde toe te geven. Ze wist hoe het was als Fred Nolan zijn volle aandacht op je richtte. Dat kon ze Pauls slachtoffers niet aandoen. Ze ging al onder genoeg schuldgevoelens gebukt zonder dat ze die arme vrouwen voor de leeuwen gooide.

Ze liep de zitkamer in. Het zonlicht was verblindend. Claire sloot heel even haar ogen en liet de zon haar gezicht verwarmen. En toen wendde ze zich af, want met alle ellende die ze hadden ontdekt, voelde het verkeerd om van zoiets simpels te genieten.

Haar blik werd naar de vloer achter een van de banken getrokken. Lydia had daar wat papieren uitgestald. In plaats van nog meer verslagen van privédetectives, herkende Claire tot haar verbazing het werk van haar vader.

Sam Carroll had een hele muur in zijn flat gewijd aan allerlei aanwijzingen die betrekking hadden op Julia. Er waren foto's, kaartjes en afgescheurde papiertjes met telefoonnummers en namen erop gekrabbeld. Alles bij elkaar nam de verzameling zo'n vier vierkante meter in beslag. Hij kreeg zijn borg van de flat niet terug vanwege alle punaisegaatjes in de gipsplaat.

'Heb je papa's muur bewaard?' vroeg ze aan Lydia.

'Nee, dit zat in de tweede dossierdoos.'

Hoe kon het ook anders.

Claire knielde neer. Jarenlang had die muur haar vader bepaald. Zijn wanhoop sloeg haar nog steeds vanaf elk vodje papier tegemoet. Zijn studie diergeneeskunde had hem geleerd nauwgezet aantekeningen te maken. Hij legde alles vast wat hij had gelezen, gehoord of gezien, hij had politierapporten en verklaringen gecombineerd tot de zaak even helder in zijn brein stond geëtst als de structuur van het spijsverteringskanaal bij de hond of de symptomen van leukemie bij de kat.

Ze pakte een velletje met haar vaders handschrift. De laatste paar weken van zijn leven had Sam Carroll verlammingsverschijnselen vertoond ten gevolge van een lichte beroerte. Zijn afscheidsbriefje was nauwelijks leesbaar geweest. Claire was vergeten hoe zijn oorspronkelijke handschrift eruitzag.

'Hoe noem je dit ook alweer?' vroeg ze aan Lydia.

'De Palmermethode.' Lydia stond achter Claire. 'Hij was eigenlijk linkshandig, maar hij werd gedwongen zijn rechterhand te gebruiken.'

'Dat hebben ze ook met mij gedaan.'

'Je moest een want aan zodat je je linkerhand niet kon gebruiken. Mama was laaiend toen ze het ontdekte.'

Claire ging op de vloer zitten. Ze kon niet afblijven van het enige wat ze nog had van haar vader. Sam had deze foto in handen gehad, van een man die met een andere man sprak die een zus had die misschien iets over Julia wist. Hij had dit luciferboekje uit de Manhattan aangeraakt, de bar waar Julia voor het laatst was gezien. Hij had aantekeningen gemaakt op deze menukaart van de Grit, haar favoriete vegetarische restaurant. Hij had naar deze foto gekeken waarop Julia tegen haar fiets leunde.

Claire bestudeerde de foto. In de stuurmand lag een gleufhoed van pied-de-poule. Julia's lange blonde haren golfden lichtjes om haar schouders. Ze droeg een zwart mannencolbert en een wit overhemd, verder had ze witte kanten handschoenen aan en een vracht zilverkleurige en zwarte armbanden om haar polsen, want het was eind jaren tachtig en destijds wilde elk meisje op Cindi Lauper of Madonna lijken.

'Ik maak mezelf wijs dat Paul dit alles heeft bewaard omdat hij dacht dat ik het op een dag zou willen zien,' zei Claire.

Lydia liet zich naast Claire op de vloer zakken. Ze wees naar de foto van Julia. 'Ze heeft mijn medaillon om. Er stond een cursieve L op de voorkant.'

Ze wisten allebei dat Julia het gouden medaillon ook om had toen ze verdween. Claire zei: 'Ze pikte altijd jouw spullen.'

Lydia stootte haar aan. 'Jij pikte ook altijd mijn spullen.'

Opeens bedacht Claire iets. 'Had Paul ook een dossier over mij?'

'Nee.'

Ze keek haar zus onderzoekend aan en vroeg zich af of Lydia loog om dezelfde reden dat zij tegen Lydia loog.

'En pa's dagboeken?' vroeg Lydia. Sam was een dagboek gaan bijhouden nadat Helen bij hem weg was gegaan, want er was niemand meer bij wie hij zijn hart kon uitstorten. 'Ze zaten niet in Pauls dozen.'

'Zou mama ze hebben?' Claire haalde haar schouders op. Ten tijde van zijn dood had ze zich zo van haar vader vervreemd gevoeld dat ze niets van hem hoefde te hebben. Pas later, als ze aan dingen zoals zijn bril of zijn boeken dacht of aan zijn verzameling dierenstropdassen, had ze er spijt van niet beter te hebben opgelet.

'Ik las zijn dagboeken altijd,' zei ze. 'Waarschijnlijk omdat hij ze voor mij probeerde te verbergen. Bonuspunten voor Paul.' Ze liet zich tegen de muur zakken. 'Het laatste wat ik heb gelezen was van ongeveer een halfjaar voor zijn dood. Het waren een soort brieven aan Julia. Dingen die hij zich uit haar jeugd kon herinneren. Dat we allemaal zo veranderd waren zonder haar. Je merkte het niet aan hem, maar hij was goed op de hoogte van ons doen en laten. Hij wist precies wat we allemaal uitspookten.'

'Jezus, nee toch?'

'Mama en hij zagen elkaar nog steeds. Ook toen ze hertrouwd was.'

Lydia knikte. 'Dat weet ik.'

Claire zag een foto van Julia die ze helemaal vergeten was.

Kreunend ging ze op haar knieën zitten om hem te pakken. Vijf jaar geleden had ze haar meniscus gescheurd en die voelde nog steeds alsof hij bij de geringste aanleiding weer open zou barsten. 'Heb je net zulke slechte knieën als ik?'

'Minder slecht dan die van Allison Hendrickson.'

'Goeie.' Claire keek naar de foto. Julia lag in een blauwe bikini te zonnen op het gazon voor het huis. Haar roze huid glom van de babyolie. Waarschijnlijk had Lydia de foto gemaakt. Claire mocht nooit samen met hen zonnebaden. Of mee uit. Of ook maar ademen bij hen in de buurt. 'God, kijk eens hoe verbrand ze is. Ze zou nu alle soorten huidkanker hebben gehad.'

'Ik heb vorig jaar een vlekje laten weghalen.' Lydia wees naar de zijkant van haar neus.

Even was Claire blij dat ze altijd werd buitengesloten. 'Wedden dat ze een hele sleep kinderen zou hebben gehad?'

'Toekomstige jonge Republikeinen.'

Claire moest lachen. Julia had buikpijn voorgewend om thuis te mogen blijven van school zodat ze naar de Iran-Contra-hoorzitting kon kijken. 'Ze zou haar kinderen thuis hebben lesgegeven om te voorkomen dat ze werden gehersenspoeld door het openbaar onderwijssysteem.'

'En ze zou ze zoveel soja hebben gevoerd dat hun ballen weigerden in te dalen.'

Claire schoof met haar vaders aantekeningen. 'O nee, ze had vast geen jongens gekregen. Dat is zwichten voor het patriarchaat.'

'Denk je dat ze ze zou hebben laten vaccineren?'

Claire lachte luid, want al in 1991 had Julia getwijfeld aan de geloofwaardigheid van het door de overheid gesteunde farmaceutisch-industriële complex. 'Wat is dit?' Ze raapte een stapeltje aan elkaar geniete papieren op van de districtsrechtbank in Oconee County.

Lydia tuurde naar de documenten. 'Die heb ik in een aparte map gevonden. Het is een eigendomsakte van een stuk onroerend goed in Watkinsville.'

Paul was in Watkinsville opgegroeid, net buiten Athens. Claire bladerde door naar de tweede pagina, waarop de naam en het adres stonden van de rechtmatige eigenaar.

'Buckminster Fuller,' zei Lydia, want zij had het uiteraard al gezien. 'Waarom klinkt die naam zo bekend?'

'Dat was Pauls favoriete architect.' Ze reikte Lydia de papieren aan, want ze kon er zelf niet naar kijken. 'Paul is opgegroeid op een boerderij in Watkinsville. Hij zei dat alles verkocht werd na de dood van zijn ouders.'

Lydia stond op van de vloer. Ze pakte haar leesbril en Claires iPad van het kookeiland en ging weer naast Claire zitten.

Claire voelde de golf misselijkheid weer opkomen waarmee elke nieuw ontdekte leugen van Paul gepaard ging.

Lydia schoof haar bril op haar neus en begon te tikken. Claire staarde naar de achterkant van de witleren bank. Het liefst zou ze het leer met haar nagels openrijten. Ze wilde het houten frame kapotbreken, en dan lucifers pakken en dit hele stomme klotehuis laten affikken.

Niet dat het vlam zou vatten. Paul had het meest uitgebreide brandwerende systeem voor woonhuizen geïnstalleerd dat de bouwinspectie ooit had gezien.

'Het online-archief gaat maar tien jaar terug, maar Buckminster Fuller heeft zijn onroerendgoedbelasting tot op heden betaald.'

Claire dacht aan het schilderij in Pauls werkkamer. Zijn ouderlijk huis. Ze was uren bezig geweest om de schaduwen en invalshoeken precies goed te krijgen. Hij had gehuild toen ze het hem op hun huwelijksdag gegeven had.

'Paul zei dat de man die het gebouw en de grond kocht het huis heeft afgebroken zodat hij het land kon bebouwen.'

'Zijn jullie ooit gaan kijken?'

'Nee.' Claire had het verscheidene malen gevraagd. Uiteindelijk had ze zijn behoefte aan privacy gerespecteerd. 'Paul zei dat het te pijnlijk was.'

Lydia ging weer met de iPad aan de slag. Deze keer keek Claire mee. Lydia tikte Google Earth aan. Ze voerde het adres in Watkinsville in. Op het scherm verschenen grote lappen omgeploegd land. Lydia zoomde in. Er stond een huisje op het terrein. Claire herkende meteen het huis waarin Paul was opgegroeid. De witte gevelplanken liepen verticaal in plaats van horizontaal. De schuur was afgebroken, maar er stond een auto op de oprit en in de grote achtertuin die het huis van het boerenland scheidde zagen ze een schommeltoestel.

'Er is geen *streetview*,' zei Lydia. 'De weg heeft niet eens een naam. Denk je dat hij het verhuurt?'

Claire nam haar hoofd in haar handen. Ze wist helemaal niets meer.

'Er staat een telefoonnummer bij.' Lydia stond weer op. Ze wilde haar mobiel al van het werkblad pakken, maar Claire hield haar tegen.

'Pak de burner maar. Die ligt naast mijn stoel op mijn werkkamer.'

Lydia liep de gang in. Claire staarde naar de achtertuin. De ramen waren beslagen. Er steeg nevel op uit het zwembad. Ze moest de verwarming lager laten zetten. Ze gebruikten het zwembad nauwelijks in de winter. Misschien moest ze het laten afdekken. Of vol beton laten storten. De marmeren bekleding was een ramp om schoon te houden. 's Zomers werd het dek zo heet dat je sandalen aan moest als je geen brandwonden wilde oplopen. Paul had het zwembad om zijn schoonheid ontworpen, praktisch hoefde het niet te zijn.

Als er een betere metafoor voor hun leven was, kende Claire die niet.

Ze pakte de iPad. De satellietfoto van huis en erf van Buckminster Fuller was in de zomer gemaakt. Het veld achter het huis stond vol druivenstruiken. Het kleine huis van één verdieping had nog dezelfde gevelplanken die Claire met zoveel zorg had proberen weer te geven op het schilderij dat ze voor hun trouwdag voor Paul had gemaakt: grote, verticale planken met afdeklatten. Op het dak lagen lichtgroene shingles. De tuin was goed onderhouden. Het schommeltoestel achterin leek stevig en net een tikje anders, twee dingen waar Paul altijd naar streefde bij het ontwerpen van woonhuizen.

In elk geval wist Claire dat Paul niet had gelogen over het ongeluk dat zijn ouders het leven had gekost. Hij sprak er liever niet over, maar Claire had alle bijzonderheden van haar moeder gehoord. Ondanks de dertigduizend studenten van de University of Georgia was Athens een kleine stad gebleven, en de centrale bibliotheek was zoals elke bibliotheek in Amerika het middelpunt van de gemeenschap. Wat Helen niet in de krant had gelezen, had ze opgevangen uit de roddels die ze hoorde.

Het echtpaar Scott was op weg naar huis van een kerkbijeenkomst toen een truck met oplegger over een bevroren stuk weg reed en over de Atlanta Highway schaarde. Pauls vader werd onthoofd. Zijn moeder had nog heel even geleefd. Tenminste, volgens omstanders. Ze hadden de vrouw horen gillen toen de auto in vlammen opging.

Paul was doodsbang voor brand. Voor zover Claire wist was dat het enige waarvoor hij ooit bang was geweest. In de instructies voor zijn uitvaart stond specifiek vermeld dat hij niet gecremeerd mocht worden.

'Wat is er?' vroeg Lydia. Ze had de burner in haar hand.

'Ik dacht net aan Pauls uitvaartinstructies.' Ze waren niet geplastificeerd, maar verder weken ze niet af van alle andere instructies die Paul voor Claire had opgesteld. Ze had de lijst gevonden in een map in haar bureau, met op het etiket IN GEVAL VAN NOOD.

Hij wilde in het familiegraf begraven worden. Hij wilde een steen die in grootte en vorm overeenkwam met die van zijn ouders. Hij wilde geen make-up of haargel, hij wilde niet gebalsemd worden of dat zijn lichaam als een etalagepop werd tentoongesteld, want hij verafschuwde alle kunstmatigheid waarmee de dood werd omringd. Hij wilde dat Claire een mooi pak uitzocht en goede schoenen, maar wat maakte het uit of hij schoenen aanhad, goede of anderszins, en hoe kon ze weten of ze daadwerkelijk aan zijn voeten waren gedaan?

Pauls laatste verzoek op de lijst was het aangrijpendst: hij wilde begraven worden met zijn trouwring en zijn jaarring van Auburn. Claire was ontroostbaar geweest, want ze wilde zijn wensen heel graag vervullen, maar beide ringen waren door de Slangenman meegenomen.

'Claire?' Lydia stak haar de telefoon toe. Ze had het nummer van Buckminster Fuller al ingetoetst.

Claire schudde haar hoofd. 'Doe jij het maar.'

Lydia zette de luidspreker aan. Het gerinkel vulde de kamer en weerkaatste tegen de kale muren. Claire hield haar adem in. Ze wist niet wat ze verwachtte, tot er werd opgenomen.

Er klonk een klik, als van een ouderwets antwoordapparaat dat zoemend tot leven kwam. De opname klonk krasserig, maar de stem was onmiskenbaar die van Paul.

Hij zei: 'U bent verbonden met het huis van Fuller. Als u Buck wilt spreken...'

Claire greep naar haar keel. Ze wist wat er kwam want hun eigen voicemailboodschap volgde hetzelfde script.

Een vrolijke vrouwenstem zei: '...of Lexie!'

Paul maakte het af: 'Laat dan een bericht achter na de...'

Een lange piep klonk uit de luidspreker van de burner.

Lydia verbrak de verbinding.

'Lexie.' Claire spuugde de naam bijna uit. Ze klonk jonger dan Claire. En gelukkiger. En dommer, wat een troost zou moeten zijn, maar Claire werd te zeer door jaloezie verteerd om daar gevoelig voor te zijn.

Ze stond op. Ze begon de kamer op en neer te lopen.

'Claire...'

'Heel even.'

'Je bent toch niet...'

'Hou je kop.' Claire maakte rechtsomkeert en liep weer naar de andere kant van de kamer. Ze kon het niet geloven. En toen riep ze zichzelf tot de orde omdat ze het niet kon geloven, want op dit dieptepunt in haar leven maakte het toch zeker niets meer uit?

Lydia trok de iPad op haar schoot. Ze begon weer te tikken.

Claire bleef maar ijsberen. Ze was zich ervan bewust dat haar woede ongericht was, maar ze had meer dan eens bewezen dat ze haar woede niet in de hand had.

'Ik kan nergens een Lexie Fuller vinden, of een Alex Fuller, of een Alexander Fuller...' zei Lydia. 'Niet in de districtsarchieven.' Ze tikte door. 'Ik probeer het in Madison, Oglethorpe...'

'Nee.' Claire legde haar hand tegen de muur. Het liefst had ze het hele huis omgeduwd. 'Stel dat we haar vinden? Wat dan?'

'Dan vertellen we haar dat haar man dood is.'

'Waarom wil je mijn problemen de hele tijd bij anderen dumpen?'

'Dat is vals.'

Claire wist dat ze gelijk had, maar het interesseerde haar niet. 'Dus dan klop ik bij die Lexie aan en stel mezelf voor, en als ze niet zegt dat ik op moet rotten, wat ik in haar geval zou doen, zeg ik: o, trouwens, Paul was niet alleen een polygamist, maar ook een dief en waarschijnlijk een verkrachter en in elk geval een stalker en hij kwam klaar door naar vrouwen te kijken die werden gemarteld en vermoord, zoiets?' Ze maakte zich los van de muur en begon weer te ijsberen. 'Echt, dat wil ze niet weten.'

'Zou jij het ook niet willen weten?'

'Absoluut niet.' Claire stond verbaasd van haar eigen gedecideerdheid. Ze zag het moment weer voor zich waarop ze voor het eerst achter Pauls computer ging zitten.

Rode pil/blauwe pil.

Als ze alles terug kon draaien, zou ze er dan voor kiezen het niet te weten? Misschien zou Adam haar uiteindelijk over het gestolen geld hebben verteld, maar de filmpjes en de bestanden zouden waarschijnlijk verborgen zijn gebleven. Zou Claire de opslagruimte in het souterrain hebben doorzocht? Paul was degene die emotioneel gehecht was aan dwaze liefdesbriefjes en de strookjes van de bioscoopkaartjes voor de eerste film die ze samen hadden gezien. Ze had al besloten dat ze zonder Paul niet in zijn droomhuis kon wonen. Claire zou waarschijnlijk naar een kleiner huis zijn verhuisd, misschien naar een koopflat in de stad. Ze kon zich moeiteloos voorstellen dat ze dan een archiefvernietigingsbedrijf belde om alles weg te laten halen in plaats van het mee te verhuizen of het ergens tegen betaling op te slaan.

'Was Paul vaak weg op zakenreisjes?' vroeg Lydia.

Ze schudde haar hoofd. 'Alleen af en toe een paar dagen, en meestal nam hij me mee.' Claire besloot dat ze maar het beste kon uitspreken wat ze allebei hadden gedacht toen ze het schommeltoestel in de achtertuin zagen. 'Als hij een kind heeft, dan is hij echt een waardeloze vader geweest.'

'Watkinsville is op nog geen kwartier rijden van een campus vol studentes,' zei Lydia. Ze wachtte tot Claire zich had omgedraaid. 'Stel dat er nog meer mappen zijn? Nog meer vrouwen?'

In gedachten begaf Claire zich naar een nog duisterder oord. 'Is er een souterrain in dat huis?'

Seconden lang verroerde Lydia zich niet. Ten slotte begon ze weer op de iPad te tikken. Claire knielde naast haar neer. Lydia haalde de kadastergegevens voor het adres in Watkinsville boven water. Ze bewoog haar vinger naar beneden terwijl ze de informatie hardop voorlas. 'Vrijstaand woonhuis. Houten gevelbeplating. Bouwjaar 1952. Heteluchtverwarming. Aangesloten op de gemeentelijke waterleiding. Septic tank. Oppervlakte zolder: geen. Oppervlakte souterrain: geen.' Ze keek Claire aan. 'Geen souterrain.'

Claire liet zich op de vloer zakken. Ze staarde naar buiten. Zonlicht maakte de bleke kamer nog bleker. 'Die gemaskerde man, dat is Paul niet. Ik ken zijn lijf.'

'Is het soms Adam?'

Het was alsof Claire in haar hart werd gestompt. Adam was ongeveer even groot als de gemaskerde man. Hij had dezelfde lichte huid. Wat de rest betrof, wist ze het niet. Claire was niet verliefd geweest op Adam Quinn. Ze had niet urenlang naast hem gelegen, hem aangeraakt en gekust, zijn lijf in haar geheugen geprent. 'We hebben drie keer geneukt. We hebben ons nooit helemaal uitgekleed. Het gebeurde altijd staand.'

'Wat romantisch.' Lydia legde de iPad weg. 'Weet je zeker dat het Pauls stem is op het antwoordapparaat?'

Claire knikte, want Pauls lijzige, zuidelijke accent was onmiskenbaar. 'Wat moeten we doen?' Ze verbeterde zichzelf: 'Wat moet ík doen?'

Lydia antwoordde niet. Ze staarde naar de achtertuin, net als Claire had gedaan.

Claire voegde zich bij haar, en met een afwezige blik volgde ze een eenzame eekhoorn die over het dek huppelde en zout water uit het zwembad dronk. De vraag wat ze nu moesten doen, was beladen, want waar het op neerkwam was of Claire meer wilde weten. Dit was geen kwestie meer van rode pil/blauwe pil. Dit ging om de kern.

Ze schrokken allebei op toen de telefoon ging.

Claire keek op de burner, maar het schermpje was leeg.

'Het is mijn mobiel niet,' zei Lydia.

De telefoon ging voor de tweede keer. Claire kroop naar de draadloze handset op de tafel naast de bank. Weer ging de telefoon. Ze voelde de inmiddels vertrouwde misselijkheid opkomen nog voor ze Fred Nolans stem hoorde.

'Claire,' zei hij. 'Blij dat ik je te pakken heb.'

Zijn stem was luid en helder als een kerkklok. Claire hield de telefoon op enige afstand van haar oor zodat Lydia het ook kon horen.

Hij zei: 'Ik denk dat ik op je aanbod inga en eens met jou en je advocaat wil praten.'

Claires trommelvliezen vulden zich met het gebonk van haar hart. 'Wanneer?'

'Wat dacht je van vandaag?'

'Het is zondag.' Ze besefte nu pas welke dag het was. Er was bijna een week verstreken sinds de moord op Paul.

Nolan zei: 'Ik weet zeker dat je genoeg geld hebt om het weekendtarief van de Kolonel te betalen.'

*De Kolonel.* Dat was hun bijnaam voor Wynn Wallace, de advocaat die Claire van de aanklacht wegens mishandeling had afgeholpen. Paul had hem de Kolonel genoemd omdat hij net zo'n arrogante lul was als het personage dat door Jack Nicholson werd gespeeld in *A Few Good Men*.

'Claire?'

Hoe was Nolan achter hun privébijnaam gekomen? Had Paul de Kolonel ook ingeschakeld om van die aanklacht wegens verduistering af te komen?

'Hallo?'

Ze keek naar Lydia, die zo heftig met haar hoofd schudde dat ze zichzelf nog een whiplash zou bezorgen.

'Waar?' vroeg Claire.

Nolan gaf haar het adres.

'Ik ben er over twee uur.' Claire beëindigde het gesprek. Ze legde de hoorn weer op de oplader. Toen ze haar hand wegtrok, zag ze dat ze een zweetplek had achtergelaten.

'Ga je hem de dossiers geven?' vroeg Lydia.

'Nee. Ik ga niet naar de stad.' Claire stond op. 'Ik ga naar Athens.'

'Wat?' Lydia stond ook op. Ze volgde Claire naar de bijkeuken. 'En je hebt net tegen Nolan gezegd dat je...'

'Nolan kan de klere krijgen.' Claire raapte haar tas op. Ze schoof haar voeten in haar tennisschoenen. Ze wist niet waarom, maar ze moest Lexie Fuller zien. Niet dat ze met haar ging praten of een bom op haar leven ging gooien, maar Claire moest de andere vrouw met eigen ogen zien.

'Hoor eens, Lydia,' zei ze. 'Ik waardeer het zeer dat...'

'Kop dicht. Ik ga met je mee.' Lydia verdween in het huis.

Claire controleerde de brievenbus op het videopaneel naast de deur. De USB-stick van Auburn lag er nog. Het was zondagochtend, 09.13 uur. Was het een goed of slecht teken dat Adam Quinn uitsliep? Of liet hij de stick door iemand anders oppikken? Was Jacob Mayhew al onderweg? Zou Fred Nolan Claires afwezigheid over twee uur als opzettelijke misleiding van een FBI-agent beschouwen? Zou ze vanavond in haar eigen bed liggen of zou ze de komende paar jaar in de gevangenis doorbrengen?

Lydia kwam terug met haar tas. Ze had haar iPhone in de ene hand en de burner in de andere. 'Ik rij.'

Claire protesteerde niet want Lydia was ouder en zij reed altijd. Ze opende de bijkeukendeur en deed hem niet op slot. Zoals Claire er nu over dacht mochten de inbrekers terugkomen. Als ze tijd had gehad, zou ze koekjes voor hen hebben klaargezet.

Claire ontkoppelde de laadkabel van de Tesla. De sleutelring lag nog op de werkbank. Ze gooide hem in haar tas en stapte in. Lydia nam achter het stuur plaats. Ze reikte naar beneden en stelde de stoel bij. Ze veranderde de stand van de spiegels. Fronsend keek ze naar het zacht oplichtende 17-inch touchscreen dat het midden van het dashboard in beslag nam.

'Dit ding is elektrisch, hè?' Lydia klonk geërgerd. Ze werd altijd kribbig als ze met nieuwe dingen in aanraking kwam. 'Athens is een uur rijden.'

'Echt? Dat is me nou nooit opgevallen al die duizend-en-een keren dat ik in deze auto naar mama op en neer ben gereden.' Tenminste, voor de enkelband haar bewegingsvrijheid had beperkt. 'Rij nou maar.'

Lydia keek nog steeds geërgerd. 'Waar moet de sleutel in?'

'Je start hem door de rem aan te tikken.'

Lydia tikte de rem aan. 'Doet-ie het? Ik hoor hem niet eens.'

'Ben jij in de achttiende eeuw geboren of zo?' zei Claire. 'Jezus, het is gewoon een auto, hoor. Zelfs oma Ginny snapte het nog.'

'Dat is gemeen.' Ze zette de auto in zijn achteruit. Het videoscherm versprong naar de achteruitrijcamera. Snuivend van afkeer reed Lydia de auto voorzichtig achteruit en keerde.

Het hek aan het begin van de oprijlaan stond nog open. Claire had het gevoel alsof er tien jaren verstreken waren sinds ze achter in de limousine had gezeten met haar moeder en grootmoeder. Ze probeerde zich te herinneren hoe het gevoeld had. Wat was de puurheid van haar verdriet een luxe geweest.

In Watkinsville was een andere vrouw die misschien dezelfde pure rouwgevoelens had. Paul was nu bijna een week weg. Ze had vast ziekenhuizen, politiebureaus en de verkeerspolitie gebeld en wie er verder wilde luisteren. En iedereen die ook maar enig speurwerk verrichtte zou haar verteld hebben dat Buckminster Fuller, de vader van de geodetische koepel, in 1983 was gestorven.

Claire vroeg zich af wat Paul tegen de vrouw had gezegd om zijn voortdurende afwezigheid te verklaren. Handelsreiziger. Overheidsagent. Stoere bink op een booreiland. Piloot.

Paul had als student zijn vliegbrevet gehaald. Hij had een vergunning voor lichte vliegtuigen, wat betekende dat hij telkens als ze een chartervliegtuig huurden in de cockpit met de piloten over staartwinden en hoogtemeters kletste. Claire had altijd medelijden met de arme mannen die het toestel in de lucht moesten houden.

Moest ze ook medelijden hebben met Lexie Fuller? En had ze het recht om de andere vrouw in het ongewisse te laten wat Paul betrof? Claire wist als geen ander wat voor hel er op haar neer zou dalen als ze de waarheid wist. Mocht ze dat een ander mens aandoen?

Of misschien was Lexie al van het bestaan van Claire op de hoogte. Misschien vond die jonge bitch het prima om de man van een ander te delen, om het bastaardkind – of de bastaardkinderen – van die man op te voeden terwijl hij er nog een vrouw op na hield.

Claire sloot haar ogen. Wat vreselijk om zoiets over die andere vrouw te denken. Ze maakte van Lexie een monster terwijl Paul hen waarschijnlijk allebei voor de gek had gehouden. Zelfs als Lexie medeplichtig was aan polygamie, kon ze onmogelijk op de hoogte zijn van de verschrikkelijke shit waar Paul op kickte.

'Dyadische completering,' zou Paul hebben gezegd. 'Het menselijk brein is geneigd ervan uit te gaan dat als er een slachtoffer is er ook een schurk moet zijn.'

Was dat hoe Claire zichzelf zag, als een van Pauls vele slachtoffers?

'Claire?' Lydia hield het stuur niet langer in een wurggreep. 'Volgens mij hebben we meer informatie nodig.'

Alleen al bij de gedachte kromp Claire ineen. 'Wat bedoel je?'

'Het online districtsarchief gaat maar tien jaar terug. Is het huis altijd van Paul geweest?'

'Is dat belangrijk?'

'Ik vraag me alleen af of er nog andere mevrouwen Fuller zijn geweest.'

Claire staarde naar de weg. Het probleem met Lydia was dat ze wat Paul betrof moeiteloos van het ergste uitging. 'Denk je dat hij ze in de achtertuin heeft begraven?'

'Dat heb ik niet gezegd.'

'Dat hoefde je ook niet te zeggen.' Claire leunde met haar hoofd op haar hand. Ze wilde Lydia er niet bij hebben, maar ze kon zich ook niet voorstellen dat ze dit zonder haar zus deed. Ze was vergeten hoe irritant het was om een zus te hebben.

Lydia gaf richting aan en voegde in op de snelweg. Om de lieve vrede te bewaren zei ze: 'Papa vond het altijd vreselijk om op zondag te rijden.'

Onwillekeurig moest Claire lachen. Toen haar vader haar had leren rijden, had hij haar gewaarschuwd dat zondag de gevaarlijkste dag was om op de weg te zijn. Hij zei dat mensen dan moe en chagrijnig waren nadat ze uren in kriebelige kleren in de kerk hadden gezeten, en als ze eindelijk naar buiten mochten, reden ze als gekken.

'Wat deed jij gisteren bij de McDonald's?' vroeg Lydia.

Claire vertelde haar de waarheid. 'Ik vroeg me af of het onbeleefd zou zijn om te kotsen op het toilet zonder iets te bestellen.'

'Volgens mij zijn ze daar wel aan gewend.' Lydia gaf gas en reed de linkerbaan op. Voor iemand die zo over de auto had geklaagd, leek ze de rit best leuk te vinden. 'Wat denk je dat Nolan gaat doen als je niet op zijn kantoor verschijnt?'

'Hangt ervan af. Als het legaal is wat hij doet, zal hij een opsporingsbericht doen uitgaan. Als het niet legaal is, belt hij me weer, of hij zoekt me thuis op.'

'Je hebt de garagedeur open laten staan. Hij hoeft alleen maar naar binnen te gaan en Pauls laptop te bekijken.'

'Moet hij vooral doen.' Claire zag het nut er niet van in om de filmpjes te verbergen. Per slot van rekening had ze ze zelf aan de politie overgedragen. 'Dezelfde regels zijn weer van toepassing. Als Nolan daar legaal is, heeft hij een huiszoekingsbevel bij zich. Als dat niet zo is, mag hij de harde schijf hebben en in zijn reet stoppen.'

'Misschien is hij daar net als Adam de USB-stick komt halen.'

'Mooi. Kunnen ze samen lekker naar de filmpjes kijken en zich afrukken.'

Lydia kon er niet om lachen. 'Mag ik je iets vragen?'

Claire keek haar zus aan. Het was niets voor haar om ergens toestemming voor te vragen. 'Wat?'

'Wat doe je de hele dag? Heb je een baan of iets dergelijks?'

Claire rook een beladen vraag. Lydia dacht vast dat ze de hele dag wat rondhing, bonbons at en Pauls geld uitgaf. Eerlijk gezegd deed ze dat soms ook, maar Claire had het gevoel dat ze het op andere momenten weer compenseerde. 'Ik doe veel vrijwilligerswerk. In het asiel. Bij de voedselbank. Bij de USO, voor de strijdkrachten dus.' Alsof ze een lijst opstelde van alles wat haar vader belangrijk had gevonden. 'Ik heb ook een tijd voor het Innocence Project gewerkt, tot de zaak van Ben Carver opdook.' Ben Carver was een van twee seriemoordenaars die hun vader aan het lijntje hadden gehouden. 'Ik heb wat Frans en Duits geleerd voor op reis. Ik speel nog steeds piano. Ik maai het gras als het nodig is en het niet te warm is. Vroeger tenniste ik drie à vier uur per dag, maar om de een of andere reden wil niemand meer met me spelen. En jij?' vroeg ze.

'Ik werk. Ik ga naar huis. Ik slaap. Ik sta op en ga weer aan het werk.'

Claire knikte, alsof ze dat alles nog niet wist. 'En heb je een vriend?'

'Niet echt.' Lydia zwenkte om een trage Mercedes heen. 'Weet mama dat je weer met me praat?' Ze deed alsof de vraag spontaan bij haar opkwam, maar de rauwe klank in haar stem verried haar.

'Ik heb het haar niet verteld,' moest Claire toegeven. 'Maar alleen omdat ik overstuur was, en ik wist dat ze het aan mijn stem zou horen als ik haar belde, en dat ze me dan de waarheid zou ontfutselen.'

'Wat is de waarheid?'

'Dat je niet gelogen hebt, en dat het feit dat je niet gelogen hebt betekent dat Paul loog, en dat betekent dat mijn huwelijk van achttien jaar één grote schijnvertoning was en dat mijn man een psychopaat was.'

Lydia trok haar kin in, maar voor de verandering hield ze haar mond.

'Ik heb je mijn excuses nog niet aangeboden voor wat ik gedaan heb,' besefte Claire.

'Nee, inderdaad niet.'

'Het spijt me,' begon ze, maar de drie woordjes leken zo onbeduidend vergeleken met alles wat ze Lydia had ontnomen. 'Ik had je moeten geloven.' Claire wist dat dat ook niet helemaal klopte. Ze kon zich niet voorstellen dat ze op dat punt in hun leven Lydia zou hebben vertrouwd. 'Ook al geloofde ik je niet, ik had je nooit mogen loslaten.'

Lydia wendde haar hoofd af. Ze snifte.

Claire keek naar de hand van haar zus. Ze wist niet of ze haar moest aanraken. 'Het spijt me, Pepper. Ik heb je laten stikken. Ik heb ervoor gezorgd dat mama je ook liet stikken.'

'Mama heeft zich nog nooit iets laten voorschrijven.'

'Dat weet ik niet zo zeker.' Voor het eerst dacht Claire diep na over wat ze allemaal had aangericht. Ze had niet alleen Lydia uit haar eigen leven verbannen. Ze had haar ook weggesneden uit wat er van het gezin was overgebleven. 'Mama was doodsbang om nog een kind te verliezen. Dat wist ik en ik heb er misbruik van gemaakt omdat ik zo kwaad op je was. Ik heb haar tot een soort *Sophie's Choice* gedwongen.' Claire bedacht dat dit misschien de enige situatie was waarin de filmtitel in de verste verte van toepassing was. 'Ik had het mis. Ik heb vreselijk spijt van wat ik je heb aangedaan. Van wat ik ons gezin heb aangedaan.'

'Nou.' Lydia veegde haar tranen weg. 'Zelf maakte ik er destijds ook een puinhoop van. Alles wat je hebt gezegd was waar. Ik stal van jullie allemaal. Ik loog alles aan elkaar.'

'Maar over zoiets zou je nooit liegen, en dat had ik moeten inzien.' Claire moest lachen om het grove understatement. 'Kennelijk was er heel veel wat ik niet heb ingezien.'

Lydia slikte en vocht weer tegen haar tranen.

Claire wist niet wat ze verder nog moest zeggen. Dat ze trots was op haar zus omdat ze was afgekickt en zichzelf uit bittere armoede had weten te bevrijden? Dat haar dochter beeldschoon was, talentvol en in één woord geweldig? Dat haar vriend haar zonder meer aanbad? Alles wat ze wist over Lydia's leven was afkomstig van Pauls privédetectives.

Wat betekende dat Lydia, ook al had Claire de duistere, rotte ziel van haar huwelijk blootgelegd, haar nog steeds de waarheid over haar eigen leven niet toevertrouwde.

'Goed.' Lydia vond het blijkbaar tijd om op een ander onderwerp over te gaan. Ze gebaarde naar het touchscreen. 'Zit er ook een radio op dat ding?'

'Het kan alles spelen wat je wilt.' Claire raakte het media-icoontje aan. 'Als je hardop zegt wat je wilt horen, gaat het op internet zoeken en speelt het af.'

'Echt niet.'

'Welkom bij de elite.' Claire splitste het display in tweeën. Ze voelde zich net de enthousiaste jongen bij de Tesla-dealer toen ze langs de verschillende schermen swipete. 'Je kunt je mail erop lezen, zien of de accu bijna leeg is, je kunt internet op.'

Claire zweeg. Ze had het interneticoontje aangeraakt en het systeem laadde de laatste pagina die Paul had bezocht. Feedly.com was een feedreader die net zo werkte als Google Alerts, maar dan met nieuwsberichten.

Paul had maar één naam in de zoekmachine ingevoerd.

'Wat is er?' vroeg Lydia.

'Zet de auto aan de kant.'

'Hoezo?'

'Doe het nou maar!'

Lydia slaakte een diepe zucht, maar deed wat Claire haar opdroeg. De auto vulde zich met het geraas van de ribbelstrook toen ze hem in de berm van de snelweg tot stilstand bracht.

'Wat is er?' vroeg Lydia nogmaals.

'Paul heeft een alert ingesteld voor nieuws over Anna Kilpatrick. De laatste is twee minuten geleden binnengekomen.'

Lydia pakte haar tas en haalde haar leesbril tevoorschijn. 'Waar wacht je op?'

Claire tikte op de recentste alert, een link van Channel 2, een in Atlanta gevestigde dochtermaatschappij van ABC.

Langs de bovenkant van de homepage liep een zwart vak voor streaming video. Op de rode banner stond 'LIVE! Breaking news in de zaak-Anna Kilpatrick'. Een draaiende cirkel gaf aan dat de video werd opgeslagen. Claire zette het volume harder. Ze keken allebei gespannen naar het scherm.

De Tesla schudde toen een bruine UPS-truck langsreed.

'Dit duurt een eeuwigheid,' zei Lydia.

Ten slotte was de video geladen, maar er viel niet veel te zien. Commandant Mayhew stond achter een spreekgestoelte. Congreslid Johnny Jackson, die geen kans liet schieten om met zijn gezicht op de buis te komen, stond achter hem, iets naar rechts zodat hij in beeld bleef. Ze keken allebei naar een dichte deur aan de zijkant. Camera's flitsten en er klonk ongeduldig geschuifel van de verslaggevers.

Een commentaarstem zei: 'We hebben vernomen dat de ouders vijf minuten geleden in het gebouw zijn gearriveerd.' De verslaggever gaf een korte samenvatting van de verdwijning van Kilpatrick, vanaf het moment dat de politie haar auto op de parkeerplaats van het winkelcentrum in Lenox had aangetroffen.

Claire herinnerde zich de persconferenties die ze met de familie had gegeven. Toentertijd waren er maar drie nieuwszenders, en de persconferenties werden gehouden in de kleine hal van het politiebureau. Claire en Lydia kregen het advies ontredderd te kijken, maar ook weer niet te ontredderd. Helen was bang geweest dat Julia's ontvoerder haar overgebleven twee dochters zou zien en hen ook zou willen pakken. De sheriff had gezegd dat ze zich tot Julia moesten richten, want hij was er heilig van overtuigd dat ze in een of ander armoedig hotel zat en zich doodlachte omdat haar ouders zichzelf voor gek zetten op het avondnieuws.

'Daar heb je ze,' zei Lydia.

Op het scherm ging de zijdeur open. De ouders van Anna Kilpatrick liepen het podium op en gingen links van Mayhew staan. Hij knikte naar hen, alsof hij wilde zeggen: 'We slaan ons er wel doorheen.' Ze knikten niet terug. Ze leken allebei net ter dood veroordeelden die op hun executie wachtten.

'Ze hebben het lichaam gevonden,' zei Lydia.

'Stil nou,' zei Claire, maar even later bevestigde Mayhew Lydia's vermoeden.

Hij zei: 'Rond vier uur vannacht is het stoffelijk overschot van een jonge vrouw gevonden op een hardlooppad bij de Beltline.'

De Beltline liep door het centrum van de stad. Claire had vriendinnen die het bij wijze van grap de Rape Line noemden vanwege alle aanrandingen die er op dat pad plaatsvonden.

Mayhew vervolgde zijn verhaal: 'Het forensisch laboratorium van Dekalb County heeft het stoffelijk overschot kunnen identificeren aan de hand van foto's en vingerafdrukken. De familie Kilpatrick heeft de conclusie een uur geleden bevestigd.'

'Hebben ze het lichaam aan hen laten zien?' vroeg Claire.

'Zou jij dat dan niet willen?'

Claire wist het niet meer zo zeker.

Mayhew zei: 'Op dit moment ontbreekt het ons aan verdere aanwijzingen. We verzoeken iedereen die de man op deze tekening herkent om het hulpnummer te bellen.' Hij hield de politietekening omhoog van de man die in de buurt van Anna's auto was gesignaleerd. 'De familie Kilpatrick wil iedereen bedanken die heeft helpen zoeken naar...'

Claire draaide het geluid zachter, want ze wist wat er ging komen. De verslaggevers zouden vragen stellen. Mayhew zou die vragen niet beantwoorden. Ze zag Mayhew naar Bob Kilpatrick, Anna's vader, gebaren. De man had dezelfde betraande, geknakte blik die ze zo vaak bij haar eigen vader had gezien.

Het was Lydia ook opgevallen. 'Hij doet me aan papa denken.'

Claire dwong zichzelf niet naar Eleanor Kilpatrick te kijken. De vrouw klampte zich als een schipbreukeling aan haar man vast. En ze waren ook schipbreukelingen: al kwamen ze ooit weer aan land, ze zouden nooit meer vaste grond onder de voeten hebben.

Lydia hield Claires hand vast. De troost die ze voelde nu ze haar zus aanraakte trok als een warme golf door haar lijf. Ze zaten in de auto en luisterden naar de langszoevende vrachtwagens. Zou Claire Julia's lichaam willen zien? Na al die jaren zou het er heel anders uitzien. Er zouden alleen nog wat botten over zijn, maar die botten zouden heel veel betekenen, want dan hadden ze iets om te begraven, een plek waar ze hun verdriet konden achterlaten.

'Wat gebeurt er?' Het was geen existentiële vraag die Lydia stelde. Ze wees naar het touchscreen. Eleanor Kilpatrick had Mayhew aan de kant geduwd. Ze greep de microfoon.

Claire zette het geluid harder.

De woedende stem van Eleanor Kilpatrick snerpte uit de speakers: '...godverdomme als een beest gebrandmerkt!'

De feed werd afgebroken. De presentator van Channel 2 kwam in beeld. 'Onze excuses aan de kijkers voor de taal die u zojuist hebt gehoord.'

'Zoek de ongecensureerde feed op!' beval Lydia. 'Kom op!'

'Ik zoek al.' Claire had de pagina snel opgeroepen. De newsfeed was weer geüpdatet. Er waren nog een stuk of tien andere sites met dezelfde persconferentie. Claire koos de vaagste uit. Het kleurenwieltje in het midden begon rond te draaien.

'Probeer eens een andere,' zei Lydia.

'Wacht nou even.' Claire klemde haar handen ineen om het scherm niet vast te grijpen. Ze wilde het net opgeven toen de pagina eindelijk geladen was.

Mayhew stond verstard, met de microfoon voor zich. Jackson staarde als een goede soldaat recht voor zich uit. Claire drukte op PLAY. Hij zei: '...het stoffelijk overschot van een jonge...'

'Dat is helemaal aan het begin.' Lydia had kennelijk goed opgelet. Ze scrolde over de onderkant van de video tot ze bij de uitbarsting van Eleanor Kilpatrick was aangekomen.

'Dit is bullshit!' schreeuwde de vrouw.

Johnny Jackson glipte snel het beeld uit, Jacob Mayhew mocht ervoor zorgen dat de schade beperkt bleef.

'Mevrouw Kilpatrick.' Mayhew legde zijn hand op de microfoon.

'Nee!' Eleanor Kilpatrick probeerde zijn hand weg te duwen. Ze was klein van stuk en kreeg hem niet van zijn plek, en daarom keerde ze zich naar de verslaggevers toe en riep: 'Mijn dochter is aan stukken gesneden!'

Een vloed aan flitslicht barstte los.

'Mevrouw Kilpatrick,' herhaalde Mayhew.

Ze griste de microfoon uit zijn handen. 'Haar borsten waren verminkt! Ze was godverdomme als een beest gebrandmerkt!'

Mayhew probeerde de microfoon te pakken. Ze rukte het ding weg. Hij deed een nieuwe poging, maar Bob Kilpatrick gaf hem een stomp in zijn buik.

'Ze was onze schat!' riep Eleanor. 'Ze was nog maar een kind.'

Twee geüniformeerde agenten worstelden Bob Kilpatrick tegen de grond. Zijn vrouw bleef schreeuwen, ook toen hij werd weggesleept. 'Wat voor beest doet ons kind zoiets aan? Wat voor beest?'

Mayhew veegde met zijn hand langs zijn mond. Hij was razend. Ten overstaan van alle verslaggevers greep hij Eleanor Kilpatrick bij haar middel en droeg haar het podium over. Het snoer was te kort en de microfoon viel op de grond. Mayhew smeet de vrouw praktisch door de deuropening. De deur sloeg met een klap dicht. De camera liep nog een paar tellen en toen werd het beeld zwart.

Claire en Lydia staarden allebei naar het scherm.

'Zag je wat ze deed?' vroeg Lydia.

'Ja.' Claire riep de pagina weer op. Ze wachtten tot de film geladen was. In plaats van door te spoelen, speelde ze de hele persconferentie vanaf het begin af. Eerst Mayhew, toen Eleanor Kilpatrick. Zodra de film was afgelopen, laadde ze de pagina opnieuw zodat ze de persconferentie voor de derde keer konden zien.

De commentaarstem. Mayhew op het podium. De Kilpatricks die binnenkwamen.

Zowel Claire als Lydia kon zich niet van het scherm losmaken. Ze waren allebei gebiologeerd door de uitbarsting van Eleanor Kilpatrick, die een X op haar buik tekende toen ze zei dat haar dochter gebrandmerkt was.

Claire zette de film op pauze. Eleanor Kilpatrick verstarde op het scherm. Haar mond stond wijd open. Ze had haar rechterhand tegen de zijkant van haar buik gedrukt, iets uit het midden, vlak onder haar ribben.

'Haar borsten waren verminkt,' zei Lydia.

'Ik weet het.'

'Haar buik was gebrandmerkt met een X.'

'Ja.'

Precies als bij het tweede meisje op Pauls filmpjes.

Het meisje dat op Anna Kilpatrick leek.

# IV

Herinner je je dat artikel nog dat je voor de schoolkrant schreef toen Timothy McCorquedale werd geëxecuteerd? Hij werd in de jaren zeventig ter dood veroordeeld voor de moord op een blank meisje dat hij in een bar in het centrum van Atlanta met een zwarte man had zien praten. Je begreep maar niet waarom een blank meisje dat met een zwarte man praatte zoveel woede ontketende. Het stemde me trots en hoopvol dat je dat soort onnozel racisme niet snapte. Je moeder en ik zijn opgegroeid in de nadagen van de rassenscheiding. We demonstreerden voor gelijke rechten, maar dat was niet zo moeilijk, want al onze vrienden en medestudenten liepen mee in de demonstratie.

Ik weet nog dat je moeder en ik over je stuk spraken. Je vond dat McCorquedale gestraft moest worden, maar dat de maatschappij het recht niet had om hem te doden. We waren zo trots omdat je in dezelfde dingen geloofde als wij. We deelden je verontwaardiging bij de gedachte dat een man werd geëlektrocuteerd omdat hij een zeventienjarig meisje had ontvoerd, verkracht, gemarteld en uiteindelijk vermoord.

Ik moest aan je artikel denken toen ik vanochtend naar de gevangenis reed. Misschien herinner je je nog van het onderzoek voor je artikel dat in de Georgia Diagnostic and Classification Prison de ter dood veroordeelden van de staat zijn gehuisvest. Ik weet niet zo goed waarom ik aan je artikel moest denken toen ik door de toegangspoort reed, en hoewel ik nog steeds trots op je ben, zul je begrijpen dat ik anders ben gaan denken over de doodstraf. Het enige voorbehoud dat ik maak, is dat ouders in de gelegenheid worden gesteld de hendel over te halen.

Een paar jaar na je verdwijning werd een postbode genaamd Ben Carver ter dood veroordeeld voor de moord op zes jonge mannen. (Hij is homo, wat volgens Koddebeier betekent dat hij niet kickt op het doden van jonge vrouwen.) Volgens de geruchten heeft Carver sommigen van zijn slachtoffers gedeeltelijk opgegeten, maar er is geen proces geweest en de obscenere bijzonderheden zijn niet openbaar gemaakt. Tien maanden geleden, in het vijfde jaar sinds je verdwijning, stuitte ik op Carvers naam in het dossier van de sheriff. De brief was geschreven op postpapier van het departement voor strafinrichtingen en ondertekend door de gevangenisdirecteur. Hij liet de sheriff weten dat Ben Carver, een ter dood veroordeelde, tegen een van de bewakers had gezegd dat hij misschien over informatie beschikte die verband hield met jouw verdwijning.

Koddebeier had er als aantekening bij gezet dat hij het had nagetrokken, maar Carver heeft me zelf verteld dat de sheriff nooit bij hem langs is geweest. Uiteraard ben ik wel bij Ben Carver op bezoek gegaan. Om precies te zijn ben ik de afgelopen tien maanden achtenveertig keer in de gevangenis geweest. Ik zou hem nog vaker hebben bezocht, maar ter dood veroordeelden mogen maar één keer per week bezoek ontvangen.

Sorry dat ik je nu pas over die bezoekjes vertel, schat, maar lees alsjeblieft door, dan begrijp je misschien waarom.

Als ik hem bezoek, zitten Ben Carver en ik als vissen in een aquarium tegenover elkaar, gescheiden door fijn gaasdraad. Het is lawaaiig in de bezoekruimte. Er zijn zo'n tachtig ter dood veroordeelden en voor velen van hen loopt het enige contact met de buitenwereld via hun moeder. Je kunt je voorstellen dat de emoties er hoog oplopen. De moeder van Ben Carver is inmiddels te oud om hem te bezoeken, en nu ziet hij alleen mij nog. Ik moet me vooroverbuigen en mijn lippen vlak bij het gaas houden, ook al zit het vol zwarte vegen van alle duizenden monden die me zijn voorgegaan.

*Aids*, denk ik. *Hepatitis B. Herpes. Griep. Ziekte van Pfeiffer.*

Toch hou ik mijn mond voor het scherm.

Carver is een innemende man met een zachte stem. Hij is hoffelijk en attent, maar daar zet ik mijn vraagtekens bij, want is hij dat van nature of heeft hij te veel Hannibal Lecter-boeken gelezen?

Hoe dan ook, hij is altijd zeer met me begaan. 'U ziet er vandaag moe uit,' zegt hij dan, of: 'Eet u wel genoeg?' of 'Ik zou toch de kapper eens raadplegen over dat haar.'

Ik weet dat hij met me flirt, want hij is eenzaam, en ik flirt terug, want ik wil weten wat hij weet.

We hebben het over van alles en nog wat, behalve over jou.

Hij heeft een bijna perfect oor voor filmdialogen. *Casablanca. Gone With the Wind. Midnight Cowboy. Monty Python.* En dan alle boeken die hij heeft gelezen: vrijwel alle klassieken, Anne Rivers Siddons voor de band met Atlanta, Barbara Cartland voor de romantiek, Neil Gaiman voor de fantasy. Ik zou niet weten hoeveel gesprekken we gevoerd hebben over *De Celestijnse belofte.*

Ik vertel je moeder niet over deze gesprekken, en niet alleen omdat ze *The Bridges of Madison County* sentimentele bagger vindt. Ze weigert ook maar iets aan te horen over wat ik mijn buitenschoolse activiteiten noem en wat zij als mijn vruchteloze zoektocht bestempelt. Buiten dit onderwerp is er nog maar heel weinig waarover we kunnen praten. We kunnen niet eindeloos oude herinneringen ophalen aan vreselijke kampeertripjes, tandenfee-avonturen en verhitte ouderraadvergaderingen. Je zussen hebben inmiddels een eigen leven. Ze hebben hun eigen vrienden, bouwen aan een eigen gezinsleven buiten dat van ons. Je moeder heeft een (weliswaar derderangs) opvolger voor mij gevonden en ik heb...

Mag ik bekennen dat ik eenzaam ben? Dat ik elke ochtend wakker word in een sobere, lege slaapkamer, naar een popcorngeel plafond staar en me afvraag of het de moeite waard is mijn bed uit te komen? Dat ik er niet aan moet denken om mijn tandenborstel in zijn eentje te zien staan, zonder die van je moeder? Dat ik twee borden, twee lepels, twee vorken en twee messen heb, niet omdat ik er zoveel nodig heb, maar omdat ik ze alleen in paren kon kopen? Dat ik geen werk meer heb? Dat ik uiteindelijk je moeder ben kwijtgeraakt? Dat ik je zussen niet meer vraag om langs te komen, want elk gesprek voelt alsof ik ze meesleep de diepte in?

Dus misschien begrijp je nu waarom die gesprekken over film en literatuur met een veroordeelde seriemoordenaar zo'n belangrijk deel van mijn leven zijn geworden. Ik heb een reden om me te wassen. Een reden om mijn schoenen aan te trekken. Een reden om het huis te verlaten, de auto te pakken, ergens anders te zijn dan in mijn tweekamerflat, die evengoed een cel zou kunnen zijn in de Georgia Diagnostic and Classification Prison.

Ik weet dat Ben me aan het lijntje houdt, en ik weet ook dat ik me aan het lijntje laat houden. Ik vind het verbijsterend dat de enige keren dat ik tegenwoordig niet aan jou denk uitgerekend de momenten zijn waarop ik met een vermoedelijke kannibaal over Joyce discussieer. Het gaat er bij die bezoekjes toch om te ontdekken wat Carver weet? Om het gerucht te achterhalen dat hij heeft opgevangen, zodat ik eindelijk weet wat er met je is gebeurd?

Maar ik heb een hardnekkig vermoeden dat hij helemaal niets over je weet.

En ik heb een nog hardnekkiger vermoeden dat het me niet uitmaakt.

Het zit zo: ik maak mezelf wijs dat ik hem bestudeer. Is dit het soort man dat jou heeft ontvoerd? Was je ontvoerder in het begin even aardig tegen jou als Ben Carver tegen mij? Heeft hij je ontvoerd omdat hij je helemaal voor zichzelf wilde hebben? Of heeft hij je ontvoerd omdat hij je pijn wilde doen?

Dan vraag ik me af wat er zou gebeuren als dat groezelige gaasdraad werd weggehaald. Wat zou een man als Ben Carver met me doen als er geen bewakers waren, als er geen barrière tussen ons in zat? Zou hij een uiteenzetting geven over *The Faerie Queene* van Spenser of zou hij me opensnijden en een plakje van mijn alvleesklier verorberen?

Vandaag besefte ik dat ik het antwoord nooit zal weten, niet omdat het een onmogelijk scenario is, maar omdat ik niet langer bij Ben Carver op bezoek mag komen. Ik vermoedde meteen de hand van Koddebeier, maar van de gevangenisdirecteur kreeg ik al snel de ware toedracht te horen. Niet meer dan gepast. Per slot van rekening was hij de man wiens verslag me op het spoor van Ben Carver had gezet.

Het ging als volgt: in plaats van de bezoekerswachtkamer in te worden geloodst, werd ik door een gezette bewaker die de hele tijd aan zijn tanden zoog meegevoerd door een lange gang. Het geluid weergalmde tegen de glimmende vloertegels. De gangen in de gevangenis zijn lang en breed, je kunt het wel op een rennen zetten, maar je kunt je nergens verstoppen. Op elke hoek hangen grote bolle spiegels. Videocamera's volgen elke stap die je zet.

Was het centrum van Athens maar zo goed bewaakt geweest, dan was je misschien thuisgekomen.

De kamer van de directeur had goedkope lambrisering en van dat groene inrichtingsmeubilair. 'Denk *Cool Hand Luke*,' zou Ben hebben gezegd. Elk oppervlak was van metaal of nephout. De directeur was dik, hij had stekeltjeshaar en zoveel vetrollen dat je de boord van zijn overhemd nauwelijks zag. Hij droeg een wit overhemd met korte mouwen en daarbij een zwart-rode nepdas. Hij rookte een sigaret terwijl hij me vanachter zijn bureau aandachtig opnam. Ik zat vóór hem met een stukgelezen exemplaar van *Je bent maar één keer oud!* van Dr. Seuss in mijn handen. Een cadeau van Ben, dat hij me via de directeur had doen toekomen. Het laatste contact dat ik met Carver de Kannibaal zou hebben. Hij had mijn bezoekrecht ingetrokken. Ik kwam de gevangenis niet meer in.

'Meneer Carroll,' zei de directeur, met een stem als van Foghorn Leghorn. 'Ben Carver is een psychopaat. Hij is niet in staat tot empathie of wroeging. Als u iets menselijks in hem ziet, dan komt dat doordat hij een rol speelt.'

Ik bladerde het boek door. Het zweet stond in mijn handen. De pagina's plakten aan mijn vingers. Het is altijd warm in de gevangenis, ongeacht het seizoen. Het stinkt er naar zweet en riool en naar de wanhoop van mannen die als vee opeengepakt in hun cellen zitten.

'Het is duidelijk dat Carver uit u heeft gekregen wat hij wilde hebben, wat het ook was,' vervolgde de directeur. 'Hij is klaar met u. Vat het niet persoonlijk op. Wees blij dat u er ongeschonden uit bent gekomen.'

*Ongeschonden.*

Ik liet het woord door mijn hoofd rollen. Ik sprak het hardop uit toen ik door de lange gang naar buiten werd geleid. Ik herhaalde het toen ik in de auto zat, het boek nog steeds in mijn handen geklemd.

*Je bent maar één keer oud! Een boek voor overjarige kinderen* was een prentenboek voor volwassenen. Jaren geleden had ik voor mijn verjaardag hetzelfde boek van je zussen en jou gekregen, want jonge mensen vinden het altijd grappig als oudere mensen nog ouder worden. Ik kan me niet herinneren dat ik Ben ooit over het boek heb verteld, maar het zou kunnen dat ik het er in een vroeg stadium over heb gehad, toen ik hem nog probeerde te verleiden iets over je los te laten.

Dan zou het gesprek waarschijnlijk als volgt zijn gegaan:

Ben: Zeg, Sam, wat heb je de laatste tijd gelezen?

Ik: Ik kwam een boek tegen dat ik ooit van Julia en de andere meiden voor mijn verjaardag heb gekregen. *Je bent maar één keer oud!* van Dr. Seuss.

Ben: Weet je wat mijn mooiste verjaarscadeau ooit was? Toen ik zestien werd en van mijn moeder de sleutels van haar auto kreeg. Wat was jouw eerste auto, Sam? Vast een oud barrel. Met dat ding kreeg je alle meiden mee, wedden?

Zo was hij. Hij wist altijd met vleierij van onderwerp te veranderen. Meestal ging hij listiger te werk. Het is moeilijk te omschrijven hoe je gemanipuleerd bent, want doorgaans ben je je er op het moment zelf niet van bewust. Het is niet zo dat je aantekeningen maakt of zo.

Ik weet zeker dat Ben tijdens mijn bezoekjes meer informatie uit mij loskreeg dan ik uit hem. Ik moet toegeven dat hij zich op een niveau begaf waarvan ik het bestaan niet eens vermoedde. En hij was inderdaad een psychopaat, dat wist ik, maar hij was een interessante psychopaat en hij gaf me iets te doen, één keer per week, elke week en dat tien maanden lang, in een periode waarin ik maar één alternatief had, namelijk mijn polsen opensnijden en mijn bloed door het putje van de badkuip weg zien kringelen.

Ik ben het scalpel vergeten te noemen toen ik vertelde wat ik allemaal in mijn bestekla heb. Het ligt er nu bijna een jaar: glanzend metaal met een chirurgisch geslepen lemmet. Ik heb gezien hoe moeiteloos je er huid mee open kunt snijden en ik droomde hoe het moeiteloos in mijn eigen vlees weg zou zinken.

Ik denk dat het zo is gegaan: Ben wist dat hij me uit mijn depressie had geholpen en dat het tijd was om me los te laten. Niet omdat hij ons contact wilde beëindigen, maar als ik bleef komen zou de verleiding te groot zijn om alles te vernietigen wat hij zo moeizaam had opgebouwd.

Ook al had de gevangenisdirecteur gelijk en was mijn vreemde vriend inderdaad een psychopaat, hij vergiste zich wat Ben Carvers gebrek aan empathie betrof. Ik heb het bewijs hier in mijn handen.

Ik weet niet hoe hij vanuit de dodencel een exemplaar van *Je bent maar één keer oud!* had weten te bemachtigen, maar ik weet wel dat Ben heel vindingrijk was. Hij had veel fans buiten de gevangenis. De bewakers gaven hem het respect dat een oudgediende toekwam. Zelfs in de gevangenis kreeg Ben bijna alles wat hij hebben wilde. En hij wilde alleen maar iets als hij er een goede reden voor had. Deze keer was de reden dat hij me een boodschap wilde sturen.

Dit is de opdracht die Ben in het boek schreef:

'Eerst zijn er de beelden. Dan komen de woorden.' Robert James Waller.

*Beelden.*

Ik had dat woord eerder gezien, minstens zes keer tijdens mijn jaarlijkse leessessie in het kantoor van de sheriff. Het woord was verbonden met een akte en de akte was verbonden met een daad en die daad was gepleegd door een man en die man, begreep ik nu, was verbonden met jou.

Snap je, schat?

Ben Carver wist tóch iets over jou.

# TIEN

Lydia stond voor de Arch in het centrum van Athens. Ze keek op haar telefoon. Ze laadde de zoekpagina opnieuw om de links te verversen. Er waren geen nieuwe bijzonderheden in de zaak-Anna Kilpatrick. Dat weerhield de nieuwszenders er niet van het verhaal eindeloos te herkauwen. De persconferentie werd tot op de laatste druppel emotie uitgemolken. Eleanors hartverscheurende uitbarsting had de berichtgeving op tilt doen slaan. MSNBC, Fox, CBS, ABC en NBC hadden hun zondagse politieke programma's onderbroken. CNN had er een psychiater bij gehaald om de geestestoestand van Eleanor en Bob Kilpatrick onder de loep te nemen. Het feit dat de arts de ouders van het dode meisje nooit had ontmoet of zelfs maar aan de ontvoerings- en moordzaak van een kind had meegewerkt deed niet af aan zijn bevoegdheid als deskundige te worden opgevoerd op de nationale tv.

Lydia was beter in staat om hun geestestoestand te peilen. Hun dochter van zestien was dood. Ze was gemarteld en gebrandmerkt en vervolgens achtergelaten op de Beltline, dat voor een recreatiepad moest doorgaan, maar eerder een crimineel jachtterrein was. Op dit moment zochten de Kilpatricks waarschijnlijk naar de snelste manier om zich weer bij hun enig kind te voegen.

Ze waren vast de hele tijd al bang geweest dat Anna dood was, maar de gedachte dat het waar zou kunnen zijn was iets anders dan de concrete bevestiging. Ze hadden haar lichaam gezien. Ze hadden met eigen ogen gezien hoe ze onteerd was. Was het beter precies te weten wat er was gebeurd dan zich door hun verbeelding allerlei gruwelen te laten voorschotelen?

Net als de familie Carroll zaten ze tussen twee vuren.

Lydia veegde het zweet van haar voorhoofd. De temperatuur was van de ene op de andere dag gekelderd, maar ze had het warm, waarschijnlijk van de shock of van de stress of van een combinatie van die twee. Ze beklom de stenen treden naar de ijzeren poort, die al sinds de Burgeroorlog bij de ingang van de North Campus had gestaan. Haar vader vertelde meermaals dat hij en zijn maten de Arch na afloop van een footballwedstrijd altijd in toiletpapier verpakten. Julia was hier bijna gearresteerd tijdens een demonstratie tegen de Eerste Golfoorlog. Op de laatste avond van haar leven was ze met haar vrienden langs de Arch gelopen op weg naar de Manhattan.

En na de Manhattan hadden ze haar nooit meer gezien.

Lydia verlangde naar haar dochter. Ze wilde haar vasthouden en haar hoofd kussen, dingen die Dee alleen toestond als ze ziek of verdrietig was. Als klein kind had Dee het heerlijk gevonden om te worden vastgehouden. Lydia had voortdurend rugpijn omdat ze haar tijdens het koken de keuken door zeulde of haar op haar heup droeg als ze de was deed. Toen Rick in hun leven verscheen, plooide Dee zich als een dekentje over hen heen, met haar voeten op Ricks schoot en haar hoofd op die van Lydia. Dan keken Rick en Lydia elkaar glimlachend aan omdat ze zo'n prachtig klein meisje deelden. En Lydia kon zich ontspannen, want ze wist alleen zeker dat Dee veilig was als ze haar dochter zo dicht bij zich had dat ze haar ademhaling kon voelen.

Ze nam haar hoofd in haar handen. Ze sloot haar ogen. Ze gaf zich over aan de beelden van Eleanor Kilpatrick, die in elke plooi van haar hersenen waren geëtst. De wanhopige felheid waarmee de moeder het had uitgeschreeuwd. Haar gekwelde blik. De X die ze op de linkerkant van haar buik had getekend.

Eleanor was rechts, dat was duidelijk. Ze moest haar hand schuin over haar buik steken om de X te tekenen. Ze had die plek niet toevallig gekozen.

Lydia keek naar de overkant van Broad Street. Ze had Claire voor de Starbucks achtergelaten, en daar zat ze nog steeds. Met kaarsrechte rug staarde ze voor zich uit. Ze had de versufte blik van een catatoniepatiënt. Er ging iets verontrustend stils van haar uit. Ze was altijd moeilijk te peilen geweest, maar nu was ze ondoorgrondelijk.

Lydia stond op. In de dertig meter die hen van elkaar scheidde, zou ze echt niet als bij toverslag Claires gedachten kunnen raden. Ze stak Broad Street over en bleef in het midden even staan, ook al was er geen verkeer. De vorige avond had Georgia Auburn verslagen. De stad moest nog bijkomen van de overwinningsroes. De trottoirs plakten van het gemorste bier. De straten waren bezaaid met vuil.

Claire keek niet op toen Lydia aan het tafeltje plaatsnam, maar vroeg: 'Vind je het erg veranderd?'

'Het lijkt net een openluchtwinkelcentrum,' zei Lydia, want wat voorheen de campus van een schilderachtige zuidelijke universiteit was geweest, was nu een vormeloos, monsterlijk instituut. 'Je zou bijna denken dat je in een buitenwijk bent.'

'Het enige wat echt is veranderd, is de lengte van de kaki shorts.'

'Hier was vroeger toch de Taco Stand?'

'We hebben de auto er pal voor geparkeerd.' Claire knikte in de richting van het eettentje.

Lydia strekte haar hals. Ze zag allemaal tafeltjes en stoelen kriskras over het trottoir verspreid. Niemand zat buiten, want daarvoor was het te koud. Wel was er een vrouw met een blik en een bezem, maar in plaats van de rommel van de vorige avond op te vegen, was ze met haar telefoontje bezig.

'Hij heeft me nooit om iets raars gevraagd,' zei Claire.

Lydia keerde zich weer naar haar zus toe.

'Ik weet nog dat ik toen ik dat eerste filmpje op zijn computer zag – alleen nog maar het begin, met het vastgeketende meisje – dat ik toen een raar gevoel kreeg, bijna alsof ik verraden was, want ik wilde weten waarom hij het mij niet had laten zien.' Ze keek naar een jogger die op een sukkeldrafje de straat overstak. 'Ik dacht: als hij daarop kickt, op kettingen en leer en blinddoeken en dat soort dingen, waarom heeft hij mij dan niet gevraagd om het te proberen, ook al is het niet echt mijn ding?' Ze keek Lydia verwachtingsvol aan.

Lydia kon alleen maar haar schouders ophalen.

'Ik zou waarschijnlijk ja hebben gezegd.' Claire schudde haar hoofd, alsof ze haar woorden wilde terugnemen. 'Ik bedoel, als hij dat zo graag wilde, dan zou ik het hebben geprobeerd, toch? Want dat doe je nou eenmaal. En Paul wist dat. Hij wist dat ik het geprobeerd zou hebben.'

Weer haalde Lydia haar schouders op, maar ze had niet het flauwste idee.

'Hij heeft me nooit gevraagd me als dienstmeisje te verkleden of te doen alsof ik een schoolmeisje was of al die andere dingen waar je over hoort. Hij heeft ook nooit om anaal gevraagd, en uiteindelijk vraagt elke man om anaal.'

Lydia keek vluchtig om zich heen in de hoop dat niemand het hoorde.

'Ze was jonger dan ik,' vervolgde Claire. 'Die eerste vrouw… toen ik haar zag schoot het heel even door me heen dat ze jonger was dan ik, en dat deed pijn, want ik ben niet jong meer. Dat was het enige wat ik hem niet kon geven.'

Lydia liet zich achterover zakken. Er zat niets anders op dan Claire te laten praten.

'Ik was niet verliefd op hem toen ik met hem trouwde. Ik hield van hem, dat wel, maar het was niet…' Ze wuifde de emoties weg. 'We waren nog geen jaar getrouwd en het was bijna kerst. Paul studeerde voor zijn master en ik was telefoniste op een advocatenkantoor, en het enige wat ik dacht was: weg hier. Getrouwd zijn voelde zo zinloos. Zo saai. Vóór dat met Julia waren mama en papa altijd zo vol leven. Het waren zulke hartstochtelijke, interessante mensen. Weet je dat nog? Hoe ze waren?'

Lydia glimlachte, want met die ene vraag had Claire op de een of andere manier alle herinneringen weer bovengehaald. Zelfs na tweeëntwintig jaar huwelijk leken Sam en Helen Carroll net twee pubers die niet van elkaar af konden blijven.

Claire zei: 'Ze dansten en gingen naar feestjes en uit eten, en ze hadden ieder hun eigen interesses en ze deden niets liever dan met elkaar praten. Weet je nog dat we ze dan niet in de rede mochten vallen? En dat wilden we ook helemaal niet, want ze waren zo boeiend.' Nu lachte Claire ook. 'Ze lazen alles. Ze zagen alles. Iedereen wilde bij hen zijn. Als ze een feestje gaven, stonden er allemaal onbekenden op de stoep omdat ze hadden gehoord dat het zo leuk was bij de Carrolls.'

Lydia voelde het weer terugkomen: Helen die kaas op selderijstengels spoot en Sam die zijn wenkbrauwen verschroeide boven de grill. Woorden raden. Verhitte politieke discussies. Levendige gesprekken over boeken, kunst en film.

'Ze waren altijd aan het zoenen,' zei Claire. 'Echt zoenen. Wij vonden het ranzig, maar het was lief, toch, Pepper? Als je ze zag dacht je toch dat dat liefde was?'

Lydia knikte. Het was als een roes, al die vergeten herinneringen.

'Dat eerste jaar hadden Paul en ik dat helemaal niet. Ik vond tenminste dat we dat niet hadden.' Claire slikte moeizaam. 'Ik fietste die avond naar huis van mijn werk met het voornemen eerlijk te zijn en te zeggen dat het voorbij was. Ik wilde de pleister er in één keer afrukken. Niet wachten tot alle kerst- en nieuwjaarsfeestjes voorbij waren. Ik ging het zeggen, punt uit.' Ze zweeg even. Tranen biggelden over haar wangen. 'Maar toen ik thuiskwam, lag Paul in bed. Ik dacht dat hij een dutje deed, maar hij was helemaal bezweet. Ik hoorde hem piepend ademhalen. Zijn oogleden trilden telkens als hij knipperde. Ik hielp hem uit bed en bracht hem naar het ziekenhuis. Hij was al weken verkouden geweest, maar nu had hij longontsteking. Hij had wel dood kunnen gaan. Hij was ook bijna dood.' Ze veegde haar tranen weg. 'En weet je wat nou het rare was? Ik was ten einde raad. Ik kon me geen leven zonder hem voorstellen. Nog maar een paar uur daarvoor had ik op het punt gestaan bij hem weg te gaan, maar nu besefte ik dat ik dat niet kon.' Ze schudde verwoed haar hoofd, als in antwoord op een vraag. 'Hij heeft bijna drie weken in het ziekenhuis gelegen en ik ben geen minuut van zijn zijde geweken. Ik las hem voor. Ik sliep bij hem in bed. Ik waste hem. Ik had altijd geweten dat Paul me nodig had, maar pas toen ik hem bijna kwijt was besefte ik hoe hard ik hem nodig had.'

Claire moest even op adem komen. 'Op dat moment word je verliefd. Lust en bij de konijnen af neuken en je hele leven naar de mallemoer laten gaan om maar bij hem te kunnen zijn... dat is hartstocht. Dat is borderline-obsessie. En dat brandt altijd op. Dat weet jij ook, Liddie. Die kick is niet blijvend, nooit. Maar toen ik daar in dat ziekenhuis voor hem zorgde, besefte ik dat wat ik met Paul had, wat ik dacht dat ik had, meer dan liefde was. Dat was verliefd zijn. Het was zo concreet dat ik het bijna aan kon raken. Ik kon er bijna mijn tanden in zetten.'

Lydia zou het nooit op die manier verwoord hebben, maar door haar relatie met Rick wist ze wat haar zus bedoelde. Zo'n groot deel van haarzelf was met hem verweven: als minnares, als maatje, als beste vriendin, als contrast. Ze had zich voortdurend afgevraagd hoe het zou zijn om Dee te verliezen, maar de gedachte dat ze Rick kwijt zou raken was in allerlei andere opzichten ondraaglijk.

'Paul wist wat het voor me betekende om Julia te verliezen,' zei Claire. 'Ik vertelde hem alles. Echt álles. Ik verzweeg geen enkel detail. Ik kan me niet herinneren dat ik ooit zo open ben geweest tegenover een man. Ik legde mijn ziel en zaligheid bloot: hoe het was toen mama in een schim veranderde en papa in een donquichot. Hoe hard ik jou nodig had om me er elke dag doorheen te slepen.' Ze dwong Lydia haar aan te kijken. 'Je hebt me gered, Pepper. Je was het enige waaraan ik me kon vastklampen toen mijn wereld instortte.'

Lydia kreeg een brok in haar keel. Ze hadden elkaar gered.

'Volgens mij was dat de reden dat Paul ons uit elkaar dreef, denk je ook niet? Hij wist hoe belangrijk jij voor me was. Belangrijker nog dan mama, want ik vertrouwde erop dat je er altijd voor me zou zijn, wat er ook gebeurde.'

Lydia schudde haar hoofd. Niemand wist wat er in Pauls hoofd was omgegaan.

'Door mij wist hij wat de familie van Anna Kilpatrick moest doorstaan, maar toch keek hij naar die afschuwelijke filmpjes. Misschien juist daardoor, gaf het hem een kick om te weten dat Anna niet de enige was die pijn leed. Er waren al die andere pijngolven die door de familie trokken, door de hele gemeenschap, en zelfs door ons: door jou, mij, mama en oma Ginny. Hij vroeg me voortdurend naar Anna Kilpatrick of hij maakte toespelingen op de zaak en peilde mijn reactie. Zelfs op de avond dat hij stierf had hij het er nog over.' Ze lachte schamper. 'Ik dacht dat hij ernaar vroeg omdat hij om me gaf, maar nu zie ik dat het er allemaal bij hoorde. Het was net zo pervers als het verkrachten van die vrouwen en ze dan nog jarenlang laten volgen.'

Lydia dacht er net zo over, maar toch vroeg ze: 'Waarom denk je dat?'

'Omdat het om macht gaat. Hij heeft jarenlang macht over mij uitgeoefend door me in de waan te laten dat ik alles had wat mijn hartje begeerde. Hij had macht over jou door je van ons gezin af te snijden. Hij had macht over mama door haar wijs te maken dat hij de volmaakte schoonzoon was. Hij had macht over al die vrouwen in zijn dossiers door precies te weten waar ze uithingen. Jezus, hij had zelfs macht over oma Ginny, want zonder zijn geld zou ze in een simpel verzorgingshuis hebben gezeten. Ook al speelt ze de edele, berooide weduwe, ze vindt het ondertussen heerlijk om een privé-appartement te hebben met elke week een schoonmaakster. Hoe je het ook bekijkt, hij had ons allemaal in zijn greep.'

Lydia sloeg haar handen ineen op het tafelblad. Waarom had Claire dat alles niet gezien toen Paul nog leefde? Had hij de duistere kant van zijn karakter zo goed kunnen verbergen?

'God mag weten wat die Lexie Fuller op dit moment doorstaat,' zei Claire. 'Misschien heeft hij mij nooit om rare dingen gevraagd omdat hij ze met haar deed.' Weer dat lachje. 'Eerlijk gezegd hoop ik ergens dat dat zo is, want dat zou betekenen dat ik niet helemaal gek was, want hij gedroeg zich zo verdomd normaal. Ik weet dat jij hem doorhad, maar jij was de enige in zijn hele leven die dacht dat hij niet spoorde. Zelfs papa heeft zich voor de gek laten houden. Ik heb je verteld dat ik zijn dagboeken heb gelezen. Het ergste wat hij ooit over Paul heeft geschreven, is dat hij te veel van me hield.'

Lydia betwijfelde of haar vader veel aandacht aan Paul had geschonken. Het begon net wat te worden tussen Paul en Claire toen Sam Carroll zich van het leven beroofde. Lydia was er altijd van uitgegaan dat hun relatie door die tragedie in een stroomversnelling was geraakt.

'Paul koos ervoor jou zijn slechte kant te laten zien,' vervolgde Claire. 'Hij werkte zich uit de naad om die voor alle anderen verborgen te houden, maar aan jou toonde hij zijn ware aard, omdat hij wist dat dat ons uiteen zou drijven.'

'Je liet je gewoon door hem naar zijn hand zetten.' Lydia besefte pas hoe kwaad ze was toen ze haar eigen woorden hoorde. Waarom ging Claire doodgemoedereerd verder waar ze gestopt waren? Ze nam Lydia in vertrouwen alsof de laatste achttien jaar er niet geweest waren, alsof Lydia niet enkel door haar toedoen was buitengesloten. 'Je verkoos een jongen boven mij,' zei ze.

Claire bleef Lydia aankijken. 'Je hebt gelijk. Dat heb ik ook gedaan. En ik weet niet of we daar ooit overheen komen, want het is absoluut onvergeeflijk.'

Lydia was de eerste die haar blik afwendde. Ze mocht niet vergeten wie de echte schurk was. Paul had zijn leven gewijd aan het manipuleren van mensen. Claire was een naïeve, kwetsbare tiener geweest toen ze elkaar op de universiteit ontmoetten. Helen was er nog steeds slecht aan toe geweest. Sam balanceerde op het randje van zelfmoord. Lydia zat regelmatig in de cel. Was het een wonder dat Paul zijn klauwen in haar kon slaan?

Toch bracht Lydia het nog niet op haar te vergeven.

'Vind je dat ik commandant Mayhew moet bellen?' vroeg Claire.

'Waarom?' vroeg Lydia, onwillekeurig geschrokken. De abrupte wending in het gesprek was als een koude windvlaag. 'Hij heeft gelogen over die filmpjes. Hij zei dat ze nep waren.'

'Misschien heeft hij erover gelogen omdat hij niet wilde dat ik ermee naar de pers ging?'

'Nee, dan zou hij je een verbod hebben opgelegd. Of je gearresteerd hebben wegens belemmering van een lopend onderzoek. Of hij had gezegd dat je erover moest zwijgen.'

'Ik ga er niet mee naar agent Nolan,' zei Claire. 'Wie hebben we verder nog? Koddebeier?' Ze zwaaide in de richting van het bureau van de sheriff. 'Nee, die heeft het echt fantastisch gedaan toen met Julia. Die duikt er gelijk bovenop.'

Lydia had het gevoel dat hun verbeelding met hen op de loop ging. 'Wat weten we eigenlijk, Claire? Dat Paul naar die filmpjes keek. Meer niet.'

'De filmpjes zijn echt.'

'We dénken dat ze echt zijn.' Weer probeerde Lydia voor advocaat van de duivel te spelen. 'We dénken dat dat meisje op Anna Kilpatrick leek. We dénken dat ze op dezelfde manier verminkt is, afgaand op wat haar moeder tijdens een persconferentie heeft gezegd en gedaan. Maar weten we dat honderd procent zeker? Of maken we onszelf maar wat wijs?'

'Bevestigingsvooroordeel.' Claire trok een scheef gezicht toen ze zichzelf hoorde. 'Wat is erop tegen om Mayhew te bellen?'

'Hij heeft tegen je gelogen over die filmpjes. Hij werkt momenteel aan de grootste zaak die in deze stad speelt, maar hij heeft alles stilgelegd en is naar jouw huis gegaan om een poging tot inbraak te onderzoeken. Hij is van de politie en als je hem dwarszit kan hij je hele leven verkloten.'

'Wat stelt mijn leven nu dan voor?' Claire stak haar hand uit. 'Geef me die burner eens.'

Lydia keek haar zus onderzoekend aan. Er was iets veranderd aan haar. Ze klonk niet langer als een verwarde toeschouwer, maar gedroeg zich als iemand die de regie in eigen hand had genomen.

'Wat ga je tegen hem zeggen?' vroeg ze.

'Dat hij open kaart met me moet spelen. Dat hij maar eens

moet uitleggen waarom dat filmpje niet echt is terwijl Eleanor Kilpatrick beweert dat haar dochter op dezelfde manier is gemarteld als het meisje op dat filmpje.'

'Geweldig idee, Snoes.' Het sarcasme lag er duimendik bovenop. 'Jij denkt dat een hoge politiefunctionaris mogelijk een moord verheimelijkt of er misschien bij betrokken is of die gefilmd heeft of de beelden ervan verspreidt of misschien de hele mikmak, en dan bel jij hem zomaar op en zegt: "Hé, gast, vertel op, man!"'

'Zo overdreven hoeft nou ook weer niet, maar daar komt het wel op neer.'

'Claire.'

Ze hield haar hand nog steeds uitgestoken.

Lydia wist dat haar zus niet op andere gedachten was te brengen. Ze zocht in haar tas naar het telefoontje. De rug van haar hand stootte tegen het potje Percocet dat ze van Claires bureau had meegepikt. Lydia had zichzelf wijsgemaakt dat ze de pillen voor Claire verborg, maar ze had een vaag vermoeden dat ze ze voor zichzelf bewaarde.

'Heb je het meegenomen?'

'Ja hoor.' Lydia haalde het telefoontje tevoorschijn en gaf het aan Claire. Ze klikte haar tas dicht.

Claire viste het visitekaartje van Jacob Mayhew uit haar portefeuille. Ze toetste het nummer in en drukte het toestel tegen haar oor.

Lydia verstijfde. Ze hoorde de telefoon niet overgaan, toch telde ze het aantal keren. Het zweet stond in haar handen. Het bloed ruiste in haar oren. Ze had al jaren geen cel meer vanbinnen gezien, maar ze was nog steeds doodsbang voor de politie.

Claire schudde haar hoofd. 'Voicemail.'

Ze verbrak de verbinding en Lydia slaakte een diepe zucht van opluchting.

'Hij zou anders toch maar gelogen hebben.' Claire legde het telefoontje op tafel. 'Op jou na zou ik niet weten wie ik nog kan vertrouwen.'

Lydia keek naar haar handen. Vochtige zweetvegen stonden op het koude metaalgaas van het tafelblad. Ze wilde hier niet zijn. Ze hoorde hier niet te zijn. Ze moest naar huis, naar Dee. Als ze nu weggingen, was Lydia op tijd thuis om een laat ontbijt voor haar gezin te maken.

'Hij zat in maart '91 op school.'

Lydia keek haar zus weer aan.

'Paul zat op kostschool, op de Lyman Ward Academy, toen Julia verdween.'

Lydia besefte nu pas dat ze het zich onbewust al had afgevraagd. 'Weet je dat zeker?'

'De school ligt net buiten Auburn. Hij heeft me ooit de campus laten zien. Ik wist niet waarom hij daarnaartoe wilde. Hij vond het er vreselijk. Maar toen we bij die school waren besefte ik dat hij met me wilde pronken, wat ik prima vond, want ik vind het fijn als er met me gepronkt wordt, maar het was een kostschool, heel klein en heel godsdienstig en ongelooflijk streng.'

Lydia had de rit van Auburn naar Athens talloze keren gemaakt. 'Julia verdween rond elf uur op maandagavond. Vanhier naar Auburn is maar drie uur rijden.'

'Paul was vijftien. Hij had geen rijbewijs, laat staan een auto, en er werd twee of drie keer per nacht bij de jongens gekeken. De meesten waren daar omdat hun ouders geen raad met ze wisten.'

'Was dat de reden dat Paul daar zat?'

'Hij heeft mij verteld dat hij een beurs had.' Claire haalde haar schouders op. 'Ergens klopt het wel. Zijn vader heeft een tijdje bij de marine gezeten, tijdens de Vietnamoorlog. Paul was van plan in zijn voetsporen te treden, al was het alleen maar omdat zijn studie dan betaald werd, maar toen hij een boek over architectuur las veranderde hij van gedachten.'

Lydia geloofde er geen snars van. 'Paul was heel intelligent. Misschien wel geniaal. Als hij echt bij de marine had gewild, zou hij naar de Naval Academy Preparatory School zijn gegaan of naar West Point Prep, niet naar een of andere vreselijk strenge, conservatieve christelijke kostschool in een gat in Alabama.'

Even sloot Claire haar ogen. Ze knikte instemmend.

'Weet je zeker dat hij er niet stiekem tussenuit is geknepen?' vroeg Lydia.

'Helemaal zeker weet ik het niet,' gaf Claire toe. 'Hij spijbelde nooit. Zijn foto hing nog in de prijzenkast naast de kamer van de directeur, dus geen denken aan dat hij ooit spijbelde of straf kreeg omdat hij van de campus was gegaan, en de voorjaarsvakantie was pas een week later.'

'Hoe weet je dat?'

'Omdat hij destijds het Kennedy Space Center heeft bezocht om de lancering van de Shuttle te zien. Er was een of ander technisch probleem, zodat de lancering niet doorging. Ik heb er foto's van gezien. Hij staat voor een groot spandoek met de datum erop en in de verte zie je de lege lanceerstelling, en ik weet nog dat het tijdens de tweede week van maart was vanwege...'

'Julia.' Lydia keek weer achterom, naar de vrouw met de bezem. Met een schrapend geluid trok ze stoelen over het trottoir om ze rond de tafeltjes te rangschikken.

'Die tent wordt nog steeds gerund door de gladjakker die papa liet arresteren.'

Lydia herinnerde zich levendig dat haar moeder over Sams arrestatie had verteld en daarbij haar bibliothecaressestem had opgezet, een zachte, maar ijzige stem waar een open vuur nog van zou bevriezen.

'Het is gek,' zei Claire, 'maar ik mis papa meer nu ik bij jou ben. Ik denk omdat jij de enige bent die hem gekend heeft met wie ik echt kan praten.'

De deur van de Starbucks ging open. Een groepje jongelui tuimelde het trottoir op. Ze hadden allemaal een dampende koffiebeker in de hand. Katerig tastten ze naar hun pakjes sigaretten.

Lydia stond op. 'Kom, we gaan ervandoor.'

De Tesla stond voor de Taco Stand geparkeerd. Lydia gluurde door de voorruit van het restaurantje. De inrichting was behoorlijk met de tijd meegegaan. De stoelen waren bekleed. De tafels leken schoon, met servettenhouders in plaats van rollen goedkoop keukenpapier.

'We gaan toch nog wel naar het huis?' vroeg Claire.

'Ja, best.' Lydia zou niet weten wat ze anders moesten doen dan doorzetten.

Ze kroop weer achter het stuur van de Tesla. Ze tikte op de rem om de motor te starten. Rick zou alles over de auto willen weten. Het touchscreen. Het stuur dat vibreerde als je over de gele streep reed. Ze zou de informatie gebruiken om hem wat milder te stemmen, want als ze hem vertelde wat Claire en zij hadden uitgespookt, kreeg hij een beroerte, en niet zonder reden.

'Je moet de Atlanta Highway weer op.' Claire voerde het adres van Fuller op het touchscreen in. 'Ik weet nog dat ik met Julia op "Love Shack" danste op een van de feestjes die mama en papa met kerst gaven. Weet je dat nog? Dat was drie maanden voor ze verdween.'

Lydia knikte, hoewel ze in gedachten nog bij Rick was. Helaas hadden ze niet zo'n relatie waarbij dingen verzwegen werden. Alles kwam ter sprake, ongeacht de gevolgen. Waarschijnlijk zou hij niet meer met haar willen praten. Het was zelfs mogelijk dat hij deze idiote trip als de laatste druppel beschouwde.

'Hier is Julia langsgekomen.' Claire wees door de Arch naar de Hill Community, het studentenhuis waar Julia als eerstejaars had gewoond. 'De studentenhuizen hebben tegenwoordig airco. Volgens mama hebben ze gratis kabel en wifi, een sporthal en een espressobar.'

Lydia kuchte. Ze was niet langer bang dat Rick kwaad op haar zou zijn, maar kwaad op Rick omdat hij haar de wet wilde voorschrijven, wat krankzinnig was, want de gesprekken hadden alleen maar in haar eigen hoofd plaatsgevonden.

'De Manhattan is er nog, iets verderop,' zei Claire. 'Je herkent het niet meer.'

'Legt mama nog elk jaar de route af?'

'Ik geloof het wel. We praten er zelden over.'

Lydia beet op haar tong. Het liefst wilde ze vragen of Helen en

Claire het wel eens over haar hadden, maar ze was te bang voor het antwoord.

'Ik vraag me af wat er met haar aan de hand is,' zei Claire.

'Met mama?'

'Met Lexie Fuller.' Claire draaide zich een kwartslag om zodat ze Lydia kon aankijken. 'Het is duidelijk dat Paul mij koos vanwege Julia. Na haar verdwijning was ik vreselijk kwetsbaar. Hij voelde zich tot mijn tragedie aangetrokken. Zie je dat niet?'

Lydia zag het inderdaad nu pas.

'Toen we elkaar pas kenden, deed Paul alsof hij het niet wist van Julia, maar natuurlijk wist hij het. Zijn ouders woonden op een kwartier rijden van de plek waar ze het laatst was gezien. Van de boerderij alleen konden ze niet leven. Zijn vader deed seizoenwerk bij de onderhoudsploeg van de campus. Zijn moeder was boekhoudster ergens in het centrum. Overal hingen vermist-posters met een foto van Julia. De kranten stonden er vol van. Ook zonder dat alles wisten de mensen in Auburn het. Er waren heel veel studenten uit Athens. Je bent erbij geweest. Je hebt het met eigen ogen gezien. We hadden het aan niemand verteld, maar iedereen wist het.'

'Waarom geloofde je hem dan toen hij zei dat hij het niet wist?'

'Ergens geloofde ik hem ook niet. Ik dacht dat hij alleen maar beleefd wilde zijn, want het was een soort roddel.' Ze legde de zijkant van haar hoofd tegen de rugleuning. 'Dat is de enige keer die ik me kan herinneren dat ik niet geloofde wat hij zei.'

De gps waarschuwde voor een afslag en Lydia minderde vaart. Vreemd genoeg schonk het haar geen voldoening dat Claire eindelijk de problemen zag die Lydia achttien jaar geleden al had gesignaleerd. Misschien had Claire gelijk. Lydia had alleen de duistere kant van Paul gezien omdat hij die wilde laten zien. Als dat voorval in de auto nooit had plaatsgevonden, had ze hem al die jaren waarschijnlijk getolereerd als een irritante zwager die om de een of andere reden haar zusje gelukkig maakte.

En hij had Claire gelukkig gemaakt, dat stond vast. Toen hij nog leefde tenminste. Nu ze wist hoe de klootzak te werk was gegaan, vermoedde ze dat hij Claire het hof had gemaakt als onderdeel van een langdurig spel dat begon nog voor ze elkaar hadden ontmoet. Het zou Lydia niets verbazen als hij ergens een dik dossier over Claire Carroll had. Studeerde hij aan Auburn omdat hij wist dat Claire naar dezelfde universiteit zou gaan als Lydia? Werkte hij toevallig in het wiskundelab omdat hij had ontdekt dat ze slecht was in driehoeksmetingen?

Lydia wist nog hoe opgewonden Claire was geweest toen ze haar had verteld over de nieuwe jongen die ze in het lab had ontmoet. Paul had de perfecte manier ontdekt om zich toegang te verschaffen tot Claires psyche. Hij had haar niet geprezen om haar schoonheid, want dat hoorde ze praktisch haar hele leven al. Hij had haar intelligentie geprezen. En zoals hij het had aangepakt, leek het alsof hij de enige man op aarde was die zag dat ze meer te bieden had dan alleen een mooi gezicht.

Lydia reed de auto de berm in. Ze zette hem in de parkeerstand. Ze keerde zich naar Claire toe en vertelde haar iets wat ze al veel eerder had moeten vertellen. 'Ik heb een dochter van zeventien.'

Claire keek verbaasd, maar kennelijk om een andere reden dan Lydia dacht. 'Waarom vertel je me dat nu pas?'

'Je wist het al.' Lydia kon zichzelf wel slaan omdat ze zo dom was geweest, en vervolgens moest ze bijna kotsen, want het was een buitengewoon alarmerende gedachte dat Paul een onbekende had betaald om haar te volgen. 'Waarom heb je me niet verteld dat Paul er ook een dossier over mij op na hield?'

Claire wendde haar blik af. 'Ik wilde je beschermen. Ik dacht dat als je wist wat Paul had gedaan, dat je dan...'

'Dat ik je dan in de steek zou laten, zoals je mij in de steek hebt gelaten?'

Claire slaakte een diepe zucht. 'Je hebt gelijk. Telkens als ik zeg dat je je erbuiten moet houden, verzin ik wel weer een manier om je erbij te slepen, want ik wil dat mijn grote zus zorgt dat het allemaal goed komt.' Ze keek Lydia aan. 'Het spijt me. Ik weet hoe afgezaagd het klinkt, maar het spijt me echt.'

Lydia zat niet op nog meer verontschuldigingen te wachten. 'Wat weet je verder over me?'

'Alles,' zei ze. 'Tenminste, alles wat we ook weten over de andere slachtoffers van Paul.'

*Slachtoffer.* Als die zenuw nog harder geraakt werd, was Lydia aan een wortelkanaalbehandeling toe.

'Wist je ervan?' vroeg ze.

'Totaal niet. Ik wist het van niemand.'

Lydia zag haar leven in een flits langstrekken. Niet de mooie dingen, maar de dingen waarvoor ze zich schaamde. Alle keren dat ze de supermarkt uit was gelopen met gestolen eten onder haar shirt, omdat ze geen geld had om iets te kopen. Die keer dat ze in de outletwinkel de prijskaartjes van twee jassen had verwisseld omdat ze voor Dee het leuke exemplaar wilde dat alle populaire meisjes droegen. Alle leugens die ze had verteld over de cheque die net verstuurd was, de huur die op haar werk lag, leningen die spoedig zouden worden terugbetaald.

Wat had Paul allemaal gezien? Foto's van Lydia en Rick? Dee op het basketbalveld? Had hij moeten lachen als hij zag hoe Lydia zich aan de armoede ontworstelde terwijl hij in zijn levenloze villa met airconditioning zat?

'Ik weet dat je dit niet wilt horen,' zei Claire, 'maar het spijt me verschrikkelijk. Ik wilde het je niet vertellen, maar nu jij me over je dochter vertelt, voelt het fout om te doen alsof.'

Lydia schudde haar hoofd. Claire kon er niets aan doen, maar toch wilde ze de schuld op haar schuiven.

'Ze is mooi,' zei Claire. 'Was papa er nog maar zodat hij haar kon zien.'

Lydia voelde de angst door haar lijf golven. Ze had zich zo in beslag laten nemen door de vraag hoe het zou zijn om haar dochter te verliezen dat ze er geen moment bij had stilgestaan hoe het zou zijn als Dee haar moeder verloor.

'Ik kan dit echt niet,' zei ze.

'Weet ik.'

Lydia kon zich niet voorstellen dat Claire het begreep. 'Het gaat niet alleen om mij. Ik moet ook aan mijn gezin denken.'

'Je hebt gelijk. Deze keer meen ik het echt. Ga maar.' Claire maakte haar autogordel los. 'Neem jij de auto maar. Ik bel mama wel. Die brengt me terug naar Atlanta.' Ze stak haar hand uit naar de knop van het portier.

'Wat ga je doen?'

'Dit is de weg waar Paul aan heeft gewoond. Het huis van Fuller is hier ergens in de buurt.'

Lydia deed geen moeite haar irritatie te verbergen. 'Je gaat gewoon de weg aflopen in de hoop dat je het vindt?'

'Blijkbaar heb ik er een talent voor om in de shit te belanden.' Claire trok aan de portierhendel. 'Bedankt, Liddie. Ik meen het.'

'Stop.' Lydia was ervan overtuigd dat Claire weer iets verborg. 'Wat mag ik niet weten?'

Claire draaide zich niet om. 'Ik wil Lexie Fuller zien. Met eigen ogen. Dat is alles.'

Lydia kneep haar ogen samen. Haar zus had de onbekommerde houding van iemand die besloten heeft iets stoms te gaan doen. 'Waarom?'

Claire schudde haar hoofd. 'Dat doet er niet toe, Pepper. Ga nou maar naar je gezin.'

Deze keer greep Lydia haar stevig vast. 'Vertel op: wat ga je doen?'

Ze keek Lydia aan. 'Weet je wel hoe trots ik op je ben? Op wat jij met je leven gedaan hebt, en omdat je zo'n slimme, getalenteerde dochter hebt opgevoed.'

Lydia liet het gevlei langs zich wegglijden. 'Je denkt dat Lexie Fuller ook een van zijn slachtoffers is, hè?'

'We zijn allemaal slachtoffer van hem,' zei Claire schouderophalend.

'Dit is anders.' Lydia klemde Claires arm vast. Er ging een steek van paniek door haar heen. 'Jij denkt dat ze in dat huis zit opgesloten, of is vastgeketend aan een muur, en je gaat daar als een echte superheldin naar binnen om haar te redden?'

'Natuurlijk niet.' Claire keek naar buiten. 'Misschien heeft ze informatie die ons naar de gemaskerde man leidt.'

Lydia kreeg kippenvel. Dat deel van het filmpje had ze niet gezien, maar Claires beschrijving was huiveringwekkend. 'Wil je die vent echt tegenkomen? Hij heeft een vrouw vermoord met een kapmes. En toen heeft hij haar verkracht. Jezus, Claire.'

'Misschien zijn we hem al tegengekomen.' Weer haalde Claire haar schouders op, alsof ze het over heel onwaarschijnlijke veronderstellingen hadden. 'Of misschien weet Lexie Fuller wie hij is.'

'Of misschien is die gemaskerde man in dat huis, met zijn volgende Anna Kilpatrick. Heb je al over die mogelijkheid nagedacht?' Lydia voelde zich zo machteloos dat ze het liefst met haar hoofd op het stuur zou slaan. 'We zijn geen superheldinnen, Claire. Dit is te gevaarlijk. Ik denk niet alleen aan mijn dochter. Ik denk aan jou en aan mij en aan wat er zou kunnen gebeuren als we door blijven gaan met het opgraven van Pauls geheimen.'

Claire liet zich tegen de rugleuning zakken. Ze staarde over de lange, rechte weg die voor hen lag. 'Ik moet het weten.'

'Waarom?' vroeg Lydia. 'Hij is dood. Je weet inmiddels genoeg over hem om dat als goddelijke gerechtigheid te beschouwen. Wat we voor de rest aan het doen zijn... het is gewoon vragen om moeilijkheden.'

'Er moet ergens een filmpje zijn waarop Anna Kilpatrick vermoord wordt.'

Lydia wist niet wat ze moest zeggen. Weer was Claire haar tien stappen voor.

'Daar gaat het juist om in die serie,' zei Claire. 'De spanning wordt naar een climax gevoerd. De filmpjes volgen elkaar op. De laatste stap is moord, dus er moet ook een laatste film zijn waarop Anna vermoord wordt.'

Lydia wist dat ze gelijk had. Wie het meisje ook had ontvoerd, zou zich pas van haar ontdoen als hij volledig aan zijn trekken was gekomen. 'Oké, stel dat we door een wonder het filmpje vinden. Wat zien we dan, behalve dat iemand vermoord wordt die Anna Kilpatrick zou kunnen zijn?'

'Haar gezicht,' zei Claire. 'Op het laatste filmpje met die andere vrouw kon je haar gezicht zien. De camera zoomde zelfs op haar in.'

'Zoomde die in?' Het was alsof Lydia's mond in schuurpapier veranderde. 'Geen autofocus?'

'Nee, de camera zoomde tot heel dichtbij in zodat je haar alleen vanaf haar taille omhoog zag.'

'Iemand anders moet de camera hebben bediend om te kunnen inzoomen.'

'Weet ik,' zei Claire, en Lydia zag aan haar sombere gezicht dat haar zus al een tijdje met deze mogelijkheid rekening hield.

'Lexie Fuller?' opperde Lydia, want als ze suggereerde dat Paul actief had deelgenomen, wist ze zeker dat Claire uiteindelijk zou instorten. 'Dus dat denk je? Dat Lexie achter de camera stond?'

'Ik weet het niet, maar de filmpjes volgen hetzelfde scenario, dus we mogen ervan uitgaan dat het laatste filmpje met Anna Kilpatrick inzoomt op haar gezicht.'

Lydia koos haar woorden met zorg. 'Denk je nou echt dat deze Lexie, als zij al degene is die inzoomt op een moord, zal bekennen dat ze medeplichtig is en dat ze dan de opname overhandigt?'

'Ik heb het gevoel dat als ik haar zie, als ik haar in haar ogen kijk, dat ik dan weet of ze erbij betrokken is geweest of niet.'

'Zeker omdat jij over zo'n verdomd goeie mensenkennis beschikt.'

Claire negeerde de opmerking. 'De gemaskerde man loopt ergens rond. Waarschijnlijk is hij op zoek naar zijn volgende slachtoffer. Als Lexie Fuller weet wie hij is, kan zij misschien helpen hem tegen te houden.'

'Laat ik alles eens op een rijtje zetten,' zei Lydia. 'Jij haalt Lexie Fuller over je een kopie van het filmpje te geven waarop Anna Kilpatrick wordt vermoord. We laten het feit even buiten beschouwing dat Lexie de verdenking ook op zichzelf laadt. Aan wie geef je dat filmpje dan? Aan Mayhew? Aan Nolan?'

'Ik zou het op YouTube kunnen zetten als iemand voordoet hoe dat moet.'

'Het zou er binnen twee tellen afgehaald worden, bovendien zou de FBI je arresteren wegens verspreiding van obsceen materiaal, en Nolan zou tijdens het proces tegen je getuigen.' Lydia bedacht iets veel ergers. 'En denk je dat die vent met dat masker dat alles gewoon laat passeren?'

Claire bleef naar de weg staren. Haar borstkas deinde mee op haar ademhaling. Ze had dezelfde intense blik in haar ogen die Lydia in de espressobar had gezien.

Claire zei: 'Stel dat er vierentwintig jaar geleden twee vrouwen waren die wisten wat er met Julia was gebeurd, wie haar had ontvoerd, en wat ze precies met haar hadden gedaan, en stel dat ze hun mond hielden omdat ze te bang waren om erbij betrokken te raken?'

Lydia probeerde een eerlijk antwoord te geven. 'Ik hoop dat ik zou snappen dat ze aan hun eigen veiligheid moesten denken.'

'Omdat je zo begripvol bent?' Claire schudde haar hoofd, want ze kende Lydia langer en wist wel beter. 'Papa wist niks en moet je zien wat er met hem is gebeurd. Wil je de zelfmoord van Bob Kilpatrick op je geweten hebben? Wil je het verdriet van Eleanor Kilpatrick met je meezeulen?' Haar stem klonk nu schel. 'Ik heb niks te verliezen, Liddie. Letterlijk niks. Ik heb geen kinderen. Ik heb eigenlijk geen vrienden. Mijn kat is dood. Ik heb een huis waar ik niet naar terug wil. Er is een fonds waaruit de zorg voor oma Ginny wordt betaald. Mama overleeft het wel, want die overleeft altijd alles. Paul was mijn man. Ik kan hier niet zomaar voor weglopen. Ik moet het weten. Het enige wat nog telt in mijn leven is dat ik de waarheid wil achterhalen.'

'Doe niet zo fucking theatraal, Claire. Je hebt altijd mij nog.'

De woorden hingen als zware ballonnen tussen hen in. Meende Lydia dat? Was ze hier voor Claire, of diende deze belachelijke trip alleen om te bewijzen dat Lydia al die tijd gelijk had gehad wat Paul betrof?

Als dat het geval was, dan had ze dat al heel lang geleden duidelijk gemaakt.

Lydia sloot haar ogen. Ze probeerde haar gedachten te ordenen. 'We rijden langs het huis.'

'Wie doet er nu theatraal?' Claire klonk al even geïrriteerd als Lydia zich voelde. 'Ik wil niet dat je dit doet. Je bent niet uitgenodigd.'

'Pech.' Lydia keek in de spiegels en reed de weg weer op. 'We gaan niet naar binnen.'

Claire deed de autogordel niet opnieuw om. Het waarschuwingssignaal klonk.

'Je gaat toch niet uit een rijdende auto springen?'

'Wie weet.' Claire wees naar voren. 'Dat moet het zijn.'

Het huis van Fuller stond een meter of dertig voorbij een glanzende zilverkleurige brandkraan. Lydia tikte de rem aan. Ze liet de auto in zijn vrij langs het witte houten huis rollen. Er zat een nieuw dak op, maar het gras in de tuin was winters bruin. Onkruid schoot op door de barsten in de oprit. Voor alle deuren en ramen waren verweerde stukken triplex getimmerd. Zelfs de brievenbus was verwijderd. Aan het begin van de oprit stak een eenzaam houten paaltje als een kapotte tand omhoog.

Dit was wel het laatste wat Lydia had verwacht.

Claire klonk al even verbaasd. 'Het staat leeg.'

'Zo te zien al heel lang.' Het triplex begon los te raken. De verf bladderde van de gevelplanken. De goten zaten verstopt.

'Keer eens om,' zei Claire.

Er was bijna geen verkeer op de weg. Sinds Lydia de auto tien minuten geleden in de berm had gezet, hadden ze geen andere wagens meer gezien. Ze keerde op de weg en reed terug naar het huis.

'Rij de oprit op,' zei Claire.

'Het is privéterrein. Straks wordt er op ons geschoten.'

'Paul is dood, dus theoretisch is het mijn eigendom.'

Lydia betwijfelde of dat klopte volgens de wet, maar toch reed ze met een grote bocht de oprit op. Het huis had iets onheilspellends. Hoe dichter ze het naderden, hoe sterker dat gevoel werd. Iedere vezel in Lydia's lijf zei dat ze om moest keren. 'Dit voelt niet goed.'

'Hoe moet het dan voelen?'

Lydia antwoordde niet. Ze keek naar het grote hangslot op de metalen garagedeur. Het huis lag afgelegen. Mijlen in de omtrek was er geen ander gebouw te bekennen. Het terrein aan weerszijden van het huis stond vol grote bomen. De achtertuin was zo'n vijftien meter diep en daarachter waren akkers met lege voren die wachtten op het voorjaar en het nieuwe plantseizoen.

'Ik heb een wapen,' zei Lydia. Als veroordeelde crimineel kon ze in de gevangenis belanden wegens wapenbezit, maar Lydia had als alleenstaande moeder in een paar zeer ongure buurten gewoond en ooit had ze een collega gevraagd een wapen voor haar te kopen. 'Ik heb het onder de achterste verandatrap begraven toen we in ons huis kwamen wonen. Het zou nog moeten werken. Ik heb het in een afsluitbare plastic zak gestopt.'

'We hebben geen tijd om terug te gaan.' Peinzend trommelde Claire met haar vingers op haar been. 'In een zijstraat van Lumpkin Street is een drugstore die wapens verkoopt. Daar zouden we er een kunnen kopen, en dan zijn we over een halfuur terug.'

'Die doen eerst achtergrondonderzoek.'

'Denk je echt dat iemand daar nog in geïnteresseerd is? Massamoordenaars kopen machinegeweren en genoeg munitie om twintig scholen naar de verdoemenis te schieten, maar niemand die een spier vertrekt.'

'Toch...'

'Shit, ik vergeet steeds dat ik voorwaardelijk heb. Ik weet zeker dat mijn reclasseringsambtenaar mijn naam in het systeem heeft ingevoerd. Waar is de National Rifle Association als je ze nodig hebt?'

Lydia keek op haar horloge. 'Een uur geleden had je bij Nolan moeten zijn. Hij heeft waarschijnlijk al een opsporingsbericht doen uitgaan.'

'Ik moet dit doen, straks durf ik niet meer.' Claire deed het portier open en stapte uit.

Lydia vloekte hartgrondig. Claire liep de trap op naar de veranda aan de voorkant van het huis. Ze probeerde tussen de spleten in het triplex voor de ramen door te kijken. Hoofdschuddend daalde ze het trapje weer af. In plaats van naar de auto terug te keren, liep ze om het huis naar achteren.

'Verdomme!' Lydia haalde haar mobiel uit haar tas. Eigenlijk zou ze iemand moeten sms'en dat ze hier waren. En wat dan? Rick zou in paniek raken. Ze mocht Dee er niet bij betrekken. Ze zou het op het mededelingenbord voor ouders van de Westerly Academy kunnen posten, maar Penelope Ward zou waarschijnlijk een privéhelikopter huren en naar Athens vliegen om niets van de actie te missen.

En dan zou Lydia moeten uitleggen waarom ze als een lafaard in de auto bleef zitten terwijl haar zusje probeerde in te breken in het geheime huis van haar dode echtgenoot.

Ze stapte uit. Op een drafje rende ze om het huis heen. Het onkruid in de achtertuin reikte tot haar middel. Het degelijke schommeltoestel was begroeid met mos. De grond knisperde onder haar voeten. Het noodweer uit Atlanta was nog niet zo ver doorgedrongen. De vegetatie was zo droog als aanmaakhout.

Claire stond op de kleine veranda aan de achterkant. Ze had zich met haar voet schrap gezet tegen de zijkant van het huis en haar vingers om het stuk triplex geklemd dat voor de achterdeur was gespijkerd. 'Er is geen souterrain, alleen een kruipruimte.'

Dat zag Lydia zelf ook. Claire had het paneel naar de ingesloten ruimte onder het huis ingetrapt. Er zat nog geen halve meter tussen de aarde en de vloerbalken. 'Wat ben je aan het doen?'

'Mijn nagellak aan het verpesten. In de kofferbak ligt een koevoet.'

Bij gebrek aan alternatief liep Lydia terug naar de auto. Ze opende de kofferbak en trof daar een uitgebreid overlevingspakket aan. Een eerstehulpdoos. Noodrantsoenen water en eten. Twee warmhouddekens. Een veiligheidsvest. Een ijskrabber. Een kleine gereedschapskist. Handflares. Een zandzak. Een leeg benzineblik, hoewel het een elektrische auto was. Twee gevarendriehoeken. Een grote koevoet waarmee je iemands kop van zijn romp kon slaan.

Dit was geen koevoet, maar een breekijzer. Aan de ene kant zaten een gigantische hamerkop en een scherpe klauw. Het uiteinde aan de andere kant was omgebogen. Het ding lag zwaar in de hand, het was van massief staal, zo'n zestig centimeter lang en woog bijna vijf kilo.

Lydia stond er liever niet bij stil waarom Paul rondreed met iets dergelijks in zijn kofferbak, en toen ze de hoek om liep naar de achtertuin probeerde ze uit alle macht niet aan de wrange grap te denken die Claire had gemaakt, namelijk dat er misschien nog meer mevrouwen Fuller in de overwoekerde achtertuin lagen begraven.

Claire probeerde nog steeds om het triplex voor het raam los te wrikken. Inmiddels had ze haar vingers tussen de plaat en de deurlijst gewurmd. Haar vel lag open. Lydia zag bloedvegen op het verweerde hout.

'Aan de kant.' Lydia wachtte tot Claire opzij was gegaan en ramde vervolgens het platte uiteinde van het breekijzer in de spleet. Het verrotte hout liet even makkelijk los als een bananenschil. Claire greep het uiteinde en rukte het hele stuk triplex weg.

Lydia zag een doorsnee keukendeur. Glas aan de bovenkant, een dun houten paneel aan de onderkant. Ze voelde aan de deurknop. Op slot.

'Achteruit.' Claire pakte het breekijzer en sloeg het glas in. Ze ratste met het ding langs de lijst en haalde alle scherven weg, toen stak ze haar hand door het gat en opende de deur.

Lydia wist dat het aan de late kant was, maar toch vroeg ze: 'Weet je zeker dat je dit wilt doen?'

Claire trapte de deur open. Ze liep de keuken in en deed het licht aan. De tl-lampen kwamen flikkerend tot leven.

Het huis voelde leeg, maar niettemin riep Lydia: 'Hallo?' Ze wachtte een paar tellen en riep toen weer: 'Hallo?'

Ook zonder dat er een antwoord kwam, was het alsof het huis elk moment zijn geheimen kon uitschreeuwen.

Claire wierp de koevoet op de keukentafel. 'Over bizar gesproken.'

Lydia wist wat ze bedoelde. Ze stonden in een vertrek dat eruitzag als een fonkelnieuwe droomkeuken van eind jaren tachtig. De witbetegelde werkbladen verkeerden nog in prima staat, hoewel de voegen in de loop van de jaren vergeeld waren. De tweekleurige kastjes waren aan de buitenkant van walnootfineer en hadden witgeschilderde deurtjes en laden. De witte koelkast deed het nog. Het bijbehorende gasfornuis zag er gloednieuw uit. Het laminaat op de vloer was gelegd in een parketpatroon van rode en bruine neptegels. In de hoeken had zich geen vuil verzameld en er lagen ook geen kruimels langs de kastranden. Eigenlijk lag er maar weinig stof. De keuken maakte een schone indruk. Ook al was het huis dichtgetimmerd, er hing geen muffe geur. Het rook er eerder naar schoonmaakmiddel.

'Alsof de familie Huxtable elk moment binnen kan lopen,' zei Lydia.

Als een verveelde kat sloeg Claire het afwasmiddel en de spons in de spoelbak. Ze opende kastjes. Ze trok laden zo ver uit dat ze op de vloer vielen. Bestek rinkelde. Grillgerei en tangen kletterden. Haar vingers bloedden nog steeds. Op alles wat ze aanraakte liet ze rode vegen achter.

'Zal ik de eerstehulpdoos uit de auto halen?' vroeg Lydia.

'Ik hoef niks wat van Paul is geweest.'

Claire liep het aangrenzende vertrek in, dat als zitkamer was ingericht. De stukken triplex voor de ramen en voordeur hielden al het licht buiten. Ze liep de kamer rond en deed de schemerlampen aan. Lydia zag een grote sofa en een tweezitsbank, een luie stoel en een tv in een ouderwets tv-meubel. Op een houten plank boven de tv stond een videorecorder met bovenlader. Het klokje flitste niet, zoals bij de videorecorders die Lydia zich nog kon herinneren. Naast het apparaat lag een stapel videobanden. Lydia liet haar blik over de titels gaan. *Batman. The Princess Bride. Blade Runner. Back to the Future.* Allemaal films uit de jaren tachtig.

Over het dikke tapijt onder hun voeten liepen recente stofzuigersporen. Lydia streek over het dunne laagje stof op de tafel achter de sofa. Als ze moest raden zou ze zeggen dat de boel een week geleden voor het laatst was afgestoft, zo ongeveer toen Paul was gestorven. 'Ging hij vaak naar Athens?'

'Kennelijk.' Claire haalde de videobanden uit hun hoezen en keek of de etiketten van de banden overeenkwamen met die op de hoezen. 'Hij maakte lange dagen. Hij kon makkelijk op een dag heen en weer rijden zonder dat ik het merkte.'

'Kun je dat op de gps in zijn auto natrekken?'

'Moet je kijken.' Claire had het antwoordapparaat gevonden. Het stond op de tafel naast de sofa. Het ding was oeroud, van het soort waarvoor je twee cassettebandjes nodig had, een voor het ingesproken bericht en een voor de te ontvangen berichten. Het rode ledlampje gaf aan dat er vier berichten waren. Naast het apparaat lag een bandje met het etiket MARIA. Claire wipte de cassettespeler open. Op het bandje met de ingesproken tekst stond LEXIE.

'Twee verschillende bandjes,' zei Lydia. 'Denk je dat het een code is? Dat je aan het ene bandje hoort dat het veilig is en aan het andere dat dat niet zo is?'

In plaats van te blijven gissen drukte Claire op PLAY voor de ontvangen berichten. Het apparaat kwam klikkend en zoemend tot leven. Het eerste bericht bestond uit ruis gevolgd door zwaar gehijg. Er klonk een piepje, waarna het volgende bericht werd afgespeeld. Meer van hetzelfde, tot aan het vierde bericht. Lydia hoorde gekreun aan de andere kant van de lijn. Opeens herinnerde ze zich weer dat Claire had gekreund toen het bandje het bericht had afgespeeld.

Claire had het geluid ook herkend. Ze drukte op STOP. Ze keek de kamer rond. 'Hij heeft alles bij het oude gelaten,' zei ze, en Lydia wist dat ze Paul bedoelde. 'Zijn ouders zijn in '92 gestorven. Ergens in januari. Ik zweer dat het er nog precies zo uitziet als ze het hebben achtergelaten.'

'Waarom zou Paul erover liegen dat hij het huis heeft gehouden?'

Claire zweeg, want ze moest het antwoord schuldig blijven. 'Lexie Fuller bestaat niet, hè?'

Lydia schudde haar hoofd. Misschien was er een vrouw geweest die deed alsof ze Lexie Fuller was, maar Pauls hobby's in aanmerking genomen was het onmogelijk te zeggen wat er met haar gebeurd was.

Claire liet haar blik door de kamer gaan. 'Dit voelt slecht.'

'Het hele huis voelt slecht.'

Op de kamer kwamen twee gangen uit. De ene ging naar links, waarschijnlijk naar de slaapkamers, de andere naar rechts, naar de garage. De deur aan het einde van de gang was gesloten. Er was geen hangslot, alleen een holle deur met een glanzend gepoetste koperen knop waar een sleutel bij hoorde.

Claire liep naar links en terwijl ze stampend en met een vastberadenheid die Lydia niet van haar zusje kende door het huis liep deed ze alle lampen aan. Dit was de Claire die de knieschijf van een vrouw in haar tennisteam had verbrijzeld en die haar hele garage in puin had geslagen. Ze trok laden open, schopte dozen omver en doorzocht slaapkamerkasten. Flessen werden omvergegooid. Lampen werden kapotgeslagen. Ze zette zelfs een matras overeind. Alles wat ze tegenkwam bewees dat het huis werd bewoond, maar dan wel door mensen die niet ouder waren geworden sinds Bush senior in het Witte Huis zat.

Pauls jongenskamer was een mengeling van speelgoedtreinen en heavy-metalposters. Hij had geslapen in een tweepersoonsbed met een donkerrode sprei, die keurig opgevouwen over het voeteneind lag. Op elke lade van zijn ladekast zat een handgeschreven etiket. ONDERGOED & SOKKEN. T-SHIRTS & SHORTS. GYMKLEREN. Er lag al even weinig stof als in de zitkamer. Hier liepen ook verse stofzuigersporen over het tapijt. Zelfs de bladen van de plafondventilator waren schoongeveegd.

Eenzelfde netheid heerste in de kleine logeerkamer. Voor het dichtgetimmerde raam aan de kant van de voortuin stond een naaimachine. Een naaipatroon lag op een klaptafeltje. Ernaast lagen lappen stof, klaar om geknipt te worden.

In de ouderslaapkamer stond een groot tweepersoonsbed met een sprei van blauw satijn. Het vertrek ademde de geest van

Pauls ouders. De gehaakte antimakassar op de rugleuning van de houten schommelstoel. De versleten werkschoenen met stalen neuzen naast de pumps met lage hak in de kleine kleerkast. Er waren twee nachtkastjes. In de la van het ene kastje lag een jachttijdschrift. In het andere een plastic doosje voor een pessarium. De schilderijen aan de muur waren van het soort dat je kocht op een rommelmarkt of van een straatarme kunstenaar: landschappen met veel bomen en een veel te blauwe lucht boven een onwerkelijk tafereel van grazende schapen en een tevreden kijkende hond. Ook hier liepen stofzuigersporen over het hoogpolige blauwe tapijt.

Lydia herhaalde Claires eerdere constatering: 'Het lijkt wel een gedenkplaats voor zijn jeugd.'

Claire liep de badkamer in, die even klein en keurig was als de overige vertrekken. Het bebloemde douchegordijn was al opzijgeschoven. In het zeepbakje lag een stuk groene zeep. Head&-Shoulders-shampoo stond op een hangrekje onder de douchekop. Over de handdoekstang hing een gebruikte handdoek te drogen. De twee hoogpolige kleedjes op de vloer lagen netjes in het verlengde van elkaar, met evenveel ruimte eromheen.

Ze trok het medicijnkastje open en smeet de inhoud op de grond. Sure-deodorant. Close-Up-tandpasta. Ze stak een medicijnpotje omhoog. 'Amitriptyline,' las Claire. 'Het staat op naam van Pauls vader.'

'Het is een wat ouder antidepressivum.' Je hoefde Lydia niks te vertellen over de populaire medicijnen uit de laatste jaren van de twintigste eeuw. 'Een voorloper van prozac.'

'Het zal je verbazen, maar Paul heeft nooit iets over depressie gezegd.' Claire wierp het potje over haar schouder. 'Klaar om de garage in te gaan?'

Lydia besefte dat zij dat eveneens voor zich uit had geschoven. 'We kunnen nog altijd weggaan,' opperde ze.

'Natuurlijk.' Claire drong langs Lydia en liep weer naar de zitkamer. Ze ging de keuken in. Ze kwam terug met het breekijzer in haar handen geklemd en liep door de smalle gang naar de garage. Het was ongeveer vijf meter, maar Lydia had het gevoel dat alles zich in slow motion afspeelde. Het breekijzer beschreef een boog over Claires hoofd. Het bleef een paar tellen in de lucht hangen voor het op de koperen deurkruk neerdaalde. De deur naar de garage vloog open.

Claire stak haar hand naar binnen en zocht naar de schakelaar. Tl-buizen sputterden aan. Ze liet het breekijzer vallen.

Lydia was als verlamd. Ze stond er drie meter vandaan, maar ze kon de muur tegenover de deur duidelijk zien: de lege kettingen die met bouten aan de betonblokken waren bevestigd, de rand van een smerige matras, zakken van afhaaleten op de vloer, fotolampen, een camera op een statief. Het plafond was aangepast zodat het leek alsof het een kelderruimte was. Kabels hingen naar beneden. Afvoerbuizen liepen nergens naartoe. Kettingen bungelden op de betonnen vloer. En er lag bloed.

Heel veel bloed.

Claire week terug, de gang in, en trok de deur achter zich dicht. De deurkruk was afgebroken. Ze moest haar vingers om de pin slaan. Ze ging met haar rug tegen de muur staan om de doorgang te versperren zodat Lydia de garage niet binnen kon gaan.

Een lijk, dacht Lydia. Nog een slachtoffer. Nog een dood meisje.

Claire zei op gedempte, ingehouden toon: 'Geef me je telefoontje. Ik ga de hele ruimte met de camera vastleggen en ondertussen loop jij naar de weg en belt de FBI met de burner. Niet Nolan. Bel het nummer in Washington DC.'

'Wat heb je gezien?'

Claire schudde kort haar hoofd. Ze zag grauw, alsof ze ziek was.

'Claire?'

Weer schudde ze haar hoofd.

'Ligt er een lijk?'

'Nee.'

'Wat is er dan?'

Ze bleef haar hoofd schudden.

'Dit is geen geintje. Vertel op: wat is daar?'

Claire klemde de deur nog steviger vast. 'Videobanden. VHS.'

Lydia kreeg een bittere smaak in haar mond. VHS. Geen dvd's. Geen digitale bestanden. VHS-banden.

'Hoeveel?'

'Heel veel.'

'Hoeveel is heel veel?'

'Te veel.'

Ergens vond Lydia de kracht om zich in beweging te zetten. 'Ik wil het zien.'

Claire bleef voor de deur staan. 'Dit is een plaats delict. Hier is Anna Kilpatrick gestorven. We kunnen niet naar binnen.'

Lydia voelde Claires hand op haar arm. Ze kon zich niet herinneren dat ze door de gang was gelopen, in de richting van datgene waar haar zus haar bij weg wilde houden, maar nu was ze zo dichtbij dat ze de metalige geur van stollend bloed opving.

Ze stelde de enige vraag die nog relevant was. 'Hoe ver gaan die VHS-banden terug in de tijd?'

Weer schudde Claire haar hoofd.

Het was alsof Lydia prikkeldraad in haar keel had. Ze probeerde Claire aan de kant te duwen, maar die week niet van haar plaats. 'Laat me erlangs.'

'Ik laat je niet...'

Lydia greep haar bij haar arm, krachtiger dan de bedoeling was, maar toen vloog haar andere hand omhoog en opeens was ze verwikkeld in een serieuze worstelpartij met haar zus. Ze duwden elkaar door de gang heen en weer, net zoals ze vroeger om een jurk, een boek of een jongen hadden gevochten.

Het leeftijdsverschil van drie jaar had altijd in Lydia's voordeel gewerkt, maar deze keer wierp ze ook haar veertien kilo extra in de strijd. Ze gaf Claire zo'n harde duw dat ze naar achteren strompelde. Ze knalde met haar stuitje op de vloer en hapte naar adem toen alle lucht uit haar longen werd geslagen.

Lydia stapte over haar zus heen. Claire deed nog een poging haar been vast te grijpen, maar het was te laat.

Lydia duwde de garagedeur open.

Eén deel van de muur werd in beslag genomen door houten schappen. Acht rijen van de vloer tot aan het plafond, elk ongeveer tweeënhalve meter breed en dertig centimeter diep. Stapels VHS-banden stonden dicht tegen elkaar aan. Ze waren gesorteerd naar de kleur van de kartonnen hoezen. Op de etiketten stond een bekend voorkomende reeks handgeschreven cijfers. Lydia kende de code al.

De banden gingen terug tot de jaren tachtig.

Ze liep de garage in. Er trok een huivering door haar lijf, alsof ze te dicht bij de rand van een rots stond. Haar tenen tintelden. Haar handen beefden. Ze zweette weer. Haar botten trilden onder haar huid. Al haar zintuigen stonden op scherp.

Achter zich hoorde ze Claire huilen. De geur van bleekmiddel drong tot diep in haar neus door. Ze proefde angst op haar tong. Haar zicht vernauwde zich tot de zes VHS-banden die prominent op het middelste schap lagen.

De banden in hun groene kartonnen hoezen werden met een groen elastiek bij elkaar gehouden. Het handschrift was hoekig en helder. De cijferreeksen waren gemakkelijk te ontcijferen nu Lydia de sleutel wist.

0-1-4-9-0-9-3-1.

0-4-0-3-1-9-9-1.

4 maart 1991.

# ELF

Claire wilde zeggen dat Lydia niets aan moest raken, maar de woorden bleven in haar keel steken. Het hoefde al niet meer. Vanaf het moment dat ze de wand met videobanden zag, wist ze dat ze niet terug kon, wist ze dat dit alles onvermijdelijk was. Pauls obsessie voor haar was niet zonder reden geweest. Zijn rol van volmaakte echtgenoot was niet zonder reden geweest. Zoals hij hun leven had gemanipuleerd, was niet zonder reden geweest.

En al die tijd was Claire ziende blind geweest.

Misschien dat ze daarom niet geschokt was. Of misschien kon niets haar meer schokken, want telkens als Claire dacht dat ze het ergste van Paul had gezien, kwam er iets nieuws aan het licht en was ze niet alleen verbijsterd door zijn gruwelijke daden, maar ook door haar eigen halsstarrige blindheid.

Ze had geen idee wat er door Lydia heen ging, die roerloos midden in de koude garage stond. Ze had haar hand naar de zes videobanden uitgestrekt, maar raakte ze net niet aan.

'4 maart 1991,' zei Lydia.

'Ik weet het.' Claire had de deur nog maar nauwelijks geopend of haar blik werd naar de etiketten getrokken.

'We moeten ze bekijken.'

Weer ging Claire niet tegen haar in. Ze hadden alle reden weg te gaan uit dit huis. Ze hadden alle reden om te blijven.

Rode pil/blauwe pil.

Het was allang geen filosofische oefening meer. Wilden ze wel of niet weten wat er met Julia was gebeurd?

Lydia wist het antwoord al. Langzaam kwam ze in beweging.

Met beide handen pakte ze de stapel groene VHS-banden. Ze draaide zich om en wachtte tot Claire aan de kant ging.

Claire volgde haar zus naar de zitkamer. Leunend tegen de muur keek ze toe terwijl Lydia een band in de antieke videospeler stopte. Ze had de laatste van de reeks uitgekozen, want dat was de enige die ertoe deed.

Geen enkel apparaat had afstandsbediening. Lydia drukte de AAN-knop van de tv in. Het scherm floepte tot leven. Het beeld vervaagde van zwart naar sneeuw. Ze draaide aan de volumeknop om de ruis te dempen. Het toestel had twee schakelaars: een voor VHF en een voor UHF. Lydia probeerde eerst kanaal drie. Ze wachtte. Toen koos ze kanaal vier.

Het scherm versprong van sneeuw naar zwart.

Lydia's duim rustte op de grote oranje PLAY-knop. Ze keek Claire aan.

Rode pil? Blauwe pil? Wil je het echt weten?

En toen hoorde ze haar vaders stem: Sommige dingen krijg je niet meer van je netvlies.

Misschien worstelde Claire nog het meest met Sams waarschuwing, want ze had de andere filmpjes gezien. Ze wist dat de martelingen die de meisjes moesten ondergaan volgens een bepaald scenario verliepen, en ook wist ze wat ze op de laatste band zou zien, de band die Lydia elk moment kon starten.

Julia Carroll, negentien jaar, naakt en vastgeketend aan de muur. Haar lijf bezaaid met blauwe plekken en brandwonden. Sporen van elektrische schokken. Gebrandmerkt vlees. Opengereten huid. Haar mond wijd open, schreeuwend van doodsangst zodra de gemaskerde man binnenkwam met zijn kapmes.

'Claire?' Lydia vroeg om toestemming. Konden ze het doen? Mochten ze het doen?

Hadden ze wel een keuze?

Claire knikte en Lydia drukte op PLAY.

Er liep een witte zigzagstreep over het scherm. Het beeld bewoog te snel om details te kunnen onderscheiden. Lydia klapte het bedieningspaneel open en stelde de tuner bij.

Het beeld sprong op scherp.

Kreunend hapte Lydia naar adem.

Julia hing aan de muur, met haar vastgeketende armen en benen gespreid. Op de zilveren en zwarte armbanden die ze altijd om haar polsen droeg na, was ze naakt. Haar hoofd hing naar beneden. Haar lichaam was verslapt. Het enige wat haar overeind hield, waren de kettingen.

Claire sloot haar ogen. Het tv-meubel had één speaker, en ze hoorde Julia zachtjes jammeren. Julia werd ergens anders vastgehouden, niet in de nagebootste kelder, maar in een boerenschuur. De planken waren donkerbruin en leken op de achterwand van een paardenstal. Op de vloer lag hooi. Onder haar blote voeten lag mest.

Claire dacht aan haar schilderij, met de schuur die rechtstreeks uit *The Amityville Horror* afkomstig leek. Ze vroeg zich af of Paul de schuur uit afschuw had afgebroken of omdat hij, efficiënt als hij was, het handiger vond om alles onder één dak te houden.

Op het scherm bleef haar zus zachtjes jammeren.

Claire opende haar ogen. De gemaskerde man liep het beeld in. Claire had foto's van Paul uit 1991 gezien. Hij was lang en slungelig met zijn te korte haar en de krampachtig rechte rug die de instructeurs op de militaire school erin hadden gedrild.

De gemaskerde man was ook lang, maar niet slungelig. Hij was al wat ouder, ergens achter in de veertig. Zijn schouders hingen af. Zijn buik was zachter. Hij had een tatoeage op zijn biceps, een anker met een tekst die Claire niet kon lezen, maar die aangaf dat hij bij de marine had gediend.

Pauls vader was bij de marine geweest.

Langzaam en weloverwogen zette de gemaskerde man een stap in Julia's richting, en toen nog een stap.

'Ik ga naar buiten,' zei Claire.

Lydia knikte, maar keek niet achterom.

'Ik kan hier niet blijven, maar ik laat je niet in de steek.'

'Oké.' Lydia keek gebiologeerd naar het scherm. 'Ga maar.'

Claire zette zich in beweging en liep de keuken in. Ze stapte over het bestek en de glasscherven op de vloer en liep door tot ze buiten stond. De bijtende kou deed pijn aan haar huid. Het was opeens zo koud dat haar longen ineenkrompen.

Claire ging op het achterste trapje zitten. Ze sloeg haar armen om zichzelf heen. Ze rilde. Haar tanden deden pijn. De puntjes van haar oren brandden. Ze had de ergste beelden niet gezien, maar ze had wel genoeg gezien en ze wist dat haar vader gelijk had. Al haar mooie herinneringen aan Julia – samen dansend voor de tv als *American Bandstand* op zaterdag werd uitgezonden, samen zingend in de auto als ze naar de bibliotheek reden om Helen op te halen, achter Sam en Lydia aan huppelend wanneer ze met z'n allen naar de campuskliniek gingen om een nestje pasgeboren pups te bekijken – dat was allemaal weg.

Als ze nu aan Julia dacht, zag ze slechts dat ene beeld: haar zus die met haar armen en benen wijd aan de ruwhouten wand van een stal was vastgeketend.

Binnen klonk een gesmoorde kreet.

Het ging door merg en been, sneed als een glasscherf door Claires hart. Ze liet haar hoofd in haar handen vallen. Ze had het warm, ook al rilde ze over haar hele lijf. Haar hart schokte in haar borstkas.

Nu begon Lydia te jammeren.

Claire snikte ingehouden. Ze drukte haar handen tegen haar oren, want ze kon Lydia's gekerm niet aanhoren. Ze werden door twee vertrekken van elkaar gescheiden, maar Claire zag alles wat Lydia had gezien: de zwaai van het kapmes, het neerdalende lemmet, het gutsende bloed, de stuiptrekkingen, de verkrachting.

Eigenlijk zou ze naar binnen moeten gaan. Ze hoorde Lydia te steunen. Ze zou getuige moeten zijn van Julia's laatste seconden. Ze hoorde hier niet werkeloos op de veranda te zitten, maar ze was niet in staat overeind te komen.

Het enige wat ze kon was over het uitgestrekte, lege veld kijken en het uitschreeuwen: om haar vermoorde zus, om haar verstoten zus, om haar gebroken moeder, om haar geknakte vader, om haar vernietigde familie.

Overmand door verdriet bleef Claire schreeuwen. Ze liet zich op haar knieën vallen. Er knapte iets in haar keel. Haar mond vulde zich met bloed. Ze sloeg met haar vuisten op de droge rode klei en vervloekte Paul om alles wat hij haar ontnomen had: Lydia's baby die ze in haar armen had kunnen houden, een eigen kind misschien, haar ouders die samen oud hadden kunnen worden, haar eigen leven dat ze had kunnen delen met haar enig overgebleven zus. Ze raasde om het bedrog van haar huwelijk, om de achttien verspilde jaren waarin ze van een zieke, gestoorde gek had gehouden die haar had wijsgemaakt dat ze alles had wat haar hartje begeerde, terwijl ze in werkelijkheid helemaal niets had.

Lydia sloeg haar armen om Claire heen. Ze huilde zo hard dat ze alleen maar kon stamelen. 'Z-ze was... z-zo... b-bang...'

'Ik weet het.' Claire klemde zich aan haar zus vast. Waarom had ze Paul geloofd? Hoe had ze Lydia ooit kunnen laten vallen? 'Het komt goed,' loog ze. 'Alles komt goed.'

'Z-ze was doodsbang.'

Claire kneep haar ogen dicht en bad dat de beelden zouden verdwijnen.

'H-helemaal alleen. Z-ze was helemaal alleen.'

Claire wiegde Lydia als een baby. Ze beefden allebei zo hevig dat ze elkaar bijna niet konden vasthouden. De schok van wat ze hadden doorstaan was als een openbarstende wond.

'Z-ze wist wat er ging gebeuren en z-ze kon zich niet verroeren en er was niemand die...' Haar woorden eindigden in een verstikte kreet. 'O god! O god!'

'Het spijt me,' fluisterde Claire. Ze was schor. Ze kon nauwelijks praten. Lydia bleef maar beven en voelde ijskoud. Haar adem ratelde in haar longen. Haar hart bonkte zo dat Claire het in haar eigen borst kon voelen.

'Mijn god!' riep Lydia. 'Mijn god.'

'Het spijt me.' Het was allemaal Claires schuld. Ze had Lydia nooit moeten bellen. Ze had het recht niet haar hiermee te confronteren. Ze was egoïstisch en wreed en verdiende het om de rest van haar leven alleen te blijven. 'Het spijt me zo.'

'Waarom?' vroeg Lydia zich af. 'Waarom heeft hij haar uitgekozen?'

Claire schudde haar hoofd. Een verklaring was er niet. Ze zouden nooit weten waarom Julia uitgerekend op die avond en op dat tijdstip tot doelwit was geworden.

'Ze was zo goed. Ze was zo'n verdomd goeie meid.'

Het refrein klonk pijnlijk bekend. Sam en Helen hadden zich telkens weer dezelfde vraag gesteld: waarom ónze dochter? Waarom óns gezin?

'Waarom moest zíj het zijn?'

'Ik weet het niet.' Claire had het zichzelf ook vaak afgevraagd. Waarom Julia? Waarom niet Claire, die er altijd met jongens tussenuit kneep en bij wiskunde afkeek van haar klasgenoten, die flirtte met de gymleraar om maar niet te hoeven sprinten.

Lydia huiverde, haar hele lijf werd verteerd door verdriet. 'Ik had het moeten zijn.'

'Nee.'

'Ik was zo verknipt.'

'Nee.'

'Dan zou het minder pijn hebben gedaan.'

'Nee, Liddie. Kijk me aan.' Claire klemde Lydia's gezicht tussen haar handen. Haar vader was aan dat soort gedachten ten onder gegaan. Ze wilde haar zus niet ook nog eens verliezen. 'Kijk me aan, Lydia. Dat mag je niet zeggen. Dat mag je nooit meer zeggen. Hoor je me?'

Lydia zweeg. Ze weigerde Claire aan te kijken.

'Je bent belangrijk.' Claire probeerde de pure afschuw uit haar stem te bannen. 'Dat mag je nooit meer zeggen, oké? Je bent belangrijk. Je bent belangrijk voor Rick en voor Dee en voor mama. En je bent belangrijk voor mij.' Claire wachtte op antwoord. 'Oké?'

Met haar hoofd nog tussen Claires handen gaf Lydia een kort knikje.

'Ik hou van je,' zei Claire, woorden die ze niet eens tegenover haar man had uitgesproken toen hij stierf in haar armen. 'Je bent

mijn zus en je bent geweldig, en ik hou van je.'
Lydia klemde Claires handen vast.
'Ik hou van je,' herhaalde Claire. 'Hoor je me?'
Weer knikte Lydia. 'Ik hou ook van jou.'
'Er komt nooit meer iets tussen ons. Oké?'
Opnieuw een knikje. Lydia kreeg weer wat kleur. Ze haalde rustiger adem.
Claire nam Lydia's handen in die van haar. Ze keken naar de grond, want de aanblik van het huis met zijn afschuwelijke geschiedenis was onverdraaglijk.
'Vertel eens hoe het was toen Dee werd geboren,' zei Claire.
Lydia schudde haar hoofd. Ze was te aangeslagen.
'Vertel maar,' drong Claire aan. Om hen heen stortte de wereld in, maar ze moest weten waar Paul haar nog meer van had beroofd. 'Vertel eens wat ik allemaal gemist heb.'
Ook Lydia had dit kennelijk nodig, ze had licht nodig in het donkere graf waarin ze zichzelf begraven hadden. 'Ze was heel klein.' Een lachje trilde om haar lippen. 'Net een pop.'
Claire lachte ook, want ze wilde dat Lydia bleef lachen. Ze moest nu aan iets moois denken, iets wat de beelden van Julia uit haar hoofd zou verdrijven.
'Was ze een gemakkelijke baby?'
Lydia veegde haar neus af aan haar mouw.
'Sliep ze goed?'
'God, nee.'
Claire keek Lydia afwachtend aan, als om haar te dwingen over iets anders te praten dan wat ze op het scherm hadden gezien. 'Was ze lastig?'
Lydia haalde haar schouders op en schudde haar hoofd. Ze dacht nog steeds aan hun zus, ze verbleef nog steeds in dat diepe, duistere hol.
'Wat was ze voor kindje?' Claire kneep in Lydia's handen. Ze deed haar best een luchtiger toon aan te slaan. 'Kom op, Pepper. Vertel nou hoe mijn nichtje was. Lief en lastig? Zoet en schattig, zoals ik?'

Lydia moest lachen, maar ze schudde nog steeds haar hoofd. 'Ze huilde de hele tijd.'

Claire bleef aandringen. 'Waarom huilde ze?'

'Ik weet het niet.' Lydia slaakte een diepe zucht. 'Dan had ze het weer warm. Dan weer koud. Ze had honger. Of haar buikje zat vol.' Weer veegde ze haar neus af. De manchet van haar bloes was al nat van de tranen. 'Ik dacht dat ik jou had opgevoed, maar mama had al het zware werk voor haar rekening genomen.'

Claire wist dat het kinderachtig was, maar ergens vond ze het mooi dat Helen het zware werk had moeten doen. 'Leg eens uit.'

'Je vasthouden en met je spelen was een makkie. Je verschonen en 's nachts met je rondsjouwen en al die andere dingen... het is moeilijk om dat in je eentje te doen.'

Claire streek Lydia's haar naar achteren. Ze had erbij moeten zijn. Ze had boodschappen voor haar zus moeten doen, de was voor haar moeten vouwen, ze had zolang het nodig was voor wat rust in haar leven moeten zorgen.

'Ze heeft de eerste twee jaar van haar leven gehuild.' Lydia veegde met haar vingers onder haar ogen. 'En toen ze eenmaal kon praten, hield ze geen moment haar mond.' Een herinnering kwam boven en ze lachte. 'Ze zong altijd in zichzelf. Niet alleen als ik in de buurt was. Vaak zat ze in haar eentje te zingen en dan voelde ik me zo raar. Alsof je een kat ongemerkt nadert en hoort dat hij spint, en dat je je dan rot voelt omdat je altijd hebt gedacht dat hij dat alleen voor jou deed.'

Weer lachte Claire, om Lydia aan te sporen.

'Ze groeide op en...' Lydia schudde haar hoofd. 'Een puber in huis is net zoiets als een afgrijselijke kamergenote. Ze eten al je voorraden op, pikken je kleren, halen geld uit je portemonnee en pakken je auto zonder te vragen.' Ze legde haar hand op haar hart. 'Maar je kunt je niet voorstellen in hoeveel opzichten ze je leven verzachten. Het is zo onverwacht. Ze halen de scherpe kantjes er bij je af. Ze vormen je tot een betere versie van jezelf waarvan je het bestaan nooit had vermoed.'

Claire knikte, want in Lydia's tedere blik zag ze de verandering die Dee Delgado teweeg had gebracht.

Lydia pakte Claires handen en hield ze stevig vast. 'Wat gaan we doen?'

Claire was op die vraag voorbereid. 'We moeten de politie bellen.'

'Koddebeier?'

'Die, en de staatspolitie, het Georgia Bureau of Investigation.' Nu Claire het hardop uitsprak, tekende zich een plan af. 'We bellen iedereen. Tegen Binnenlandse Veiligheid zeggen we dat we iemand een bom hebben zien maken. Tegen de FBI zeggen we dat er een ontvoerd meisje in dat huis zit. We bellen de milieupolitie en zeggen dat we een vat met giftig afval hebben gezien. Tegen de geheime dienst zeggen we dat Lexie Fuller een moordaanslag op de president beraamt.'

'Je denkt dat als we ze allemaal tegelijkertijd hiernaartoe lokken, niemand iets kan verdoezelen.'

'We moeten de nieuwszenders ook inschakelen.'

'Goed idee.' Lydia knikte. 'Ik post wel iets op het mededelingenbord voor ouders op Dee's school. Een van de vrouwen daar, Penelope Ward, is mijn Allison Hendrickson zonder de verbrijzelde knie. Haar man stelt zich volgend jaar kandidaat voor het Congres. Ze hebben overal connecties, en ze bijt zich als een terriër in dingen vast. Die zorgt wel dat er niets onder het tapijt wordt geschoven.'

Claire ging op haar hurken zitten. De naam Penelope Ward kwam haar bekend voor. Branch Ward bond de strijd om de zetel aan met Congreslid Johnny Jackson. Jackson was hetzelfde Congreslid dat Paul op het pad naar succes had geholpen. Bovendien had Jacob Mayhew zijn naam genoemd als verklaring voor zijn aanwezigheid bij haar thuis na de inbraak.

'Het Congreslid heeft me gevraagd dit persoonlijk af te handelen,' had Mayhew gezegd, en Claire had aan smeergeld en fraude moeten denken, want ze was ervan uitgegaan dat Jackson zijn hachje wilde redden. Was er nog een reden? Als Mayhew erbij betrokken was, gold dat dan ook voor Johnny Jackson?

'Wat is er?' vroeg Lydia.

Claire hield haar ontdekking voor zich. Dat mochten de staatsdiensten uitzoeken. Ze keek achterom, naar het huis. 'Ik wil niet dat Julia's videobanden hier deel van uitmaken.'

Lydia knikte. 'Wat zeggen we tegen mama?'

'Dat we weten dat Julia dood is.'

'En als ze vraagt hoe we dat weten?'

'Dat vraagt ze niet.' Dat wist Claire zeker. Lang geleden had Helen het weloverwogen besluit genomen niet langer achter de waarheid aan te jagen. Tegen het eind van Sams leven mocht hij Julia's naam niet eens meer noemen.

'Denk je dat de man op de video Pauls vader is?' vroeg Lydia.

'Waarschijnlijk wel.' Claire stond op. Ze wilde er niet langer over nadenken. Ze wilde de mensen erbij halen die echt iets konden doen. 'Ik haal de banden met Julia op.'

'Ik help wel.'

'Nee.' Claire wilde niet dat Lydia nog iets van de video zag. 'Ga maar bellen. Gebruik de vaste verbinding zodat het nummer getraceerd kan worden.' Claire liep naar het wandtoestel. Ze wachtte tot Lydia de hoorn van de haak nam. 'We leggen de banden met Julia in de kofferbak van de Tesla. Niemand die daar gaat kijken.'

Lydia belde 911. 'Opschieten,' zei ze tegen Claire. 'Dit is zo gebeurd.'

Claire liep de zitkamer in. Gelukkig was het tv-beeld zwart. De videobanden lagen op een stapeltje op het meubel.

Ze riep naar Lydia: 'Vind je dat we terug moeten rijden naar de stad om daar te wachten?'

'Nee!'

Haar zus had gelijk, vond Claire. De laatste keer dat ze dit aan de politie had overgelaten, had Mayhew haar als een kind behandeld. Ze drukte op de EJECT-knop van de videorecorder. Ze liet haar vingers op de cassette rusten. In gedachten probeerde ze een beeld van Julia op te roepen dat niet van het filmpje afkomstig was.

Het ging allemaal te snel. Het enige wat ze zag was haar zus in ketenen.

Claire zou de video's vernietigen. Zodra ze op een veilige plek waren, zou ze alle tape van de spoel trekken en verbranden in een stalen afvalbak.

Ze trok de cassette uit het apparaat. Het handschrift op het etiket leek op dat van Paul, maar was net iets anders. Had Paul de band na de dood van zijn vader gevonden? Was zijn interesse daardoor gewekt? Julia verdween bijna een jaar voor het auto-ongeluk van zijn ouders. Vijf jaar later maakte Paul Claire het hof, in Auburn. Nog geen twee maanden na de zelfmoord van haar vader waren ze getrouwd. Dat er van toeval sprake was, moest Claire uit haar hoofd zetten, en dat wierp de volgende vraag op: had Paul dit alles uitgedacht vanaf het moment dat hij Julia had gezien in de videocollectie van zijn vader? Had dat hem op het spoor van Claire gezet?

Een geschreven verklaring ontbrak en Claire zou de waarheid nooit achterhalen. Al vierentwintig jaar liet Julia's dood haar niet los. Nu zou ze de resterende tientallen jaren van haar leven ook nog achtervolgd worden door het mysterie van wat er precies met haar man fout was gegaan.

Ze schoof de band terug in de kartonnen hoes. Ze wikkelde het elastiek om de stapel cassettes.

Ze rook Pauls aftershave.

Het was maar een vleugje. Ze bracht haar neus naar de banden. Ze sloot haar ogen en ademde in.

'Claire,' zei Paul.

Ze keerde zich om.

Paul stond midden in de kamer. Hij droeg een rode UGA-trui en zwarte jeans. Zijn hoofd was kaalgeschoren. Hij had zijn baard laten staan. Hij had een dikke plastic bril op, net als toen hij nog studeerde.

'Ik ben het,' zei hij.

Claire liet de banden vallen. Ze kletterden voor haar voeten neer. Was dit echt? Gebeurde dit echt?

'Het spijt me,' zei Paul.

Toen zwaaide hij zijn vuist naar achteren en sloeg haar recht in haar gezicht.

# V

Ik moet bekennen, schat, dat ik mijn muur met aanwijzingen de laatste tijd heb verwaarloosd. Mijn 'nutteloos amalgaam', zoals je moeder het noemde, die ene keer dat ze zich verwaardigde mijn werk te bekijken. Natuurlijk was ik het grondig met haar eens, maar ze was de deur nog niet uit of ik rende al naar het woordenboek.

*Amalgaam*: mengelmoes, een mengsel van ongelijksoortige delen.

O, je weet niet half hoe ik je moeder aanbid.

In de tien maanden dat ik bij Ben Carver in de gevangenis op bezoek ben geweest, ga ik vaak naar bed zonder mijn amalgaam een blik waardig te keuren. De verzameling is tot iets alledaags geworden en in mijn hoofd in een soort kunstwerk veranderd, eerder een herinnering aan je verdwijning dan een routebeschrijving met behulp waarvan ik je hoop terug te vinden.

Pas toen ik Bens opdracht in het *Dr. Seuss*-boek las, schoot me een aantekening te binnen uit de dossiers van Koddebeier. Die is er vanaf het begin geweest, in elk geval sinds ik begon met mijn jaarlijkse leesritueel, altijd op jouw verjaardag. Hoe kan het toch dat we de dingen die het belangrijkst zijn over het hoofd zien? Dat is een universele vraag, want in de loop van de dagen, weken, maanden en jaren sinds je verdwijning ben ik gaan beseffen dat ik je niet voldoende gekoesterd heb. Ik heb niet vaak genoeg tegen je gezegd dat ik van je hield. Ik heb je niet vaak genoeg vastgehouden. Ik heb al helemaal niet vaak genoeg naar je geluisterd.

Waarschijnlijk zou je me vertellen (zoals je moeder doet) dat ik die fout kan rechtzetten bij je zussen, maar het ligt nu eenmaal in de menselijke aard om naar dingen te verlangen die we niet hebben.

Heb ik je al over Claires nieuwe vlam verteld, over Paul? Hij smacht naar Claire, ook al heeft ze er geen misverstand over laten bestaan dat ze de zijne al is. Het is een wat scheve relatie. Claire is een levendige, beeldschone jonge vrouw. Paul is levendig noch buitengewoon aantrekkelijk.

Nadat we met hem kennis hadden gemaakt, staken je moeder en ik min of meer de draak met de jongen. Zij noemde hem Bartleby, naar de bekende pennenlikker uit het werk van Melville: 'kleurloos netjes, meelijwekkend respectabel, ongeneeslijk hopeloos.' Zelf vergeleek ik hem met een soort terriër, zo'n rattenvanger: arrogant. Snel verveeld. Te slim voor zijn eigen bestwil. Gek op lelijke truien. Ik was van mening dat hij bij gebrek aan het juiste soort aandacht veel kwaad kon aanrichten.

Getuigt die laatste zin van een revisionistische denkwijze? Want ik herinner me duidelijk dat ik je moeders Bartleby-mening deelde toen we Paul net ontmoet hadden: irritant, ongevaarlijk en waarschijnlijk zou hij al snel weer buiten staan.

Nu pas zie ik die ontmoeting in een grimmiger licht.

Claire nam hem mee naar huis toen Georgia tegen Auburn speelde. In het verleden heb ik altijd medelijden gehad met elke man die Claire mee naar huis nam. Je ziet aan hun gretige blikken dat ze de hoofdprijs menen te hebben binnengehaald: kennismaken met de ouders van het meisje, de stad bekijken waar ze is opgegroeid, en voor je het weet is het liefde, trouwen, een kinderwagen et cetera. Jammer voor de jongemannen, maar meestal is het tegenovergestelde het geval. Voor Claire betekent een tripje naar Athens doorgaans het einde van een relatie. In de ogen van je zusje is deze stad besmet. De straten zijn besmet. Het huis is besmet. Misschien zijn wij – je moeder en ik – ook besmet.

Pepper had ons al gewaarschuwd voor Claires nieuwe vrijer. De vriendjes van haar zus kunnen zelden op haar goedkeuring rekenen (evenmin als haar eigen vriendjes op die van Claire; ik weet zeker dat het laatste woord aan jou zou zijn geweest), maar in dit geval was Peppers beschrijving van Paul niet alleen alarmerend, maar ook zeer treffend. Ik heb zelden zo'n instinctieve afkeer van iemand gehad. Hij doet me denken aan het ergste soort student dat ik vroeger had: zo iemand die ervan overtuigd is dat hij alles al weet wat de moeite van het weten waard is (wat zonder uitzondering leidt tot onnodig dierenleed).

Wat me eerlijk gezegd nog het meest dwarszat was de manier waarop Paul Scott mijn dochter in mijn bijzijn aanraakte. Ik ben niet ouderwets. Openbare liefdesbetuigingen doen me eerder glimlachen dan blozen.

Maar toch.

Ik gruwde van de manier waarop die man mijn jongste kind aanraakte. Met zijn arm door de hare gehaakt stapten ze op het huis af. Met zijn hand op haar rug liepen ze de trap op. Met zijn vingers verstrengeld in die van haar kwamen ze binnen.

Nu ik die laatste alinea teruglees, klinkt het allemaal zo onschuldig, zijn het typisch de gebaren van een man die een vrouw het hof maakt, maar je moet weten, schat, dat het buitengewoon verontrustend was zoals hij haar aanraakte. Zijn hand liet haar geen moment los. Niet één keer zolang ik ze zag. Zelfs toen ze op de bank gingen zitten, hield Paul haar hand vast tot ze had plaatsgenomen, waarna hij zijn arm rond haar schouders legde en zijn benen spreidde, alsof zijn ballen zo groot waren dat ze zijn knieschijven in twee magneten met tegengestelde polen hadden veranderd.

Je moeder en ik wisselden menige blik.

Hij is het soort man dat ongegeneerd zijn mening geeft en er ook nog van uitgaat dat elk woord dat over zijn lippen komt niet alleen correct, maar ook uiterst boeiend is. Hij heeft geld, dat zie je aan de auto waarin hij rijdt en aan de kleren die hij draagt, maar er is niets gefortuneerds aan zijn houding. Zijn arrogantie hangt samen met zijn intelligentie, niet met zijn portefeuille. En het moet gezegd: hij is zonder meer een briljante jongeman. Zijn talent om in elk geval de schijn op te houden dat hij overal verstand van heeft wijst op een feilloos geheugen. Hij heeft duidelijk oog voor detail, maar minder voor nuance.

Je moeder vroeg naar zijn familie, want we zijn zuiderlingen en vragen naar iemands familie is voor ons de enige manier om het kaf van het koren te kunnen scheiden.

Paul begon bij de kern: zijn vader die enige tijd bij de marine had gezeten, zijn moeder die een secretaresseopleiding had gevolgd. Ze kozen voor het boerenleven, van die mensen die het zout der aarde waren, die hun inkomen aanvulden met boekhoudbaantjes en seizoenwerk bij de onderhoudsploeg van de UGA-campus. (Zoals je weet is dat soort parttime werk niet ongewoon. Op zeker moment heeft iedereen wel eens voor de universiteit gewerkt.) Er was geen andere familie, op een oom aan moeders kant na, die Paul zelden zag en die overleed toen hij als eerstejaars aan Auburn studeerde.

Vanwege zijn geïsoleerde jeugd, zei Paul, wilde hij een groot gezin, iets wat je moeder en mij vreugdevol zou moeten stemmen, maar ik zag haar al net zo verstrakken als ikzelf, want aan zijn toon viel af te leiden hoe hij dat precies dacht aan te pakken.

(Geloof me, schat, het is niet zonder reden dat vaders eeuwenlang wrede oorlogen hebben uitgevochten om het idee van de Onbevlekte Ontvangenis te verdedigen.)

Nadat hij de basisinformatie had verstrekt, kwam Paul bij het gedeelte van zijn levensverhaal dat de ogen van je zusje van tranen deed glinsteren. Op dat moment wist ik dat hij haar had. Het lijkt hard als ik zeg dat Claire om niemand huilt, maar als je wist, lief kind, wat er na je verdwijning van ons is geworden, zou je begrijpen waarom ze niet huilde, want ze had geen tranen meer over.

Behalve voor Paul.

Terwijl ik naar het verhaal over het auto-ongeluk van zijn ouders luisterde, kwamen er wat oude herinneringen boven. De Scotts stierven bijna een vol jaar nadat jij was verdwenen. Ik weet nog dat ik in de krant over de kettingbotsing las, want tegen die tijd spelde ik elke pagina voor het geval er een verhaal in stond dat verband hield met jou. Je moeder weet nog dat ze van een bibliotheekbezoeker had gehoord dat Pauls vader werd onthoofd. Er was sprake van brand. Onze verbeelding ging met ons op de loop.

Pauls versie van het gebeuren is wat positiever (hij heeft zich in elk geval uit de ellende omhoog weten te werken), maar ik kan het iemand niet kwalijk nemen als hij de regie over zijn verleden wil houden, en het valt niet te ontkennen dat de tragedie een magische uitwerking op Claire heeft. Jarenlang hebben mensen geprobeerd je zusje in bescherming te nemen. Ik denk dat ze met Paul eindelijk kans ziet zelf iemand in bescherming te nemen.

Als je moeder deze brief las, zou ze zeggen dat ik ter zake moet komen. Dat doe ik dan maar, want het gaat om het volgende:

Dit is de opdracht die Ben Carver voor mij in het *Dr. Seuss*-boek heeft geschreven:

'Eerst zijn er de beelden. Dan komen de woorden.' – Robert James Waller.

*Beelden.*

Ben had beelden van zijn misdaden gemaakt en die verspreid. Dat was deel van zijn legende, van zijn schande. Op de zwarte markt zouden honderden foto's en films in omloop zijn waarop hij te zien was met verschillende van zijn slachtoffers. Maar Ben zat al in de gevangenis. Hij gaf me geen hint die naar zijn eigen misdaden leidde. Hij gaf me een hint die naar een gelijkgestemde voerde.

*Beelden.*

Ik had dat woord eerder gelezen, vaak zelfs.

Net als met alle verdachten in de zaak rond jouw verdwijning, had Koddebeier de naam van één bepaalde man zwart gemaakt, maar de volgende gegevens heb ik overgeschreven uit de aantekeningen van een hulprechercheur, die ik in jouw dossier aantrof:

xxxxxx xxxxx Gluurder. Seizoenarbeider bij de onderhoudsploeg van UGA, gearresteerd 04/01/89, 12/04/90, 22/06/90, 16/08/91 – alle aanklachten ingetrokken. Heeft het voorzien op oudere tienermeisjes, blond, aantrekkelijk (17-20 jr). MO: staat voor ramen begane grond en maakt zogenaamde 'beelden': foto's of filmpjes van vrouwen die zich aan het uitkleden zijn. Overleden 03/01/1992 (auto-ongeluk; vrouw ook overleden; 16-jarige zoon op kostschool/Alabama).

*Beelden.*

De gluurder leefde nog toen jij werd vermist. Hij maakte jacht op jonge vrouwen van jouw leeftijd, met ongeveer dezelfde kleur haar, en even mooi als jij. Had hij voor het raam van je slaapkamer op de begane grond gestaan en 'beelden' van je gemaakt? Had hij gekeken terwijl je je haren borstelde, met je zussen praatte en je uitkleedde om naar bed te gaan? Had hij je op de campus gezien toen hij bij de onderhoudsploeg werkte? Was hij je die avond naar de Manhattan gevolgd?

Was hij je weer gevolgd toen je de kroeg verliet?

Vond hij dat zijn beelden niet genoeg waren?

Misschien vraag je je af hoe Ben Carver de hand kon leggen op een kopie van je dossier. Zoals ik al eerder heb gezegd, is Ben een soort beroemdheid, ook in de gevangenis. Hij ontvangt brieven van over de hele wereld. Volgens de gevangenisdirecteur handelt Ben in informatie. Zo krijgt hij extra maaltijden en bescherming binnen de gevaarlijke muren van de dodencel. Hij zoekt uit wat mensen willen weten en speelt de informatie naar eigen verkiezing door.

*Beelden.*

Hoe wist Ben dat uitgerekend dat woord mijn geheugen zou opfrissen? Dat ik naar mijn muur zou stormen, mijn stapels schriften zou doorbladeren, op zoek naar de woorden die ik bijna zes jaar geleden uit jouw dossier had overgeschreven?

Hoe wist Ben na tien maanden en achtenveertig bezoeken wat er in mijn hoofd omging?

Die vraag zal nooit beantwoord worden. Ben is het soort psychopaat dat beweert dat hij vaart waar de wind hem voert, maar af en toe heb ik hem zijn hand als een roer in het water zien steken om de koers te wijzigen.

En met dat ene woord – beelden – heeft hij de koers van mijn leven gewijzigd.

De gluurder heette Gerald Scott.

Zijn zoon is het nieuwe vriendje van je jongste zus.

# TWAALF

Claire opende haar ogen. Het structuurplafond had een bruine tint. Het hoogpolige tapijt voelde klam tegen haar rug. Ze lag op de vloer, met een kussen onder haar hoofd. Haar tennisschoenen waren uit.

Ze ging rechtop zitten.

Paul.

Hij leefde nog!

Heel even was Claire uitzinnig van vreugde, maar meteen kwam ze weer met een klap op aarde terecht. Haar hoofd vulde zich met vragen. Waarom had hij gedaan alsof hij dood was? Waarom had hij haar voor de gek gehouden? Wie had hem geholpen? Wat deed hij hier in het huis van Fuller? Waarom had hij haar neergeslagen?

En waar was haar zus?

'Lydia?' Claire kreeg de naam met moeite over haar lippen. Haar keel stond in brand. Ze hees zich overeind. Ze onderdrukte een golf van misselijkheid en strompelde tegen de tv aan. Haar jukbeen klopte pijnlijk. 'Liddie?' riep ze weer. Ze was nog steeds schor, maar door paniek gedreven schreeuwde ze op haar allerhardst: 'Liddie?'

Geen antwoord.

Claire rende de gang door naar de garage. Ze wierp de deur open. De videobanden. De kettingen. Het bloed. Het was er nog allemaal, maar van Lydia ontbrak elk spoor. Ze trok de deur achter zich dicht en rende de gang weer door. Ze keek in de slaapkamers, in de badkamer, de keuken, en bij iedere lege ruimte groeide haar paniek. Lydia was weg. Ze was verdwenen. Iemand had haar meegenomen.

Paul had haar meegenomen, net als zijn vader met Julia had gedaan.

Claire rende de veranda aan de achterzijde van het huis op. Ze liet haar blik over het veld gaan. Haar hart ging als een drilboor tekeer toen ze op een drafje naar de voorkant liep. Ze wilde schreeuwen, huilen, razen. Hoe had dit opnieuw kunnen gebeuren? Waarom had ze Lydia alleen gelaten?

De Tesla stond nog op de oprit. De portieren werden ontgrendeld toen Claire naderde. Het systeem had de autosleutel gedetecteerd, die in haar achterzak verzeild was geraakt. Haar tas en die van Lydia lagen op de passagiersstoel. De burner was weg. Een lang, oranje verlengsnoer kronkelde vanaf de veranda over de oprit en was verbonden met de kabel waarmee de Tesla werd opgeladen.

Binnen rinkelde de telefoon.

Claire rende om het huis heen. Bij de keukendeur bleef ze staan. Ze wilde naar binnen om op te nemen, maar ze was verlamd van angst. Ze staarde naar de rinkelende telefoon. Het apparaat was wit. Het snoer bungelde naar beneden, tot op een meter van de vloer. Hun keukentelefoon in het huis aan Boulevard had een snoer dat tot in de provisiekast reikte, want dat was jarenlang de enige plek waar je een beetje privacy had.

Lydia was verdwenen. Paul had haar meegenomen. Dit gebeurde echt. Ze kon het niet tegenhouden. Ze kon zich niet in haar kamer terugtrekken met haar koptelefoon op haar hoofd en doen alsof de wereld nog steeds in alle onschuld om zijn as draaide.

Claire dwong zichzelf de keuken in te gaan. Ze legde haar hand op de telefoon, maar nam niet op. De kunststof voelde koud aan. Het was een stevig, ouderwets apparaat, van het merk Princess, zo'n ding dat je vroeger op maandbasis huurde bij Southern Bell. Ze voelde de metalen bel door haar hand trillen.

Het antwoordapparaat was uitgeschakeld. Iemand had een kussen onder haar hoofd gelegd. Haar schoenen waren uitgetrokken. De Tesla werd opgeladen.

Nog voor ze opnam wist ze wiens stem ze zou horen.

'Alles goed met je?' vroeg Paul.

'Waar is mijn zus?'

'Ze is veilig.' Paul aarzelde. 'Gaat het wel?'

'Nee, het gaat helemaal niet, smerige kloot...' Claire stikte bijna in haar woorden. Ze kreeg een hoestaanval en bloed spoot over haar hand. Claire staarde naar de rode strepen die over haar bleke huid liepen.

'Is dat bloed?' vroeg Paul.

Met een ruk draaide Claire zich om en keek de kamer rond. Was hij binnen? Stond hij buiten?

'Kijk eens omhoog,' zei hij.

Claire keek omhoog.

'Iets meer naar links.'

Claire zag een soort luchtverfrisser op de koelkast staan, met de afbeelding van een takje groene eucalyptus op een grijs vaasje. Een van de blaadjes was helemaal doorgesneden om ruimte te maken voor een cameralens.

'Er zijn er meer,' zei hij. 'Ze staan door het hele huis.'

'Dit huis of dat in Dunwoody?'

Paul zweeg, en Claire wist genoeg. Hij had haar bespioneerd. Daarom was er geen gekleurd dossier met Claires naam op het etiket. Paul huurde geen detectives in om haar één maand per jaar te stalken. Hij stalkte haar elke dag van haar leven.

'Waar is Lydia?' vroeg ze.

'Ik bel je vanaf een comsat-telefoon met een scrambler. Weet je wat dat is?'

'Jezus, hoe zou ik dat moeten weten?'

'Comsat is een afkorting voor een reeks communicatiesatellieten.' Zijn toon was irritant pedant. 'De telefoon verzendt oproepen via geostationaire satellieten in plaats van via vaste zendmasten op aarde. De scrambler vervormt het nummer en de locatie, wat betekent dat deze oproep niet kan worden getraceerd, zelfs niet door de NSA.'

Claire luisterde al niet meer. Ze probeerde de omgevingsgeluiden op te vangen. Ook zonder de NSA wist ze dat Paul zich in een rijdende auto bevond. Ze hoorde wegrumoer en het geruis van de wind, geluiden die altijd binnendrongen ongeacht hoe duur de auto was.

'Leeft ze nog?' vroeg Claire.

Hij antwoordde niet.

Haar hart kneep zo stijf samen dat ze nauwelijks lucht kreeg. 'Leeft Lydia nog?'

'Ja.'

Claire keek recht in de lens van de camera. 'Ik wil haar aan de telefoon. Nu.'

'Dat kan niet.'

'Als je haar iets aandoet...' Claires keel kneep dicht. Ze had de filmpjes gezien. Ze wist wat er kon gebeuren. 'Doe haar alsjeblieft geen pijn.'

'Ik doe haar geen pijn, Claire. Je weet toch dat ik dat nooit zou doen?'

Eindelijk kwamen de tranen, want heel even, gedurende een fractie van een seconde, wilde ze hem geloven. 'Je geeft me nu mijn zus aan de lijn of ik bel elke fucking politiedienst die ik kan vinden.'

Paul zuchtte. Ze kende die zucht. Het was de zucht die hij slaakte als hij op het punt stond Claire haar zin te geven. Ze hoorde de auto tot stilstand komen. Er klonk geritsel.

'Wat ben je aan het doen?'

'Ik doe wat je me gevraagd hebt.' Het portier ging open en weer dicht. Ze hoorde verkeer voorbij razen. Hij zat vast ergens op de Atlanta Highway. Hoe lang was Claire buiten westen geweest? Hoe ver had hij Lydia inmiddels meegenomen?

'Je vader heeft mijn zusje vermoord,' zei ze.

Er klonk geknerp toen hij een portier of een kofferbak opende.

'Dat is hij op dat filmpje, hè?' Claire zweeg even. 'Paul, vertel. Dat is hij, hè?'

'Ja,' zei Paul. 'Kijk op het telefoontje.'

'Wat?'

'Lydia's telefoontje. Dat ligt in de zitkamer. Ik heb het aan de oplader gelegd, want de batterij was bijna leeg.'

'Jezus christus.' Dat kon alleen Paul: iemand ontvoeren en dan ook nog even haar telefoon aan de oplader hangen.

Claire legde de telefoon op tafel. Ze liep de zitkamer in, maar in plaats van het mobieltje te zoeken, keek ze de kamer rond. Op de boekenplank van kersenfineer naast de voordeur stond een tweede luchtverfrisser. Dat ze die niet eerder had gezien. Dat ze niets van dit alles had gezien.

Lydia's telefoontje begon te tsjilpen. Paul had het aan de oplader op de salontafel bij de bank neergelegd. Op het schermpje stond een bericht van een onbekend nummer. Ze veegde het open en zag een foto van Lydia.

Claire gilde het uit. Lydia's voorhoofd bloedde. Eén oog was zo opgezwollen dat het dicht zat. Ze lag op haar zij in de kofferbak van een auto. Haar handen lagen vóór haar, vastgebonden met een tiewrap. Ze was doodsbang, maar ook woedend, en ze was helemaal alleen.

Claire keek op naar de camera op de boekenplank en zond al haar haat via de draden rechtstreeks in het zwarte gat dat voor Pauls hart moest doorgaan. 'Nou vermoord ik je. Ik weet nog niet hoe, maar ik ga je...' Claire wist niet wat ze ging doen. Ze keek weer naar de foto van Lydia. Het was allemaal haar eigen schuld. Hoe vaak had ze niet tegen Lydia gezegd dat ze weg moest gaan zonder het ook maar één keer te menen? Ze had haar zus moeten beschermen, maar uiteindelijk had ze Lydia aan Paul overgeleverd.

Een auto reed de oprit op. Claires hart sloeg over. Lydia. Paul had haar teruggebracht. Ze wilde de voordeur openen. Triplex. Langs de rand drong een streepje licht binnen. Als Claire haar hals op een bepaalde manier strekte, kon ze door de spleet naar de oprit kijken.

In plaats van Paul zag ze een bruine politieauto. Haar zicht was beperkt. De voorruit stak donker af in het namiddaglicht. Ze kon niet zien wie er in de auto zat. De bestuurder bleef eindeloos lang op zijn plek. Met gestokte adem wachtte Claire af.

Eindelijk ging het portier open. Een voet verscheen op het beton van de oprit. Ze zag een handgemaakte leren cowboylaars en een donkerbruine pantalon met een gelige streep aan de zijkant. Twee handen klemden zich aan de rand van het portier vast en een man hees zich uit de auto. Hij bleef even staan, met zijn rug naar Claire, en liet zijn blik over de verlaten weg gaan. Toen draaide hij zich om.

Sheriff Carl Huckabee zette zijn Stetson op en stapte op het huis af. Hij stopte bij de Tesla en keek naar binnen. Hij zag de oplader die uit de zijkant van de auto stak en met zijn blik volgde hij het snoer naar de veranda voor het huis.

Claire deed een paar stappen terug, hoewel hij haar met geen mogelijkheid kon zien. Koddebeier was ouder en krommer geworden, maar hij had nog steeds dezelfde, keurig gekamde, lijnrechte snor en de te lange bakkebaarden, die in de jaren negentig al uit de tijd waren geweest.

Hij spande samen met Paul, dat kon niet anders. Met een ziek soort logica bleek de man bij wie haar ouders hun toevlucht hadden gezocht dezelfde te zijn die hen al die jaren aan het lijntje had gehouden.

Claire rende terug naar de keuken. Voor ze de telefoon oppakte, griste ze een scherp schilmesje van de vloer. Ze bracht de telefoon naar haar oor. Ze hield het mesje omhoog zodat Paul het kon zien. 'Ik snij zijn strot af als je mijn zus niet onmiddellijk terugbrengt.'

'Waar heb je het over?' wilde Paul weten. 'Wie zijn strot?'

'Je weet best wie ik...' Claire zweeg. Misschien wist hij het niet. Het enige nut van camera's aan de buitenkant van je huis was dat anderen ze konden zien. Paul was alleen geïnteresseerd in wat zich binnen afspeelde.

'Claire?'

'Huckabee. Hij kwam er net aanrijden.'

'Kut,' mompelde Paul. 'Stuur hem gelijk weg, anders krijg je Lydia nooit meer te zien.'

Claire was ten einde raad. 'Beloof me dat haar niks overkomt.'

'Dat beloof ik. Niet ophangen tot...'

Claire verbrak de verbinding. Ze keerde zich met haar gezicht naar de deuropening toe. Het schilmesje verdween in haar achterzak, ook al vroeg ze zich af wat ze er in godsnaam mee dacht te beginnen. Haar hoofd vulde zich met gefragmenteerde gedachten die ze niet kon verdrijven. Waarom had Paul gedaan alsof hij vermoord werd? Waarom had hij Lydia meegenomen? Wat wilde hij met haar?

'Hallo?' Huckabee stampte de verandatrap op. 'Is daar iemand?'

'Hoi.' Claires stem klonk krasserig. Ergens in haar keel bloedde het nog steeds. Ze dacht voortdurend aan Lydia. In het belang van haar zus moest ze kalm blijven.

'Juffrouw Carroll.' Eerst nog nieuwsgierig kreeg de sheriff nu iets argwanends. 'Wat doe jij hier?'

'Nog altijd mevrouw Scott,' verbeterde ze hem, ook al gruwde ze van de naam. 'Dit huis was van mijn man. Hij is onlangs overleden, dus ik...'

'Dus toen heb je het maar geplunderd?' Hij keek naar de ravage die Claire in de keuken had aangericht. De vloer lag bezaaid met bestek, potten en pannen, tupperwaredozen en de hele verdere inhoud van laden en kasten.

Glasscherven uit de achterdeur knerpten onder zijn voet en hij tilde hem snel op. 'Zou je me willen vertellen wat er hier aan de hand is?'

Claire begon aan haar trouwring te draaien. Ze probeerde enig gezag in haar stem te leggen. 'Wat doet ú hier?'

'Er kwam een noodoproep binnen, maar er was niemand aan de lijn.' Hij stak zijn duimen achter zijn riem. 'Was jij dat?'

'Ik heb het nummer per ongeluk gedraaid. Ik wilde het informatienummer bellen.' Claire kuchte gesmoord. 'Sorry dat ik u heb opgehouden.'

'Hoe heette je man ook alweer?'

'Paul Scott.' Claire bedacht opeens dat er een andere naam

op de eigendomsakte had gestaan. 'Het huis is in een fonds ondergebracht bij zijn advocatenbureau. Buckminster and Fuller.'

De sheriff knikte, maar er zat hem nog iets dwars. 'Zo te zien is het al een hele tijd dichtgetimmerd.'

'Hebt u mijn man gekend?'

'Ik heb zijn vader en moeder gekend. Beste mensen.'

Claire bleef maar aan haar trouwring draaien. En toen keek ze verbouwereerd naar haar hand, want de Slangenman had haar ring afgenomen. Hoe kwam die weer aan haar vinger?

'Mevrouw Scott?'

Ze balde haar vuisten. Het liefst had ze de ring afgerukt en in de afvalvermaler gegooid. Hoe was Paul aan de ring gekomen? Waarom had hij hem aan haar vinger geschoven? Waarom had ze geen schoenen meer aan? En waarom zat de autosleutel in haar zak? Waarom lag er een kussen onder haar hoofd toen ze bijkwam nadat haar man haar tegen de vlakte had geslagen?

En waar nam hij haar zus in godsnaam mee naartoe?

'Wat is dit?' Huckabee raakte zijn eigen wang aan. 'Zo te zien krijg je een blauw oog.'

Claires hand schoot naar haar wang, maar toen streek ze snel door haar haar. Ze dreigde door paniek overmand te worden. Haar schedel deed pijn, zoveel moeite kostte het haar om te verwerken wat er gebeurd was en te bedenken wat ze nu moest doen.

'Wil je niet even gaan zitten?' vroeg Huckabee.

'Het enige wat ik wil is antwoorden.' Claire wist hoe krankzinnig ze klonk. 'Mijn schoonvader, Gerald Scott. Weet u zeker dat hij dood is?'

Hij keek haar onderzoekend aan. 'Ik heb het met eigen ogen gezien. Nadat het gebeurd was, bedoel ik.'

Claire had Paul met eigen ogen zien sterven. Ze had hem in haar armen gehouden. Ze had het leven uit hem weg zien vloeien.

En nu had hij haar in haar gezicht geslagen.

Huckabee leunde met zijn schouder tegen de deurstijl. 'Speelt hier iets wat ik zou moeten weten?'

De telefoon ging. Claire verroerde zich niet.

Huckabee verplaatste zijn gewicht. Hij keek naar de telefoon en toen weer naar Claire.

Paul wist van geen ophouden. Het gerinkel ging door tot het geluid als een beitel tegen haar trommelvliezen sloeg.

Claire pakte de hoorn en sloeg hem weer op de haak.

Huckabee trok een borstelige wenkbrauw op. De man die vierentwintig jaar lang had volgehouden dat haar prachtige, negentienjarige zus simpelweg haar familie de rug had toegekeerd en zich bij een hippiecommune had aangesloten, werd opeens achterdochtig.

Weer begon de telefoon te rinkelen.

In gedachten zag Claire Paul vanuit een auto ergens aan de kant van de weg naar dit hele tafereel kijken, woedend omdat Claire niet deed wat hij haar had opgedragen.

Hij zou haar zo langzamerhand beter moeten kennen.

Claire schoof de trouwring van haar vinger. Ze legde hem voor de camera op de koelkast. Ze keerde zich naar de sheriff toe. 'Ik weet wat er met Julia is gebeurd.'

Huckabee, een verstokte roker, haalde luidruchtig adem, dus het was moeilijk te zeggen of hij een zucht slaakte of gewoon uitademde. 'Heb je dat van je moeder gehoord?'

Claire leunde tegen de koelkast om niet op de vloer te zakken. Zijn vraag kwam als een schok, maar ze deed haar best de verwarring uit haar blik te weren. Wist Helen al die jaren van het bestaan van de banden af? Had ze het voor Claire geheimgehouden? Had ze de waarheid voor Sam verborgen?

Weer probeerde ze Huckabee te overtroeven. 'Ja. Dat heb ik van haar gehoord.'

'Nou, dat verbaast me dan, Claire, want je moeder zei dat ze het nooit aan haar dochters zou vertellen, en ik kan maar moeilijk geloven dat een vrouw zoals zij op haar woord terugkomt.'

Claire schudde haar hoofd, want deze man wist dat er videobanden waren waarop haar zus op wrede wijze werd vermoord en toch had hij het lef haar de les te lezen alsof ze twaalf was en hij in haar was teleurgesteld. 'Hoe kon u dat voor mij achterhouden? Of voor Lydia?'

'Dat heb ik je moeder beloofd. Ik weet dat je geen hoge dunk van me hebt, maar ik hou me aan mijn woord.'

'U durft het godverdomme over uw woord te hebben terwijl dit me vierentwintig jaar lang heeft achtervolgd?'

'Dat soort taal is nou ook weer niet nodig.'

'Krijg de tyfus.' Claire zag de zwarte haat zowat uit haar mond spatten. 'U bleef maar zeggen dat ze nog leefde, dat ze gewoon was weggelopen, dat ze op een dag weer zou opduiken. U wist al die tijd dat ze nooit meer terugkwam, maar u gaf ons hoop.' Ze zag dat hij het nog steeds niet snapte. 'Weet u wat hoop doet met een mens? Weet u hoe het is om iemand op straat te zien en achter haar aan te gaan omdat je denkt dat het je zus zou kunnen zijn? Of dat je in het winkelcentrum twee zusjes ziet en weet dat je zoiets zelf nooit meer zult meemaken? Of om zonder haar naar je vaders begrafenis te gaan? Of om te trouwen zonder...'

Daar stokte Claire, want ze was met Paul getrouwd, en Lydia was er niet bij geweest omdat Claires man haar had willen verkrachten.

'Vertel eens hoe je er in werkelijkheid achter bent gekomen,' zei Huckabee. 'Via het web?'

Ze knikte, want dat leek het geloofwaardigst.

Hij sloeg zijn blik neer. 'Ik ben altijd al bang geweest dat de banden daar terecht zouden komen.'

Claire wist dat ze de sheriff moest zien weg te krijgen, maar de vraag brandde op haar lippen: 'Hoe hebt u die banden ontdekt?'

'Ze lagen in je vaders flat. Een van de banden speelde toen hij het deed. Ik denk dat hij daardoor...'

Hij hoefde zijn zin niet af te maken. Ze wisten allebei wat haar vader had gedaan. Nu Claire wist dat Sam Carroll de banden had gezien, dat hij ernaar had gekeken terwijl hij de naald in zijn arm duwde, begreep ze eindelijk waarom. Ze kon zich heel goed voorstellen dat haar vader er een eind aan wilde maken nadat hij had gezien hoe Julia van het leven werd beroofd. Er ging een aantrekkelijk soort symmetrie van uit.

Had Helen daarom de waarheid verzwegen? Was ze bang dat Claire kopieën van de banden zou vinden en uiteindelijk haar vaders voorbeeld zou volgen? En Lydia, die arme, kwetsbare Lydia. Niemand die het destijds zag, maar haar verslaving ging niet om de kick. Het was een vlucht. Ze had naar concrete manieren gezocht om zichzelf te gronde te richten.

'Wat hebt u met de banden gedaan?' vroeg Claire.

'Ik heb ze aan een maat van me gegeven die bij de FBI werkte. We hebben ons altijd afgevraagd of er kopieën van waren. Nu weten we het dus.'

Claire keek naar haar handen. Ze draaide aan haar vinger, ook al zat de ring er niet meer om.

'We zullen geen spelletjes meer spelen, meis,' zei Huckabee. 'Ze was je zus. Ik zal je de waarheid vertellen.'

Nog nooit in haar leven had Claire zo graag iemand te lijf willen gaan. De sheriff deed alsof hij al die tijd zijn medewerking had willen verlenen, terwijl Claire door de jaren heen ontelbare malen contact met hem had opgenomen om te vragen of er nieuwe ontwikkelingen waren. 'Vertel op.'

Hij streek zijn snor glad alsof hij na moest denken over de beste manier om haar hart te breken. Ten slotte zei hij: 'Die vent in het filmpje was lid van een bende die heel veel van dat soort video's verspreidde. Zoals ik al zei zat mijn maat bij de FBI, dus ik kreeg via hem wat inside-information. Volgens hem was de man een bekende van de FBI. Daryl Lassiter was de naam. Hij werd in '94 in Florida opgepakt omdat hij een meisje van dezelfde leeftijd wilde ontvoeren, met dezelfde kleur haar en hetzelfde postuur als je zus.'

Claire wist niet hoe ze het had. Vergiste ze zich en was het Pauls vader niet? Liep er nog een moordenaar rond? Had Pauls vader de banden als verzamelaar in handen gekregen?

'Lassiter is dood, als het je wat uitmaakt.'

Nee, want er was de schuur die bij het huis had gestaan, en de moordkamer op nog geen vijf meter afstand vanwaar ze nu stonden.

'De jury verklaarde hem schuldig en hij werd ter dood veroordeeld.' Weer stak Huckabee zijn duimen achter zijn riem. 'Op een dag brak er een knokpartij uit in de gevangenis. Lassiter kreeg een stuk of tien messteken in zijn hals. Hij is ongeveer gelijk met je vader gestorven.'

Claire zocht naarstig naar andere dingen die ze hem kon vragen. 'Hoe kwam mijn vader aan de banden?'

'Geen idee,' zei Huckabee schouderophalend.

'Dat hebt u niet uitgezocht?'

'Natuurlijk wel.' Huckabee klonk beledigd, alsof er aan zijn niet-bestaande vakbekwaamheid werd getwijfeld. 'Maar je vader joeg altijd hersenschimmen na, de ene na de andere. Je kon niet zeggen of dat inderdaad wat opleverde, en het was ook weer niet zo dat hij scheutig was met informatie.'

'U moedigde hem bepaald niet aan.'

Weer haalde Huckabee zijn schouders op alsof ze oude koeien uit de sloot haalde, terwijl hij ook zijn excuses had kunnen aanbieden omdat hij haar vader zo in de steek had gelaten dat hij zich van kant had gemaakt.

Aan de andere kant, Helen had Sam ook in de steek gelaten. Vervolgens had ze jarenlang tegen Lydia en Claire gelogen over alles wat belangrijk was. Was er iemand in Claires leven die haar ooit de waarheid had verteld? Zelfs Lydia had gelogen over haar dochter.

'Waarom heeft mijn vader eigenlijk zelfmoord gepleegd in plaats van uit te zoeken wie Julia had vermoord?'

'Hij heeft de videospeler aan laten staan met de band erin. Hij wist dat we die zouden vinden. Tenminste, volgens mij heeft hij hem er daarom in gelaten, en zo gebeurde het dus ook. Ik heb de band meteen aan de FBI overgedragen. Binnen een week hadden ze de man te pakken die je zus heeft vermoord.'

Claire herinnerde de sheriff er maar niet aan dat de Carrolls hem jarenlang hadden gesmeekt om naar de FBI te gaan. 'En u hebt het nooit openbaar gemaakt zodat bekend zou worden wat er met mijn zus gebeurd was?'

'Je moeder vroeg me om dat niet te doen. Ik denk dat ze bang was dat jullie twee de banden zouden gaan zoeken.' Hij keek over Claires schouder naar de zitkamer. 'Zoals ik het zie had ze liever dat jullie niet achter de waarheid kwamen.'

Claire vroeg zich af of haar moeder gelijk had. Vervolgens vroeg ze zich af hoe anders haar leven geweest zou zijn als ze had geweten dat Julia voor altijd weg was. Hoe vaak had Claire zich niet stilletjes in haar werkkamer teruggetrokken en gehuild omdat er in Athens of omgeving een ongeïdentificeerd lichaam was gevonden? Hoe vaak had ze 's nachts niet wakker gelegen omdat er weer een meisje werd vermist? En al die uren dat ze internet had afgestroopt naar sektes en hippiecommunes, naar een bericht over haar vermiste zus?

'Tja, meer weet ik niet.' Huckabee schuifelde ongemakkelijk heen en weer. 'Ik hoop dat het je wat rust brengt.'

'Zoals het mijn vader rust heeft gebracht, zeker?' Ze bedwong de neiging om hem te vertellen dat Sam Carroll misschien nog had geleefd als de sheriff niet te beroerd was geweest om zijn werk te doen.

'Goed.' Huckabee keek de keuken weer rond. 'Ik heb je verteld wat je wilde weten. En vertel jij nou eens waarom je hier midden in die troep staat met een mes in je achterzak.'

'Nee, dat vertel ik niet.' Claire was nog niet uitgevraagd. Er was nog één ding dat ze moest vragen, ook al voelde ze dat ze het antwoord al wist. Paul had een raadgever, die er eigenhandig voor had gezorgd dat Quinn + Scott als een meteoor naar de top vloog, een man die chartervluchten boekte en in dure hotels verbleef dankzij Pauls Centurion American Express-card. Claire had de uren op de golfbaan, de privételefoontjes en de middagen in de club altijd als activiteiten beschouwd die Paul ondernam om het Congreslid tevreden te stemmen, maar nu begreep ze dat hun band dieper ging.

'Wie was die vriend van u bij de FBI?' vroeg ze.

'Wat doet dat ertoe?' zei de sheriff.

'Het is Johnny Jackson, hè?' Claire kende de mans carrière. Ze had de nodige saaie introducties moeten aanhoren tijdens ontelbare politieke benefietdiners. Congreslid Johnny Jackson was FBI-agent geweest voor hij de politiek in ging. Hij had Quinn + Scott miljoenen en soms miljarden aan overheidscontracten toegespeeld. Hij had commandant Jacob Mayhew op de dag van Pauls begrafenis naar het huis in Dunwoody gestuurd om de inbraak te onderzoeken. Waarschijnlijk had hij ook agent Fred Nolan op Claire af gestuurd om haar de wacht aan te zeggen.

Jackson was een doodgewone achternaam, zo gewoon dat Claire nooit het verband had gezien tussen de meisjesnaam van haar overleden schoonmoeder die op haar grafsteen stond en de naam van Pauls gulle weldoener.

Tot op dit moment.

'Hij is de oom van mijn man, van moederskant,' zei ze.

Huckabee knikte. 'Hij heeft in Atlanta bij een of andere speciale eenheid gewerkt.'

'Heeft hij Paul ooit uit de problemen geholpen?'

Weer knikte Huckabee, maar hij ging er niet verder op in. Blijkbaar wilde de man geen kwaad spreken over de doden. Moest Claire hem vertellen dat Paul nog leefde? Dat haar man haar zus had ontvoerd?

De telefoon ging weer.

Claire verroerde zich niet. Wel zei ze: 'Eigenlijk moet ik opnemen.'

'Weet je zeker dat je me verder niks meer wilt vertellen?'

'Absoluut zeker.'

Huckabee stak zijn hand in de zak van zijn overhemd en haalde er een kaartje uit. 'Mijn mobiele nummer staat achterop.' Hij legde het kaartje op de keukentafel, tikte er even op met zijn vinger en vertrok.

De telefoon bleef overgaan. Claire telde de seconden terwijl ze wachtte tot ze de sheriff het portier van zijn auto hoorde openen en sluiten, tot ze de motor hoorde aanslaan en vervolgens het knerpen van de banden over de oprit toen hij achteruit de weg op reed.

Claire nam op.

'Jezus, wat moest dat voorstellen?' vroeg Paul.

'Breng mijn zusje terug.'

'Vertel op: wat heb je tegen Koddebeier gezegd?'

Ze vond het vreselijk dat hij die bijnaam kende. Dat was iets van haar familie, en de sadist met wie ze nu praatte hoorde niet meer bij haar familie.

'Claire?'

'Mijn vader keek naar de filmpjes met Julia toen hij zich van kant maakte.'

Paul zweeg.

'Heb jij daar iets mee te maken gehad, Paul? Heb jij mijn vader die banden laten zien?'

'Waarom zou ik?'

'Omdat je al bezig was Lydia uit ons leven te verdrijven, en de laatste die er nog toe deed in mijn leven, die me door dik en dun zou steunen, was mijn vader.' Claire was zo uitzinnig van verdriet dat ze amper lucht kreeg. 'Je hebt hem vermoord, Paul. Je hebt het eigenhandig gedaan en anders scheelde het niet veel of je had zelf die naald in zijn arm gestoken.'

'Ben je gek geworden?' Pauls stem werd luid van verontwaardiging. 'Jezus, Claire. Ik ben godverdomme geen monster. Ik hield van je vader. Dat weet jij ook. Ik ben nog drager geweest op zijn begrafenis.' Hij zweeg even, alsof hij door haar beschuldiging met stomheid was geslagen. Toen hij uiteindelijk weer sprak, was zijn stem zacht en kalm. 'Hoor eens, ik heb dingen gedaan waar ik niet trots op ben, maar zoiets zou ik niemand van wie ik hield ooit aandoen. Je weet hoe kwetsbaar Sam tegen het eind was. Niemand weet wat hem het laatste zetje heeft gegeven.'

Claire ging aan de keukentafel zitten. Ze draaide de stoel zo dat Paul de woedetranen die over haar wangen biggelden niet kon zien. 'Je doet alsof je niets met dit alles te maken hebt gehad, alsof je gewoon een onschuldige toeschouwer was.'

'Dat was ik ook.'

'Je wist wat er met mijn zus was gebeurd. Je hebt me er bijna twintig jaar mee zien worstelen, je had me op elk willekeurig moment kunnen vertellen wat er met Julia gebeurd was, maar dat heb je niet gedaan. Je keek gewoon toe terwijl ik leed.'

'Ik haatte het. Ik heb je nooit willen zien lijden.'

'Je laat me nu lijden!' Claire sloeg met haar vuist op tafel. Haar keel verkrampte. Haar pijn was te groot. Ze kon dit niet. Het enige wat ze wilde was zich op de vloer opkrullen en zich wezenloos huilen. Een uur geleden had ze gemeend dat ze alles kwijt was, maar nu begreep ze dat er altijd meer was, en dat Paul zolang hij leefde meer zou nemen.

Hij zei: 'Hoe kon ik je nou vertellen wat er met Julia was gebeurd zonder dat je het hele verhaal wilde horen?'

'Wil je echt beweren dat je niet wist hoe je tegen me moest liegen?'

Hij antwoordde niet.

'Waarom deed je alsof je dood was?'

'Ik had geen keuze.' Het bleef even stil. 'Daar kan ik niet op ingaan, Claire, maar wat ik heb gedaan was voor jouw veiligheid.'

'Ik voel me anders niet heel veilig, Paul.' Claire worstelde met de woede en angst die haar verscheurden. 'Je hebt me bewusteloos geslagen. Je hebt mijn zus van me afgepakt.'

'Ik wilde je geen pijn doen. Ik heb het zo voorzichtig mogelijk gedaan.'

Claire voelde nog steeds een kloppende pijn in haar wang. Ze kon zich niet voorstellen wat er gebeurd zou zijn als Paul zich niet had ingehouden. 'Wat wil je?'

'Ik wil de sleutels van de Tesla.'

De moed zonk Claire in de schoenen. Ze herinnerde zich weer dat Paul haar bij het restaurant de sleutelbos had gegeven, voor hij haar het steegje in trok. 'Waarom heb je die aan mij gegeven?'

'Omdat ik wist dat ze bij jou veilig waren.'

Adam zou de sleutelhanger inmiddels wel uit de brievenbus hebben gevist. Ze hadden de werkbestanden in de garage overgezet. Wat stond er nog meer op de USB-stick?

'Claire?' herhaalde Paul. 'Wat heb je ermee gedaan?'

Ze zocht wanhopig naar iets waarmee ze hem op een dwaalspoor kon brengen. 'Die heb ik aan de politie gegeven.'

'Aan Mayhew?' Hij klonk gespannen. 'Je moet ze zien terug te krijgen. Hij mag ze niet hebben.'

'Niet aan Mayhew.' Claire aarzelde. Zou ze Fred Nolans naam noemen? Zou Paul dan opgelucht zijn? Was Nolan er ook bij betrokken?

'Claire? Ik moet weten aan wie je ze gegeven hebt.'

'Ik had de sleutels in mijn hand.' Claire verdrong de doodsangst die haar gedachten dreigde te vertroebelen. Ze moest een geloofwaardige leugen verzinnen, iets waardoor ze enigszins in het voordeel was en tijd kon winnen om na te denken. 'In dat steegje had ik ze nog in mijn hand. De man die je vermoord heeft – die deed alsof hij je vermoordde – sloeg ze uit mijn hand.'

Paul barstte in gevloek uit.

Door zijn woede aangespoord zei Claire: 'De politie heeft ze in zo'n ziplock zakje gestopt.' Ze probeerde de gaten in haar verhaal te ontdekken. 'Ik heb de reservesleutel opgehaald en de Tesla naar huis gereden. Maar ik weet dat de sleutelhanger als bewijsmateriaal in beslag is genomen, want ik heb een lijst gekregen voor de verzekering. Die moest ik naar Pia Lorite sturen, onze verzekeringsagent.'

Claire hield haar adem in en hoopte met heel haar hart dat het verhaal klopte. Wat stond er op de USB-stick in de sleutelhanger? In de garage had ze nog gekeken of er geen filmpjes op stonden. De enige map bevatte software. Tenminste, zo had Paul het doen voorkomen. Hij had altijd uitzonderlijk goed met computers overweg gekund.

'Kun je die terugkrijgen?' Hij klonk afgemeten. Ze zag hem zijn vuisten al ballen, het gebruikelijke teken dat haar woorden doel hadden getroffen. In alle jaren dat ze getrouwd waren, was ze geen moment bang geweest dat hij die vuisten tegen haar zou gebruiken.

Nu was het gevaar niet denkbeeldig dat hij ze tegen Lydia zou gebruiken.

'Je moet beloven dat je Lydia geen pijn zult doen,' zei Claire. 'Alsjeblieft.'

'Ik moet die sleutelhanger hebben.' De verhulde dreiging in zijn stem was van een dodelijke kalmte. 'Zorg dat ik die krijg.'

'Oké, maar...' Claire begon in het wilde weg te kletsen. 'Die rechercheur, Rayman. Die ken je toch? Iemand heeft je moeten helpen met wat er in dat steegje is gebeurd. Er waren ambulancebroeders bij, politieagenten, rechercheurs...'

'Alsof ik niet weet wie erbij waren.'

Dat sprak voor zich, want Paul was er zelf bij geweest. Hoe lang had hij gedaan alsof hij dood was? Minstens vijf minuten, waarna het ambulancepersoneel een deken over hem heen had geslagen. Dat was het laatste wat Claire van haar man had gezien.

'Eric Rayman is de leidinggevende rechercheur bij het onderzoek. Kun je hem niet bellen?'

Paul antwoordde niet, maar ze voelde zijn woede, alsof hij pal voor haar stond.

Ze deed een nieuwe poging. 'Wie heeft je erbij geholpen? Kun je niet...'

'Nou moet je heel goed naar me luisteren. Luister je?'

'Ja.'

'Het hele huis staat vol camera's. Sommige zijn makkelijk te vinden, andere ontdek je nooit. Lydia's telefoontje wordt afgetapt. De telefoon die je nu gebruikt wordt afgetapt. De komende twee uur bel ik je elke twintig minuten op dit toestel. Zo kom ik ver genoeg weg om veilig te zijn terwijl jij daar blijft en ik bedenk wat je hierna moet doen.'

'Waarom, Paul?' Ze vroeg niet alleen naar wat er nu aan de hand was. Ze vroeg naar alles wat eraan vooraf was gegaan. 'Je vader heeft mijn zus vermoord. Ik heb de band gezien. Ik weet wat hij met...' Haar stem brak. Het voelde alsof haar hart ook brak. 'Ik...' Claire vocht tegen de folterende pijn. 'Ik begrijp het niet.'

'Het spijt me zo.' Paul klonk geëmotioneerd. 'We komen hier wel uit. We komen eruit.'

Ze sloot haar ogen. Hij probeerde haar te troosten. En het ergste van alles was dat ze getroost wilde worden. Claire wist nog hoe het gevoeld had toen ze bijkwam in de zitkamer en besefte dat Paul nog leefde. Haar man. Haar held. Hij zou wel zorgen dat dit alles opgelost werd.

'Ik heb geen van allen vermoord.' Hij klonk heel kwetsbaar. 'Dat zweer ik.'

Claire sloeg haar hand voor haar mond om maar niets te hoeven zeggen. Ze wilde hem geloven. Ze wilde hem wanhopig graag geloven.

'Pas na het auto-ongeluk ontdekte ik waar mijn vader mee bezig was. Ik ging de schuur in en daar vond ik al zijn... spullen.'

Claire beet op haar vuist om het niet uit te schreeuwen. Zoals hij het zei klonk het zo logisch.

'Ik was nog maar een jongen en stond er alleen voor. Het schoolgeld moest betaald worden. Ik moest aan mijn verdere studie denken. Het was goed geld, Claire. Ik hoefde alleen maar kopieën te maken en die te verzenden.'

Claires adem stokte. Zij had dat geld uitgegeven. Zij had sieraden, kleren en schoenen gedragen waarvoor betaald was met het bloed en het leed van al die arme meisjes.

'Ik zweer het. Het was alleen maar een middel om mijn doel te bereiken.'

Ze kon het niet meer aanhoren. Ze was haar eigen breekpunt zo dicht genaderd dat ze zichzelf bijna voelde doorbuigen.

'Claire?'

'De filmpjes op jouw computer waren anders niet oud,' zei ze.

'Dat weet ik.' Hij was weer even stil en ze vroeg zich af of hij op een leugen zon of er al een paraat had en alleen zweeg om het effect te vergroten. 'Ik heb ze verspreid. Ik heb er nooit aan deelgenomen.'

Claire vocht tegen het verlangen om hem te geloven, om zich vast te klampen aan het snippertje menselijkheid dat haar man nog bezat. 'Wie is de gemaskerde man?'

'Zomaar iemand.'

*Zomaar iemand.*

'Maak je om hem maar geen zorgen.' Paul klonk alsof hij het over een of andere eikel op zijn werk had. 'Je bent veilig, Claire. Je bent altijd veilig.'

Ze negeerde zijn troostende woorden, want dan zou ze hem moeten geloven. 'Wat staat er op de USB-stick?'

Weer zweeg hij.

'Ben je vergeten van wie je die Auburn-sleutelhanger hebt gekregen, Paul? Ik weet dat er een USB-stick in dat plastic schijfje zit, en ik weet dat je hem terug wilt omdat je er iets op bewaard hebt.'

Hij bleef zwijgen.

'Waarom?' Ze moest die vraag telkens weer stellen. 'Waarom?'

'Ik probeerde je te beschermen.'

'Is dat een stomme grap of zo?'

'Het was tijd voor de volgende stap. Er speelden andere dingen. Ik heb mijn best gedaan jou erbuiten te houden. Maar toen met die vent in dat steegje, dat kwam recht uit mijn hart, Claire. Je weet dat ik mijn leven zou geven om jou te beschermen. Waarom denk je dat ik nog steeds hier ben? Je betekent alles voor me.'

Claire schudde haar hoofd. Het duizelde haar van alle smoezen.

'Het zijn geen prettige mensen die op dit soort dingen kicken,' zei hij. 'Ze hebben macht. Ze hebben heel veel geld en invloed.'

'Politieke invloed.'

Hij maakte een verbaasd geluid. 'Je bent altijd al verdomd slim geweest.'

Claire wilde niet meer slim zijn. Ze wilde de situatie meester zijn. 'En nu luister jij naar mij. Hoor je me?'

'Ja.'

'Als jij Lydia ook maar iets doet, weet ik je te vinden en dan stamp ik je godverdomme de grond in. Begrepen?'

'God, wat vind ik je nu geweldig.'

Ze hoorde een klik. Hij had de verbinding verbroken.

# DERTIEN

Lydia staarde het donker van de kofferbak in en luisterde naar het gezoef van de banden over het wegdek. Ze had alles al doorgenomen wat je geacht werd te doen als je ooit in een kofferbak werd opgesloten. Blijkbaar had Paul hetzelfde gedaan. Stalen platen waren tegen de binnenkant van de achterlichten geschroefd zodat Lydia ze niet open kon stoten om haar hand naar buiten te steken en naar passerende automobilisten te zwaaien. De noodontgrendeling was onklaar gemaakt. Tussen de kofferbak en de achterbank zat ook een zware stalen plaat zodat ze zich geen weg naar de vrijheid kon schoppen. Ze wist bijna zeker dat er geluidsisolatie was aangebracht. Ze kon zich niet voorstellen dat Paul de kofferbak had gecapitonneerd om het haar comfortabel te maken.

Wat betekende dat hij deze auto specifiek voor een ontvoering had ingericht.

Lydia hoorde Paul voor in de auto een telefoongesprek voeren. Ze ving maar een paar woorden op en daar werd ze niet wijzer van: ja, nee, oké. Paul klonk kortaf, waaruit Lydia concludeerde dat hij niet met Claire in gesprek was. Zijn toon was anders als hij met haar zus praatte. Alleen al bij de gedachte aan die andere toon werd Lydia misselijk, want Claire had gelijk gehad: Paul koos er bewust voor als hij zijn duistere kant liet zien.

Een kant die hij haar onverhuld had getoond toen hij de kofferbak had geopend om een foto van haar te nemen. Ze had gezien hoe hij het duistere in zichzelf aan en uit knipte alsof het een lamp was. Het ene moment zei hij tegen Claire dat ze op Lydia's telefoontje moest kijken, en meteen daarna trok hij zo'n angstaanjagend gezicht dat Lydia bang was de controle over haar blaas te verliezen.

Hij had zijn arm in de kofferbak gestoken en haar gezicht zo hard vastgepakt dat ze haar botten voelde knerpen. 'Eén kik en ik doe hetzelfde met jou wat mijn vader met Julia heeft gedaan.'

Toen hij de kofferbak sloot beefde Lydia zo hevig dat haar tanden klapperden.

Ze rolde op haar rug om de druk op haar schouder enigszins te verlichten. Haar armen en benen waren met tiewraps vastgebonden, maar als ze voorzichtig deed kon ze zich bewegen. Het bloed uit de wond op haar voorhoofd was opgedroogd. Uit haar opgezwollen oog lekten tranen. Het gebonk in haar oren was in een dof gebons overgegaan.

Paul had haar in het huis van Fuller met iets zwaars en massiefs geslagen. Lydia wist niet wat hij had gebruikt, maar het had als een mokerslag tegen haar hoofd gevoeld. Ze had hem niet eens horen naderen. Ze had in de keuken gestaan en wilde net haar naam doorgeven aan de telefonist van het alarmnummer toen ze opeens sterren zag exploderen op haar netvlies. Letterlijk. Lydia had zich net een tekenfilmfiguurtje gevoeld. Ze wankelde en probeerde steun te zoeken bij de keukentafel. Weer had Paul haar een stomp verkocht, en nog een, tot ze bewusteloos op de vloer lag.

Lydia had nog net 'Nee!' kunnen roepen voor ze knock-out ging. Blijkbaar was dat niet genoeg geweest om Claire te waarschuwen. Of misschien was de waarschuwing overgekomen, maar wist ze niet wat ze moest doen. Lydia kon zich niet voorstellen dat haar zusje over de middelen beschikte om het tegen Paul op te nemen. Aan de andere kant kon ze zich ook niet voorstellen dat haar zusje de knie van haar tennispartner had verbrijzeld.

Lydia vermoedde dat Claire met dezelfde vragen worstelde als zijzelf: waarom had Paul gedaan alsof hij dood was? Waarom had hij Lydia ontvoerd? Wat moest hij van hen?

Bij die laatste vraag wilde ze niet al te lang stilstaan, want Paul

Scott was zonder meer bezeten van de zusjes Carroll. Zijn vader had een van hen ontvoerd en op beestachtige wijze vermoord. Zelf was hij met een andere zus getrouwd. En nu hield hij Lydia gevangen in de kofferbak van zijn auto, een kofferbak die hij kennelijk ruim van tevoren voor dit doel had ingericht.

Was hij echt van plan hetzelfde met Lydia te doen als wat er met Julia was gebeurd? Ging hij haar vermoorden, zou hij haar verkrachten terwijl ze haar laatste adem uitblies?

Julia. Haar levenslustige grote zus. Haar beste vriendin. Die het uitschreeuwde toen het kapmes haar hals en schouder doorkliefde. Die stuiptrekkend door Pauls vader uit elkaar werd gereten.

Lydia proefde gal. Er kwam nog meer en ze draaide haar hoofd opzij om het uit te spugen. Het stonk vreselijk in de krappe ruimte. Ze schoof weg van het braaksel, naar de achterkant van de kofferbak. Haar maag voelde hol. Ze kreeg het beeld van Julia niet uit haar gedachten.

Lydia hoorde zichzelf jammeren. De misselijkheid kon ze aan, maar voor Paul de kans kreeg haar te doden, zou ze sterven van verdriet. Julia. Haar onschuldige, gemartelde zus. In totaal waren er zes banden, wat betekende dat Pauls vader er alle tijd voor had genomen. Ze was helemaal alleen in die schuur geweest, doodsbang had ze op hem gewacht, tot aan de laatste seconden van haar leven.

Julia had in de camera gekeken toen ze stierf. Ze had recht in de lens gestaard, recht in Lydia's hart, en geluidloos 'Help' gezegd.

Lydia kneep haar ogen dicht. Ze liet de emoties ongefilterd over zich heen komen. Ze had die ochtend aan de telefoon liever moeten zijn tegen Dee. Ze had Rick moeten bellen om te zeggen dat ze van hem hield in plaats van hem een berichtje te sturen met de boodschap dat ze alles later wel zou uitleggen. En Claire. Ze had tegen Claire moeten zeggen dat ze haar vergaf, want Paul was een onmens. Hij was een gruwelijke monstruositeit, tot onbeschrijflijke daden in staat.

Lydia onderdrukte een nieuwe jammerkreet. Ze mocht niet weer de controle verliezen. Ze moest sterk zijn voor wat hierna kwam, want Paul had een plan. Hij had altijd een plan.

Lydia had ook een plan. Ze strekte en boog haar handen, ze bewoog haar voeten om te zorgen dat haar bloed bleef stromen en haar geest helder bleef, want uiteindelijk zou Paul de kofferbak weer moeten openen. Lydia was zwaarder dan hij. Paul zou de tiewraps door moeten knippen zodat ze naar buiten kon klimmen. Dat zou haar enige kans zijn om hem te stoppen.

Telkens nam ze in gedachten het scenario door. Eerst zou ze doen alsof ze versuft was. Zo won ze tijd en konden haar ogen zich aan het zonlicht aanpassen. Vervolgens zou ze heel traag bewegen en doen alsof ze pijn had, wat niet zo moeilijk was. Ze zou doen alsof ze hulp nodig had en Paul zou haar in zijn ongeduld een duw of een zet geven of haar schoppen en dan zou Lydia haar hele gewicht naar haar schouder overbrengen en hem een keiharde klap tegen zijn hals geven.

Niet met haar vuist, want de knokkels zouden erlangs kunnen schampen. Ze zou haar hand strekken, een boog beschrijven en met het stuk vel tussen haar duim en wijsvinger tegen de onderkant van zijn adamsappel slaan.

De gedachte aan het geluid waarmee zijn luchtpijp zou breken was het enige wat haar kracht gaf.

Lydia ademde een paar keer diep in en uit. Ze bewoog haar handen en voeten. Ze trok haar knieën op en probeerde haar benen te strekken. Ze liet haar schouders rollen. Nu ze een plan had werd de paniek gereduceerd tot een irritante splinter ergens in haar achterhoofd.

De motor schakelde over op een ander toerental. Paul nam een afslag. Ze voelde de auto vaart minderen. Rood licht flitste langs de randen van de stalen platen, gevolgd door het gele geknipper van de richtingaanwijzer.

Lydia rolde op haar rug. In gedachten had ze het plan zo vaak doorgenomen dat ze Pauls keel bijna voelde verbrijzelen onder haar hand. Ze had geen idee hoeveel tijd er was verstreken sinds hij haar in de kofferbak had geduwd. Ze had geprobeerd de minuten te tellen vanaf het moment dat hij de foto had genomen, maar ze raakte steeds de tel kwijt. Dat was het gevolg van paniek. Ze wist dat het van het grootste belang was om onder het wachten haar geest bezig te houden met iets anders dan rampscenario's.

Ze tastte in haar geheugen naar herinneringen waar Paul Scott geen deel van uitmaakte. Evenmin als Dee of Rick, want als ze nu, in dit donkere, hopeloze hol aan haar kind en haar geliefde dacht, was er geen weg terug.

Ze moest jaren teruggaan in de tijd om een herinnering te vinden waar Paul niet op de een of andere manier in voorkwam, want zelfs afwezig had hij heel lang een groot deel van haar leven in beslag genomen. Lydia was eenentwintig toen Claire en Paul elkaar in het wiskundelab ontmoetten. Twee maanden later was hij erin geslaagd Lydia van haar familie los te scheuren. Ze had het dieptepunt van haar verslaving altijd aan Paul geweten, maar lang voor ze hem leerde kennen was ze al zo zelfvernietigend bezig geweest dat ze alleen maar slechte herinneringen aan die tijd had.

Oktober 1991.

Nirvana trad op in de 40 Watt Club in het centrum van Athens. Lydia glipte het huis uit. Ze klom door haar slaapkamerraam, hoewel het niemand zou zijn opgevallen als ze via de voordeur naar buiten was gelopen. Ze kreeg een lift van haar vriend Leigh en zo liet ze alle ellende en wanhoop achter zich die zich in het huis aan Boulevard hadden opgehoopt.

Tegen die tijd was Julia ruim een halfjaar weg. Lydia hield het thuis niet meer uit. Als haar ouders niet tegen elkaar tekeergingen, waren ze zo radeloos dat je bang was hen te storen in hun privétragedie. Claire had zich zo ver in zichzelf teruggetrokken dat ze soms al tien minuten bij je in de kamer was voor je haar zag staan.

En Lydia had zich op pillen en poeders gestort, en op volwassen mannen die niks bij tienermeiden te zoeken hadden.

Lydia had Julia aanbeden. Haar zus was cool en hip, ze nam geen blad voor de mond en hield Lydia uit de wind als ze 's avonds wegbleef, maar nu was ze dood. Dat wist Lydia even stellig als dat de zon de volgende dag weer op zou komen. Als eerste van het gezin had ze Julia's dood geaccepteerd. Ze wist dat haar grote zus nooit meer terug zou komen, en dat greep ze aan als excuus om nog meer te drinken, nog meer te snuiven, nog meer te neuken, nog meer te eten, veel meer. Ze kon niet stoppen, ze wílde niet stoppen, en dat was de reden dat Lydia na het Nirvanaconcert geen idee had waar het over ging als mensen ruzieden over de vraag of het optreden geweldig of ronduit slecht was geweest.

De band was straalbezopen geweest. Ze konden geen van allen wijs houden. Cobain had een relletje veroorzaakt door het filmscherm boven het podium naar beneden te rukken. Het publiek ging uit zijn dak. Mensen stormden het podium op. Uiteindelijk legde de band de instrumenten boven op het kapotgeslagen drumstel en verdween.

Lydia kon zich niets van dat alles herinneren. Ze was het hele concert zo high geweest dat ze niet eens wist of ze de club wel gehaald had. De volgende morgen was ze in de Alley wakker geworden, een heel eind van de 40 Watt verwijderd, wat nergens op sloeg tot ze opstond en het kleverige vocht tussen haar benen voelde.

Haar dijen zaten onder de blauwe plekken. Vanbinnen voelde ze rauw. Er liep een snee over haar nek. Onder haar nagels zaten stukjes huid. Huid van een onbekende. Haar lippen deden pijn. Haar kaak deed pijn. Alles deed pijn tot ze een jongen zag die apparatuur achter in een busje laadde en haar een lijntje coke gaf in ruil voor een aftrekbeurt, waarna ze naar huis kroop en van haar ouders op haar kop kreeg, niet omdat ze de hele nacht weg was gebleven, maar omdat ze niet op tijd thuis was om Claire naar school te brengen.

Claire was veertien. Ze kon heel goed zelf naar school lopen. Het gebouw stond zo dicht bij hun huis aan Boulevard dat ze bij het wisselen van de lessen de bel konden horen. Maar destijds richtte alle woede van haar ouders zich op Lydia, die het liet afweten en niet voor haar enig overgebleven zusje zorgde. Ze was een slecht voorbeeld voor Claire. Ze bracht niet genoeg tijd door met Claire. Ze zou meer met Claire moeten doen.

Lydia voelde zich schuldig, en als ze zich niet schuldig voelde, was ze een en al wrok.

Misschien dat Claire daarom de kunst van het onzichtbaar zijn had geperfectioneerd. Het was een vorm van zelfbehoud. Je kon je niet storen aan iets wat je niet zag. Ze was heel stil, maar ze zag alles. Haar ogen tastten de wereld af alsof die een boek was, geschreven in een taal die ze niet begreep. Niet dat ze timide was, integendeel, maar je had het gevoel dat ze altijd met één voet buiten de deur stond. Als de situatie te moeilijk werd, of te heftig, zou ze simpelweg verdwijnen.

En dat was precies wat ze gedaan had toen Lydia haar achttien jaar geleden over Paul had verteld. In plaats van de waarheid onder ogen te zien, had Claire voor de gemakkelijke weg gekozen en zichzelf uit Lydia's leven verwijderd. Ze had een nieuw telefoonnummer genomen. Ze had geen enkele brief van Lydia beantwoord. Ze was zelfs naar een andere flat verhuisd om Lydia uit haar leven te wissen.

Misschien dat Lydia haar daarom niet had kunnen vergeven.

Want eigenlijk was er in de afgelopen achttien jaar niets veranderd. Al klonk Claire nog zo stoer met haar schijnbaar oprechte verontschuldigingen en openhartige bekentenissen, ze stond nog steeds met één voet buiten de deur. De enige reden waarom Claire de vorige avond contact had gezocht met Lydia was omdat ze eindelijk Pauls leugens aan het ontrafelen was en het niet in haar eentje redde. Ze had het die ochtend zelf gezegd: haar grote zus moest zorgen dat alles goed kwam.

Wat zou Claire op dit moment doen? Nu Lydia weg was, kon ze niemand anders bellen. Van Helen kon ze niet op aan. Aan Huckabee had ze niets. Adam Quinn speelde waarschijnlijk met Paul onder één hoedje. Claire kon de politie niet inschakelen, want het was onmogelijk te zeggen wie er verder bij betrokken was. Ze kon bij zichzelf te rade gaan, maar wat zag ze dan? Een vrouw die zich liet onderhouden, die niet in staat was voor zichzelf te zorgen.

De auto minderde weer vaart. Lydia voelde het terrein van asfalt in grind overgaan. Ze spreidde haar handen om niet door de kofferbak gesmeten te worden. Bij een diepe kuil knalde ze tegen het plaatijzer. De snee in haar voorhoofd sprong weer open. Lydia knipperde het bloed weg.

Ze vocht tegen de slechte gedachten die door haar hoofd spookten. En toen staakte ze haar verzet, want wat had het voor zin? Dit ging niet langer om een niet geheelde breuk tussen Claire en haarzelf. Dit ging om leven en dood.

Lydia's leven.

Lydia's mogelijke dood.

Met piepende remmen kwam de auto tot stilstand. De motor bleef lopen.

Ze zette zich schrap en wachtte tot de kofferbak opengging. Niemand wist waar ze was. Niemand wist zelfs dat ze vermist werd. Als ze dit alles aan Claire overliet, wist ze dat ze niet levend weg zou komen.

Zo was het hun hele leven al gegaan, nog voor Paul, zelfs nog voor Julia.

Claire maakte een keuze en Lydia was degene die ervoor moest boeten.

# VEERTIEN

Claire luisterde naar de klik waarmee Paul de verbinding verbrak. Ze legde de hoorn weer op de haak. Ze liep naar buiten en ging achter het huis op de veranda zitten. Naast haar lagen een schrift en een pen, maar ze was gestopt met haar vragenlijst toen Paul haar duidelijk had gemaakt dat hij niet van plan was ook maar één vraag te beantwoorden. Iedere keer dat hij belde, wachtte hij tot hij haar stem hoorde, dan verbrak hij de verbinding en duurde het weer twintig minuten voor hij opnieuw belde.

Hij had inmiddels drie keer gebeld, wat betekende dat ze een uur had verspild en zich alleen maar machteloos had gevoeld. Lydia verkeerde in groot gevaar. Haar veiligheid hing van Claire af. Paul zat in de auto wanneer hij Claire aan de lijn had, waaruit ze afleidde dat Lydia nog in de kofferbak lag. Het was nog maar de vraag of dat positief was, want uiteindelijk zou Paul zijn bestemming bereiken, waar die ook was.

Claire had geen idee wat ze moest doen. Ze was goed in snel en impulsief handelen, maar een strategie uitwerken was nooit haar sterke punt geweest. Paul bekeek altijd alles van alle kanten, en vóór Paul had ze zich op Lydia verlaten, en vóór Lydia was haar vader altijd komen opdraven om te zorgen dat alles goed afliep.

Niemand ging dit voor haar oplossen. Ze kon verder niemand bedenken op wie ze een beroep kon doen, en ze werd kwaad, want eigenlijk zou ze op haar moeder moeten kunnen bouwen, maar Helen had lang geleden aangegeven dat er op haar niet gerekend moest worden. Ze had de waarheid over Julia bijna negentien jaar verzwegen. Ze had een eind aan Claires misère kunnen maken, maar ze had ervoor gekozen dat niet te doen, waarschijnlijk omdat ze niets met de emotionele gevolgen te maken wilde hebben.

Claire staarde naar de grond tussen haar voeten. Ze liet haar gedachten de vrije loop in de hoop op een oplossing te stuiten.

De verijdelde inbraak tijdens de begrafenis. Claire was ervan overtuigd dat de mannen in opdracht van Paul in het huis in Dunwoody hadden ingebroken. Ze waren ongetwijfeld op zoek geweest naar de sleutelhanger. Misschien had Congreslid Johnny Jackson commandant Mayhew om dezelfde reden naar het huis gestuurd. Of agent Nolan. Of allebei, en dat zou dan verklaren waarom ze als twee ongecastreerde katers tegenover elkaar hadden gestaan.

Stond Johnny Jackson aan Pauls kant of juist niet?

Het antwoord bevond zich hoogstwaarschijnlijk op de USB-stick in de sleutelhanger. Claire had het stomme ding tijdens de begrafenis in haar tas gehad. Ze had de tas die ze op de dag van de moord bij zich had gehad verwisseld voor een zwart enveloptasje, en ze had Pauls sleutels erin gestopt, want dat was minder moeite dan ze aan een van zijn geëtiketteerde haakjes in de bijkeukenkast te hangen.

Ze wist dus waar de inbrekers op uit waren geweest, maar ze had geen idee hoe ze Lydia daarmee kon helpen.

'Nadenken,' sprak Claire zichzelf toe. 'Denk eens goed na.'

Ze had nog een uur voor Paul haar vertelde hoe hij de USB-stick dacht terug te krijgen. In een eerste opwelling had ze Adam Quinn willen bellen om de sleutelhanger terug te vragen, maar als Paul inderdaad alle telefoons afluisterde, zou ze verraden dat de stick niet als bewijsmateriaal op het politiebureau lag.

En als hij wist dat Claire de stick niet had, had hij geen enkele reden om Lydia in leven te houden.

Claire moest Paul in de waan laten dat de politie de USB-stick had. Zo won ze wat tijd, maar ze wist niet hoeveel. Ze kon doen alsof ze Rayman belde of dat ze naar het politiebureau ging, maar op zeker moment zou Paul willen weten waarom er geen schot in de zaak zat.

En dan was het niet denkbeeldig dat Lydia nog erger moest lijden doordat Claire het steeds liet afweten. Claire had de filmpjes gezien en wist maar al te goed dat er dingen waren die een man met een vrouw kon doen waar ze niet aan doodging, maar die haar wel naar de dood deden verlangen.

Klopte het wat Paul over zijn rol in de filmpjes zei? Ze zou gek zijn als ze hem op zijn woord geloofde. Haar enige troost was dat hij niet de man met het masker was. De moedervlekken onder Pauls linkerschouderblad lieten daar geen misverstand over bestaan. Maar iemand had de camera laten inzoomen om de meisjes van heel dichtbij te filmen. Er was iemand anders bij aanwezig geweest die elke vernedering had vastgelegd, die er getuige van was geweest.

Het moest Paul zijn. Het huis van Fuller was van hem. Hij was hier geweest, dat was duidelijk. Niemand anders zou de moeite hebben genomen alles zo schoon en ordelijk te houden.

Wat betekende dat Paul wist wie de gemaskerde man was. Haar man werkte samen of was bevriend met een wrede psychopaat die meisjes uit hun familie wegroofde en hen aan onbeschrijflijke gruwelen onderwierp.

Bij die gedachte ging er onwillekeurig een huivering door Claire heen.

Stond dat misschien op de USB-stick: de identiteit van de gemaskerde man? Het klamme zweet brak haar uit. Paul had gezegd dat ze veilig was, maar als hij de moordenaar bekend dreigde te maken, liep iedereen gevaar.

En dat betekende dat Claire haar man weer op een leugen had betrapt.

Rick.

Claire zou Rick Butler om hulp kunnen vragen. Hij was Lydia's vriend. Ze waren al dertien jaar samen. Hij was monteur. Hij zag eruit als zo'n man die wist wat hem in een benarde situatie te doen stond. Volgens Pauls dossiers had hij meermalen in de gevangenis gezeten.

Nee. Als Claire haar zus ook maar enigszins kende, wist ze dat Lydia Rick er niet bij wilde betrekken. Als Rick erbij werd gehaald, raakte Lydia's dochter er ook bij betrokken en zou Paul opeens drie gegijzelde slachtoffers hebben in plaats van één.

En Claire kon zich niet aan de gedachte onttrekken dat Dee Delgado precies het type meisje was dat in Pauls filmpjes eindigde.

Claire stond op. Zitten hield ze niet meer vol. Ze kon het huis niet binnengaan, want alles werd opgenomen. Of misschien werd er niets opgenomen en was Claire nog even onnozel als altijd. Met haar handen in haar zij keek ze omhoog. Ze was hier beland door zich af te vragen wat Paul gedaan zou hebben. Misschien moest ze zich nu afvragen wat Lydia gedaan zou hebben.

Eerst zou Lydia meer informatie willen hebben.

Toen Claire de deur naar de garage had geopend, waren de rijen VHS-banden het eerste wat haar was opgevallen, maar ze wist dat de garage andere dingen bevatte die haar aanwijzingen konden geven over wat Paul in zijn schild voerde. Op de metalen schappen stond allerlei computerapparatuur. In de hoek was een werktafel met een groot computerscherm. De computer was waarschijnlijk op internet aangesloten.

Ze liep het huis weer in. Haar blik ging van de ene verborgen camera naar de andere: eerst die in de keuken, toen die in de zitkamer en daarna de camera op een plank aan het eind van de gang die naar de kleine garage voerde.

In de garage waren vrouwen op beestachtige wijze afgeslacht. Ontelbare gebroken vrouwen waren onteerd terwijl een camera hun marteling tot in detail vastlegde.

Claire duwde de deur open. De stank van bloed was overweldigend, maar de aanblik van de garage deed haar niets meer. Ze was gewend geraakt aan het geweld. Misschien verklaarde dat de achteloze toon waarop Paul over de filmpjes had gepraat, alsof het over apparaten ging in plaats van over mensenlevens. Hoeveel vrouwen waren in de loop van de jaren in deze ruimte vermoord voor Paul aan de dood gewend was geraakt?

Hoe lang had het geduurd voor de kick van het doden zich in zijn brein had genesteld?

Claire stapte de garage in. Het was er kil en ze wreef over haar armen. Een intens onbehagen maakte zich van haar meester. Haar lijf reageerde instinctief op het kwaad dat zich tussen deze muren had voltrokken. Al die vrouwen die hier om het leven waren gebracht. Maar dat was het niet alleen. Hoe dieper ze de garage in liep, hoe moeilijker het werd om te vluchten. Straks werd ze betrapt. Werd de deur dichtgedaan.

Claire keek achterom naar de lege deuropening. Voor haar geestesoog doemde het angstaanjagende beeld op van de gemaskerde man die met zijn vochtige lach het hele computerscherm vulde.

En toen zag ze het masker.

Het hing aan een haak naast de deur. De ritsen voor de ogen en mond stonden open. Ernaast, aan een tweede haak, hing de rubberen slip en op een plank eronder zag ze een grote pot Johnson's-babypoeder en een tubetje glijmiddel van het merk WET. Met moeite maakte Claire haar blik ervan los. Het geheel was te schokkend.

De rest van de wand naast de deur was bekleed met kunststof schroten. Ze herkende de martelwerktuigen aan metalen haken: de veeprikker, het brandijzer met de grote X aan het uiteinde, het kapmes. Ze hingen allemaal op precies dezelfde afstand van elkaar. Het lemmet van het kapmes blonk als een spiegel. Het snoer van de oplader voor de veeprikker was keurig rond de onderkant gewikkeld. Het was alsof ze thuis was, in Pauls garage.

Voor de metalen garagedeur stond een werkbank van het merk Gladiator. Tegen de achterkant van de deur waren dikke piepschuimen isolatieplaten geplakt. Ondanks de kou voelde het warm in de garage. Ze ging ervan uit dat Paul alles met pur had geïsoleerd, want dat deed hij altijd.

Claire keek achter een los zwart gordijn dat dichtgetrokken kon worden om de garage aan het oog van voorbijgangers te onttrekken als Paul de deur opendeed. Bladeren waren onder de deur door naar binnen gewaaid. Dat soort slordigheid was niks voor haar man.

Aan de andere kant, misschien hoorde het bij het decor. Het afval dat Claire op de eerste filmpjes had gezien, was geen echt afval. Paul had afhaalzakken en papieren bekertjes verfrommeld, maar er waren nergens vetvlekken of restjes frisdrank te bekennen. Zelfs de bloedvlek op de matras leek nep, en dat kon wel kloppen, want op de filmpjes die Claire had gezien was de vrouw altijd vastgeketend aan de muur.

De muur.

Daar was hij, op nog geen drie meter afstand. Donker, bordeauxrood bloed was in de betonblokken getrokken. Aan de boeien zaten bouten om polsen en enkels mee vast te maken. Sloten ontbraken, want de ketenen hingen zo ver uit elkaar dat je niet met de ene hand de andere los kon maken. Claire had bijna aan de kettingen getrokken, maar hield zich net op tijd in. Dat dingen er nep uitzagen, wilde nog niet zeggen dat ze ook nep waren. Het bloed op de vloer was echt. De geur was onmiskenbaar, en als je het alleen deed om de schijn van echtheid te wekken, zou je geen echt bloed gebruiken.

Claire tilde haar voet op. Ze was per ongeluk in het bloed gaan staan en de punt van haar schoen plakte. Ze was te verdoofd om ook maar iets tot zich door te laten dringen, ze voelde niet eens walging.

Haar ene gymschoen maakte het geluid van losscheurend klittenband toen ze naar de computer liep. Computerspeakers van het merk Bird stonden op ranke standers aan weerszijden van de monitor. Ze waren wit gelakt, want dat paste mooi bij de zilveren rand om de monitor, en de witte versterker maakte het geheel af.

Claire draaide de stoel een kwartslag zodat ze vanuit haar ooghoek de deur in de gaten kon houden. Als ze weer werd aangevallen, zou ze voorbereid zijn. Ze tikte op het toetsenbord, maar er gebeurde niets. Het grote scherm was van Apple, maar het leek totaal niet op de iMacs die ze gewend was. Ze streek langs de achterkant op zoek naar de AAN-knop. Ze vermoedde dat de grote witte cilinder naast de monitor de computer zelf was. Ze rammelde op de knoppen tot de starttune van Apple door de speakers schalde. Snel dempte Claire het geluid.

Achter in de computer zaten allerlei kabels, onder andere witte Thunderbolts die gekoppeld waren aan verschillende onderling verbonden harde schijven van twintig terabyte, die op een metalen schap lagen. Ze telde er twaalf. Hoeveel films gingen er op twaalf gigantische schijven?

Claire weigerde erover na te denken. Ook weigerde ze overeind te komen om de andere apparatuur te bekijken die op de metalen schappen stond. Een oude Macintosh-computer. Stapels 5-inch floppydisks. Een kopieerapparaat voor videobanden. Heel veel externe harde schijven voor het branden van filmkopieën. Typisch Paul om een archief aan te leggen van oude voorwerpen uit het familiebedrijf.

Tegenwoordig ging alles ongetwijfeld via internet. Claire had op tv een documentaire gezien over de enorme illegale markt op het *deep web*. De meeste gebruikers van het verborgen internet handelden in gestolen films en boeken, maar het werd ook gebruikt om drugs te verkopen en kinderporno te verhandelen.

Claire dacht aan de afschriften van Pauls American Express-card met de mysterieuze posten waar ze nooit over spraken. Voor hoeveel privéchartervluchten had Paul betaald zonder ermee gevlogen te hebben? Hoeveel hotelkamers had hij geboekt waarvan ze nooit de binnenkant hadden gezien? Ze was ervan uitgegaan dat de uitgaven smeergeld waren om Congreslid Jackson mee te paaien, maar misschien was dat niet het geval. Haar man ging altijd uiterst nauwgezet te werk. Hij wilde vast geen verdenking op zich laden door te veel meisjes uit zijn eigen omgeving te ontvoeren. Misschien gebruikte Paul de vluchten en de kamers om in het geheim vrouwen door het hele land te verplaatsen.

En misschien zat het Congreslid er wel even diep in als Paul zelf.

Paul was een tiener toen zijn vader stierf. Hij zat op een militaire kostschool in een aangrenzende staat. Er moest een volwassene zijn geweest die Gerald Scotts zaken behartigde zolang Paul nog op school zat. Dat zou kunnen betekenen dat het mentorschap van het Congreslid tweeledig was geweest: aan de ene kant hielp hij Paul met het opzetten van een legitiem bedrijf, en aan de andere kant zorgde hij ervoor dat er nog steeds films werden gemaakt.

En gedistribueerd, want er was ongetwijfeld veel geld met die filmpjes gemoeid.

Claire had Johnny Jackson en Paul bij talloze gelegenheden samen gezien, maar het was nooit bij haar opgekomen dat ze familie van elkaar waren. Hielden ze hun verwantschap geheim vanwege de filmpjes? Of vanwege de overheidscontracten? Of speelde er iets verontrustenders dat Claire nog niet had ontdekt?

Want met Paul ging het steeds van kwaad tot erger. Telkens als ze dacht dat ze de bodem had bereikt, opende zich weer een valluik en zonk ze nog dieper weg.

De vraag wie de gemaskerde man was, liet haar niet los. Johnny Jackson was ergens in de zeventig. Hij was energiek en atletisch, maar de gemaskerde man in de recentere filmpjes was jonger, eerder van Pauls leeftijd. Hij had dezelfde weke buik, dezelfde nauwelijks waarneembare spieren die niet vaak genoeg op de sportclub aan het werk werden gezet.

Adam Quinn had een gespierd lijf. Niet dat Claire het had gezien, maar wel had ze de kracht in zijn brede schouders en harde buikspieren gevoeld.

Het duidde ergens op, maar ze wist niet goed op wat.

Eindelijk sprong het computerscherm aan. Het bureaublad verscheen. Net als op Pauls andere computers stonden alle mappen in het dock aan de onderkant van het scherm. Ze bewoog de muis over de icoontjes.

ONBEWERKT

BEWERKT

VERZONDEN

Claire liet de mappen voor wat ze waren. Ze opende Firefox en maakte verbinding met internet.

Ze voerde 'Daryl Lassiter + moord + Californië' in. Dat was de man die volgens Koddebeier Julia Carroll had ontvoerd en vermoord.

Tenminste, dat had FBI-agent en toekomstig Congreslid Johnny Jackson hem verteld.

Yahoo gaf duizenden links voor Daryl Lassiter. Claire klikte de bovenste aan. In de *San Fernando Valley Sun* stond een voorpagina-artikel over de moord op Lassiter tijdens zijn transport naar de dodencel. Het was geïllustreerd met wazige foto's van de drie vrouwen die hij vermoord zou hebben, maar een foto van Lassiter zelf ontbrak. Claire nam vluchtig een stuk tekst door over de geschiedenis van de doodstraf in Californië tot ze bij de kern van het verhaal was aangekomen.

Lassiter had een vrouw van straat opgepikt en ontvoerd. Een getuige had 911 gebeld. De vrouw werd gered, maar de politie had achter in Lassiters busje een 'mobiele moordruimte' aangetroffen, met kettingen, een veeprikker, een kapmes en allerlei andere folterinstrumenten. Er waren ook videobanden waarop 'een gemaskerde Lassiter vrouwen martelde en executeerde'. De drie vrouwen op de foto's konden later geïdentificeerd worden aan de hand van vermiste-personenregisters.

'Joanna Rebecca Greenfield, 17. Victoria Kathryn Massey, 19. Denise Elizabeth Adams, 16.'

Claire las de namen en leeftijden hardop, omdat het mensen waren en omdat ze ertoe deden.

Alle geïdentificeerde meisjes kwamen uit het gebied rond San Fernando Valley. Claire klikte nog wat links aan tot ze een foto van Lassiter zelf vond. Ten tijde van Sam Carrolls zelfmoord had Carl Huckabee geen internet tot zijn beschikking gehad. En al had hij dat gehad, dan had hij waarschijnlijk geen bevestiging gezocht voor wat zijn vriend van de FBI hem had verteld, namelijk dat de man die op het filmpje Julia Carroll vermoordde dezelfde was als de man die in Californië was opgepakt.

Koddebeier had dus niet kunnen weten dat Daryl Lassiter niet alleen lang en slungelig was, maar ook zwart, met een strakke afro en een tattoo van de Engel des Doods op zijn gespierde borstkas.

Nu begaf Claires hart het helemaal. Ergens had ze tegen beter weten in gehoopt dat Pauls vader niet de man op de film was, dat Julia was vermoord door deze onbekende met zijn felle bruine ogen en het donkere litteken over de zijkant van zijn gezicht.

Waarom koesterde ze nog steeds hoop? Waarom kon ze de Paul die ze had gekend niet verenigen met de echte Paul die ze nu leerde kennen? Welk teken had ze over het hoofd gezien? Hij was zo aardig tegen iedereen. Hij was zo eerlijk over alles. Hij hield van zijn ouders. Hij had het nooit over een slechte jeugd gehad of dat hij was misbruikt of dat er andere vreselijke dingen met hem waren gebeurd die mensen in duivels veranderden.

Claire keek naar de tijdsaanduiding op het scherm. Ze had nog acht minuten voor Paul belde. Ze vroeg zich af of hij wist wat ze deed. Hij kon de camera's in het huis van Fuller niet voortdurend in de gaten houden. Hij reed vast iets onder de maximumsnelheid, hield beide handen aan het stuur en probeerde zo weinig mogelijk op te vallen om te voorkomen dat de verkeerspolitie hem aanhield en vroeg wat hij in zijn kofferbak had.

Lydia maakte ongetwijfeld lawaai. Claire was ervan overtuigd dat haar zus als een razende tekeer zou gaan zodra ze de kans kreeg.

Claire moest alleen een manier verzinnen om haar zus die kans te geven.

Ze steunde met haar ellebogen op het werkblad. Ze keek naar de mappen in het dock. Ze liet het pijltje boven de map BEWERKT zweven. Ze klikte op de muis. Ze hoefde geen wachtwoord in te voeren, want als er al iemand in de garage was geweest, had hij genoeg gezien om te raden wat er op de computer stond.

De map BEWERKT opende. Hij bevatte honderden bestanden.

Alle extensies luidden .fcpx.

Claire had geen idee wat dat betekende, maar ze herkende .fcpx niet als iets wat met Pauls architectuursoftware te maken had. Ze klikte het bovenste bestand aan, dat vandaag voor het laatst was bewerkt. Vannacht om vier uur had Paul achter deze computer gezeten, rond dezelfde tijd dat het lichaam van Anna Kilpatrick op de Beltline was gevonden.

De woorden FINAL CUT PRO vulden het scherm. De software stond op naam van Buckminster Fuller.

Pauls recentste project werd op het scherm geladen. Over het midden verschenen drie panelen. Op het ene stond een lijst met bestanden. Op het andere stonden thumbnails van verschillende kaders uit de film. Op het hoofdpaneel stond maar één beeld:

Anna Kilpatrick, vastgeketend aan de muur, stilgezet in de tijd.

Onder het hoofdbeeld stond een hele reeks bewerkingsopties en daaronder bevonden zich lange stroken film waarvan Claire aannam dat ze uit het laatste Anna Kilpatrick-filmpje afkomstig waren. Ze herkende de knoppen voor rode-ogencorrectie en het verzachten van lijnen, maar de overige waren een raadsel. Claire klikte een paar tabs aan. Filter. Muziek. Tekst. Kleurcorrectie. Stabilisatie. Galm. Toonhoogtecorrectie. Er waren zelfs geluidsbestanden voor op de achtergrond: Regen. Autogeluid. Bosgeluiden. Waterdruppels.

Zoals met alles in Pauls leven had hij ook hier de volledige regie.

Anders dan toen ze de filmpjes thuis had bekeken, kon Claire nu het vergrootglas aanklikken en op het beeld inzoomen. Ze bestudeerde het gezicht van het meisje. Het was Anna Kilpatrick, daar twijfelde ze niet aan.

En ze twijfelde er ook niet aan dat er niemand achter de camera hoefde te staan om op het kader te kunnen inzoomen.

De knoppen voor doorspoelen, terugspoelen en afspelen leken op de knoppen van de videospeler. Claire startte de film. Het geluid stond zacht. Ze hoorde Anna huilen. Net als eerst vulde het scherm zich opeens met het gezicht van de gemaskerde man. Hij glimlachte en zijn vochtige lippen waren zichtbaar achter de metalen tanden van de rits.

Claire besefte dat dit de bewerkte versie was, die Paul naar zijn klanten had verstuurd. Ze sloot het bestand. Ze keerde terug naar het dock en opende de map met ONBEWERKT. Het nieuwste bestand was van de vorige dag. Paul had de film rond middernacht geïmporteerd. Lydia en Claire namen op dat moment in het huis in Dunwoody zijn op kleur gecodeerde dossiers van de privédetectives door.

Toen had ze nog in de waan verkeerd dat haar man alleen een verkrachter was.

Ze klikte het bestand aan. Op het scherm verschenen dezelfde drie panelen met de bewerkingsopties aan de onderkant.

Claire drukte op PLAY.

De opname begon op dezelfde manier: een overzichtsbeeld van Anna Kilpatrick, vastgeketend aan de muur. Ze had haar ogen gesloten. Haar hoofd hing naar beneden. De gemaskerde man liep het beeld in. Hij had hetzelfde postuur en dezelfde huidskleur als de man die Claire in alle andere filmpjes had gezien, maar toch was er een verschil. De huid was iets lichter. Zijn lippen waren minder rood.

Er was ook iets met het geluid. Claire besefte dat de opnamen nog niet gemixt waren. Alle omgevingsgeluiden waren er nog. Claire hoorde het gebrom van een verwarming. De voetstappen van de man. Zijn ademhaling. Hij kuchte. Anna schrok. Ze deed haar ogen open. Ze rukte aan de kettingen. De man negeerde haar. Hij stalde zijn gereedschap keurig netjes op een roltafeltje uit: de veeprikker, het kapmes, het brandijzer. Een metalen verwarmingselement werd om de X gewikkeld om het ijzer te verhitten. Het korte snoer was verbonden met een langer verlengsnoer dat in een stopcontact zat.

De man spoot een kwak glijmiddel op zijn handpalm en begon zichzelf te strelen. Weer kuchte hij. De handeling had iets griezelig zakelijks, alsof hij zich gereedmaakte voor een doodgewone werkdag.

Niets van dit alles zou het eindproduct halen. Het was allemaal preproductie. Dit waren de alledaagse details die Paul eruit had geknipt.

De gemaskerde man keerde zich naar de camera toe. Het scheelde niet veel of Claire was opzij gesprongen. Hij bracht zijn gezicht tot vlak bij de lens, wat waarschijnlijk een soort handelsmerk was, net als de brullende leeuw van MGM. De man lachte naar het publiek en zijn tanden blonken achter de metalen rits. Toen stapte hij op Anna af.

Anna gilde.

Hij wachtte tot ze zweeg. Het geluid doofde uit, alsof er een sirene in haar keel zat.

Hij wurmde zijn vinger in een wond op haar buik. Weer schreeuwde ze het uit. Opnieuw wachtte de man, maar het liet hem niet onberoerd. Zijn pik was stijver geworden. Zijn huid kleurde rood van opwinding.

'Alstublieft,' smeekte Anna. 'Stop alstublieft.'

De man boog zich naar voren en bracht zijn lippen naar Anna's oor. Hij fluisterde iets en het meisje kromp ineen.

Claire schoot overeind. Met de muis spoelde ze de film terug. Ze zette het geluid harder. Ze drukte op PLAY.

'...alstublieft,' smeekte Anna Kilpatrick.

Weer boog de man zich naar voren en bracht zijn lippen naar Anna's oor. Claire zette het geluid nog harder. Zelf boog ze ook naar voren, met haar oor even dicht tegen de speaker van de computer als de mond van de man tegen Anna's oor.

Zacht en lijzig fluisterde hij: 'Zeg dat jij dit ook wilt.'

Claire verstijfde. Ze staarde wezenloos naar de metalen schappen met apparatuur uit het jaar nul. Een waas trok voor haar ogen. Plotseling ging er een pijnscheut door haar borst.

Weer zei hij: 'Zeg dat jij...'

Claire zette de film op pauze. Ze spoelde hem niet terug. Ze klikte op het vergrootglas en zoomde in op de rug van de gemaskerde man.

Dit was het onbewerkte materiaal. Paul had het licht nog niet gefilterd of het geluid gecorrigeerd, en evenmin had hij persoonlijke kenmerken gewist, zoals het sterrenbeeld van drie moedervlekken onder het linkerschouderblad van de moordenaar.

In de keuken ging de telefoon.

Claire verroerde zich niet.

Weer ging de telefoon.

En nog een keer.

Ze stond op. Ze liep de garage uit. Ze trok de deur achter zich dicht. Ze stapte de keuken in en nam op.

'Je hebt tegen me gelogen,' zei Paul. 'Ik heb de inventarislijst van de plaats delict door een van mijn mensen laten natrekken. De sleutelhanger staat er niet op.'

Claire hoorde alleen de woorden 'een van mijn mensen'. Hoeveel mensen had hij? Waren Mayhew en Nolan slechts het topje van de ijsberg?

'Waar is hij, Claire?' vroeg Paul.

'Ik heb hem. Ik heb hem verstopt.'

'Waar?'

Claire strekte haar arm en draaide de nepluchtverfrisser om zodat hij haar niet kon zien.

'Claire?'

'Ik ga nu het huis uit. Je stuurt me elke twintig minuten een foto van Lydia, en als ik zie dat je ook maar één haar op haar hoofd hebt gekrenkt, zet ik de hele inhoud van de USB-stick op YouTube.'

'Je weet niet eens hoe dat moet,' schamperde Paul.

'Dacht je soms dat ik niet de eerste de beste copyshop kan binnenlopen om het door een of andere puistige nerd te laten doen?'

Hij antwoordde niet. Ze hoorde geen verkeersgeluiden meer. Hij had de auto ergens geparkeerd. Hij liep heen en weer. Ze hoorde zijn schoenen over grind knerpen. Lag Lydia nog steeds in de kofferbak? Dat moest wel, want Paul had haar ontvoerd om druk uit te oefenen, en als hij haar doodde had hij niets meer.

Opeens kreeg Claire een idee. Waarom had Paul Lydia eigenlijk ontvoerd? Als hij het huis in Dunwoody inderdaad in de gaten hield, wist hij dat Lydia minder dan een dag geleden op het toneel was verschenen. En buiten dat was Claire degene die wist waar de USB-stick was. Claire was degene die het ding aan hem kon geven.

Waarom had hij Claire dan niet meegenomen?

Ze twijfelde er niet aan of Paul hoefde maar met pijn te dreigen en ze zou hem vertellen dat Adam de stick had. Maar Paul had Claire niet meegenomen. Hij had de verkeerde keuze gemaakt. En dat terwijl hij nooit een verkeerde keuze maakte.

'Hoor eens.' Hij probeerde weer een redelijke toon aan te slaan. 'Ik heb de informatie op die stick nodig. Die is belangrijk. Voor ons allebei. Niet alleen voor mij.'

'Stuur eerst maar een foto van Lydia waarop ze ongeschonden is, dan praten we verder.'

'Ik kan haar in duizend stukken snijden voor ze doodgaat.'

Die stem. Hij sprak op dezelfde toon als toen in dat steegje, met datzelfde dreigende, lijzige accent dat ze door de speakers had gehoord voor Paul zijn stem in die van een onbekende had kunnen veranderen. Claires hart klopte in haar keel, maar ze wist dat ze geen angst mocht tonen.

'Je wilt dat ik met je meega,' zei ze.

Nu zweeg Paul.

Ze had zijn zwakke plek gevonden, maar bij toeval. Opeens zag ze de drijfveer achter Pauls verkeerde keuze. Zoals gewoonlijk had het antwoord haar al die tijd recht in het gezicht gestaard. Hij bleef maar zeggen dat hij van haar hield. Hij had Claire geslagen, maar niet met al zijn kracht. Hij had die mannen tijdens de begrafenis laten inbreken, zodat Claire niet thuis zou zijn. Hij had de verkeerde keuze gemaakt en Lydia gepakt, want de juiste keuze zou betekenen dat hij Claire pijn moest doen.

Hij had er blijkbaar geen moeite mee om zijn vrouw in haar gezicht te stompen, maar hij kon haar niet martelen.

'Zweer dat je niet aan die filmpjes hebt meegedaan,' zei ze.

'Nooit.' Zijn hoop was tastbaar, als een draad die tussen hen in was gespannen. 'Ik heb ze nooit pijn gedaan. Dat zweer ik op mijn leven.'

Hij klonk zo overtuigend, zo oprecht dat Claire hem bijna geloofd zou hebben. Maar ze had de onbewerkte films gezien, de ruwe opnamen, voor Paul het geluid bijstelde, de scènes bewerkte, de huidskleur filterde, de stemmen verdraaide en heel listig vlekken wegwerkte zodat de ware identiteit van de gemaskerde man onbekend zou blijven.

Claire wist hoe haar man keek als hij zijn gereedschap voor een project netjes uitstalde. Ze kende de handbeweging waarmee hij zich aftrok. Ze kende de drie moedervlekjes onder zijn linkerschouderblad, die ze voelde als ze zachtjes over zijn rug streelde.

En daarom wist ze zonder enige twijfel dat Paul de gemaskerde man was.

'Stuur me de foto's,' zei ze. 'Ik laat je weten wat we gaan doen als ik zover ben.'

'Claire...'

Ze ramde de hoorn op de haak.

# VI

Sorry dat mijn handschrift zo onleesbaar is, schat. Ik heb een lichte beroerte gehad. Het gaat weer goed, dus maak je alsjeblieft geen zorgen. Het gebeurde kort nadat ik mijn vorige brief had geschreven. Vol van al mijn grote plannen ging ik slapen, en toen ik de volgende ochtend wakker werd, merkte ik dat ik niet uit bed kon komen. Alleen jij mag weten dat ik bang ben geweest (ook al gaat het nu weer goed met me). Ik ben kortstondig blind geweest in mijn rechteroog. Mijn arm en been weigerden dienst. Uiteindelijk, na een hele worstelpartij, slaagde ik erin om op te staan. Toen ik je moeder belde om haar te feliciteren met haar verjaardag, kraamde ik zulke wartaal uit dat ze meteen een ambulance belde.

De dokter, die je moeder verzekerde dat hij inderdaad oud genoeg was om zich te moeten scheren, zei dat ik een TIA had gehad, waarop je moeder natuurlijk woedend werd (ze heeft altijd al een hekel aan afkortingen gehad). Ze stond erop dat hij het uitlegde, en zo ontdekten we dat een TIA, of een miniberoerte, een afkorting is van Transient Ischemic Attacks, voorbijgaande ischemische aanvallen.

Aanvallen, meervoud dus, zoals je moeder de arme man liet toegeven, wat de slapte en duizeligheid van de afgelopen week enigszins verklaarde.

Of, onder ons gezegd, van de afgelopen maand, want nu ik terugdenk aan mijn laatste bezoekjes aan Ben Carver, herinner ik me een paar merkwaardige gesprekken die erop duidden dat ik ook tegen hem onbegrijpelijke onzin moet hebben uitgekraamd.

Misschien hebben we nu antwoord op de vraag waarom Ben

Carver mijn bezoekjes heeft stopgezet en die opdracht in dat Dr. Seuss-boek heeft geschreven. Zijn moeder heeft een paar jaar geleden een zware beroerte gehad. Hij moet de signalen hebben opgepikt.

Op de meest onverwachte plekken ontdek je het goede in de mens.

Mag ik bekennen dat ik in tijden niet zo gelukkig ben geweest als nu? Je zussen wisten niet hoe snel ze bij me moesten komen, ik werd omringd, omhuld door mijn gezin, en eindelijk werd ik weer herinnerd aan ons gezamenlijke leven, voor we jou verloren. Het was voor het eerst in bijna zes jaar dat we allemaal in één kamer zaten zonder pijn te voelen om jouw afwezigheid.

Niet dat we je zijn vergeten, schat. We zullen je nooit, nooit vergeten.

Uiteraard heeft je moeder de TIA aangegrepen als excuus om me op mijn kop te geven omdat ik nog steeds tegen windmolens vecht (haar woorden). Hoewel spanning de kans op een beroerte vergroot en hoewel ik altijd al een hoge bloeddruk heb gehad, denk ik dat ik het vooral aan mezelf heb te wijten vanwege onvoldoende slaap en lichaamsbeweging. Ik maak de laatste tijd geen ochtendwandelingen meer. Ik lig 's nachts veel te lang wakker, niet in staat mijn gedachten stop te zetten. Zoals ik altijd tegen jullie heb gezegd, zijn slaap en lichaamsbeweging de twee belangrijkste voorwaarden voor een gezond leven. Ik moet me schamen omdat ik mijn eigen goede raad in de wind heb geslagen.

Je zou het een geluk bij een ongeluk kunnen noemen dat je moeder sinds ik uit het ziekenhuis ben ontslagen elke dag langs is geweest. Ze brengt eten en helpt me in bad (eigenlijk heb ik daar geen hulp bij nodig, maar wie ben ik om een mooie vrouw te verbieden me te wassen?). Elke dag zegt ze al die dingen die ze al bijna zes jaar tegen me zegt: Je bent een dwaas. Je wordt nog eens je eigen dood. Je moet het opgeven. Je bent de liefde van mijn leven en ik kan het niet langer aanzien hoe je langzaam zelfmoord pleegt.

Alsof ik er ooit voor zou kiezen jullie te verlaten door de hand aan mezelf te slaan.

Ik voel dat je moeder niet wil horen wat ik over Pauls vader heb ontdekt. Ze zou de theorie afdoen als het zoveelste onbesuisde, zinloze bedenksel, zoals toen ik die man van de Taco Stand opspoorde of Nancy Griggs zo onder druk zette dat haar vader dreigde met een straatverbod. (Ze is summa cum laude afgestudeerd, schat. Ze heeft een goede baan, een attente man en een cockerspaniël die aan winderigheid lijdt. Heb ik je dat al verteld?)

Dus ik hou mijn gedachten voor me, ik laat je moeder voor me koken, ik laat me door haar wassen, we bedrijven de liefde en ik droom al over ons leven samen nadat ik eindelijk bewijs heb gevonden dat zelfs Koddebeier zal moeten geloven.

Ik ga je moeder terugwinnen. Ik zal voor Pepper de vader zijn die ze nodig heeft. Ik zal Claire ervan overtuigen dat ze meer waard is, dat ze beter verdient dan de mannen waar ze al heel lang genoegen mee heeft genomen. Ik zal opnieuw een voorbeeld zijn voor de vrouwen in mijn leven, ik zal bewijzen dat ik een goede man en vader ben, zodat mijn dochters naar die eigenschappen zoeken in de mannen die ze kiezen in plaats van de waardeloze stukken drijfhout die voortdurend op hun eenzame kusten aanspoelen.

Als dit alles voorbij is, is er ruimte voor het volgende: mijn leven. Ik zal mijn goede herinneringen aan jou koesteren. Ik zal weer werk hebben. Ik zal weer voor mijn gezin zorgen. Ik zal weer dieren genezen. Gerechtigheid zal mijn deel zijn. Ik weet dan waar jij bent. Ik zal je eindelijk vinden en je in mijn armen sluiten en je liefdevol op je laatste rustplaats neerleggen.

Want ik weet hoe het voelt om eindelijk een echte draad te pakken te hebben, en ik weet diep in mijn hart dat als ik aan die draad trek, ik de hele geschiedenis van je leven sinds we je kwijt zijn geraakt zal kunnen ontrafelen.

Dit zijn de draden waaraan ik zit te peuteren: Gerald Scott was een gluurder die het op meisjes zoals jij gemunt had. Hij maakte 'beelden' van ze. Hij moet al die beelden ergens weggeborgen hebben. Als die beelden nog ergens zijn en als ik me er toegang toe kan verschaffen en als ik ontdek dat er een van jou bij is, dan zou dat een sterke aanwijzing kunnen zijn, die ons inzicht verschaft in wat er echt is gebeurd op die avond in maart die nog niet eens zo lang geleden lijkt.

Ik weet niet of Paul op de hoogte is van zijn vaders gluurderspraktijken, maar het minste wat ik kan doen is die informatie gebruiken om hem van je zusje los te weken.

Ik ben er diep van overtuigd, schat: Paul is niet goed voor Claire. Er rot iets in hem, en op een dag – als het niet binnenkort is, dan over vijf jaar, tien jaar, misschien zelfs over twintig jaar – zal dat rotte zich naar buiten vreten en alles besmetten wat hij aanraakt.

Je weet dat ik van je hou, maar vanaf nu is mijn leven erop gericht ervoor te zorgen dat dit duivelse monster nooit de kans krijgt zijn kwaad op je twee zussen over te brengen.

Kun je je Brent Lockwood nog herinneren? Hij was je allereerste 'echte' vriendje. Je was vijftien. De jongens die je vóór Brent leuk vond waren van die onschuldige, aseksuele types die moeiteloos inwisselbaar waren voor ongeacht welk lid van de boyband waar je op dat moment naar luisterde. Als je ergens met een jongen naartoe ging, bracht ik jullie in de stationcar en liet de jongen op de achterbank zitten. Dan schonk ik hem woedende blikken via de achteruitkijkspiegel. Ik bromde afgemeten als hij me dokter Carroll noemde of blijk gaf van belangstelling voor de diergeneeskunde.

Brent was anders. Hij was zestien, half jongen, half man. Hij had al een adamsappel. Hij droeg gebleekte spijkerbroeken en had zijn haar in een opgeschoren matje, net als Daniel Boone. Hij kwam naar ons huis om te vragen of je mee uit mocht, want hij had een auto en hij wilde je in je eentje meenemen in die auto en ik zou niemand daar toestemming voor geven als ik hem niet eerst in zijn ogen had gekeken en hem de stuipen op het lijf had gejaagd.

Ik weet dat je dit maar moeilijk kunt geloven, schat, maar ooit ben ik ook een jongen van zestien geweest. De enige reden waarom ik een auto wilde, was dat ik er dan meisjes in mee kon nemen. Wat een volkomen begrijpelijk, zelfs prijzenswaardig doel was voor alle jongens van mijn leeftijd, maar het voelde totaal anders toen ik man en vader was en jij ineens dat meisje.

Ik zei dat hij eerst naar de kapper moest en een baantje moest zoeken, dan mocht hij terugkomen.

Een week later stond hij weer op de stoep. Zijn matje was gesnoeid. Hij was net bij de McDonald's begonnen.

Je moeder kakelde als een heks en zei dat ik de volgende keer iets specifieker moest zijn.

Je bracht uren op je kamer door voor dat eerste afspraakje met Brent. Toen je eindelijk je deur opendeed, rook ik parfum en haarlak en al die vreemde vrouwelijke luchtjes die ik nooit bij mijn eigen dochter had verwacht. En je was mooi. Beeldschoon. Ik tastte met mijn blik je gezicht af op zoek naar iets negatiefs – te veel mascara, te dikke eyeliner – maar het enige wat ik zag was een veegje kleur dat het lichtblauw van je ogen accentueerde. Ik weet niet meer wat je aanhad of hoe je je haar had gedaan (voor dat soort dingen moet je bij je moeder zijn), maar ik weet wel dat ik sprakeloos was, alsof mijn longblaasjes het langzaam begaven, me langzaam van zuurstof beroofden, me langzaam beroofden van mijn kleine wildebras die in bomen klom en achter me aan rende als ik mijn ochtendwandeling maakte.

Ik weet nu hoe het is om een echte beroerte te krijgen, ook al was het dan een kleintje, maar ik weet zeker dat ik een zware hartaanval kreeg toen ik Brent Lockwood met jou in zijn auto zag wegrijden. Ik was zo bezorgd om deze ene jongen, de eerste jongen, dat ik niet besefte dat er meer zouden volgen. Dat er anderen zouden komen die me deden verlangen naar Brent met zijn derdehands Impala en de patatlucht die om hem heen hing.

Waarom moet ik uitgerekend nu aan deze jongen denken? Omdat hij de eerste was? Omdat ik dacht dat hij de laatste zou zijn?

Ik moet aan hem denken vanwege Claire.

Paul heeft me vanavond gebeld. Hij maakte zich zorgen om mijn gezondheid. Hij wist precies de goede toon te treffen en praatte over koetjes en kalfjes. Hij zei precies de goede dingen. Hij klonk in alle opzichten goed, ook al weet ik dat alles aan hem fout is.

Hij vindt mij maar ouderwets, en ik laat hem in de waan, want dat komt me goed uit. Je moeder is pittiger, zo'n knorrige oude hippie die hem alert houdt. Ik ben het vaderlijke type dat glimlacht en knipoogt en doet alsof hij zelf in het toneelstukje gelooft.

Ik vertelde hem over Brent Lockwood, de jongen die vroeg of hij mijn oudste, inmiddels vermiste dochter mee uit mocht nemen.

Zoals ik had verwacht, bood Paul onmiddellijk zijn verontschuldigingen aan omdat hij me niet had gevraagd of hij Claire mee uit mocht nemen. Hij weet als geen ander hoe hij zich op zijn best moet voordoen. Als we oog in oog hadden gestaan in plaats van over de telefoon met elkaar te praten, zou hij ongetwijfeld knielend toestemming hebben gevraagd. Maar we stonden niet oog in oog, dus hij moest met zijn stem alle respect en emotie overbrengen.

*Overbrengen.*

Zoals je moeder ooit heeft gezegd zou Paul voor lopende band in een donutbakkerij kunnen doorgaan, zo goed is hij in het overbrengen van kleffe, sentimentele bagger.

Over de telefoon moest ik lachen, want Pauls verzoek om je zus mee uit te mogen nemen kwam wel erg laat, en hij moest ook lachen, want dat werd van hem verwacht. Nadat er een gepaste hoeveelheid tijd was verstreken maakte hij een toespeling op een toekomstig verzoek, waarmee hij zijn relatie met Claire wilde bestendigen, en ik besefte dat deze onbekende die nog maar een paar weken met mijn dochter omging nu al aan trouwen dacht.

Trouwen. Zo noemde hij het, hoewel mannen als Paul niet met vrouwen trouwen. Ze nemen hen in bezit. Ze heersen over hen. Het zijn vraatzuchtige gulzigaards die een vrouw helemaal verslinden en dan met de botten hun tanden schoonmaken.

Sorry, schat, maar sinds je ontvoering ben ik veel wantrouwiger dan vroeger. Om iedere hoek zie ik een complot. Ik weet dat overal duisternis heerst. De enige die ik nog vertrouw is je moeder.

Dus ik kuchte een paar keer, gaf mijn stem wat gepijnigde emotie mee en zei tegen Paul dat ik niet met een gerust geweten welke man dan ook toestemming kon geven met een van mijn dochters te trouwen, dat ik niet eens op hun huwelijk aanwezig kon zijn, zolang ik niet wist wat er met mijn oudste kind was gebeurd.

Net als Pepper, en net als jij trouwens, is Claire al even impulsief als koppig. Ze is ook mijn jongste en ze zou nooit, echt nooit tegen mijn wensen ingaan. Van één ding kan ik bij je zussen op aan: ze zouden nog liever mijn armen en benen breken dan mijn hart.

Ik weet dit even stellig als ik het geluid van Claires lach herken, de blik in haar ogen als ze gaat lachen of huilen of als ze haar armen om me heen slaat en zegt dat ze van me houdt.

En Paul weet dit ook.

Nadat ik hem over mijn dilemma had verteld, bleef het heel lang stil aan de andere kant van de lijn. Hij is geslepen, maar hij is ook jong. Op een dag zal hij een voortreffelijk manipulator zijn, maar over twee dagen, als ik hem onder vier ogen spreek, ben ik degene die de vragen stelt, en ik laat Paul Scott pas gaan als hij me alle antwoorden heeft gegeven.

# VIJFTIEN

Claire klemde het stuur vast. Haar keel was bijna dichtgeknepen van paniek. Ze zweette, ook al kwam er een koude tochtstroom door het gebarsten schuifdak. Ze keek naar Lydia's telefoontje, dat op de stoel naast haar lag. Het scherm was zwart. Tot nu toe had Paul drie foto's van Lydia gestuurd. Elke foto was vanuit een andere hoek genomen. Bij elke foto voelde Claire iets van opluchting omdat Lydia's gezicht niet nog meer schade had opgelopen. Claire vertrouwde Paul niet, maar ze vertrouwde haar eigen ogen wel. Hij deed haar zus geen pijn.

Althans, voorlopig niet.

Ze dwong zichzelf in gedachten niet naar die donkere plek met zijn wanhopige aantrekkingskracht te gaan. Er stond geen locatie of tijdsaanduiding op de foto's. Ze klampte zich vast aan het wankele geloof dat Paul zijn auto iedere twintig minuten aan de kant zette om een foto te nemen, want het alternatief was dat hij alle foto's op hetzelfde moment had genomen en dat Lydia dood was.

Ze moest een uitweg bedenken. Paul was ongetwijfeld al een strategie aan het uitwerken. Hij was iedereen altijd vijf stappen voor. Misschien had hij al een oplossing. Misschien was hij al bezig met de uitvoering ervan.

Misschien had hij nog een huis. Haar man kocht van alles een reserve-exemplaar. Op twee uur rijden van Athens zat hij in de Carolina's of aan de kust of in de buurt van een van de grenssteden in Alabama. Misschien had hij een ander huis op een andere naam met een andere moordkamer en een ander stel schappen voor zijn perverse filmverzameling.

Het zweet rolde over Claires rug. Ze schoof het dak een paar centimeter verder open. Het was iets na vieren 's middags. De zon zakte al naar de horizon. Ze mocht niet aan Paul denken of aan wat hij haar zus mogelijk aandeed. Hij had altijd gezegd dat winnaars alleen de strijd met zichzelf aanbinden. Claire had nog een uur om te bedenken hoe ze de USB-stick aan Adam kon ontfutselen, hoe ze hem Paul in handen kon spelen en hoe ze ondertussen ook nog haar zus kon redden.

Het enige wat ze tot nu toe had waren angst en het misselijkmakende gevoel dat ze als het uur was verstreken nog even hulpeloos zou zijn als toen ze het huis van Fuller verliet. Dezelfde problemen die haar steeds hadden belaagd trokken langs in een eindeloze lus die haar gehele bewustzijn in beslag nam. Haar moeder: nadrukkelijk niet beschikbaar. Koddebeier: waardeloos. Jacob Mayhew: werkte waarschijnlijk voor het Congreslid. Fred Nolan: idem dito, of misschien hield hij er een eigen agenda op na. Congreslid Johnny Jackson: Pauls geheime oom. Machtig met goede connecties, en zo dubbelhartig dat hij tijdens de persconferentie met uitgestreken gezicht naast de familie Kilpatrick kon staan, alsof hij geen idee had wat er met hun dierbare kind was gebeurd. Adam Quinn: mogelijke vriend of vijand.

De gemaskerde man: Paul.

*Paul.*

Ze kon het niet geloven. Nee, zo was het niet. Claire had met eigen ogen haar man bij dat meisje gezien. Het probleem was dat ze het niet kon vóélen.

Ze probeerde zich te concentreren op alle verontrustende dingen die ze over Paul wist. Er moest meer zijn. Dat kon niet anders. Net als Pauls op kleur gerangschikte verzameling verkrachtingsdossiers moesten er nog veel meer filmpjes zijn met meisjes die hij had ontvoerd, meisjes die hij verborg, meisjes die hij martelde voor zijn eigen genot en voor het genot van talloze andere walgelijke, verachtelijke toeschouwers.

Was Adam Quinn een van zijn klanten? Nam hij actief deel? Zoals Lydia al had gezegd, was het met Claires mensenkennis niet al te best gesteld. Ze was met Adam gaan rommelen omdat ze zich verveelde, niet omdat ze hem wilde leren kennen. De beste vriend van haar man was een vast gegeven in hun leven geweest. Achteraf gezien begreep ze waarom Paul hem op enige afstand had gehouden. Adam was aanwezig, maar hij zat niet binnen de cirkel.

De enigen die binnen de cirkel zaten, waren Paul en Claire.

Daarom had Claire nooit veel aandacht aan Adam geschonken, tot die avond van het kerstfeestje. Hij was stomdronken geweest. Hij had geprobeerd haar te versieren en zij was benieuwd geweest hoe ver hij zou gaan. Hij was goed, of misschien gewoon anders dan Paul, en dat was alles wat ze zocht. Hij kon charmant zijn, op een onhandige manier. Hij hield van golf, verzamelde oude modeltreinen en gebruikte een niet onaangename aftershave die naar bos rook.

Veel meer wist ze niet over hem.

Adam had gezegd dat hij op maandag een belangrijke presentatie moest geven, wat betekende dat hij morgenochtend al vroeg op kantoor zou zijn. De presentatie vond plaats in de vestiging van Quinn + Scott in het centrum, met een filmzaal die geheel volgens de wens van de eigenaren als bioscoop was ingericht, en waar jonge meiden in strakke jurkjes drankjes en versnaperingen serveerden.

Adam zou de USB-stick bij zich hebben. De bestanden waren te groot om via de e-mail te versturen. Als hij de bestanden voor zijn werk nodig had, zou hij ze meenemen naar kantoor om ze daar te downloaden voor de presentatie. Als hij de sleutelhanger nodig had omdat die belastend materiaal bevatte, zou hij wel gek zijn om ze ergens anders dan op zijn lichaam te bewaren.

In gedachten bleef Claire aan die laatste mogelijkheid haken. Misschien had Paul nog een cirkel waar Adam wel bij hoorde. Ze waren al ruim twintig jaar elkaars beste vriend, lang voordat Claire in beeld kwam. Als Paul de filmpjes van zijn vader na het auto-ongeluk had gevonden was hij vast naar Adam gegaan om erover te praten. Hadden ze toen het plan opgevat om de zaak voort te zetten? Hadden ze samen naar de filmpjes gekeken en beseft dat de gewelddadige beelden geen walging maar opwinding wekten?

In dat geval zou Adam al aan Paul hebben doorgegeven dat hij de USB-stick in bezit had. Claire snapte niet waarom hij er dan over zweeg. Hadden ze ruzie gehad? Probeerde hij de macht over te nemen?

'Nadenken,' zei Claire berispend. 'Je moet nadenken.'

Ze kon niet nadenken. Ze functioneerde amper.

Claire pakte Lydia's telefoontje. Lydia had er geen beveiliging op, of misschien was Paul zo gedienstig geweest die voor Claire uit te schakelen. Ze drukte op de knop en de recentste foto verscheen op het scherm. Lydia die doodsbang in de kofferbak lag. Haar lippen waren bleek. Wat betekende dat? Kreeg ze wel voldoende zuurstof? Liet Paul haar stikken?

*Laat me niet in de steek, Snoes. Alsjeblieft, laat me niet weer in de steek.*

Claire legde het telefoontje weg. Ze was niet van plan Lydia in de steek te laten. Niet deze keer. Nooit meer.

Misschien pakte Claire het verkeerd aan. Ze kon geen eigen strategie bedenken, dus probeerde ze te raden wat Paul van plan was. Claire kon als geen ander Pauls gedrag voorspellen, in elk geval als het om kerstcadeaus en verrassingsreisjes ging.

Zijn voornaamste doel was het terugkrijgen van de USB-stick. Hij had alle tijd. Hij hield Lydia ergens gevangen. Door middel van haar zette hij Claire onder druk. Hij zou haar niet eerder doden voor hij de USB-stick in handen had.

De gedachte bracht Claire enige opluchting, maar ze wist maar al te goed dat er andere dingen waren die Paul met Lydia kon doen.

Daar wilde ze niet over nadenken.

Paul voelde nog steeds iets voor Claire, voor zover hij tot gevoelens in staat was. Hij had het kussen onder haar hoofd gelegd. Hij had haar trouwring weer aan haar vinger geschoven. Hij had haar schoenen uitgetrokken. Hij had de Tesla opgeladen. Al die handelingen hadden tijd gekost, wat betekende dat Paul er belang aan hechtte. In plaats van Lydia zo snel mogelijk het huis uit te krijgen, had hij voor Claire gezorgd, met het risico betrapt te worden.

Ze was dus iets in het voordeel.

Claire kreunde. In gedachten hoorde ze Lydia's stem. 'Alsof ik daar een reet mee opschiet.'

Volgens het navigatiesysteem moest ze iets verderop rechts afslaan. Claire stond niet al te lang stil bij de opluchting die ze voelde nu iemand anders zei wat ze moest doen, ook al was het de boordcomputer. In Athens had de overweldigende hoeveelheid aan slechte keuzes haar verlamd. Ze kon niet naar haar moeder gaan, want die zou zich alleen maar zorgen maken en haar bed in kruipen. Ze kon niet naar de politie gaan, want ze had geen idee wie met Paul onder één hoedje speelde. Ze kon niet naar het huis in Dunwoody gaan, want waarschijnlijk was Nolan op zoek naar haar. Er was maar één plek waar ze naartoe kon gaan, en dat was Lydia's huis.

Ze was al halverwege toen ze besefte dat er daar iets was wat haar – misschien – zou kunnen helpen.

Claire minderde vaart en nam haar omgeving in zich op. Ze had gedachteloos de aanwijzingen van het navigatiesysteem opgevolgd. Nu pas besefte ze dat ze zich in het hart van een oudere buitenwijk bevond. De huizen misten de eenvormigheid die zo kenmerkend was voor nieuwe wijken. Er waren simpele rechttoe, rechtaan huisjes, huizen in koloniale stijl en stenen bungalows zoals die van Lydia.

Ook zonder het navigatiesysteem wist Claire dat ze bij het huis van haar zus was aangekomen. Ze herkende het van de foto's in Pauls dossiers. De gele cijfers die waarschijnlijk door een kinderhand op de zijkant van de brievenbus waren aangebracht, waren verbleekt. In gedachten zag Claire Lydia in de tuin staan en naar haar dochtertje kijken dat met zorg het huisnummer op de brievenbus schilderde.

Lydia's busje stond op de oprit. Volgens Pauls detectives

woonde Rick al bijna tien jaar naast Lydia. Claire herkende de tuinkabouters naast zijn voordeur. Ricks pick-up stond bij het huis in Dunwoody, maar hij had nog een auto, een oude Camaro, die voor zijn garage was geparkeerd.

Ze reed langzaam voorbij en liet haar blik over beide huizen gaan. Dat van Lydia was donker, maar bij Rick brandden een paar lampen. Het was laat op zondagmiddag. Claire stelde zich voor dat een man als Rick nu naar football keek of een beduimeld exemplaar van *The Hitchhiker's Guide to the Galaxy* las. Dee was waarschijnlijk bij een vriendin. Volgens de dames van Claires tennisteam waren tieners gewoonweg niet in staat het licht uit te doen als ze een kamer verlieten.

Claire nam de volgende afslag, naar een doodlopend straatje met een vervallen huisje aan het eind. Ze parkeerde de auto en stapte uit. Ze schoof Lydia's mobiel in haar achterzak, want over negen minuten moest er weer een foto binnenkomen. Zoals gewoonlijk was Paul punctueel. Of hij had zijn telefoon zo ingesteld dat de foto's op een vast tijdstip werden verstuurd.

Ze opende de kofferbak. Ze wierp haar tas erin, want zo'n soort buurt was het. In het noodpakket dat Paul voor al hun auto's had besteld, ook voor die van Helen, vond ze een inklapbare sneeuwschep. Met een metalige galm sprong het ding open. Claire verwachtte dat er een verandalamp zou aanfloepen of dat een van de buren iets zou roepen, maar er gebeurde niets.

Ze keek om zich heen om zich te oriënteren. Lydia's huis was vier deuren verderop. Dat van Rick vijf. Lydia had als enige een schutting in de achtertuin. Een langgerekt bosje scheidde de tuinen van de achterliggende huizen. Het was halfvijf 's middags. De zon ging al onder. Claire liep ongezien onder de bomen door. Niemand keek via de achterdeur naar buiten, maar ze betwijfelde of mensen haar konden zien als dat wel het geval was geweest. Het was bewolkt. Het kon elk moment weer gaan regenen. Claire proefde het vocht in de lucht.

Ze greep zich aan het hek van harmonicagaas vast met de bedoeling erover heen te springen, maar de metalen stang boog door. Het harmonicagaas boog mee. Claire leunde er met haar volle gewicht op tot het hek laag genoeg was om eroverheen te stappen. Ze keek om zich heen. Lydia had een grote achtertuin. Het hek voor de honden moest een fortuin hebben gekost.

Claire zou het hek laten repareren zodra haar zus weer met haar gezin was herenigd.

De achterkant van Lydia's huis was beter onderhouden dan die van de andere. De goten waren schoon. De witte lijsten waren pas geschilderd. Claire vermoedde dat Rick voor dat soort dingen zorgde want het buurhuis, het huis waarvan ze wist dat hij er woonde, zag er al even goed onderhouden uit.

Claire vond het een prettig idee dat haar zus hier woonde. Ondanks de afgrijselijke omstandigheden voelde ze het geluk dat de huizen met elkaar verbond. Hier woonde een gezin, hier woonden mensen die blij met elkaar waren en met hun plek in de wereld. Lydia had meer dan een thuis geschapen. Ze had vrede geschapen.

Een vrede die Claire nagenoeg had vernietigd.

In wat de keuken moest zijn, brandde licht. Claire liep naar de grote achterveranda. Er stonden tafels en stoelen en een roestvrijstalen grill met een stuk zwart canvas eroverheen.

Claire verstijfde toen ze de schijnwerpers zag. De bewegingssensoren hingen als teelballen naar beneden. Ze keek omhoog. De lucht werd met de minuut donkerder. Aarzelend deed ze een stap naar voren, en nog een. Bij elke beweging zette ze zich schrap, maar de schijnwerpers sprongen niet aan toen ze het trapje beklom.

Door een groot raam boven de spoelbak keek ze de keuken in. De tafel lag bezaaid met kranten. Een tas met oude tennisschoenen stond op een van de stoelen. Op de koelkast zaten briefjes, die met kleurige magneetjes op hun plaats werden gehouden. De spoelbak stond vol vuil serviesgoed. Paul zou het een geval van borderline-verzamelwoede hebben genoemd, maar Claire voelde de warmte van een plek waar gewoond werd.

In de achterdeur zat geen raampje. Wel waren er twee nachtsloten. Onderin was een groot hondenluik. Zachtjes tilde Claire een zware houten tuinstoel op en blokkeerde daarmee het hondenluik. Volgens het rapport van Pauls detective had Lydia twee labradors, maar die informatie was alweer van twee maanden geleden. Claire kon zich niet voorstellen dat Lydia er een overdreven waaks ras als een herder of een pitbull op na hield, maar Rick zou op elk soort geblaf afkomen, en hij zou willen weten wat een onbekende vrouw met een inklapbare sneeuwschep in jezusnaam op de veranda van zijn vriendin te zoeken had.

Claire tilde de schep op. Hij was van aluminium, maar wel stevig. Ze keek naar Ricks huis om te zien of daar iets bewoog en liep het trapje weer af. De grond was vochtig toen ze onder de veranda kroop. Ze moest haar hoofd en schouders buigen om niet langs de dwarsbalken te schuren. Huiverend verbrak Claire een spinnenweb. Ze had een bloedhekel aan spinnen. Weer huiverde ze, maar meteen gaf ze zichzelf ervan langs omdat ze zo schijterig was terwijl het leven van haar zus op het spel stond.

Zoals te verwachten was het donker onder de veranda. In de Tesla lag een zaklantaarn, maar Claire wilde niet teruggaan. Nu moest ze doorzetten. Alleen door de vaart erin te houden viel ze niet ten prooi aan de angst en het verdriet die opborrelden onder elk oppervlak dat ze beroerde.

Ze schoof zo ver mogelijk onder het trapje. Smalle reepjes licht priemden door de open stootborden. Met haar blote hand streek ze door de krappe ruimte onder de onderste tree. Er zat een holte in de aarde. Dat moest het zijn. Claire wurmde de schep in de nauwe ruimte en schraapte een beetje zand weg.

Langzaam en zo zachtjes mogelijk haalde ze steeds meer zand onder de tree vandaan. Ten slotte lukte het haar het uiteinde van de schep dieper in de grond te steken. Ze voelde de tink van metaal op metaal. Claire legde de schep weg en begon met haar handen te graven. Ze probeerde niet aan spinnen en slangen te denken of aan wat zich verder nog in de grond ophield. Haar vingers stuitten op een plastic zak. Heel even was ze opgetogen nu ze eindelijk een taak had volbracht. Met een ruk trok ze de zak uit de grond. Aarde vloog om haar oren. Ze hoestte, niesde en hoestte weer.

De revolver lag in haar handen.

In de auto had Lydia gezegd dat het wapen onder het trapje lag begraven, maar nu besefte Claire dat ze niet echt had geloofd dat ze het ook werkelijk zou vinden. Het was een schokkende gedachte dat haar zus een wapen bezat. Wat moest Lydia met zoiets vreselijks?

Wat moest Claire ermee?

Ze woog de revolver op haar hand. Ze voelde het koude metaal dwars door de plastic ziplock zak heen.

Ze haatte wapens. Paul wist dat, dus dat Claire er een uit haar tas zou halen om hem voor zijn kop te schieten, zou wel het laatste zijn wat hij verwachtte.

*Dat was het plan.*

Ze voelde het vastklikken in haar hoofd, als een dia in een projector.

Het plan was er de hele tijd al geweest, het had haar naar Lydia's huis gevoerd en ondertussen had het ergens in haar achterhoofd liggen knagen terwijl ze helemaal in beslag werd genomen door de gruwelen die haar man had gepleegd.

'Proactieve interferentie.' Zo zou Paul het hebben verklaard. 'Dat betekent dat eerder verkregen informatie ons vermogen om nieuwe informatie te verwerken belemmert.'

De nieuwe informatie had niet duidelijker kunnen zijn. Paul was een kille moordenaar. Claire was gek als ze geloofde dat hij Lydia zou laten gaan. Ze wist te veel. Ze was overbodig. Alsof ze een timer boven haar hoofd had die de resterende minuten van haar leven wegtikte.

Claires volgende stap was dat ze Adam Quinn de USB-stick afhandig ging maken, door ernaar te vragen of door hem met het wapen dat ze in haar handen hield te bedreigen. Claire had gezien wat een tennisracket met een knie kon doen. Bij de schade die een kogel aanrichtte, kon ze zich niets voorstellen.

Lydia had gelijk toen ze zei dat ze zo veel mogelijk informatie moesten verzamelen. Claire moest erachter zien te komen waarom de inhoud van de stick zo belangrijk was voor Paul. Als ze die informatie had, sloeg de machtsbalans weer een heel eind in haar voordeel door.

Voorzichtig haalde ze de revolver uit de zak. De vette, metalige lucht kwam haar bekend voor. Twee jaar geleden had ze Paul voor zijn verjaardag meegenomen naar een schietbaan. Paul was blij verrast geweest, maar alleen omdat Claire iets had bedacht waar ze zelf helemaal niets mee had. Ze had het hooguit tien minuten op de baan volgehouden. Ze had de dood in haar handen gehad en dat was zo'n emotionele klap geweest dat Claire naar het parkeerterrein was gerend, waar ze in tranen was uitgebarsten. Paul had haar getroost, maar hij had ook moeten lachen, zo dwaas was het geweest, en Claire wist dat het dwaas was, maar ze was verlamd van angst geweest.

De wapens maakten een hels kabaal. Alles rook vreemd en gevaarlijk. Als ze de geladen Glock alleen maar vasthield, rilde ze al. Claire was totaal niet op wapens gebouwd. Ze miste de kracht in haar hand om de slede goed naar achteren te trekken. Van de terugstoot sloeg de schrik haar om het hart. Ze was bang dat ze het pistool zou laten vallen en per ongeluk iemand anders, zichzelf of allebei zou doden. Ze was bang dat ze zich aan de uitgeworpen huls zou branden. Telkens als ze de trekker overhaalde nam haar angst toe, tot ze zo hevig beefde dat ze haar vingers niet meer om de greep kon houden.

Maar dat alles kwam later. Voor ze de schietbaan betraden, had Paul aan de instructeur gevraagd of hij bij alle wapens gedetailleerde uitleg wilde geven. Claire had zich over zijn verzoek verbaasd, want ze ging er altijd van uit dat haar man overal verstand van had. De instructeur had hen meegenomen naar een glazen vitrine waarin de wapens waren uitgestald die ze per uur konden huren: pistolen, handwapens, een paar geweren en, nog het meest verontrustend, een machinegeweer.

Ze hadden de Glock gekozen omdat het zo'n bekend merk was. Het pistool was een 9mm. Je moest de slede naar achteren trekken om de kogel in de kamer te laden. Bij een revolver stopte je de kogels simpelweg in de cilinder, je klikte de cilinder op zijn plaats, spande de haan en haalde de trekker over.

Het sleutelwoord was uiteraard kogels.

Claire bestudeerde Lydia's revolver. Haar zus was vast niet zo dom om een geladen wapen onder haar achterveranda te verbergen. Toch controleerde Claire de cilinder. De vijf kamers waren leeg. In gedachten telde ze het geld in haar portefeuille. Ze zou naar een sportwinkel of de Walmart kunnen gaan om met cash munitie te kopen, want een creditcardtransactie zou ergens opduiken.

De schijnwerpers gingen aan.

Claire stootte haar hoofd aan de verandatreden. Haar schedel galmde als een klok.

Rick Butler boog zich voorover en keek haar aan. 'Kan ik u helpen?'

Claire stopte de revolver weer in de zak. Ze probeerde onder de veranda uit te kruipen, maar daarvoor had ze beide handen nodig. Ze wierp de zak de tuin in. Rick week terug, alsof ze zuur voor zijn voeten had gegooid.

'Sorry,' verontschuldigde ze zich, want dat was haar antwoord op alles. 'Ik ben Claire Scott, Lydia's...'

'Zus.' Rick keek naar het wapen. 'Ik dacht dat ze dat ding weg had gedaan.'

'Tja.' Claire klapte in haar handen om het zand eraf te slaan. Ze probeerde het eerst met goede manieren, want Helen had haar geleerd dat ze altijd beleefd moest zijn. Zeker in het begin. 'Leuk om je eindelijk te ontmoeten.'

'Absoluut,' zei hij. 'Maar enige uitleg zou aardig zijn.'

Claire knikte, want dat zou inderdaad aardig zijn, maar uitleg moest ze hem schuldig blijven. Ze gooide er maar weer een 'sorry' tegenaan. Ze raapte de revolver op en wikkelde de zak strak om de loop.

'Wacht even,' zei Rick toen hij doorkreeg dat ze wilde vertrekken. 'Waar is Lydia?'

Zoals gebruikelijk was Pauls timing vlekkeloos. Claire voelde Lydia's telefoontje trillen in haar achterzak. Hij had de nieuwste foto gestuurd. Moest ze die aan Rick laten zien? Moest ze hem laten weten wat er op dit moment gebeurde met de vrouw met wie hij de afgelopen dertien jaar zijn leven had gedeeld?

'Ik moet ervandoor,' zei Claire.

Rick kneep zijn ogen tot spleetjes. Hij was buitengewoon alert of Claire was simpelweg een open boek. 'Je gaat niet eerder weg voor je me hebt verteld wat er speelt.'

'Ik heb een wapen in mijn handen.'

'Gebruik het maar.'

Ze staarden elkaar aan. Ergens begon een hond te blaffen. Bijna een volle minuut verstreek voor Claire nogmaals 'sorry' zei.

'Dat zeg je de hele tijd, maar volgens mij meen je er niks van.'

Hij had geen idee hoe schuldig Claire zich voelde. 'Ik moet echt weg.'

'Met een ongeladen revolver die in de grond heeft gelegen?' Rick schudde zijn hoofd. Hij keek niet meer kwaad, eerder bang. 'Is alles in orde met Lydia?'

'Ja.'

'Is ze...' Hij wreef over zijn kaak. 'Heeft ze een terugval gehad?'

'Een terugval?' In gedachten zag Claire Lydia een schuiver maken en op de vloer smakken. Maar toen begreep ze wat Rick bedoelde. 'Ja,' zei ze, want Lydia had vast liever dat ze een vreselijke leugen vertelde dan de waarheid. 'Ze heeft een terugval gehad. Ze heeft wijn gedronken en daarna pillen geslikt, en ze wilde niet stoppen.'

'Maar waarom?'

Claire had zes jaar met Lydia's verslaving geleefd voor het contact verbroken werd. 'Moet er een reden zijn?'

Rick keek ontzet. Hij was zelf verslaafd geweest. Hij wist dat een verslaafde altijd een reden vond.

'Sorry.' Claire had het gevoel dat er een aambeeld op haar borst drukte. Wat ze deed was afschuwelijk, niet te verdedigen.

Ze las woede, teleurstelling en angst in elke lijn op Ricks gezicht. 'Het spijt me verschrikkelijk.'

'Het is jouw schuld niet.' Zijn stem schoot omhoog, zoals bij mannen soms gebeurt als ze hun emoties proberen te verdringen. 'Waar heb je...' Hij kuchte. 'Waar heb je een wapen voor nodig?'

Claire keek de tuin rond, alsof zich daar zomaar een verklaring zou kunnen aandienen.

'Denk je dat ze hiernaartoe komt en zichzelf iets wil aandoen?'

De schrik in zijn stem was hartverscheurend. Zijn keel spande zich terwijl hij zijn gevoelens probeerde te beteugelen. Tranen stonden in zijn ogen. Hij leek zo aardig, zo zachtmoedig. Hij was precies het soort man dat ze zich voor haar zus gedroomd had.

En nu brak Claire zijn hart.

'Waar is ze?' vroeg Rick. 'Ik wil haar zien. Ik wil met haar praten.'

'Ik breng haar naar een afkickkliniek. Op mijn kosten. Het is in New Mexico.' Claire perste haar lippen samen. Waarom had ze New Mexico gezegd?

'Zit ze in je auto?' vroeg Rick.

'De ambulance brengt haar naar het vliegveld. Daar pik ik haar op. Alleen,' voegde ze eraan toe. 'Ik moest tegen jou zeggen dat je goed op Dee moet passen. Ze wil niet dat je haar in deze toestand ziet. Je weet hoe trots ze is.'

Hij knikte nadenkend. 'Ik kan er niet bij dat ze na al die tijd weer aan de drugs is gegaan.'

'Het spijt me.' Claire kon geen woorden meer vinden. Haar geest werd zo in beslag genomen door Pauls leugens dat ze zelf geen nieuwe kon verzinnen. 'Het spijt me,' herhaalde ze. 'Het spijt me verschrikkelijk.'

Claire wist niet wat ze verder nog moest zeggen. Ze liep de achtertuin in. Ze telde haar voetstappen om zich niet aan haar schuldgevoelens te hoeven overgeven. Vijf stappen. Tien stappen.

Na twintig stappen zei Rick: 'Wacht eens even.'

Claire liet haar schouders hangen. Ze had haar schuldgevoelens nooit goed kunnen verbergen, want Paul had haar altijd probleemloos vergeven.

'Die revolver blijft hier.'

Claire draaide zich om. Rick liep op haar af. Haar eerste gedachte was dat ze hem nooit voor kon blijven. Haar tweede dat ze geen nieuwe leugen meer kon verzinnen.

Ze legde het probleem weer bij Rick. 'Waarom?'

'Die mag je niet meenemen het vliegtuig in. En je kunt hem daar ook niet in je auto achterlaten.' Hij stak zijn hand uit. 'Ik bewaar hem wel.'

Claire dwong zichzelf om hem recht aan te kijken. Hij rook naar uitlaatgas. Ze zag gestaalde spieren onder de mouwen van zijn flanellen shirt. Zelfs met die paardenstaart was hij in alle opzichten een man. Hij had in de gevangenis gezeten. Zo te zien wist hij van wanten. Het liefst zou Claire hem vragen haar te helpen. Elk probleem in haar leven was altijd door iemand anders opgelost.

En kijk wat ze daarmee opgeschoten was.

'Wat is er echt aan de hand?' Ricks hele houding was veranderd. Hij bekeek haar nu met een andere blik. Hij had zijn armen over elkaar geslagen. Zijn wantrouwen was tastbaar. 'Volgens Lydia ben je altijd een eersteklas leugenaar geweest.'

'Ja, eh...' Claire zuchtte. 'Meestal wel.'

'Is ze veilig?'

'Ik weet het niet.' Claire klemde de revolver nog steviger vast. Ze moest hier weg. Als ze te lang tegenover deze man bleef staan, zou ze hem om hulp vragen. Ze zou de leiding aan hem overdragen. Ze zou hem de dood in jagen. 'Haal Dee hier weg. Vanavond nog. Niet zeggen waar je naartoe gaat.'

'Wat?'

De schrik stond op zijn gezicht. 'Zolang je haar maar naar een veilige plek brengt.'

'Je moet de politie bellen.' Zijn stem schoot weer uit, deze keer van angst. 'Als er iets...'

'De politie is er ook bij betrokken. De FBI. Ik weet niet wie nog meer.'

Hij deed zijn mond open, weer dicht en weer open.

'Het spijt me.'

'Rot toch op met je spijt. Jezus, waar heb je haar in meegesleept?'

Claire besefte dat ze hem bij benadering de waarheid moest vertellen. 'Bij iets heel ergs. Lydia verkeert in gevaar.'

'Je maakt me bang.'

'Het is ook om bang van te worden.' Ze greep Ricks arm. 'Niet de politie bellen. Daar kun je geen hulp van verwachten. Haal Dee hier weg, smeer 'm.'

'Dee?' Hij schreeuwde bijna. 'Wat heeft Dee hiermee te maken?'

'Je moet haar hier weghalen.'

'Dat heb je al gezegd. Vertel eens waarom.'

'Als je Lydia wilt helpen, moet je zorgen dat Dee veilig is. Dat is het enige wat telt voor haar.'

Hij legde zijn hand op die van haar zodat ze niet weg kon lopen. 'Ik weet hoe het zit met jullie tweeën. Jullie hebben elkaar twintig jaar lang niet gesproken en nu maak je je opeens druk om haar dochter?'

'Lydia is mijn zus. Zelfs toen ik haar niet kon uitstaan, hield ik nog van haar.' Claire keek naar zijn hand. 'Ik moet ervandoor.'

Rick liet haar hand niet los. 'En als ik je nou eens vasthou en de politie bel?'

'Als je de politie belt, wordt dat Lydia's dood en degene die haar heeft, zal ook Dee proberen te pakken.'

Zijn greep verslapte, maar meer van schrik dan berusting. 'Wat moet ik doen? Zeg dan wat ik...'

'Zorg dat Dee veilig is. Ik weet dat je van Lydia houdt, en ik weet dat je wilt helpen, maar ze houdt van haar dochter. Je weet dat dat het enige is wat telt voor haar.'

Claire rukte zich los. Rick maakte het haar niet gemakkelijk. Hij was radeloos, wist niet of hij haar moest laten gaan of haar net zo lang door elkaar moest rammelen tot de waarheid eruit kwam, maar hij hield van Dee. Uit Pauls verslagen wist Claire dat Rick haar zo ongeveer had opgevoed. Hij was haar vader, en geen vader zou willen dat zijn kind iets overkwam.

Met een noodgang rende ze de tuin door. Ze sprong over het lage hek. Bij elke stap vooruit zou ze twee stappen terug willen doen, naar Rick. Ze hoopte met heel haar hart dat hij naar haar luisterde en Dee naar een veilige plek bracht. Maar wat was veilig? Paul had eindeloos veel middelen tot zijn beschikking. Om over Congreslid Johnny Jackson maar te zwijgen.

Moest ze omkeren? Rick hield van Lydia. Hij was haar familie, waarschijnlijk meer dan Claire. Hij zou haar helpen.

En Paul zou hem hoogstwaarschijnlijk doden.

Al rennend trok Claire Lydia's telefoontje uit haar achterzak. Op de nieuwste foto lag Lydia op haar zij. De foto was donkerder dan de vorige, hopelijk omdat Paul hem recent had genomen in plaats van anderhalf uur geleden.

De straatlantaarns gingen aan toen Claire achter het stuur van de Tesla kroop. Ze stopte de revolver in haar tas. Ze had Rick Butler niet nodig. De revolver was haar plan. Daarmee zou ze informatie uit Adam proberen los te krijgen. Ze zou Paul doden. Claire was zo zeker van zichzelf geweest toen ze het wapen onder de verandatrap in haar hand hield. Ze mocht niet aarzelen nu er andere, makkelijker opties waren. Ze moest doorzetten. Ze moest de confrontatie met Paul in haar eentje aangaan. Eén ding wist ze zeker: Paul zou laaiend zijn als ze er iemand anders bij betrok.

Niemand anders mocht in de cirkel komen.

Ze startte de auto. Ze keerde en reed de weg weer op. Ze passeerde Lydia's huis. In de voorkamers brandde nu licht. Ze hoopte vurig dat Rick Dee's spullen inpakte, dat hij deed wat ze gevraagd had en Lydia's dochter in veiligheid bracht.

Weer vroeg ze zich af waar het veilig was. Fred Nolan kon Ricks creditcardbetalingen natrekken. Hij kon zijn telefoonsignaal oppikken. Hij kon hem ongetwijfeld opsporen met behulp van drones of bewakingscamera's of wat de federale overheid nog meer inzette om personen te bespioneren in wie ze geïnteresseerd was.

Claire schudde haar hoofd. Ze kon haar gedachten niet steeds alle kanten op laten vliegen. Ze moest dit stap voor stap afwerken. Ze had nu Lydia's revolver. Dat was de eerste stap. De tweede stap was zorgen dat ze Adam de USB-stick afhandig maakte. Bij de eerste de beste telefooncel zou ze stoppen om hem te bellen. Het was zondagavond. Hij was vast thuis, bij Sheila. Bestonden telefooncellen eigenlijk nog wel? Het was een te groot risico om Adam met Lydia's telefoontje te bellen. Daarvoor had ze te veel afleveringen van *Homeland* gezien. Agent Nolan of commandant Mayhew – of allebei – luisterde Adams telefoon misschien af in afwachting van Claires oproep.

In haar achteruitkijkspiegel zag ze blauwe zwaailichten. Claire wilde al aan de kant gaan om de politie ruimte te geven, maar de patrouillewagen minderde ook vaart, en toen ze aangaf dat ze ging stoppen, zette hij eveneens zijn richtingwijzer aan.

'Shit,' siste Claire, want ze had te hard gereden. Ze mocht hier maar vijftig, maar ze had tachtig gereden.

Bovendien had ze een revolver in haar tas.

Claire had voorwaardelijk. Ze was in het bezit van een wapen. Waarschijnlijk zaten er nog drugssporen in haar bloed. Ze had elke regel van haar voorwaardelijke vrijlating overtreden, waaronder het niet nakomen van een afspraak met een wetshandhaver.

Achter haar zette de agent zijn sirene aan.

Claire parkeerde de auto in de berm. Wat moest ze nu doen? Wat moest ze in godsnaam doen?

De agent parkeerde niet recht achter haar. Hij zette zijn auto schuin voor die van haar en blokkeerde daarmee de Tesla.

Claires hand ging naar de versnellingspook. Ze kon de auto in zijn achteruit zetten. Ze kon achteruitrijden en gas geven, en dan zou ze na een kilometer of vijftien over de snelweg alle politiewagens uit de wijde omgeving achter zich aan hebben.

De agent stapte uit. Hij zette zijn hoed op. Hij trok zijn riem recht.

Claire pakte snel Lydia's telefoontje. Paul. Hij zou weten wat ze moest doen. Alleen had ze zijn nummer niet. Op de nummerweergave werd het geblokkeerd.

'Shit,' zei Claire nogmaals.

Misschien wist Paul al wat er gebeurde. Hij had laten doorschemeren dat hij vrienden had bij de politie. Hij zou zonder enig probleem iemand kunnen bellen die Claire aanhield, haar in de boeien sloeg en achter in een politieauto duwde, waarna hij haar ergens naartoe zou brengen waar Paul zich verschool.

De agent stapte nog niet op haar af. Hij bleef naast zijn auto staan. Hij praatte in zijn mobiel. Ze bevonden zich aan de rand van Lydia's wijk. In de omringende huizen was het donker. De agent keek de verlaten straat af en liep in de richting van de Tesla.

Claires vingers namen het van haar over. Terwijl de agent met zijn trouwring op het raampje tikte, toetste ze een nummer in op Lydia's telefoontje.

'Hallo?' De telefoon werd opgenomen met de ademloze paniek waarmee Helen altijd opname als ze door een onbekend nummer werd gebeld. Was het Julia? Was het Lydia? Was het weer slecht nieuws?

'Mam.' Claire hield een snik in. 'Alsjeblieft, mam, ik heb je heel hard nodig.'

# ZESTIEN

Paul had Lydia geen schijn van kans gegeven. Ze had eindeloos gewacht op het moment dat hij haar uit de kofferbak haalde, maar hij stopte telkens om een foto van haar te maken, dan reed hij weer door, dan stopte hij weer en dan reed hij weer door. Hij deed dat in totaal vijf keer, tot haar zintuigen er de brui aan gaven.

Het eerste teken was lichte duizeligheid, niets verontrustends en merkwaardig aangenaam. Ze had verschillende keren moeten gapen. Ze had haar ogen gesloten. Ze had de spanning uit haar spieren voelen vloeien. En toen had haar mond zich tot een brede, maffe glimlach geplooid.

De kofferbak was niet alleen geluiddicht gemaakt.

Ze hoorde vaag gesis toen Paul iets naar binnen pompte wat alleen distikstofoxide kon zijn. Lachgas. Lydia had het ooit bij de tandarts gekregen toen haar verstandskiezen werden getrokken, en ze was nog maandenlang in de ban geweest van de fantastische roes.

Het was niet de bedoeling dat je helemaal onder zeil ging van het gas, en daarom had Lydia fragmentarische herinneringen aan wat er daarna gebeurde. Paul die met een grijns de kofferbak openmaakte. Hij trok een zwarte kap over haar hoofd. De onderkant van de kap bond hij strak om haar hals. Hij knipte de tiewrap door waarmee haar enkels waren samengebonden. Hij zette haar met geweld op de grond. Hij gaf haar een duw zodat ze ging lopen. Lydia strompelde door een bos. Ze hoorde vogels, ze rook de kou, de frisse lucht, ze voelde haar voeten wegglijden over dor blad. Ze had het gevoel dat ze uren hadden gelopen toen

Paul haar eindelijk met een ruk tot staan bracht. Hij pakte haar schouders en draaide haar rond. Hij duwde haar naar voren. Ze beklom een trap waar geen einde aan kwam. Haar voetstappen weergalmden als geweerschoten in haar hoofd.

Ze hoorde ze nog steeds nagalmen toen hij haar op een stoel plantte. Ze was zo high als de neten, maar hij nam geen enkel risico. Eerst bond hij haar ene enkel en toen de andere met tiewraps aan de poten van de stoel vast. Daarna trok hij een ketting strak om haar middel. Vervolgens knipte hij de tiewraps om haar polsen door.

Lydia wilde zich bewegen. Misschien probeerde ze het ook, maar ondanks het urenlange plannen beramen kreeg ze haar armen niet omhoog, weigerde haar hand met een boog de volmaakte ronding van zijn hals te raken.

Wel voelde ze de plastic tiewraps in haar huid snijden toen hij haar polsen een voor een aan een armleuning van de stoel vastbond.

Ze voelde vinyl onder haar vingers. Ze voelde koud metaal tegen haar benen. Ze voelde hoe haar zintuigen geleidelijk aan weer tot haar bewustzijn doordrongen. Het was een stevige stoel, van metaal, en toen ze hem heen en weer probeerde te bewegen zat er geen beweging in, waarschijnlijk omdat Paul de poten met bouten aan de vloer had verankerd. Ze liet haar hoofd achterover hangen en voelde de koude, massieve druk van een muur. Ze voelde de kap intrekken en opbollen bij elke panische ademtocht.

Net als de kofferbak had hij de stoel gereedgemaakt voor een gevangene.

Lydia tuurde in het zwart van de kap. Die was van stevig katoen, als van een dik T-shirt. Aan de onderkant zat een trekkoord of een stuk elastiek, of allebei. Ze voelde de stof strak om haar hals sluiten.

In de film konden mensen met een kap over hun hoofd er altijd doorheen kijken. Ze ontdekten een reepje licht dat onder de kap door scheen, of de stof was zo dun dat ze een reclamebord of de ondergaande zon konden zien, of iets waardoor ze precies wisten waar ze zich bevonden.

Door deze kap drong geen licht. Het katoen was zo dik en ondoordringbaar dat Lydia er niet aan twijfelde of Paul had het T-shirt zelf gedragen om het op zwakke plekken te testen voor hij het bij anderen gebruikte.

Er waren beslist anderen geweest. Lydia ving een vleugje parfum op. Zelf gebruikte ze geen parfum. Ze had geen idee wat voor geur het was, maar het was weeïg zoet, zo'n luchtje dat alleen een meisje op zou doen.

Hoeveel tijd was er verstreken sinds Paul haar uit de kofferbak had gehaald? Lydia's korte kennismaking met het lachgas van haar tandarts had ongeveer een halfuur geduurd, maar het had als dagen aangevoeld. En destijds had ze het gasmasker de hele tijd opgehad. Ze wist nog goed dat de tandarts de dosis steeds had bijgesteld om te voorkomen dat ze helemaal wakker werd. Wat betekende dat het gas maar kort had gewerkt en dat ze dus geen uren in het bos had rondgelopen. Eerder een paar minuten, hooguit, want het effect van het lachgas begon al te slijten tegen de tijd dat Paul Lydia aan de stoel vastbond.

Lydia trok aan de tiewraps. Ze spande zich tot het uiterste in, maar het enige wat kapotging was het vel om haar polsen en enkels.

Ze probeerde geluiden op te vangen. In de verte hoorde ze het getjilp van een vogel. Buiten waaide het. Af en toe hoorde ze het vage geraas van een windvlaag door de bomen. Ze spitste haar oren in een poging iets anders te horen: vliegtuigen boven haar hoofd, langsrijdende auto's.

Niets.

Had Paul ergens een hut waar Claire niet van afwist? Hij had zoveel voor haar verborgen gehouden. Blijkbaar had hij eindeloze hoeveelheden geld tot zijn beschikking. Hij kon over de hele wereld huizen kopen zonder dat Claire enig vermoeden had.

Haar zus was zo godvergeten onnozel. Waarschijnlijk was ze nog in het huis van Fuller, waar ze als een verdwaald kuikentje rondjes rende.

Lydia werd weer misselijk. Ze zat al onder de uitgekotste gal.

Haar blaas stond op knappen. Ze was te verdoofd om nog bang te kunnen zijn. Ze wilde het onvermijdelijke niet accepteren: dat Claire dit ging verknallen, dat ze een fout zou begaan en dat Paul hen allebei zou doden.

Ze wilde zo graag geloven dat het deze keer anders zou lopen, maar Claire was altijd al reactief geweest. Ze was impulsief. Ze was niet in staat Paul te slim af te zijn. Lydia zelf trouwens ook niet. Hij had zijn eigen dood in scène gezet. Dat had veel tijd en planning gekost en hoogstwaarschijnlijk was niet alleen de politie erbij betrokken, maar ook de ambulancedienst, het ziekenhuis, het bureau van de patholoog en de begrafenisondernemer. Paul had minstens één politiebeambte en een FBI-agent in zijn zak. Hij had veel meer tijd gehad om dit alles uit te denken dan zij of Claire.

Wat 'dit' ook was, want Lydia had geen idee. Ze had Claire vervloekt en had als een bezetene stomme ontsnappingsplannen bedacht, zonder zich af te vragen waarom Paul háár had meegenomen. Wat voor waarde had Lydia voor hem? Wat had Lydia dat hem had doen besluiten haar te pakken in plaats van Claire?

Ze hoorde een deur open knerpen.

Lydia verstarde. Er was iemand in de kamer. Hij stond bij de deur. Hij keek naar haar. Hij observeerde haar. Hij wachtte.

De deur knerpte dicht.

Ze rechtte haar schouders en duwde haar hoofd weer tegen de muur.

Zachte voetstappen naderden. Een kantoorstoel werd naar haar toe gereden. Lydia ving een bijna onhoorbaar zuchtje op toen Paul tegenover haar op de stoel ging zitten.

'Ben je al in paniek?' vroeg hij.

Lydia beet op haar onderlip tot ze bloed proefde.

'Je hebt Dee's geboortedatum als je iCloud-wachtwoord gekozen.' Hij klonk kalm en gemoedelijk, alsof ze gezellig samen aan het lunchen waren. De stoel piepte toen Paul achteroverleunde. Zijn knieën drukten tegen de binnenkant van haar knieën zodat haar benen zich nog verder spreidden. 'Ben je bang, Liddie?' Hij duwde haar benen weer verder uit elkaar.

Elke spier in Lydia's lijf was gespannen. Ze hijgde en de kap sloot zich om haar gezicht. Ze waren niet langer buiten, waar elk moment iemand langs kon komen en haar kon redden. Ze waren in een afgesloten kamer die Paul van tevoren in gereedheid had gebracht. Hij had haar aan de stoel vastgebonden. Haar benen waren wijd opengespreid. Hij kon er alle tijd voor nemen. Hij kon doen wat hij wilde.

'Ik heb Claire opgespoord met jouw Zoek Mijn iPhone-app,' zei Paul.

Lydia kneep haar ogen dicht. Ze probeerde het Gebed om Kalmte, maar verder dan de eerste regel kwam ze niet. Ze wilde dit niet accepteren, deze toestand waaraan ze niks kon veranderen. Ze was hulpeloos. Claire zou haar hier niet uit redden. Paul ging haar verkrachten.

'Claire was bij je huis. Weet jij wat Claire bij je huis te zoeken had?' Nog steeds klonk hij nieuwsgierig in plaats van kwaad. 'Wilde ze Rick waarschuwen? Heeft ze gezegd dat hij Dee naar een veilige plek moet brengen?'

Lydia probeerde niet over de vraag na te denken, want het antwoord was duidelijk: Claire was niet naar Lydia's huis gegaan. Ze was naar het buurhuis gegaan om Rick om hulp te vragen. Dat ze Lydia's leven had verkloot, was niet genoeg, nu had ze Lydia's gezin ook in gevaar gebracht.

Paul kon haar gedachten blijkbaar lezen. 'Ik heb Dee van jaar tot jaar ouder zien worden.' Hij wachtte niet op een reactie. 'Nog twee jaar, dan is ze even oud als Julia.'

Alsjeblieft, dacht Lydia. Zeg alsjeblieft niet wat ik weet dat je gaat zeggen.

Paul boog zich naar voren. Ze voelde zijn adem tegen de kap. 'Ik ben zo benieuwd hoe ze smaakt.'

Onwillekeurig liet Lydia een kreet ontsnappen.

'Je bent veel te gemakkelijk, Liddie. Je bent altijd veel te gemakkelijk geweest.' Hij drukte nog steeds tegen haar knieën en liet ze dan weer los, alsof ze een spelletje speelden. 'Ik ben vanwege jou op Auburn gebleven. Ik mocht mijn master aan MIT doen, maar ik bleef vanwege jou, want ik wilde bij het zusje van Julia Carroll zijn.'

De band aan de onderkant van de kap zoog Lydia's tranen op.

'Ik hield je in de gaten. God mag weten hoe lang ik je in de gaten heb gehouden. Maar je was een slons en voortdurend dronken. Je kamer in het studentenhuis leek wel een zwijnenstal. Je waste je niet. Je zakte voor al je vakken.' Pauls stem droop van walging. 'Ik stond op het punt het op te geven toen Claire op bezoek kwam. Weet je dat nog? Het was in de herfst van '96.'

Lydia wist het nog. Claire had kort na de Olympische Zomerspelen een bezoek aan de campus gebracht. Lydia had zich gegeneerd, want haar zusje had een trui gedragen met die stomme Izzy, de mascotte van Atlanta, op de voorkant.

'Claire straalde helemaal toen ze over de campus liep,' zei Paul. 'Ze was zo blij om van huis weg te zijn.' Zijn stem was weer veranderd nu hij het over Claire had. 'Op dat moment wist ik dat ik nog steeds het zusje van Julia Carroll kon krijgen.'

Lydia kon hier niets tegen inbrengen, want ze wisten allebei dat Claire zich als een lammetje in zijn handpalm had genesteld.

Toch probeerde ze het: 'Ze heeft je bedonderd.'

'Zo zou ik het niet noemen.' Hij klonk ontspannen. 'Ze heeft wat rondgeneukt. En wat dan nog? Zelf heb ik ook wat rondgeneukt, maar we zijn altijd weer thuisgekomen, bij elkaar.'

Lydia wist dat Paul niet zomaar een beetje had rondgeneukt. Ze had de kleurendossiers gezien. Ze had de moordkamer in de garage van het huis van Fuller gezien. Ze wist dat iemand achter de camera had gezeten en had ingezoomd op de verkrachting van en moord op talloze meisjes, en ze wist dat die iemand Paul moest zijn geweest.

Zou hij uiteindelijk een stap verder gaan en zelf ook een moord plegen? Had hij Lydia daarom vastgebonden en een kap over haar hoofd getrokken?

'Weet je wat het is met Claire?' zei hij. 'Ik heb nooit goed hoogte van haar gekregen.' Hij lachte, alsof het hem nog steeds verbaasde. 'Ik weet nooit wat ze echt denkt. Ze doet nooit iets voor de tweede keer. Ze is impulsief. Ze heeft een waanzinnig temperament. Soms is ze knettergek, maar ze is ook hartstochtelijk en grappig. Ze heeft duidelijk aangegeven dat ze tot alles bereid is in bed, en dan is de lol er weer snel af, maar soms is het net zo leuk om je in te houden als om je te laten gaan.'

Lydia schudde haar hoofd. Ze wilde dit niet horen. Ze kon het niet.

'Telkens als ik denk dat ik haar doorheb, doet ze weer iets spannends.' Weer lachte hij verbaasd. 'Moet je horen: op een dag zat ik in vergadering toen ik gebeld werd op mijn mobiel, en volgens de nummermelder kwam het telefoontje van het politiebureau van Dunwoody. Ik dacht dat het om iets anders ging, dus ik ga naar buiten en neem op, en dan krijg ik een ingesproken bericht te horen: of ik een collect call van een arrestant op het politiebureau van Dunwoody wil accepteren. Dat is toch niet te geloven?'

Hij zweeg even, maar hij kon wel raden dat Lydia niet zou antwoorden.

'Het was Claire. Ze zei: "Hoi, wat ben je aan het doen?" Ze klonk doodnormaal, alsof ze belde om te vragen of ik ijs mee wilde nemen als ik thuiskwam. Maar volgens het ingesproken bericht was ze gearresteerd en zat ze in de cel, dus ik zei: "Volgens het bericht zit je in de cel." Waarop zij weer zei: "Ja, ik ben een uurtje geleden gearresteerd." "Waarvoor dan?" vroeg ik, en weet je wat ze zei?' Paul boog zich weer naar voren. Hij genoot hiervan, dat was duidelijk. 'Ze zei: "Ik had niet genoeg geld bij me om de hoeren te betalen en toen hebben ze de politie gebeld."'

Paul lachte verrukt. Hij sloeg zich op zijn knie.

'Dat is toch niet te geloven?' zei hij.

Het kostte Lydia geen enkele moeite om het verhaal te geloven, maar ze zat vastgebonden in een afgelegen hut met een kap over haar hoofd in plaats van tijdens een barbecue gezellig met haar zwager te kletsen. 'Wat wil je van me?'

'Wat dacht je hiervan?' Hij ramde zijn voet tussen haar benen zodat ze met haar stuitje tegen de betonnen muur sloeg. 'Dit bijvoorbeeld?'

Lydia's mond vloog open, maar ze weigerde het uit te schreeuwen.

'Liddie?'

Hij wreef met zijn voet heen en weer tot het profiel van zijn zool haar opendrukte.

Nog steeds op hetzelfde gemoedelijke toontje zei hij: 'Zal ik je vertellen waar Julia is?'

Het profiel sneed steeds dieper in haar, maar ze perste haar lippen op elkaar.

'Wil je niet weten waar ze is, Liddie? Wil je haar lichaam niet vinden?'

Ze voelde de huid over haar schaambeen glijden.

'Zeg dat je wilt weten wat er gebeurd is.'

Ze probeerde haar doodsangst te verhullen. 'Ik weet wat er gebeurd is.'

'Ja, maar je weet niet wat er daarna is gebeurd.'

Zijn stem klonk weer anders. Hij genoot hiervan. Hij vond het heerlijk om haar te zien kronkelen. Als een boze geest zoog hij haar angst op. Lydia hoorde de echo van de laatste woorden die Paul Scott die keer tot haar gericht had: *Zeg dat jij dit ook wilt.*

Bij de herinnering trok er een huivering door haar lijf.

'Ben je bang, Liddie?' Langzaam haalde hij zijn voet weg. Even voelde ze opluchting, maar toen streek hij over haar borsten.

Lydia probeerde hem met een ruk te ontwijken.

Hij voerde de druk op terwijl zijn vingers naar haar sleutelbeen gingen en toen langs haar arm naar beneden. Hij drukte met zijn duim op haar biceps tot het voelde alsof het bot zou breken.

'Alsjeblieft.' Het woord glipte eruit voor ze het kon tegenhouden. Ze had de filmpjes gezien waar hij graag naar keek. Ze had zijn dossiers gezien, vol vrouwen die hij had verkracht. 'Niet doen, alsjeblieft.'

'En dit?' Paul greep haar borst.

Lydia gilde het uit. Zijn hand was als een bankschroef. En toen kneep hij nog harder. En harder. Zijn vingers groeven zich in het weefsel. De pijn was ondraaglijk. Ze bleef gillen. 'Alsjeblieft!' smeekte ze. 'Stop!'

Langzaam, vinger voor vinger, liet hij los.

Lydia hapte naar adem. Haar borst klopte nog na van zijn vingers in haar vlees.

'Vond je dat lekker?'

Nog even en Lydia verloor het bewustzijn. Hij was gestopt, maar ze voelde zijn hand nog die haar borst omdraaide. Ze hijgde. Het lukte haar niet op adem te komen. De kap was te strak. Het was alsof er iets om haar hals zat. Had hij zijn hand om haar hals geslagen? Raakte hij haar aan? Ze draaide haar hoofd van links naar rechts. Ze probeerde haar lijf uit de stoel te bevrijden. De ketting sneed in haar maag. Ze tilde haar heupen van de zitting.

Geklik.

Ze hoorde geklik.

Een veer die heen en weer boog.

Liet hij de stoel wiebelen? Was hij zich aan het afrukken?

Ze ving een scherpe urinelucht op. Had ze zich ondergepist? Lydia kronkelde heen en weer. De stank was verstikkend. Ze zette zich schrap tegen de stoel. Ze drukte de achterkant van haar schedel tegen de muur.

'Inademen,' zei Paul. 'Diep inademen.'

Klik. Piep. Klik.

Een spuitfles. Ze kende het geluid. Het veertje in het handvat. Het gezuig waarmee de vloeistof werd opgepompt. De klik toen het handvat werd losgelaten.

'Je moet wel blijven ademen,' zei Paul.

De kap werd nat. Het dikke katoen plakte zwaar tegen haar mond en neus.

'Ik noem dit mijn eigen speciale vorm van waterboarden.'

Lydia zoog de lucht met grote teugen naar binnen. Het was pis. Hij bespoot haar met pis. Ze wendde haar hoofd af. Paul volgde de beweging met zijn spuitfles. Ze draaide haar hoofd de andere kant op. Hij draaide mee.

‘Blijf ademen,’ zei hij.

Lydia opende haar mond. Hij stelde het mondstuk bij zodat de nevel in een straal overging. Het natte katoen vormde zich naar haar lippen. De kap raakte doordrenkt. De stof verstopte haar neusgaten. Claustrofobie nam het over. Ze ging stikken. Ze ademde een straal vloeistof in. Ze hoestte en zoog een mondvol urine op. Lydia kokhalsde. Urine spoelde door haar keel. Nu stikte ze echt. Hij bleef spuiten en de straal op haar richten, hoe ze haar hoofd ook draaide. Hij probeerde haar te verdrinken. Straks verdronk ze in zijn urine.

‘Lydia.’

Haar longen waren verlamd. Haar hart was verstikt.

‘Lydia.’ Paul verhief zijn stem. ‘Ik heb de spuitfles weggezet. Stop eens met dat panische gedoe.’

Lydia kon er niet mee stoppen. Er was geen lucht meer. Ze was vergeten wat ze moest doen. Haar lichaam wist niet meer hoe het moest ademen.

‘Lydia,’ zei Paul.

Vergeefs probeerde Lydia lucht binnen te krijgen. Ze zag lichtflitsen. Haar longen konden elk moment barsten.

‘Uitademen,’ beval hij. ‘Je ademt alleen maar in.’

Ze ademde nog dieper in. Hij loog. Hij loog. Hij loog.

‘Lydia.’

Ze ging dood. Ze had geen macht meer over haar spieren. Niets deed het meer. Alles was gestopt, zelfs haar hart sloeg niet meer.

‘Lydia.’

Lichtexplosies vulden haar ogen.

‘Zet je schrap.’ Paul stompte haar zo hard in haar maag dat ze de metalen stoel tegen de muur voelde buigen.

Haar mond ging open. Ze hoestte een stroom warme, natte lucht uit.

Lucht. Ze had weer lucht. Haar longen vulden zich. Haar hoofd vulde zich. Ze was duizelig. Haar maag stond in brand. Ze viel voorover op de stoel. De ketting sneed in haar ribben. Haar wang sloeg tegen haar knie. Bloed steeg naar haar gezicht. Haar hart bonkte. Haar longen schreeuwden het uit.

Het natte katoen hing slap voor haar gezicht. Van pis doordrenkte lucht stroomde haar open mond en neusgaten binnen.

'Raar hè, hoe dat gaat?' zei Paul.

Lydia concentreerde zich op de lucht die ze haar longen in zoog en weer uitblies. Wat was ze moeiteloos bezweken. Hij had pis in haar gezicht gespoten en ze wilde de strijd al staken.

'Je zit jezelf op te fokken,' meende Paul. 'Je hebt altijd gedacht dat jij zo sterk was, maar dat ben je niet, hè? Daarom was je ook zo verzot op coke. Die maakt je euforisch, alsof je de hele wereld aankunt. Maar als je het zonder moet stellen, ben je volslagen machteloos.'

Lydia perste tranen uit haar ogen. Ze moest sterker zijn. Hij mocht niet in haar hoofd doordringen. Hij beheerste dit spelletje veel te goed. Hij wist precies wat hij haar aandeed. Hij had niet alleen achter de camera gestaan om in te zoomen.

Hij had eraan deelgenomen.

'Julia, die wist pas wat vechten was,' zei Paul.

Lydia schudde haar hoofd. Woordeloos smeekte ze hem om dit niet te doen.

'Je hebt de videotape gezien. Je hebt gezien hoe ze terugvocht, tot op het eind.'

Lydia spande haar spieren. Ze trok aan de plastic tiewraps.

'Ik heb toegekeken toen je haar zag sterven. Wist je dat?' Paul klonk zeer met zichzelf ingenomen. 'Ik moet zeggen, dat was behoorlijk heftig.'

De tiewraps reten haar huid open. Ze voelde de plastic tanden heen en weer zagen.

'Mijn moeder heeft nog helpen zoeken,' zei Paul. 'Dat was kicken voor mijn vader en mij als ze 's morgens haar laarzen aantrok en het veld in struinde of beken afzocht en flyers ophing. Iedereen was op zoek naar Julia Carroll, en mijn moeder had geen idee dat ze bij ons in de schuur hing.'

Lydia wist nog goed dat ze velden en rivieren hadden afgezocht. Ze wist nog dat de hele stad zich rond het gezin had geschaard, om het twee weken later de rug toe te keren.

'Mijn vader heeft haar voor mij in leven gehouden. Ze heeft het nog twaalf dagen uitgehouden. Tenminste, als je dat leven kunt noemen.' Hij boog zich naar voren. Ze voelde zijn opwinding, alsof het een levend wezen was dat tussen hen in stond. 'Ze zaten er allemaal zo dichtbij, Lydia. Zal ik zeggen hoe dichtbij?'

Lydia klemde haar kaken op elkaar.

'Zal ik vertellen hoe het is om iemand te neuken die doodgaat?'

'Wat wil je van me?' schreeuwde Lydia.

'Je weet best wat ik wil.'

Ze wist wat er kwam. Hij had Lydia gepakt in plaats van Claire omdat hij nog iets af moest maken.

'Doe het dan,' zei Lydia. Hij had gelijk wat de coke betrof. Hij had in alle opzichten gelijk. Ze was niet sterk genoeg om hem het hoofd te bieden. Ze hoopte alleen dat het snel zou gaan. 'Maak het dan af.'

Weer lachte Paul, maar het was niet de verrukte lach die hij voor Claire reserveerde. Het was zo'n lach die aan je ontsnapte als je iemand verachtelijk vond. 'Denk je echt dat ik een vetzak van veertig wil verkrachten?'

Lydia haatte zichzelf omdat zijn woorden haar raakten. 'Ik ben eenenveertig, stomme klootzak.'

Ze zette zich al schrap in afwachting van een stomp, een schop of de spuitfles, maar in plaats daarvan deed hij iets onvoorstelbaar ergers.

Hij nam de kap af.

Lydia sloot haar ogen tegen het verblindende licht. Ze wendde haar hoofd af. Sissend blies ze de frisse lucht tussen haar tanden door.

'Je kunt je ogen niet eeuwig dichthouden,' zei Paul.

Ze deed ze op een kiertje open om ze te laten wennen aan het licht. Het eerste wat ze zag waren haar eigen handen die zich vastklemden aan de groene vinyl bekleding van de armleuningen. Toen zag ze de betonnen vloer. De verfrommelde fastfoodzakken. Een matras vol vlekken.

Lydia keek op naar Paul. Hij hield zijn handen gespreid, als een goochelaar die een truc had laten zien.

Ze was er inderdaad ingestonken.

Het omgevingsgeluid was afkomstig uit een stel computerspeakers. Het blad onder haar voeten lag op de vloer van de garage. De muur achter haar was van besmeurde betonblokken. Ze waren niet in een afgelegen hut in het bos.

Paul had haar teruggebracht naar het huis van Fuller.

# ZEVENTIEN

'Hoe was je relatie met je man?' vroeg Fred Nolan.

Hij keek zo zelfingenomen dat Claire haar gezicht afwendde. Ze zaten in een benauwd verhoorkamertje op het plaatselijke FBI-kantoor in het centrum. Ze had haar benen over elkaar geslagen onder de tafel van goedkope kunststof. Haar voet trilde onophoudelijk. Er was geen klok in de kamer. Er waren inmiddels uren verstreken. Claire had geen idee hoeveel, maar ze wist dat haar zelf opgelegde deadline voor het moment waarop ze Paul zou vertellen hoe hij de USB-stick terug kon krijgen, allang verstreken was.

'Was hij aardig?' vroeg Nolan. 'Romantisch?'

Claire gaf geen antwoord. Ze was misselijk van angst. Paul stuurde vast geen foto's van Lydia meer. Nu had ze niets om hem tegen te houden. Zou hij ongerust zijn? Kwaad? Wist hij dat Claire met de politie sprak? Reageerde hij zijn woede op Lydia af?

'Ik probeer romantisch te zijn,' zei Nolan, 'maar ik pak het altijd verkeerd aan. Tulpen in plaats van rozen. Kaartjes voor de verkeerde voorstelling.'

Claire proefde gal. Ze had het geweld gezien waartoe Paul in staat was. Wat zou hij met haar zus doen nu hij geen woord meer van Claire hoorde?

'Claire?'

Tranen vulden haar ogen. Lydia. Ze moest Lydia helpen.

'Kom op.' Nolan wachtte een volle minuut en slaakte toen een lange, teleurgestelde zucht. 'Je maakt het jezelf alleen maar moeilijker.'

Claire keek naar het plafond zodat haar tranen niet op tafel vielen. Het klokje in de Tesla had op 6.48 uur gestaan toen ze de parkeergarage onder het FBI-gebouw binnenreed. Hoe lang was dat alweer geleden? Claire wist niet eens of het nog steeds zondag was.

Nolan klopte op het tafelblad om haar aandacht te trekken. 'Je bent bijna negentien jaar met die man getrouwd geweest. Vertel eens over hem.'

Claire knipperde haar nutteloze tranen weg. Zo kreeg ze Lydia nooit terug. Wat moest ze doen? Lydia had het zelf gezegd: ze was geen superheldin. Dat waren ze geen van beiden. Ze keek naar de grote spiegel die één kant van de muur besloeg. Ze zag een uitgeputte vrouw met een donkere kring onder haar linkeroog. Paul had haar in haar gezicht gestompt. Hij had haar buiten westen geslagen.

Wat deed hij met Lydia?

'Oké.' Nolan probeerde het nog eens. 'Andere vraag: hield hij van football of van honkbal? Gebruikte hij suiker in zijn koffie?'

Claire staarde naar de tafel. Ze moest zichzelf weer in de hand zien te krijgen. Met paniek kwam ze deze kamer niet uit. Voorlopig liet Nolan zich van zijn aardige kant zien. Hij had haar niet gearresteerd omdat ze de afspraak niet was nagekomen. Hij had haar vrijwillig achter de politiewagen aan naar het FBI-kantoor laten rijden. Toen ze binnen was, had Nolan Claire gewezen op de bepalingen van haar voorwaardelijke vrijlating, maar hij had haar niet in de boeien geslagen of met iets gevaarlijkers gedreigd dan dat hij haar reclasseringsambtenaar zou bellen om haar op drugs te laten testen.

Betekende dit dat Nolan zuiver op de graat was of dat hij met Paul samenwerkte?

Claire probeerde haar angst om Lydia te verdringen en zich te concentreren op wat er op dit moment in deze bedompte kamer gebeurde. Nolan stelde geen vragen over de USB-stick of over het huis van Fuller. Hij had haar niet in een smerig motel weggestopt waar hij de informatie uit haar kon slaan. Hij molk haar niet uit over commandant Mayhew of Adam Quinn en hij zei ook niet hoe leuk het was om op regenachtige avonden filmpjes te kijken. Hij wilde godbetert weten hoe het met haar relatie zat.

'Hoe laat is het?' vroeg Claire.

'Tijd is een platte cirkel.'

Claire liet een overdreven gekreun horen. Als ze niet heel snel deze kamer uit mocht, ging ze gillen. Nadat ze haar moeder had gebeld had ze Lydia's telefoontje uitgeschakeld en het voor in haar bh geschoven. Ze kon Paul niet bellen of sms'en. Ze wist het telefoonnummer van haar advocaat niet. Ze kon Rick ook niet bellen nu ze had gezegd dat hij zo ver mogelijk weg moest gaan met Dee.

De afgelopen vierentwintig jaar had Claire Helen nooit ergens om gevraagd. Waarom was ze nu opeens op het idee gekomen om contact met haar op te nemen?

'Claire?'

Eindelijk keek ze Nolan aan. 'Dat is al de vijfde keer dat u me een variant op dezelfde vraag stelt.'

'Doe me eens een lol.'

'Hoe lang nog?'

'Je bent vrij om te gaan.' Hij wees naar de deur, maar ze wisten allebei dat ze vrij was om naar haar reclasseringsambtenaar te gaan, want Nolan wist dat ze drugssporen in haar bloed had. Misschien wist hij zelfs dat Claire een wapen in haar auto had. Ze had de revolver in het zijvak van het linkerportier gestopt, want die plek lag minder voor de hand dan de kofferbak.

'Ik moet naar de wc,' zei ze.

'Ik stuur wel een agente met je mee.'

Claire klemde haar kaken opeen. Ze had al drie keer gevraagd of ze naar de wc mocht. Drie keer had een agente haar meegenomen naar het invalidentoilet en had toegekeken terwijl Claire plaste.

'Bent u soms bang dat ik mezelf doorspoel?' vroeg ze.

'Stel dat je drugs in je kleren verstopt hebt. Je gaat de laatste tijd weer veel met je zus om.'

Die troef had hij al een keer uitgespeeld. Claire hapte niet.

'Misschien moet ik er toch maar een agente bij halen om je te fouilleren.' Hij zweeg zo lang dat het zweet Claire uitbrak. Het maakte haar niet uit of de revolver in de Tesla werd gevonden, maar Lydia's telefoontje was haar enige communicatielijn met Paul.

De telefoon had geen beveiligingscode. Ze hoorde Paul al preken over het belang van beveiligingscodes.

Nolan sloeg met zijn handpalmen op tafel. 'Hoor eens, Claire, het wordt tijd dat je mijn vragen gaat beantwoorden.'

'Hoezo?'

'Omdat ik van de FBI ben. Wij winnen altijd.'

'Dat zegt u de hele tijd, maar volgens mij betekenen die woorden iets anders dan u denkt.'

Hij gaf een waarderend knikje. 'Nou komt Inigo Montoya om de hoek kijken. Leuk.'

Ze keek naar de spiegel en vroeg zich af welke Grote, Machtige Oz hen gadesloeg. Johnny Jackson, durfde ze te wedden. Of commandant Jacob Mayhew. Misschien Paul wel. Die had zonder meer het lef een FBI-kantoor binnen te wandelen alleen om te zien hoe ze werd klemgezet. Misschien was hij zelfs uitgenodigd.

'Vind je dat je relatie met Paul goed was?' vroeg Nolan.

Claire besloot iets toeschietelijker te zijn, want met haar afwerende houding was ze de vorige vijf keer niks opgeschoten. 'Ja, volgens mij hadden we een goede relatie.'

'Want?'

'Want hij wist hoe hij me moest naaien.'

Nolan koos voor de plattere betekenis. 'Ik heb me altijd afgevraagd hoe het voelt om in een Lamborghini te rijden.' Hij knipoogde. 'Zelf ben ik meer een Ford Pinto-man.'

Claire had mannen met weinig eigenwaarde nooit aantrekkelijk gevonden. Ze richtte haar blik op de doorkijkspiegel. 'Paul was goed bevriend met Johnny Jackson. Kent u die?'

'Het Congreslid?' Nolan ging verzitten. 'Zeker. Iedereen kent hem.'

'Hij heeft heel veel voor Paul gedaan.'

'O?'

'Ja.' Ze bleef naar de spiegel kijken. 'Hij heeft Quinn + Scott miljarden aan overheidscontracten toegespeeld. Wist u dat?'

'Dat wist ik.'

Claire liet haar blik weer op Nolan rusten. 'Zal ik u over Congreslid Jackson en zijn relatie met Paul vertellen?'

'Ga je gang.' Nolan klonk onbewogen. 'Laten we daar maar mee beginnen.'

Claire keek hem onderzoekend aan. Ze kreeg geen hoogte van de man. Was hij bang? Was hij nieuwsgierig? 'Begin jaren negentig werkte Johnny voor de FBI.'

'Klopt.'

Claire zweeg afwachtend. 'En?'

'Hij was een van de beroerdste agenten die deze organisatie ooit heeft gezien.'

'Ik kan me niet herinneren dat ik dat in zijn officiële biografie heb gelezen.'

Nolan haalde zijn schouders op. Kennelijk was hij niet bang dat Jackson door de spiegel zou springen om hem te wurgen.

'Hij duikt bij alle persconferenties van de familie Kilpatrick op,' zei Claire.

'Ik heb gezegd dat hij een beroerde agent was, geen beroerde politicus.'

Nog steeds kon Claire hem niet peilen. 'Zo te horen bent u geen fan van hem.'

Nolan vouwde zijn handen op het tafelblad. 'Oppervlakkig gezien boeken we vooruitgang, maar als ik de laatste paar minuten van ons gesprek eens overdenk, krijg ik de indruk dat je mij verhoort in plaats van omgekeerd.'

'U wordt nog eens een prima rechercheur.'

'Hoop doet leven.' Hij grijnsde even. 'Ik zal je iets over de FBI vertellen.'

'Dat jullie altijd winnen?'

'Ook dat, ja, en over terroristen uiteraard. Ontvoerders, bankrovers, pedo's – vuile hufters – maar waar het op aankomt, waar wij van de goeie ouwe FBI dag in dag uit mee te maken hebben, dat zijn rariteiten. Wist je dat?'

Claire antwoordde niet. Het was duidelijk dat hij dit verhaal vaker had afgestoken.

Nolan ging verder: 'De plaatselijke politie stuit op iets raars waar ze niks mee kunnen, daar komen ze dan mee naar ons en dan vinden wij het ook raar of juist niet. Als we het met ze eens zijn gaat het over het algemeen niet om één rariteit, maar om verschillende.' Hij stak zijn wijsvinger op. 'Rariteit nummer één: je man heeft drie miljoen dollar van zijn bedrijf achterovergedrukt. Maar drie miljoen. Dat is raar, want jullie zijn stinkend rijk, toch?'

Claire knikte.

'Rariteit nummer twee.' Hij stak een tweede vinger op. 'Paul heeft samen met Quinn gestudeerd. Hij deelde een kamer met hem, en toen ze voor hun master gingen, deelden ze een flat. Quinn was getuige bij jullie huwelijk en daarna hebben ze samen het bedrijf opgezet, toch?'

Weer knikte Claire.

'Ze zijn bijna eenentwintig jaar dikke vrienden, en dan vind ik het raar dat Quinn na eenentwintig jaar tot de ontdekking komt dat zijn maat van het bedrijf steelt, van het bedrijf dat ze samen vanaf de grond hebben opgebouwd, en dat hij dan niet op zijn maat af stapt en zegt: "Wat flik je me nou, gast?" maar dat hij er rechtstreeks mee naar de FBI gaat.'

Zoals hij het bracht, klonk het inderdaad raar, maar het enige wat Claire zei, was: 'Oké.'

Nolan stak een derde vinger op. 'Rariteit nummer drie: Quinn is niet naar de politie gegaan. Hij is naar de FBI gegaan.'

'Financiële criminaliteit is jullie pakkie-an.'

'Ah, je hebt onze website gelezen.' Nolan klonk blij verrast. 'Maar dan nogmaals: vind je het normaal als degene met wie je al eenentwintig jaar dikke vrienden bent een klein, bijna verwaarloosbaar bedrag steelt van jullie miljardenbedrijf, dat je hem dan slaat met de grootste, gemeenste stok die je kunt vinden?'

Zijn vraag verschafte Claire antwoord op een andere vraag: Adam had Paul aan de FBI uitgeleverd, wat betekende dat Adam en Paul onenigheid hadden gehad. Of Adam Quinn was niet van het bestaan van de filmpjes op de hoogte, of hij wist het wel en probeerde Paul te naaien.

'Wat hebt u toen gedaan?' vroeg Claire.

'Hoe bedoel je?'

'U hebt Adams aanklacht over dat geld nagetrokken. U hebt ongetwijfeld met de accountants gesproken. U hebt het geld teruggevoerd op Paul. En toen?'

'Ik heb hem gearresteerd.'

'Waar?'

'Waar?' herhaalde Nolan. 'Wat een merkwaardige vraag.'

'Doe me eens een lol.'

Weer grinnikte Nolan. Hij genoot hiervan. 'Ik heb hem gearresteerd in zijn chique kantoor iets verderop. Ik heb hem zelf de handboeien omgedaan. Daarna heb ik hem voor me uit geduwd, de lobby door.'

'U hebt hem verrast.' Claire wist wat voor dingen Paul achterliet als hij zich liet verrassen. 'Hebt u zijn computer bekeken?'

'Weer zo'n merkwaardige vraag.'

'U hebt uw rariteiten, ik heb mijn merkwaardige vragen.'

Hij trommelde met zijn vingers op tafel. 'Ja, ik heb zijn computer bekeken.'

Claire knikte, maar om een andere reden dan Nolan dacht. Als Adam van de filmpjes had geweten, zou hij ervoor gezorgd hebben dat ze niet op Pauls computer stonden toen de FBI kwam. Het eerste wat Paul gedaan zou hebben, was de beschuldigende vinger op zijn partner richten. Fred Nolan had zojuist overtuigend bewijs geleverd dat Adam niet betrokken was bij Pauls nevenactiviteiten.

'En, wat vind je?' vroeg Nolan. 'Voor wat hoort wat, Clarice?'

Weer keken ze elkaar onderzoekend aan, deze keer hoopvol in plaats van vijandig.

Kon ze Fred Nolan vertrouwen? Hij werkte voor de FBI. Maar dat had Johnny Jackson ook gedaan. Misschien had Nolan het Congreslid zwart gemaakt om haar uit haar tent te lokken. Hoe meer hij haar voerde, hoe meer hij kreeg. Of misschien was Nolan oprecht. Paul zei altijd dat Claire mensen niet vertrouwde, dat ze te terughoudend was.

'Wat wilt u weten?' vroeg ze.

Hij lachte breeduit. 'Heeft Paul je iets toegestopt voor hij stierf?'

De sleutelhanger. Ze lachte bijna van opluchting. De bedoeling van deze hele vertoning was dus dat ze bij de sleutelhanger uitkwamen.

Claire hield zich van de domme. 'Is dat een soort seksuele toespeling omdat u weet wat mijn man en ik in dat steegje aan het doen waren?'

'Nee.' De vraag bracht hem zichtbaar in verlegenheid. 'Echt niet. Ik wilde alleen weten of hij u iets toe... of hij u iets gegeven heeft. Wat dan ook. Iets groots of kleins of...'

Claire stond op. 'U bent walgelijk.'

'Wacht even.' Hij stond ook op. 'Zo'n eikel ben ik nou ook weer niet.'

Claire haalde een van oma Ginny's schimpscheuten uit de kast. 'Wie dat zegt, is het juist wel.'

'Ga maar weer zitten.' Nolan klonk opeens bloedserieus. Alle flirterigheid en vrolijkdoenerij waren verdwenen. 'Alsjeblieft.'

Claire ging weer zitten en rechtte haar rug. Ze voelde bijna hoe de macht naar haar kant doorsloeg. Nu ging Nolan al zijn kaarten op tafel leggen, en nog voor hij zijn hand toonde wist ze al wat de eerste kaart was.

'Hij leeft nog,' zei hij.

'Wie, Frankenstein?' vroeg Claire.

'Nee.' Nolan streek zijn das glad. 'Paul. Hij is niet dood.'

Claire verwrong haar gezicht in een poging ongeloof uit te drukken.

'Je man leeft nog.'

'Ik ben doodziek van uw bullshit, agent Nolan,' zei ze op hooghartige toon. 'Ik ken u als een laaghartig mens, maar ik wist niet dat u ook wreed was.'

'Het spijt me.' Hij spreidde zijn handen, alsof hij er niets aan kon doen. 'Ik vertel je de zuivere waarheid. Je man leeft nog.'

Claire deed alsof ze verbaasd was, maar het voelde te onecht. Ze wendde haar gezicht af. Een koele houding had altijd nog in haar voordeel gewerkt. 'Ik geloof u niet.'

'Het is echt geen bullshit,' zei Nolan. 'We hebben hem geholpen zijn dood in scène te zetten.'

Claire keek hem nog steeds niet aan. Ze werd geacht niet op de hoogte te zijn van Pauls wandaden, dat mocht ze niet vergeten. 'U wilt me vertellen dat de FBI mijn man geholpen heeft zijn dood in scène te zetten vanwege drie miljoen dollar?'

'Nee, wat ik je daarnet heb verteld, is waar. De aanklacht wegens verduistering is ingetrokken. Dat hebben je man en zijn partner onderling geregeld. Maar tijdens het onderzoek naar de aanklacht zijn we op een paar andere zaken gestuit. Zaken die veel raarder waren dan wat verdwenen kleingeld.' Nolan weidde er niet over uit. 'We beseften dat Paul over informatie beschikte die wij goed konden gebruiken. Gevoelige informatie. Zijn leven zou in gevaar zijn als bekend werd dat hij met ons praatte, en hij moest in leven blijven om te kunnen getuigen tijdens het proces.'

Claires wangen waren opeens vochtig. Ze huilde. Waarom huilde ze?

Nolan zei: 'Hij was bij bepaalde zaken betrokken, bij zeer kwalijke zaken, en hij ging met zeer kwalijke lieden om.'

Ze raakte haar gezicht aan. De tranen waren echt. Hoe was dat mogelijk?

'Hij vroeg om getuigenbescherming.' Nolan wachtte op haar reactie. Toen die uitbleef, ging hij verder: 'Mijn bazen vermoedden dat hij ertussenuit wilde knijpen en daarom schoven we de dag waarop het zou gebeuren iets naar voren. We pikten Paul op toen hij op weg was naar die afspraak met jou, we plakten de bloedzakjes op zijn lichaam – dat zijn van die plastic ballonnen met nepbloed – en zeiden dat het in het steegje ging gebeuren.'

Claire staarde vol ongeloof naar haar natte vingertoppen. Ze zou toch niet om Paul huilen? Zo stom was ze niet. Huilde ze om zichzelf? Om Lydia? Om haar moeder die niet kwam?

Claire keek Nolan weer aan. Hij zweeg. Eigenlijk moest ze nu iets zeggen, een vraag stellen, een opmerking maken.

'Wist u dat Paul met me had afgesproken?' vroeg ze. 'Dat ik erbij zou zijn?'

'Dat hoorde bij de afspraak.' Deze keer wendde Nolan zijn blik af. 'Hij wilde dat het in jouw aanwezigheid gebeurde.'

Claires handen trilden weer. Ze verlangde naar een tijd waarin ze niet langer beefde van woede of angst of van die vreemde mengeling van haat en verraad die ze op dit moment voelde. 'De ambulancebroeders...'

'Dat waren undercoveragenten. Rechercheur Rayman was er ook bij betrokken.'

'En de begrafenisondernemer?'

'Je staat ervan te kijken waartoe mensen bereid zijn als je dreigt de belastingdienst op hun boekhouding af te sturen.'

'Ze vroegen of ik het lichaam wilde zien.'

'Paul zei dat je dat niet zou doen.'

Claire balde haar vuisten. Wat vreselijk dat hij haar zo goed kende. 'Stel dat hij zich vergiste en dat ik het wel had willen zien?'

'Het gaat heel anders dan op tv. Je krijgt het op een scherm te zien. Meestal ligt het lichaam in een ander vertrek met een camera erop gericht.'

Claire schudde haar hoofd. Het bedrog ging verbijsterend diep. En dat alles om Paul te helpen. Om hem een nieuw leven zonder Claire te geven.

'Het spijt me.' Nolan stak zijn hand in zijn jasje. Hij reikte Claire een zakdoek aan. Ze keek naar het keurig opgevouwen witte doekje. In een van de hoeken stonden zijn initialen geborduurd.

Ze zei wat ze tegen Paul had willen zeggen. 'Ik heb hem zien sterven. Hij lag in mijn armen. Ik heb hem koud voelen worden.'

'Er gebeurt soms heel veel in je hoofd als je je in zo'n akelige situatie bevindt.'

'Denkt u echt dat ik me dat alles heb verbeeld? Ik heb het bloed uit hem zien stromen.'

'Ja, we hebben twee zakjes op hem geplakt. Een was waarschijnlijk genoeg geweest.'

'Maar het mes...'

'Het mes was ook nep. Het was intrekbaar. Die plastic zakjes barsten met een beetje druk al open.'

'De moordenaar.' Claire dacht aan de slangentattoo om de hals van de man. 'Die zag er echt uit.'

'Ja, klopt, dat is een echte. Een van mijn geheime informanten, een kleine drugsdealer die alles doet om uit de bak te blijven.'

Claire bracht haar hand naar de plek waar de Slangenman haar schedel bijna had opengereten.

'Ja, sorry. Hij liet zich enigszins gaan. Maar Paul week af van het script, en mijn mannetje werd pissig. Wat er aan het eind gebeurde, toen Paul in een Ninja Turtle veranderde, dat stond niet op het programma.'

Met de rand van de zakdoek depte ze onder haar ogen. Ze huilde nog steeds. Dit was krankzinnig. Ze was niet in de rouw. Waarom huilde ze?

Nolan zei: 'De ambulance heeft Paul naar de parkeergarage beneden gebracht. Hij zou informatie bij zich hebben, maar – verrassing! – die had hij niet.' Zo te zien was Nolan nog steeds kwaad om dit deel van het verhaal. 'Hij zei dat hij het in zijn auto had liggen. We wachtten tot het avond werd. Alleen hij en ik. Zonder verdere poespas. We liepen over straat en bespraken de volgende stappen – je man wil altijd het hele plaatje zien – en toen we bij zijn auto waren begon hij in het dashboardkastje te rommelen. Ik denk: krijg nou wat. Ik laat me niet piepelen, en dan zegt hij: "Hebbes," en ik weer denken dat hij een beetje aan het klooien is, want die vent is een rasechte eikel, maar dan komt hij de auto weer uit en ik heb mijn hand al uitgestrekt als een stom kind dat denkt dat het een snoepje krijgt en – deng! – slaat die eikel me knock-out.'

Claire keek naar de geelpaarse kring om Nolans oog.

'Ja, vertel mij wat.' Nolan wees naar zijn oog. 'Ik ging als een zandzak tegen de grond. Eerst zag ik sterretjes en toen zag ik die klootzak als een schoolmeisje over straat weghuppelen. Bij de hoek draait hij zich om en doet dit.' Nolan stak twee duimen op en plakte een grijns op zijn gezicht. 'Tegen de tijd dat ik mijn reet weer van het trottoir had gepeld en zelf de hoek om ging, was hij pleite.' Nolan keek geërgerd en geïmponeerd tegelijk. 'Laat ik zeggen dat het niet de enige reden is, maar ook daarom wil ik je man met alle geweld weer te pakken krijgen.'

Claire schudde haar hoofd. Het klopte nog steeds niet. Paul die getuigenbescherming wilde? Hij zou de controle over zijn leven nooit aan iemand anders overdragen. In het getuigenbeschermingsprogramma zou hij niet als architect mogen werken. Hij mocht geen aandacht op zichzelf of op zijn professionele prestaties vestigen. Er moest iets anders zijn wat hij van de FBI gedaan wilde krijgen. Ze zag iets over het hoofd, een detail of een toevallig woord dat de puzzel compleet maakte.

Nolan zei: 'Hoor eens, ik weet dat ik me lullig heb gedragen, maar ik wist niet of je van de nevenactiviteiten van je man op de hoogte was.'

'Van die diefstal?'

'Nee, dat niet. Zoals ik al zei is dat geldakkefietje wat ons betreft afgesloten. Ik bedoel de andere dingen.'

Claire keek hem verbluft aan. Hoe kon iemand denken dat ze van de filmpjes op de hoogte was zonder iets te ondernemen? Maar Nolan had het niet over de filmpjes gehad. Hij had alleen gezegd dat Paul zeer kwalijke lieden kende die bij zeer kwalijke zaken betrokken waren.

'Waar had hij zich verder nog mee ingelaten?' vroeg ze.

'Misschien kun je dat maar beter niet weten,' zei Nolan. 'Ik zie dat hij het voor je verborgen heeft gehouden. Beschouw dat maar als een zegen. Je handen trillen nu al en moet je die verwarde blik in je ogen zien. Maar bedenk dat de man van wie je gehouden hebt, de man met wie je getrouwd dacht te zijn, dat die dood is. Hij bestaat niet meer. Sterker nog, misschien heeft hij nooit bestaan.'

Hij vertelde Claire niets nieuws. 'Waarom denkt u dat?'

'We hebben hem door een psychiater laten onderzoeken. Witsec – een instituut binnen het ministerie van Justitie dat over het getuigenbeschermingsprogramma gaat – wil altijd een profiel van iemand die in het systeem terechtkomt. Een soort spiekbriefje zodat ze zijn gedrag kunnen voorspellen.'

Claire betwijfelde of een stadion vol psychiaters het gedrag van haar man kon voorspellen. 'En?'

'Hij is een niet-gewelddadige borderlinepsychopaat.'

Wat dat niet-gewelddadige betrof, zaten ze er flink naast. 'Borderline?' vroeg ze. Waarom wilde ze zich aan dat woord vastklampen, waarom wilde ze zo graag geloven dat Paul geen volslagen psychopaat was omdat hij ondanks alles in staat was van haar te houden?

'Hij leidt een dubbelleven,' zei Nolan. 'Aan de ene kant heb je de man die met een beeldschone vrouw is getrouwd, een succesvolle carrière heeft en in een miljoenenvilla woont, en aan de andere kant heb je de echte persoon die niet bepaald aardig is.'

'Niet bepaald aardig,' herhaalde Claire. Wat een gigantisch understatement. 'Dus volgens het onderzoek zou hij niet-gewelddadig zijn.'

'Dat klopt, maar ik loop hier met een blauw oog rond, dus ik denk er iets anders over.'

'Waarom hebben jullie hem geholpen als hij zo'n schurk is?'

'Omdat de echte Paul Scott de identiteit weet van een megacrimineel die voor heel lang de bak in moet.' Nolan wierp een blik op de spiegel. 'Meer kan ik je niet vertellen. Eerlijk, zonder bullshit. Zo werkt het systeem nou eenmaal. Je pleegt een misdaad, maar we laten je gaan als je ons iemand kunt leveren die een nog grotere misdaad heeft gepleegd. En neem maar van mij aan dat wat hij heeft gedaan duizend keer erger is.'

Claire keek naar haar handen. Slimme jongen, die Paul. Hij had niet alleen Claire beetgenomen met zijn videotrucjes. Hij had het Federal Bureau of Investigation om de tuin geleid. Ze hadden de walgelijke filmpjes op zijn werkcomputer aangetroffen en in ruil voor zijn vrijheid had hij ze lekker gemaakt met de identiteit van de gemaskerde man.

Ze stelde Fred Nolan een vraag waarvan ze wist dat ze die uiteindelijk aan zichzelf zou moeten stellen. 'U zei dat hij het getuigenbeschermingsprogramma in wilde. Dus hij liet me in de steek? Zomaar?'

'Sorry, maar wees blij dat je van hem af bent.'

'Was Adam Quinn op de hoogte van de andere zaken waar Paul bij betrokken was? Bijvoorbeeld hoe die megacrimineel heette?'

'Nee. We hebben hem het vuur na aan de schenen gelegd. Hij had geen idee.' Nolan zag hoe ellendig ze zich voelde. 'Ik snap waarom je vreemd bent gegaan. Je man was je niet waard.'

Claire was het met Nolan eens, maar ze had hem op een leugen betrapt. 'Als Paul van plan was ertussenuit te knijpen, waarom hij zou me dan iets hebben toegespeeld voor we dat steegje in gingen?'

'Een plan B?' raadde Nolan. 'Hij kon er niet honderd procent van op aan dat hij me te slim af zou zijn.'

'Nog even alles op een rijtje.' Claire draaide de kaarten om die hij zojuist had uitgespeeld zodat hij ze vanuit haar gezichtspunt kon zien. 'U hebt Paul op iets ergs betrapt, iets ergers dan diefstal. Hij zei te weten wie de echte boosdoener is. U zei dat hij u meenam naar zijn auto om u een of ander bewijs te laten zien, dus mag ik ervan uitgaan dat het een foto is of een document of iets elektronisch, dus dat het op een stuk papier of een schijf of een USB-stick of iets dergelijks staat? Iets wat hij in zijn dashboardkastje kon bewaren? Iets wat hij mij kon toespelen voor we dat steegje in gingen?'

Nolan haalde zijn schouders op, maar ze had hem nu door en ze zag dat hij nerveus werd.

'U hebt ook gezegd dat Pauls leven in gevaar was als bekend werd dat hij informatie over die crimineel met u deelde.'

'Klopt.'

'Dus u hebt alle macht. Paul heeft u harder nodig dan u hem. U wilt een zaak rond hebben, dat is zo, maar Paul wil leven. U hebt gezegd dat hij in levensgevaar verkeerde. U bent de enige met de middelen om hem te beschermen. Dus waarom verstopt hij zich voor u?'

Nolan wierp geen blik achterom, naar de spiegel, maar dat maakte niet uit.

Claire probeerde de situatie vanuit een ander gezichtspunt te bekijken, vanuit dat van Paul.

Hij was aan Nolan ontsnapt, maar hij was niet naar een ver eiland gevlucht dat geen uitleveringsverdrag met de Verenigde Staten had gesloten. Claire twijfelde er niet aan of Paul had ergens een hoop geld geparkeerd. Waarschijnlijk had hij het Gladiatormeubilair voor de garage al besteld. Over de telefoon had hij gezegd dat de tijdlijn was opgeschoven, maar dat verklaarde niet waarom hij zich nog steeds in de buurt ophield. De FBI kon hem niet vinden, maar wat schieten we daarmee op, zou Lydia zeggen. Paul was een vrij man. Hij hoefde het getuigenbeschermingsprogramma niet in. Hij had de FBI niet nodig. Hij had niets nodig.

Behalve de inhoud van de USB-stick.

De deur rammelde toen iemand met zijn vuist op het dunne hout beukte. 'Claire!'

Claire herkende de boze stem van haar advocaat aan de andere kant van de deur. Wynn Wallace, de Kolonel.

'Claire!' Wynn rukte aan de deurknop, maar de deur zat op slot. 'Je houdt godverdomme je mond!'

'Je kunt zijn diensten weigeren,' zei Nolan.

'Zodat u tegen me kunt blijven liegen?'

'Claire!' riep Wynn.

Claire stond op. 'Je stelt de verkeerde vraag, Fred.'

Wynn zette zijn schouder tegen de deur. Er klonk een scherp gekraak.

'Wat is de goede vraag?' zei Nolan.

'Paul heeft je de informatie die je wilde hebben niet gegeven, dus hij verkeert niet in levensgevaar. Dan zou hij nu ergens op een strand liggen. Waarom blijft hij in de buurt?'

Nolan hoestte als een hond met een stuk touw in zijn keel. 'Heb je hem gezien?'

Claire deed de deur open.

Wynn Wallace stormde de kamer binnen. 'Wat is hier in godsnaam aan de hand?'

Nolan wilde opstaan, maar Wynn hield hem tegen en zei: 'Wie bent u? Ik wil uw identiteitsnummer en de naam van uw meerdere, en wel meteen.'

'Claire,' zei Nolan. 'Niet weggaan.'

Claire glipte naar buiten. Ze viste Lydia's telefoontje uit haar bh. Het metaal voelde warm. Ze drukte op de AAN-knop. Starend naar het schermpje smeekte ze Paul in gedachten om een bericht.

'Snoes?'

Met een ruk draaide Claire zich om. Ze vroeg zich af of ze hallucineerde. 'Mam?'

Helen was bijna in tranen. 'We zijn de halve staat rondgereden. Ze wilden niet zeggen waar je was.' Ze plooide haar hand om Claires gezicht. 'Gaat het?'

Claire beefde weer. Ze kon niet stoppen. Het was alsof ze midden in een orkaan op het strand stond. Alles sloeg van alle kanten op haar in.

'Kom mee.' Helen pakte haar hand. Ze trok Claire mee de gang door. Ze wachtten niet op de lift. Helen ging haar voor naar de trap. Ondertussen keek Claire op het telefoontje. Het signaal was krachtig. Ze was niet gebeld. Geen voicemail. Er was één nieuw bericht: een foto die een paar minuten nadat Claire de telefoon had uitgezet was verzonden. Lydia lag nog in de kofferbak. Ze zag geen nieuwe wonden of blauwe plekken op haar gezicht, maar haar ogen waren dicht. Waarom waren haar ogen dicht?

'We zijn er bijna,' zei Helen.

Claire stopte het telefoontje in haar achterzak. Lydia had met haar ogen geknipperd toen Paul de foto nam. Of ze was moe. Ze had haar ogen dichtgeknepen tegen het zonlicht. Nee, het was donker op de foto. Lydia was dwars. Ze weigerde Paul zijn zin te geven. Ze probeerde de zaak op de spits te drijven, want zo was Lydia.

Claires knieën knikten. Ze struikelde bijna. Helen hielp haar de volgende twee trappen af. Eindelijk zag ze een bordje dat naar de hal wees. In plaats van het bordje te volgen, nam Helen haar via de nooduitgang mee naar buiten.

De zon was zwak, toch hield Claire haar hand boven haar ogen. Ze keek om zich heen. Ze stonden op de hoek van Peachtree Street en Alexander Street. De straten vulden zich al met verkeer.

'Hoe laat is het?' vroeg Claire.

'Halfzes 's ochtends.'

Claire leunde tegen de muur. Ze was bijna twaalf uur in het gebouw geweest. Wat kon Paul in twaalf uur allemaal met Lydia doen?

'Claire?'

Nu kreeg ze ervan langs, want haar moeder wilde vast weten waarom ze een advocaat moest inschakelen om haar dochter uit de klauwen van de FBI te redden.

Maar Helen streek alleen over Claires wang en vroeg: 'Hoe kan ik je helpen?'

Claire was sprakeloos van dankbaarheid. Het was alsof er tientallen jaren waren verstreken sinds iemand haar voor het laatst zoiets eenvoudigs en oprechts als hulp had aangeboden.

'Schat,' zei Helen. 'Het kan nooit zo erg zijn of er is een oplossing voor.'

Ze had het verschrikkelijk mis, maar Claire knikte toch maar.

Helen streek haar haren naar achteren. 'Ik neem je mee naar huis, goed? Dan maak ik soep en stop je in bed, en als je wat geslapen hebt praten we erover. Of niet. Het is aan jou, schat. Als je me nodig hebt, ben ik er.'

Claire hield het bijna niet meer. Ze wendde zich van haar moeder af om zich niet in haar armen te storten en haar alles te vertellen.

'Snoes?' Helen wreef over haar rug. 'Zeg maar wat ik moet doen.'

Claire deed haar mond al open om te zeggen dat er niks was wat ze kon doen, maar ze zweeg, want vijftig meter verderop stond iemand die ze kende.

Rechercheur Harvey Falke. Ze herkende hem van het politiebureau in Dunwoody. Commandant Mayhew had zijn hulp ingeschakeld om de zware harde schijf op zijn computer aan te sluiten zodat hij Claire kon wijsmaken dat de filmpjes waar Paul naar had gekeken nep waren.

Harvey leunde tegen een hek. Zijn jasje hing open zodat ze zijn pistool kon zien. Hij deed geen poging het te verbergen. Hij keek Claire recht aan, met een grijns onder zijn borstelige snor.

'Claire?' Helen klonk nu nog bezorgder. Ze had de man ook gezien. 'Wie is...'

'De Tesla staat beneden in de parkeergarage, op de derde verdieping.' Ze haalde de sleutels uit haar zak. 'Wil je die voor me naar het Marriott Marquis brengen? Naar de parkeergarage voor bezoekers. Leg het kaartje maar op de stoel en verstop de sleutel achter de parkeerautomaat in de lobby.'

Wonderbaarlijk genoeg vroeg Helen nog steeds niet om uitleg. 'Heb je verder nog iets nodig?'

'Nee.'

Ze gaf een kneepje in Claires hand en liep weg.

Claire wachtte tot haar moeder in het FBI-gebouw was verdwenen. Toen liep ze de straat in. Op de hoek aangekomen dwong ze zichzelf niet achterom te kijken. Het voetgangerslicht stond op rood, maar ze stak toch over en zwenkte om een gele taxi heen. Ze sloeg West Peachtree Street in naar het centrum. Ten slotte keek ze achterom.

Harvey liep dertig meter achter haar. Met gebogen armen probeerde hij haar in te halen. Zijn jasje bolde op. Zijn pistool stak donker en dreigend af tegen zijn witte overhemd.

Claire ging sneller lopen. Ze ademde zo regelmatig mogelijk. Ze probeerde haar hartslag onder controle te houden. Weer keek ze achterom.

Harvey was nu op twintig meter afstand.

Lydia's telefoontje ging. Claire trok het uit haar achterzak en zette een drafje in. Ze keek naar het schermpje. ONBEKEND NUMMER.

'En, was het leuk bij de FBI?' vroeg Paul.

'Is alles goed met Lydia?'

'Dat weet ik zo net niet.'

Claire stak de straat weer over. Op enkele centimeters van haar heup kwam een auto met gierende banden tot stilstand. De bestuurder riep iets vanachter zijn open raampje. 'Wil je die USB-stick of niet?' vroeg ze.

'Lydia maakt het uitstekend,' zei Paul. 'Wat heb je tegen de FBI gezegd?'

'Niks. Daarom hebben ze me ook zo lang vastgehouden.' Claire wierp een blik over haar schouder. Harvey was weer iets dichterbij gekomen, de afstand was nu een meter of vijftien. 'Ik word door een agent achtervolgd. Een van Mayhews mannen.'

'Zorg dat je hem kwijtraakt.'

Claire verbrak de verbinding. Ze rende de straat over. Dit deel van de stad kende ze goed, want ze had in het Flatiron Building gewerkt toen ze pas in Atlanta woonden. Claire had het een pestbaan gevonden. In de lunchpauze ging ze altijd een eind wandelen, waarna ze te laat op haar werk verscheen en met haar chef flirtte zodat hij haar vroeg weg liet gaan.

Weer begon ze te rennen. De afstand tussen Harvey en haar werd steeds kleiner. Hij was een grote man en zijn passen waren lang. Nog even en hij had haar ingehaald.

Claire sprintte bij Spring Street de hoek om. Ze was al bij de volgende hoek toen Harvey bij de vorige opdook. Claire schoot een zijstraat in en rende tot halverwege. Ze keek achterom. Harvey was nog niet bij de hoek. Ze keek wanhopig om zich heen op zoek naar een vluchtroute. De zij-ingang van Southern Company was het dichtstbij. Er waren zes glazen deuren en helemaal aan het eind was een draaideur. Ze probeerde de eerste deur, maar die zat dicht. Ze probeerde de tweede en de daaropvolgende. Ze keek of ze Harvey al zag. Hij was er nog niet, maar hij had het op een rennen gezet en zou haar al snel inhalen. Ze rammelde aan een andere deur, en kon zichzelf wel voor de kop slaan omdat ze niet meteen naar de draaideur was gegaan. Claire stormde met volle vaart de open mond van de deur in. Ze duwde zo hard tegen de glazen wand dat ze de motor hoorde knerpen.

De lobby was afgezet met glazen draaideuren. De slaperige bewaker achter de balie moest lachen. Waarschijnlijk had hij haar aan alle deuren zien rammelen.

'Sorry.' Claire dreef haar stem een paar octaven de hoogte in om zo hulpeloos mogelijk te klinken. 'Ik weet dat het niet hoort, maar zou ik van uw toilet gebruik mogen maken?'

De bewaker lachte nog steeds. 'Ja hoor, mooie dames mogen alles.' Zijn hand verdween onder de balie en hij opende een van de draaideuren. 'Rechtdoor naar de hoofdlobby aan West Peachtree. De toiletten zijn rechts.'

'Heel erg bedankt!' Claire liep met kwieke pas door de afscheiding. Ze keek achterom. Harvey stormde langs de zij-ingang.

Haar opluchting duurde twee tellen, want toen was hij alweer terug.

Claire dook de nis van een lift in, met haar gezicht opzij zodat ze hem kon zien. Harvey liep op het gebouw af. Hij trok aan een van de gesloten deuren. Hij was duidelijk uitgeput. Het glas besloeg van zijn adem. Hij veegde het schoon met zijn mouw, vouwde zijn handen om zijn ogen en tuurde de lobby in.

De bewaker mompelde iets.

Claire drukte haar rug tegen de liftdeuren.

Harvey maakte zich los van het glas. In plaats van te vertrekken liep hij naar de draaideur. Claire verstijfde. Ze zou tegen de bewaker zeggen dat Harvey haar stalkte. Dan zou Harvey zijn penning laten zien. Ze kon naar de hoofdingang rennen en de straat weer op stuiven.

Maar ze kon hier ook blijven.

Harvey liep niet door de draaideur naar binnen. Hij stond nog buiten en keek naar rechts. Er was iets op West Peachtree wat zijn aandacht had getrokken.

Voorzichtig liep ze de nis uit en de glazen draaideur weer door. 'Dank u,' zei ze tegen de bewaker.

Hij tikte tegen zijn pet. 'Fijne dag.'

Claire duwde de deur open. Ze was niet zo dom om te denken dat ze veilig was. Ze rende terug naar Spring Street en sloeg links de hoek om naar Williams Street. Haar voeten roffelden over het gebarsten trottoir. Er viel een nevelige regen. Al rennend bleef Claire het stuk straat achter zich in de gaten houden. Ze probeerde zich te oriënteren. Op straat blijven was geen optie. Er moest een plek zijn waar ze zich kon verschuilen, maar het was zo vroeg dat de eettentjes nog niet open waren.

Lydia's telefoontje ging. Zonder haar pas te vertragen nam Claire op. 'Wat is er?'

'Ga linksaf,' zei Paul. 'Naar het Hyatt Regency.'

Zonder de verbinding te verbreken sloeg Claire links af. In de verte zag ze het Hyatt. Haar knieën deden pijn. Haar benen hielden het niet meer. Ze was gewend op de loopband te rennen, niet heuvels op en af en over gebarsten beton. Het zweet droop van haar hoofd langs haar nek en rug naar beneden. De tailleband van haar jeans begon te schuren. Onder het rennen klemde ze het telefoontje vast. Hoe was het mogelijk dat Paul haar gangen volgde? Werkte Mayhew samen met Harvey? Probeerden ze haar naar een plek te loodsen waar ze haar konden pakken?

De piccolo die voor het Hyatt stond deed de deur open toen hij Claire op de ingang af zag komen. Als hij het al raar vond dat een volwassen vrouw in jeans en overhemd om zes uur 's ochtends aan het hardlopen was, liet hij dat niet merken.

Eenmaal binnen vertraagde Claire haar pas. Ze volgde de bordjes naar het damestoilet. Ze duwde de deur open. Ze keek in alle cabines om er zeker van te zijn dat ze leeg waren.

Claire deed de deur van de achterste cabine op slot. Ze ging op de wc zitten. Snakkend naar adem zei ze: 'Ik wil Lydia spreken.'

'Ik wil je haar wel laten horen gillen.'

Claire sloeg haar hand voor haar mond. Wat had hij gedaan? Er waren twaalf uur verstreken. Inmiddels zat hij misschien met Lydia in Key West, in New Orleans of Richmond. Misschien martelde hij haar, sloeg hij haar en...

Claire kon niet voorbij dat 'en' denken.

'Ben je er nog?' vroeg Paul.

Ze wist precies waartoe haar man in staat was en vocht tegen de vertwijfeling die haar dreigde te verlammen. 'Je hebt gezegd dat je haar geen pijn zou doen.'

'Jij hebt gezegd dat je me terug zou bellen.'

'Als het moet rij ik met een tientonner over die klote-stick heen.'

Paul wist dat Claire het zou doen ook. Ze was nooit bang geweest om bruggen te verbranden waar ze nog overheen moest.

'Waar is-ie?' vroeg Paul.

Claire probeerde een gebied te bedenken dat zij kende, maar Paul niet. 'In de Wells Fargo Bank aan Central Avenue.'

'Wat?' Hij klonk bezorgd. 'Dat is een heel gevaarlijk stuk stad, Claire.'

'Je zit toch niet over mijn veiligheid in, hè?'

'Je moet voorzichtig zijn,' waarschuwde hij. 'Waar is die bank precies?'

'In de buurt van het hoofdpostkantoor.' Claire was verschillende keren naar het postkantoor gereden om brochures van de Dierenbescherming op de bus te doen. 'Ik ga hem nu halen. Laten we ergens afspreken en...'.

'Het loopt tegen zessen. De bank gaat pas om negen uur open.'

Claire zweeg.

'Je kunt nu niet weggaan. Als je de Tesla al die tijd op Central Avenue parkeert, word je gecarjacked.' Ze kon de radertjes in zijn hoofd bijna horen draaien. 'Blijf in het hotel. Om halfnegen rij je naar Hapeville. Dan ben je er als de bank opengaat.'

'Oké.'

'Als je terugrijdt, zit je midden in de spits. Pak de I-75 en wacht tot je van me hoort.'

Claire vroeg niet hoe hij wist waar ze was, want zo langzamerhand raakte ze ervan overtuigd dat Paul alles wist. 'Nolan heeft me verteld wat je gedaan hebt.'

'O?'

Claire weidde er niet over uit, maar ze wisten allebei dat Nolan alleen had gezien wat Paul wilde dat hij zag. 'Hij zei dat je om getuigenbescherming hebt gevraagd.'

'Dat gaat mooi niet door.'

'Hij zei ook dat je wilde dat ik je zag sterven.'

Paul zweeg even. 'Het moest er echt uitzien. Ik was van plan je te komen halen. Dat weet je.'

Claire antwoordde niet.

'Ik regel alles wel,' zei Paul. 'Je weet dat ik dat altijd doe.'

Claires adem stokte. Ze walgde van zijn zachte, geruststellende toon. Maar ergens, heel diep in haar hart, wilde ze nog steeds dat haar man zorgde dat alles goed kwam.

Fred Nolan had gelijk. De Paul die ze had gekend, was dood. Deze onbekende aan de andere kant van de lijn was een oplichter. Of misschien was hij de echte Paul Scott en was haar man, haar vriend, haar minnaar de leugen geweest. Pas als hij dat zwarte leren masker opzette, toonde Paul zijn ware gezicht.

'Ik wil mijn zus spreken,' zei ze.

'Zo meteen,' beloofde hij. 'De batterij van je telefoontje zal wel bijna leeg zijn. Heb je de oplader meegenomen?'

Claire keek op het schermpje. 'Hij staat op dertig procent.'

'Ga een oplader kopen,' zei Paul. 'En de Tesla kan ook wel weer een oppepper gebruiken. Er is een oplaadstation aan Peachtree Center. Ik heb de app voor je gedownload zodat je alleen maar...'

'Ik wil met Lydia praten.'

'Weet je dat zeker?'

'Geef mijn zus aan de lijn, godverdomme.'

Er klonk geruis en toen de blikkerige galm van een telefoonluidspreker.

'Wakker worden,' zei Paul. 'Je zus wil je spreken.'

Claire klemde haar kiezen op elkaar. Hij klonk alsof hij het tegen een kind had. 'Lydia?' zei ze. 'Lydia?'

Lydia antwoordde niet.

'Zeg alsjeblieft iets, Liddie. Alsjeblieft.'

'Claire.' Haar stem was zo vlak, zo levenloos dat Claire het gevoel had dat er een hand in haar borstkas werd gestoken om haar hart uit te rukken.

'Liddie,' zei Claire. 'Nog even volhouden, alsjeblieft. Ik doe mijn uiterste best.'

'Het is te laat,' mompelde Lydia.

'Het is niet te laat. Ik geef Paul de USB-stick en dan laat hij je vrij.' Claire loog. Ze wisten alle drie dat ze loog. Ze begon zo hard te huilen dat ze zich schrap moest zetten tegen de muur. 'Nog heel even volhouden. Ik laat je niet in de steek. Dat heb ik je beloofd, ik laat je nooit meer in de steek.'

'Ik vergeef je, Claire.'

'Dat moet je nu niet zeggen.' Claire klapte dubbel. Tranen drupten op de vloer. 'Zeg dat maar wanneer je me ziet, oké? Zeg het maar als dit voorbij is.'

'Ik vergeef je alles.'

'Alsjeblieft, Pepper. Ik zorg dat het goed komt. Ik zorg dat alles goed komt.'

'Het doet er niet meer toe,' zei Lydia. 'Ik ben al dood.'

## ACHTTIEN

Met een glimlach legde Paul de telefoon op tafel, naast de zwarte kap. Lydia keek niet naar de telefoon, waar ze toch niet bij kon, maar naar de drijfnatte zwarte kap waarvan ze wist dat hij uiteindelijk weer om haar hoofd zou worden getrokken. De spuitfles was voor de derde keer leeg. Paul dronk gefilterd water zodat hij hem weer kon vullen.

Als het zover was, dwong hij haar toe te kijken terwijl hij de fles vulde, dan trok hij de kap over haar hoofd en begon te spuiten. Seconden voor ze het bewustzijn verloor, gaf hij haar een schok met de veeprikker, sloeg haar met de leren riem of stompte of schopte haar tot ze naar adem hapte.

En dan begon het hele proces weer van voren af aan.

'Ze klinkt goed, hè?' zei hij. 'Claire.'

Lydia keek niet meer naar de kap. Er stond een computer op een werkblad, net als in Pauls garage. Metalen opbergschappen. Oude computers. Ze had alles geregistreerd, want ze was hier al bijna dertien uur – Paul liet haar elk halfuur weten hoe laat het was – en ze kon alleen voorkomen dat ze krankzinnig werd door de lijst als een mantra op te zeggen als hij haar in zijn pis probeerde te verdrinken.

*Apple Macintosh, dot-matrixprinter, 5-inch floppydisks, kopieerapparaat, dvd-brander.*

'Je wilt vast graag weten wat er op die USB-stick staat, Lydia. Ik noem hem altijd mijn "verlaat-de-gevangenis-zonder-betalen"-kaartje.'

*Apple Macintosh, dot-matrixprinter, 5-inch floppydisks, kopieerapparaat, dvd-brander.*

'Fred Nolan wil hem hebben. Mayhew. Johnny. Allerlei andere mensen willen hem ook hebben. Wat een verrassing. Paul Scott heeft iets wat iedereen wil hebben.' Hij zweeg even. 'Wat wil jij van me hebben, Liddie?'

*Apple Macintosh, dot-matrixprinter, 5-inch floppydisks, kopieerapparaat, dvd-brander.*

'Wil je wat Percocet?'

Met een schok was ze wakker. Ze kon de bittere pil bijna proeven.

Hij schudde het medicijnpotje voor haar gezicht heen en weer. 'Dat heb ik in je tas gevonden. Ik denk dat je het van Claire hebt gejat.' Hij ging tegenover haar op de stoel zitten en zette het potje op zijn knie. 'Je stal altijd van haar.'

Lydia staarde naar het potje. Dit was het dus. Ze had tegen Claire gezegd dat ze al dood was, maar ze bezat nog een flintertje leven. Als ze toegaf aan haar verlangen, als ze de Percocet aannam, zou dat echt het einde betekenen.

'Nou wordt het interessant.' Paul sloeg zijn armen over elkaar. 'Ik heb je horen smeken en bidden en gillen als een varken, maar hier trek je de grens? Geen Percocet?'

Lydia probeerde de euforie op te roepen die de pillen haar zouden schenken. Ze had ergens gelezen dat als je maar intens genoeg aan bepaald eten dacht je er geen zin meer in had. Je maakte jezelf wijs dat je het al had gegeten. Het had nooit gewerkt met donuts of hamburgers of patat of *Apple Macintosh, dot-matrixprinter, 5-inch floppydisks, kopieerapparaat, dvd-brander.*

'Ik zou de pillen door je strot kunnen duwen, maar daar zie ik de lol niet van in.' Met zijn knieën spreidde hij haar benen verder uit elkaar. 'Ik zou ze ook ergens anders in kunnen stoppen. Op een plek waar ze gemakkelijker in je bloed worden opgenomen.' Hij haalde diep adem en blies weer uit. 'Hoe zou dat zijn, vraag ik me af? Zou het de moeite waard zijn om je te neuken als ik met mijn pik al deze pillen in je dikke reet zou kunnen proppen?'

Lydia's hoofd werd leeg. Zo zou het dus gaan. Paul voerde de druk net zo lang op tot ze te bang werd of te gebroken was en dan zou ze het gewoonweg opgeven.

Zijn hand ging naar haar dijbeen. Zijn vingers boorden zich naar het bot. 'Wil je niet dat de pijn verdwijnt?'

Lydia was te uitgeput om te schreeuwen. Maakte hij er maar een eind aan: de stoot, de stomp, de klap, de elektrische veeprikker, het brandijzer, het kapmes. Ze had gezien wat de gemaskerde man met zijn gereedschap had gedaan. Ze had gezien wat Pauls vader met Julia had gedaan. Ze had zelf ervaren tot wat voor martelingen Paul in staat was en ze was ervan overtuigd dat zijn rol in de filmpjes verre van passief was geweest.

Hij genoot hiervan. Wat hij ook allemaal voor denigrerends had gezegd, Paul raakte wel degelijk opgewonden van Lydia's pijn. Ze voelde de harde schacht van zijn pik als hij zich dicht naar haar toe boog om zijn lust op haar doodsangst te botvieren.

Lydia hoopte vurig dat ze dood zou zijn tegen de tijd dat hij haar daadwerkelijk verkrachtte.

'Nieuwe strategie.' Paul griste het potje met pillen van zijn knie. Hij zette het op de roltafel waar hij zijn gereedschap bewaarde. 'Dit vind je vast leuk.'

*Apple Macintosh, dot-matrixprinter, 5-inch floppydisks, kopieerapparaat, dvd-brander.*

Nu stond hij voor de metalen schappen naast de computer. Meteen nam haar angst weer toe, niet omdat hij iets nieuws en afschuwelijks ging doen, maar omdat hij de volgorde van de voorwerpen op de schappen in de war ging schoppen.

*Apple Macintosh, dot-matrixprinter, 5-inch floppydisks, kopieerapparaat, dvd-brander.*

Ze moesten zo blijven staan, precies in die volgorde. Niemand mocht ze aanraken.

Paul sleepte er een keukentrapje bij.

Lydia huilde bijna van opluchting. Ze waren veilig. Hij stak zijn hand uit naar het bovenste schap, boven de apparatuur, boven de floppydisks. Hij trok een stapel schriften omlaag. Die liet hij aan Lydia zien en haar opluchting vervloog.

Haar vaders schriften.

Paul zei: 'Je ouders zijn nogal ijverige brievenschrijvers.' Hij ging weer tegenover Lydia zitten. De schriften lagen op zijn schoot. Een stapel brieven die ze niet eerder had gezien lag erbovenop. Hij stak een envelop omhoog.

Helens handschrift: nauwgezet, netjes en zo treurig vertrouwd.

'Arme, eenzame Lydia. Je moeder heeft je in de loop van de jaren bergen brieven geschreven. Wist je dat?' Hij schudde zijn hoofd. 'Nee, natuurlijk weet je dat niet. Ik zei tegen Helen dat ik had geprobeerd ze aan je te geven, maar je was dakloos, je woonde op straat of je zat in een afkickkliniek, en je was altijd net verdwenen voor ik je te pakken had.' Hij smeet de brieven op de vloer. 'Ik voelde me best rot als Helen weer vroeg of ik iets van je vernomen had, want uiteraard kon ik niet verzwijgen dat je nog steeds een vette, waardeloze junk was die mannen pijpte voor wat oxycontin.'

Zijn woorden hadden niet het beoogde effect. Helen had haar geschreven. Er lagen tientallen brieven. Haar moeder gaf nog steeds om haar. Ze had haar niet opgegeven.

'Wat zou Helen een geweldige oma voor Dee zijn geweest.'

Dee. Lydia kon zich haar gezicht niet eens meer herinneren. Alle beelden van haar dochter waren verdwenen toen Paul haar voor de tweede keer met de elektrische veeprikker had bewerkt.

'Ik vraag me af of ze weer instort als Dee wordt vermist, net als toen met Julia.' Hij keek op. 'Je weet het vast niet meer, maar Claire was helemaal alleen na Julia's verdwijning.'

Lydia wist het wel degelijk. Ze was erbij geweest.

'Elke avond was die arme, kleine Claire helemaal alleen in dat grote huis aan Boulevard en hoorde hoe jullie moeder, die waardeloze trut, zichzelf in slaap huilde. Niemand die het iets kon schelen dat Claire zichzelf ook in slaap huilde, wel? Jij had het te druk met het volstoppen van alle gaten in je lijf. Daarom viel ze als een blok voor mij, Liddie. Claire viel voor me omdat niemand van jullie er was om haar op te vangen.'

*Apple Macintosh, dot-matrixprinter, 5-inch floppydisks, kopieerapparaat, dvd-brander.*

'Dit hier.' Paul hield een van haar vaders schriften omhoog. 'Je vader gaf ook al niks om Claire. Al zijn brieven waren aan Julia gericht. Claire heeft de meeste gelezen, in elk geval de brieven die hij schreef voor ze ging studeren. Kun je nagaan hoe ze zich gevoeld moet hebben. Jullie moeder was een borderline-alcoholica die haar bed niet meer uit kwam. Jullie vader zat urenlang brieven aan zijn dode dochter te schrijven terwijl zijn levende dochter pal voor hem stond.'

Lydia schudde haar hoofd. Zo was het niet gegaan, tenminste, niet helemaal. Helen had zichzelf uiteindelijk uit haar depressie bevrijd. Sam had zijn uiterste best gedaan met Claire. Hij was met haar gaan winkelen, had haar mee naar de film en naar musea genomen.

'Geen wonder dat ze hem niet wilde zien toen hij die beroerte had gehad.' Paul bladerde door het schrift. 'Ik dwong haar om te gaan. Ik zei dat ze er spijt van zou krijgen als ze het niet deed. En ze luisterde naar me, want ze luistert altijd naar me. Maar het rare is dat ik je vader eigenlijk graag mocht. Hij deed me aan mijn eigen vader denken.'

Lydia's kaken schoten op slot, anders had ze het uitgeschreeuwd.

'Je weet het nooit met ouders, hè? Soms zijn het van die egoïstische rotzakken. Zo dacht ik bijvoorbeeld dat mijn vader en ik heel close waren, maar hij heeft Julia buiten mij om gepakt.' Paul keek op van de schriften. Hij genoot zichtbaar van Lydia's verbaasde blik. 'Ik moet bekennen dat ik daar nogal ontdaan van was. Het was voorjaarsvakantie, ik kwam thuis en trof je grote zus in de schuur aan. Hij had nog maar weinig voor me overgelaten.'

Lydia sloot haar ogen. *Apple Macintosh.* Wat kwam daarna? Ze mocht niet naar de schappen kijken. Ze moest het zelf bedenken. *Apple Macintosh.*

'Sam was slim,' zei Paul. 'Een stuk slimmer dan wij met ons allen dachten. Hij zou Julia's lichaam nooit gevonden hebben – ik ben de enige die nog weet waar ze is – maar je vader had me door.

Hij wist wat voor man mijn vader was. Hij wist dat ik er op de een of andere manier bij betrokken was. Wist je dat?'

Lydia was inmiddels te verdoofd om nog verrast te kunnen zijn.

'Sam nodigde me uit in zijn flat. Hij dacht dat hij me in de val liet lopen, maar ik deed wat verkenningswerk voor we elkaar zouden zien.' Hij hield haar vaders schriften als een trofee omhoog. 'Mijn advies: als je iemand erin wilt laten lopen, laat dan je tactiekboek niet rondslingeren.'

Lydia klemde de armleuningen van haar stoel vast. 'Hou je gore bek.'

Paul lachte. 'Zo ken ik je weer.'

'Wat heb je met mijn vader gedaan?'

'Ik denk dat je dat wel weet.' Paul nam de stapel schriften door. Hij bekeek de voorkanten. Hij zocht naar iets. 'Op het afgesproken tijdstip kwam ik naar zijn flat. Ik schonk ons wat te drinken in, zodat we als mannen onder elkaar konden praten. Dat vond je vader prettig, toch? Zo konden we de mannen van de jongens onderscheiden.'

Het was alsof Lydia haar vader hoorde.

'Sam dronk van zijn wodka. Hij zei dat hij een sociale drinker was, maar we wisten dat hij zich elke avond in slaap zoop, toch? Net als Helen, terwijl die arme Claire alleen op haar kamer zat en zich afvroeg waarom niemand van de familie doorhad dat zij nog leefde.'

Lydia slikte. Ze proefde de zure brandsmaak van zijn pis.

'De wodka verhulde de vermalen slaappillen die ik door zijn drankje had geroerd.'

Lydia wilde haar ogen sluiten. Ze wilde hem wissen. Maar dat kon ze niet.

'Ik zag hem knikkebollen.' Paul deed haar vader na terwijl hij indommelde. 'Ik bond hem vast met wat lakens die ik had meegenomen. Ik had ze in lange stroken gescheurd. Zijn handen waren zo slap toen ik hem vastbond dat ik bang was dat hij al dood was voor de pret kon beginnen.'

Lydia's zintuigen sprongen op scherp.

Paul leunde wijdbeens achterover. Lydia dwong zichzelf niet naar beneden te kijken, want ze wist maar al te goed wat hij haar wilde laten zien. 'Als je iemand met lakenstroken vastbindt, vindt de patholoog geen afdrukken. Dan moet je natuurlijk wel voorzichtig zijn en het zaakje op de juiste manier vouwen, wat ik dus had gedaan, want ik nam alle tijd voor je vader. Goed luisteren, Liddie: ik nam alle tijd van de wereld voor je vader.'

Lydia's brein sloeg op tilt. Het was te veel. Dit kon ze niet verwerken.

'Toen Sam wakker werd, hebben we samen naar de videoband gekeken. Weet je welke band ik bedoel? Die met Julia?' Paul wreef langs zijn gezicht. Hij had zijn baard laten staan. 'Het liefst had ik alle banden samen met hem bekeken, maar ik was bang dat de buren zijn kreten zouden horen. Nou schreeuwde Sam 's nachts natuurlijk al vaak, maar toch.'

Lydia luisterde naar het gestage in-en-uit van haar ademhaling. In gedachten herschikte ze zijn woorden tot verteerbare zinnen. Paul had haar vader gedrogeerd. Hij had haar vader gedwongen naar de gruwelijke moord op zijn oudste dochter te kijken.

'Aan het eind overwoog ik Sam nog te vertellen waar we Julia's lichaam hadden gedumpt. Per slot van rekening kon het geen kwaad. We wisten allebei dat hij toch doodging.' Paul haalde zijn schouders op. 'Misschien had ik het hem moeten vertellen. Het is zo'n vraag die je jezelf jaren later nog stelt. Sam was een gekweld man. Hij wilde alleen maar weten waar ze was, en ik wist het, maar ik kon mezelf er niet toe brengen het te zeggen.'

Lydia wist dat ze tegen hem tekeer moest gaan. Dat ze hem moest proberen te doden. Maar ze kon zich niet verroeren. De urine droop door haar longen. Haar maag stond op barsten. Haar lijf was verkrampt van de pijn. Haar armen zaten vol plekken van de elektrische schokken. De snee op haar voorhoofd was weer opengebarsten. Haar lip was gescheurd. Haar ribben waren zo gekneusd dat ze als messen aanvoelden.

'Ik heb hem Nembutal gegeven,' zei hij. 'Je weet wat dat is? Het wordt gebruikt om dieren uit hun lijden te verlossen. En hij lééd, vooral nadat hij die band had gezien.' Paul had het schrift gevonden dat hij zocht. 'Kijk.' Hij hield de betreffende bladzij omhoog zodat Lydia het kon zien. De onderste helft was afgescheurd. 'Komt het je bekend voor?'

Haar vaders afscheidsbriefje was geschreven op een stuk papier dat uit een schrift was gescheurd. In gedachten zag Lydia zijn bibberige handschrift voor zich:

*Voor al mijn mooie meisjes: ik hou van jullie met heel mijn hart. Papa*

'Ik heb een mooie zin gekozen, vind je niet?' zei Paul. Hij legde het schrift weer op zijn schoot. 'Eigenlijk was hij voor Claire bedoeld, want ik vond dat dat regeltje vooral op haar sloeg. Al zijn mooie meisjes. Jij bent nooit echt mooi geweest. En Julia... Zoals ik al zei ga ik af en toe nog bij haar langs. Ze is niet mooi meer. Treurig om te zien hoe ze in de loop van de tijd is afgetakeld. De laatste keer dat ik heb gekeken, was ze niet meer dan een verzameling verrotte botten en wat lange strengen blond haar en die stomme dingen die ze om haar pols had. Weet je nog?'

Armbanden. Julia droeg armbanden om haar linkerpols en een grote, zwarte strik in haar haar. Ze had Lydia's zadelleren oxfordschoenen gepikt om haar outfit mee af te maken, want ze zei altijd dat die haar beter stonden.

Opeens vulde Lydia's mond zich met speeksel. Ze probeerde te slikken. Haar keel verkrampte. Ze hoestte.

'Wil je niet weten waar Julia is?' vroeg Paul. 'Eigenlijk is dat het enige wat jullie uiteen heeft gedreven. Niet haar verdwijning, niet haar waarschijnlijke dood, maar het niet-weten. Waar is Julia? Waar is mijn zusje? Waar is mijn dochter? Dat niet-weten heeft jullie allemaal kapotgemaakt. Zelfs oma Ginny, ook al doet dat oude kreng alsof het verleden begraven is.'

Lydia voelde zichzelf weer wegglijden in die tussenruimte. Het had geen zin nog langer naar hem te luisteren. Alles wat ze moest weten wist ze nu. Dee en Rick hielden van haar. Helen had haar niet opgegeven. Lydia had Claire vergeven. Twee dagen geleden zou ze in paniek zijn geraakt als haar was verteld dat ze nog maar heel weinig tijd had om haar zaken te regelen, maar goed beschouwd was haar familie het enige wat telde.

'Soms ga ik bij Julia langs.' Paul bekeek haar aandachtig om het effect van zijn woorden te peilen. 'Als je een laatste wens had, zou je dan niet willen weten waar Julia is?'

*Apple Macintosh, dot-matrixprinter, 5-inch floppydisks, kopieerapparaat, dvd-brander.*

'Ik zal je wat passages uit je vaders dagboeken voorlezen, en dan ga ik je weer waterboarden, dat is dan over...' Hij keek op zijn horloge. 'Over tweeëntwintig minuten. Goed?'

*Apple Macintosh, dot-matrixprinter, 5-inch floppydisks, kopieerapparaat, dvd-brander.*

Paul legde het schrift op zijn schoot, boven op de stapel. Hij begon hardop te lezen: 'Ik kan me nog goed herinneren dat je moeder en ik voor het eerst met jou door de sneeuw liepen. We hadden je als een kostbaar geschenk ingepakt. De sjaal was zo vaak om je hoofdje gewikkeld dat we alleen je roze neusje zagen.'

Zijn stem. Paul had haar vader gekend. Hij had uren in zijn gezelschap doorgebracht – tot aan zijn allerlaatste uur zelfs – en hij las Sams woorden voor met dezelfde zachte tongval als die van haar vader.

'We gingen met je naar oma Ginny. Niet dat je moeder veel zin in het bezoekje had.'

'Ja,' zei Lydia.

Paul keek op van de pagina. 'Wat ja?'

'Geef me de Percocet.'

'Prima.' Paul liet de schriften op de vloer vallen. Hij draaide de dop van de spuitfles. 'Maar eerst moet je die verdienen.'

# NEGENTIEN

Claire zat op het toilet, met haar ellebogen op haar knieën en haar hoofd in haar handen. Ze had zich helemaal leeg gehuild. Ze had niets meer over. Zelfs haar hart had moeite met slaan. Het trage geklop deed bijna pijn. Bij iedere hartslag fluisterde haar brein: Lydia.

Lydia.

Lydia.

Haar zus had de strijd gestaakt. Claire hoorde het aan Lydia's stem, aan die toon van volledige, totale overgave. Wat had Paul voor verschrikkelijks gedaan dat Lydia dacht dat ze al dood was?

Als Claire over die vraag nadacht, werd ze alleen maar wanhopiger.

Ze leunde met haar hoofd tegen de koude muur. Haar ogen gesloten. Ze was dronken van uitputting. Als ze heel eerlijk was moest Claire toegeven dat ze zelf ook wanhopig graag de strijd wilde staken. Ze voelde het verlangen tot in haar vezels. Haar mond was droog. Ze zag alles wazig. In haar oren klonk een hoge toon. Had ze geslapen in de verhoorkamer? Toen Paul haar bewusteloos had geslagen, telde dat ook als rust?

Eén ding wist Claire wel: ze was nu bijna vierentwintig uur wakker. De laatste keer dat ze had gegeten, was toen Lydia de vorige ochtend brood-met-ei voor haar had gemaakt. Over tweeënhalf uur werd ze geacht naar de bank in Hapeville te gaan, maar waarvoor? Adam had de USB-stick. Claire moest met hém praten. Het kantoor van Quinn + Scott was tien blokken verderop. Over een paar uur zou Adam daar zijn voor zijn presentatie. Claire moest nu voor de ingang van het kantoor gaan staan in plaats van op een toilet in het Hyatt te blijven zitten. Als haar leugen over Hapeville bedoeld was om tijd te winnen, had ze vier of vijf nutteloze uren bemachtigd.

Ze wist nog steeds niet wat ze moest doen. Haar brein weigerde nog langer in de vertrouwde kringetjes rond te draaien. Mayhew. Nolan. Het Congreslid. De revolver.

Wat moest ze in godsnaam met die revolver? Alle zekerheid van eerst was vervlogen. Claire was niet in staat opnieuw de stalen vastberadenheid op te wekken die ze gevoeld had toen ze Lydia's revolver voor het eerst in haar hand had gehouden. Zou ze Paul echt neer kunnen schieten? Liever gezegd: zou ze hem ook echt kunnen raken? Ze was bepaald geen Annie Oakley. Ze zou hem dicht genoeg moeten naderen om hem te kunnen raken, maar weer niet zo dicht dat Paul de revolver kon pakken.

En dan zou ze het wapen naar zijn hoofd moeten slingeren omdat ze niet eens kogels had.

De deur van het toilet ging open. In een reflex trok Claire haar voeten op en hurkte met haar hakken op de bril. Ze hoorde de lichte tred van schoenen met zachte zolen op de porseleinen tegels. Harvey? Claire ging ervan uit dat een grote man als hij veel lomper zou lopen. Een cabinedeur werd opengeduwd, toen nog een en nog een, tot er aan Claires deur werd gerammeld.

Claire herkende de schoenen. Bruine Easy Spirit-loafers om langs boekenrekken te lopen. Een lichtbruine pantalon waarop je het stof van oude tijdschriften en paperbacks niet zag.

'Mama.' Claire deed de deur van het slot. 'Wat doe jij hier? Hoe heb je me gevonden?'

'Ik ben weer om het gebouw heen gelopen nadat ik je achtervolger op een dwaalspoor had gebracht.'

'Je hebt wat?'

'Ik zag die man achter je aan rennen. Ik liep langs de andere kant om het gebouw heen en klapte in mijn handen om zijn aandacht te trekken en...' Helen hield zich vast aan de deur. Haar gezicht was rood aangelopen. Ze was buiten adem. 'Ik mocht binnendoor via de hoofdlobby. De bewaker bij de zij-ingang zei dat je net weg was. Je rende zo hard dat ik je bijna kwijt raakte, maar toen zei de piccolo dat je hier was.'

Claire staarde haar vol ongeloof aan. Helen droeg een fleurige blauwe bloes van Chico en een zware ketting. Ze hoorde gastvrouw te zijn bij een signeersessie in plaats van door het centrum van Atlanta te hollen om een stille af te schudden.

'Moet ik nog steeds je auto verplaatsen?' vroeg Helen.

Claire schudde haar hoofd, maar alleen omdat ze niet meer wist wat Helen nog voor haar kon doen.

'Ik weet dat Paul ervan werd beschuldigd geld te hebben gestolen.' Helen zweeg even, alsof ze protest verwachtte. 'Die FBI-agent Nolan kwam gistermiddag bij mij langs en hij was nog niet weg of Jacob Mayhew, de politiecommandant, kwam opdagen.'

'Dat heeft hij inderdaad gedaan,' zei Claire. Het was een goed gevoel om haar moeder een stukje van de waarheid te vertellen, ook al was het nog zo weinig. 'Paul heeft drie miljoen dollar van het bedrijf gestolen.'

Helen keek ontzet. Voor haar was drie miljoen heel veel geld. 'Dat betaal je maar terug. En je trekt bij mij in. Misschien kun je als lerares tekenen aan de slag.'

Claire moest lachen, zo simpel klonk het allemaal.

Helen perste haar lippen op elkaar. Het was duidelijk dat ze het naadje van de kous wilde weten, maar het enige wat ze vroeg, was: 'Moet ik je met rust laten? Heb je mijn hulp nodig? Zeg maar wat ik moet doen.'

'Ik weet het niet,' bekende Claire, en ook dat was een stukje van de waarheid. 'Over twee uur moet ik naar Hapeville rijden.'

Helen vroeg niet waarom. Ze zei alleen: 'Oké. En verder nog iets?'

'Ik moet de Tesla opladen. En een iPhone-oplader kopen.'

'Ik heb er een bij me.' Helen trok de rits van haar tas open. Die was van bruin leer, met geborduurde bloemen rond de riem. 'Je ziet er vreselijk uit,' zei ze. 'Wanneer heb je voor het laatst iets gegeten?'

Dat had Lydia haar twee avonden geleden ook al gevraagd.

Claire had zich door haar zus laten verzorgen en nu had Paul haar te pakken. Ze was zijn troef. Zijn slachtoffer.

'Schat?' Helen had de oplader in haar hand. 'Kom, we halen in de lobby iets te eten.'

Claire liet zich door haar moeder het toilet uit begeleiden zoals ze zich eerder uit de verhoorkamer van de FBI had laten halen. Helen nam haar mee naar het achterste gedeelte van de hotellobby. Er waren een aantal zithoeken met grote banken en gecapitonneerde stoelen. Claire plofte op de dichtstbijzijnde stoel neer.

'Blijf maar zitten,' zei Helen. 'Dan ga ik naar het restaurant en haal iets te eten.'

Claire liet haar hoofd achteroverleunen. Ze moest Helen kwijt zien te raken. De enige reden waarom Lydia in gevaar verkeerde, was dat Claire haar bij Pauls waanzin had betrokken. Met haar moeder mocht niet hetzelfde gebeuren. Ze moest iets bedenken om hen allemaal uit deze situatie te bevrijden. Paul zou haar op een afgelegen plek willen ontmoeten. Claire moest een alternatief paraat hebben. Een open ruimte, met heel veel mensen. Een winkelcentrum. Claire kende alle chique winkels in Phipps Plaza. Ze zag zichzelf al door Saks lopen met een stel jurken over haar arm. Ze zou ze moeten passen omdat sommige merken opeens kleiner waren dan normaal, of misschien was Claire aangekomen sinds ze niet meer vier uur per dag tenniste. Ze wilde de nieuwe Pradatassen bekijken, maar de vitrine was te dicht bij de parfumerieafdeling en haar allergieën speelden op.

'Liefje?'

Claire keek op. Het licht was anders. Ook de omgeving. Helen zat naast haar op de bank. Ze hield een paperback in haar hand en met haar duim markeerde ze de pagina waar ze was gebleven.

'Ik heb je anderhalf uur laten slapen,' zei ze.

'Wat?' In paniek schoot Claire overeind. Ze keek de lobby rond. Het was nu drukker. De balie was volledig bemand. Koffers werden over het tapijt gerold. Ze bestudeerde de gezichten.

Geen Jacob Mayhew. Geen Harvey Falke.

'Je zei dat je twee uur had.' Helen stopte het boek in haar tas. 'Ik heb je iPhone opgeladen. De Tesla staat een straat verderop aan het oplaadstation, aan Peachtree Center Avenue. Je tas staat naast je. Ik heb de sleutel in het ritsvak gestopt. Er zit ook schoon ondergoed in.' Ze wees naar de salontafel. 'Het eten is nog warm. Je moet eten. Dan voel je je vast een stuk beter.'

Claire keek naar de tafel. Haar moeder had een grote beker koffie gehaald en een broodje kip.

'Toe maar. Je hebt nog tijd.'

Haar moeder had gelijk. Ze moest zorgen dat ze calorieën binnenkreeg. De koffie zou er wel in gaan. Van het eten was Claire minder zeker. Ze trok het plastic deksel van de beker. Helen had er zoveel melk bij gedaan dat de koffie wit was, precies zoals Claire het lekker vond.

Helen vouwde een servet open en legde het op Claires schoot. 'Je weet dat er .38 Special-patronen in die revolver gaan?'

Claire nam een slokje koffie. Haar moeder had in de Tesla gezeten. Ze had het wapen in het portiervak gezien.

'Hij zit in je tas. Het leek me niet veilig om een wapen in je auto achter te laten terwijl hij op straat staat geparkeerd. In het centrum kon ik geen zaak vinden, anders had ik ook munitie voor je gekocht.'

Claire zette de beker neer. Om maar iets omhanden te hebben pakte ze het broodje uit. Eerst dacht ze dat ze misselijk zou worden van de geur, maar toen besefte ze dat ze honger had. Ze nam een grote hap.

'Koddebeier heeft me gebeld,' zei Helen. 'Je weet dus van het bestaan van de videoband.'

Claire slikte. Haar keel was nog pijnlijk van toen ze had staan krijsen in de achtertuin van het huis van Fuller. 'Je hebt tegen me gelogen over Julia.'

'Ik heb je beschermd. Dat is iets anders.'

'Ik had het recht om het te weten.'

'Je bent mijn kind. Ik ben je moeder.' Helen klonk vastberaden. 'Ik ga me niet verontschuldigen omdat ik mijn plicht heb gedaan.'

Claire had bijna gezegd hoe verfrissend het was om te horen dat Helen haar plichten weer nakwam.

'Heeft Lydia je de band laten zien?' vroeg Helen.

'Nee.' Ze ging niet weer de schuld op haar zus schuiven. 'Ik heb hem op internet gevonden. Ik heb hem aan haar laten zien.' Lydia's telefoon. Helen had het onbekende nummer op haar nummermelder gezien. 'Ik heb haar telefoon meegenomen. De mijne is gestolen bij die overval, en ik had er een nodig, dus ik heb die van haar gepakt.'

Helen drong niet op een betere verklaring aan, niet na alle diefstallen die ze had moeten uitzoeken toen de meiden opgroeiden. 'Gaat het wel?' was het enige wat ze vroeg.

'Ik voel me al beter. Bedankt.' Ze keek over haar moeders schouder, want het lukte haar niet haar in de ogen te kijken. Claire kon Helen niet over Lydia vertellen, maar wel over Dee. Haar moeder was oma. Ze had een mooie, talentvolle kleindochter die hopelijk ergens verborgen zat waar Paul haar nooit zou kunnen vinden.

Wat betekende dat Claire moest zorgen dat ook Helen haar niet op het spoor kwam.

Helen zei: 'Toen Wynn en ik naar je op zoek waren, moest ik denken aan iets wat je vader ooit heeft gezegd.' Ze klemde haar tas vast. 'Hij zei dat kinderen altijd verschillende ouders hebben, ook kinderen uit één gezin.'

Gezin. Helens gezin was groter dan ze wist. Schuldgevoel drukte op Claires borst.

'Toen Julia klein was en we nog maar met z'n drieën waren, was ik een verdomd goede moeder,' vervolgde Helen. Ze lachte om de gelukkige herinnering. 'En toen verscheen Pepper op het toneel en dat was me toch een handvol, maar ik heb van iedere frustrerende, slopende minuut genoten, want ze was koppig en had een sterk willetje, en ze bokste de hele tijd tegen Julia op.'

Claire knikte. Ze kon zich de schreeuwende ruzies tussen haar oudere zussen nog goed herinneren. Ze leken te veel op elkaar om langer dan een paar uur de vrede te kunnen bewaren.

'En we hadden jou.' Helen lachte innig. 'Je was zo gemakkelijk vergeleken met je zussen. Je was rustig en lief, en 's avonds hadden je vader en ik het er vaak over hoe verschillend jullie alle drie waren. "Weet je zeker dat er in het ziekenhuis geen baby's zijn verwisseld?" vroeg hij dan. "Misschien moeten we eens bij het politiebureau informeren of ons echte kind niet is opgepakt wegens verstoring van de openbare orde."'

Claire moest lachen, want dat was typisch iets wat haar vader had kunnen zeggen.

'Je zag alles. Niets ontging je.' Helen schudde haar hoofd. 'Dan zag ik je in je kinderstoel zitten en je volgde alles wat ik deed. Je was zo nieuwsgierig naar de wereld en zo op de anderen gericht, met hun stemmingen en buien en overdonderende karakters, dat ik bang was dat je erin zou verdwijnen. Daarom maakte ik vaak uitstapjes met je. Weet je dat nog?'

Claire had er niet meer aan gedacht, maar nu wist ze het weer. Haar moeder had haar meegenomen naar musea in Atlanta, naar het poppentheater en had zelfs samen met haar meegedaan aan een rampzalige cursus pottenbakken.

Alleen zij tweeën. Geen Pepper die Claires prachtige gekleide kom kapotmaakte. Geen Julia die het poppenspel verpestte door een opmerking te maken over de patriarchale opzet van het stuk.

'Ik ben dertien jaar lang een ontzettend goede moeder voor je geweest,' vervolgde Helen. 'Daarna ben ik vijf jaar lang een ontzettend slechte moeder geweest, en ik heb het gevoel dat ik sindsdien dag in dag uit heb geprobeerd de weg terug te vinden naar die goede moeder die je ooit hebt gehad.'

Claire had al twintig jaar geprobeerd dit gesprek met Helen te voeren of juist geprobeerd het te vermijden, maar als ze het er nu over zouden hebben, ging ze kapot, dat wist ze zeker.

En daarom vroeg ze: 'Wat vond jij van Paul?'

Helen draaide aan de ring om haar vinger. Paul had zich vergist. Claire draaide altijd aan haar eigen ring omdat ze het haar moeder zo vaak had zien doen.

'Je hoeft niet bang te zijn dat je mijn gevoelens kwetst,' zei ze. 'Ik wil graag de waarheid horen.'

Helen hield zich niet in. 'Ik zei tegen je vader dat Paul net een heremietkreeft was. Dat zijn scharrelaars. Die zijn niet in staat een eigen schild te maken, en daarom zoeken ze net zo lang tot ze een leeg schild vinden en daar trekken ze dan in.'

Claire wist maar al te goed dat haar moeder gelijk had. Paul was in haar schild gekropen, het schild dat door haar gewonde familie verlaten was.

'Ik moet eigenlijk over een halfuur naar Hapeville,' zei ze. 'Naar een bank iets voorbij Dwarf House. Het moet eruitzien alsof ik er ben, maar ik ga ergens anders naartoe.'

'Welke bank?'

'Wells Fargo.' Claire nam weer een hap van haar broodje. Ze zag dat haar moeder smachtte naar meer informatie. 'Ik word gevolgd. Ik kan niet naar Hapeville gaan, en ze mogen niet weten waar ik wel naartoe ga.'

'Geef mij je telefoontje maar, dan rij ik naar Hapeville. Dan neem ik de Tesla. Die wordt misschien ook gevolgd.'

De telefoon. Hoe kon Claire zo dom zijn? Paul had geweten dat ze in het FBI-gebouw zat. Hij had haar exacte locatie op straat geweten. Hij had gezegd dat ze links af moest slaan naar het hotel. Hij gebruikte de Zoek Mijn iPhone-app omdat hij wist dat Claire geen stap zou zetten zonder haar enige communicatielijn met Lydia.

'Ik moet kunnen opnemen als de telefoon gaat,' zei ze tegen haar moeder. 'Het moet mijn stem zijn.'

'Kun je het gesprek niet laten doorschakelen?' Helen wees met haar duim naar de souvenirshop van het hotel. 'Daar is de vitrine met prepaid telefoontjes. Als we er daar nou eens een van kopen, of anders geef ik je mijn telefoon.'

Claire was verbluft. In nog geen minuut had Helen een van haar grootste problemen opgelost.

'Alsjeblieft.' Helen haalde haar autosleutels uit haar tas en een lichtblauwe parkeerkaart. 'Bewaar jij deze maar. Ik ga een telefoon uitzoeken.'

Claire pakte de sleutels. Georganiseerd als ze was, had haar moeder de verdieping en het nummer van de parkeerplaats achter op de kaart geschreven.

Ze zag Helen met de verkoper praten. De man liet haar verschillende telefoonmodellen zien. Claire vroeg zich al bijna af wie deze zelfverzekerde, efficiënte vrouw was, maar ze kende haar. Dit was de Helen Carroll van voordat Julia werd ontvoerd.

Of misschien was het de Helen Carroll die naar Claire was teruggekeerd na de rouw over het verlies van Julia, want Helen had meteen na Claires telefoontje Wynn Wallace gebeld. Ze had de hele nacht naar Claire gezocht. Ze had haar uit de tentakels van Fred Nolan gered. Ze had Harvey Falke afgeleid zodat Claire kon ontsnappen. En nu was ze in de lobby van een hotel en deed al het mogelijke om haar te helpen.

Claire wilde haar moeder maar wat graag om hulp vragen bij het oplossen van haar andere problemen, maar ze kon geen geloofwaardig verhaal verzinnen zonder de waarheid te onthullen, en ze wist dat Helen haar nieuwsgierigheid niet eeuwig kon bedwingen. Ze stond versteld van haar moeders vindingrijkheid. Ze had zelfs naar munitie voor de revolver gezocht. Paul zou geschokt zijn.

Claire zag haar vergissing in. Ze zou dit verhaal niet aan Paul vertellen als hij vanavond thuiskwam uit zijn werk. Dit soort dingen zou ze nooit meer met hem delen.

'Dat was een fluitje van een cent.' Helen had het telefoontje al uit de doos gehaald. 'De batterij is half opgeladen, maar ik heb een autostekker en die aardige man achter de toonbank had een coupon zodat je er gratis een halfuur bij hebt. Voor zover iets gratis is als je er eerst voor moet betalen.' Helen ging weer naast Claire zitten. Ze was al net zo'n kletskous als Claire wanneer ze zenuwachtig was. 'Ik heb contant betaald. Het zal wel paranoïde zijn, maar de FBI houdt je in de gaten en het zou me niks verbazen als ze mij ook in de gaten houden. O.' Ze stak haar hand in haar tas en haalde er een stapel bankbiljetten uit. 'Deze heb ik gepind toen jij sliep. Vijfhonderd dollar.'

'Die betaal ik je terug.' Claire nam het geld aan en stopte het in haar tas. 'Ik kan gewoonweg niet geloven dat je dit doet.'

'Zolang je maar weet dat ik doodsangsten uitsta vanwege de zaken waarbij je betrokken bent.' Ze glimlachte, maar haar ogen glinsterden van de tranen. 'De laatste keer dat ik doodsangsten heb uitgestaan om een van mijn kinderen, heb ik het hele gezin in de steek gelaten. Ik heb jullie vader in de steek gelaten en ik heb jou en Lydia in de steek gelaten. Dat zal niet weer gebeuren. Mea culpa, al moet ik er de gevangenis voor in.'

Helen dacht dat het over het gestolen geld ging, besefte Claire. De FBI en de politie hadden haar ondervraagd. Nolan had Claire opgepakt en twaalf uur lang verhoord. Claire stuurde haar naar een bank in Hapeville. Ze was ervan overtuigd dat ze de hele puzzel had opgelost, maar ze had geen idee wat er in werkelijkheid speelde.

Helen pakte Lydia's telefoontje. 'Die aardige man van de winkel zei dat je naar INSTELLINGEN moest gaan.'

Claire nam het telefoontje van haar terug. 'Er is een wachtwoord voor nodig.' Ze hield het schermpje schuin zodat haar moeder niet kon zien waar ze het laatst naar gekeken had: Pauls foto van Lydia in de kofferbak. Ze verwijderde de afbeelding en deed alsof ze het wachtwoord intoetste, waarna ze het apparaat weer aan Helen teruggaf. Vol verbazing zag ze hoe haar moeder door de software navigeerde.

Helen voerde het nummer van de burnertelefoon in en verliet het menu. 'O, moet je kijken.' Ze hield Claire het schermpje voor. 'Zie je dat grappige dingetje bovenaan, dat icoontje van een telefoon en een pijltje? Dat betekent dat de oproepen doorgeschakeld worden.' Ze leek onder de indruk. 'Wat een schitterend apparaat.'

Claire vertrouwde het grappige dingetje vooralsnog niet. 'Bel het nummer eens om te zien of het werkt.'

Helen haalde haar eigen iPhone tevoorschijn. Ze zocht Lydia's nummer onder de recente oproepen. Ze wachtten. Seconden verstreken, toen ging de burner over.

Helen verbrak de verbinding. 'Mijn moeder verweet me altijd dat ik haar belde. Dan zei ze: "Het is zo onpersoonlijk. Waarom schrijf je me niet?" En ik verwijt jou dat je me mailt in plaats van te bellen. En al mijn vriendinnen verwijten hun kleinkinderen dat ze van die onleesbare sms'jes sturen. Wat een raar amalgaam van wensen.'

'Ik hou van je, mam.'

'Ik hou ook van jou, Snoes.' Helen ruimde Claires rommel van de salontafel. Ze probeerde luchtig te doen, maar haar handen beefden. De tranen stonden in haar ogen. Ze voerde zichtbaar strijd met zichzelf, niettemin was ze vastbesloten om alles te doen wat ze kon. 'Dan ga ik maar. Hoe lang moet ik in de bank blijven?'

Claire had geen idee hoe lang het duurde om iets uit een kluis te halen. 'Minstens een halfuur.'

'En dan?'

'Dan rij je terug over de I-75. Ik bel je op je eigen nummer om te zeggen wat je moet doen.' Ze dacht aan Pauls woorden. 'Wees voorzichtig. Het is daar niet echt veilig, vooral niet met een Tesla.'

'De bank heeft vast een bewaker op het parkeerterrein.' Helen raakte Claires wang even aan. Haar hand trilde nog steeds. 'Als dit voorbij is, gaan we uit eten. Met drank, heel veel drank.'

'Oké.'

Claire keek op haar horloge om Helen niet te hoeven zien weggaan. Adam Quinn had gezegd dat zijn presentatie vroeg in de ochtend plaatsvond. De kantoren gingen om negen uur open, wat betekende dat Claire een halfuur had om tien blokken te lopen.

De burner stopte ze in haar achterzak. Haar tas hing ze over haar schouder. Op weg naar het toilet dronk ze het laatste restje koffie op. Claire was er uiterlijk niet op vooruitgegaan sinds ze zichzelf in de spiegel achter Fred Nolan had gezien. Haar haar plakte aan haar schedel. Haar kleren zagen er niet uit. Ze stonk vast naar zweet nadat ze in volle vaart door het centrum was gerend.

De snee op haar wang was nog gevoelig. De donkere kring onder haar oog veranderde in een lelijke blauwe plek. Claire streek over haar huid. Paul had Lydia ook afgetuigd. Hij had haar voorhoofd tot bloedens toe geraakt. Hij had haar oog dichtgeslagen. Hij had andere dingen gedaan, dingen waardoor Lydia de strijd had gestaakt, waardoor ze ervan overtuigd was geraakt dat ze al dood was, wat Claire ook zei.

'Je bent niet dood, Lydia,' zei Claire hardop, niet alleen om Lydia maar ook om zichzelf. 'Ik laat je niet in de steek.'

Claire draaide de kraan open. Zo kon ze Adam Quinn niet onder ogen komen. Als Adam geen idee had wat Paul allemaal uitspookte, zou hij veel eerder bereid zijn Claire te helpen als ze er niet als een zwerfster uitzag. Ze waste haar gezicht en nam snel een hoerenbadje. De schone slip die Helen had gekocht reikte tot over Claires navel, maar nu was niet het moment daarover te klagen.

Ze streek haar haar met wat water haar achteren en kneedde er lichte golven in. Er zat make-up in haar tas. Foundation. Concealer. Oogschaduw. Blush. Poeder. Mascara. Eyeliner. Met haar kiezen op elkaar werkte ze om de blauwe plek heen. De pijn nam ze op de koop toe, want ze had het gevoel dat ze langzamerhand weer tot zichzelf kwam.

De anderhalf uur slaap had daar waarschijnlijk meer aan bijgedragen dan de concealer van negentig dollar. Ze voelde haar gedachten weer gonzen van alertheid. Ze dacht aan de vraag die ze Nolan aan de hand had gedaan: waarom bleef Paul hier rondhangen?

Hij wilde de USB-stick hebben. Claire was niet zo narcistisch om te denken dat hij voor haar was gebleven. Paul was een vechtersbaas. Hij zette zijn eigen veiligheid op het spel om die USB-stick in handen te krijgen, en tegen Claire zei hij wat ze volgens hem wilde horen. Door haar in het spel te houden was de kans het grootst dat hij de stick kreeg.

Zijn liefdesverklaring was de wortel. Lydia was de stok.

Nolan dacht dat Paul de identiteit van de gemaskerde man zou onthullen, maar Claire wist dat Paul de FBI geen bewijs zou leveren dat zich tegen hemzelf keerde. Wat bleef er dan over? Waarom was de informatie op de stick zo waardevol dat Paul er zijn vrijheid voor riskeerde?

'Zijn klantenlijst,' zei Claire tegen haar spiegelbeeld. Het was de enige logische verklaring. Gisteren had Paul over de telefoon beweerd dat hij het familiebedrijf had overgenomen om zijn collegegeld te kunnen betalen. Afgezien van het feit dat hij jaren geleden was afgestudeerd, was het interessant om te weten welke bedragen mensen neertelden om naar de filmpjes te kunnen kijken. En hoeveel namen er op zijn klantenlijst stonden.

De verzameling VHS-banden van Gerald Scott besloeg minstens vierentwintig jaar. Er stonden in ieder geval honderd videobanden in de garage. De verzameling apparatuur op de metalen schappen duidde op verschillende andere kopieermethoden. Floppydisks voor foto's, dvd's voor films. De grote Mac om bewerkte opnamen naar internet te uploaden. Er moest een internationaal element in het spel zijn. Paul had Claire ontelbare keren meegenomen naar Duitsland en Nederland. Hij zei dat hij overdag naar conferenties ging, maar achteraf had ze eigenlijk geen idee hoe hij zijn tijd besteedde.

Paul was zeker niet de enige die actief was in dit soort zaken, maar als ze haar man een beetje kende, was hij vast de beste. Hij verleende wellicht concessies aan andere mannen in andere delen van de wereld. Daar vroeg hij dan een smak geld voor. Hij hield de controle over elk aspect van de markt.

Zolang hij zijn klantenlijst had, kon Paul zijn zaken vanaf iedere plek op aarde regelen.

De deur van het toilet ging open. Twee jonge meiden kwamen binnen. Ze waren vrolijk en giechelden, en ze hadden allebei een grote Starbucks-beker met een of ander zoetig, gekoeld drankje.

Claire liet de wasbak leeglopen. Ze controleerde haar make-up. Bij een bepaalde lichtinval was de blauwe plek nog steeds zichtbaar, maar daar verzon ze wel iets op. Adam had haar tijdens de begrafenis gezien. Hij wist dat ze haar wang had geschaafd.

Het krioelde in de lobby van gasten die wilden ontbijten. Claire keek of ze Jacob Mayhew of Harvey Falke zag, maar die waren nergens te bekennen. Ze wist uit films dat FBI-agenten vaak oortjes in hadden, en daarom bestudeerde ze de oren van alle solitaire mannen in haar omgeving. En daarna bekeek ze de vrouwen, want er werkten ook vrouwen bij de FBI. Claire wist zo goed als zeker dat ze voornamelijk omringd werd door toeristen en zakenlui, want met hun conditie was het zo te zien bar slecht gesteld. Ze ging ervan uit dat je fit moest zijn om voor de FBI te werken.

Haar verfriste brein kwam al snel tot de volgende conclusie: niemand had ontdekt dat ze in het Hyatt zat, wat betekende dat Paul haar locatie niet had doorgegeven, wat dus betekende dat Paul niet met Jacob Mayhew of de FBI samenwerkte, en daar vloeide weer uit voort dat hij niet met Johnny Jackson samenwerkte.

Waarschijnlijk niet.

Ze wierp een snelle blik naar buiten en zag dat de lichte nevel in gestage regen was overgegaan. Claire ging een verdieping hoger en nam de voetgangersbrug die deel uitmaakte van een project dat achttien gebouwen en tien blokken met elkaar verbond en diende om het toeristen gemakkelijk te maken zich in het congresdistrict te verplaatsen zonder in de zomer flauw te vallen van de hitte.

Quinn + Scott had aan twee van de voetgangersbruggen meegewerkt. Paul had Claire een rondleiding langs alle achttien gegeven, hij had haar meegetroond in liften en over roltrappen naar de met glas overdekte bruggen die talloze straten in het centrum overspanden. Hij had haar op allerlei architectonische bijzonderheden gewezen en had over de gebouwen verteld die voor nieuwere hadden moeten wijken. De rondleiding was geëindigd bij de voetgangersbrug naar het Hyatt, die wegens bouwwerkzaamheden was afgesloten. Boven de skyline ging de zon net onder. Beneden hen glinsterde het hotelzwembad in het licht. Ze hadden gepicknickt op een deken, met chocoladetaart en champagne.

Claire keek niet naar het zwembad toen ze over de brug naar het Marriott Marquis liep. Het verkeer zat vast in de straten terwijl forenzen het Peachtree Center-complex binnenstroomden dat veertien gebouwen besloeg en waar je alles kon vinden, van bedrijfskantoren tot uiteenlopende winkelcentra. Het was alsof haar hoofd op een spil stond, want ze keek steeds van links naar rechts op zoek naar oortjes of Mayhew, Harvey of Nolan of zomaar een gezicht dat haar bekend voorkwam of waar dreiging van uitging. Als ze geen van allen met Paul verbonden waren, hadden ze allemaal wel een reden om Claire als pressiemiddel te gebruiken. Ze kon zich niet nog eens een omweg van twaalf uur veroorloven terwijl Lydia wachtte.

Nee, Lydia wachtte niet, ze had de strijd al gestaakt.

Claire stampte de zoveelste roltrap af op weg naar de volgende voetgangersbrug. Ze mocht nu niet stilstaan bij wat er met Lydia gebeurde. Claire maakte vorderingen. Dat was het enige wat nu telde. Ze moest zich concentreren op de taak die voor haar lag, namelijk de USB-stick aan Adam ontfutselen. Ze dacht steeds aan iets wat Nolan zich tijdens het verhoor had laten ontvallen: ze hadden Pauls computer bekeken.

Adam was degene die de FBI erbij had gehaald. Hij moest hebben geweten dat Pauls werkkamer en computer doorzocht zouden worden. Als Adam deel uitmaakte van een onderneming die snuff-porno maakte en verspreidde, zou hij nooit zo stom zijn om de politie in huis te halen, laat staan de FBI, hoeveel geld Paul ook van hem gestolen had.

Ze voelde iets van de last die ze meetorste van haar schouders glijden toen ze naar de voetgangersbrug klom die het laatste gebouw van AmericasMart met de Museum Tower verbond. Vanaf dat punt was het nog maar een klein eindje flink doorstappen over straat naar de Olympic Tower aan Centennial Park Drive.

Claire sprintte van de ene luifel naar de andere om de stortregen zo veel mogelijk te ontwijken. Meestal reed ze om de paar weken naar het centrum van de stad om met Paul te lunchen. Ze had een ID-kaart van Quinn + Scott in haar tas, en daarmee liep ze in de lobby door een van de draaideuren. Het kantoor bevond zich op de bovenste verdieping van de Tower en keek uit over Centennial Park, een gebied van acht hectare dat de stad aan de Olympische Spelen had overgehouden. Als onderdeel van een geldinzamelingsactie had het Olympisch Comité bakstenen verkocht met de namen van sponsors erop en die langs de wandelpaden aangebracht. Een van de laatste cadeaus die Claire van haar vader had gekregen was een steen in het park met haar naam erop. Hij had er ook een voor Lydia en Julia gekocht.

Claire had de stenen aan Paul laten zien. Ze vroeg zich af of hij af en toe met een grijns op zijn gezicht vanuit zijn penthouse naar beneden had gekeken.

De liftdeuren gingen open op de verdieping waar het kantoor van Quinn + Scott was gevestigd. Het was vijf over negen. De secretaresses en het voetvolk waren waarschijnlijk tien minuten eerder op het werk verschenen. Ze waren druk bezig bij hun bureaus of renden rond met een beker koffie in hun hand en een donut in de mond.

Iedereen viel stil toen ze Claire zagen.

Claire zag opgelaten en nerveuze blikken om zich heen, wat haar nogal verbaasde, tot ze besefte dat ze haar de laatste keer voor de kist van haar man hadden zien staan.

'Mevrouw Scott?' Een van de receptionistes liep om de hoge balie heen die de lobby scheidde van het kantoorgedeelte. Het was een soort kantoortuin, fraai ontworpen met satijnchroom en gebleekt hout, waar niets het meestal spectaculaire uitzicht op het park belemmerde.

Claire had op precies dezelfde plek gestaan toen Paul en Adam hun nieuwe, ruimere kantoor inwijdden met pizza en *pickle-*

*backs* – whisky met pekelzuur –, een walgelijk overblijfsel uit hun studietijd.

'Mevrouw Scott?' zei de receptioniste nogmaals. Ze was jong, mooi en blond, helemaal Pauls type. Van beide Paulen, want het meisje leek een jongere uitvoering van Claire.

'Ik wil Adam spreken,' zei Claire.

'Ik zal hem even bellen.' Ze reikte over de balie naar de telefoon. Haar rok spande strak om haar kont. Haar linkervoet kwam wat omhoog toen ze haar knie boog. 'Er is een presentatie in de...'

'Ik zoek hem wel op.' Claire kon niet langer wachten. Ze liep de kantoortuin door en voelde alle ogen in haar rug prikken. Ze liep door de lange gang waar de partners zaten die de luxe van een eigen kamer hadden verdiend. De presentatiezaal was tegenover de vergaderzaal, die uitzicht bood over het park. Paul had de achterliggende redenering uitgelegd toen hij haar rondleidde door de nog lege huls van de bovenverdieping. Eerst imponeer je de klant met het kostelijke uitzicht, dan neem je hem mee naar de presentatiezaal en imponeer je hem met het werk.

*Presentatiestudio*. Zo noemde Paul het. Claire was het vergeten tot ze het bordje op de gesloten deur zag. Ze ging zonder kloppen naar binnen.

Adam draaide zich met een ruk om in zijn stoel. Ter voorbereiding op de presentatie nam hij alles nog even door. Claire zag een heleboel cijfers en daarnaast een citaat van de burgemeester, die vol trots beweerde dat Atlanta hard op weg was Las Vegas voorbij te streven wat betreft aantallen congresbezoekers.

'Claire?' Adam deed het licht aan. Hij sloot de deur. Hij pakte haar handen. 'Is er iets?'

Ze keek naar hun handen. Ze zou zich nooit meer door een man laten aanraken zonder zich af te vragen of ze hem kon vertrouwen.

'Sorry dat ik je stoor,' zei ze.

'Ik ben blij je te zien.' Adam wees naar de stoelen, maar Claire ging niet zitten. 'Ik had dat stomme briefje niet moeten schrijven. Sorry als ik dreigend overkwam. Je moet me geloven als ik zeg dat ik er nooit advocaten bijgehaald zou hebben. Ik moest die bestanden hebben, maar ik had me niet als een schoft hoeven gedragen.'

Claire wist niet wat ze moest zeggen. Achterdocht sloeg weer toe. Paul was een uitstekend acteur. Gold dat ook voor Adam? Nolan beweerde dat hij Adam het vuur na aan de schenen had gelegd, maar ook Nolan kon liegen als de beste. Ze speelden het spel veel beter dan Claire.

'Ik weet het van het geld,' zei ze.

Adam trok een scheef gezicht. 'Dat had ik alleen met Paul moeten afhandelen.'

'Waarom heb je dat niet gedaan?'

Hij schudde zijn hoofd. 'Doet er niet toe. Zolang je maar weet dat het me spijt.'

'Alsjeblieft.' Claire raakte zijn hand aan. Ze streelde hem en zijn hele houding werd milder, alsof ze een knop had ingedrukt.

'Ik wil het weten, Adam,' zei ze. 'Vertel me wat er gebeurd is.'

'Het boterde al een tijdje niet tussen Paul en mij. Ik denk dat het voor een deel aan mij lag. Dat hele gedoe met jou was krankzinnig. Niet dat het niet fijn was,' stelde hij Claire gerust, 'maar het was niet goed. Ik hou van Sheila. Ik weet dat jij van Paul hield.'

'Dat is zo,' beaamde ze. 'Ik dacht dat jij ook van hem hield. Jullie hebben elkaar eenentwintig jaar lang gekend.'

Adam zweeg weer. Ze raakte zijn wang aan om hem te dwingen haar aan te kijken. 'Zeg het dan.'

Opnieuw schudde hij zijn hoofd, maar hij zei: 'Je weet dat hij zijn buien had, dat hij bij vlagen depressief was.'

Claire had altijd gedacht dat Paul de evenwichtigste persoon was die ze ooit had ontmoet. 'Dat had hij dan van zijn vader,' vermoedde ze.

Adam ging er niet tegen in. 'Het leek wel of hij er de laatste tijd niet meer uit kwam. Ik had al een jaar of misschien wel twee jaar het gevoel dat we niet meer echt vrienden waren. Hij hield me altijd al op afstand, maar nu was het anders. En dat deed pijn.' Adam keek inderdaad gekweld. 'Ik heb me door mijn emoties laten meeslepen. Ik had de FBI niet moeten bellen, en geloof me, ik ben het al aan het verwerken met mijn therapeut, maar er knapte iets.'

Claire wist weer waarom ze een langdurige relatie met Adam Quinn nooit had zien zitten. Hij praatte de hele tijd over zijn gevoelens.

'Ik was niet alleen kwaad vanwege dat geld,' zei hij. 'Dat kwam boven op de stemmingswisselingen, de driftbuien en zijn neiging om alles te willen regelen en... Het is nooit mijn bedoeling geweest het op de spits te drijven. Toen die klootzak van de FBI hem in de boeien sloeg en hem door het kantoor wegvoerde, wist ik meteen dat het einde verhaal was. Die blik in Pauls ogen. Ik heb hem nog nooit zo kwaad gezien. Hij veranderde in een man die ik nog nooit gezien had.'

Claire had gezien waartoe haar man in staat was. Adam mocht blij zijn dat Paul geboeid was geweest. 'Je hebt de aanklacht ingetrokken. Was dat omdat Paul het geld heeft terugbetaald?'

'Nee.' Hij wendde zijn blik af. 'Ik heb het zelf terugbetaald.'

Claire dacht dat ze het verkeerd had verstaan. Voor alle zekerheid herhaalde ze zijn woorden: 'Jíj hebt het geld zelf terugbetaald.'

'Hij wist het van ons. Van die drie keer.'

Die drie keer.

Claire was drie keer met Adam vreemdgegaan: op het feestje met kerst, tijdens het golftoernooi en een keer op het toilet aan het einde van de gang terwijl Paul beneden op hen stond te wachten voor de lunch.

Fred Nolan had de verklaring voor zijn eerste rariteit: Paul had een miljoen dollar gestolen voor elke keer dat Adam haar had geneukt.

'Sorry,' zei Adam.

Claire voelde zich stom, maar alleen omdat ze er zelf niet opgekomen was. Geld was altijd een grote drijfveer geweest voor

Paul en Adam. 'Hij stal voldoende geld om je aandacht te trekken, maar niet genoeg om de politie in te schakelen. Dacht hij. In plaats daarvan heb je de FBI ingeschakeld.'

Adam knikte wat onnozel. 'Sheila heeft me ertoe aangezet. Ik was razend... zeg nou zelf, waarom? En toen escaleerde het en werd Paul gearresteerd, zijn kamer werd doorzocht en...' Zijn stem stierf weg. 'Uiteindelijk heb ik hem zelfs om vergiffenis gesmeekt. Ja, ik wist dat het fout was wat ik had gedaan, maar we waren partners en we moesten een manier zien te vinden om weer te kunnen samenwerken, dus...'

'Dus betaalde je hem voor straf drie miljoen dollar.' Claire bezat niet de luxe om haar gevoelens te verwerken. 'Als ik dan toch de hoer moet uithangen, ben ik in elk geval geen goedkope.'

'Hé...'

'Ik wil die USB-stick terug, je weet wel, die ik voor je in de brievenbus heb gelegd.'

'O, prima.' Adam liep naar de projector. Zijn open diplomatenkoffer stond ernaast. Ze ging ervan uit dat dit het laatste stukje bewijs was dat Paul zijn walgelijke praktijken voor zijn beste vriend verborgen had gehouden. Voor zijn voormalige beste vriend, zoals bleek.

Adam hield de sleutelhanger omhoog. 'Ik heb de bestanden die ik nodig had al gedownload. Moet ik je helpen met...'

Claire nam de stick van hem over. 'Ik wil de computer op Pauls kamer graag even gebruiken.'

'Maar natuurlijk. Zal ik...'

'Ik weet waar het is.'

Claire liep door de gang met de sleutelhanger in haar hand geklemd. Ze had Pauls klantenlijst. Ze wist het zeker. Maar Fred Nolans woorden bleven door haar hoofd spoken: vertrouw iedereen, maar controleer alles.

Het licht was uit in Pauls kamer. Zijn stoel was onder zijn bureau geschoven. Het vloeiblad was leeg. Er slingerden geen losse papieren rond. Het nietapparaat stond keurig naast de potloodbeker, die weer keurig naast de lamp stond. Iedereen zou ervan uitgaan dat zijn kamer was uitgeruimd, maar Claire wist wel beter.

Ze ging op Pauls stoel zitten. De computer stond nog aan. Ze stak de USB-stick achter in de iMac. Paul had niet uitgelogd. In gedachten zag ze hem achter zijn bureau zitten toen Fred Nolan binnenkwam en zei dat het tijd was om zijn dood te ensceneren. Paul kon alleen nog opstaan en vertrekken.

En uiteraard had hij de moeite genomen zijn stoel weer onder zijn bureau te schuiven, keurig op één lijn met de poten.

Claire dubbelklikte op het icoontje van de USB-stick. Er verschenen twee mappen: een met Adams lopende projecten en een andere met de software die de USB-stick aandreef. Ze klikte de softwaremap open. Ze liet haar blik over de bestanden gaan, die allemaal technische namen hadden en .exe-extensies. Ze keek naar de datums. Paul had de bestanden twee dagen voor zijn gefakete moord op de schijf gezet.

Claire scrolde naar de onderkant van de lijst. Het laatste bestand dat Paul had bewaard was een map met de naam FFN.exe. Twee avonden geleden, in de garage, had Claire gekeken of er filmpjes op de USB-stick stonden, maar dat was voor ze had ontdekt hoe diep de verdorvenheid van haar man ging. Inmiddels wist ze dat ze niets kritiekloos moest accepteren. Ze wist ook dat mappen geen extensies nodig hadden.

FFN. Fred F. Nolan. Claire had zijn initialen op zijn zakdoek gezien.

Ze klikte de map open.

Er verscheen een prompt die om een wachtwoord vroeg.

Claire staarde naar het scherm tot de prompt wazig werd. De andere wachtwoorden had ze geraden vanuit de veronderstelling dat ze haar man kende. Dit wachtwoord was ingesteld door de Paul Scott die ze nooit had ontmoet, de man die een masker opzette om zichzelf te filmen terwijl hij jonge vrouwen verkrachtte en vermoordde. De man die zijn beste vriend een miljoen dollar per wip met zijn vrouw in rekening bracht. De man die zijn vaders voorraad filmpjes had ontdekt en had besloten de zaak uit te breiden.

Paul had de banden ongetwijfeld bekeken op dezelfde videorecorder die Lydia en Claire in het huis van Fuller hadden gezien. In gedachten zag Claire haar jonge, onbeholpen man voor de tv zitten en voor het eerst naar de filmpjes van zijn dode vader kijken. Was Paul verbaasd geweest door wat hij zag? Had hij het weerzinwekkend gevonden? Ze had nog het liefst dat hij woedend was geweest, van walging vervuld, maar dat gewenning en noodzaak hem ertoe hadden aangezet niet alleen de banden te verkopen, maar zijn vaders perversiteiten ook zelf uit te proberen.

Nog geen zes jaar later ontmoette Paul Claire in het wiskundelab. Hij wist natuurlijk heel goed wie Claire was, en wie haar zus was. Tegen die tijd had hij het filmpje met Julia waarschijnlijk tientallen, misschien wel honderden keren gezien.

Verbazend genoeg trilden Claires handen niet toen ze het wachtwoord 04031991 intikte.

Geen geheugentrucjes. Geen acroniemen. 4 maart 1991, de dag waarop haar zus was verdwenen. De dag waarop het allemaal was begonnen.

Ze drukte op ENTER. Het kleurenwieltje begon te draaien.

De map werd geopend. Ze zag een lijst met bestanden.

.xls – een Excel spreadsheet.

Er waren in totaal zestien spreadsheets.

Ze opende de eerste. Ze zag vijf kolommen: naam, e-mail, adres, bankinformatie, lid sinds.

*Lid sinds.*

Claire scrolde door de lijst. In totaal vijftig namen. Sommige lidmaatschappen gingen wel dertig jaar terug. Ze kwamen overal vandaan: Duitsland, Zwitserland, Nieuw-Zeeland. Er waren verschillende adressen in Dubai bij.

Ze had gelijk gehad. Paul moest zijn klantenlijst hebben. Was Mayhew er ook naar op zoek? Wilde hij Pauls zaken overnemen? Of stuurde Johnny Jackson de politie erop af om de rotzooi van zijn neef op te ruimen?

Claire sloot het bestand. Ze klikte alle andere spreadsheets open en scrolde langs elke naam, want ze had al een keer moeten boeten omdat ze niet alles goed had bekeken.

Vijftig namen op elke spreadsheet, zestien spreadsheets bij elkaar. Achthonderd mannen over de hele wereld betaalden voor het voorrecht om Paul wrede, koelbloedige moorden te zien plegen.

Had Claire in de garage maar alle bestanden op de USB-schijf opengeklikt. Anderzijds had ze toen onmogelijk het juiste wachtwoord kunnen raden, want in de garage had ze nog gedacht dat haar man een passieve toeschouwer was in plaats van een actieve deelnemer.

Claire hield de muis boven het laatste bestand, dat eigenlijk geen bestand was. Het was een tweede map, getiteld JJ.

Als de FFN-map dingen bevatte waar Fred Nolan de hand op wilde leggen, bevatte de JJ-map hoogstwaarschijnlijk informatie die waardevol was voor het Congreslid Johnny Jackson.

Claire opende de map. Ze vond een lijst met bestanden zonder extensies. Ze scrolde naar de kolom aan de rechterkant.

Soort: JPEG.

Claire klikte het eerste bestand open. Wat ze zag, deed haar kokhalzen.

Het was een zwart-witfoto. Johnny Jackson stond in een schuur, en het moest wel de Amityvilleschuur zijn. Hij poseerde naast een lichaam dat ondersteboven aan de balken hing. Het meisje was als een hert ingesnoerd. Haar enkels waren gekneveld met prikkeldraad dat haar tot op het bot opensneed. Ze hing aan een grote metalen haak, die rechtstreeks uit een slagerij leek te komen. Haar armen sleepten over de vloer. Ze was van onderen tot boven opengereten. Johnny Jackson hield een zo te zien vlijmscherp jachtmes in zijn ene hand en een sigaret in de andere. Hij was naakt. Zwart bloed bedekte de voorkant van zijn lichaam en vertroebelde het zicht op zijn stijve penis.

Claire klikte het volgende bestand open. Weer een man in zwart-wit. Weer een dood meisje. Weer een bloederig slachttafereel. Ze herkende het gezicht niet. Ze bleef klikken. En klikken.

En toen vond ze wat ze al die tijd had kunnen raden.
Sheriff Carl Huckabee.

Het was een Kodachromefoto. Koddebeiers grijns onder zijn keurig gekamde snor was een en al zelfingenomenheid. Hij was naakt, op zijn cowboyhoed en -laarzen na. Er zat een grote bloedspat op zijn blote borst. Opgedroogd bloed klonterde samen in zijn dikke bos schaamhaar. Het meisje dat naast hem hing was al net zo vastgesnoerd als alle anderen, alleen was het niet zomaar een meisje. Claire herkende meteen de zilveren en zwarte armbanden die om haar slappe pols hingen.

Het was Julia.

Het prachtige blonde haar van haar zusje hing op de vuile vloer. Lange snijwonden hadden het wit van haar hoge jukbeenderen blootgelegd. Haar borsten waren afgesneden. Haar buik was opengesneden. Haar darmen waren als een sjaal om haar hals gedrapeerd en hingen langs haar gezicht.

Het kapmes stak nog in haar.

De vijftienjarige Paul stond aan de andere kant van Huckabee. Hij droeg een gebleekte spijkerbroek en een ruim zittende rode polo. Zijn haar was in laagjes geknipt. Hij had een bril met dikke glazen op. Hij stak twee duimen op naar de man achter de camera.

Claire klikte de foto weg. Ze keek uit het raam. De regen kwam met bakken naar beneden en het park stond half onder water. De wolken waren bijna zwart. Ze luisterde naar het aanhoudende getik van regen tegen glas.

Ze had zichzelf gesust met de gedachte dat Paul Lydia niet onherstelbaar zou verminken omdat hij het Claire nog steeds naar de zin wilde maken. De rechtvaardiging hiervan vertoonde een simpel patroon: hij had Lydia kennelijk doodsbang gemaakt. Hij had haar duidelijk pijn gedaan. Maar hij kon haar onmogelijk zwaar letsel toebrengen. Die kans had hij achttien jaar geleden gehad. Hij had jarenlang mannen ingehuurd om haar te volgen. Hij had haar op ieder willekeurig moment kunnen pakken, maar dat had hij niet gedaan, want hij hield van Claire.

Omdat ze mooi was? Omdat ze slim was? Omdat ze intelligent was?

Omdat ze dom was.

Lydia had gelijk. Ze was al dood.

# TWINTIG

Paul liep al telefonerend de garage op en neer. Er kwamen woorden uit zijn mond, maar Lydia kon er geen wijs uit worden. Ze kon nergens meer wijs uit worden.

Ze wist dat ze pijn had, maar dat interesseerde haar niet. Ze was bang, maar ook dat deed er niet toe. Ze zag haar angst als een zwerende wond onder een verse korst. Ze wist dat hij er nog steeds zat, dat hij bij de lichtste aanraking zou openbarsten, maar ze kon zich er niet meer druk om maken.

Het enige waar ze haar gedachten bij kon bepalen, was bij het besef dat ze was vergeten hoe verdomd lekker het was om high te zijn. De pislucht was verdwenen. Ze kon weer ademen. De kleuren in het vertrek waren allejezus mooi. De Apple Macintosh, dot-matrixprinter, 5-inch floppydisks, kopieerapparaat, dvd-brander. Ze gloeiden telkens als ze ernaar keek.

‘Nou moet je goed luisteren, Johnny,’ zei Paul. ‘Ik heb het hier voor het zeggen.’

*Johnny. Johnny Appleseed. Johnny Jack Corn and I don’t care.*

Nee, dat was Jimmy.

*Jimmy Jack Corn and I don’t care.*

Nee, het was *Jimmy Crack Corn.*

Maar wat maakte het uit?

Lydia herinnerde zich vaag dat Dee het liedje meezong met de poppen van *Sesamstraat*. Maar nee, dat klopte ook niet. Dee was doodsbang voor Pino. Waarschijnlijk had Claire het liedje gezongen. Ze had ooit een buikspreekpop gehad. Als je aan het touwtje trok zei de pop: ‘Dat is het werk van de duivel.’ Claire had het touwtje kapot getrokken. Julia was woedend geweest, want eigenlijk was het haar pop. Ze was naar Sambo's gegaan met haar vriendin Tammy.

Klopte dat wel? Sambo's?

Lydia was er ook wel eens geweest. Op het menu van het restaurant stond een zwart kindje dat om een boom rende. De tijgers die achter hem aan joegen veranderden in boter.

Pannenkoeken.

Ze kon haar vaders pannenkoeken bijna ruiken. Kerstochtend. Alleen dan mocht hij van Helen de keuken in. Haar vader was een echte plaaggeest. Ze moesten hun ontbijt altijd eerst helemaal opeten voor ze de cadeautjes mochten uitpakken.

'Lydia?'

Lydia liet haar hoofd opzij rollen. Ze zag sterretjes aan de binnenkant van haar oogleden. Haar tong smaakte naar snoep.

'O, Lydia?'

Paul sprak op zeurderige toon. Hij was niet meer aan het bellen, maar stond voor Lydia met het breekijzer in zijn handen. Claire had het gisteren op de keukentafel gelegd. Eergisteren? Vorige week?

Hij woog het ding. Hij keek naar de hamerkop, naar de gigantische klauw aan de andere kant. 'Dit zou me wel eens heel goed van pas kunnen komen, denk je ook niet?'

*Motherfucker*, zei Lydia, maar alleen in gedachten.

'Moet je kijken.' Hij hield het breekijzer als een knuppel boven zijn schouder. Toen gaf hij een zwaai met de klauw, recht op haar hoofd af.

Hij miste.

Met opzet?

Ze had de verplaatsing van lucht gevoeld toen het stuk ijzer door de lucht zoefde. Ze ving een metalige zweetgeur op. Haar eigen zweet? Dat van Paul? Hij zweette nu niet. Ze zag hem alleen zweten als hij zich met die zieke grijns op zijn kop over haar heen boog.

Lydia knipperde met haar ogen.

Paul was verdwenen. Nee, nu zat hij achter de computer. De

monitor was gigantisch. Lydia wist dat hij naar een kaart keek. Ze zat te ver van hem af om iets te kunnen onderscheiden. Met zijn ogen strak op het scherm gericht volgde hij Claire op weg naar de bank, want ze wist van Paul dat Claire de USB-stick daar had verstopt. In een kluis. Lydia had willen zeggen dat hij het mis had, maar haar lippen voelden te vol, alsof er gigantische ballonnen aan waren vastgeplakt. Telkens als ze haar mond open wilde wringen, werden de ballonnen zwaarder.

Maar ze mocht het hem niet vertellen. Dat wist ze. Claire was iets aan het doen. Ze hield hem voor de gek. Ze probeerde Lydia te helpen. Aan de telefoon had ze toch gezegd dat alles goed zou komen? Dat Lydia moest volhouden. Dat ze haar niet weer in de steek zou laten. Maar Adam Quinn had de USB-stick, dus wat had ze in godsnaam in die bank te zoeken?

*Adam Quinn heeft de USB-stick*, zei Lydia tegen Paul, maar de woorden bleven steken, want haar mond was dichtgeplakt omdat ze er uiteindelijk in geslaagd was dingen tegen Paul te zeggen die hij niet wilde horen.

Claire haat je nu. Ze gelooft me. Ze wil je nooit, maar dan ook nooit meer terug.

*We are never ever getting back together.*

Taylor Swift. Hoe vaak had Dee dat nummer niet gedraaid nadat ze had ontdekt dat Heath Carmichael haar bedonderde?

*This time I'm telling you...*

'Lydia?' Paul stond naast haar. Ze keek naar zijn computerscherm. Wanneer was hij erachter vandaan gekomen? Hij had op zijn computer gekeken. Hij zei iets over Claire, die de bank verliet. Hoe kon hij nu naast haar staan terwijl hij achter de computer zat?

Ze keerde zich naar Paul toe om het te vragen. Haar zicht schokte van kader naar kader. Ze hoorde het bionische geluid dat Steve Austin maakte in *The Six Million Dollar Man.*

*Tsj-tsj-tsj...*

Paul was er niet.

Hij stond voor het rolkarretje. Hij verving de oude voorwerpen door nieuwe. Zijn gebaren waren traag en nauwgezet. Het bionische *tsj-tsj-tsj* begeleidde zijn stop-motionbewegingen, als in het filmpje van *Rudolph the Red-Nosed Reindeer*.

Claire. Ze haatte de kerstspecial met de bizar vrolijke dieren die zich schokkerig van milliseconde naar milliseconde voortbewogen. Van Julia moesten ze er elk jaar naar kijken en dan kroop Claire als een bang poppetje tegen Lydia aan, en Lydia lachte met Julia mee omdat Claire zo'n schijtertje was, maar stiekem vond ze de figuurtjes zelf ook eng.

'Ik zou me maar voorbereiden als ik jou was,' zei Paul.

Het klonk gewichtig. Lydia's korst begon te jeuken. Ze schudde haar hoofd. Ze ging er niet aan peuteren. Die korst moest blijven. In plaats daarvan concentreerde ze zich op zijn handen, op de stokkerige bewegingen van zijn vingers terwijl hij alles recht legde, en nog een keer, en een derde keer, en een vierde keer.

Een nieuwe mantra dook in Lydia's hoofd op...

*Prikkeldraad. Breekijzer. Stuk ketting. Grote haak. Scherp jachtmes.*

Even werd het helder in haar bewolkte brein.

Het einde was nabij.

# EENENTWINTIG

Claire zat met haar rug tegen de muur in de Office Shop tegenover Phipps Plaza. Ze had zich tussen de voor- en de achterdeur opgesteld zodat ze iedereen kon zien binnenkomen. Ze was de enige klant in het kleine pand. De medewerker was zwijgend aan het werk achter een van de huurcomputers. Claire hield de burner in haar hand. Helen reed nu al tien minuten op de I-75.

Paul had nog steeds niet gebeld.

Haar hoofd vulde zich met de wildste veronderstellingen. Paul was op weg hiernaartoe. Hij had Lydia al vermoord. Hij ging Claire vermoorden. Hij ging Helen opsporen, hij ging naar het huis van oma Ginny en daarna ging hij Dee zoeken.

Misschien was hij dat al die tijd van plan geweest: haar hele familie uitroeien. Claire was hooguit een bewuste eerste stap. Hij had met haar gedatet. Hij had haar het hof gemaakt. Hij was met haar getrouwd. Hij had gedaan alsof hij haar gelukkig wilde maken. Hij had gedaan alsof hij zelf gelukkig was.

De ene leugen stapelde zich op de andere, een eindeloze reeks leugens.

Het waren net handgranaten. Paul keilde ze over de muur en Claire wachtte en wachtte maar, tot de waarheid uiteindelijk in haar gezicht ontplofte.

De foto's stonden gelijk aan duizend granaten, aan een nucleaire explosie die haar met duizelingwekkende vaart naar het donkerste oord dat ze ooit had gekend had geslingerd.

Paul die als vijftienjarige met een maniakale grijns voor de camera poseerde, naast het geknevelde lichaam van haar zus. Hij had zijn duimen opgestoken, net als tegen Fred Nolan toen hij de FBI-agent het nakijken gaf.

Claire staarde naar de burner. Het schermpje staarde leeg terug. Ze dwong zichzelf minder alarmerende redenen te bedenken waarom de telefoon niet overging. Het doorschakelen werkte niet goed. Mayhew had met iemand van het telefoonbedrijf gepraat, die Paul op het spoor van de burner had gezet. Adam zat ook in het complot en hij had Paul gewaarschuwd zodat zijn mannen Claire konden volgen.

Niets van dat alles nam ook maar een greintje angst weg, want alle redenen voerden naar Paul.

Claire beklopte haar tas tot ze de harde contouren van Lydia's revolver voelde. Eén ding had ze in elk geval goed gedaan. Munitie kopen was een eitje geweest. Verderop in de straat zat een wapenwinkel waar ze een doos dumdumkogels had gekocht zonder dat er vragen werden gesteld.

De Office Shop verzorgde drukwerk en je kon er ook per uur een computer huren. Ze was te zeer in de greep van haar eigen angst geweest om met de nerd achter de toonbank te flirten en daarom had ze hem omgekocht met tweehonderdvijftig dollar van Helens geld. Ze had haar probleem in vage termen uitgelegd: ze wilde iets op YouTube zetten, maar het waren foto's, geen filmpjes, en het waren er heel veel, samen met wat spreadsheets, en het moest allemaal goed gebeuren, want er was iemand die ze eraf wilde halen.

Op dat punt had de jongen haar onderbroken. Ze moest YouTube niet hebben, maar zoiets als Dropbox, waarop Claire de schouderriem van haar tas had verschoven zodat hij de doos munitie en de revolver kon zien. Hij had om nog eens honderd dollar gevraagd en gezegd dat ze Tor moest hebben.

Tor. Claire herinnerde zich vaag dat ze in *Time* iets over de illegale site voor het uitwisselen van bestanden had gelezen. Het had met het duistere web te maken, wat betekende dat het niet geregistreerd werd en ook niet opgespoord kon worden. Misschien maakte Paul gebruik van Tor om zijn filmpjes te verspreiden. In plaats van grote bestanden te mailen, kon hij een ingewikkelde link versturen die niemand kon vinden zonder de juiste combinatie van letters en cijfers te kennen.

Ze had de mailadressen. Zou ze de spreadsheets en foto's naar Pauls klanten sturen?

'Klaar.' Met zijn handen samengevouwen voor zijn geperste pantalon stond de nerd voor haar. 'Gewoon de USB-stick erin stoppen en alles wat je erop wilt hebben naar de pagina slepen, dan wordt het geüpload.'

Claire keek naar zijn naamplaatje. 'Bedankt, Keith.'

Hij lachte en sjokte terug naar de toonbank.

Claire hees zich overeind. Ze ging achter de computer zitten en terwijl ze af en toe een blik op de ingang wierp, volgde ze de aanwijzingen van de jongen. Het was koud binnen, toch zweette ze. Haar handen beefden niet, maar ze voelde een trilling door haar lijf gaan, alsof een stemvork haar botten aanraakte. Ze keek weer even naar de deuren toen Pauls bestanden werden geüpload. Ze had de JPEG's bovenaan gezet zodat bij de eerste klik de foto van Johnny Jackson verscheen. Nu moest ze zorgen dat er ook echt iemand op klikte.

Claire ging naar het mailprogramma dat Keith voor haar had geïnstalleerd. Ze had een nieuw mailadres, met de mogelijkheid de precieze tijd en datum in te stellen voor het verzenden van de mails.

Ze begon te tikken.

*Ik ben Claire Carroll Scott. Julia Carroll en Lydia Carroll waren mijn zussen.*

Claire werd misselijk van het verraad. Lydia leefde nog. Ze moest leven, dat kon niet anders.

Ze drukte net zo lang op backspace tot de laatste zin was verwijderd.

*Ik heb bewijs gepost dat Congreslid Johnny Jackson heeft meegewerkt aan pornografische filmpjes.*

Claire staarde naar de woorden. Het was niet helemaal waar, want dit was meer dan porno. Het was ontvoering, verkrachting en moord, maar ze was bang dat ze mensen zou afschrikken als ze dat alles opnoemde en dat ze dan niet op de link zouden klikken. Ze stuurde het naar elk mediakanaal en iedere overheidsinstelling waarvan ze een website met een contactadres kon vinden. Hoogstwaarschijnlijk werden de accounts beheerd door jonge stagiairs die geen idee hadden wie Johnny Jackson was of die met e-mail waren opgegroeid en wisten dat je niet op anonieme links moest klikken, vooral niet als ze met Tor waren verbonden.

Claire opende een nieuwe browserpagina. Ze vond het mailadres van Penelope Ward op de ouderraadspagina van Westerly Academy. Lydia's wraakgodin zag er al even suikerzoet uit als Claire had gedacht. Het voorbereidend comité van *Branch Ward for Congress* had als mailadres intern@wewantward.com. Er stond dat de groep een PAC was, een Politiek Actie Comité, wat betekende dat ze zo veel mogelijk vuiligheid over de tegenstander probeerden te verzamelen.

De burner ging over.

Claire liep naar het magazijn en deed de achterdeur open. Buiten goot het nog steeds. De wind was aangezwollen en een ijskoude luchtstroom trok door de kleine ruimte. Ze hoopte dat de achtergrondgeluiden Paul ervan zouden overtuigen dat ze met de Tesla over de I-75 reed.

Ze klapte het telefoontje open. 'Paul?'

'Heb je de sleutelhanger?'

'Ja. Ik wil Lydia spreken.'

Hij zweeg. Ze voelde zijn opluchting. 'Heb je naar de inhoud gekeken?'

'Natuurlijk. Op de computer van de bank.' Claire goot al haar woede in het sarcastische antwoord. 'Geef me Lydia aan de lijn. Nu.'

Hij doorliep de gebruikelijke stappen. Ze hoorde de klik van de telefoonspeaker.

'Lydia?' zei Claire. Ze wachtte even. 'Lydia?'

Ze hoorde luid, wanhopig gekreun.

'Volgens mij heeft ze geen zin om te praten,' zei Paul.

Claire leunde met haar hoofd tegen de muur. Ze keek naar het plafond om haar tranen tegen te houden. Hij had Lydia gefolterd. Claire had zich aan het flintertje hoop vastgeklampt dat hij dat niet had gedaan, zoals ze zich ook jarenlang aan een flintertje hoop over Julia had vastgeklampt. Haar gezicht gloeide van schaamte.

'Claire?'

'We spreken af in het winkelcentrum. In Phipps Plaza. Hoe lang doe je erover om daar te komen?'

'Beter van niet,' antwoordde Paul. 'Als we nou eens bij Lydia's huis afspreken?'

Claire vocht niet meer tegen haar tranen. 'Heb je Dee ontvoerd?'

'Nog niet, maar ik weet dat je naar Lydia's huis bent geweest om die proleet van een vriend van haar te waarschuwen. Hij heeft Dee meegenomen naar een vishut bij Lake Burton. Ben je er nog steeds niet achter dat ik alles weet?'

Hij wist niet dat ze een revolver had. En ook niet dat ze in de Office Shop was.

'Rij terug naar Watkinsville,' zei hij. 'Ik zie je bij het huis van mijn ouders.'

De moed zonk Claire in de schoenen. Ze had gezien wat Paul deed met vrouwen die hij in het huis van Fuller gevangen hield.

'Ben je er nog?'

Praten kostte Claire moeite. 'Het is heel druk op de weg. Ik denk dat ik wel een paar uur nodig heb.'

'Over anderhalf uur moet je er kunnen zijn.'

'Ik weet dat je me volgt via mijn telefoon. Kijk maar naar de blauwe stip. Sneller gaat niet.'

'Ik ben ongeveer even ver van het huis verwijderd als jij, Claire. Denk aan Lydia. Straks ga ik me nog vervelen terwijl ik op je wacht.'

Claire klapte het telefoontje dicht. Ze keek naar haar arm. De regen was door de deuropening naar binnen gewaaid. De mouw van haar bloesje was doordrenkt.

Er waren inmiddels twee klanten in de winkel. Een man en een vrouw. Allebei jong. Allebei in jeans en capuchontrui. Ze hadden geen van beiden een oortje in. Claire bestudeerde hun gezichten. De vrouw keek de andere kant op. De man lachte naar haar.

Claire moest maken dat ze hier wegkwam. Ze ging weer achter de computer zitten. De bestanden waren inmiddels geüpload. Ze controleerde de link om te zien of hij het deed. Het scherm stond zo dat andere klanten het niet konden zien, maar toch steeg het bloed naar haar wangen toen ze controleerde of de foto van Johnny Jackson op de server stond.

Zou ze die op de monitor laten staan? Zodat Keith ontdekte waar hij onbewust aan had meegewerkt?

Claire sloot de foto af. Ze had al genoeg mensen gekwetst. Ze had geen tijd om een mooie mail op te stellen. Ze schreef nog een paar regels, plakte de Torlink eronder en voor de zekerheid controleerde ze nogmaals de ingestelde tijd voor het verzenden van de mails.

Over twee uur zou iedereen met toegang tot internet weten hoe het zat met Paul Scott en zijn handlangers. Ze zouden de foto's zien waarop zijn oom en zijn vader de bloeddorst van de familie aan de volgende generatie doorgaven. Ze zouden de bijna duizend mailadressen zien waarmee de identiteit en woonplaats van zijn klanten werden prijsgegeven. Ze zouden het diep in hun binnenste voelen wanneer ze de ene foto na de andere zagen van jonge meisjes die in de loop van ruim veertig jaar aan hun families waren ontrukt. En ze zouden zien hoe Carl Huckabee en Johnny Jackson hun politiecarrière hadden misbruikt om te zorgen dat het nooit werd ontdekt.

Tot op dit moment.

Claire trok de USB-stick uit de computer. Ze keek nog even of er geen kopieën op het bureaublad waren achtergebleven. De stick verdween weer in haar tas. Ze zwaaide naar Keith en liep de winkel uit. Opnieuw kwam de regen met bakken naar beneden, recht op haar hoofd. Tegen de tijd dat ze achter het stuur van Helens Ford kroop, was ze doorweekt.

Claire zette de ruitenwissers aan. Ze reed van de parkeerplaats af. Pas toen ze veilig op Peachtree Street was, belde ze haar moeder.

Helen klonk gespannen. 'Ja?'

'Alles in orde.' Liegen kon ze inmiddels al net zo goed als Paul. 'Rij maar door naar Athens. Ik heb op dit moment een voorsprong van zo'n twintig minuten, dus je moet langzaam rijden. Niet boven de maximumsnelheid.'

'Ga ik naar huis?'

'Nee, niet naar huis gaan. Parkeer maar bij de Taco Stand in het centrum en loop dan naar het huis van mevrouw Flynn. Laat de telefoon in de auto liggen. Tegen niemand zeggen waar je naartoe gaat.' Claire dacht aan de e-mails die straks volgens plan verstuurd zouden worden. Haar moeder stond ook op de lijst met ontvangers, het emotionele equivalent van een dolkstoot in haar hart. 'Ik heb je een mail gestuurd. Die moet aangekomen zijn tegen de tijd dat je bij mevrouw Flynn bent. Je mag hem lezen, maar beloof me dat je niet op de link klikt. Als je over drie uur niets van me gehoord hebt, moet je ermee naar die vriendin van je gaan die bij de *Atlanta Journal* werkt, je weet wel, die schrijfster.'

'Ze is met pensioen.'

'Maar ze heeft nog wel contacten. Het is heel belangrijk, mam. Je moet haar op de link laten klikken, maar je mag zelf niet kijken.'

Ze merkte dat Helen bang was, maar het enige wat ze zei was: 'Claire.'

'Koddebeier is niet te vertrouwen. Hij heeft tegen je gelogen over Julia.'

'Ik heb gezien wat er op die band stond.' Helen zweeg even en zei toen: 'Daarom wilde ik niet dat je die ooit te zien kreeg, want ik heb hem zelf gezien.'

Claire had niet gedacht dat ze nog meer pijn kon voelen. 'Hoe dan?'

'Ik heb je vader gevonden.' Weer zweeg ze even. De herinnering viel haar zwaar. 'Hij zat op zijn stoel. De tv stond aan. Hij had de afstandsbediening in zijn hand. Ik wilde zien waar hij naar gekeken had en...'

Ze stopte.

Ze wisten allebei wat de laatste beelden waren die Sam Carroll had gezien, maar alleen Claire vermoedde dat haar man ze aan hem had vertoond. Was dat het laatste zetje geweest dat haar vader nodig had om zich van het leven te beroven? Of had Paul hem daar ook bij geholpen?

'Het is heel lang geleden,' zei Helen. 'En de man die het gedaan heeft, is dood.'

Claire wilde haar al tegenspreken, maar haar moeder zou alles snel genoeg weten als ze haar mail opende. 'Helpt dat? Weten dat hij dood is?'

Helen antwoordde niet. Ze was altijd tegen de doodstraf geweest, maar Claire had de indruk dat haar moeder er geen enkel probleem mee zou hebben als iemand anders dan de overheid de man doodde die waarschijnlijk haar dochter had vermoord.

'Niet naar Koddebeier gaan, oké?' zei Claire. 'Later snap je waarom. Je moet me vertrouwen. Hij is slecht.'

'Snoes, ik vertrouw je de hele dag al. Daar ga ik nu niet mee stoppen.'

Weer moest Claire aan Dee denken. Helen was oma. Dat hoorde ze te weten. Maar Claire wist dat ze niet kon volstaan met alleen dat aan haar moeder te vertellen. Helen zou alle bijzonderheden willen weten. Ze zou Dee willen ontmoeten, ze zou met haar willen praten, haar aanraken, haar vasthouden. Ze zou willen weten waarom Claire hen van elkaar gescheiden hield. En dan zou ze vragen over Lydia gaan stellen.

'Lieverd?' vroeg Helen. 'Is er nog iets?'

'Ik hou van je, mam.'

'Ik hou ook van jou.'

Claire klapte het telefoontje dicht. Ze wierp het op de stoel naast zich. Ze klemde het stuur met beide handen vast. Ze keek op het dashboardklokje en gaf zichzelf één volle minuut om alle verdriet en wanhoop te uiten die ze op haar vaders begrafenis niet had kunnen tonen.

'Oké,' zei ze tegen zichzelf. 'Oké.'

Het verdriet zou haar helpen. Die zou haar de kracht verlenen die ze nodig had om te doen wat ze moest doen. Ze ging Paul doden omdat hij haar vader de videoband met Julia had laten zien. Ze ging hem doden om wat hij hun allemaal had aangedaan.

De regen sloeg tegen de voorruit, waardoor ze bijna niets meer zag, maar ze bleef rijden want het enige wat ze op Paul voor had was het verrassingselement. Hoe die verrassing in de praktijk zou uitwerken was nog een mysterie. Claire had de revolver. Ze had dumdumkogels die een man aan flarden konden schieten.

Ze dacht aan die dag lang geleden toen ze Paul mee naar de schietbaan had genomen. Het eerste wat de instructeur had gezegd was dat je nooit een wapen op iemand anders mocht richten tenzij je bereid was de trekker over te halen.

Claire was meer dan bereid om de trekker over te halen. Ze moest alleen nog een geschikte gelegenheid vinden. Er bestond een kans dat ze eerder dan Paul bij het huis van Fuller aankwam. Ze kon haar moeders auto in het bosje naast het huis parkeren en dan naar de achterdeur lopen. Er waren meerdere plekken waar ze zich kon verstoppen: in een van de slaapkamers, op de gang, in de garage.

Tenzij hij er al was. Tenzij hij weer had gelogen en daar al die tijd al was.

Ze was ervan uitgegaan dat Paul nog een huis had, maar misschien had hij genoeg aan het huis van Fuller. Haar man vond het prettig wanneer alles bij het oude bleef. Hij was een slaaf van de routine. Hij gebruikte altijd dezelfde kom voor zijn ontbijt, altijd dezelfde koffiebeker. Als Claire hem zijn gang liet gaan, droeg hij iedere dag hetzelfde zwarte pak. Hij had structuur nodig. Alles moest vertrouwd zijn.

Van het dashboard kwam een belletje. Claire reed in haar moeders auto en had geen idee wat het geluid betekende. Ze minderde de vaart. De motor mocht nu niet afslaan. Verwoed speurde ze naar waarschuwingslampjes, maar het enige gele lampje was van het benzineblikje boven de brandstofmeter.

'Nee, nee, nee.' De Tesla liep niet op benzine. Paul vulde elke zaterdag de tank van Claires BMW bij. Ze kon zich niet herinneren wanneer ze voor het laatst voor iets anders dan een blikje cola light bij een tankstation was gestopt.

Claire keek op de snelwegborden. Ze was nog drie kwartier van Athens verwijderd. Pas na een aantal afslagen zag ze een Hess-bord.

Tegen de tijd dat ze het tankstation binnenrolde, reed de auto nog uitsluitend op benzinedampen. De regen was afgenomen, maar er hingen nog donkere onweerswolken en het was bitter koud. Claire liep naar binnen met de rest van het geld dat Helen haar had gegeven. Ze had geen idee hoeveel liter er in haar moeders Ford ging. Ze gaf de man achter de balie veertig dollar en hoopte er het beste van.

Claire liep terug langs een jong stel naast een aftandse personenwagen. Ze probeerde hen te negeren terwijl ze tankte. Ze hadden ruzie over geld. Claire en Paul hadden nooit ruzie over geld gehad, want Paul was altijd ruim voorzien geweest. Hun eerste ruzies gingen er meestal over dat Paul te veel voor haar deed. Ze hoefde maar een kick te geven en Paul rende al. Door de jaren heen had ze van haar vriendinnen moeten aanhoren dat Paul overal voor zorgde.

Het handvat van de pomp klikte.

'Shit.' De benzine stroomde over Claires hand. Het rook giftig. Ze deed de kofferbak open, want Paul had Helens auto van dezelfde noodvoorraad voorzien als hun eigen wagens. Ze schudde de rugzak leeg en viste een pakje handendoekjes op. Er was een schaar, maar Claire scheurde het aluminiumfolie met haar tanden open. Terwijl ze de benzine van haar hand boende, keek ze naar de inhoud van de rugzak, die door de hele kofferbak verspreid lag.

Toen ze pas getrouwd waren, had Paul een terugkerende nachtmerrie gehad. Voor zover Claire het zich kon herinneren, waren dat de enige momenten dat ze haar man echt bang had gezien.

Nee, dat was niet waar. Paul was niet zomaar bang geweest. Hij was doodsbang geweest.

Hij had de nachtmerrie niet vaak, misschien twee of drie keer per jaar, maar als het zover was, werd hij schreeuwend wakker, klauwend met zijn armen en benen en happend naar lucht, want hij had gedroomd dat hij levend verbrandde, net zoals zijn moeder bij het ongeluk dat aan zijn beide ouders het leven had gekost.

Claire inventariseerde de inhoud van de kofferbak.

Handflares. Een doosje waterbestendige lucifers. Een jerrycan met vijftien liter benzine. Een paperback om iets te lezen te hebben tot er hulp kwam.

Paul zorgde echt overal voor.

Nu was het Claires beurt om met hem af te rekenen.

# TWEEËNTWINTIG

De regen had Athens nog niet bereikt toen Claire door het centrum reed. Felle windvlagen joegen door de straten. Studenten weggedoken in jassen en sjaals pikten tussen de colleges door een snelle lunch mee. De meesten renden om het naderende onweer voor te zijn. Ze zagen allemaal hoe donker het aan de horizon werd: zware, zwarte wolken die vanaf Atlanta binnendreven.

Claire had Helen gebeld om te zien hoeveel tijd ze had. Haar moeder was ergens in de buurt van Winder, op ongeveer een halfuur afstand. Er was een ongeluk gebeurd op de I-78, waardoor er tien minuten bij kwamen. Gelukkig had Helen het meteen gemeld, dus toen Paul belde kon Claire hem naar waarheid vertellen waarom Lydia's iPhone zich niet meer verplaatste.

Ze nam dezelfde route naar Watkinsville die Lydia en zij de vorige dag hadden afgelegd. Claire miste bijna de afslag naar Pauls huis. Ze reed rustig, want Jacob Mayhew en Harvey Falke waren niet de enigen met wie ze rekening moest houden. Carl Huckabee was nog steeds sheriff van dit district. Hij had hulpsheriffs, maar je wist niet aan welke kant van de wet die stonden.

Daarbij was hij zeer goed op de hoogte van wat zich in het huis van Fuller had afgespeeld.

Claire was niet zo dom om de auto in het zicht achter te laten. Ze stuurde de wagen van de weg af en reed een dichtbegroeid bosje in. De wielen hobbelden onder luid protest over het ruwe terrein. De zijspiegels klapten dicht. Metaal snerpte en de lak werd door de dennenschors afgeschraapt. Ze reed zo ver mogelijk het bos in en omdat ze zich klem had gezet moest ze via het raampje naar buiten klimmen. Ze reikte weer naar binnen om de revolver te pakken.

Op de een of andere manier voelde het wapen zwaarder. Dodelijker.

Ze zette de geopende munitiedoos op het dak van de auto. Een voor een stopte ze de kogels in de cilinder.

'Voor Julia,' zei ze bij de eerste. 'Voor papa. Voor mama. Voor Lydia.'

Claire bekeek de laatste kogel die nog op haar handpalm lag. Deze voelde het zwaarst van allemaal; hij was van glanzend koper met een dreigende zwarte punt die open zou barsten zodra hij zacht weefsel raakte.

'Voor Paul,' fluisterde ze met schorre, wanhopige stem.

De laatste kogel was voor haar man, die lang geleden was gestorven, toen hij nog een jongen was en zijn vader hem voor het eerst had meegenomen naar de schuur. In zijn jeugd, toen hij zo gelukkig was geweest, zoals hij Claire had verteld. Toen hij voor de kantonrechter had gestaan en had gezworen haar de rest van zijn leven lief te zullen hebben en voor haar te zullen zorgen. In dat steegje, toen hij zo overtuigend haar hand had vastgehouden terwijl hij deed alsof hij stierf.

Deze keer was het menens.

Claire klikte de cilinder op zijn plek. Ze testte het wapen, hield de loop recht voor zich uit en kromde haar vinger om de trekker. Als oefening trok ze de haan een paar keer met haar duim naar achteren.

Het plan was als volgt: ze zou benzine rond het huis van Fuller uitgieten, alleen bij de slaapkamers, de voorste veranda en onder de badkamer, want ze durfde te wedden dat Paul Lydia in de garage gevangen hield en ze wilde zo ver mogelijk bij haar zus uit de buurt blijven. Daarna zou ze de benzine aansteken. Paul zou de rook ruiken of de vlammen horen. Hij zou doodsbang zijn, want vuur was het enige wat hem angst aanjoeg. Zodra hij naar buiten rende, zou Claire hem opwachten met de revolver en ze zou vijf keer op hem schieten, voor ieder van hen één keer.

Daarna zou ze het huis binnenrennen en Lydia redden.

Het was een riskant plan en waarschijnlijk nog krankzinnig

ook. Claire was zich van beide feiten bewust. Bovendien wist ze dat ze letterlijk met vuur speelde, maar ze kon niets anders bedenken waarmee ze Paul het huis uit kreeg zonder dat hij iets doorhad en waarbij ze voldoende tijd had om in actie te komen.

Ze wist dat het snel moest gebeuren, want ze betwijfelde of ze de trekker nog kon overhalen als ze er te lang bij nadacht.

Claire was anders dan haar man. Ze kon niet iemand achteloos van het leven beroven, zelfs niet als alle menselijkheid uit dat leven was verdwenen.

Ze stopte de revolver voor in haar jeans. De loop was niet lang, maar de cilinder drukte tegen haar heupbeen. Ze schoof hem naar het midden, langs de rits, maar dat maakte het alleen maar erger. Uiteindelijk verplaatste ze het wapen naar haar achterzijde. De omaslip die haar moeder had gekocht frommelde zich rond de cilinder. De loop stak in haar bilspleet, wat niet echt aangenaam was, maar haar broekzakken waren niet diep genoeg en ze wist dat ze geen schijn van kans had als Paul de revolver zag.

Ze opende de kofferbak. Ze ritste de rugzak open en zocht naar de nooddeken. Die zat in een klein pakje, maar toen ze hem openvouwde bleek hij de afmeting van een grote cape te hebben. De waterbestendige lucifers lagen op de handflares, die weer op een dikke paperback lagen.

*Verzamelde gedichten* van Percy Bysshe Shelley.

Zoals Helen zou zeggen: dichters waren niet de enige onofficiële wetgevers van de wereld.

Claire wikkelde haar buit in de foliedeken. Ze maakte de vier pakken water open. Haar shirt was nog vochtig van toen ze door de regen had gerend. Niettemin goot ze water over zich heen. De kou drong meteen tot haar door, maar ze maakte zich helemaal nat, ook haar hoofd, rug en de mouwen van haar bloes tot op de dichtgeknoopte manchetten. De rest van het water goot ze over de pijpen van haar jeans.

Ze pakte de deken en de jerrycan met vijftien liter benzine.

De benzine klotste in de plastic container toen ze ermee door het bos sjouwde. Onder de bomen hing een taaie regennevel. In de verte hoorde ze gerommel, wat haar heel toepasselijk leek met het oog op de taak die ze zich had gesteld. Claire tuurde voor zich uit. De lucht werd met de minuut donkerder, maar ze kon nog net een kobaltblauwe Chevy onderscheiden die achter een rij bomen stond geparkeerd.

Claire zette de jerrycan op de grond en legde de deken ernaast. Ze trok de revolver en spande de haan. Ze sloop naar de auto voor het geval Paul of een van zijn handlangers erin zat.

Leeg.

Ze ontspande de haan. Ze stopte de revolver weer achter in haar jeans. Gewenning. Het wapen voelde al een stuk minder vreemd.

Ze legde haar hand op de motorkap. Koud. Waarschijnlijk had Paul vanaf haar vertrek in het huis van Fuller gezeten.

Waarom zou hij ergens anders naartoe gaan? Hij had de sheriff die hem beschermde.

Ze pakte de deken en de jerrycan weer op en stapte op het huis af. Ze moest zich een weg door dicht struikgewas banen. Even raakte Claire in paniek, bang dat ze de richting kwijt was, maar even later zag ze het groene dak van het huis. Ineengedoken liep ze door. De ramen waren nog steeds met verweerd triplex dichtgetimmerd. Claire hield zich laag bij de grond, want ze wist dat er bij de ramen van de zitkamer een kier zat waardoor je de oprit kon zien, dus het was niet denkbeeldig dat er meer waren.

De trage, kledderige regen was nog niet tot op de bodem van de overwoekerde achtertuin doorgedrongen. Droog gras knisperde onder Claires voeten. Het schommeltoestel kermde toen een harde windvlaag over het open veld raasde, langs de plek waar de Amityvilleschuur had gestaan. Claire meed het open terrein. Met haar voeten plette ze het gras om ruimte te maken voor de deken en de inhoud ervan.

Ze bestudeerde de achterkant van het huis. Het stuk triplex dat Lydia en zij voor de keukendeur hadden weggewrikt leunde tegen de zijkant van het huis. Zij hadden het laten liggen waar het was neergevallen. Ze nam aan dat Paul het stuk board netjes tegen de muur naast de deur had gezet. Waarschijnlijk had hij het binnen ook opgeruimd. Of misschien had hij het bestek op de vloer laten liggen als een soort alarm, zodat hij het hoorde wanneer iemand het huis binnendrong.

Maar de vraag die Claire op dat moment nog het meest bezighield, was hoe ze Paul het huis uit kreeg.

Ze boog zich naar de jerrycan toe en draaide de dop van de flexibele tuit. Ze begon links van de kleine achterveranda naast de keuken en goot benzine over de houten planken die de buitenkant van het huis bekleedden. Claire ging zorgvuldig te werk, zodat de benzine tot in de naden tussen de planken doordrong. Telkens als ze langs een raam liep, hees ze de jerrycan omhoog en probeerde het triplex zo veel mogelijk te doordrenken zonder al te veel lawaai te maken.

Claires hart ging zo tekeer toen ze het trapje naar de voorste veranda beklom dat ze bang was dat het gebonk haar zou verraden. Ze bleef de garage in de gaten houden. Ze probeerde er niet aan te denken dat Paul daar nu met Lydia bezig was. De metalen roldeur was nog steeds met een hangslot vergrendeld. De beugel zat stevig vast. Zijn moordkamer. Lydia zat gevangen in zijn moordkamer.

Claire keerde zich om. Heel zachtjes liep ze in een halve lus om het huis en controleerde haar werk onder de dichtgetimmerde ramen nog eens goed. Tegen de tijd dat ze klaar was, had ze een halvemaan van benzine rond de linkerkant van het huis gesprenkeld, van de voorste veranda naar de slaapkamers en de badkamer. Alleen de keuken en de garage liet ze ongemoeid.

Stap een: voltooid.

Claire liep terug naar de foliedeken. Ze knielde neer. Ze zweette, maar haar handen waren zo koud dat ze haar vingers nauwelijks voelde. In gedachten verontschuldigde ze zich tegenover haar moeder de bibliothecaresse terwijl ze de verzamelde gedichten van Shelley uiteenscheurde. Ze propte het papier samen en rolde het op tot ze een lange lont had. Ze draaide de tuit van de jerrycan en schoof de lont naar binnen tot er nog ongeveer vijftien centimeter papier uit stak.

Stap twee: klaar.

Ze had twee lange handflares uit de rugzak meegenomen. Met de flares in haar hand liep Claire naar de voorkant van het huis. Ze stelde zich op onder het raam van de kamer met de naaimachine. Achter haar was de straat verlaten. Bij het tankstation had ze de gebruiksaanwijzing voor het ontsteken van de handflares gelezen. Het werkte op dezelfde manier als het aansteken van een lucifer. Je trok het plastic kapje eraf en streek met het schuurpapier over de bovenkant van de flare.

Claire verwijderde het kapje. Ze keek op naar het huis. Nu ging het gebeuren. Ze kon nog stoppen. Ze kon teruggaan naar haar auto. Ze kon de FBI in Washington DC bellen. De binnenlandse veiligheidsdienst. De geheime dienst. Het Georgia Bureau of Investigation.

Hoeveel uren zouden er verstrijken voor ze bij het huis waren?

Hoeveel uren zou Paul dan alleen met haar zus zijn?

Claire streek met de flare over het schuurpapier. Ze sprong naar achteren, want ze had niet gerekend op de plotseling oplaaiende vuurpluim. Vonken vielen voor haar voeten. De flare maakte een spetterend geluid alsof een kraan helemaal werd opengedraaid. Een rilling van paniek trok door haar heen. Ze had gedacht dat ze meer tijd zou hebben, maar het vuur verslond de seconden. De benzine was ontbrand. Oranjerode vlammen likten langs de zijkant van het huis. Ze liet de flare vallen. Haar hart bonkte in haar keel. Nu moest ze snel zijn. Nu gebeurde het. Terug kon niet meer.

Claire liep op een drafje naar de zijkant van het huis. Ze stak de tweede flare aan en liet die onder de ouderslaapkamer vallen. Er klonk gesuis, ze voelde een hete windvlaag en toen kronkelden de vlammen al over het benzinespoor naar de triplex platen die het raam bedekten.

De hitte was intens, maar toch rilde Claire. Ze rende terug naar haar voorraadplek en sloeg de nooddeken om haar schouders.

Het gekreukte materiaal bedekte nauwelijks haar bovenlijf. Ze keek omhoog. De wolken trokken razendsnel over. De regen was van een fijne nevel in dikke, vette druppels overgegaan. Met de regen had ze geen rekening gehouden. Ze keek naar de zijkant van het huis om te zien of het vuur wel aansloeg. Slierten witte rook kringelden omhoog. Oranje vlammen likten zich vanachter het triplex naar buiten.

Stap drie: in uitvoering.

Claire pakte de jerrycan en liep naar de achterveranda. Op drie meter afstand bleef ze staan, recht voor de traptreden. Ze zette de jerrycan neer en haalde de revolver tevoorschijn. Ze hield het wapen langs haar zij, met de loop op de grond gericht.

Ze wachtte.

De wind draaide. Rook blies in haar gezicht. De kleur was van wit in zwart overgegaan. Claire wist niet wat dat betekende. Ze dacht aan een tv-programma waarin het kleurverschil een belangrijk onderdeel van de plot was geweest, maar toen herinnerde ze zich een artikel waarin stond dat de kleur van rook afhankelijk was van wat er brandde.

Brandde er wel iets? Claire zag geen vlammen meer. Er was alleen een gestage, zwarte rookpluim en ondertussen wachtte ze tot Paul schreeuwend het huis uit rende.

Een minuut verstreek. Een tweede minuut. Ze klemde de revolver vast. Ze slikte een hoestaanval in. De wind draaide weer naar de weg. Nog een minuut. En nog een. Ze luisterde naar het geruis van het bloed in haar oren. Haar hart dreigde uit haar borst te bonken.

Niets.

'Shit,' fluisterde ze. Waar was de brand? Er was niet eens genoeg regen om het gras nat te maken, laat staan om een brandend huis te blussen. Maar de handflare sputterde ook al uit.

Met haar blik strak op de achterdeur schuifelde Claire een paar meter dichter naar de zijkant van het huis. Rook golfde onder het triplex vandaan alsof er een hele kolencentrale achter schuilging. Zat de brand in de muren? De houten gevelbeplating was oud en droog. De stijlen zaten al ruim zestig jaar in de wanden. Claire had duizenden constructietekeningen van wanden van woonhuizen gezien: de beplating aan de buitenkant, de dunne houtlaag ter versteviging, de dikke laag isolatie tussen de houten stijlen, de pleisterlaag. Er zat minstens vijftien centimeter materiaal tussen de binnenkant van het huis en de buitenkant, voor een groot deel hout, dat voor een groot deel doordrenkt moest zijn met benzine. Waarom raasde het vuur inmiddels niet door het huis?

De isolatie.

Paul had alle ramen vervangen. Hij had ongetwijfeld de oude pleisterlaag van de muren gehaald en er brandwerend isolatieschuim in gespoten, want wat Claire ook bedacht, die klote-Paul was haar altijd zes stappen voor.

'Godverdomme,' mompelde ze.

Wat nu?

De jerrycan. Ze tilde hem op. Er zat nog steeds een plens benzine in. De papieren lont had bijna alles in zijn vezels opgezogen. Dit was haar enige noodplan: de lont aansteken en de jerrycan op het dak gooien.

En dan? Toekijken terwijl dat evenmin vlam vatte? De halvemaanvormige vuurgrens diende om Paul via de achterdeur naar buiten te drijven. Als hij iets op het dak hoorde, kon hij evengoed via de voordeur of zelfs via de garagedeur naar buiten gaan. Of het geluid afdoen als een gevallen tak, of misschien hoorde hij het niet eens omdat hij te druk was met wat hij met Lydia uitspookte.

Claire zette de jerrycan neer. Ze klapte het telefoontje open. Ze belde naar inlichtingen en vroeg het vaste telefoonnummer van Buckminster Fuller. Ze drukte de toets in om de verbinding tot stand te brengen.

Binnen ging de keukentelefoon over. Het geluid drong nog steeds als een ijspriem haar oor binnen. Ze tikte met de loop van de revolver tegen haar been terwijl ze naar het gerinkel luisterde. Een. Twee. Drie. De vorige dag rond dezelfde tijd had Claire als een braaf kind op de achterveranda gezeten en had Paul haar om de twintig minuten gebeld om haar te vertellen dat haar zus al dan niet leefde.

Na de vijfde keer nam Paul op. 'Hallo?'

'Met mij.' Ze dempte haar stem. Ze zag hem door de kapotte keukendeur. Hij stond met zijn rug naar haar toe. Er hing geen rook in het vertrek, nergens was vuur te bekennen. Hij had zijn rode sporttrui uitgetrokken. Ze zag hoe zijn schouderbladen de dunne stof van zijn T-shirt oprekten.

'Waarom bel je naar deze telefoon?' vroeg hij.

'Waar is Lydia?'

'Vraag toch niet steeds naar je zus, ik word er kotsmisselijk van.'

De wind was weer gedraaid. Rook prikte in haar ogen. 'Ik heb de onbewerkte video's gezien.'

Paul reageerde niet. Hij keek naar het plafond. Zou hij de rook ruiken?

'Ik weet het, Paul.'

'Wat denk je te weten?' Hij rekte het telefoonsnoer uit om in de gang te kunnen kijken.

Claire ving een lichtflits op. Eén enkele vlam kroop tastend naar beneden vanaf de kroonlijst boven de badkamer. Ze keek weer naar Paul. De telefoon hield hem aan de keuken gekluisterd. 'Dat jij de gemaskerde man bent.'

Weer antwoordde hij niet.

Claire zag de vinger van vuur in een hand veranderen. De kroonlijst werd zwart. Roet zette zich af op de houtnerf van het plaatwerk. 'Ik weet dat je foto's van Johnny Jackson op de USB-stick hebt staan. Ik weet dat je je klantenlijst wilt hebben om de zaak draaiende te houden.'

'Waar ben je?'

Claires hart sidderde van opwinding toen ze het vuur naar boven zag kruipen, over de triplex plaat voor het badkamerraam.

'Claire?'

Paul was niet meer aan de lijn. Hij stond op de veranda en keek omhoog naar het huis. Rook rolde van het dak. Hij keek niet bang, wel verbijsterd. 'Wat heb je gedaan?'

Claire liet het mobieltje vallen. De revolver hing nog langs haar zij. Paul keek naar haar hand. Hij wist dat ze een wapen had. Nu moest ze het heffen, de loop op hem richten, de haan spannen. Ze moest snel zijn. Ze moest wijdbeens gaan staan. Ze moest de trekker kunnen overhalen voor zijn voet de grond raakte.

Paul daalde de drie treden af. Ze dacht aan hoe hij thuis altijd de trap af kwam, hoe hij 's ochtends naar haar lachte en zei dat ze mooi was, hoe hij haar wang kuste, briefjes voor haar in het medicijnkastje achterliet en haar overdag grappige berichtjes stuurde.

'Heb je het huis in brand gestoken?' vroeg hij. Hij klonk alsof hij het niet kon geloven en het stiekem prachtig vond, net als die keer toen Claire hem vanuit het politiebureau had gebeld om te zeggen dat hij een borgsom moest betalen om haar vrij te krijgen.

'Claire?'

Ze kon zich niet verroeren. Dit was haar man. Dit was Paul.

'Hoe kom je daaraan?' Hij keek nu naar de revolver. Weer leek hij eerder verbaasd dan bezorgd. 'Claire?'

Het plan. Ze mocht het plan niet vergeten. Het vuur greep nu om zich heen. Ze had de revolver in haar hand. Ze moest de haan spannen. De loop op Pauls gezicht richten. De trekker overhalen. De trekker overhalen. De trekker overhalen.

'Lydia maakt het goed.' Hij stond nu heel dicht bij haar. Ze kon zijn muffe zweetgeur ruiken. Hij had een volle baard. De bril met de dikke glazen had hij afgezet. Ze zag de contouren van zijn bovenlijf onder zijn witte T-shirt.

Ze had zijn lijf gekust. Ze had zijn borsthaar om haar vingers laten krullen.

Hij keek achterom naar het huis. 'Zo, dat verspreidt zich snel.'

'Je bent toch bang voor vuur?'

'Wel als het te dichtbij is.' Meer hoefde hij niet te zeggen: hij stond nu buiten, het regende, om hem heen strekten de velden zich uit waar hij zich in veiligheid kon brengen. 'Hoor eens, nog even en de hele zaak staat in de fik. Geef me die USB-stick nou maar, dan ga ik weg en kun jij naar binnen om Lydia los te maken.' Hij lachte zijn lieve, onhandige lach om haar te laten weten dat alles goed zou komen. 'Je zult zien dat ik haar niks heb gedaan, Claire. Ik heb me aan mijn belofte gehouden. Ik hou me altijd aan de beloften die ik jou doe.'

Claire zag haar hand naar zijn wang gaan. Zijn huid voelde koud. Zijn T-shirt was te dun. Hij moest een jas aan.

Ze zei: 'Ik dacht...'

Paul keek in haar ogen. 'Wat dacht je?'

'Ik dacht dat ik je gekozen had.'

'Natuurlijk heb je me gekozen.' Voorzichtig nam hij haar gezicht in zijn handen. 'We hebben elkaar gekozen.'

Claire kuste hem. Het was een echte kus. Paul kreunde. Zijn adem stokte toen hun tongen elkaar raakten. Ze voelde zijn handen trillen om haar gezicht. Ze voelde het kloppen van zijn hart. Het was precies zoals het altijd geweest was, en daarom wist ze dat het altijd een leugen was geweest.

Claire spande de haan. Ze haalde de trekker over.

De lucht trilde van de explosie.

Bloed spatte tegen haar hals.

Paul viel op de grond. Hij gilde het uit. Het was een dierlijke, angstaanjagende kreet. Hij greep naar zijn knie, of naar wat er nog van zijn knie over was. De dumdumkogel had zijn knieschijf versplinterd en zijn enkel uiteengereten. Wit bot, kraakbeen en repen pees hingen naar beneden, als bloederige stukken gerafeld touw.

'Die was voor mij,' zei ze.

Claire schoof de revolver weer achter in haar jeans. Ze greep de foliedeken en liep naar het huis.

Toen bleef ze staan.

Het vuur had zich over de hele linkerkant van het huis verspreid. Vlammen klauwden aan de keukenmuur. Vonken sprongen zo hoog als het plafond. Glas verbrijzelde door de intense hitte. De telefoon was gesmolten. Het linoleum was zwart. Rook hing als wit wattenpluksel in de lucht. Oranje en rode vlammen hadden de zitkamer gevuld en kropen nu naar de gang.

Naar de garage.

Het was te laat. Ze kon niet meer naar binnen. Elke poging om Lydia te redden was gekkenwerk. Ze zou sterven. Ze zouden allebei sterven.

Claire zoog een hap lucht naar binnen en rende het huis in.

# DRIEËNTWINTIG

'Ik ben in de garage!' Lydia rukte vergeefs aan de boeien terwijl helderrode vlammen zich vanuit de gang naar binnen vraten. 'Help me!'

Ze had een schot gehoord. Ze had een man horen schreeuwen.

Paul, dacht ze. Alsjeblieft, God, laat het Paul zijn.

'Ik ben hier!' riep Lydia. Ze zette zich schrap tegen de stoel. Ze had alle hoop opgegeven tot de telefoon ging, tot ze het schot hoorde.

'Help!' schreeuwde ze.

Wisten ze dat er brand was? Sloeg de politie Paul in de boeien terwijl ze het huis in moesten rennen? Hij had de deur naar het huis opengelaten. Ze had een eersterangsplek vanwaar ze het vuur kon zien veranderen. Het zachte geflakker was overgegaan in withete vlammen die zich een weg door de muren knauwden. Het tapijt krulde op. Stukken pleister smolten van het plafond. Rook en hitte stroomden door de smalle gang. Haar handen voelden warm. Haar knieën voelden heet. Haar gezicht was heet.

'Help dan!' gilde Lydia. Het vuur verspreidde zich razendsnel. Wisten ze niet dat ze hier was? Zagen ze de vlammen niet door het dak schieten?

'Ik ben hierbinnen!' gilde ze. 'Ik ben in de garage!'

Weer rukte Lydia aan de boeien. Zo mocht ze niet sterven. Niet na wat ze had overleefd. Ze moest Rick nog één keer zien. Ze moest Dee in haar armen houden. Ze moest tegen Claire zeggen dat ze haar echt had vergeven. Ze moest tegen haar moeder zeggen dat ze van haar hield, dat Paul Sam had vermoord, dat haar vader zich niet zelf van het leven had beroofd, dat hij heel veel van hen had gehouden en...

'Alsjeblieft!' Ze schreeuwde zo hard dat ze er bijna in stikte. 'Help me!'

Er verscheen een gestalte aan het eind van de gang.

'Hier!' riep ze. 'Ik ben hier!'

De gestalte kwam dichterbij. Steeds dichterbij.

'Help!' riep Lydia. 'Help me!'

*Claire.*

Het was Claire.

'Nee, nee, nee!' riep Lydia panisch. Waarom was het Claire? Waar was de politie? Wat had haar zus gedaan?

'Lydia!' Ineengedoken om onder de rook te blijven rende Claire op haar af. Een foliedeken zat om haar hoofd. Vuur golfde achter haar aan: steenrode en oranje vlammen die de muren aflikten en brokken uit het plafond sloegen.

Waarom was het Claire? Waar was de brandweer? Waar was de politie?

Met een uitzinnige blik keek Lydia naar de deur of er meer mensen binnen zouden stormen. Mannen in zware brandwerende jassen. Mannen met helmen op en met zuurstofflessen. Mannen met bijlen.

Er was verder niemand. Alleen Claire. Die knettergekke, impulsieve, idiote klote-Claire.

'Wat heb je gedaan?' schreeuwde Lydia. 'Claire!'

'Het komt goed!' riep Claire terug. 'Ik ga je redden.'

'Jezus christus!' Lydia zag de verf van de muren krullen. Rook vulde de garage. 'Waar is iedereen?'

Claire griste het mes van tafel. Ze sneed de plastic boeien door.

'Weg!' Lydia gaf haar een duw. 'Ik zit met een ketting aan de muur vast! Ga weg!'

Claire reikte achter de stoel. Ze draaide ergens aan. De ketting viel als een riem van Lydia af.

Even was Lydia te verbijsterd om zich te kunnen verroeren. Ze was vrij. Na bijna vierentwintig uur was ze eindelijk vrij.

Vrij om levend te verbranden.

'Kom!' Claire liep naar de deuropening, maar het vuur had

hun enige vluchtweg al verslonden. Vlammen versmolten de kunststof schroten aan de muur. Het hoogpolige tapijt krulde op als een tong.

'Nee!' schreeuwde Lydia. 'Nee, godverdomme!' Zo mocht ze niet sterven. Niet nadat ze Pauls folteringen had doorstaan. Niet nadat ze had gedacht dat ze weg zou kunnen komen.

'Help me!' Claire rende tegen de roldeur op. De metalige galm deed Lydia's trommelvliezen rinkelen. Claire wilde weer op de deur af stormen, maar Lydia greep haar arm.

'Wat heb je gedaan?' riep ze. 'We gaan dood!'

Claire rukte zich los. Ze rende naar de houten schappen. Ze veegde de videobanden op de vloer en wrikte de schappen van hun steunen.

'Claire!' gilde Lydia. Nu was haar zus echt krankzinnig geworden. 'Claire! Stop!'

Claire raapte het breekijzer op van de vloer. Ze zwaaide het als een honkbalknuppel tegen de muur. De hamerkop bleef in het gips steken. Ze wrong hem los en zwaaide opnieuw.

Gips.

Lydia keek verstomd toe terwijl Claire het ijzer opnieuw met een zwaai op de muur liet neerdalen. Net als alles in de garage was ook de betonnen muur er alleen voor de show. De echte garagewanden waren van gipsplaat en houten stijlen en achter de stijlen zaten gevelplaten en daarachter was de vrijheid.

Lydia griste het breekijzer uit Claires handen. Elke spier in haar lijf schreeuwde het uit toen ze de metalen staaf van vijf kilo boven haar hoofd hief. Ze legde haar volle gewicht erin en liet het ding met een zwaai als een hamer neerkomen. Ze zwaaide nog eens en nog eens tot het gips was verdwenen en harde stukjes purschuim als sneeuwvlokken afbrokkelden. Lydia gaf weer een zwaai. Het schuim was aan het smelten. De metalen staaf sneed erdoorheen alsof het boter was.

'Je handen gebruiken!' riep Claire.

Ze pakten allebei handenvol smeulend schuim. Lydia's vingers stonden in brand. Het schuim werd weer vloeistof en er kwamen scherpe chemicaliën vrij. Ze begon te hoesten. Ze hoestten allebei. Dichte rook hing in de garage. Lydia zag nauwelijks wat ze deden. Het vuur kwam dichterbij. Hitte schroeide haar rug. Als een bezetene trok ze aan het kokende isolatiemateriaal. Dit schoot niet op. Het duurde te lang.

'Aan de kant!' Lydia ging zo ver mogelijk naar achteren en stormde op de muur af. Haar schouder beukte knerpend tegen de houten gevelplaat. Weer ging ze naar achteren, rende naar voren en wrong haar lichaam tussen de stijlen om bij de buitenkant van de wand te komen.

Lydia liep nogmaals naar achteren en wilde weer naar voren stormen.

'Het werkt niet!' riep Claire.

Maar het werkte wel.

Lydia voelde de planken kraken onder haar gewicht. Opnieuw liep ze naar achteren. Daglicht drong door het versplinterde hout.

Lydia rende met volle vaart op de wand af. Die boog door. Er knapte iets in haar schouder. Haar arm hing slap langs haar zij. Ze gebruikte haar voet, schopte met elk grammetje kracht dat ze nog in zich had tot de houten latten lossprongen van de spijkers. Rook stroomde als door een trechter naar buiten. Lydia keerde zich naar Claire toe.

'Help me!' Claire had haar handen vol videobanden. Het vuur was zo dichtbij dat ze licht afgaf. 'We moeten ze buiten zien te krijgen!'

Lydia greep haar zus bij haar kraag en trok haar mee naar de smalle opening. Het lukte Claire niet met de banden naar buiten te kruipen. Lydia sloeg ze uit haar handen. Ze gaf Claire een duw. Haar voeten gleden uit. Haar schoenen smolten vast aan het beton. Nog een laatste duw en Claire schoot naar buiten. Lydia kwam vlak achter haar aan. Ze landden allebei met een smak op de oprit.

De plotselinge frisse lucht trok als een schok door Lydia's lichaam. Het beton had haar sleutelbeen gebroken. Het was alsof er een mes in haar keel stak. Ze rolde op haar rug en hapte naar adem.

Om haar heen regende het videobanden. Lydia mepte ze aan de kant. Alles deed pijn. Alles deed vreselijk pijn.

'Opschieten!' Claire zat op haar knieën. Ze stak haar handen weer door het gat in de garage in een poging de banden te redden. Een van de mouwen van haar bloes vatte vlam. Ze schudde het vuur uit en stak haar arm weer naar binnen. Lydia probeerde zichzelf overeind te duwen, maar haar linkerarm werkte niet mee. De pijn was bijna ondraaglijk toen ze zich met haar rechterarm omhoog hees. Ze greep Claire bij haar bloes en probeerde haar weg te trekken.

'Nee!' Claire graaide nog steeds banden naar buiten. 'We moeten ze allemaal hebben.' Met beide handen veegde ze de banden bij elkaar, zoals ze vroeger zand verzamelde om kastelen te bouwen. 'Liddie, alsjeblieft!'

Lydia ging op haar knieën naast Claire zitten. Ze kon maar enkele centimeters voor zich uit kijken. Rook kringelde uit de opening. De hitte was verstikkend. Ze voelde iets op haar hoofd neerkomen. Lydia dacht dat het een vonk was, maar het was regen.

'Nog een paar!' Claire trok nog steeds banden naar buiten. 'Haal ze weg bij het huis!'

Met haar goede hand smeet Lydia de videobanden naar de oprit. Het waren er zoveel. Ze keek naar de datums op de etiketten en ze wist dat elke datum correspondeerde met een verdwenen vrouw en dat de vrouwen familie hadden die geen idee had waarom hun zus of hun dochter verdwenen was.

Claire tuimelde achterover toen vlammen uit de garage schoten. Haar gezicht was zwartgeblakerd. Het vuur had de garage eindelijk verzwolgen. Lydia greep haar bij haar kraag en sleepte haar weg van het huis. Strompelend probeerde Claire overeind te komen. Haar gesmolten schoenen vielen van haar voeten. Ze knalde tegen Lydia op. De schok joeg de pijn rechtstreeks naar Lydia's schouder, maar het was niets vergeleken met de ratelende hoest die haar lichaam teisterde. Ze klapte dubbel en braakte een stroom zwart vocht uit dat smaakte naar pis en sigarettenas.

'Liddie.' Claire wreef over haar rug.

Lydia opende haar mond voor een tweede smerige, zwarte stroom die haar maag deed verkrampen. Gelukkig was er bijna niets meer. Ze veegde haar mond af. Ze stond op. Ze sloot haar ogen tegen de duizeligheid.

'Lydia. Kijk me aan.'

Met moeite deed Lydia haar ogen open. Claire stond met haar rug naar de garage. Achter haar woedden vuur en rook, maar ze keek naar Lydia, niet naar de brand. Vol ontzetting had ze haar hand voor haar mond geslagen.

Lydia kon zich slechts een voorstelling maken van wat haar zus zag: de blauwe plekken, de striemen, de brandwonden van de elektrische schokken.

'Wat heeft hij met je gedaan?' vroeg Claire

'Het gaat wel weer,' zei Lydia, want ze moest door.

'Wat heeft hij gedaan?' Claire trilde. Tranen trokken bleke sporen door het roet op haar gezicht. 'Hij heeft me beloofd dat hij je geen pijn zou doen. Dat heeft hij beloofd.'

Lydia schudde haar hoofd. Ze kon dit nu niet. Het deed er niet toe. Niets van dit alles deed er nog toe.

'Ik vermoord hem.' Claires blote voeten stampten over de grond toen ze om het huis heen naar achteren liep.

Lydia volgde haar en probeerde haar slappe linkerarm zo stil mogelijk te houden. Bij elke stap klapte haar sleutelbeen tegen de onderkant van haar keel. Haar gewrichten zaten vol kiezelgruis. Regen had het roet op haar huid in natte, zwarte as veranderd.

Claire liep iets voor haar uit. Achter in haar jeans zat een revolver. Lydia herkende het wapen, maar niet het vloeiende gebaar waarmee Claire het trok, de haan spande en de loop op de man richtte die over de grond kroop.

Paul had zich tot op een meter of zes van het huis gesleept. Een veeg donker bloed markeerde zijn gang door het natte gras. Zijn rechterknie was bloederige pulp. Zijn enkel was verbrijzeld. Zijn onderbeen hing in een onnatuurlijke hoek. Bot, pees en spieren glinsterden in het licht van de nog steeds bulderende vlammen.

Claire had de revolver op zijn gezicht gericht. 'Jij vuile leugenaar.'

Paul sleepte zich met elleboog en hand bij het vuur vandaan.

Claire volgde zijn bewegingen met de revolver. 'Je hebt gezegd dat je haar geen pijn had gedaan.'

Al kruipend schudde Paul zijn hoofd.

'Je hebt het me beloofd.'

Eindelijk keek hij op.

'Je hebt het beloofd.' Claire klonk ontstemd, verslagen en woedend tegelijk.

Paul haalde zijn schouder op. 'Wees blij dat ik haar niet geneukt heb.'

Claire haalde de trekker over.

Lydia gilde. De knal was oorverdovend. De kogel had de zijkant van Pauls hals opengereten. Hij sloeg zijn hand over de wond en draaide zich op zijn rug. Bloed sijpelde tussen zijn vingers door.

'Jezus christus,' was het enige wat Lydia over haar lippen kreeg. 'Jezus christus.'

'Claire.' Pauls stem gorgelde in zijn keel. 'Bel een ambulance.'

Claire richtte de revolver op zijn hoofd. Zonder enige emotie keek ze op hem neer. 'Vuile, gore leugenaar.'

'Nee.' Lydia greep Claires hand net toen ze de trekker overhaalde. Het schot miste. Ze voelde de terugstoot via Claires hand door haar arm naar boven gaan.

Claire wilde het wapen opnieuw richten.

'Nee.' Lydia duwde haar hand weg. 'Kijk me aan.'

Claire klemde de revolver vast. Ze zag alles wazig. Ze was ergens anders, in een duister, dreigend oord waaruit ze alleen kon ontsnappen door haar man te doden.

'Kijk me aan,' herhaalde Lydia. 'Hij weet waar Julia is.'

Claire hield haar blik nog steeds op Paul gericht.

'Claire,' zei Lydia met klem. 'Paul weet waar Julia is.'

Claire schudde haar hoofd.

'Dat heeft hij zelf gezegd,' zei Lydia. 'Dat heeft hij in de garage tegen me gezegd. Hij weet waar ze is. Ze is vlakbij. Hij zei dat hij nog steeds bij haar langsgaat.'

Claire schudde haar hoofd. 'Hij liegt.'

'Ik lieg niet,' zei Paul. 'Ik weet waar ze is.'

Claire wilde de revolver weer op zijn hoofd richten, maar Lydia hield haar tegen. 'Laat mij het eens proberen, oké? Laat mij maar. Alsjeblieft. Alsjeblieft.'

Claire gaf zich gewonnen en liet haar arm langzaam zakken.

Toch bleef Lydia haar zus in de gaten houden toen ze moeizaam neerknielde. Ze kreeg bijna geen lucht meer van de pijn. Elke beweging was als een scherp mes door haar schouder. Ze veegde het zweet van haar voorhoofd. Ze keek op Paul neer. 'Waar is Julia?'

Paul weigerde haar aan te kijken. Hij was alleen in Claire geïnteresseerd. 'Alsjeblieft,' smeekte hij. 'Bel een ambulance.'

Claire schudde haar hoofd.

'Als je ons vertelt waar Julia is, bellen we een ambulance,' zei Lydia.

Paul tuurde door zijn halfgesloten ogen naar Claire. De regen sloeg in zijn gezicht. Kletterde ertegenaan. Stroomde eroverheen.

'Bel een ambulance,' herhaalde Paul. 'Alsjeblieft.'

*Alsjeblieft*. Hoe vaak had Lydia hem in de garage niet gesmeekt? Hoe vaak had hij haar niet uitgelachen?

'Claire...' zei Paul.

'Waar is ze?' drong Lydia aan. 'Je zei dat ze vlakbij was. Is ze in Watkinsville? Is ze in Athens?'

'Alsjeblieft, Claire,' zei hij. 'Je moet me helpen. Het is ernstig.'

De revolver hing slap langs Claires zij. Ze keek achterom naar het huis en staarde in het vuur. Haar lippen vormden een strakke streep. Ze had nog steeds een wilde blik in haar ogen. Ze kon elk moment instorten. Lydia wist alleen niet hoe.

Ze keek weer op Paul neer. 'Vertel op.' Ze probeerde niet te smeken. 'Je hebt gezegd dat je weet waar ze is. Je hebt gezegd dat je af en toe bij haar langsging.'

*...verrotte botten en wat lange strengen blond haar en die stomme dingen die ze om...*

'Claire?' Paul verloor te veel bloed. Hij zag wasbleek. 'Claire, alsjeblieft... kijk me dan aan.'

Hier had Lydia geen tijd voor. Ze ramde haar vingers in zijn verbrijzelde knie.

Pauls kreten gingen door merg en been, maar ze gaf niet toe. Ze bleef drukken tot haar nagels over rauw bot schraapten.

'Vertel op, waar is Julia?'

Sissend ademde hij tussen zijn tanden door.

'Waar is ze!'

Pauls ogen draaiden weg. Stuiptrekkingen joegen door zijn lichaam. Lydia haalde haar hand weg.

Hij hapte naar adem. Gal en roze bloed sijpelden uit zijn mond. Hij drukte zijn achterhoofd tegen de grond. Zwoegend zoog hij lucht op. Het klonk alsof hij stikte. Hij huilde.

Nee, hij huilde niet.

Hij lachte.

'Je hebt het niet in je.' Tussen Pauls vochtige lippen schemerden bebloede witte tanden. 'Waardeloos vet kreng.'

Weer ramde Lydia haar vingers in Pauls knie. Haar knokkels kromden zich om de gebroken botfragmenten. Deze keer schreeuwde Paul zo hard dat zijn stem het begaf. Zijn mond stond open. Lucht passeerde zijn stembanden, maar zonder geluid.

Zijn hart sidderde nu. Zijn blaas leegde zich. Zijn darmen werden vloeibaar. Zijn ziel stierf.

Dat alles wist Lydia omdat Paul haar in de garage hetzelfde had laten ondergaan.

Hij kreeg weer stuiptrekkingen. Zijn armen verstijfden. Hij verstrakte zijn greep om de wond in zijn hals. Tussen zijn vingers sijpelde donkerrood bloed.

'Ik heb een eerstehulpkist in de auto,' zei Claire. 'We kunnen zijn hals oplappen om het nog wat te rekken.' Ze sprak op ontspannen toon, ongeveer zoals Paul in de garage tegen Lydia had gepraat. 'We kunnen hem ook levend verbranden. Er zit nog wat benzine in de jerrycan.'

Lydia wist dat haar zus bloedserieus was. Claire had al twee keer op hem geschoten. Ze zou hem hebben geëxecuteerd als Lydia haar niet had tegengehouden. Nu wilde ze hem martelen, hem levend verbranden.

Wat moest Lydia doen? Ze keek naar haar hand. De vingers waren bijna helemaal verdwenen in de resten van Pauls knie. Ze voelde zijn gebeef tot in haar hart.

Tot in haar ziel.

Ze dwong zichzelf haar hand terug te trekken. Zijn pijn verlichten was een van de moeilijkste dingen die ze ooit had gedaan. Maar wat Paul Lydia en haar familie ook voor gruwelijks had aangedaan, ze was niet van plan in Paul te veranderen, en ze zou haar uiterste best doen om te zorgen dat haar zusje evenmin in Paul veranderde.

'Waar is ze, Paul?' Lydia deed een beroep op het laatste restje menselijkheid dat Paul misschien nog bezat. 'Je gaat dood. Dat weet je. Het is alleen een kwestie van tijd. Zeg waar Julia is. Doe één keer iets goeds voor je de pijp uit gaat.'

Een bloedstraaltje glipte uit Pauls mond. 'Ik heb echt van je gehouden,' zei hij tegen Claire.

'Waar is ze?' vroeg Lydia.

Paul hield zijn blik op Claire gericht. 'Jij bent het enige goede dat ik ooit heb gedaan.'

Claire tikte met de loop van de revolver tegen haar been.

'Kijk me aan,' zei hij. 'Nog één keer, alsjeblieft.'

Ze schudde haar hoofd. Ze keek naar het veld achter het huis.

'Je weet dat ik van je hou,' zei hij. 'Je was het enige normale aan me.'

Weer schudde Claire haar hoofd. Ze huilde. Zelfs in de regen zag Lydia de tranen over haar gezicht stromen.

'Ik zou je nooit in de steek hebben gelaten.' Paul huilde ook. 'Ik hou van je. Ik zweer het, Claire. Ik hou van je tot mijn laatste snik.'

Eindelijk keek Claire op haar man neer. Haar mond ging open, maar alleen om adem te halen. Haar ogen schoten heen en weer, alsof ze niet helemaal begreep wat ze zag.

Zag ze op dat moment de oude Paul, de onzekere student die zo wanhopig naar haar liefde verlangde? Of zag ze de man die de filmpjes had gemaakt? De man die vierentwintig jaar lang het duistere geheim had bewaard dat haar familie had geteisterd?

Paul stak zijn hand naar Claire uit. 'Alsjeblieft. Ik ga dood. Gun me dit. Alsjeblieft.'

Ze schudde haar hoofd, maar Lydia zag haar twijfelen.

Paul zag het ook. 'Alsjeblieft,' zei hij.

Langzaam, aarzelend knielde Claire naast hem neer. Ze liet de revolver in het gras vallen. Ze legde haar hand op de zijne. Ze hielp hem het bloed te stelpen, ze hield hem nog even in leven.

Paul hoestte. Bloed spatte tussen zijn lippen door. Hij klemde zijn gewonde hals nog steviger vast. 'Ik hou van je. Ondanks alles mag je nooit vergeten dat ik van je hou.'

Claire smoorde een snik. Ze streelde zijn wang. Ze veegde het haar uit zijn ogen. Met een treurig lachje zei ze: 'Stomme zak. Ik weet dat je Julia in de put hebt gegooid.'

Als Lydia niet naar Pauls gezicht had gekeken zou ze zijn geschokte blik hebben gemist, want die ging meteen over in onverholen verrukking. 'Mijn god, wat ben jij toch vreselijk slim.'

'Ja, hè?' Claire zat nog steeds over hem heen gebogen. Lydia dacht dat ze hem ging kussen, maar in plaats daarvan trok Claire zijn hand weg van zijn gewonde hals. Paul verzette zich, wilde de bloedstroom stelpen, maar Claire hield zijn hand stevig vast. Ze duwde hem weer op zijn rug. Alle kracht was uit zijn lichaam verdwenen. Hij kon het bloeden niet stoppen. Hij kon Claire niet stoppen. Ze ging schrijlings op hem zitten. Ze drukte zijn beide polsen tegen de grond. Ze bleef hem recht aankijken, zoog elke verandering in zijn gelaatsuitdrukking op: het ongeloof, de angst, de wanhoop. Zijn hart ging tekeer. Bij iedere klop spoot er een nieuwe straal slagaderlijk bloed naar buiten. Claire keek niet weg toen hij zijn mond wijd opensperde, toen de regen in zijn keel kletterde. Ze hield zijn blik vast toen de spuitende straal uit zijn hals in een gestage stroom overging. Toen zijn handen zich openden. Toen zijn spieren zich ontspanden. Toen zijn lichaam verslapte. Zelfs toen ze alleen aan het zware gepiep van zijn adem en de roze belletjes tussen zijn lippen kon zien dat Paul nog leefde, bleef Claire kijken.

'Ik zie je,' zei ze. 'Ik zie precies wie je bent.'

Lydia was met stomheid geslagen. Ze kon niet geloven wat zich voor haar ogen voltrok. Hoe ver ze haar zusje had laten gaan. Vanaf hier was er geen weg terug. Het was onmogelijk dat Claire vanaf hier nog terug kon.

'Kom.' Claire had het tegen Lydia. Ze stond op. Ze veegde haar bebloede handen af aan haar broek, alsof ze net uit de tuin kwam.

Lydia kon zich nog steeds niet verroeren. Ze keek naar Paul. De belletjes waren gestopt. Ze zag de vlammen die uit het huis sloegen weerspiegeld in het glazige zwart van zijn irissen.

Een regendruppel raakte zijn oogbol. Hij knipperde niet.

'Liddie.'

Lydia wendde zich af. Claire was in de achtertuin. De regen kwam hard naar beneden. Het was alsof Claire het niet merkte. Ze schopte tegen het gras, baande zich een weg door de overwoekerde tuin.

'Kom!' riep Claire. 'Help me!'

Op de een of andere manier slaagde Lydia erin zich overeind te hijsen. Ze was nog steeds in shock en dat stelde haar in staat door de pijn heen te gaan. Ze dwong zichzelf de ene voet voor de andere te zetten. Ze dwong zichzelf Claire een vraag te stellen: 'Wat ga je doen?'

'Er is een put!' Claire moest haar stem verheffen om boven de regen uit te komen. Met haar blote voeten schopte ze het onkruid in wijde cirkels opzij. 'Volgens de kadastergegevens is het huis op de gemeentelijke waterleiding aangesloten.' Ze kon haar opwinding nauwelijks bedwingen. Ze was even ademloos als toen ze klein was en Lydia over de valse meiden op school vertelde. 'Ik heb een schilderij voor Paul gemaakt. Jaren geleden. Van een foto van de achtertuin. Die liet hij me zien toen we pas iets met elkaar hadden. Hij zei dat hij het plaatje prachtig vond, want het deed hem aan thuis denken, aan zijn ouders en dat hij op de boerderij was opgegroeid, en er stond een schuur op die foto, Liddie. Een grote, enge schuur en pal ernaast was een put met een dakje erop. Ik heb er uren over gedaan om de kleuren goed te krijgen, dagen, weken. Niet te geloven dat ik nooit meer aan die kloteput heb gedacht.'

Lydia duwde hoog onkruid opzij. Ze wilde Claire geloven. Met heel haar hart wilde ze haar geloven. Zou het zo eenvoudig zijn? Zou Julia hier echt zijn?

'Ik weet dat het klopt.' Claire schopte tegen de grond onder het schommeltoestel. 'Paul heeft alles bij het oude gelaten in het huis. Alles. Waarom heeft hij die schuur afgebroken behalve om het bewijs te vernietigen? En waarom heeft hij die put bedekt als er niets in zat? Je zag hoe hij keek toen ik dat zei over de put. Ze moet hier zijn, Pepper. Julia zit in die put.'

*Ze zaten er allemaal zo dichtbij, Lydia. Zal ik zeggen hoe dichtbij?*

Lydia schopte in het natte gras om zich heen. De wind was weer gedraaid. Ze kon zich niet voorstellen dat ze ooit nog iets anders dan rook zou ruiken. Ze keek achterom naar het huis. Het vuur laaide nog even fel op, maar misschien voorkwam de regen dat het naar het gras oversloeg.

'Liddie!' Claire stond onder het schommelstoestel. Ze stampte met haar hiel op de grond. Diep uit de aarde klonk een holle galm.

Claire liet zich op haar knieën vallen. Ze begon met haar vingers te graven. Lydia kwam naast haar zitten. Met haar goede hand voelde ze wat haar zus had gevonden. Het houten deksel was zwaar, zo'n drie centimeter dik en een meter in doorsnee.

'Dit moet het zijn,' zei Claire. 'Het kan niet anders.'

Lydia schraapte de grond met handenvol weg. Ze bloedde. Ze had blaren van het vuur, van het smeltende schuim. Toch bleef ze graven.

Uiteindelijk had Claire genoeg aarde weggehaald om haar vingers onder het deksel te wurmen. Ze ging als een gewichtheffer op haar hurken zitten en trok zo hard dat haar halsspieren strak stonden.

Geen beweging.

'Verdomme.' Claire deed een nieuwe poging. Haar armen trilden van inspanning. Lydia probeerde te helpen, maar haar arm weigerde dienst. De regen werkte ook al niet mee. Alles voelde zwaarder.

Claires vingers gleden weg. Ze viel achterover in het gras. 'Shit!' riep ze en ze hees zichzelf weer overeind.

'Probeer eens te duwen.' Lydia zette haar voeten tegen het deksel. Claire wierp haar hele gewicht in de strijd en met de muis van haar handen hielp ze haar duwen.

Lydia voelde dat ze haar grip verloor. Ze zette zich schrap met haar goede hand en duwde zo hard dat ze bang was haar benen te zullen breken.

Eindelijk slaagden ze erin het zware stuk hout een paar centimeter te verschuiven.

'Nog harder,' zei Claire.

Lydia wist niet of ze harder kon duwen. Ze deden een nieuwe poging en deze keer duwde Claire ook met haar voeten. Weer verschoof het deksel een paar centimeter. En nog een paar. Ze duwden en duwden, schreeuwend van pijn en inspanning, tot het deksel zo ver was verschoven dat hun benen boven het gat in de aarde bungelden.

Grond en steentjes vielen in de putopening. Regen spatte op water. Ze keken naar beneden, het eindeloze donker in.

'Verdomme!' Claires stem echode terug. 'Hoe diep denk je dat het is?'

'We hebben een zaklamp nodig.'

'Er ligt er eentje in de auto.'

Lydia keek haar zus na toen ze op haar blote voeten wegspurtte. Met ingetrokken ellebogen sprong ze over een gevallen boom. Ze rende uit alle macht, zonder om te kijken naar wat ze had achtergelaten.

Paul. Ze had hem niet alleen zien sterven. Ze had zijn dood tot zich genomen als een kolibrie die nectar opzuigt.

Misschien was het niet belangrijk. Misschien moest Claire hem zien sterven om er de kracht aan te ontlenen die ze nodig had. Misschien moest Lydia zich geen zorgen maken over wat ze met Paul hadden gedaan. Nu ging het erom wat Paul met hen had gedaan.

Met hun vader. Met hun moeder. Met Claire. Met Julia.

Lydia keek in het gapende zwart van de put. Ze probeerde het geluid op te vangen van de regen die het wateroppervlak raakte, maar er waren te veel druppels om er één te kunnen volgen.

Ze pakte een kiezel van de grond. Die liet ze in de put vallen. Ze telde de seconden. Bij de vierde tel plonsde het steentje in het water.

Hoe ver viel een steen in vier seconden? Lydia stak haar hand in het donkere gat. Ze streek langs de ruwe stenen en probeerde niet aan spinnen te denken. De stenen waren niet egaal. De specie was aan het verbrokkelen. Als ze voorzichtig was, vond ze misschien een steunpunt. Ze boog zich verder voorover. Ze veegde met haar hand heen en weer. De specie voelde droog aan. Haar vingers stuitten op de rank van een klimplant.

Alleen was hij te iel om een rank te kunnen zijn. Het was iets duns. Metaal. Een armband? Een halsketting?

Voorzichtig probeerde Lydia de ketting uit de putwand los te maken. Opeens ging het stroever en ze vermoedde dat hij ergens achter bleef haken. Ze kon haar andere hand niet gebruiken om hem los te trekken. Ze keek achterom. Ze zag Claire in de verte. De zaklamp brandde. Ze rende. Ze haalde haar voeten vast open op de bosgrond. Waarschijnlijk voelde ze het niet eens omdat het zo bitter koud was.

Kreunend boog Lydia zich verder voorover. Ze streek met haar vingers langs de ketting. Ze stuitte op een massief stuk metaal, net een munt, dat vastzat tussen de stenen van de wand. De vorm was niet rond, eerder ovaal. Met haar duim betastte ze de gladde rand. Heel behoedzaam wurmde Lydia de munt los door hem zachtjes heen en weer te wrikken tot hij losschoot uit de spleet. Ze wikkelde de ketting om haar vingers en trok haar arm terug uit de put.

Ze keek naar de halsketting in haar hand. Het gouden medaillon was hartvormig en er stond een cursieve *L* in gegraveerd. Het was zo'n ding dat je in de derde van een jongen kreeg omdat hij je mocht kussen en dus dacht dat jullie verkering hadden.

Lydia wist niet meer hoe de jongen heette, maar ze wist wel dat Julia het medaillon uit haar sieradendoos had gejat en dat ze het droeg op de dag dat ze verdween.

'Dat is jouw medaillon,' zei Claire.

Lydia rolde het goedkope kettinkje tussen haar vingers. Ze had altijd gedacht dat het heel duur was. Waarschijnlijk had hij het voor vijf dollar in een warenhuis gekocht.

Claire ging zitten en deed de zaklamp uit. Ze hijgde nog na van het rennen. Lydia hijgde ook, maar van spanning om wat ze gingen doen. Dichte rook trok voor het vage zonlicht. Het was ijzig koud. De condens van hun adem mengde zich boven het medaillon.

Het was zover. Na vierentwintig jaar zoeken, verlangen, weten en niet weten zaten ze hier in de regen.

'Julia zong altijd Bon Jovi-nummers onder de douche,' zei Claire. 'Weet je nog?'

Lydia stond zichzelf een lachje toe. '"Dead or Alive."'

'In de bioscoop at ze altijd alle popcorn op.'

'Ze was gek op drop.'

'En teckels.'

Ze trokken allebei een vies gezicht.

'Ze vond die ranzige gozer met dat matje leuk. Hoe heette hij ook alweer? Brent Lockhart?'

'Lockwood,' verbeterde Lydia haar. 'Papa dwong hem een baantje bij de McDonald's te nemen.'

'Hij rook naar geroosterd vlees.'

Lydia lachte, want Julia de vegetariër was ontzet geweest. 'Een week later maakte ze het uit.'

'Ze waren anders wel heel intiem.'

Lydia keek op. 'Heeft ze je dat verteld?'

'Ik zat boven aan de trap naar ze te gluren.'

'O, jij was altijd zo'n stiekemerd.'

'Ik heb het niet verklapt.'

'Dat mag dan een wonder heten.'

Ze keken allebei weer naar het medaillon. Aan de achterkant was de goudglans weggesleten. 'Ik meende wat ik over de telefoon tegen je zei. Ik vergeef je.'

Claire veegde regen uit haar ogen. Zo te zien zou ze zichzelf nooit vergeven. 'Ik heb een mail verstuurd...'

'Vertel dat later maar.'

Er waren nu belangrijker dingen aan de orde. Lydia wilde Dee aan haar geschifte tante voorstellen. Ze wilde Rick en Helen over het intrinsieke kwaad van e-boeken horen discussiëren. Ze wilde haar dochter vasthouden. Ze wilde haar honden en katten en haar familie om zich heen verzamelen en weer heel worden.

Claire zei: 'Het enige wat papa wilde, was haar vinden.'

'Het is zover.'

Claire deed de zaklamp aan. Het licht reikte tot op de bodem van de put. Het lichaam was in een ondiepe plas tot rust gekomen. Het weefsel was verdwenen. Geen zonnestraal had de botten kunnen bleken.

Het medaillon. Het lange blonde haar. De zilveren armbanden.

Julia.

# VIERENTWINTIG

Claire lag op Julia's bed met haar hoofd op Mr. Biggles, Julia's lievelingsknuffel. De oude, ruigharige hond had hun kindertijd nauwelijks overleefd. Het vulsel was doordrenkt met bodylotion. Zijn poten waren in frisdrank gedompeld als wraak voor een ingepikt boek. Een stuk van zijn neus was weggebrand in een heimelijke vergeldingsactie voor een gestolen pet. Iemand had in een kwade bui de vacht op zijn kop tot op de katoenen voering afgeknipt.

Zelf was Lydia er niet veel beter aan toe. Haar verschroeide haar groeide weer aan, maar zes weken na de beproeving die ze hadden doorstaan, zat ze nog steeds onder de lelijke paarse en gele plekken. Pas sinds kort zaten er korsten op de sneden en brandwonden. Rond haar gebroken oogkas was de huid rood en opgezwollen. Ze moest nog twee weken een mitella om haar linkerarm dragen, maar ze was opmerkelijk handig geworden en kon bijna alles met één hand, onder andere het vouwen van Julia's kleren.

Ze waren in het huis aan Boulevard. Helen bereidde de lunch in de keuken. Claire moest Lydia eigenlijk helpen met het inpakken van Julia's spullen, maar ze was moeiteloos teruggevallen in hun oude patroon en liet alles aan haar oudere zus over.

'Kijk eens hoe slank ze was.' Lydia streek Julia's Jordache-jeans glad. Ze legde haar gespreide hand op de tailleband. Haar duim en pink waren maar enkele centimeters van de zijkanten verwijderd. 'Deze leende ik wel eens.' Ze klonk verbaasd. 'Ik dacht dat ik moddervet was toen ze stierf.'

*Toen ze stierf.*

Dat zeiden ze nu. Ze zeiden niet langer *Toen Julia verdween* of *Toen Julia pas vermist werd*, want DNA-onderzoek had uitgewezen wat ze al die tijd diep in hun hart hadden geweten: Julia Carroll was dood.

Ze hadden haar de vorige week naast haar vader te ruste gelegd. Het was een sobere plechtigheid geweest, alleen Claire, Helen, Lydia en oma Ginny, die tot Lydia's verbijstering bleef zeggen dat ze nog even mooi was als ze zich herinnerde. Na de begrafenis hadden ze Ginny meegenomen naar het huis aan Boulevard zodat ze kennis kon maken met Dee en Rick. Over een week was het kerst. Er lagen cadeautjes onder de boom. Ze zaten met z'n allen aan de lange eettafel, aten gebraden kip, dronken ijsthee en wisselden lang vergeten verhalen over de gestorvenen uit: dat Sam altijd neuriede als hij ijs at en dat Julia alle noten was vergeten tijdens haar eerste pianovoorstelling. Ze luisterden ook naar verhalen van Dee, want ze hadden zeventien jaar van haar leven gemist en ze bleek een buitengewoon interessante, sprankelende, slimme, knappe jonge meid te zijn. Uiteraard was ze zichzelf, maar ze leek zoveel op Julia dat Claires hart nog steeds oversloeg telkens als ze haar zag.

'Hé, luiwammes!' Lydia dumpte de inhoud van een sokkenla naast Claire op het bed. 'Maak je ook eens nuttig.'

Claire sorteerde de sokken met opzet zo langzaam dat Lydia zich vanzelf zou gaan ergeren en het over zou nemen. Julia was gek geweest op sokken met meisjesachtige patronen, zoals roze hartjes en rode lippen en uiteenlopende hondenrassen. Daar konden ze vast iemand blij mee maken. Ze schonken de kleren van hun zus aan het daklozencentrum waar Julia vrijwilligerswerk had gedaan op de dag dat Gerald Scott had besloten haar van hen af te nemen.

En Paul, want de foto die in de schuur was genomen bewees dat hij actief had deelgenomen aan de moord op hun zus.

Lydia had alle andere bijzonderheden verteld die Paul in de garage had bekend. Ze wisten dat hun vaders zelfmoord in scène was gezet. Ze wisten van de schriften. Van de brieven die Helen aan Lydia had geschreven en die nooit waren bezorgd. Van Pauls plannen met Dee als ze negentien werd. Op zeker moment had Claire in navolging van Helen besloten te stoppen met het stellen van vragen, want ze wilde de antwoorden niet weten. Er was geen verschil tussen de blauwe pil en de rode pil.

Er waren alleen gradaties van leed.

Paul was een gewelddadige psychopaat geweest. Hij was een folteraar. Hij was een moordenaar. Zijn op kleur gesorteerde dossiers waren onderzocht en hij bleek een serieverkrachter te zijn geweest. De dossiers in het opberghok van het souterrain hadden de FBI naar buitenlandse bankrekeningen gevoerd met honderden miljoenen dollars van klanten uit alle delen van de wereld. Claires vermoeden dat Paul het systeem in concessie had gegeven, werd bevestigd. Er waren andere gemaskerde mannen, in Duitsland, Frankrijk, Egypte, Australië, Ierland, India, Turkije...

Voorbij een zeker punt konden verdere details over de omvang van haar mans zonden niets aan Claires zware last toevoegen.

'Volgens mij is dit van jou.' Lydia hield een wit T-shirt omhoog met RELAX in zwarte letters op de voorkant. De boord was er in *Flashdance*-stijl afgeknipt.

'Daar droeg ik altijd van die coole regenboogkleurige beenwarmers bij,' zei Claire.

'Dat waren mijn beenwarmers, rotkind.'

Claire ving het shirt dat Lydia naar haar hoofd smeet. Ze hield het omhoog. Het was nog een goed shirt. Waarschijnlijk kon ze het nog steeds aan.

'Weet je al wat je gaat doen?'

Claire haalde haar schouders op. Deze vraag kreeg ze vaker te horen. Iedereen wilde weten wat Claire ging doen. Voorlopig woonde ze bij Helen, vooral omdat de buren van haar moeder niet zo snel met de pers zouden praten, in tegenstelling tot iedereen in Dunwoody die Claire ooit had ontmoet of haar ook maar ergens had gezien. De vrouwen van haar tennisteam klonken aangeslagen voor de camera, maar toch slaagden ze er op de een of andere manier allemaal in om hun haar en hun make-up te laten doen voor ze gefilmd werden. Zelfs Allison Hendrickson had zich in de strijd gestort, hoewel niemand tot nu toe het voor de hand liggende grapje had gemaakt over Claires gewelddadige voorliefde voor knieschijven.

Op Claire zelf na.

'Die onderwijsbaan klinkt leuk,' zei Lydia. 'Je bent dol op kunst.'

'Volgens Wynn zit ik er warmpjes bij.' Claire liet zich op haar rug rollen. Ze staarde naar de poster van Billy Idol aan het plafond boven het bed.

'Toch zul je werk moeten zoeken.'

'We zien wel.' Al Pauls activa waren bevroren. Er was beslag gelegd op het huis in Dunwoody. Wynn Wallace had uitgelegd dat het jaren zou duren en miljoenen aan juridische kosten met zich mee zou brengen voor de onrechtmatig verkregen winsten uit Pauls legitieme holdings uitgezocht waren.

Uiteraard had Paul hier rekening mee gehouden toen hij zijn nalatenschap op orde bracht.

'De levensverzekeringspolissen waren ondergebracht in een onherroepelijke trust die Quinn + Scott betaalde,' zei Claire. 'Alle papieren kloppen. Ik kan er op elk gewenst moment bij.'

Lydia staarde haar aan. 'Je krijgt geld uit Pauls levensverzekeringspolissen?'

'Lijkt me niet meer dan eerlijk. Ik heb hem per slot van rekening gedood.'

'Claire,' waarschuwde Lydia, want Claire hoorde geen grapjes te maken over het feit dat ze ongestraft een moord had kunnen plegen.

Voor zover ze wist, was Claire er inderdaad mee weggekomen. Niet dat ze erover opschepte, want dat zou Lydia evenmin toestaan, maar als Claire één ding had geleerd van de vorige keer dat ze met het rechtssysteem in aanraking was geweest, was het dat je niet met de politie hoefde te praten, tenzij je dat wilde. Claire had zwijgend in een verhoorkamer gezeten tot Wynn Wallace op het regionale kantoor van het Georgia Bureau of Investigation was verschenen en haar had geholpen met een juridisch solide verweer tegen de aanklacht van brandstichting en moord.

En dat was maar goed ook, want als je naast moord ook een ander misdrijf pleegde eindigde je doorgaans in de dodencel.

Claire was geëindigd op de passagiersstoel van Wynn Wallace' Mercedes.

Paul had de brand aangestoken. Claire had hem uit zelfverweer neergeschoten.

Lydia was de enige getuige, maar ze had tegen de rechercheurs gezegd dat ze een black-out had gehad, en dat ze geen idee had wat er was gebeurd.

De regen en de brandweer, die de smeulende resten van het huis van Fuller drijfnat had gespoten, hadden ervoor gezorgd dat er maar weinig belastend bewijsmateriaal overbleef om hun verhaal onderuit te halen. Niet dat er ook maar iemand was die tegen die tijd veel aandacht voor Claires misdrijven had. Haar getimede e-mail met de Tor-link ging al rond. De *Black and Red* had het verhaal als eerste opgepikt, gevolgd door de *Atlanta Journal*, en daarna kwamen de blogs en het landelijke nieuws. En Claire was nog wel bang geweest dat niemand op een anoniem verzonden link zou klikken.

Waar ze het meest spijt van had, was dat ze Koddebeier in de mailinglijst had opgenomen, want volgens getuigen had sheriff Carl Huckabee bij het lezen van Claires mail naar zijn borst gegrepen en was hij gestorven aan een hartaanval.

Hij was eenentachtig. Hij woonde in een mooi huis dat hij helemaal had afbetaald. Hij had zijn kinderen en kleinkinderen zien opgroeien. 's Zomers ging hij vissen en 's winters lag hij ergens aan een strand en ondertussen genoot hij onbelemmerd van al zijn perverse hobby's.

Als je het Claire vroeg, was Koddebeier degene die echt met moord was weggekomen.

'Hé.' Lydia gooide een sok naar Claires hoofd om haar aandacht te trekken. 'Heb je er nog over nagedacht om naar een echte therapeut te gaan?'

'"*With a poster of Rasputin and a beard down to his knees*"?'

'Ik dacht eerder aan "*Kid Fears*".'

Claire moest lachen. Ze hadden naar Indigo Girls geluisterd op een van de honderden mixtapes die Julia in schoenendozen onder haar bed bewaarde. 'Ik zal er eens over nadenken,' zei ze, want ze wist dat het twaalfstappenprogramma belangrijk was voor haar zus. Het was ook de enige reden waarom Lydia in staat was Julia's kleren op te vouwen in plaats van zich ineengedoken in een hoek terug te trekken.

Maar zoals Claire tijdens hun laatste verplichte sessie tegen haar door de rechtbank aangewezen therapeut had gezegd, hadden ze Julia gevonden dankzij haar opvliegende karakter. Misschien dat Claire op een dag met een echte therapeut aan haar woedebeheersing ging werken. God wist dat er voldoende werk aan de winkel was, maar op dit moment voelde ze er weinig voor om zich te ontdoen van iets waardoor ze allemaal gered waren.

Wie zou dat nou willen?

'Heb je het nieuws gezien?' vroeg Lydia.

'Welk nieuws?' zei Claire, want er was zoveel dat ze het nauwelijks konden bijhouden.

'Mayhew en die andere rechercheur zijn niet op borgtocht vrijgekomen.'

'Falke,' zei Claire. Ze wist niet waarom Harvey Falke nog steeds werd vastgehouden. Hij was zonder meer een foute politieman, maar hij was al evenmin van Pauls illegale zaken op de hoogte als Adam Quinn. Tenminste, dat had Claire van Fred Nolan gehoord nadat de grote jongens uit Washington waren overgekomen en beide mannen drie weken lang hadden verhoord.

Kon ze Fred Nolan geloven? Zou Claire ooit nog een man kunnen geloven? Rick was aardig. Lydia had hem eindelijk gevraagd bij haar in te trekken. Hij zorgde voor haar. Hij hielp haar bij het herstel.

Maar toch.

Hoe vaak hadden Claire en Paul niet hetzelfde voor elkaar gedaan? Niet dat ze dacht dat Rick slecht was, maar ze had ook gemeend dat Paul een goed mens was.

Ze wist in elk geval aan welke kant Jacob Mayhew stond. Er was een inval in zijn huis gedaan. De FBI had zijn computers doorzocht en links aangetroffen naar bijna alle filmpjes die Paul ooit had gemaakt, en bovendien naar veel internationaal filmmateriaal.

Claires vermoeden over de omvang van de operatie bleek te kloppen. Aan de hand van Mayhews computer en de inhoud van de USB-stick en de VHS-banden uit de garage probeerden de FBI en Interpol honderden slachtoffers te identificeren die over de hele wereld verspreid honderden families hadden die op een dag misschien weer vrede konden vinden.

De Kilpatricks. De O'Malleys. De Van Dykes. De Deichmanns. De Abdullahs. De Kapadia's. Claire sprak elke naam uit een nieuwsbericht altijd hardop uit, want ze wist hoe het al die jaren geleden geweest moest zijn als mensen hun krant opensloegen en over Julia Carrolls naam heen lazen.

Om de naam van Congreslid Johnny Jackson kon niemand heen. Zijn betrokkenheid bij de snuff-porno was nog steeds hoofdnieuws in elke krant, op elke webpagina, in ieder nieuwsverslag en tijdschrift. Nolan had haar toevertrouwd dat er aan een soort deal in ruil voor strafvermindering werd gewerkt om te zorgen dat het Congreslid niet ter dood werd veroordeeld. Het ministerie van Justitie en Interpol hadden Johnny Jackson nodig om het fijne van Pauls zaken uit de doeken te doen in allerlei gerechtshoven over de hele wereld, en Johnny Jackson had geen zin op een brancard te worden vastgesnoerd en zich door een gevangenisarts een naald in zijn arm te laten rammen.

Claire was diep teleurgesteld nu ze niet vanuit de toeschouwersruimte elke kramp, jank en snik van Johnny Jackson kon volgen als hij door de staat Georgia ter dood werd gebracht.

Ze wist hoe het was om een slecht mens te zien sterven, om zijn paniek te voelen aanzwellen, om in zijn ogen het besef te zien gloren dat hij volkomen machteloos is. Om te weten dat de enige woorden die hij ooit nog zal horen jouw woorden zijn: dat je hem doorhad, dat je alles over hem wist, dat je van hem walgde, dat je niet van hem hield, dat je het nooit maar dan ook nooit zou vergeten. Dat je het hem nooit maar dan ook nooit zou vergeven. Dat jij er weer bovenop zou komen. Dat je weer gelukkig zou worden. Dat je zou overleven.

Misschien moest ze binnenkort toch maar in therapie gaan.

'Jezus christus.' Lydia griste de sokken bij Claire weg en begon ze te vouwen. 'Waar zit je met je hoofd?'

'Fred Nolan heeft me mee uit gevraagd.'

'Zeker een grapje, hè?'

Claire wierp haar een losse sok toe. 'Raar dat de man die de indruk wekte dat hij aan snuff-porno deed, in feite de enige was die niet aan snuff-porno deed.'

'Je gaat toch niet met hem uit?'

Claire haalde haar schouders op. Nolan was een eikel, maar ze was in elk geval gewaarschuwd.

'Jezus christus.'

'Jezus christus,' bauwde Claire haar na.

Helen klopte op de openstaande deur. 'Zijn jullie aan het kibbelen?'

'Nee hoor,' zeiden ze in koor.

Helen schonk hun de ontspannen glimlach die Claire zich nog uit haar kindertijd herinnerde. Ook al bivakkeerde de pers op haar stoep, Helen Carroll had eindelijk vrede gevonden. Ze viste een van Julia's sokken uit de hoop op het bed. Rond de bovenkant waren kussende teckels geborduurd. Helen zocht de bijpassende sok op. Ze vouwde ze samen. De Carrolls waren geen sokkenoprollers. Ze legden ze paarsgewijs in een la en gingen ervan uit dat ze bij elkaar zouden blijven.

'Mam, mag ik je iets vragen?' zei Lydia.

'Ga je gang.'

Lydia aarzelde. Ze waren heel lang van elkaar gescheiden geweest. Claire met haar scherpe blik had gezien dat het contact minder moeiteloos was dan vroeger.

'Het is goed, schat,' zei Helen. 'Zeg het maar.'

Lydia aarzelde nog steeds, maar toen vroeg ze: 'Waarom heb je al deze spullen bewaard terwijl je wist dat ze niet terug zou komen?'

'Dat is een goede vraag.' Helen streek Julia's dekbed glad voor ze op het bed ging zitten. Ze keek om zich heen. Lila muren. Rockposters. Polaroids in de lijst van de spiegel boven de ladekast. Er was niets veranderd sinds Julia was gaan studeren, zelfs de lelijke lavalamp waarvan iedereen wist dat hun moeder hem verafschuwde, stond er nog.

Helen zei: 'Je vader vond het fijn als alles hetzelfde bleef, dat haar kamer op haar wachtte als ze ooit terug zou komen.' Helen legde haar hand op Claires enkel. 'Nadat ik ontdekt had dat ze dood was, vond ik het geloof ik prettig om hier te komen. Ik had geen lichaam. Er was geen graf dat ik kon bezoeken.' Ze haalde de woorden van oma Ginny aan: 'Dit was eigenlijk de enige plek waar ik mijn verdriet kon achterlaten.'

Claire kreeg een brok in haar keel. 'Dat zou ze mooi hebben gevonden.'

'Ik denk het.'

Lydia ging naast Helen zitten. Ze huilde. Claire huilde ook. Ze huilden alle drie. Zo ging het al sinds ze in die put hadden gekeken. Hun levens waren ruw open geschaafd. Alleen de tijd kon hun een dikkere huid schenken.

'We hebben haar gevonden,' zei Lydia. 'We hebben haar thuisgebracht.'

Helen knikte. 'Inderdaad.'

'Dat was het enige wat papa wilde.'

'Nee.' Helen kneep even in Claires been. Ze streek een lok haar achter Lydia's oor.

Haar gezin. Ze waren allemaal weer samen. Zelfs Sam en Julia.

'Dit,' zei Helen. 'Dit is het enige wat jullie vader ooit heeft gewild.'

# VII

Ik kan me de eerste keer nog herinneren dat ik je hand niet meer mocht vasthouden. Je was twaalf. Ik bracht je naar het verjaarspartijtje van Janey Thompson. Het was zaterdag. Warm, ook al was de herfst begonnen. Het zonlicht brandde op onze rug. De lage hakjes van je nieuwe schoenen klakten over het trottoir. Je droeg een geel zomerjurkje met dunne bandjes. Te oud voor je, vond ik, maar misschien ook niet, want opeens was je inderdaad ouder geworden. Een stuk ouder. Geen sprieterige armen en slungelige benen meer die boeken omstootten en tegen meubels botsten. Geen opgewonden gegiechel en verongelijkte gilletjes meer omdat het oneerlijk was dat je geen taart mocht. Gouden haar dat blond en golvend was geworden. Een sceptische blik in je samengeknepen heldere blauwe ogen. Een mond die niet meer automatisch lachte als ik aan je vlechten trok of in je knie kneep.

Geen vlechten vandaag. Kousen bedekten je knieën.

Op de hoek van de straat bleven we staan en intuïtief wilde ik je hand pakken.

'Páp.' Je rolde met je ogen. Je stem klonk ouder. Er zweemde iets in door van de vrouw die ik nooit zou ontmoeten.

*Páp.*

Geen papa meer.

*Pap.*

Ik wist dat het voorbij was. Je zou mijn hand niet meer vasthouden. Niet meer bij me op schoot kruipen. Je zou je armen niet meer om mijn middel slaan als ik door de voordeur binnenkwam, je zou niet meer op mijn schoenen staan terwijl we de keuken ronddansten. Voortaan was ik de bank. De taxi naar het huis van je vriendin. Degene die je biologiehuiswerk nakeek. De handtekening onder de cheque die met je studieaanvraag werd meegestuurd.

En terwijl ik aan onze keukentafel die cheque ondertekende, dacht ik terug aan de tijd dat ik zogenaamd thee dronk uit kleine porseleinen kopjes en jij en Mr. Biggles me opgewonden over jullie dag vertelden.

Mr. Biggles. Die arme, verfomfaaide knuffelhond had de waterpokken overleefd, een omgegooid glas limonade en een botte verbanning naar de vuilnisemmer. Hij was geplet onder jouw gewicht, per ongeluk verbrand nadat hij te dicht bij een krultang had gelegen, en om onbekende redenen door je kleine zusje geschoren.

Ik kwam je kamer binnen toen je je spullen inpakte voor de universiteit. 'Schat, was je echt van plan Mr. Biggles weg te gooien?'

Je keek op van je koffer vol veel te strakke T-shirts, afgeknipte jeans, make-up en een doosje tampons dat we beiden negeerden.

*Páp.*

Datzelfde geïrriteerde toontje van die keer op de hoek van de straat, toen je je hand uit de mijne rukte.

Voortaan zou je me alleen nog terloops aanraken: als je autosleutels of geld aanpakte of me snel even omhelsde omdat je naar een concert mocht, naar een film, naar een afspraakje met een jongen die ik nooit aardig zou vinden.

Als je ouder was geworden dan negentien – als je het had overleefd – zou je dan met die jongen getrouwd zijn? Zou je zijn hart hebben gebroken? Zou je me kleinkinderen hebben geschonken? Achterkleinkinderen? Kerstochtenden bij jou thuis. Zondagse maaltijden. Verjaardagskaarten met hartjes erop. Gezamenlijke vakanties. Klagen over je moeder. Dol zijn op je moeder. Op je neefjes en nichtjes passen. Je zussen ergeren. De baas over ze willen spelen. Ze de hele tijd bellen. Ze niet vaak genoeg bellen. Met ze ruziën. Het weer goedmaken. En ik te midden van dat alles, met nachtelijke telefoontjes over kroep en mazelen en waarom de baby alsmaar huilt en 'Wat denk jij, papa?' en 'Waarom doet ze dat, papa?' en 'Ik heb je nodig, papa.'

*Papa.*

Ik vond laatst een van je plakboeken. Het vijftiende jaar van je korte leven waren jij en je zussen je droomhuwelijk aan het plannen. De jurken en de taart, de knappe bruidegoms en hun mondaine bruiden. Luke en Laura. Charles en Diana. Jij en Patrick Swayze of George Michael of Paul McCartney (hoewel die laatste veel te oud voor je was, vonden je zussen).

Vannacht droomde ik over je bruiloft, de bruiloft die je nooit hebt gehad.

Wie zou je hebben opgewacht aan het eind van het middenpad? Helaas niet de wilskrachtige jongeman die je tijdens de introductiedagen op de universiteit had ontmoet, of de medicijnenstudent met zijn tienjarenplan. Waarschijnlijk zou je die slome lamstraal met zijn slappe haar hebben gekozen, die heel trots vertelde dat hij eerst een oriëntatiejaar ging doen.

Aangezien deze bruiloft die nooit heeft plaatsgevonden míjn fantasietje is, heeft de jongen zich geschoren op jouw grote dag, hij heeft zijn haar keurig gekamd en staat lichtelijk nerveus naast de dominee. Hij kijkt naar je zoals ik altijd heb gehoopt dat een man naar je zou kijken: vriendelijk, liefdevol, en ook met enig ontzag.

We zouden allebei hetzelfde denken, Lamstraal en ik: *Waarom heb je in godsnaam hem gekozen?*

De muziek zet in. We beginnen aan onze mars. De mensen gaan staan. Er wordt gefluisterd dat je zo mooi bent. Zo bevallig. Jij en ik zijn nog maar een paar passen van het altaar verwijderd als ik je opeens vast wil grijpen om samen over het middenpad terug te rennen. Ik wil je omkopen zodat je nog een jaar wacht. Dan ga je gewoon met hem samenwonen, ook al zou je oma Ginny geschokt zijn. Je zou naar Parijs kunnen gaan om Voltaire te bestuderen. Je zou New York kunnen bezoeken en alle voorstellingen op Broadway aflopen. Je zou weer je intrek kunnen nemen in je kamer met de posters aan de muren en Mr. Biggles op je bed en met die lelijke lamp die je op een rommelmarkt vond en waarvan je moeder hoopte dat je hem mee zou nemen als je ging studeren.

Maar zelfs in mijn droom weet ik dat als ik je de ene kant op duw jij de andere kant op stormt. Dat was aan het eind van je leven even duidelijk als aan het begin.

Daar sta ik dan naast je op je denkbeeldige trouwdag, ik vecht tegen mijn tranen en offer je aan de toekomst die je nooit zult meemaken. Je moeder zit op de voorste rij te wachten tot ik naast haar kom zitten. Je zussen staan bij de dominee, tegenover de jongen. Ze stralen, zijn nerveus, trots en betraand van alle romantiek en ook angstig vanwege de veranderingen die ze voelen naderen. Ze zijn allebei bruidsmeisje. Ze dragen allebei een jurk waar ze lang geleden over geruzied hebben. Ze zijn allebei heel trots en heel mooi en ze willen heel graag hun strakke jurk uittrekken en hun tenenknijpende hoge hakken uitschoppen.

Je hangt aan mijn arm. Je houdt mijn hand vast, heel stevig, zoals je dat vroeger deed wanneer we de straat overstaken, of als je naar een enge film keek, of wanneer je me alleen maar wilde laten weten dat je er was en dat je van me hield.

Je kijkt naar me op. Ik schrik. Opeens ben je op wonderbaarlijke wijze tot een mooie jonge vrouw uitgegroeid. Je lijkt sprekend op je moeder, maar toch ben je jezelf en uniek. Je hebt gedachten die ik nooit zal kennen. Verlangens die ik nooit zal begrijpen. Vrienden die ik nooit zal ontmoeten. Passies die ik nooit zal delen. Je hebt een leven. Een hele wereld ligt voor je.

Dan glimlach je en je knijpt in mijn hand, en zelfs in mijn slaap begrijp ik waar het om gaat: wat er ook met je gebeurd is, welke gruwelen je ook hebt ondergaan nadat je van ons werd weggenomen, je blijft altijd mijn mooie meisje.

# DANKWOORD

Allereerst wil ik Kate Elton bedanken, mijn geweldige redacteur, die me praktisch vanaf het begin heeft begeleid. Victoria Sanders, mijn literair agent, en Angela Cheng Caplan, mijn agent op het gebied van filmrechten, maken mijn fantastische ondersteunende team compleet. Ook gaat mijn oprechte dank uit naar mijn nieuwe vrienden bij Harper Collins: Dan Mallory, Liate Stehlik en Virginia Stanley, naast vele anderen. Ik bedank Random House UK (Susan Sandon, Jenny Geras, Georgina Hawtrey-Woore en de rest van de troep). Ook wil ik iedereen van De Bezige Bij in Nederland van harte bedanken.

Patricia Friedman heeft me geholpen met de wat lastiger juridische kwesties die in het verhaal voorkomen. De mensen van de Quickshot Shooting Range waren zo vriendelijk om me met allerlei wapens vertrouwd te maken. Lynne Nygaard heeft me geweldige verhalen over haar vader verteld, en ik heb er geen geheim van gemaakt dat ik deze heb gestolen en/of gecombineerd met verhalen over mijn eigen fantastische vader. Barry Newton heeft me met bepaalde computerdingen geholpen (als er al fouten in staan, is het zijn schuld). De heren van Tesla Marietta hebben de bijzonderheden van de coolste auto ter wereld met me doorgenomen. Ik heb jarenlang over BMW geschreven in de hoop hiervoor beloond te worden (een zilvergrijze metallic P85D met mat abachihouten afwerking en een grijs interieur zou niet verkeerd zijn, meneer Musk...) Van mijn Dymo-etiketteerapparaat heb ik eindeloos veel plezier door de orde die het schept (sorry, Dymo, ik heb toch liever de Tesla). Pia Lorite heeft de 'je-naam-in-het-nieuwe-Karin-Slaughter-boek'-wedstrijd gewonnen. Abby Ellis verdient speciale vermelding vanwege haar scherpe herinneringen aan de bars in Athens (hoewel ik ben geschrokken van haar bepaald niet scherpe herinneringen aan de campus). Als je aan de UGA hebt gestudeerd moet je bedenken dat dit boek fictie is. Het berust niet op feiten en is ook geen reisverhaal (eerste hint: Georgia verslaat Auburn).

Zoals altijd wil ik vooral mijn vader bedanken, die me soep brengt als ik aan het schrijven ben en die zorgt dat ik belangrijke dingen niet vergeet, zoals mijn haren kammen en slapen. En ten slotte wil ik D.A. bedanken. Als zij een etiket had, zou er MIJN HART op staan.